BASTEI
LÜBBE
TASCHENBUCH

Weitere Titel des Autors:

Das Amulett der Fuggerin
Die Sterndeuterin
Die Botschaft der Novizin

Titel in der Regel auch als E-Book erhältlich

Mit Illustrationen von Tina Dreher

Über den Autor:

Peter Dempf, geboren 1959, studierte Deutsch, Sozialkunde und Geschichte für das Lehramt am Gymnasium. Neben seiner Tätigkeit als Lehrer schrieb er Theaterstücke und Drehbücher für den Bayerischen Rundfunk. Als Romanautor wurde er vor allem für historische Stoffe bekannt. Peter Dempf lebt mit seiner Familie in der Nähe von Augsburg.

PETER DEMPF

Der Traum von Eldorado

Historischer Roman

BASTEI LÜBBE TASCHENBUCH

BASTEI LÜBBE TASCHENBUCH
Band 16675

1. Auflage: Juni 2012

Dieser Titel ist auch als E-Book erschienen

Vollständige Taschenbuchausgabe
der bei Lübbe Hardcover erschienenen Hardcoverausgabe

Bastei Lübbe Taschenbuch und Lübbe Hardcover
in der Bastei Lübbe GmbH & Co. KG

Ein Projekt der AVA international GmbH, Autoren- und Verlagsagentur

Für die deutschsprachige Ausgabe:

Textredaktion: Andrea Kalbe, Berlin
Titelillustration: © akg-images / Rabatti – Domingie; © akg-images / British Library
Umschlaggestaltung: Atelier Versen, Bad Aibling
Satz: Kremerdruck GmbH, Lindlar
Gesetzt aus der DTL Documenta
Druck und Verarbeitung: GGP Media GmbH, Pößneck
Printed in Germany
ISBN 978-3-404-16675-6

Sie finden uns im Internet unter
www.luebbe.de
Bitte beachten Sie auch: www.lesejury.de

Der Preis dieses Bandes versteht sich einschließlich
der gesetzlichen Mehrwertsteuer.

Erster Teil

der Indianischen Historia

Die Macht der Karten

»Gewinne nicht die Welt
und verliere deine Seele;
Weisheit ist besser
als Silber und Gold.«

Bob Marley, Zion Train

»Das Geheimnis ist der Liebling
der Geschichte.«

Oswald Levett, Verirrt in den Zeiten

1. KAPITEL Ulm, Sommer 1529

Sie liebte niemanden, und sie hasste niemanden, aber sie würde jeden töten, der glaubte, sie besitzen zu können. Als eine Hand in ihren Bettkasten griff und sie nach draußen zerrte, biss Mayana, aus dem Schlaf gerissen, zu.

»Verflucht!«, polterte Joaquin. »Hör auf, um dich zu beißen! Du musst verschwinden!« Er zog sie mit einer Leichtigkeit aus dem Kasten, als wäre sie nur ein Heukissen, stellte sie auf die Beine und schob sie hinter die Tür des Abtritts. »Rühr dich nicht. Er ist es!«

Jetzt erst hörte sie das Krachen der rückwärtigen Tür zum Garten. Jemand brach sie auf und verschaffte sich so gewaltsam einen Zugang. Dann schloss der Bärtige die Tür, und sie saß im Dunkeln.

Joaquin fluchte leise. Sie lauschte auf die Geräusche draußen und wusste, dass er in sein Wams schlüpfte und sein Schwert umgürtete. Nur das Laden der Pistole gelang ihm nicht mehr. Gleichzeitig knarrten die Treppenstufen unter dem Gewicht eines Menschen. Der Eindringling kam die Treppe herauf. Auch er hatte bereits sein Schwert gezückt; Mayana hörte das leise Singen der sich biegenden Klinge. Auch Joaquin wusste vermutlich, dass der Einbrecher eine Waffe bei sich hatte.

Er hatte sie gefunden, obwohl sie beide um die halbe Welt geflohen waren.

Mayana war diesem Mann nicht freiwillig in dieses kalte und feuchte Land gefolgt. Sie hatte sich gesträubt, hatte um sich geschlagen und gebissen – und doch war sie mit dem Bärtigen in einer eiligen Zeremonie nach seinem Glauben verheiratet und gleich danach auf das Schiff gezerrt worden, das sie beide nach Westen in diese Kälte geführt hatte. Sie verfluchte Ulate, diesen Mönch, der sie an den Bärtigen verschenkt hatte. Sie verfluchte Joaquin, der sie mit Gewalt genommen hatte – aber sie hoffte, dorthin zurückkehren zu können, woher sie gekommen war, sobald sie nicht mehr gezwungen waren zu fliehen. Denn sie beide hatten ein Geheimnis mit an diesen finsteren Ort genommen, das sie in höchste Gefahr brachte. Joaquin hatte ihr den Sonnenstein abgenommen. Ihren Sonnenstein, den sie von Tayento erhalten hatte, damit er sie zurückführen sollte, ihre einzige Erinnerung an die Eltern, an die Heimat, an den Wald.

Sie hatte ihre Zeit der Flucht vor diesem gierigen spanischen Blutsauger aus Coro genutzt. Umgesehen hatte sie sich, die bleichen Menschen beobachtet, heimlich, ohne dass Joaquin es bemerkt hatte. Sie hatte sich die Bräuche abgeschaut und die Sprache Joaquins einigermaßen erlernt. Jedenfalls so, dass sie verstand, was die Menschen sagten. Letzteres war schwierig gewesen, denn ihre Sprache wechselte je nach dem Ort, an dem sie sich aufhielten, und zerfiel in ebenso viele Zungen wie in den Dörfern ihrer Heimat. Sie hatte zwar von Ulate, dem Mönch im Dschungel, das Spanische ein wenig gelernt, aber – immer mit dem Bärtigen mitreisend, der ihren Sonnenstein trug – so viel Land durchquert, wie kein Jäger ihrer Heimat jemals durchstreifen, und mehr Sprachen aufgeschnappt, als sie behalten konnte. Sieben ganze Monddurchgänge war ihre Reise nur immer weiter dem Sonnenaufgang entgegengegangen. Sieben Monddurchgänge lang hatte sie gefroren und gezittert, an Heimweh gelitten und geweint, war sie dem Bärtigen zu Willen gewesen. Doch es hatte auch gute Zeiten gegeben – es gab Momente, in denen sie lachen konnte, und sie lernte leicht und brauchte nur eine geringe Zeit, um zu verstehen.

Besonders gefährlich war es für sie jedoch geworden, wenn der Bärtige getrunken hatte, wenn er dieses scharf riechende Wasser hinuntergestürzt und dann lange wie taub für die Welt vor sich hin gestarrt hatte, um urplötzlich aufzustehen, wie wild um sich zu schlagen und schließlich – nach einem Anfall von Raserei – besinnungslos zu Boden zu stürzen und dort liegen zu bleiben. Während dieser Wahnzeiten verkroch sie sich unter Tisch und Bett, damit das wilde Tier in Joaquin sie nicht entdecken und aus ihrem Bau ziehen konnte. Wenn er dann dalag, elend, hilflos und beschmutzt, schleppte sie ihn ins Bett und legte sich neben ihn.

Sie erzählte ihm von ihrer Heimat in der Hoffnung, ihm etwas von der Sehnsucht einzuträufeln, die sie befiel, wenn sie an die Wälder dort dachte. Das Einzige, was sie damit erreichte, war jedoch die Wiederkehr der Albträume, in denen er – verfolgt von dem spanischen Teufel persönlich – schrie, als würde dieser ihn bei lebendigem Leib häuten. Heiser erwachte er tags darauf immer, heiser, blass und voller Furcht. Danach waren sie meist weitergezogen.

Während all dieser Zeit betete sie für ihre Rückkehr. Inständig hoffte sie, der Gott ihrer Väter würde sie zurückrufen in das Land hinterm Horizont. Vergebens.

Sieben Monddurchgänge hindurch hatte sie gehofft – hatte in den Mond gestarrt, der rund und hell am Himmel stand – und war stattdessen mit dem Bärtigen immer weiter ins Land hineingeflohen.

Doch dann war in der letzten Nacht der weiße Streif einer Sternschnuppe über den nachtdunklen Himmel gerissen und hatte ihn für einen Wimpernschlag in zwei gleiche Hälften zerschnitten. Für Mayana war dies das Zeichen gewesen, dass ihre Flucht und ihre Ängste bald ein Ende finden würden. Es war die Antwort auf den Schmerz gewesen, der sie seit Langem zerriss. Wie der Himmel sich teilte, so teilte sich ihr Leben in das tatsächliche Leben hier in diesem Land und in die Erinnerung an ihr altes Leben jenseits des großen Wassers. Gleichzeitig war es eine Ankündigung gewesen, dass das Schicksal sich gegen sie beide wenden würde. Sie hätte Joaquin gern gewarnt – doch der hatte sich zwar täglich auf sie gelegt, aber nur wenige Worte mit ihr gewechselt; bis heute.

Und wie sich der Himmel hinter dem fallenden Stern wieder schließen und das Firmament sich auf beiden Seiten des Risses zu einem Ganzen zusammenfügen konnte, so, spürte sie, würde sich ihr eigenes Leben erneuern. Sie sah den Streifen der Sternschnuppe als Fingerzeig dafür, dass sie dorthin zurückkehren würde, woher sie gekommen war.

Mit einem Schlag sprang die Tür zum Schlafraum auf. Ein Schrei folgte, und dann trafen mit einem scharfen Klingen die Schwerter aufeinander und spielten eine tödliche Melodie.
Ein paarmal polterte ein Körper gegen die Tür zum Abtritt. Einmal wurde sogar die Tür aufgerissen, doch Mayana war längst schon in der Dunkelheit über das Gebälk hoch in den Boden hinaufgestiegen – und die Kammer für die Notdurft war leer.
»Gebt mir die Frau und die Karte!«, keuchte die Stimme, die Mayana nie würde vergessen können. »Die Frau und die Karte, und Ihr könnt leben!«
»Niemals«, erwiderte der Bärtige, und das Hacken der Klingen wurde lauter und heftiger.
Als der erste Sonnenstrahl sich über den Horizont schob, in die Spalte zwischen die Häuser stach und Mayanas Haar berührte, wusste sie, dass sich ihr Leben ändern würde. Sie würde zurückkehren.
Irgendwo unter ihr stöhnte Joaquin plötzlich tief. Ein Schwert polterte zu Boden, ein Körper wurde gegen die Fensterfüllung gestoßen.
»Karte und Gold, Joaquin«, zischte der Eindringling. »Und das Mädchen!«
»Du wirst nichts von alledem je bekommen. Niemals!« Der Bärtige lachte röchelnd, wie er lachte, wenn er betrunken war.
Geräuschlos ließ sich Mayana auf den Boden des Abtritts gleiten und spähte durch die Türöffnung. Der Fremde hatte Joaquin die Klinge durch die Lunge gestoßen und ihn so an der Fensterfüllung festgenagelt.
»Niemals!«, schrie der Bärtige noch einmal und kippte nach hinten. Mit einem hässlichen Knacken brach die Klinge, und der Körper stürzte auf die Straße hinunter.

2. KAPITEL

Nicolaus Federmann folgte seiner Nase. Auf einer kleinen Brücke überquerte er die Blau und bog in die dahinterliegende Gasse ein. Der Geruch nach kaltem Flussfisch und der Jauche der Gerberbecken nahm ihm beinahe den Atem. Doch er wusste, dass die Nase diese Beleidigungen bald vergessen würde. Bereits in den frühen Morgenstunden, kaum, dass sich die Sonne über den Horizont gewagt hatte, herrschte ein geschäftiges Treiben in den Gassen. Und ein Lärm, der den eigenen Schritt unhörbar machte: Die Flussfischer riefen einander Warnungen zu, denn auf der Blau wurde es eng, wenn viele Boote gleichzeitig auf die Donau hinauswollten. Die Gesellen stampften die Tücher in gleichmäßigem Takt in den Färberkuhlen, die Gerber klatschten ihre nassen Felle auf die Tische und lösten Fleisch und Fettreste von den Häuten. Dabei unterhielten sie sich lautstark, lachten und riefen sich Scherze zu. Und die metallenen Reifen der ersten Karren, die durch den Morgendunst rumpelten, lärmten in den mit Flusskieseln übersäten Gassen.

Federmann trug einen kurzen Kittel und Hosen sowie geschnürte Schuhe. Auf ein Wams hatte er verzichtet. Der Himmel war wolkenlos – es stand ein heißer Tag bevor. Zwar fröstelte Federmann jetzt bei Sonnenaufgang ein wenig, während er durch die feuchten und dunklen Gassen an der Blau schritt, da sich hier die Kälte der Nacht länger hielt als in der Kaufleutestadt, doch schon bald würde sie einer drückenden Schwüle weichen.

Den Weg fand er, ohne sich groß orientieren zu müssen. Der Dekan des Münsters hatte ihm mitgeteilt, Joachim sei wieder in der Stadt, und er hatte sich sofort auf den Weg gemacht. Joachim! Sie hatten nebeneinander gewohnt, hatten zusammen mit Bertram, dem Dritten im Bunde, Kiesel auf die Flößer geworfen, die mit ihren langen Holzflößen auf der Donau an der Stadt vorüberzogen, und sich in der Blau getummelt, die Boote der Fischer losgemacht und sich von ihnen beschimpfen lassen wie Generationen von Bengeln vor ihnen. Joachim, der Kräftige, Grobschlächtige, der mit den Ellenbogen. Federmann blieb kurz stehen und betrachtete die Fachwerkbauten des Fischerviertels. Der Putz blätterte ab, die unteren Balken moderten, die Dächer waren undicht. In diesem Viertel hatten sie beide mit dem eher schlichten Bertram einen Traum geträumt, den Traum vom Reichtum. Dies hier war ihre Heimat gewesen. Die Blau, die Gerber und Fischer, die feuchten Gassenschluchten, die Armut der Männer und Frauen, die oft kaum etwas besaßen, das ihre Blöße bedeckte. Sie hatten ihnen einen Hunger eingepflanzt, den er noch heute verspürte. Wenn es günstige und weniger günstige Ausgangspunkte für einen Lebensweg gibt, so hatten sie drei den für ihren Traum ungünstigsten gewählt. Reich hatten sie werden wollen – und das hatte sie auseinandergetrieben. Joachim, Sohn eines Fischers, der Tatkräftigere und Abenteuerlustigere von ihnen, war bei Nacht und Nebel davongelaufen. Wie Federmann gehört hatte, war er zuerst nach Venedig gegangen, dann nach Genua und war schließlich als Steuermann in die Dienste der Spanier getreten, begleitet von Bertram, dem jüngsten Sohn des Netzflickers vom Nebenhaus. Die Väter hatten damals ihre beiden Söhne dafür verflucht, dass sie ihre Familien im Stich gelassen hatten.

Das war jetzt gut fünf Jahre her. Seither hatte er nichts mehr von seinen Jugendfreunden gehört.

Er selbst war brav in Ulm geblieben und in die Dienste der Familie Ehinger getreten. Das war keine schlechte Entscheidung gewesen, gehörten die Ehinger doch zu den reichen Ulmer Patriziern und Fernhandelskaufleuten mit bestem Leumund und weitreichenden Geschäftsverbindungen bis nach Spanien und Venedig. Er hatte etwas werden wollen in der Stadt, was für den Sohn eines Reusenbauers eigentlich eine Unmöglichkeit war.

Seinen Ehrgeiz hatte er allerdings auf eine Lüge gründen müssen. Nichts konnte er – und damit alles. Die Wirren um die Glaubensfrage eines Martinus Luther halfen ihm bei seinem bescheidenen Weg zum Reichtum: Die immer wieder aufflammenden Kriegshandlungen zwischen Katholiken und Protestanten spülten viel Gesindel auf die Straßen, ausgediente Landsknechte, verkrüppelte Soldaten, Heimatlose und Reisläufer aller Art. Transporte, vor allem die reichen der Patrizierfamilie Ehinger, die von Ulm aus nach Augsburg und in die andere Richtung nach Stuttgart und Straßburg hin unterwegs waren, mussten gesichert werden.

Federmann war jung, fürchtete nichts und niemanden und log dem Werber der Familie, Heinrich Ehinger, vor, längst Reiten gelernt zu haben. Nur ein Pferd fehle ihm. Er war erst sechzehn gewesen und hatte bekommen, was er verlangt hatte. Mit Armbrust und Schwert hatte er die Transporte des Handelsunternehmens begleiten dürfen. Beim ersten Male hatte er, während die Rottfuhrwerke schwerfällig und hoch aufgeschnürt über die Zugbrücke gerasselt waren, sein Pferd am Zügel aus dem Tor hinausgeführt, damit er seine Unkenntnis im Reiten nicht hatte offenbaren müssen. Die Ochsen, langsam und gemütlich in der Gangart, hatten ihm reichlich Gelegenheit gegeben, es bis Augsburg zu erlernen.

Er musste den Kopf schütteln, da er längst erfahren hatte, dass Träume Träume blieben und die Wahrheit um ein Vielfaches komplizierter war, als es sich der Sechzehnjährige von damals ausgemalt hatte. Denn außer dem Reiten hatte er auf dem Weg nach Augsburg noch gelernt, dass einem Reichtum nicht einfach so in den Schoß fiel.

Mit einer Handbewegung wischte Federmann sich die Gedanken aus dem Kopf. Er wollte Joachim sehen, mit ihm reden, ihn fragen, wie es ihm auf der Suche nach dem himmelstürmenden Reichtum ergangen war, den sie sich beide hatten erobern wollen – und was war mit Bertram geschehen? Der Dekan des Münsters hatte gestern noch bedeutungsschwer gesagt, die beiden Teufelskerle seien sogar in der Neuen Welt gewesen …

Federmann schaute eine Gasse hinunter, an deren Ende ein Haus in schrägem Winkel ins Blickfeld ragte. Es war Joachims Vaterhaus,

dort würde er den Jugendfreund finden. Entschlossen schritt er vorwärts, immer darauf bedacht, dem Kot auf der Gasse auszuweichen und die Fenster über ihm zu kontrollieren, damit ihn nicht unverhofft ein Guss aus einem Nachttopf überraschte.
Der Schrei traf Federmann wie ein Keulenschlag und ließ ihn abrupt innehalten. Als Begleiter von Warentransporten waren ihm in den letzten Jahren solche Schreie vertraut geworden. Wieder ertönte ein Aufschrei, der diesmal in ein Gurgeln überging. Er versetzte ihn in Bewegung, ließ ihn auf das Haus zuspurten. Dann vernahm er ein Krachen und das dumpfe Aufschlagen eines Körpers. Jäh stoppte Federmann, stand keine drei Fuß entfernt, starr vor Schreck. Ein Mann war ihm mitten in der Gasse direkt vor die Füße gefallen. Mit einem Seufzer wich alle Luft aus dem Unglücklichen.
Der Mann war tödlich verletzt, daran bestand kein Zweifel. Aus seiner linken Brust ragte noch die abgebrochene Spitze eines Schwerts. Nicolaus Federmann sah nach oben. Der Kerl war aus einem Fenster des Hauses vor ihm gefallen. Ein Kopf erschien darin, geschmückt von einem Hut mit zwei weißen Straußenfedern und halblangen, beinahe schwarzen Haaren. Federmann selbst stand noch im Schatten des Nachbarhauses, von oben wohl nicht zu sehen.
Das Haus kannte er gut. Nur wenige Fachwerkbauten kragten so weit über, dass das zweite Stockwerk bis über die Gasse ragte. Keines stand so schräg in den Weg hinein. Federmann unterdrückte das Bedürfnis, einfach davonlaufen zu wollen. Stattdessen wartete er, bis der Kopf oben sich zurückgezogen hatte, und trat dann an den Mann heran. Er betrachtete dessen Antlitz. Die Gesichtszüge erschienen ihm vertraut. Wenn er sich die Barthaare wegdachte, dann glich das Gesicht …
»Joachim?«, flüsterte er, nachdem er das bärtige, aber hagere Gesicht lange gemustert hatte. Joachim besaß eine kleine Narbe am Nasenflügel, die ihn unverkennbar machte – und die hatte Federmann gerade entdeckt. »Joachim!«, schrie er auf und kniete sich

neben seinem Jugendfreund nieder. Der stank gewaltig nach Schnaps.

In diesem Augenblick schlug der Mann die Augen auf. Federmann wusste nicht, ob Joachim ihn erkannte. Dennoch begann Joachim zu flüstern. Federmann musste sich mit dem Ohr dem Mund des Freundes nähern, damit er ihn verstehen konnte.

»Rot...locke! Such ... das Mäd... Ma...nya...! Such ...ertram«, flüsterte Joachim. »Nimm ... es!«, sagte er noch und nestelte mit schwächer werdenden Bewegungen an seiner Brust herum. »Gold ... Gold ...«, hauchte Joachim, riss die Augen weit auf und starrte ihm ins Gesicht. »Gold ... Karte!« Dann verstummte er. Doch mit einer Kraftanstrengung, die ihm die Augen aus dem Kopf trieb, brachte er noch ein Wort hervor: »U... Ulate!«

Federmann, verwirrt von dem, was er hörte, achtete nur oberflächlich auf die Worte des alten Freundes, der ihn Rotlocke genannt hatte wie in früheren Zeiten. Er verstand aber sehr wohl, dass er nach Bertram suchen sollte. »Ist Bertram wieder zurück in Ulm?«

Die Augenlider schlossen sich kurz. Dann öffneten sie sich wieder mühsam. Ohne die Miene zu verziehen, starrte Joachim Federmann an, sagte aber nichts.

»Wer war das?«, fragte Federmann und deutete auf die Schwertspitze. Unaufhaltsam quoll Blut aus der Wunde, die sie geöffnet hatte. »War das dieser ... Ulate? Wer ist Ulate?«

Joachim schüttelte leicht den Kopf. »Vor...sicht!«, bildeten die Lippen das Wort – und Federmann hörte, worauf der Jugendfreund ihn aufmerksam machte. Er vernahm, wie im Inneren des Hauses jemand die Treppen hinablief und -sprang. Sicher war es der Fremde, dessen Kopf er im Fenster gesehen hatte. Federmann richtete sich auf. Dem Freund konnte er ohnehin nicht mehr helfen. Dessen Augen brachen, und sein Kopf rutschte haltlos beiseite. Die linke Hand glitt zurück und gab einen platten, narbigen Stein frei, der flach und so groß war wie seine Handinnenfläche und an einem starken Lederband hing. Er glänzte in reinem Gold.

Im ersten Moment zuckte Federmann zurück, dann handelte er rasch und zielsicher. Er nahm den erstaunlich schweren und soliden Stein und zog das Lederband über Joachims Kopf. Dann hängte er ihn sich um und steckte ihn sich unters Hemd.
Federmann erhob sich. Der Kerl im Haus musste jeden Moment aus der Tür stürmen. Ihm wollte er nicht begegnen. Jetzt zahlte es sich aus, dass er hier aufgewachsen war. Er wusste sofort, wohin er sich wenden, wo er sich verstecken konnte. Mit einem Satz war er auf, lief nach schräg gegenüber, riss ein Gatter zwischen zwei Häusern auf und war schon in der Lücke zwischen den beiden Gebäuden verschwunden. Aus Kinderzeiten hatte er den Spalt zwischen den beiden Häusern breiter in Erinnerung und musste sich jetzt mühsam halb schräg hineinzwängen, doch er schaffte es gerade noch rechtzeitig, das Gatter hinter sich zu schließen.
Er hörte einen Kerl aus der Tür stürmen und auf Joachim zueilen. Die Enge in der Lücke hinderte ihn daran, sich ganz umzudrehen und nach draußen zu schauen. Er wandte dem Geschehen die Seite zu, sodass er oft nur hören konnte, was geschah. Er vernahm, wie der Kerl mit fliegenden Händen die Taschen des Toten durchsuchte. Er hörte das Hemd reißen, als der Mann Joachims Hals abtastete, und er vernahm sein fremdartig bellendes Fluchen – der Mann war offensichtlich Spanier.
Offenbar suchte er den Goldbatzen, den Federmann unterm Hemd stecken hatte.
Als er das Klirren einer Klinge hörte, vermutete er, dass der Unbekannte das Schwert in der Hand hielt, mit dem er den Freund erstochen hatte.
Die Untersuchung des Leichnams brachte ihm offensichtlich nicht den gewünschten Erfolg. Verwünschungen ausstoßend erhob sich der Fremde und schien sich umzusehen. Er rannte in der engen Gasse hin und her, und Federmann vernahm zu seinem Entsetzen, wie der Kerl entschlossen an den Gattern der Zwischenräume zwischen den Häusern rüttelte und, wenn diese

sich nicht öffnen ließen, das Schwert in die Lücken zwischen den Latten stieß. Einmal konnte er aus dem Augenwinkel durch eine Lücke im Gatter den breitkrempigen Hut mit den zwei weißen Federn ausmachen. So wirbelte der Mann von einer Straßenseite auf die andere und rumorte mit seinem Schwert, immer begleitet von fremdländischen Flüchen, die er hart und heftig hervorstieß. Federmann zog sich vorsichtig noch einen Schritt zurück, durfte jedoch die Gattertür nicht aus der Hand geben, was äußerst schwierig war, da er sich dabei sehr verrenken musste. Doch wenn der Fremde daran rüttelte und die Tür sich nach außen aufziehen ließ, war er verloren. Er selbst trug außer einem Messer keine Waffe. Niemand durfte in der Stadt eine Waffe offen tragen.

Plötzlich wurde heftig am Gatter gerüttelt, dann stieß das Schwert durch eine der Lücken zwischen den Latten und stoppte um Haaresbreite vor Federmanns Gesicht. Vor Schreck hätte er beinahe das Gatter losgelassen. Wäre die Spitze nicht abgebrochen gewesen, hätte sie ihm das rechte Auge durchbohrt. Das Unglück des Freundes bewahrte ihn vor dem Tod.

Im ersten Stock im Haus nebenan öffnete sich ein Fenster.

»He, was ist dort unten los?«, hörte Federmann eine tiefe Männerstimme rufen. Dann ergoss sich der Inhalt eines Nachttopfs über den Angreifer.

Das Schwert wurde zurückgezogen, der Fremde knurrte noch etwas, stieß einen endlosen Fluch aus und hastete davon. Die Stimme über ihnen hatte den Fremden vertrieben. Federmann erhaschte noch einmal einen Blick auf die langen, dunklen Haare, die lockig und wirr unter dem breitkrempigen Hut hervorbrachen, und auf ein leinenes, farbiges Wams. Dann war der Unbekannte verschwunden. Er selbst blieb noch eine ganze Zeit in seinem Versteck. Erst jetzt bemerkte er, wie durchgeschwitzt er war.

Doch die Gefahr war noch nicht vorüber. Wenn sich der Mann über ihm aus dem Fenster beugte, würde er unweigerlich Joachims Leiche entdecken. Dann würde es Zeter und Mordio geben, und die Stadtschergen würden auftauchen. Ihnen in die Hände zu fallen, auch wenn man unschuldig war, sollte man tunlichst vermeiden.

Er hatte keine Zeit, sich den schweren, metallenen Stein zu betrachten, der an seinem Hals hing und die Brust kühlte. Er musste hier weg – und gleichzeitig hielten ihn die Worte Joachims zurück, die in seinem Kopf nachklangen. »Gold!«, hatte der Jugendfreund geflüstert. »Gold, Gold, Gold.«

Wie das Klopfen der Ulmer Steinmetze, die seit Jahrhunderten am Dom bauten, hallten die Worte in ihm nach: »Gold, Gold, Gold.« Federmann biss sich auf die Lippen. Hatte Joachim etwas von diesem unbeschreiblichen Reichtum gefunden, von dem sie in ihrer Jugend geträumt hatten? Offensichtlich. Der flache Stein zeugte eindeutig davon. Joachim hatte den größten Golf überquert, von dem die Menschen je gehört hatten – und hatte offenbar Gold gefunden.

Und jetzt war der Freund tot. Erstochen. Folglich würde es niemanden stören, wenn er sich in dessen Haus einmal umsah. Der Fremde hatte sich nicht ins Haus zurückgezogen. Sicherlich fürchtete auch er die Schergen.

Mühsam drehte sich Federmann in der Lücke um und spähte durch einen Spalt im Gatter hinaus. Der Fremde war tatsächlich nicht mehr zu sehen, und der Fischer über ihm im Haus hatte den Leichnam entweder nicht gesehen oder ignoriert. Jedenfalls hatte er den Lederrahmen wieder vor die Fensteröffnung gezogen. Federmann drückte das Gatter auf und schlüpfte ins Freie. Seine Schuhe waren mit dem Kot besudelt, der sich im feuchten Zwischenraum zwischen den Häusern sammelte. Er streifte sie an einer Grassode ab und beobachtete dabei unauffällig die Gasse. Seine Hose hatte sich am Saum mit übelriechender Feuchtigkeit vollgesogen. Niemand war zu sehen. Langsam, als ginge ihn die Leiche und das Geschehen nichts an, schlenderte er über die Gasse. Dabei lugte er zum Fenster im zweiten Stock hinauf, aus dem Joachim gefallen war.

Er glaubte kurz, dort oben eine Bewegung auszumachen, und schielte aus den Augenwinkeln hinauf. Doch nichts rührte sich. Womöglich hatte er sich geirrt. Wenn sich im Haus des Freundes noch jemand aufhielt, würde er das bald erfahren, denn sein Entschluss stand fest, als er die Leiche Joachims passierte. Er musste hinein und nachsehen.

3. KAPITEL

Mayana duckte sich unter dem Geschrei und versuchte, mit dem Holz des Oberbodens zu verschmelzen. Dann verstummte kurzzeitig alles und machte einem Poltern Platz. Sie zog den Kopf ein. Diese lauten und lärmenden Menschen würde sie niemals verstehen oder ertragen können. In ihrer Welt bedeutete Stille Leben und Lärm Tod. Nur wer sich geräuschlos durch den Dschungel zu bewegen vermochte, würde das Ende seiner Reise erleben. Tayento, ihr Vater und zugleich der Schamane ihres Dorfs, hatte sie das gelehrt. Mit leiser Stimme hatte er den Dorfbewohnern von den Ohren der Dunkelheit erzählt, die trotz ihrer Eindringlichkeit leiser war, als die Hellgesichtigen atmen konnten.

Mayana kroch aus ihrem Versteck. Sie musste den Sonnenstein finden, bevor der Fremde ihn in die Hände bekam. Nichts anderes trieb den Kerl an, als in den Besitz der Sonnensteine zu gelangen. Seit sie das Schiff in Sanlúcar verlassen hatten, war er hinter ihnen her gewesen. Und Mayana wusste, dass nur diese gelben Kiesel ihr die Rückkehr nach Westen über den großen See ermöglichen konnten.

Sie kletterte zurück in den Abort, öffnete vorsichtig die Tür, huschte in den Wohnraum und spähte vorsichtig aus dem Fenster. Dort draußen lag Joaquins Körper mitten auf der Gasse – der Bärtige war tot. Wams und Hemd hatte ihm der Fremde aufgerissen, die Brust lag frei. Sie war durch einen breiten Riss gespalten, aus dem noch immer Blut quoll. Seine Augen starrten leer gen Himmel. Das Schlimmste war jedoch, dass das Geschenk ihres Vaters fehlte. Er hatte es immer mit einem Lederriemen um den Hals getragen. Der Fremde musste es ihm abgenommen haben!

Sie konnte sich nicht rühren, musste immerfort auf den Leichnam des Bärtigen starren. Hatte er den Sonnenstein vielleicht weggelegt, als der Fremde aufgetaucht war? Hatte er ihn versteckt?

Nur langsam gelang es ihr, wieder Herrin über ihren Körper zu werden, die Gliedmaßen wieder zu bewegen. Plötzlich behinderten sie die Kleider, die sie trug. Sie musste handeln, musste sich bewegen – und war doch in dieses Stoffkorsett gezwängt. Am liebsten hätte sie sich Rock und Hemd vom Leib gerissen, nur um schneller durchs Haus eilen zu können, doch sie wusste nur zu gut, wie die Menschen hier auf Nacktheit reagierten.
Sie musste die restlichen Goldkörner finden. Das schmale Ledersäckchen, das sie für den Bärtigen bis hierher geschmuggelt hatte. Sie sah sich im Zimmer um. Der erste Stock interessierte sie nicht, denn sie wusste, dass sich Joaquin aus Angst vor nächtlichen Besuchern in den zweiten Stock geflüchtet hatte. Die Sonnensteine mussten also irgendwo hier im Raum liegen. Auf nackten Sohlen hastete Mayana durchs Zimmer. Der Raum war kahl. Nur ein Bett, ein einsamer Stuhl und eine Seemannskiste beherbergte der Schlafraum des Bärtigen. Sein Schwert lag so, wie er es eben verloren hatte, in der Ecke. Das Fenster stand offen. Blutflecken, der geöffnete Truhendeckel und das völlig zerrissene Pergament, mit dem der Fensterladen verschlossen gewesen war, erzählten ihr von dem Geschehen, das sie hatte mitanhören müssen.
Nach dem Kampf hatte der Fremde offensichtlich hektisch das Zimmer durchsucht, dabei die Truhe geöffnet, aber nichts gefunden. Der Bärtige hatte das Geschenk offenbar um den Hals getragen und mit nach unten genommen. Die restlichen Sonnensteine lagen – Mayana bückte sich, langte unter die Truhe und tastete deren Boden ab – gut verborgen nicht in, sondern unter der Holzkiste. Sie holte das etwas über daumenlange und ebenso starke Lederetui darunter hervor und atmete tief durch. Damit würde sie in ihre Welt zurückkehren können. Sie hockte sich kurz hin und verbarg das Etui dort, wo nur Frauen es verstecken konnten und niemand es suchen würde.
»Das Geschenk liegt im Schmutz!«, war ihr nächster Gedanke. Vielleicht hatte Joaquin den Sonnenstein verloren, und sie musste ihn nur suchen. Sie drehte sich um und betrat die Treppe.

Der große Sonnenstein rief sie unerbittlich nach unten. Sie hatte die erste Hälfte zurückgelegt, als die Tür zur Diele geöffnet wurde. Sofort hielt sie inne. War der Fremde zurückgekommen? Die Tür schloss sich wieder, und Mayana traute sich keinen einzigen Schritt mehr vorwärts oder rückwärts zu tun. Die Stufen würden knarren und sie verraten. So verharrte sie mitten auf der Treppe und hoffte, der Fremde würde sich wieder entfernen. Eine ganze Zeit blieb es unten ruhig, und ihre Hoffnung nährte sich von der Stille. Nur ihr flacher Atem füllte den Raum im Treppenaufgang.

Dann hörte sie Schritte. Jemand betrat die Treppe. Es knackte und knarzte.

Wäre sie im Dschungel gewesen, hätte sie lautlos verschwinden können, so lautlos wie Tayento, der Schamane, oder ihr Tier, der Jaguar. Es wären ihre Gesetze gewesen, nach denen sie sich hätte richten müssen, ihre Welt, in die sie sich hätte einpassen können, als würde sie mit ihr verschmelzen. So war sie den Gesetzen dieser Welt ausgeliefert. Hier tappte sie unbeholfen durch den Tag.

Schon nach dem ersten zaghaften Schritt wusste sie um ihren Fehler. Der Fremde auf der Treppe hatte sie gehört, war stehen geblieben und lauschte jetzt dem Rascheln ihres Kleides. Barfuß huschte sie die Treppe hinauf und in den Schlafraum zurück. Die Seemannskiste stand noch offen. Sie stieg hinein, zog den Deckel auf sich herab und schloss ihn sanft. Ihr war, als würde sie von einer Welt in eine andere gleiten. Das Helle verschwand und machte einer dunklen Stille Platz, die sie nur vom Meer kannte. In den Nächten, in denen das Schiff über die sanfte See hinweggeglitten war, hatte diese dunkle Stille Besitz von ihr ergriffen und sie getragen. Sie war unter dem Dach der Sterne dahingeflogen wie die lautlosen Adler ihrer Heimat und hatte manchmal das Gefühl nicht niederkämpfen können, mit der Luft und dem Wasser und den Sternen eins sein und sich in ihnen auflösen zu wollen.

Das Schlagen der Tür riss sie aus ihren Gedanken. Der Fremde betrat den Raum. Sie hörte ihn hin und her gehen, horchte auf die Laute, die er von sich gab. Männer hatten die Eigenschaft, ihre Gefühle durch Schnauben und Schniefen und Atmen auszudrücken. Sie hörte Unmut aus dem Geblase heraus. Der Fremde war verärgert, weil er den Verursacher des Raschelns nicht entdecken konnte. Mayana horchte auf die Schritte, die sich wieder entfernten, den Raum verließen – und plötzlich an der Schwelle innehielten. Mit einem scharfen Knirschen drehte sich der Mann um.

Erst jetzt erkannte sie, welch entscheidenden Fehler sie gemacht hatte. Die Truhe hatte offen gestanden. Der Fremde hatte sie beim Durchsuchen vermutlich geöffnet. Jetzt war sie verschlossen – und die einzige Erklärung dafür würde für den Fremden sein, dass jemand diese Truhe geschlossen haben musste. Mayana kauerte sich zusammen. Sie dachte an das Schwert, dessen Spitze sie eben noch aus Joaquins Brust hatte ragen sehen. Sie stellte sich vor, wie dieses Schwert sich durch die schmale Öffnung bohren würde, die zwischen Deckel und Truhe entstand. Sie erwartete einen brennenden Schmerz – sie erwartete ihren Tod. Mit zitternden Lippen begann sie leise zu beten, flehte die Sonnenscheibe an, sie zu retten, den Mann zu verscheuchen.

In diesem Augenblick flog der Deckel der Seemannskiste auf, und Mayana entfuhr ein schriller Schrei, als sich ein dunkler Schatten über sie beugte. Sie duckte sich, kauerte sich zusammen wie ein Bündel und wartete auf den Tod.

4. KAPITEL

Federmann fuhr zurück und wäre beinahe über die eigenen Beine gestolpert. Er streckte das Schwert, das er aufgelesen hatte, vor und richtete die Spitze gegen die offene Truhe. Er hatte also richtig gesehen und gehört, als er das Haus betreten hatte. Das Geräusch war zwar leiser als das Huschen einer Ratte gewesen, aber es war von einem menschlichen Wesen verursacht worden.

»Wer bist du?«, herrschte Federmann das Bündel Mensch an, das dort vor ihm in der Kiste lag. Es war gekleidet in ein einfaches leinenes Hemd, das von einem breiten Ledergürtel zusammengehalten wurde. Darüber trug der Mensch eine Art Jacke. Ein nackter Fuß sah ihm entgegen, woraus er schloss, dieses Wesen laufe barfuß. Das Gesicht konnte er wegen der kräftigen, beinahe schwarzen Haare, die leicht bläulich schimmerten, nicht erkennen. Sie fielen über das Gesicht, das gegen den Truhenboden gedrückt wurde. Auch die Hände waren verborgen. Das Bündel zitterte am ganzen Leib und wimmerte verängstigt. Die zierliche Figur löste Federmanns Anspannung etwas, denn von dieser halben Portion musste er sicherlich nichts Schlimmes befürchten.

Federmann, der nicht recht wusste, was er beginnen sollte, zog sich den einzigen Stuhl heran, den es in dem Raum gab, und beschloss, einfach vor der Seemannskiste sitzen zu bleiben, bis sich das Wesen dazu durchgerungen hatte, sich zu erkennen zu geben. Er betrachtete das Schwert in seiner Hand. Es war eine spanische Arbeit, leicht und geschmeidig mit einem verlängerten Griff, sodass es als Beidhänder eingesetzt werden konnte. In das Holz des Griffs waren zwei Buchstaben eingeschnitzt worden: JK, Joachim Kramer. Es war Joachims Schwert gewesen, das er im Kampf ebenso verloren hatte wie sein Leben.

Federmann setzte sich verkehrt herum auf den Stuhl und verschränkte die Arme über der Lehne, das Schwert in der einen

Hand, das Auge wachsam auf die Truhenöffnung gerichtet. Das Wimmern ließ nach.

Über dem Rand der Truhe erschienen eine Stirn, dann tiefschwarze Augen und ein Gesicht von einer Schönheit, wie er sie selten erlebt hatte. Die Züge waren ebenmäßig geschnitten, die Wangenknochen etwas erhaben, ohne kantig zu wirken, die Augen halbmondförmig und von einem dunklen Strich Augenbrauen überwölbt, insgesamt etwas breiter, als er es von Ulmer Schönheiten gewohnt war. Der Oberkörper hob sich, und jetzt war es unverkennbar, dass er eine Frau vor sich hatte. Sie kniete in der Truhe und sah ihn nur lange an. Der Blick aus diesen Augen nahm ihm beinahe den Atem. »Joachim, Joachim, wo hast du diese Göttin aufgelesen?«, dachte Federmann und vermochte, sich bei all seinem Erstaunen ein Lächeln abzuringen. Die Gesichtszüge der Frau, die eben noch streng und vorsichtig gewirkt hatten, zerflossen ebenfalls in ein mattes Lächeln.

»Wer bist du?«, wagte Federmann noch einmal seine Stimme gegen die Schönheit vor ihm zu erheben. Jetzt klang sie nicht mehr fordernd, sondern rau und spröde.

Die Frau legte eine flache Hand auf die Brust und sagte nur ein Wort: »Mayana!«

Die Haut der Frau oder des Mädchens schimmerte in einer Farbe, die er nicht recht benennen konnte. Sie war so dunkel wie die der Welschen, die er in Augsburg im Kontor der Welser gesehen hatte, und doch tendierte der Ton ihrer Haut ins Olive. Die Frau, die sich als »Mayana« vorgestellt hatte, wenn es tatsächlich ihr Name war und kein Gruß, den er bislang nicht gekannt hatte, erhob sich. Sie war anderthalb Kopf kleiner als er selbst, das sah Federmann von seinem Stuhl aus. Aufmerksam beobachtete er die Hände der Frau, immer auf der Hut vor einem Angriff. Doch die Hände waren leer.

Mit einem Ruck stieß er die Schwertspitze in den Boden und stand ebenfalls auf. Dabei rutschte ihm der handtellergroße Stein, den er sich umgehängt und nur achtlos in sein Hemd gestopft hatte, vor den Bauch. Er fühlte sich kalt und unangenehm an. Federmann griff kurz danach, ohne den Blick von der Frau zu nehmen.

»Bist du … Joachims Frau?«, fragte Federmann und ärgerte sich. Es gelang ihm kein Satz ohne dieses Geraspel in der Kehle.

Mayana legte den Kopf schief, als verstehe sie ihn nicht.

Sie sah so anders aus als alle Frauen, die er bislang gesehen hatte – und auf der Strecke Ulm–Augsburg verkehrten eine ganze Menge fremder Frauen. Sie wirkte, als gehöre sie zu einer dieser Schaustellertruppen, die quer durchs Land zogen. Sie war keine Zigeunerin und keine Mongolin, und doch war sie beides zugleich.

»Bist du mit ihm verheiratet gewesen?« Er betrachtete erneut ihre Hände, fand jedoch keinen Ring. Überraschenderweise entdeckte er dafür etwas anderes. Hände, das waren wie Gesicht, Geschmeide und Kleidung Zeichen für die Zugehörigkeit zu einem Stand. Handwerkerfrauen besaßen schrundige, vom Waschen und Säubern, vom Tragen und Graben gezeichnete Hände mit Narben, eingerissenen Fingernägeln und dunklen Schwielen. Die Hände dieses Mädchens waren so zart, als wäre sie eine Adlige – und das konnte nicht sein. Hatte Joachim seinen Haushalt selbst geführt? Hatte er selbst gewaschen und gekocht? Hatte er ihr den Haushalt geführt? Joachim war seit jeher ein eigener und zupackender Charakter gewesen, sodass Federmann sich so etwas durchaus vorstellen konnte.

»Was du starrst?«, hörte Federmann sie plötzlich sagen. Rasch hob er den Blick. Sie musterte ihn mit derselben Neugier, die er ihr entgegengebracht hatte.

»I…ch …«, stotterte Federmann los und fühlte sich gleichzeitig ertappt, »ich bewundere nur … deine Hände!«

Sie hob die Hände an, spreizte die Finger und betrachtete sie spöttisch.

»Ich sechs Finger an Hand?«

Federmann wusste nicht, was ihn mehr verblüffte, die Tatsache, dass sie mit einer zwar fremdländischen Betonung mit ihm

sprach und er sie dennoch verstand, oder ihr zur Schau getragener Sinn für das Komische. Ihre Stimme verriet, wie genau sie wusste, was ihn verblüfft hatte.
»Ihr …«, er räusperte sich umständlich, weil er in das distanzierte Ihrzen verfallen war, »… Du bist adligen Geblüts?«
»Geblüt?«, fragte sie sofort nach und runzelte die Stirn.
Federmann zog das Schwert aus dem Bodenholz. Ohne zu antworten und sie weiter zu beachten, trat er ans offene Fenster, denn von der Gasse unten drangen Rufe herauf. Mayana stieg aus der Kiste und trat neben ihn. »Wir sollten machen, dass wir fortkommen. Der Leichnam ist entdeckt«, sagte er.
Tatsächlich hatte sich unten eine Männergruppe um Joachim versammelt. »Sie haben Euch schreien hören«, flüsterte er ihr zu. Die Männer gestikulierten und redeten miteinander, bis einer nach oben sah und etwas rief. Plötzlich hoben alle den Kopf und musterten das offene Fenster. Federmann war zurückgesprungen und hatte Mayana mit sich gezogen, doch sie waren bemerkt worden. Er erkannte es an der plötzlich ausbrechenden Hektik und am Stimmengewirr der durcheinanderredenden Männer.
»Wir müssen weg«, sagte er nur. »Du solltest mit mir gehen.« Federmann hastete zur Tür. »Folge mir!«, befahl er und unterstrich seine Absicht mit einer Handbewegung. Doch das Mädchen rührte sich nicht von der Stelle. Federmann wurde unruhig. »Sie werden ins Haus und zu uns hier heraufkommen. Wir müssen ins Schlafzimmer im ersten Stock. Das wird uns retten.« Er musste seine Lippen befeuchten. Wenn sie nicht bald losgingen, würden die Männer ihre Schritte auf der Treppe hören. Dann wäre es vorbei mit der Rettung. »Auf der Folter wirst du alles gestehen, selbst den Mord an Joachim, auch wenn du nicht daran beteiligt warst. Also los!« Federmann redete, wie ihm der Schnabel gewachsen war, ohne zu wissen, ob sie ihn verstand.
Als Federmann sich zum Gehen umwandte, verrutschte der Goldstein in seinem Hemd. Er hing zu lose. Er musste den Lederriemen kürzen, sonst würde er ihn verlieren. Im ersten Stock

würde er vielleicht Zeit dazu haben. Jetzt nahm er ihn aus dem Hemd und machte einen Knoten in das Lederband.

Aus den Augenwinkeln heraus sah er, wie Mayana den goldenen Stein anstarrte.

»Er hat es mir gegeben. Joachim war mein Freund«, versuchte er den Besitz zu rechtfertigen. Er seufzte. »Er hat noch gelebt, als ich aufgetaucht bin.« Das Mädchen betrachtete ihn stumm, ohne sich zu regen.

»Komm schon«, drängte Federmann.

Unten wurde gegen die Tür geschlagen, die er selbst eben noch von innen verriegelt hatte. Noch getrauten sich die Männer nicht, das Haus zu betreten. Mit wenigen schnellen Schritten war Federmann an der Treppe und nahm mehrere Stufen gleichzeitig nach unten. Es interessierte ihn nicht mehr, ob ihm das Mädchen folgte oder nicht. Gerade noch rechtzeitig schaffte er es, in das erste Stockwerk zu schlüpfen, bevor unten die Haustür gegen die Innenwand krachte. Jetzt wurde es ernst. Nur schwach erinnerte er sich an den Weg, auf dem er und Joachim immer heimlich davongeschlichen waren, wenn Volksfest war. Federmann lief durchs Schlafzimmer. Dahinter folgten die beiden früheren Zimmer von Joachim und seiner Schwester. In sie gelangte man nur über die elterliche Schlafkammer. Dort gab es zwei Türen. Die eine führte in den Mädchenschlafraum, der zur Straße hin lag, die zweite gehörte zu Joachims, zum hinteren Garten weisender Kammer.

Ein Geräusch hinter Federmann ließ ihn herumfahren. Hatten die Männer ihn gestellt? Doch hinter ihm stand die Schöne und verschloss mit dem Zeigefinger den Mund. Warum er erleichtert war, wusste Federmann nicht gleich zu sagen, jedenfalls freute er sich über Mayanas Anwesenheit.

So leise wie möglich verschloss er die Tür zur Jungenkammer. Dann trat er ans Fenster und öffnete es. Die Jahre hatten das Holz des Ladens quellen lassen. Er ließ sich nicht geräuschlos aus der Fassung nehmen. Doch das Poltern der Männer auf der Treppe übertönte das Kreischen des Holzes. Federmann kletterte auf die Fensterbrüstung und musste lächeln. Direkt unter ihm stand tatsächlich der Holzverschlag, über den sie als Jungen aus- und eingestiegen waren.

»Wir müssen klettern!«, verkündete er und ließ sich auf das Dach des Verschlags hinab. Er drehte sich um und wollte Mayana helfen, doch die kletterte wie eine Katze zu ihm herab. Mit einem Satz sprang er vom Dach in den Garten, und noch bevor er sich gefangen hatte, landete Mayana beinahe geräuschlos neben ihm. Als dabei ihr Kleid etwas verrutschte und so die Schulter am Rücken entblößte, sah Federmann, dass ihre Haut von bläulichen Linien überzogen war. Tätowierungen, fuhr es ihm durch den Kopf. Er hatte sie schon bei Seeleuten gesehen, die sich im Kontor der Welser in Augsburg aufgehalten hatten.

Mayana sah ihn nur an und schob das Kleid wieder über ihre Schulter. Verlegen blickte Federmann zur Seite. Er spürte instinktiv, dass es jetzt besser war, weiter nichts zu sagen und ihr die Führung zu überlassen.

Die Männer waren mittlerweile überall im Haus. Nicht mehr lange, dann würden sie den beiseitegestellten Laden in Joachims Kammer entdecken und die richtigen Schlüsse daraus ziehen. Bis dahin mussten sie das Fischerviertel verlassen haben.

Mayana kannte sich tatsächlich besser aus als er selbst. Sie huschte vor ihm her durch den hinteren Garten, benutzte dabei eine Hecke und eine niedrige Mauer als Deckung, zwängte sich durch eine Häuserlücke, und schon standen sie wieder auf einer der Gassen. Sie verlief parallel zu derjenigen, die zu Joachims Haus führte.

Erst hier beruhigte sich Federmanns Atem etwas, und sein Herz schlug langsamer. Er hielt kurz inne und band sich den flachen Stein um den Hals, weil er es nicht für angebracht hielt, ihn in dieser Gegend offen zur Schau zu stellen. Mayana beobachtete jede seiner Bewegungen. In ihren Augen lag ein seltsamer Ausdruck. Nicht die Gier nach Gold war es, die er dort entdeckte, sondern eine Ehrfurcht, als trüge er die Gebeine der Heiligen Drei Könige um den Hals.

Ohne Hast setzten sie ihre Flucht fort. Gemächlich überquerten sie die Blau und verließen unbehelligt das Fischerviertel. Es war, als hätten sie nur einen Spaziergang zu den Fischbänken gemacht. Mayana lief drei Schritte hinter ihm, ganz so, wie es sich für eine Dienstmagd gehörte. Doch je näher sie der Innenstadt kamen, desto größer wurde Federmanns Unbehagen. Sie fielen auf. Die Menschen, denen sie begegneten, blieben stehen und begafften zuerst Mayana und dann ihn, als sei er die Hauptattraktion einer Schaubude. Noch waren nicht allzu viele Bewohner auf den Gassen, doch das würde sich bald ändern.

Er hielt inne und drehte sich zu der jungen Frau um. Mayana blieb stehen und lächelte ihn nur an. Missmutig zog er sie von der Hauptstraße weg in eine schmale Nebengasse. Nervös kaute er auf den Lippen und musterte sie von oben bis unten. Er stellte sich vor, was geschehen würde, wenn er mit einer solchen Erscheinung in sein Gasthaus käme. Sie würden sein Zimmer belagern, als wäre es eine Jahrmarktsbude.

»Stimmt es, dass Joachim in der Neuen Welt war?«, fragte er, obwohl er ihr eigentlich hatte erklären wollen, dass er sie nicht mitnehmen konnte.

Das Mädchen sah ihn an, dann hob es eine Augenbraue. Federmann musste beinahe grinsen, da sie bei all ihrer Verwegenheit doch so unbeholfen wirkte.

»Was Joachim? Was Neue Welt?« Mehr kam nicht über Mayanas Lippen.

Auch das noch, dachte er. Sie ist geistesschwach. Doch ihre Erscheinung ließ den in ihm aufkeimenden Unmut sich auflösen wie der Rauch eines Feuers in der Luft.

»Der Mann, der durchs Fenster gefallen ist. Das war Joachim.«

»Jo-a-chim!«, wiederholte sie. »Joaquin, Mann mit Bart. Ich«, sie deutete auf sich, »Mann mit Bart.« Dann zeigte sie auf ihn. »Du Joaquin.«

Offenbar verstand ihn das Mädchen. Federmann tat sich allerdings schwer, ihre kurzen Sätze zu entschlüsseln. Und noch schwerer fiel es ihm, auf das eigentliche Thema zu kommen. Wie nur sollte er es anstellen, ihr die Wahrheit zu sagen? Einer solchen Frau sagte man nicht einfach: »Ich kann dich nicht mitnehmen.«

Ganz in Gedanken versunken und mit sich selbst beschäftigt wurde er von ihrer Hand erschreckt, die sie ihm auf die Brust legte.

»Ich wisse, was denken. Lesen Gesicht.« Sie deutete wieder auf sich. »Menschen Neugier und Angst. Beides.«

Überrascht sah Federmann auf. Ein heiliger Ernst lag über den Zügen des Mädchens. Ein Ernst, wie er ihn nur bei feierlichen Ritualen zu Ostern oder zu Weihnachten in den Mienen der Geistlichen lesen konnte. Die Hand drückte sanft auf seine Brust, als suche sie dort nach etwas, was tief unter seiner Haut zu liegen schien. Ihm wurde warm an der Stelle. Eigentlich wollte er einen Schritt zurückweichen, doch seine Beine versagten ihm den Dienst.

»Ich bleiben. Sonnenstein!« Sie deutete auf die Stelle seiner Brust, an der dieser Goldstein unterm Hemd baumelte. »Vatergeschenk tötet.« Sie sagte es in einer ruhigen Art, als spräche sie vom ewigen Meißelpicken der Dombauhütten in Ulm oder vom sich drehenden Wetterhahn auf der Kirche St. Michael zu den Wengen. Federmann musste schlucken. Sie hatte ihm mitgeteilt, dass sie ihn begleiten wollte. Doch das war unmöglich. Sie würde auffallen, sie würde die Neugierigen anlocken und ihn so am raschen Fortkommen hindern. Niemals durfte er sich diesen Klotz ans Bein binden. Schließlich musste er auf sich achten, nicht auf diese Fremde, so hübsch ihre Larve auch sein mochte. Endlich wurde es Federmann zu viel. Er hielt ihr Handgelenk fest, da ihre Hand immer noch auf seiner Brust ruhte.

»Ich kann dich nicht mitnehmen! Verstehst du? Es geht nicht. Bleib von mir aus, wo du willst!« Er wendete sich um und ließ sie stehen. Mit gespitzten Ohren horchte er hinter sich, doch sie bewegte sich keinen Schritt von der Stelle und folgte ihm nicht. Als er um eine Gassenecke bog, wagte er es, einen kurzen Blick zurückzuwerfen. Sie war verschwunden. Erleichtert eilte er zur Herberge, in der er für ein paar Tage Logis bezogen hatte, bis der nächste Frachtzug nach Augsburg abfuhr. Er bedauerte nur, sie nicht noch einmal zu Joachim befragt zu haben.

Obwohl ihm die Last der Verantwortung nicht mehr auf den Schultern lag, bedrückte ihn der Satz, den das Mädchen gesagt hatte: »Vatergeschenk tötet!«

Was immer sie ihm damit hatte sagen wollen, blieb ihm ein Rätsel. Wenn sie die handtellergroße Goldscheibe gemeint hatte, dann war es sicher ein Irrtum gewesen. Schließlich hatte sie Joachim gehört … oder hatte er sie dem Mädchen abgenommen? Sie ihr womöglich gestohlen? »Vatergeschenk« hatte sie gesagt. Damit konnte ebenso gut ein Geschenk ihres Vaters an sie oder an Joachim gemeint sein. Und warum sollte es töten? Energisch schüttelte er den Kopf, als er auf die Tür zum Gastraum zuging. »Unmöglich! Aberglaube!«, murmelte er vor sich hin. Mehr konnte es nicht sein. Wie er diese abergläubische Welt verachtete. Unter den Fuhrmännern schwamm er regelrecht in einem Teich des Aberglaubens. Da sprangen sie am Sonntag in die Kirche, und unter der Woche trugen sie ihre Talismane, Kräutersäckchen und Hasenpfoten, damit ihnen der böse Blick nicht widerfuhr und sie nicht verhext werden konnten. Sie trugen Psalmensprüche in einem Lederbeutel am Hals und vollführten die merkwürdigsten Rituale vor einer Ausfahrt, bis sie sich auf den Kutschbock setzten. Und doch holte sie der Teufel, wenn es an der Zeit war. Kein Beutel, kein Talisman schützte sie vor dem Bolzen einer Armbrust. Nichts anderes als Wachsamkeit und Verstand half gegen das mörderische Gesindel der Straße.

Federmann stieß die Tür zum Gastraum auf und betrat ein Halbdunkel, das erfüllt war vom Durcheinander von Männerstimmen. Es roch nach Kohlsuppe, ranzigem Fett und schalem Bier. Der

Lärm verstummte kurz, während er in der Tür stehen blieb, um seine Augen an den lichtarmen Raum zu gewöhnen, dann hob er in unverminderter Stärke wieder an.
»Ein Bier?« Der Wirt rief ihn vom Schanktresen aus an, doch Federmann schüttelte den Kopf und steuerte direkt auf die Treppe zu, die zu den Zimmern hinaufführte. In der Ecke des Gastraums saß ein Mann bei einem Krug und winkte zu ihm herüber. Es war sein Schlafgenosse, mit dem er Zimmer und Bett teilte, der Hauptmann einer anderen Truppe, die regelmäßig von Ulm aus nach Lyon und anschließend wieder ins Schwäbische bis Stuttgart hinaufzog. Er traf sich häufiger mit dem Vierfingrigen, dem an der rechten Hand einer seiner Finger fehlte. Er karrte Stoffe, Salzfisch und Quecksilber aus dem Süden in den Norden. Eine bunte Mischung dessen, was die Handwerker der Alb selbst nicht herstellen und die Patrizier in den Reichsstädten dort noch bezahlen konnten. Neben ihm saß ein Zwerg. Sie hatten die Köpfe zusammengesteckt, bevor er aufgetaucht war, jetzt blickten sie beide zu ihm herüber.
Federmann zögerte kurz, trat dann aber an den Tisch des Zimmergenossen und setzte sich ihm gegenüber. Der Zwerg blickte unbeteiligt auf den Krug Bier vor sich. Erst jetzt bemerkte Federmann, dass der Gnom nicht saß, sondern auf der Bank kniete, so klein war er.
»Wohin so eilig, Rotlocke?« Der Blick des Fuhrwerkers verriet echte Neugier, doch Federmann wollte sich nicht auf ihn einlassen. Nicht jetzt.
»Ich muss ein paar Stunden schlafen. Heute gegen Nachmittag geht es weiter.«
Plötzlich sah ihn der Zwerg neugierig an. »Wohin fahrt Ihr?«
»Augsburg«, sagte Federmann beiläufig. »Wie immer.« Er drehte sich zum Wirt um, machte ein Zeichen mit dem Finger und deutete auf den Mann vor ihm.
»Da kommen wir her«, murmelte der Gnom nur und schüttelte den Kopf. »Wir brauchen einen Zug nach Süden, nach Lyon oder

weiter … Spanien wäre schön.« Der Kleine blickte den Fuhrwerker mit seinen vier Fingern an. »Wir ziehen mit Euch – wenn wir dürfen.«

Federmanns Gegenüber verzog die Miene säuerlich. »Mit diesem Schaustellergesindel bis Lyon – ein Spaß wird das nicht.«

Der Wirt hatte Federmann verstanden und eilte mit einem vollen Humpen an ihren Tisch. Er stellte ihn vor dem Ulmer ab, der ihn zum Fuhrwerker weiterschob. »Ein andermal trinken wir zusammen einen Humpen.« Er nickte dem Hauptmann und dem Zwerg flüchtig zu, erhob sich und verschwand nach oben.

Erst als er die Tür seiner Kammer hinter sich zugezogen hatte, fühlte er sich sicher. Rasch vergewisserte er sich, dass niemand im Raum war, blickte unter das Bett und prüfte die Wand nach Löchern. Dann erst setzte er sich auf den einzigen Stuhl ans Fenster und holte den Stein unter seinem Hemd hervor. Im Lichtstrahl, der durch das offene Fenster einfiel, glänzte das Metall, das flach und gut eine Handinnenfläche groß war, wie glühendes Eisen. Er drehte es hin und her. »Sonnenstein«, hatte das Mädchen gesagt. Der flache Klumpen wirkte, als wäre er so der Erde entnommen. Er war ursprünglich geblieben, nicht gegossen, nicht bearbeitet. »Vatergeschenk tötet!«, hatte dieses Mädchen noch gesagt. Was bedeutet »Vatergeschenk«? War es ein Geschenk ihres Vaters oder eines *für* ihren Vater? Was sollte der Begriff »tötet«? Kurz lief es ihm eisig den Rücken hinab. Doch er schüttelte sein Unbehagen ab. Was sollte ihm schon widerfahren? Womöglich hatte er das Mädchen einfach falsch verstanden.

Er untersuchte das Gold genau und fand an drei Stellen Kerben, die er nicht deuten konnte. Als seien sie künstlich eingefügt worden – und zwar bewusst, denn sie waren nur zu sehen, wenn er den Brocken in eine bestimmte Richtung drehte. Was hatte Joachim noch gesagt?, fuhr es ihm durch den Kopf, und er versuchte, sich die letzten Worte des Freundes in Erinnerung zu rufen. Hatte er nicht von einer … von einer Karte gesprochen?

Der Gedanke versetzte Federmann in eine innere Unruhe, die

ihn vom Stuhl hochtrieb. Eine Karte! Natürlich. Diese Ritzzeichnungen hatten womöglich mit der Karte zu tun, von der Joachim gestammelt hatte, kurz bevor er das Zeitliche segnete. »Der Herr sei ihm gnädig!«, murmelte Federmann. Mit langen Schritten durchmaß er den Raum, und noch nie war ihm eine Behausung so eng vorgekommen. In dem Zimmerchen konnte er die Energie, die sich in ihm angestaut hatte, kaum bewältigen. Er musste hinaus. Er musste ins Freie, dorthin, wo mehr Licht auf das Gold fallen konnte, dorthin, wo er den Stein mit ein wenig Schmutz abreiben und so womöglich verborgene Linien und Zeichen sichtbar machen konnte.

Er hängte sich das Gold wieder um den Hals, griff nach seinem Wams und trat aus dem Raum auf den Gang hinaus. Dort stieß er beinahe mit seinem Zimmergenossen zusammen, der ihn kurz verwundert anblickte. Federmann murmelte eine Entschuldigung und wollte an dem Kerl vorbei, doch der hielt ihn unsanft am Arm fest.

»Schwierigkeiten, Rotlocke?«, fragte der Hauptmann. Zuerst sah er ihm mit vom Alkohol glasigen Augen ins Gesicht, dann wanderte sein Blick langsam abwärts bis zu seinem Hemd. Federmann griff unwillkürlich an seine Brust, als er sah, wie sich die Pupillen des Stuttgartfahrers weiteten.

»Woraus schließt du das?«, fragte er unwirsch zurück. Er verfluchte seine Hast. In seiner Eile hatte er vergessen, das Wams zuzuknöpfen, und der flache Brocken lag frei und zur Besichtigung bereit. Noch ehe der fremde Hauptmann seine Hand nach dem Gegenstand ausstrecken konnte, war Federmann an ihm vorbeigehuscht und lief die Treppe hinab. Er fühlte, wie sich die Blicke des Hauptmanns in seinen Rücken bohrten. Könnten Blicke allein etwas bewirken, hätte Federmann den Fuß der Treppe und damit die Wirtsstube niemals erreicht.

5. KAPITEL

Mayana sah dem jungen Kerl nach. Er gefiel ihr. Warum er sie jedoch verstoßen hatte, konnte sie nicht recht begreifen. Was waren das für Männer, die sich vor einer Frau fürchteten?

Sie strich sich eine Haarsträhne aus dem Gesicht. Gleichzeitig beschloss sie, dem Willen des … Ihr fiel auf, dass sie sich noch keinen Namen für den mysteriösen Träger des Sonnensteins ausgedacht hatte. Einen Namen, der ihn charakterisieren sollte, der ihn in ihren Augen unverwechselbar machte. Den anderen hatte sie den Bärtigen genannt – das war leicht gewesen. Schließlich hatte dieser Joaquin nicht nur einen vollen Bart getragen. Er hatte ihn gebürstet und gezupft, ihn mit den Händen glatt gestrichen und ihn auf dem Meer regelmäßig mit einer Art Fett eingestrichen, damit das Salz darin nicht krustete. Der jetzige Träger des Sonnensteins trug zwar nur einen kurzen Bart, aber der und die Haare auf seinem Kopf hatten es in sich. Feuerrot waren sie, so rot, dass man glaubte, der Kopf stünde in Flammen, wenn sich die Sonne darin verfing.

Doch dann fielen ihr die blauen Augen ein, aus denen der Kerl in die Welt blickte. Sie waren von einem strahlenden Blau – so blau, als hätte man den Himmel in diesen Augen eingeschlossen. Blauauge würde sie ihn nennen. Das war ein guter Name. Einen zweiten Entschluss fällte sie im selben Moment. Sie würde den Sonnenstein nicht aus den Augen lassen. Sie durfte aber auch nicht den Eindruck erwecken, als liefe sie dem Kerl nach. Sie würde also zum Schein seinem Willen nachgeben.

Mayana sah Blauauge nach, wie er davonstapfte. Sie wusste genau, er würde sich zu ihr umdrehen, doch sie wartete nur ab, bis er am Ende der Gasse nach links abbiegen musste. Kurz davor verschwand sie von der Straße und bog in eine Seitengasse ein.

Ulm unterschied sich kaum von anderen Städten. Die Häuser bildeten rechteckige Blöcke, um die herum Straßen verliefen. So traf sie bereits nach wenigen Augenblicken auf eine Querstraße, die wieder auf den Hauptweg hinausführte. Auf diese Stelle lief sie jetzt zu. Kurz bevor sie sie erreichte, querte Blauauge die Einmündung. Mayana huschte hinter ihm her, ohne dass er es zu bemerken schien. In dieser Welt war es leicht, den Menschen zu folgen. Sie brachen wie die Tapire durch die Stadt. Man konnte sie bereits auf weite Entfernungen ausmachen und ihnen aus dem Weg gehen. Mayanas Art zu gehen, ihrer Art, sich, wenn sie wollte, beinahe unsichtbar zu machen, hatten diese Menschen nichts entgegenzusetzen. Sollte der Tölpel vor ihr glauben, sie hätte sich seinem Willen gebeugt und wäre verschwunden. Niemals würde sie den Sonnenstein im Stich lassen. Sie würde das Blauauge vorerst in Ruhe lassen, bis es selbst herausgefunden hatte, was es tun durfte und was es lassen musste.

Als Blauauge den Gasthof betrat, hielt sich Mayana so dicht hinter ihm auf, dass sie ihn mit der Hand hätte berühren können. In den Schankraum hinein wollte sie ihm jedoch nicht folgen.

Der Gasthof grenzte an eine Straßenecke. Mayana betrachtete sich die Fenster, die auf die Gasse hinausgingen. Wenn sie Glück hatte, bewohnte Blauauge ein Zimmer zu einer der beiden Gassen hin.

Sie wartete geduldig, ob eines der Fenster geöffnet werden würde. Sie hatte zwar erfahren, wie ängstlich die Menschen waren, Luft und Licht in die Räume zu lassen, doch Blauauge würde den Sonnenstein betrachten wollen – und dafür brauchte er Licht.

Ihre Vermutung bestätigte sich, und Mayana musste schmunzeln. Diese Hellhäutigen waren so berechenbar. Zwar sah sie nur den hellen Schopf Blauauges, doch seine Haltung, seine Art, sich vorzubeugen, verrieten ihr die Tätigkeit. Er untersuchte das Geschenk ihres Vaters. Sie trat unter das Fenster des Gasthauses. So konnte sie ihn hören, ohne dass er sie jedoch entdecken konnte. Angestrengt lauschte sie, ob auch ihn das Gift befiel, das alle Hellhäute überwältigte, wenn sie dem Lichtgott ins Auge gesehen hatten.

»Was tut so ein hübsches Ding allein in der Gasse?« Ein Schatten trat vor sie und verdeckte ihr die Sicht. Mayana musste Blauauge loslassen und sich auf den Menschen vor ihr konzentrieren. Es war ein grobschlächtiger Fuhrwerker. Er überragte sie um gut zwei Köpfe, und seine Schultern erschienen Mayana beinahe so breit wie die Gasse. Er fasste sie mit seinen Pranken am Arm und zog sie an sich. »Willst du mir nicht Gesellschaft leisten? Ihr ... ihr Dunklen seid doch ... ihr wollt doch ...« Der Mund des Fuhrmanns verzog sich breit, und die Augen verengten sich zu Schlitzen.

Er roch nach dem scharfen Wasser, das der Bärtige in sich hineingeschüttet hatte, und er stank nach wochenlang ungewaschener Kleidung. Wie es die Menschen in diesem Teil der Welt nur aushielten, sich nicht zu reinigen, wo es doch beinahe überall Wasser gab? Mayana senkte die Augen, und der Breitschultrige nahm es als Bestätigung.

»Na, dann komm mit, Kleine. Ich lasse dich einmal um die Welt fahren!«

»Nein!«, sagte Mayana sehr selbstsicher und bestimmt, obwohl sie sich keineswegs so sicher fühlte. Mit einem Ruck schüttelte sie die Hand des Mannes ab.

»Was hast du gesagt?« Der Fuhrwerker wirkte verblüfft, griff jedoch sofort wieder zu. »So kommst du mir nicht davon, Schätzchen.« Der Druck seiner Hand ließ Mayana glauben, er würde ihr den Arm brechen. Sie stöhnte laut auf.

»Vorsicht!«, spie sie dem grobschlächtigen Kerl entgegen und hielt plötzlich in der rechten Hand einen Pfeil, kaum größer als ihr Zeigefinger. Sie hielt dem Mann die Spitze vor die Nase und sagte nur: »Tod!«

Der Fuhrwerker sah mit offenem Mund von der Pfeilspitze zu Mayana und wieder zurück. Dann brach er in ein donnerndes Gelächter aus, das sich in der schmalen Gasse brach.

»Weg! Los!«, zischte Mayana, doch der Riese zog sie unerbittlich zu sich und griff mit der anderen Hand nach ihrem Körper.

Den Riss verspürte der Kerl nicht, obwohl er Mayanas Bewegung sah. »Und jetzt?«, fragte er noch, grinste sie breit an und zeigte mit dem Kinn auf den Kratzer an seinem Unterarm. Doch bereits wenige Herzschläge später wich alles Blut aus dem Gesicht des Mannes. Sein Mund öffnete sich, und die Pupillen schrumpften in den weit aufgerissenen Augen zu kleinen schwarzen Punkten.

»Tod!«, flüsterte Mayana und löste sich aus dem Griff des Mannes, der sich jetzt, Schweißperlen im Gesicht, gegen die Hauswand des Gasthofs lehnte. Mayana blickte kurz die Gasse hinauf und hinunter. Sie musste weg, denn der Fuhrwerker würde die unscheinbare Verletzung nicht überleben. Zum ersten Mal musste sie den Sonnenstein ganz im Stich lassen. Im Schatten des Gasthofs lief sie die Gasse hinunter und hoffte und betete, dass niemand sie erkennen und einen Zusammenhang zwischen ihr und dem Toten herstellen würde, der gerade mit einem dumpfen Krachen auf der Gasse aufschlug.

Das war der zweite Tote dieses Tages. Sie war nicht glücklich über diese Entwicklung. Erst als sie um eine Ecke gebogen war und sich hinter ein Fass stellen konnte, das nach Urin stank und wohl als Bleichmittelaufbewahrung für eine Wäschebleiche diente, konnte sie den Pfeil wieder einstecken. Vorsichtig bugsierte sie ihn in eine Öffnung ihres Gürtels, die mit Leder ausgekleidet war. Der betrunkene Fuhrwerker war nicht der Erste gewesen, den sie mit einem der Pfeile getötet hatte. Tayento, ihr Vater und Schamane, hatte sie ihr mitgegeben – und sie war entschlossen, jeden anderen, der sie nicht respektierte, ebenfalls ins Reich der Geister zu stoßen.

Sie reckte den Hals und sah sich fordernd um, doch sogleich wurde ihr wieder bewusst, wo sie war, und sie senkte den Kopf. Sie wirkte für diese Menschen ebenso fremd und merkwürdig anders, wie sie die Menschen um sich herum empfand. Das war gefährlich. Sie musste auf sich achten, denn ohne sie würde der Sonnenstein niemals wieder in ihre Heimat zurückkehren.

Wenn sie die Scheibe nicht aus den Augen lassen wollte, musste sie das Risiko eingehen und sich in der Nähe des Gasthofs verbergen. Sie wagte sich lange nicht zum Gasthof zurück, doch zumindest den Eingang musste sie beobachten. Möglichst unauffällig näherte sie sich dem Gebäude.

Als sie um die letzte Ecke bog, sah sie eben noch, wie Blauauge mit schnellen Schritten in die entgegengesetzte Richtung davonlief. Ohne auch nur einen Augenblick zu zögern, folgte sie ihm. Dabei machte sie eine höchst beunruhigende Entdeckung.

6. KAPITEL

Er brauchte Licht. Licht und einen Platz, an dem er ungestört war. Nur ein Ort fiel ihm ein, der all das bot: Der alte Uferstein unterhalb der Stadt, von dem aus Joachim und er das Schwimmen gelernt hatten. Mit ausladenden Schritten strebte er diesem Ziel zu. Das Gold schlug ihm unter dem Hemd gegen die Brust, als wollte es seinen Herzschlag imitieren.
Federmann pflügte mit erhobenem Haupt durch die Menge. Er sah den Menschen ins Gesicht und stellte fest, wie unnahbar und verschlossen die Mienen waren. Jeder, der ihm begegnete, trug ein Geheimnis mit sich, nein, *war* ein Geheimnis. Man sah nur eine Fassade. Alles, was unter der Kleidung verborgen lag, entzog sich näherer Kenntnis. Dasselbe galt für die Haut, die der Mensch dieser Welt entgegenhielt. Was sich darunter verbarg, blieb ein ewiges Mysterium. Dass man nicht unter die Haut blicken konnte, war allen Menschen eigen, und es war gut so. Doch die Kleidung verhüllte so manches, was offensichtlich gewesen wäre, wenn nicht ein Fetzen Stoff es bedeckt hätte: Die Wunde eines Brandeisens kennzeichnete den Dieb; eine Tätowierung offenbarte die Zugehörigkeit zu einer Räuberbande; eine Narbe am Handgelenk berichtete vom Kriegshandwerk; Striemennarben am Rücken erzählten von der Galeere oder der blasse und ausgemergelte Körper vom Schuldturm. Ihm imponierte plötzlich der Gedanke, wie recht die Wilden taten, von denen er gehört hatte, dass sie nackt durch die Welt liefen. Niemand konnte etwas am Körper verstecken. Alles lag offen und zeigte den Mitmenschen damit die eigene Geschichte.
Allerdings blieb die Schwierigkeit, in die Köpfe der Menschen zu blicken. Was sich unter der Schädeldecke für sonderbare Gedanken tummelten, würde wohl für ewig unerforschbar bleiben.
Während er vor sich hin sinnierte, durchschritt er das Stadttor, überquerte die Uferstraße und wandte sich in Richtung Ufer. Ein schmaler Pfad, der kaum zu erkennen und nur den Einheimi-

schen bekannt war, führte in die Auwälder längs der Donau hinein. Federmann schlüpfte durch hüfthohes Gras, das man sonst zur Füllung von Kissen erntete oder im Winter zum Wärmen in die Schuhe stopfte, und wandte sich dem Donauufer zu. Nur einmal blieb er stehen und lauschte. Ihm war, als raschelte es direkt hinter ihm. Doch als er sich umdrehte und umsah, rührte sich nichts, und der Verdacht, verfolgt zu werden, löste sich auf. Vermutlich scheuchte er nur Otter, Biber oder die eine oder andere Schlange auf, die sich im Kraut bewegten.

Der graue Uferfels ragte wenige Fuß in das Wasser hinein. Eine gewaltige Kraft musste ihn einstmals hier angespült haben. Er kletterte an ihm hinauf und erinnerte sich, wie Joachim und er darüber spekuliert hatten, wie die Wassermassen der Sintflut den Felsen hierher transportiert und abgesetzt hatten. Die tiefen, jetzt mit Moos gefüllten Rillen im Stein erklärten sie sich als Kratzspuren der Hand Gottes, die sich für die Sehenden und Glaubenden hier verewigt hatten.

Er setzte sich, lauschte noch einmal konzentriert auf seine Umwelt, und nachdem alles um ihn her ruhig blieb, zog er das Gold am Lederriemen aus dem Hemd. Das Sonnenlicht fiel beinahe senkrecht auf den Felsen, und das reflektierende Metall blendete ihn anfänglich. Doch er erkannte bald, wie gut die Entscheidung gewesen war hierherzukommen. Die blendende Helligkeit offenbarte ihm, was er zuvor schon vermutet hatte: Auf derjenigen Seite des flachen Klumpens, die die Kerben trug, waren weitere Rillen eingraviert. Federmann ließ die Finger über eine Stelle des Steins gleiten, die mit Moos bewachsen war. Die feine Erde, die an seiner Hand haften blieb, verstrich er über die Markierungen, und tatsächlich nahmen die Rillen den Schmutz auf und machten wie durch Zauberhand vier Buchstaben sichtbar: N, O, S, W. Die Abkürzungen einer einfachen Windrose.

Federmann pfiff durch die Zähne.

»Der Stein gehört tatsächlich zu einer Karte!«, stieß er hervor. Er musste sie suchen. Vermutlich lag sie noch in der Truhe, aus der Mayana gestiegen war. Wenn er doch nur mehr Zeit gehabt hätte!

»Mir würde das Gold genügen, mein Freund!«, wurde er da plötzlich angesprochen.

Federmann fuhr herum und hätte sich beinahe selbst die Spitze des Schwertes in den Hals gestochen, das auf ihn zeigte.

»Ruhig Blut, du roter Teufel! Da finden wir uns zufällig zusammen«, sagte der Mann, »schneller als wir gedacht haben. Du mit deinen Teufelshaaren – und ich armer Fuhrwerker, der von der Welt etwas haben möchte.«

Federmann sah in die Augen des vierfingrigen Stuttgartfahrers, dessen Einladung er vorhin im Gasthaus ausgeschlagen hatte.

»Es fehlt nur das Bier, Rotlocke«, grinste der Mann vor ihm und streckte die Hand nach dem Gold aus. Seine Finger machten eine unmissverständliche Bewegung. »Damit wäre es bezahlt. Der Rest ist Trinkgeld.«

Federmann war zu verblüfft, um sofort zu reagieren. Er wusste nur eins: Der Fuhrwerker würde das Gold niemals bekommen. Nicht im Leben und nicht im Tod. Schon allein deshalb nicht, weil er sich über seine roten Haare lustig gemacht hatte.

»Werft es mir rüber, Freund«, befahl der Mann und drückte die Spitze ein Haarbreit stärker an seinen Hals. Federmann fühlte, wie sie in die Haut eindrang und Blut hervorsickerte, das an ihm hinablief.

»Was macht Euch so sicher, dass ich das tue?«, erwiderte Federmann und streckte die Hand aus. Nun schwebte der Goldanhänger direkt über dem braunen Wasser der Donau, die an dieser Stelle strudelte und mit kräftigem Sog an dem Felsen zerrte. »Nehmt das Schwert weg, sonst lasse ich die Scheibe fallen!« Jetzt war es an ihm zu grinsen. Doch ihm war keineswegs danach zumute. In seinem Inneren kochte es. Wie unvorsichtig er gewesen war! Schon in der Schenke hatte der Fuhrmann den flachen Goldbrocken förmlich mit den Augen verschlungen. Wie wenig er darauf geachtet hatte, dass er nicht durch sein halb offenes Hemd blitzte! Selbst bei offenem Fenster hatte er ihn begutachtet. Und wie dummköpfig und selbstverliebt er sich durch die Menge bewegt hatte. Er war ein tumber Kerl, mehr nicht, dem das, was ihm gerade widerfuhr, recht geschah.

Federmann spürte, wie der Druck an seinem Hals nachließ. »Steigt herunter, aber langsam!«, tönte das Kommando. Das Schwert fuchtelte vor seinem Gesicht herum und ritzte ihm kurz über die Nasenspitze. Es war ein feiner, kaum wahrnehmbarer Schmerz, der ihn in Bewegung setzte. Er musste etwas unternehmen, sonst war der Anhänger fort – und sein Leben vermutlich auch.

Allerdings wusste Federmann auch: Wenn er den Stein verließ und sich zurück ans Ufer begab, war er dem Fuhrwerker ausgeliefert. Der Kerl war etwas älter als er, und das Bier hatte ihm die Augen gerötet, doch davon durfte er sich nicht täuschen lassen. Die Männer auf ihren Fuhrwerken kämpften wie die Berserker. Meist verbargen sich unter den plumpen und gedrungenen Gestalten geschickte Fechter, die so manche Finte kannten. Allein wie der Stuttgartfahrer das Schwert hielt, deutete an, dass er es nicht zum ersten Mal in der Hand hatte und durchaus damit umzugehen wusste.

»Ich komme«, knurrte Federmann, der mit sich selbst unzufrieden war. Er ärgerte sich darüber, dass er sein eigenes Messer im Gasthof gelassen hatte. Die Scheibe wollte er auch nicht im Wasser versenken; die Strömung würde sie mit sich reißen und die Donau sie auf Nimmerwiedersehen verschlucken.

Unbeholfen und von der Schwertspitze dirigiert, kletterte er vom Felsen herab. Die wenigen Schritte kamen ihm vor, als spiegelten sie sein gesamtes Leben wider. Hatte er einmal den Gipfel erklommen, musste er kehrtmachen und den Erfolg einem anderen überlassen. Nicht für ihn brachte diese Mühe das Ergebnis, sondern für andere.

Nachdem er den Ufersand betreten hatte, lenkte das Schwert des Fremden ihn vom Ufer weg. »So, gebt den Anhänger her!«, befahl ihm der Stuttgartfahrer. »Ihr dürft dafür Euer Leben behalten.«

Federmann glaubte ihm kein Wort. Wenn er am Leben blieb, musste der Fuhrwerker um sein eigenes fürchten. Blitzschnell entwickelte sich in seinem Kopf ein Plan, der vorsah, den flachen Goldklumpen über den Kopf des Fuhrwerkers hinwegzuwerfen, um dann zurückzulaufen und in die Donau zu springen, sich ein Stück weit abtreiben zu lassen, an Land zu klettern und dem Fuhrwerker am Tor wieder aufzulauern. Doch es kam nicht zur Durchführung seines Plans. Noch bevor er zum Werfen ausholen konnte, stolperte der Stuttgartfahrer unvermittelt einen halben Schritt nach vorn. Seine Augen weiteten sich. Er griff sich an den Hinterkopf und starrte dann auf seine blutigen Finger. Hinter ihm fiel ein Stein hörbar zu Boden. Der Mann wollte sich nach dem Verursacher des Geschosses umsehen. Federmann hörte, wie ein zweiter Stein mit einem satten Klatschen gegen die Schläfe des Mannes prallte. Dessen Augen verdrehten sich, und er sackte nach vorn. Geistesgegenwärtig trat Federmann das Schwert des Mannes beiseite, damit der nicht hineinstürzte – dann brach der Kerl in die Knie und sank mit dem Gesicht voraus stöhnend in den Ufersand.
Federmann stand wie erstarrt und streckte noch immer den goldenen Anhänger an der ausgestreckten Hand von sich.
Lautlos trat aus dem Gesträuch des Auwalds eine Gestalt auf den schmalen Uferstreifen: das Mädchen. Sie huschte zu dem Stuttgartfahrer, berührte seinen Hals und sah auf die vier Finger seiner Hand. »Vierfinger Kopfschmerzen. Kleine Sterne sehen«, informierte sie Federmann beiläufig. Sie sah ihn von unten an, ernst, ohne die Miene zu verziehen. »Verstehen?« Mit ausgestrecktem Finger deutete Mayana auf den Anhänger. »Töten!« Sie zeigte auf sich: »Ich«, dann auf ihn, »schützen. Vielleicht«, schränkte sie zögernd ein.
Federmann kniete sich neben das Mädchen. »Du nennst ihn Vierfinger?«
Das Mädchen nickte.
»Du hast dem Mann aber ganz schöne Kopfschmerzen bereitet.« Dann deutete er auf den Klumpen in seiner Hand. »Woher

stammt das? Was bedeuten die Kerben und die Buchstaben?« Er sah das Mädchen an. »Woher kommst du?«
Mayana stand auf. Federmann sah ihre schmutzigen Finger, mit denen sie die Kiesel aus dem Uferschotter gegraben hatte. »Wo hast du gelernt, so zu werfen?« Ihm wären noch viele Fragen eingefallen, doch im Gesicht des Mädchens konnte er lesen, dass sie nicht gewillt war, ihm auch nur eine davon zu beantworten – wenn sie ihn überhaupt verstanden hatte.
Eines musste er allerdings noch loswerden. »Mayana – das ist doch dein Name? Wo ist Bertram? Joachims Freund?«
Mayana sah plötzlich hoch, verzog erneut das Gesicht und spuckte dann aus. Sie drehte sich weg, als wolle sie nicht mit ihm darüber reden.
Federmann packte sie an beiden Schultern und drehte sie herum. »Du weißt es doch! Sag es mir, wo ist Bertram?«
Sie sah ihn mit unverhohlener Verachtung an. »Mann, Vierfinger. Schlechter Mensch«, zischte sie. »Bertram. Dummer Mensch«, und sie setzte hinzu, »Au...s...buk.« Dann nickte sie heftig und wiederholte: »Au...s...buk.«
»Was heißt das, Au...s...buk? Moment: Meinst du vielleicht Augsburg? Ist Bertram in Augsburg?«
Mayana nickte heftig.
»Und die Karte? Liegt die in der Truhe?«
Das Mädchen betrachtete ihn, wie man einen seltenen Vogel betrachten würde. Dann schüttelte sie den Kopf. Ihre Augen zogen sich zu schmalen Schlitzen zusammen. »Bertram«, sagte sie leise und spuckte wieder aus. »Bertram dumm!«
»Willst du damit sagen«, Federmann holte kurz Luft, »dass Bertram die Karte besitzt?« So hätte er es auch gemacht. Die beiden Kameraden hatten sich die Hinweise auf das Gold geteilt. Der eine erhielt das Symbol, der andere die Karte. Und weil Joachim das Gold, Bertram jedoch nur die Karte in Händen hielt, war er in den Augen des Mädchens dumm. So jedenfalls reimte er es sich zusammen.

Ein Stöhnen unterbrach ihr sehr einseitiges Gespräch und seine Gedanken. Mayana beugte sich über den Fuhrwerker. »Mann wach«, sagte sie, dann klopfte sie sich auf den Kopf, verdrehte die Augen und stöhnte.

Federmann musste lachen. Der Kerl würde gewaltige Kopfschmerzen haben.

Doch dann deutete Mayana wieder auf den Fuhrwerker, verzog das Gesicht zu einer wütenden Maske und schnitt mit dem Daumen durch ihren Hals. Sie sah ihn fragend an, weil sie offenbar nicht wusste, wie man ausdrückte, was sie mitteilen wollte.

»Vierfinger wütend«, ergänzte Federmann und nickte. Mayana hatte recht. Sie mussten weg von hier. Mehr noch, sie mussten weg aus Ulm. Er kannte seine Landsleute in- und auswendig. Wenn der Fuhrwerker erwachte, dann würde in seinem Kopf dieses Stück Gold spuken, und er würde nichts unversucht lassen, um es in seinen Besitz zu bringen.

Mayana stand auf, doch Federmann hielt sie am Arm fest. »Du wirst mir erzählen, wo dieser Klumpen Gold herkommt. Hast du verstanden?«

Gelassen blickte sie ihm ins Gesicht. Ihre dunklen Augen schienen ihn regelrecht einzusaugen. Für einen Moment befürchtete er, die Besinnung zu verlieren. Rasch blickte er beiseite.

Wieder stöhnte der Fuhrwerker und bewegte sich, als wolle er aufstehen.

»Blauauge, loslassen.« Mayanas Stimme klang so tief, als würde eine Glocke geschlagen. Überrascht gab Federmann sie frei.

Ohne sich weiter um ihn oder den Stuttgartfahrer zu kümmern, drehte sie sich um und ging in Richtung Stadt davon.

»Wie hast du mich genannt? Blauauge?«, rief er hinter ihr her.

Federmann beeilte sich, ihr zu folgen. Was war das nur für ein geheimnisvolles Mädchen?

Im Auwald konnte er kaum mit ihr Schritt halten. Wie eine Katze glitt die Schönheit vor ihm durchs Unterholz, folgte dem beinahe unsichtbaren Pfad mit einer Sicherheit, als wäre sie hier aufgewachsen. Federmann versuchte schneller zu gehen, sie einzuholen, doch sie hielt ihn auf Distanz. Ihr sanftes Gehen, das keine Aufregung, keine schnellen Schritte kannte, beschleunigte sich im selben Maß, wie er versuchte, schneller zu werden.

Als sie aus dem Auwald auf die Straße hinaustraten, war er außer Atem. Mayana jedoch merkte er die Anstrengung nicht an. Weder schwitzte sie, noch war ihr Gesicht gerötet.

Erst auf der Straße blieb sie stehen und wartete auf ihn. Ernst sah sie sich nach ihm um, wie er erschöpft aus dem Dickicht stolperte. Und erst jetzt, als das Rascheln und Schnalzen des Geästs hinter ihm verklungen war, wurde ihm bewusst, wie geräuschlos sie gelaufen war. Ihn schauderte bei diesem Gedanken.

»Deine Welt, Blauauge«, sagte sie. »Ich folgen.«

Federmann baute sich vor dem Mädchen auf. »Erzähl mir, woher das Gold stammt. Wenn nicht, werde ich ihn an den Nächstbesten verschenken, der an uns vorübergeht.«

Ein Anflug von Lächeln wehte über ihr Antlitz, dennoch blieb sie ernst. »Nein, Blauauge«, sagte sie ruhig und betrachtete ihn, als wüsste sie über die Regungen in seinem tiefsten Inneren längst Bescheid. »Du lieben Gold!« Sie lachte lautlos.

Federmann musste schlucken, weil Mayana nur aussprach, was er in der Tiefe seines Herzens wusste. Er musste wissen, was die Kerben bedeuteten. Er musste wissen, woher das Gold gekommen war – er musste dorthin, woher es stammte.

Langsam setzte er sich in Trab. Aus diesem Mädchen wurde er nicht schlau. Aber da es ihm offenbar nachlief wie ein junger Hund, würde er keine Probleme haben, das von ihm zu erfahren, was er wissen wollte. Jetzt galt es zunächst einmal zu verschwinden.

Er blickte hoch zur Sonne. Der Nachmittag war angebrochen. Er musste seine Sachen aus dem Gasthof holen. Die Rottfuhren standen sicher schon im Innenhof des Anwesens der Familie Ehinger bereit.

7. KAPITEL

Mayana fühlte die Blicke der Menschen auf sich ruhen. Am liebsten hätte sie sich versteckt oder sich ein Tuch über den Kopf geworfen, um sich darunter zu verbergen, doch sie durfte Blauauge nicht aus den Augen lassen. Blauauge war für diese Blicke unempfänglich, er bemerkte nichts. Mit eingezogenem Kopf stiefelte er voraus und ärgerte sich noch immer, dass sie ihm seine Gedanken vorgehalten hatte. Oh ja, sie hatte in seinen Augen gelesen. Wenn sie ihn vor die Wahl gestellt hätte, für immer entweder sie besitzen zu können oder den Klumpen zu behalten, er hätte sich gegen sie und für den Sonnenstein, den Männer wie der Bärtige Gold nannten, entschieden. Wenn Männer dieses Fieber in sich spürten, waren sie blind für alles um sie her. Blauauge bildete darin keine Ausnahme.

Zuerst hatte er sie noch einmal zum Haus des Bärtigen geführt und dort warten lassen, bis er die Truhe untersucht hatte. Dann erst waren sie zum Gasthof aufgebrochen. Dabei war sie dicht hinter ihm geblieben, damit die Menschen, die hinter ihr herstarrten, sie nicht betatschten.

Jetzt folgte Mayana ihm in den Gasthof hinein. Die Gespräche verstummten, als sie eintrat und an der Türschwelle stehen blieb, und sie kamen auch nicht wieder in Gang, während Blauauge oben sein Zimmer ausräumte. Schnell hatte sie begriffen, dass sie beide wegmussten, weg von diesem Mann, von Vierfinger, den sie mit zwei Steinen in den Schlaf geschickt hatte und der sicherlich längst hinter Blauauge her war. Trotz ihres gesenkten Kopfes und der niedergeschlagenen Augen musterte sie die Gäste. Sie beobachtete jede Bewegung der Männer – denn es waren ausschließlich Männer, die hier hockten. Sie suchte nach Vierfinger, doch er hielt sich nicht in der Wirtsstube auf. Sie sah auch den Kleinwüchsigen auf der Bank im hinteren Teil der Gaststube, der sich auf die Bank stellte und ihr, als er sie sah, zunickte.

Vier, fünf der Kerle standen auf. Drei gingen nach hinten und verließen den Raum durch die rückwärtige Tür. Sie suchten offenbar den Abtritt auf. Zwei kamen auf Mayana zu. Man konnte ihren Mienen das Begehren ansehen, das in ihren Augen als kalte Gewalt glomm. Es bedeutete Gefahr. In solcher Gesellschaft musste sie vorsichtig sein. Ruckartig drehte sie sich um und trat auf die Straße zurück. Sie konnte diese Gier nicht aushalten. Als wäre sie Wild, das es zu erlegen galt.
Noch bevor Mayana sich an die Helligkeit gewöhnt hatte, vernahm sie ein heiseres Lachen, dann ein Rascheln. Gleichzeitig bekam sie einen Schlag auf den Kopf, der ihr nicht nur das Licht, sondern auch die Geräusche raubte. Ihr Verstand begann sich mit Nebel zu füllen. Ihr kam noch der Gedanke, dass sich die Männer wohl nicht erleichtert hatten, sondern nur den Hinterausgang benutzt und sie vor dem Eingang abgepasst hatten. Vierfinger hatte offensichtlich auf Federmann und auf sie gewartet. Dann fühlte sie, wie sie hochgehoben wurde, ohne sich dagegen wehren zu können. In schnellem Laufschritt wurde sie über die Welt weggetragen, als schwebe sie. Sie versank nicht ganz in Ohnmacht, sondern blieb immer ein wenig unter der Oberfläche, ohne sie gänzlich durchstoßen zu können, wie beim Schwimmen. Ihre Gliedmaßen waren wie gelähmt, ihr Gehör beinahe ertaubt, ihr Augenlicht wie ausgelöscht. Nur das rhythmische Heben und Senken ihres gekrümmten Körpers nahm sie als einen pulsenden Schmerz wahr. Nach einer kleinen Ewigkeit wurde sie abgelegt und entkleidet. Die Schmerzen ließen nach, verebbten jedoch nicht ganz, lauerten im Hintergrund und flammten auf, als sich der Untergrund bewegte. Die Stöße, die sie jetzt empfand, drangen undeutlich durch den zähen Nebelbrei. Hände fassten sie an, betteten sie, legten ihr etwas Weiches unter den Kopf, dann endlich löste sich der Nebel und machte einer Schwärze Platz, die über sie hinwegschwappte wie eine Welle.
Flackerndes Licht weckte Mayana. In scharf abgegrenzten Strahlen fiel es durch eine Bretterwand und strich ihr über die Augen.

Sie verspürte Kopfschmerzen und ein Unwohlsein, das sich von ihrem Brustkorb aus nach unten fortsetzte. Der Boden schlug hart im Rhythmus eines Wagens. Plötzlich war auch der Geruchssinn wieder da. Sie roch Pferde, Stroh, Holz – und Menschen. Schlagartig wurde ihr bewusst, dass sie in einem Karren gefahren wurde. Blauauge!, durchzuckte es sie. Ruckartig versuchte sie, sich aufzusetzen, doch ihre Arme gehorchten ihr nicht. Ein stechender Schmerz fuhr ihr den Hinterkopf und das Rückgrat hinab und zwang sie zurück auf ihr Lager.
»Bleib liegen!«, hörte sie neben sich eine weibliche Stimme sagen. Zwei weitere Wesen brummten zustimmend. Weil sie sich noch einmal aufrichten wollte, legte ihr die Mitreisende die Hände auf die Schultern und drückte sie nieder.
»Es ist besser, wenn du liegen bleibst. Du hast eine Platzwunde am Kopf. Vielleicht eine Gehirnerschütterung.«
Mayana fragte sich, was »Platzwunde« und »Gehirnerschütterung« wohl waren – beide Wörter hatte sie noch niemals gehört –, blieb jedoch liegen. Sie spürte jetzt sogar das Rucken des Wagens wie kleine Hammerschläge in ihrem Kopf. Unwillkürlich spürte sie ihrem Körper nach – sie war zwar entkleidet, aber offensichtlich nicht berührt worden. Das Etui mit dem Gold war noch da, wo sie es versteckt hatte. Eine gewisse Erleichterung überkam sie. Doch dann fühlte sie feste Bandagen, die sich um ihre Arme schlossen. Sie versuchte diese zu bewegen – doch es gelang ihr nicht. Sie war gefesselt worden.
»Wo?«, wagte sie zu fragen.
»Oh, du kannst unsere Sprache? Wunderbar. Dann will ich dir mal etwas erzählen.« Die Stimme lachte; ein wenig zu fröhlich. Gern hätte Mayana die Augen geöffnet, doch sobald sie dies auch nur versuchte, glaubte sie, Messer würden ihr ins Gehirn fahren und darin herumbohren. Also fügte sie sich in ihr Schicksal und hielt die Augen weiter geschlossen.
»Wir sind Schausteller!«, fuhr die weibliche Stimme fort. Sofort brach in der Gesellschaft um Mayana ein Zischen und Brummen

des Protestes aus. »Also gut, wir sind diejenigen, die ausgestellt werden.« Ein bitteres Lachen folgte.

Mayana wollte etwas erwidern, eine Frage stellen, doch eine unglückliche Bewegung riss ihr wie ein Stück Stoff das Bewusstsein entzwei und stieß sie zurück in den Schutz der Finsternis.

Als Mayana erneut aufwachte, war es dämmerig, und die grellen Sonnenstrahlen waren verschwunden. Sie schienen irgendwo im Schatten zu stehen. Sie lag völlig regungslos und horchte in das trübe Licht hinein. Neben ihr atmeten mehrere Körper. Die Pferde waren offenbar ausgespannt worden, der Karren stand ruhig und schaukelte nur mit den Bewegungen der Menschen, die darin ruhten. Draußen hörte sie mehrere Menschen miteinander reden.

Ihr erster Gedanke war, dass sie dieses Gefängnis verlassen musste. Als sie bemerkte, dass ihre Arme nicht mehr gefesselt waren, versuchte sie, ihre Umgebung mit den Händen zu ertasten. Offensichtlich befand sie sich mit den anderen in einer Art Kasten. Als sie ein Bein anzog, klirrte leise eine Kette – man hatte ihre Beine festgebunden!

»Bemüh dich nicht, Kleine«, flüsterte es von ihrem Fußende her. »Du bist an die Gitterstäbe gekettet. Unser Käfig besteht aus massiven Eisenstangen. Keiner kann sie verbiegen.«

Mayana wagte es endlich, die Augen zu öffnen und sich unendlich langsam zu erheben, auch wenn die Schmerzen in ihrem Kopf unerträglich waren. Im Halbdunkel eines Holzverschlags gewahrte sie zwei Tiere. Direkt neben ihr saß mit überkreuzten Beinen wie ein Mensch ein Wesen, das über und über mit Haaren bedeckt war.

»Du darfst die Augen ruhig schließen, wenn es dir zu viel wird«, sagte es. Mayana erkannte die Stimme wieder, die schon zu ihr gesprochen hatte. Sie kannte solche kleinen Haarmenschen aus ihrer Heimat. Sie besaßen einen Schwanz und brüllten und schrien, besonders gegen Morgen und Abend. Doch sprechen hören hatte sie die Haarmenschen noch nie.

Im hinteren Teil des Verschlags, zu ihren Beinen, räkelte sich ein weiteres Wesen, das sie zunächst für zwei Personen gehalten hatte, weil zwei Köpfe zu sehen gewesen waren. Mädchenköpfe. Jetzt aber sah Mayana, dass sich die beiden Oberkörper am Bauch zu einem einzigen Unterleib vereinigten, der in einen dicht wuchernden Haarbusch gehüllt war. Alle Wesen waren unbekleidet, wie sie feststellte. Sofort tastete sie ihren Körper ab und stellte fest, dass auch sie noch immer nichts am Leib trug als die Luft, die sie umgab. Sie rutschte bis ans Ende des Verschlags. Was waren das bloß für seltsame Gestalten?

»Wo … ich?«, war alles, was sie von sich geben konnte.

Plötzlich wurde hinter ihrem Rücken eine Tür beiseitegeschoben. Ein Kind mit merkwürdig verdickten Armen und Beinen und einem riesigen Schädel, den eine hohe Stirn krönte, schaute ins Innere.

Den Kleinen erkannte sie sofort. Es war der Zwerg aus der Gaststube.

»Ist sie endlich wach?«

»Keine Sorge, mein Kind«, flüsterte die Haarfrau. »Das ist nur Narses, der Zwerg. Ein Kleinwüchsiger, wie die Laune der Natur sie manchmal verbricht. Er ist unser Prinzipal. Die beiden Mädchen dort hinten sind Estella und Bianca, oder wie ihr Künstlername lautet: die beiden Vixen. Sie sind seit der Geburt zusammengewachsen und teilen sich beinahe einen einzigen Unterleib. Beinahe. Denn tatsächlich teilen sie sich nur jeweils ein Bein. Bianca läuft mit dem linken, Estella mit dem rechten Bein. Es funktioniert – so einigermaßen. Und ich bin eine Wolfsfrau.« Sie bleckte die Zähne und zeigte zwei spitz zugefeilte Zahnreihen in ihrem haarigen Gesicht. »Bereits als Kind soll ich mit mehr Haaren zur Welt gekommen sein, als mein Vater im Gesicht und meine Mutter auf den Zähnen besessen hat.« Wieder dieses kehlige Lachen, das so wenig Freude enthielt, dass es Mayana gruselte. »Der Glaubwürdigkeit halber sage ich jedoch, dass mein Vater ein Wolf gewesen sei, der meiner Mutter im Wald begegnet ist. Statt sie mit Haut und

Haaren zu fressen, hat er sich in sie verliebt und sie geschwängert. Das Ergebnis dieser Verbindung siehst du vor dir.« Sie grinste, was im dichten Bartwuchs ihres Gesichts mehr erahnt als gesehen werden konnte. »Und du, mein Kind, was bist du für ein Gewächs?«
Mayana hatte die Beine an den Leib gezogen und konnte nicht verhindern, dass ihre Unterlippe zitterte. Im düsteren Licht der verlöschenden Welt konnte sie zwischen Stroh und Boden die dunklen Glieder ihrer Fußfessel ausmachen. Es schien, als stelle der Sonnenstein sie auf eine weitere Probe. Denn langsam dämmerte ihr, was geschehen sein musste: Die Männer, die sie im Gasthof gesehen hatte, hielten Wesen gefangen, die anders waren als andere Menschen. Mayanas Aussehen hatte die Männer wohl dazu gebracht, sie zu ergreifen. Sie war – Freiwild gewesen. Blauauge hatte sie nicht beschützt. Der Sonnenstein hatte die Strahlen von ihr abgezogen, weil er erneut einem Mann überlassen worden war, dem die Gier nach Gold in den Augen gestanden hatte. Sie schlug die Hände vors Gesicht, um nicht laut aufzuschluchzen.
Sie kannte diese merkwürdige Art der Belustigung unter den Bleichhäutigen. Bei ihrer Ankunft mit dem Bärtigen und dem einfältigen Bertram in Sanlúcar waren sie über den Jahrmarkt geschlendert und hatten die Vorstellung einer Frau ohne Beine und mit sechs Fingern an jeder Hand besucht. Die Krüppelin, die vor ihr gesessen hatte, hatte diese Tortur stumm und willenlos über sich ergehen lassen, ja zur Freude so mancher Männer sogar den Stoff gelüpft, der ihren Unterleib bedeckte, damit die Lüstlinge einen Blick auf die Verstümmelungen hatten werfen können. Es war Mayana zuwider gewesen, diese arme Frau zu begaffen.
»Du musst nicht reden, wenn du nicht willst!«, beruhigte die Haarige sie. »Wir waren alle empört über die Behandlung.«
»Was Schausteller?«, fragte sie leise.
»Na, da habe ich deine Kenntnisse unserer Sprache wohl überschätzt«, lachte die Wolfsfrau gutmütig. »Wie ich bereits gesagt habe, wir werden ausgestellt. Für Geld. Auf Jahrmärkten oder an Fürstenhöfen. Wir sind alle einzigartig.«

Obwohl Mayana nicht jedes ihrer Worte verstehen konnte, begriff sie, was die Frau ihr erklären wollte. Es war genau so, wie sie befürchtet hatte. »Mayana«, sagte sie erklärend und deutete auf sich. Dann zeigte sie nach Westen und winkte mit der Hand in diese Richtung, um anzudeuten, dass sie von dort herkam. »Weit, weit, weit ...«, wiederholte sie.

»Ich habe davon gehört«, sagte plötzlich der Zwerg, den die Wolfsfrau Narses genannt hatte, mehr zu den anderen als zu ihr, »dass sie über dem Atlantik Land gefunden haben sollen. Aber dass dort Menschen leben, ist erstaunlich. Oder soll ich sagen: menschenähnliche Tiere?« Er setzte sich auf den Rand des Verschlags und ließ seine kurzen Beine nach innen baumeln.

»Wir sollten dich mitnehmen«, sagte die Wolfsfrau. »Das« – sie deutete auf die Kette an Mayanas Bein – »wollen wir nicht, aber uns bleibt nichts anderes übrig.«

»Wir können nicht alleine über Land fahren. Das wäre zu gefährlich. Uns nimmt niemand gerne mit.« Narses lachte bitter. »Dass wir dich hier in den Käfig stecken ...« Der Zwerg deutete nur an, was er sagen wollte. »Weshalb hat dich der Fuhrwerker eingefangen? Er sagt, du würdest ihm gehören und dich nur wehren, weil du unverständig bist.« Narses hatte das Wort an sie gerichtet.

Mayana traute sich nicht, den Kopf zu schütteln. Der Kopfschmerz lauerte noch immer hart unter der Schädeldecke und bestrafte jede abrupte Kopfbewegung.

»Oder hat dich der Kerl deshalb genommen?«, warf die Wolfsfrau ein. Sie deutete auf die blauen Linien auf Mayanas Rücken. »Eine solche Blaufärbung der Haut kommt bei uns nicht vor. Wie macht ihr das? Blaue Zeichen und Linien am Rücken, am Bauch und an den Oberschenkeln. Nur nicht im Gesicht. Sehr erstaunlich.«

Vor dem Käfig raschelte es. Gestelle wurden beiseitegeräumt, Metall klirrte, Stimmen unterhielten sich dumpf miteinander.

»Sie bringen das Abendessen!«, flüsterte die Wolfsfrau.

Ein Tuch wurde vom Käfig gezogen. Plötzlich flutete mehr Licht ins Innere. Es war nicht Nacht, sondern nur später Nachmittag.

Durch die Ritzen des Holzverschlags hindurch konnte Mayana eine Wiese erkennen, die von hohen Bäumen gesäumt wurde. Endlich hoben zwei kräftige Männer, die sie beide als diejenigen aus dem Gasthof wiedererkannte, einen Laden aus den Angeln und stellten ihn beiseite. Nur noch daumendicke Metallstäbe lagen zwischen ihr und der Freiheit. Um eine dieser dicken Stangen war ihre Kette geschlungen und mit einem Schloss versehen.
Mayana musterte die Umgebung. Sie war ihr völlig unbekannt. Sie standen inmitten eines Waldviertels. Fünf weitere Wagen hatten einen Kreis um eine Feuerstelle gebildet. In einer größeren Lücke standen Pferde. Mayana zählte blitzschnell etwa zwölf Männer und gut zwei Frauen.
Eine der Frauen in bunten Rockfarben näherte sich dem Käfig und schob durch eine Lücke zwischen Boden und Käfigrost zwei Teller hindurch, ging zurück zum Feuer und holte weitere Essensteller. Die zweite Frau brachte Brot. Sie war älter und ging bereits schief. Ohne ein Wort zu verlieren, steckten sie auch dieses Essen durch die Lücke und verschwanden wieder.
»Lang zu, mein Kind!«, sagte die Wolfsfrau aufmunternd. Sie robbte bis zum Käfigrand und nahm sich ihren Teller. Sie riss ein Stück Brot ab und reichte es Mayana herüber, die keinerlei Hunger verspürte, jedoch wusste, dass sie essen musste, um nicht schwach zu werden. Dann tunkte die Wolfsfrau ihr Brot in die Suppe aus Kohl und Rüben und aß. Mayana tat es ihr nach.
»Nun, meine exotische Schönheit«, flüsterte es plötzlich neben ihrem Ohr. Mayana war nahe ans Käfiggitter gerutscht, als die Wolfsfrau ihr Essen geholt hatte. Jetzt wirbelte sie erschrocken herum und verschluckte sich. Hustend und würgend verschwamm das Gesicht der Person vor ihr im Wasserschleier der Tränen, die ihr in die Augen schossen.
»Jetzt habe ich dich. Und dein Geheimnis werde ich ebenfalls bald in Händen halten.« Mit der flachen Hand schlug Vierfinger gegen das Metallgitter, so hart, dass die Suppe in den Tellern kleine konzentrische Kreise ausbildete. »Du bist mir noch was schuldig, du

Katze. Mit den Steinen hättest du mir beinahe den Schädel eingeschlagen.« Ihre Blicke krallten sich ineinander. »Federmann wird dir nach Lyon folgen, der goldenen Sonne entgegen.« Dabei grinste er über das ganze Gesicht. »Inzwischen werde ich mich für meine Schmerzen an dir schadlos halten.«

Mayana erblickte in Vierfingers Miene dieselbe Gier nach den Sonnensteinen und der Macht, die sie bei Blauauge und zuvor beim Bärtigen und Bertram gesehen hatte. Dennoch ahnte sie, dass der Fuhrwerker nur an dem Gold interessiert war, das Blauauge bei sich trug. Von allem anderen ahnte er nichts.

»Sonne Euch niemals führen – nur verbrennen«, war alles, was Mayana einfiel. Sie sagte es jedoch so ruhig und mit solcher Überzeugung, dass Vierfinger blass wurde vor Wut, seinen Hut in die Stirn drückte und verschwand – jedoch nicht ohne zuvor noch einmal mit seiner schwieligen Hand so gegen die Eisengitter gedonnert zu haben, dass es in ihren Ohren sang.

»Niemand wird Gold haben.« Damit rieb sie sich den Rücken an den Eisenstangen, als könnte sie sich mit dem Kratzen die lästige Laus aus ihrem Pelz schaben.

»Wir mussten dich mitnehmen. Sonst hätten wir allein fahren müssen«, versuchte Narses zu erklären, als der Fuhrwerker verschwunden war. »Allein, verstehst du? Wir können nicht alleine fahren: ein Zwerg, eine Wolfsfrau und zusammengewachsene Zwillinge. Das hätte unseren sicheren Tod bedeutet. Wir brauchten den Schutz der großen Fuhrwerke. Harm hat uns nur unter der Bedingung mitgenommen, dass er dich hier anketten darf.«

Mayana hatte den Kopf zwischen den Knien vergraben und dachte an Blauauge. Sie war sich keineswegs sicher, ob der ihr folgen würde. Sie hob den Kopf erst, nachdem der kleine Prinzipal mit seiner kläglichen Verteidigung geendet hatte.

»Böse«, sagte Mayana und deutete in die Richtung, in der Vierfinger weggegangen war.

»Er ist mehr als das, mein Kind!«, warf die Wolfsfrau ein, ohne mit dem Essen innezuhalten. »Er ist ein Teufel.«

8. KAPITEL

Zunächst war Federmann zweimal um den Gasthof gelaufen, um das Mädchen zu suchen. Er war davon ausgegangen, dass es ihn hatte ärgern wollen und sich versteckte. Danach hatte er die Gäste der Schankstube nach ihr befragt, doch die allermeisten hatten nur mit den Achseln gezuckt und ihn verständnislos angestarrt. Einige sagten mit einem süffisanten Lächeln, wenn sie den von ihm beschriebenen Engel gesehen hätten, hätten sie sich seiner zweifellos angenommen. Er hatte länger gewartet, als es ihm eigentlich möglich gewesen wäre. Schließlich wartete sein Tross nach Augsburg auf ihn. Doch Mayana blieb verschwunden – und jetzt hielt ihn ebenfalls nichts mehr in der Stadt. Die Furcht, der Fuhrwerker könnte ihm die Schergen auf den Hals hetzen, hatte ihn zum Anwesen der Ehinger getrieben. Die Rottfuhrwerke waren beladen und standen zur Abfahrt bereit. Auch wenn es nur der halbe Tag war, den sie noch vor sich hatten, er fühlte sich außerhalb der Stadtmauern sicherer als hinter ihnen.

Zuerst dachte er, die Routinearbeit – das Zusammenstellen der Reihenfolge, das Kontrollieren der Verschnürungen und das Mustern seiner Leute – würde ihn auf andere Gedanken bringen, doch das Gegenteil war der Fall. Je mehr er sich abzulenken versuchte, desto intensiver beschäftigte ihn die Frage, warum ihm diese Mayana erst nachgelaufen war wie ein junger Hund, nur um anschließend ohne ein Wort des Abschieds zu verschwinden. Auch wenn er unzählige Fragen an sie gehabt hätte, er brauchte sie nicht wirklich. Wo Joachim sich herumgetrieben hatte, würde er herausfinden. Und wenn sich Bertram in Augsburg aufhielt, würde er ihn aufspüren. Das war nicht das Problem. Was ihm allerdings Sorgen bereitete, war die Art, wie Mayana verschwunden war. Er hätte besser auf sie achten sollen. Wenn er recht überlegte, wusste er nicht einmal, ob sie ihn tatsächlich bis zur Gaststube begleitet hatte. Ständig war sie hinter ihm gegangen, außerhalb

seines Blickfelds. Hatte sie ihn bereits auf dem Weg zur Gaststätte verlassen, oder war sie noch mit ihm in die Stube getreten? Als er aus seinem Zimmer heruntergekommen war, war das Mädchen verschwunden gewesen.
Wie ein Hund das Wasser aus dem Fell schüttelt, so versuchte Federmann, sich die Sorgen aus dem Gewissen zu schütteln. Sie hatte diese Welt erlebt, war mit Joachim und Bertram um den halben Erdball gereist, kannte sich aus. Ihr würde schon nichts zustoßen. Dennoch wusste er genau, dass er sich diese Gelassenheit nur einredete. Jedes Geräusch ließ ihn herumfahren, jedes Atmen in seiner Nähe den Kopf heben, um zu sehen, ob es nicht das Mädchen sei. Da es aber verschwunden blieb, stürzte er sich in die Vorbereitung – und als die gewaltigen Pferde der Fuhrwerke sich in die Joche stemmten, als die Lederriemen unter ihrem Zug knarzten, als die Wagen endlich anruckten, fühlte er, wie der Gedanke an das Mädchen, an diese Mayana, sich langsam zu verflüchtigen begann. In ihm reifte bereits ein Plan, wie er den Spuren seines Freundes Joachim folgen konnte. Der Name, der im Zentrum dieses Plans stand, hieß: Welser! Die Augsburger Kaufleute hatten Land in der Neuen Welt gekauft. Da der flache Goldstein auf seiner Brust von dort stammte, würde dieser Name ihn dorthin führen, wo Joachim gewesen war. Und vielleicht würde er auch Bertram wieder begegnen.
Sie zogen zum Stadttor, doch seine Sinne blieben rückwärts gewandt. Mit einem Ohr lauschte er in Richtung Innenstadt, lauschte er nach einem Zuruf Mayanas, nach einem Rascheln ihres Kleides oder einfach nur nach dem Tapsen ihrer nackten Füße auf dem Lehmboden der Gassen. Was er jedoch stattdessen hörte, waren die Schläge der Meißel von der Dombauhütte. Sie vertrieben ihn regelrecht aus Ulm. Niemandem in der Stadt fielen diese Geräusche noch auf. Die Jahrhunderte hatten sie zum Bestandteil des Lebens der Städter gemacht. Wären sie ausgeblieben, das helle, regelmäßige Klingen des Meißels auf dem Sandstein, die heiseren Schreie der Steinmetzen, wenn sie mit Kran

und Winden einen Wasserspeier vor Ort hoben, oder die klirrenden Hiebe der Kupfertreiber, die Dachschäden ausbesserten und in immer neuen Formen und Größen Wasserabläufe dengelten und bogen – wenn all dies fehlen würde, wären die Bürger sicher stehen geblieben, verunsichert der ungewohnten Stille nachlauschend.

Für Federmann hatten diese Geräusche heute etwas Endgültiges. Sie bedeuteten einen Abschied für lange Zeit, und sie scheuchten ihn aus der Stadt. Bis der Tross das Tor durchfuhr, musste er ständig an Mayana denken. Ma-ya-na schlugen und dengelten ihm die Hämmer in den Kopf. Ob für sie Ähnliches galt? Hatte sie etwas wie dieses Hämmern im Ohr, das man behielt, egal wohin es den Menschen verschlug, in welchen Ländern dieser Welt man sich durchs Leben schlug? Federmann, der sich unter dem Tor ein letztes Mal im Sattel aufrichtete und umdrehte, dachte daran, wie ihn das Hämmern immer daran erinnern würde, dass er aus dieser Münsterstadt stammte und sich nie von ihr würde lösen können. Und es schlug ihm den Namen des Mädchens ein, wie man Kupfernägel einschlug, die im Holzgrund nicht verdarben. Ma-ya-na.

Sieben Fuhrwerke schoben sich dicht hintereinander über die Donaubrücke und in Richtung Westen. Sie hätten den Fluss nehmen können bis Donauwörth und dann die Strecke nach Augsburg, doch die Welsersche Handelsgesellschaft, für die die Ehinger aus Ulm und er selbst arbeiteten, empfand eine Abneigung gegen den Wasserweg und wollte die Rottfuhrwerke über den Landweg nach Augsburg führen.

Federmann wendete seinen Gaul, um wie gewohnt als Letzter dem Karrentross zu folgen, als ihn ein Bettler am Hosenbein zog. Mürrisch schüttelte Federmann ihn ab. Dabei hatte er das unbestimmte Gefühl, er kenne den Landstreicher von irgendwoher.

»Herr Federmann?«, blieb dieser hartnäckig. »Herr, ich habe Euch etwas zu sagen. Von einem Freund.«

Federmann stutzte. Woher kannte der Kerl seinen Namen? Im selben Moment fiel ihm auf, dass der Bettler nicht in das Bild passte, das er von Landfremden gewohnt war. Er war zu gut genährt, zu gut gekleidet. Woher wollte der Vagabund wissen, wen er selbst Freund nannte und wen nicht?

»Was ist? Was willst du mir sagen?«, blaffte Federmann den Kerl an.

Der hielt ein paar Schritte Abstand, gerade so viel, dass Federmann ihn nicht erreichen konnte.

»Der Fuhrwerker mit den vier Fingern sagt, ihr könntet Euer Bündel eintauschen. Ihr wüsstet schon, wo. Er würde auf Euch warten.«

Federmann war starr vor Verblüffung. Bevor er reagieren konnte, war der Kerl bereits in der Menge verschwunden, die aus dem Tor quoll. Er sah noch einmal den lockigen Schopf in der Menge derer, die vom Markt her aus der Stadt herausströmten, auftauchen, dann war er tatsächlich verschwunden.

Er könne sein Bündel eintauschen, klang es in seinem Inneren nach. Er wüsste, wo das sei. Federmann schlug sich auf die Schenkel. Wovon zum Teufel hatte der Kerl gesprochen? Er hatte kein Bündel abgegeben, musste also auch keines abholen. Verärgert über diese Geheimniskrämerei riss er sein Pferd herum – und plötzlich wusste er, woher er den Kerl kannte. Das war kein Bettler, das war einer der Männer des Fuhrwerkers gewesen. Was wollte der ihm sagen? Die Gewissheit überfiel ihn wie ein Blitz und leuchtete die Dunkelheit des Unwissens, die ihn bisher eingehüllt hatte, greller aus, als ihm lieb war. Der Mann musste Mayana gemeint haben. Er hatte ihm zugerufen, ohne dass ein anderer verstehen konnte, worum es ging, dass Mayana gegen das Gold eingetauscht werden konnte. Aber wo? In Stuttgart? Niemals würde er dorthin kommen. Dennoch war sich der Kerl, mit dem er das Zimmer geteilt hatte, offenbar sicher, dass sie sich treffen würden. Am liebsten wäre Federmann im gestreckten Galopp zurück in die Stadt gesprengt, doch die

Menschenmenge verhinderte dies. Noch bevor er am Durchgang angekommen wäre, hätten ihn die Hellebarden der Stadtwache in Stücke geschnitten. Er zügelte also seinen Drang, den Kerl zu verfolgen.
Der Fuhrwerker! Nur langsam dämmerte ihm, was sie in den Tagen besprochen hatten, in denen sie im Schankraum bei einem Bier zusammengesessen waren. Wollte der Vierfingrige nicht nach Lyon? In Begleitung dieses Zwergs? Langsam ließ Federmann sein Pferd wenden. Der Tross war bereits weit voraus. Er gab dem Pferd die Sporen. Lyon! Natürlich. Er würde nach Lyon reisen. So schnell es ihm möglich war. Rasch schloss er auf und trieb seine Leute zur Eile an.
Zehn Bewaffnete begleiteten den Zug. Zusammen mit den Fuhrwerkern, Aufreitern und Bremshilfen sowie den Pferdeknechten waren es gut vierzig Mann, die mitzogen. All das verlangsamte den Tross ungemein. Dennoch kamen sie am ersten Tag ohne weitere Vorkommnisse bis vor Günzburg. Sie übernachteten gut eineinhalb Meilen davor auf freiem Feld, gut bewacht und mit nur einem kleinen Feuer, um eine Suppe zu erhitzen und sich die Hände zu wärmen. Noch vor Sonnenaufgang trieb Federmann den Tross weiter. Bei Anbruch des Tageslichts zogen sie durch Günzburg und schließlich weiter über Burgau nach Zusmarshausen. Dort wurden im Gasthof die Pferde gewechselt. Sie konnten allerdings nicht bleiben, da der Tross zu groß war für den Innenhof der Herberge. Daher zogen sie es erneut vor, außerhalb des Dorfes zu nächtigen.
Federmann freute sich auf Augsburg, auf die Stadt mit den hohen Gebäuden, den mächtigen Kirchen. Zwar konnte sich kein Ort im weiten Umkreis mit dem Münster zu Ulm messen, doch die Vielzahl der großen Gotteshäuser in der Bischofsstadt Augsburg imponierte Federmann. Auch die weiten und hellen Bürgerhäuser atmeten freier und offener als in Ulm. Sie duckten sich nicht unter der Knute des Kaisers oder der Fürsten. Sie blickten stolz und ein wenig herrschsüchtig herab auf ihre eigene Stadt und ga-

ben ihr immer wieder zu verstehen, wie einzig und mächtig und herrlich sie war.
Der Gedanke an Mayana ließ Federmann dennoch nicht los. Je weiter er sich von Ulm entfernte, desto mehr erzürnte ihn, was dem Mädchen offensichtlich Schreckliches widerfahren war. Immer öfter schalt er sich einen Narren, nicht wieder zurück in die Stadt geritten zu sein und nachdrücklicher nach ihrem Verbleib geforscht zu haben. Doch zweifelte er keinen Augenblick daran, dass der Fuhrwerker sie entführt und nach Lyon verschleppt hatte, nur um an den Klumpen Gold heranzukommen.
In solchen Momenten griff er sich an die Brust und suchte nach dem Gold unter seinem Hemd, drückte den Brocken kurz und bat ihn zugleich, auf die fremde Schönheit aufzupassen. Doch immer, wenn er sich dabei ertappte, wie er den Klumpen berührte, ließ er das Kleinod sofort wieder los, als hätte er sich daran verbrannt. Wie konnte er als Christenmensch nur darauf verfallen, heidnisches Gold um Hilfe anzuflehen, nur weil dieses geheimnisvolle Mädchen es in Händen gehalten hatte?
Sie rasteten an einem kleinen Mühlteich. Federmann ließ wie immer die Wagen zu einem Kreis zusammenfahren. Die Pferde standen in den Deichselbuchten, die Männer schürten das Feuer, kochten Kohl und steckten Sauerteig auf hölzerne Stäbe, um sie über der Glut zu rösten. Er selbst hatte sich auf dem einzigen Luxus niedergelassen, den er sich seit letztem Jahr gönnte, einem Stuhl, der aus zwei Holzbrettern bestand, die man ineinander steckte. Zwar saß man niedrig, kaum, dass man den Hintern vom Boden brachte, aber dennoch trockener als die Männer auf ihren Sätteln oder löchrigen Decken.
Federmann lehnte sich zurück, forschte hinter den sich aus einem blaudunklen Himmel herausschälenden Sternen nach und nahm aus dem Augenwinkel eine Bewegung wahr. So rasch erfolgte sie, dass ein ungeübter Beobachter sie als Täuschung abgetan hätte. Als Trossführer war Federmann allerdings sofort alarmiert. Wenn es nur ein Fuchs war, der vorbeischnürte, oder ein Hase,

dann würden sie darüber lachen, morgen und übermorgen, und die Männer würden sich über seine Übervorsichtigkeit lustig machen. Eine ganze Woche würde er sich die Frotzeleien anhören und gutmütig hinnehmen müssen. Doch sie alle wussten auch, was es bedeutete, wenn er tatsächlich recht mit seinem Verdacht hätte. Dann konnte ihnen seine schnelle Reaktion womöglich das Leben retten.

Federmann stieß einen leisen Pfiff aus und erhob sich. Nichts schien sich zu verändern. Das Leben ging weiter, als wäre nichts geschehen. Die Männer lachten weiter, riefen sich Scherze zu oder plauderten über den vergangenen Tag. Nur einem genauen Beobachter wäre aufgefallen, wie alle waffenfähigen Männer zu ihren Schwertern und Bögen griffen, wie sich der eine oder andere ins Dunkel drückte und plötzlich verschwand. Federmann wusste, dass sie sich jetzt unter den Wagen durchschlichen und den Wald dahinter durchforsteten. Er selbst lauschte in die Finsternis hinein – und er war sich jetzt um vieles sicherer, keiner Täuschung erlegen zu sein. Hätte es sich um einen Hasen oder ein Reh gehandelt, wäre ein Fuchs unter den Wagen hindurchgeschnürt, spätestens seine mit dem Pfiff ausgeschickten Späher hätten das Tier aufgestöbert und vertrieben. Er vernahm jedoch keinerlei Fluchtbewegungen eines Tieres.

Langsam näherte er sich der Stelle zwischen zwei Wagen, an der er den huschenden Schatten entdeckt hatte. Möglichst unauffällig musterte er die Umgebung. Das Flackern des Feuers ließ all die verschiedenen Gegenstände um ihn her zum Leben erwachen.

In den letzten Jahren hatte sich bei ihm eine Art Instinkt herausgebildet, der ihm eingab, wo sich Hinterhalte befanden. Als er die Wagenburg entlangging, fiel ihm ein dunkler Schatten zwischen einem Kummet und der Deichsel auf. Eigentlich zu klein für einen ausgewachsenen Mann. Doch würde auch er selbst sich dort verstecken, wenn er die Möglichkeit hätte. Federmann lief an dem Versteck vorüber, duckte sich dahinter und verschmolz mit der dunklen Leinwand des Wagens, die die Fässer bedeckte und zusammenhielt. Dann kroch er zurück bis zu diesem blinden Fleck in der Nacht und griff zu. Zuerst langte er ins Leere, doch dann fühlte er Stoff unter den Fingern. Er krallte sich darin fest und riss das Wesen, das sich mit diesem Stoff bekleidet hatte, über die Deichsel ins Licht. Sein Herz schlug wie rasend, da er zumindest eine Messerattacke erwartete. Der Mensch war ungewöhnlich leicht. Ein Aufschrei erfolgte, ein kleines Lebewesen segelte durch die sterndunkle Nacht und landete krachend im Innenraum der Wagenburg. Federmann stieß erneut einen Pfiff aus. Wie der Blitz saß er über dem Wesen, drückte es mit seinem Körpergewicht an den Boden und hielt ihm sein Messer an die Kehle. Selbst im Dunkeln konnte er erkennen, was er bereits gespürt hatte: Es war ein Kind, das da unter ihm lag, ein Junge, kaum elf, zwölf Jahre alt.

Federmann verfluchte es, seine Pflicht tun zu müssen, denn der Knirps stahl und raubte nicht etwa, weil er nichts anderes gelernt hätte. Die Zeiten trieben die Menschen in den Ruin. Lebensmittel wurden teurer, der Verdienst sank, das Wetter vernichtete die Ernten ganzer Landstriche. Von irgendetwas mussten die Menschen schließlich leben. Also stahlen sie. Aus der Not heraus. Aus Hunger. Aus dem Wissen heraus, dass andere reicher und satter waren, als es angesichts ihres eigenen Elends gebührlich gewesen wäre.

Noch bevor Federmann seine Gedanken beenden und den Jungen danach befragen konnte, wie viele seiner Kumpane sich noch in der Dunkelheit versteckten, brach ein Höllenlärm los.

Schüsse fielen. Schreie gellten durch die Nacht, gefolgt von Flüchen und Verwünschungen. Federmanns Männer leisteten ganze Arbeit. Das war es, was seine Bedeckung von denen anderer Hauptmänner unterschied. Während andere Trossbegleiter darauf warteten, ob und wann sie angegriffen wurden, griffen Federmanns Männer zu. Vier Jungen stürzten, aufgeschreckt vom Geschrei und den Schüssen, ins Innere der Wagenburg. Zwei hatten bereits Schiffe geschultert – die Säcke, die unter den Wagen an einer Kette befestigt hin und her schaukelten und die Privatsachen der Fuhrleute enthielten. Wie aufgescheuchte Hasen jagten die Jungen über den freien Platz – und liefen seinen Männern direkt in die Arme.

Hilfreiche Geister warfen Holz in die Lagerfeuer, bis der Innenraum hell erleuchtet war. Die zappelnden Gestalten wehrten sich, als sie vors Feuer gezerrt wurden. Nur der Junge, den Federmann durch die Luft geschleudert hatte, lag still am Boden und rührte sich nicht.

»Kinder!«, war alles, was Federmann herausbrachte. »Alles Kinder!« Doch Kinder stahlen nie in Banden ohne Anleitung eines Erwachsenen. Federmann ließ den Jungen am Boden liegen und stand auf.

Er hätte das Recht besessen, ihnen auf der Stelle die Kehle durchzuschneiden. Sie waren vogelfrei – und in den Augen der Jungen las er ihre Furcht vor diesem Ende, als er mit gezückter Klinge auf sie zuging. Sie hatten ihr Leben kaum erhalten und sollten es bereits wieder verlieren. Dabei hatten sie doch außer ihrem Leben nichts. Kein Zuhause, keine Zukunft, ja noch nicht einmal eine Gegenwart, in der es sich sorglos leben ließ.

Er trat an einen der älteren Jungen heran. Er sah das Flackern in den Augen des Kerls, dann setzte er die Klinge seines Messers unterhalb des linken Auges an. »Wie viele von euch sind noch da draußen?«, flüsterte Federmann und drückte ihm die Klinge an die Augenhöhle. Ein weiterer kleiner Druck – und das Auge würde ihm direkt in die Hand springen. Doch er fühlte sich nicht wohl in seiner Haut. Er schüchterte ein Kind ein, drohte ihm. Der Junge begriff nicht, dass er nicht beabsichtigte, ihm wirklich wehzutun.

»Niemand mehr. Wir sind nur vier«, sagte der Junge, und es klang so rau und spröde, als müsse er erst seine Kehle öffnen. »Bis auf unseren …« Einer der Gefangenen zischte, und sofort verstummte der Junge. Doch Federmann wusste genug. Sie arbeiteten nicht allein, sondern unter der Anleitung eines Erwachsenen,

genau wie er vermutet hatte. Mit einer kaum sichtbaren Kopfbewegung schickte er drei seiner Männer aus.
Federmann nickte dem Jungen zu und steckte sein Messer wieder weg. »Seid ihr aus dem Dorf?«
Der Junge schüttelte den Kopf und presste die Lippen aufeinander.
»Dann lebt ihr schon lange in den Wäldern?«, setzte Federmann nach.
»Seit die Pest durch die Nachbardörfer gezogen ist. Wir haben alle ... keine Familie mehr.«
Federmann glaubte ihm kein Wort und wusste dennoch, dass er die Wahrheit sagte. Ganze Dörfer waren verschwunden, nachdem sich die Pest durchs Land gefressen hatte.
»Wer von euch Jungen ist der Anführer?«
Der Junge senkte den Blick, ließ ihn dabei allerdings kaum merklich über den am Boden Liegenden gleiten. Federmann genügte diese eher unbeabsichtigte Andeutung.
»Ich werde Euch nach Augsburg mitnehmen und dort den Stadtschergen übergeben!«, ließ Federmann fallen und bemerkte, wie dem Jungen die Knie weich wurden. Einer der anderen, weitaus der jüngste der Räuber, schluchzte laut auf. Jedem von ihnen war klar, was das bedeutete: Hinrichtung oder Galeerenarbeit in Venedig, also sofortiger Tod oder Tod auf Raten.
Der Bewusstlose schien zu sich zu kommen. Er stöhnte und hielt sich den Arm, mit dem er zuerst auf dem Boden aufgetroffen war. Mühsam richtete er sich auf und blickte in die Runde. Selbst in Federmanns Augen wirkte die Szene unheimlich. Die beiden Feuer warfen ein flackerndes rötliches Licht auf den Jungen am Boden. Der unruhige Lichtschein wischte auch über die Gesichter der Umstehenden und zeichnete Fratzen hinein, als wäre ein Tribunal aus Höllenbewohnern erschienen, um den Jungen zu richten. Dessen Augen weiteten sich, und er versuchte, aus dem Lichtschein hinauszurobben. Dabei hielt er sich den Arm vor Schmerzen.

»Hier geblieben, Bursche!«, sagte Federmann und trat in seinen Weg. »Wie heißt du?«
Offenbar war der Schmerz zu groß, als dass sich der Junge erheben konnte. Er versuchte sich hochzustemmen, doch jede Bewegung des Arms bereitete ihm offenbar Höllenqualen, sodass er es aufgab. Auf Federmanns Frage antwortete er nicht.
»Zeig mir den Arm!«, befahl Federmann.
Der Junge versuchte weiterzurutschen, doch Federmann ließ sich auf dieses Spiel nicht noch einmal ein. Er packte ihn am Kragen, zog ihn hoch und zerrte ihn vor ein Feuer.
»Mattheis, Schindler, Hemmler zu mir. Der Kerl hat sich den Arm gebrochen.«
Die Männer traten vor und umstanden den Jungen, der mit großen Augen zu ihnen hochstarrte.
»Wollt ihr den Arm einrenken und schienen?« Hemmler fragte nach. Federmann wusste, dass der Mann mit dem wild wuchernden Bart einen Knaben im selben Alter hatte. Er nickte nur.
»Haltet ihn fest!«, sagte Federmann. Nur diesmal leise.
»Lohnt es sich bei diesem Gesindel? Wenn der Arm schief zusammenwächst, kann er mit ihm wenigstens nicht mehr stehlen!«, murrte Schindler.
Federmann, der sich gebückt hatte, um den Ärmel des schmutzigen Hemdes aufzuschneiden, richtete sich noch einmal auf. Er sagte nichts, sah Schindler nur an. Dieser senkte den Blick. Er wusste sofort, dass er das letzte Mal mit Federmanns Truppe geritten war.
»Fass zu! Und wehe, du lässt los!«, zischte Federmann. Dann ging alles schnell. Sie packten den Jungen, der loszuschreien begann, weil er glaubte, die Männer würden ihn vierteilen oder über dem Feuer rösten oder sonst etwas mit ihm anstellen.
Federmann öffnete mit seinem Messer den Ärmel, tastete den Arm ab. Die Speiche war verschoben, die Elle offenbar noch ganz. Der Bruch schien glatt zu sein. »Einen Stock!«, brüllte er, dann zog er mit aller Gewalt am Unterarm. Mit einem Knirschen sprang

die Speiche wieder an Ort und Stelle. Ein Ast wurde ihm gereicht und ein Verband, mit dem er den Holzstock befestigte. Der Junge war vom Schmerz betäubt in die Arme Schindlers gesackt. Seine Stirn glänzte vor Schweiß. Das Gesicht leuchtete aschfahl in der Dunkelheit.

»Legt ihn neben das Feuer«, befahl Federmann, dem selbst der Schweiß den Nacken hinablief. »Einer bleibt bei ihm.« Federmann zog sich aus dem Lichtschein des Feuers zurück und wartete. Irgendwo außerhalb des Karrenrings musste der Anführer der Bande stehen und auf deren Rückkehr warten. Vermutlich traute er den Jungen ebenso wenig über den Weg wie Federmann und seine Männer und ließ sie nicht aus den Augen.

Federmann setzte sich in eine dunkle Ecke und blickte auf die geschlossenen Lider des verletzten Kindes. Ein Speichelfaden rann dem Jungen aus dem Mundwinkel. Sie waren so empfindlich, diese Wesen zwischen Kindsein und Erwachsensein. Sie verloschen wie eine Kerze, die man ausblies, wenn man nicht acht auf sie gab. Wenn der Junge Glück hatte, würde sich der Arm weder entzünden noch schief verwachsen und damit brauchbar bleiben. Wie viele Verkrüppelte stolperten durch ihre Welt, die nicht das Glück genossen hatten, einen kundigen Bader in der Truppe zu haben, der Brüche richtete und Wunden sachgerecht versorgte.

Wie lang er so gesessen und von seinem dunklen Ort aus ins Feuer gestarrt hatte, ohne etwas zu sehen, konnte er nicht mehr sagen. Ein Rascheln und das Klirren von Deichselketten kündigten die Rückkehr seiner Männer an. Zwei von ihnen schleppten eine Gestalt heran. Einer hielt sie an den Beinen, der andere zwischen den Achseln. Ihr Kopf war zur Seite gerutscht, sodass Federmann das Gesicht nicht sofort erkennen konnte. Der Mann trug Lumpen statt Kleidern. Ihm fehlten Schuhe oder Lappen an den Füßen, und seine Fußsohlen waren derart schwielig, dass man glauben musste, er wäre Jahre hindurch barfuß gelaufen.

Federmann erhob sich und trat wieder in den Schein der Feuerstelle.

»Ist er tot?« Die Frage erübrigte sich bereits, als sie den Mann wie einen Sack zu Boden fallen ließen. Er stöhnte und versuchte sich mühsam umzudrehen, um aufzustehen. »Bindet ihn.«

»Er wird etwas Kopfschmerzen haben«, brummte Henrik in seinen Bart. Er zog einen Strick aus seinem Gürtel und band dem Mann die Hände hinter dem Rücken zusammen. »Sonst ist er in Ordnung.«

Als Henrik den Mann auf den Rücken drehte und dessen Gesicht vom Feuer beleuchtet wurde, schrak Federmann zurück.

»Wollstein?«, flüsterte er ungläubig. »Bertram?!«

9. KAPITEL

»Du bleibst vor der Öffnung hier sitzen, mein Täubchen, und zwar so, dass sie deine ganze Schönheit sehen und – berühren können«, hatte Narses gefordert und sie dabei von oben bis unten gemustert. Noch vor der Ankunft im nächsten Ort hatte Narses die Wagen anhalten lassen, sich vor den Käfig gestellt und ihnen allen sein Vorhaben mitgeteilt.

»Nein!«, zischte Mayana. Die Holzpaneelen, die die Gitterseite bedeckten, waren bewusst an zwei Stellen locker, damit Neugierige, die ihren Drang nicht zügeln konnten, hindurchspähen konnten.

Als sie sich wegdrehte, fuhr der Peitschenknoten wie ein Rachegeist durch die Stäbe des Käfigs und biss ihr in die Schulter.

»Ich bin der Prinzipal hier. Wenn du etwas zu essen willst, meine Schöne, dann musst du arbeiten!« Der Zwerg spuckte aus. »Auch wenn du es noch nicht begriffen hast. Wir sind keine Menschen mehr. Wir sind Tiere. Ein Tier bestaunt man entweder, oder man erschlägt es, wenn es lästig oder gefährlich wird. Man streichelt es nur und gibt ihm zu fressen, wenn es willig ist.«

Sie hatte sich nicht allzu lange bitten lassen und ihre Scham überwunden, obwohl sie den Zwerg von diesem Moment an beinahe ebenso hasste wie Vierfinger.

»Du wirst dich daran gewöhnen«, flüsterte ihr die Wolfsfrau zu, nachdem der Karren sich wieder in Bewegung gesetzt hatte. »Er meint es nicht so. Narses ist ein netter Kerl. Doch wir müssen Geld verdienen – oder wir hungern. Zum Geldverdienen haben wir nur unsere Körper – und die geile Neugier der Stadt- und Dorfbewohner. Also zier dich nicht zur falschen Zeit.« Sie drehte Mayana sanft zu sich und fuhr mit den Fingern die Linien auf ihrem Rücken nach. »Narses weiß, dass du und deine blauen Linien auf dem Rücken einzigartig sind. Was immer sie darstellen, wir könnten damit und mit deiner Schönheit so viel Geld machen, dass wir im Winter im Süden leben können. Also hilf uns,

Mädchen.« Die Wolfsfrau zeichnete weiter die Linien nach, und Mayana ließ es zu, bis es sie zu sehr kitzelte. »Was das nur ist?«, flüsterte die haarige Frau gedankenverloren, während ihre Finger über Mayanas Rücken strichen.
Mayana hatte genug, rückte ab, rutschte hinüber in die Ecke und sank in sich zusammen. Die Ketten, die sie an das Gitter fesselten, klirrten und machten ihr die Lage deutlich, in der sie sich befand. Sie dachte an Blauauge. Warum hatte sie ihn nur gehen lassen, warum bloß war sie ihm nicht ins Haus gefolgt?
Endlos ruckelte der Wagen durch die schmalen Schneisen der Hohlwege, die sich wie Tierpfade in den dichten Wald drückten. Auf der ausgefahrenen Strecke schlug der Wagen wild hin und her. Endlich erreichten sie ein offenes Feld, bewegten sich an lichtem Wegrandgebüsch entlang und trafen schließlich auf eine kleine Stadt.
»Die Fuhrleute umrunden die Stadt und halten vor dem zweiten Tor«, rief Narses ins Innere des Wagens, in dem sich die beiden Vixen, die Wolfsfrau und Mayana an den Stangen festklammerten, um nicht gegen die Gitter geworfen zu werden. »Wir müssen hinein.« Der Wagen der Schausteller fuhr auf das Stadttor zu. Noch während der Prinzipal mit den Wachen verhandelte, begann die Wolfsfrau zu fauchen, und die Vixen heulten. Nur Mayana saß stumm da und staunte über das merkwürdige Verhalten. Einmal wurde eines der beiden Bretter beiseitegeschoben, und ein erstaunter Pfiff ertönte. Die Wachen hatten sie gesehen. Ihr Erscheinen würde sich wie ein Lauffeuer herumsprechen. Jetzt verstand Mayana, dass der Zwerg sie als Lockmittel benutzen wollte. Narses erhielt die Genehmigung zum Betreten des Städtchens und fuhr auf den Marktplatz. Dort stieg er auf den Kutschbock und hielt seine Rede über die Wunder der Welt, soweit Mayana deren Sinn verstand, denn sie war gespickt mit den Ausdrücken der Priester. Narses machte den Menschen den Mund wässrig, und immer mehr Volk versammelte sich um den Wagen. Überall versuchten die Gaffer, durch die Ritzen zu sehen.

Zuletzt rüttelte die Wolfsfrau am Gitter, und Narses warnte die Umstehenden, dass er keine Gewähr für etwaige Unfälle und Unvorsichtigkeiten übernehme. Danach begab er sich zur Schänke, um sich ein Bier zu holen.

In der Zwischenzeit wurde der Wagen umlagert. Hunderte von Augen spähten durch die Lücken zwischen den Brettern. Bald fanden die ersten Hände durch die beiden losen Paneele und versuchten, die Schöne darin zu betatschen. Mayana schloss die Augen, weil sie es nicht ertragen konnte, dass einer der Kerle draußen ihre Brüste begaffte oder berührte. Als ein ganzer Arm sich durch die Gitterstäbe hindurchzwängte und ins Innere streckte, biss die Wolfsfrau zu. Gemäßigt, jedoch mit einem gehörigen Schuss Lärm und Getobe. Mayana dämmerte allmählich, was der plötzliche Sinneswandel ihrer Gefährten zu bedeuten hatte. Respekt sollte ihnen der Auftritt verschaffen und zugleich Furcht verbreiten. Je größer die Furcht, desto größer die Neugier auf die ausgestellten Bestien. Doch es musste so viel Vertrauen bleiben, dass sie nicht aus der Gegend verwiesen und weitergeschickt wurden.

Das Spiel gelang. Der Mann schrie Zeter und Mordio. Wie aus dem Nichts tauchte Narses auf und hielt dem Fremden eine Standpauke, indem er sich immer wieder auf die Zehen zu stellen versuchte, um sich größer zu machen: Ob der Kerl eigentlich wisse, warum er den Holzverschlag vorgelegt habe, warum er mehrmals darauf hingewiesen habe, gefährliche Kreaturen zu zeigen, warum er zur Sicherheit der Zuschauer auf einem Abstand bestehe? Für Dummheiten sei er nicht verantwortlich. Ausnahmslos jeder sei ein hirnverbrannter Tölpel, der glaube, er könne seine Warnungen in den Wind schlagen. Wem ein Arm fehle oder ein Finger, der sei selber daran schuld.

Mayana wusste es besser. Selbst diese Empörung des Schaustellers gehörte zum Programm, und die unbeteiligten Zuschauer kugelten sich beinahe vor Lachen, als Narses vor Entrüstung auf und ab hopste und den Geschädigten von unten her anschrie.

Wer aber mutig genug sei, der könne diese gefährlichen und dennoch berückend schönen Wesen sehen. Heute bei Dämmerung. Am Rastplatz der Fuhrwerker vor der Stadt.

Aus dem wütenden Protest des Gebissenen schälte sich, nachdem er festgestellt hatte, dass er nicht wirklich verletzt war, ein unsicheres Lachen heraus, das schließlich in ein befreiendes Spotten mündete.

Dann saß der Zwerg auf und lenkte den Wagen durch die Stadt. Noch während der Wagen anruckte, vollführten die Insassen pflichtgemäß ein Wüten und Toben, damit die Menschen rundum auf das Gefährt aufmerksam wurden, rüttelten an den Stäben und brüllten, bis niemand mehr zu sehen war. Mayana spähte durch eine der Ritzen. Vor ihrem Karren stieg eine grau verwitterte Mauer empor. Die Straße endete an einem geteerten Tor. Bis dorthin begleitete sie eine Menschenmenge, die einerseits lärmend, andererseits stumm dem Karren das Geleit bis zum Stadttor gab. Sie wurden ohne Durchsuchung durch das Tor gelassen.

Den stinkenden Graben, der offenbar rundum lief, roch man. Eine Brücke lief darüber und leitete sie zum Rastplatz der Fuhrwerker. Etwas abseits von den Fuhrwerkern stellte Narses den Karren ab und wartete auf die Zuschauer.

»Was siehst du?«, fragte eine der beiden Vixen die Wolfsfrau, denn der Wagen stand so, dass das Gitter zu einem Gebüsch hin zeigte.

Die Wolfsfrau blickte durch die Lücke, durch die man sonst ins Innere spähen konnte.

»Sie kommen«, sagte die Wolfsfrau. Dann setzte sie sich neben Mayana. »Du hast deine Sache gut gemacht, mein Kind«, beteuerte die Wolfsfrau. Mayana, die ihren Kopf zwischen die Knie gesteckt hatte, erwiderte nichts.

»Ich bleibe nicht bei euch«, sagte sie.

Die Wolfsfrau nickte verständnisvoll. »Das wollen wir alle«, gab sie stückweise von sich. »Wir können diesen Käfig nicht verlassen, weil sie uns sonst erschlagen würden, in dieser so verflucht normalen Welt. Weil wir anders sind als alle anderen hier. Und du entkommst dem Fuhrwerker nicht. Nur er kann nämlich deine Ketten öffnen. Außerdem, wo willst du dich verbergen? Auch du bist nicht so wie die Menschen da draußen. Auch du siehst anders aus. Sie würden dich jagen und erschlagen, wie sie uns jagen und erschlagen würden. Menschen wie du, ich und die Vixen brauchen einen Schutz – und wenn es nur der Schutz des Schaustellertums ist.«

Der Prinzipal trat an den Wagen heran.

»So, ihr Süßen. Wir haben bis zur Abenddämmerung Zeit. Wenn die Glocke sechs schlägt, öffne ich den Verschlag. Eure Vorstellung war gut, sie wird uns Zuschauer bescheren. Die Bürger haben Angst vor euch … Kreaturen. Aber sie fürchten euch nicht allzu sehr.« Er lachte dabei, als mache ihm die Furcht, die er mit den Wesen in seinem Käfigwagen verbreitet hatte, ungeheuren Spaß.

Vom Platz aus konnte man das Käfiginnere nicht einsehen. Der Zwerg und die Frauen hatten ein Zelt davor aufgebaut, das man von vorne betreten musste, und nur die Rückseite des Käfigs geöffnet. Jeder, der die Kreaturen begaffen wollte, musste also durch das Zelt und um den Wagen herumgehen. Der Prinzipal organisierte es derart, dass man im Uhrzeigersinn um den verschlossenen Käfig herumlief, bis man auf die offene Rückseite traf. Bis zur Glocke um acht standen die Bürger gegen einige Kupfermünzen bereits Schlange. Die Männer konnten sich nicht sattsehen an der Nacktheit Mayanas und der Wolfsfrau. Die wenigen Frauen erschraken über die Ähnlichkeit der weiblichen Monster mit ihren eigenen Körpern und beteten zu Gott, dass er sie nicht derart strafen möge. Die beiden zusammengewachsenen Mädchen riefen begeistertes Johlen und Klatschen hervor, wenn sie ihre vier Brüste hüpfen ließen. Die Wolfsfrau rüttelte regelmäßig am Gitter und brüllte, was den Schrecken in die Augen der Gaffer trieb, und Mayana musste nicht nur ihren Körper, sondern auch die blauen Tätowierungen und Linien vorzeigen. Dabei blickte sie den Lüstlingen direkt in die Augen und spuckte ihnen ihrer Geilheit wegen ins Gesicht. Nur die Vixen ließen sich betatschen und kratzten dann die Neugierigen mit gefeilten Fingernägeln blutig.

Stunde um Stunde änderte sich nichts an diesem fürchterlichen Begaffen und Betatschen. Mayana gewöhnte sich daran, in der Sprache ihrer Heimat Flüche und Verwünschungen über die Männer und Frauen auszuschütten. Die Wolfsfrau wurde ihrer Schreie mit der Zeit müde, die Zwillinge drehten den Zuschauern die Rücken zu.

Doch der Prinzipal scheuchte sie auf, trieb sie mit einem angespitzten Holzstecken immer wieder dazu an, sich zu gebärden, wie es die Bürger dieser Stadt erwarteten. Sie mussten ihre Körper präsentieren und sich verhalten wie wilde Kreaturen, die nur der Käfig zu bändigen vermochte. Selbst ihre Notdurft mussten sie vor den geilen Blicken der Zuschauer verrichten.

Erst als sich der Tag mit dem Klang der Kirchenglocke zu Ende neigte, wollte der Prinzipal die Klappe schließen. Doch ein Zuruf hinderte ihn daran.

Alarmiert wandte Narses sich an seine Ausstellungsstücke: »Dominikaner! Ihr wisst, was das zu bedeuten hat!«

Ein Geistlicher trat auf Narses zu, und Mayana hörte, wie er ihm mitteilte, wer die beiden Mönche seien, die er mitgebracht habe: »Der Provinzial des hiesigen Dominikanerkonvents mit seinem Prior will euch sehen.«

Mayana hatte nicht ganz verstanden, was das bedeutete. Doch sie wusste aus den Erfahrungen ihrer Heimat sehr wohl, dass von diesen weiß verhüllten Männern selten etwas Gutes ausging.

»Es kann zweierlei bedeuten, mein Kind«, eröffnete ihr die Wolfsfrau. »Im besten Falle wollen sie nur, was alle Männer wollen: unsere Körper betrachten. Es sind jedoch Dominikaner. Immer sind sie auf der Suche nach den Werken des Teufels in dieser Welt. Schau mich an, schau dir die Vixen an. Sehen wir nicht aus wie die Kreaturen, die an den Altären und auf den Bildern der Meister in den Kirchen aus der Hölle entspringen und die Menschen im Diesseits verführen? Wenn der Provinzial, der Ordensobere mehrerer Konvente, glaubt, wir wären des Teufels, müssen wir fliehen, sofern uns die Zeit dazu bleibt.«

Die Ausführungen der Wolfsfrau wurden vom Erscheinen der beiden Männer unterbrochen, die ganz in weißes Leinen gekleidet waren. Ihre Arme verbargen sie in weiten Ärmeln. Mit versteinerten Mienen musterten sie die Versammlung der Höllenkreaturen. »Hätte er gewusst, dass die Stadt einen Provinzial beherbergt, wäre er weitergezogen«, flüsterte die Wolfsfrau Mayana noch ins Ohr.

Das Mädchen seinerseits hatte zwar die Erläuterungen der Wolfsfrau nicht ganz verstanden, beobachtete die Reaktionen der Mönche aber genau. Sie huschten ohne Interesse über ihre Weiblichkeit hinweg. Hängen blieben sie vielmehr an den Verwachsungen der Zwillinge. Auch die Haare der Wolfsfrau schienen sie zu interessieren. Schließlich kehrten die Augen des jüngeren Mönchs, in dem sie den Prior vermutete, zu ihr zurück. Sie folgten nicht ihren Rundungen, sondern den Linien auf ihrem Körper.

Gewisperte, verkürzte Sätze huschten hin und her, die Mayana nicht verstand. Während die anderen Wesen offenbar zunehmend an Interesse einbüßten, konzentrierten sich die beiden Dominikaner auf Mayana. Sie sah es mit wachsender Sorge. Immer wieder kehrten die Blicke zu ihr zurück, musterten ihre blauen Linien. Schließlich baten sie den Prinzipal, sie solle sich drehen, und der Kerl nahm seine hölzerne Stange und forderte sie damit stumm auf, den Mönchen den Rücken zu zeigen. Wieder tuschelten sie in einer fremden Sprache miteinander.

Schließlich griff der Prior nach einem silbernen Gefäß neben sich, das Mayana bislang nicht gesehen hatte. In ihm steckte eine Art Wedel in Wasser. Mayana wusste, was es damit auf sich hatte. In Coro, der Stadt, von der aus sie nach Osten aufgebrochen waren, hatte ein Priester damit ihre Fahrt gesegnet. Auch jetzt holte der Provinzial den Wedel aus dem Wasser und besprengte die Truppe damit. Mayana ließ die Prozedur über sich ergehen wie die anderen auch. Sie schrien nicht, sie zuckten nicht, es zischte und rauchte auch nirgends, was die beiden Mönche offenbar zufriedenstellte.

Man sah Narses die Erleichterung an den Augen an, als er die Klappe schließen durfte.

»Sie waren gefährlich«, kommentierte der Zwerg, sobald die beiden Dominikaner verschwunden waren und er über den Kutschbock zu ihnen in den Karren kletterte.

Alle nickten nur.

»Wenn wir an einem Ort länger bleiben können, ist es nicht ganz so anstrengend«, teilte die Wolfsfrau Mayana mit und wollte offenbar ablenken. Sie gähnte herzhaft. »Dafür gibt es heute Deftiges zum Essen.«

Mayana kauerte in einer Ecke des Käfigs und verfluchte diesen Fuhrwerker. Sie würde ihn töten, wenn sie ihm wieder begegnete. Niemals zuvor war sie derart gedemütigt worden. Sie hatte sich ausstellen und anfassen lassen müssen. Wirklich beunruhigt hatten sie allerdings tatsächlich die Blicke dieses jungen Mönchs. Warum hatte er sie so angesehen?

Sie hätte sich gern mit ihren Käfigbewohnern über diesen Besuch ausgetauscht, doch sie wollte nicht zu erkennen geben, wie viel sie von dem, was gesagt wurde, verstehen konnte. Das hatte sich seit dem Beginn ihrer Reise als Vorteil erwiesen, den sie ungern eintauschte.

So schlang sie die Arme um ihren Körper, um ein wenig die Wärme zu speichern. Am Waldrand wurde es kalt, sobald die hohen Bäume das Licht nahmen, und die Decken, die der Prinzipal ihnen brachte, wärmten nur unzureichend. Wie lang würde sie noch in dieser schrecklichen Welt leben müssen? Sie dachte an den Sonnenstein und flehte ihn in Gedanken an, sie in ihre Heimat zurückzubringen. Doch der Wunsch schickte sie nur in einen unruhigen Schlaf, in dem Blauauge herumspukte und nach ihr suchte.

10. KAPITEL

Der Gefangene saß etwas abseits vom Feuer. Die Fesseln an seinen Händen waren wieder gelöst worden, doch seine Füße hatten sie in Eisen geschlossen, damit er nicht fliehen konnte.

Die Jungen hockten auf der gegenüberliegenden Seite, zusätzlich mit einem Strick aneinandergebunden und mit einer Deichsel verknotet. Nur ihr Anführer, dieses dürre Kerlchen mit dem gebrochenen Arm, lag mit glänzendem Gesicht beim Feuer. Er fieberte bereits.

Federmann reichte seinem alten Gefährten einen Teller mit gesüßter Hirse und setzte sich zu ihm.

»Ich kann dich und die Jungen nicht einfach laufen lassen, Bertram«, sagte er zur Begrüßung und sah zu, wie sich der ehemalige Freund den Teller griff und mit einem Holzlöffel den Brei in sich hineinschaufelte, als gelte es, die letzte Mahlzeit zu essen.

»Du könntest schon, Rotlocke, du willst nicht!«, sagte der Mann spöttisch. Er blickte kurz hoch zu den Sternen, die auf der sattblauen Decke des Himmels aufflammten. »Dass mir das auch noch passieren muss. Da fahr ich um die halbe Welt und laufe dem rotlockigsten Lümmel in die Arme, der in diesem Teil der Erde herumläuft.« Er schüttelte den Kopf, als verstünde er die Welt nicht mehr.

»Was muss dir passieren?«, fragte Federmann nach, der sehr wohl vermutete, was Bertram sagen wollte.

»Wäre ich an einen anderen geraten, wäre ich davongekommen, das weißt du so gut wie ich. Kein anderer hätte nach mir suchen lassen. Alle hätten sich damit begnügt, die Kinder zu fangen. Die hätten eine Tracht Prügel bekommen und wären wieder freigekommen. Bei Nicolaus Federmann gibt es so was nicht, hat es das noch nie gegeben.« Spöttisch sah er den Begleiter der Rottfuhrwerke von schräg unten an. »Schon damals nicht, Rotlocke.«

»Vielleicht«, sagte Federmann leise. »Vielleicht wärst du auch nicht mehr am Leben.«

»Kein schlechter Tausch, mein Freund«, sagte Bertram und begann mit dem Finger die Schüssel auszustreichen.

»Was ist passiert, Bertram?«, fragte Federmann. Ihm wollte der Unterschied zwischen den beiden Freunden nicht recht in den Kopf. Joachim bezog sein Haus wieder, trug einen Klumpen Gold um den Hals, während Bertram als Dieb durch die Wälder schlich. Etwas musste geschehen sein, was die Geschicke der beiden Freunde in unterschiedliche Himmelsrichtungen auseinandergetrieben hatte. Noch bevor sie sich getrennt hatten, waren der träge Bertram und Joachim die dicksten Freunde gewesen. Stärker waren die Bande der beiden Nachbarjungen untereinander gewesen als diejenigen zu ihm. Joachim hatte immer den Ton angegeben, hatte gesagt, was zu tun war, welche Streiche gespielt wurden und wie weit sie dabei gehen durften. Und Bertram war ihm gefolgt, ohne je eine der Eseleien zu hinterfragen, die sie begingen. Durfte man der Witwe Kersch ein Loch in ihren Nachttopf bohren? Durfte man das Boot des halb blinden Fischers Ruhl mit zwei Tauen anbinden, sodass er in den Sog der Donau geriet und dann an der langen Leine hängen blieb und ohne Hilfe nicht mehr zurückkam? Ein abruptes Ende fanden die Narreteien, als sie ein Mädchen von der Brücke drängten und dieses dabei ertrank – jedenfalls glaubten sie, es sei ertrunken, nachdem es bis zum Abend nicht mehr aufgetaucht war. Als Erne auch drei Tage später noch verschollen blieb, verschwanden Joachim und Bertram, die beiden Delinquenten, auf Nimmerwiedersehen. Erst am vierten Tage war Erne dann doch wieder nach Hause zurückgekommen. Die Strömung hatte sie weit davongetragen, und sie wurde von einem Bauern zurück in die Stadt mitgenommen. Doch das hatten Joachim und Bertram nie erfahren.

»Ihr seid doch zusammen fortgegangen, du und Joachim?«, begann Federmann von Neuem. »Weißt du etwas von ... Joachim?«

Bertram rülpste lautstark. »Von Joachim? Natürlich weiß ich etwas von Joachim, Rotlocke!«
»Wo seid ihr gewesen, Bertram?«, fragte Federmann, und er war wirklich neugierig auf die Geschichte.
Doch Bertram kniff die Augen zu Schlitzen zusammen. »Warum interessiert es dich?«
»Ihr seid zusammen fortgegangen, ihr wart zusammen. So weit habe ich von euch gehört. Du bist hier. Also sollte Joachim auch hier sein. Er war schließlich dein Freund, wie du der meine gewesen bist.« Es klang ehrlich. Jedenfalls hoffte Federmann das. Irgendwann musste er fragen, warum er ihn Joachims Meinung nach suchen sollte? Aber er wollte den alten Freund nicht damit überrumpeln. Er wusste sehr gut, dass er sonst einfach verstummte.
»Er war ... ein Schwein!«, entfuhr es Bertram. »Wir sind geschiedene Leute!«
Federmann hob erstaunt den Kopf. Zwar konnte er sich viele mögliche Ursachen für diesen Sinneswandel vorstellen. Eine davon hing an einem Lederband um seinen Hals. Doch wirklich sicher war er nicht.
»Das war er schon immer«, lachte er gutmütig.
Bertrams Bestätigung folgte auf dem Fuße. »Allerdings, aber er konnte noch einiges draufsetzen, diese verfluchte Sau!«
Der schlichte Bertram, den er noch kannte, wusste immer etwas zu erzählen, konnte nichts für sich behalten, plauderte gern und plauderte sich häufig genug selbst um Kopf und Kragen. So war es auch damals gewesen. Wäre die dicke Erne ertrunken, hätte niemals eine Menschenseele von den Umständen des Unglücks erfahren. Joachim hätte geschwiegen wie ein Grab. Leider hatte es den einfältigen Bertram gegeben, der die Geschichte zuerst unter dem Siegel der Verschwiegenheit weitererzählte, sich schließlich offen damit brüstete, den fülligen Körper treiben gesehen zu haben, und letztlich die Namen der Beteiligten offen verkündete. Er verriet damit Joachim. Deshalb hatte der fliehen müssen – und

er hatte Bertram, den einfältigen, aber willigen Bertram mitgenommen. Das ging Federmann durch den Kopf, als er so vor dem Räuber saß.

»Ich habe euch damals nicht verpfiffen – als ihr fort seid!«, sagte Federmann. »Die Erne hat herumerzählt, dass ihr nicht geholfen habt. Sie dachte, sie wäre selbst ins Wasser gestolpert oder ein Brett sei unter ihr weggebrochen.« Er lachte etwas gekünstelt, doch Bertram störte sich nicht daran.

»Die kleine Reise hat auch etwas für sich gehabt. Wer weiß, ob es gut gewesen wäre zu bleiben«, antwortete Bertram langsam. »Und dass du nichts damit zu tun hast, wusste ich. Du hast dich selten beteiligt.«

»Wo seid ihr gewesen, Bertram? Erzähl!«, forderte Federmann seinen Gefangenen auf und holte einen Becher mit Bier aus seinem eigenen Vorrat. »Trink, das hält die Stimme feucht.«

Der Kerl ließ es sich nicht zweimal sagen. Ein kräftiger Schluck löste ihm endgültig die Zunge.

»Zuerst sind wir nach Augsburg. Die Welser stellten damals eine Mannschaft zusammen. Die sollte nach Venedig. Frachtbegleitung, Handlangerdienste, was so anfiel. Wir sind mitgefahren. War ein lustiges Leben. Wir waren jung, hatten immer was zu essen, immer was zu trinken. Es war ein Abenteuer, und es gefiel uns. Zwischendurch haben wir Kleinigkeiten abgezweigt, sodass es nicht auffiel. Wir haben damit Handel getrieben wie die anderen Fuhrwerker auch. In die eigene Tasche. Joachim hat so ein kleines Vermögen gemacht.« Bertram erzählte, als wäre es gestern gewesen, dabei waren seither fünf Jahre vergangen.

»Und dir, wie ging es dir, Bertram?«

»Mir? Gut. Ich habe die Dinge beschafft, die nötig waren, wenn wieder alles verloren war. Dafür hat Joachim mir einen Anteil gegeben. Einen großzügigen Anteil, glaub mir. Vor Spanien war er noch großzügig.«

Jetzt wurde es wirklich interessant. Das Feuer des Lagers brannte langsam herunter. Die gefangenen Jungen und seine eigenen

Leute wickelten sich in Decken und versuchten zu schlafen. Zwei Männer hielten abseits des Feuers Wache. Bertram und er saßen sich mittlerweile im Dunkeln gegenüber, nur geahnte Schatten im alles verschlingenden Schwarz der Nacht, die lediglich über ihre Stimmen Substanz bekamen. Über ihnen wob die Milchstraße ein Band in den Himmel.
»Ihr wart in Spanien?« Federmann ließ ein wenig Bewunderung mitschwingen.
»He, Freund, willst du mich ausfragen?«, stieß Bertram hervor.
»Natürlich will ich das. Das weißt du. Ich pendle nur zwischen Ulm und Augsburg hin und her, komme vielleicht einmal nach Süden, nach Villingen, seltener bis nach Lyon. Mehr habe ich nicht gesehen von der Welt. Da klingt Spanien doch ganz anders.« Dass er ebenfalls schon in Spanien gewesen war, musste er Bertram ja nicht auf die Nase binden.
»Allerdings«, tönte es aus dem Dunkeln. Das Misstrauen des ehemaligen Freundes war zerstreut. »Über Genua ging es nach Sanlúcar de Barrameda. Mit Seide aus dem Orient. Hast du schon einmal Seide in den Händen gehalten? – Hast du nicht! Ich meine kein einzelnes Tuch, ganze Ballen von Seide, mein Freund. Wir haben auf eigene Rechnung verkauft. Gegen pures Gold. Und dann kam dieses Angebot: Schifffahrt. Joachim ließ sich zeigen, wie man steuert, und hat sich tatsächlich als Naturtalent erwiesen. Als Fischerlümmel kein Wunder. Selbst die große Karavelle konnte er lenken, ohne die Kielspur zu kräuseln. In Spanien sind wir dann noch ein Vierteljahr auf einem Küstenschiff gefahren, bis die Welser wieder Männer suchten. Männer für Klein-Venedig über dem Atlantik.«
Federmanns Lippen wurden trocken. Was Bertram da erzählte, war mehr als ein Abenteuer. Es war die Beschreibung eines Weges ins Paradies.
»Ihr beide wart in dieser Neuen Welt?«
Bertram ließ ein Grunzen in der Dunkelheit hören. »Wir sind nach Neu-Augsburg. Die Welser haben doch zu Beginn des Jah-

res 1528, also vor gut einem Jahr, von Kaiser Karl V. dieses Klein-Venedig gepachtet. Sie hatten nur den Auftrag, es zu erschließen. Und wir waren zu der Zeit vor Ort, als sie Mannschaften gesucht haben. Glück muss der Mensch haben, dachte ich mir damals.«

Federmann konnte im Dunkeln hören, wie Bertram sich zu ihm vorbeugte. »Wir haben es erschlossen, mein Freund. Das darfst du mir glauben.«

Federmann räusperte sich nervös. Märchenhaftes wurde in den Wirtshäusern und an den Schanktischen von den Ländern über dem Großen Golf erzählt. Spaniens Reichtum stammte aus diesen neuen Provinzen, die vor allem für zwei Begriffe standen: Silber und Gold. Hinter vorgehaltener Hand flüsterte man von den Abenteuern eines Hernán Cortés, der acht Jahre zuvor die Azteken besiegt hatte, und von diesem Pizarro, der aufgebrochen war, um ein unbekanntes Reich zu erobern und ein Goldland zu finden. Zumindest Cortés watete in Gold und schickte seinen Herren, den spanischen Majestäten, Schätze, wie sie nie zuvor ein menschliches Auge gesehen hatte.

Die Augsburger Familie der Welser hatte sich an der Eroberung und Ausbeutung dieses unendlichen Reichtums beteiligen wollen, indem sie angeblich ein Land des neuen Kontinents gepachtet hatte, das von einem Meer zum anderen reichen sollte. Federmann hatte das bislang für eine Übertreibung und ein Wirtshausgerücht gehalten – bis Bertram ihm jetzt diese unglaubliche Geschichte bestätigt hatte.

»Die Welser brauchten Verrückte, die dort hinübergehen«, fuhr der ehemalige Freund fort. »Sie sollten die Umgebung der Hauptstadt Neu-Augsburg, die von den Spaniern auch Coro genannt wird, besiedeln helfen. Ambrosius Ehinger hat dafür das Amt des Gouverneurs übertragen bekommen.«

»Ambrosius also«, sagte Federmann beiläufig. Sie kannten sich flüchtig, wie sich Männer kennen, die demselben Gewerbe nachgehen und in der derselben Stadt wohnen.

»Ja, der alte Säufer. Er sollte helfen, die Gold- und Silberminen zu erschließen und Getreide anzubauen«, setzte Bertram mit leiser Stimme hinzu. »Joachim und ich haben mit Ambrosius Ehinger zweihundertachtzig Kolonisten über den Atlantik geschifft. Lauter sächsische Bergleute. Lauter Männer.« Er lachte trocken. »Die haben sich um die hübschen Eingeborenenfrauen nur so gerissen und geprügelt, sag ich dir.«

»Wie ist es dort, Bertram?«, flüsterte Federmann, dem plötzlich goldene Becher und Teller vor Augen standen.

»Heiß ist es. Dreckig. Und die Menschen sterben wie die Fliegen. Die Hölle, das lass dir gesagt sein, ist dagegen ein feiner Ort. Lieber von Luzifer in sein Reich gezogen werden, als noch einmal in diese grüne Hölle über den Teich zurückkehren.«

Die Vorstellung, die sich Federmann ausgemalt hatte, war wie weggewischt. »Irrst du dich nicht, Bertram?«, fragte er eher bestürzt.

»Irren. Ich kann es nicht beschreiben. Mir fehlen die Worte dafür. Joachim hätte es gekonnt. Doch er ist wahnsinnig geworden in dieser Fieberhitze. Er hat zu trinken begonnen. Und seine Gier ist gewachsen. Seine Gier nach Gold. Noch schlimmer ist es geworden, als das erste Gold eingetroffen ist – und mit ihm die Nachrichten, wo es zu holen wäre …«

»Gold? Hat er denn Gold mitgebracht?«

»Wir haben alle Gold mitgebracht, mein Freund.« Bertram lachte. »Und jetzt sage ich dir was. Wenn du davon irgendetwas wissen willst – und glaub mir, ich weiß viel davon –, dann … lässt … du … mich … laufen.« Bertram verstummte – und kein Bier, keine Aufmunterung, keine Stichelei konnte ihn mehr bewegen, auch nur eine Silbe von sich zu geben. Federmann hatte das untrügliche Gefühl, dass aus diesem willfährigen und schlichten Mann ein schlauer Fuchs geworden war. Hatte er ihn ausgefragt – oder war nicht er vielmehr auf eine bestimmte Fährte gelockt worden?

Gerade an der Stelle hatte Bertram geendet, die für Federmann wichtig gewesen wäre. Warum hatte Joachim diese Frau bis hierher gebracht? Warum hatte er sie geheiratet?

»Seid ihr deshalb zurückgekommen?«, fragte er in die Nachtschwärze hinein. »Weil ihr nicht mehr in der Hölle leben wolltet?«

»Nein!«, antwortete Bertram. »Joachim hat immer schon in der Hölle gelebt. Die Hölle war in ihm. Er hat das Feuer mit Schnaps zu löschen versucht. Es ist ihm nicht gelungen. Und jetzt – gute Nacht!« Sein Gegenüber schwieg, und Federmann starrte noch eine ganze Weile in die Nacht, bis er akzeptieren konnte, dass Bertram verstummt war.

Er würde sich überlegen, wie mit den Knaben zu verfahren war. Er hätte sie ohnehin nicht nach Augsburg geschafft. Sie taten ihm leid, was ihm allerdings nicht ersparte, sie bestrafen zu müssen. Schließlich wollte er ihre noch junge Zukunft nicht zerstören. In Augsburg würde ihnen die rechte Hand abgehackt werden, und ihnen würde ein Brandzeichen auf die Stirn gebrannt werden. Damit wären sie endgültig zu Verbrechern gestempelt, und sie würden niemals mehr ein anderes Gewerbe betreiben können als die Räuberei. Wenn er die Jungen jedoch laufen ließ, musste er auch Bertram freigeben. Schließlich hätte er ihn verraten können. Dann wäre auch sein Leben ausgelebt. Doch er würde Bertram noch eine Nacht schmoren lassen. Das geschah ihm recht.

Federmann erhob sich und trat ans Feuer. Die Äste, mit denen sie es angezündet hatten, glommen in unterschiedlichsten Tönen, von Hellgelb bis Tiefrot. Am Feuer konnte man sich brennen, man konnte sich Blasen holen – und doch konnte man sich an der Wärme und am bunten Farbenspiel des Feuers erfreuen. Die Welt war ähnlich, nur viel bunter.

Federmann griff unter sein Hemd und berührte das flache Stück Gold dort. Es war so schwer, dass der Zug der Lederschnur mit der Zeit am Hals schmerzte. Wenn er diese Menge Gold versetzen würde, müsste er für zwei Jahre nicht mehr arbeiten. Doch zunächst musste er herausfinden, was es mit den Kerben und den Windrichtungen darauf auf sich hatte. Bertram wusste sicher davon. Federmanns einziges Problem bestand darin, ihn zum Er-

zählen zu bringen, ohne von Joachim berichten zu müssen. Offenbar hatte der tumbe Kerl dazugelernt. Das Leben lehrte auch den Dümmsten etwas.
Federmann schlenderte ins Dunkel und ließ sich unter einem der Wagen nieder. Er wickelte sich in eine Decke. Ob er zu früh aus Ulm geflohen war? Was, wenn Joachim bei sich zu Hause mehr Gold versteckt hatte? Was, wenn dieser Fremde gerade danach gesucht hatte? Mayana hätte kaum eine nennenswerte Menge Gold an ihrem Körper tragen können, ohne dass es ihm aufgefallen wäre. Er sollte umkehren und Joachims Haus durchsuchen. Andererseits war dies nicht ratsam, denn der Fuhrwerker könnte ausgeplaudert haben, dass Federmann Gold besaß … Und auch, dass Joachim keines natürlichen Todes gestorben war, konnte schwerlich übersehen werden …
Über diese aufwühlenden Gedanken schlief Federmann ein.

11. KAPITEL

Von einem Augenblick auf den anderen war Mayana hellwach. Bewegungslos und noch mit geschlossenen Augen lag sie da, während all ihre Sinne die Umgebung abtasteten. Sie räkelte sich nicht, sie streckte sich nicht, sie gähnte nicht herzhaft, wie es Joaquin getan hatte. Sie wälzte sich auch nicht unbedacht hin und her. Schlangen und Skorpione interessierte es nicht, ob man noch die morgendliche Müdigkeit in den Knochen fühlte. Diese Verhaltensweisen hätten in Mayanas Heimat nur den schnellen Tod bedeutet. Das bedeuteten sie zwar hier nicht, das wusste sie wohl. Doch auch in dieser Eiswelt war ihre angeborene Vorsicht nützlich. Nur so konnte sie das Geheimnis, das sie zwischen ihren Beinen verbarg und dem sie kurz nachspürte, auch sicher bewahren. Sie beobachtete ihre Beobachter, während diese noch immer dachten, sie schliefe.

Die beiden Zwillinge saßen ihr gegenüber und musterten sie offensichtlich. Sie sprachen miteinander, kurzatmig und flüsternd. »Ob die Farbe echt ist?« – »Ihr ganzer Rücken ist damit bedeckt.« – »Als hätte man sie angemalt.« – »Lauter Linien, Kreise und Kreuzungen.« – »Ob sie verbrannt ist?« – »Im Höllenfeuer, meinst du?« – »Teufelshaut.«

So ging das eine ganze Zeit hin und her. Natürlich hatte Mayana gelernt, ihre gefärbte Haut unter der Kleidung der Weißlinge zu verbergen. Seit sie auf das Schiff gestiegen war, um mit Joaquin in diese kalte Welt zu reisen, war sie nicht mehr unbekleidet gewesen. Das hatte sie geschützt. Nacktheit war in dieser Welt ein Makel, ein Verbrechen sogar. Tiere waren nackt – Menschen hatten sich zu bedecken. Unter dieser Bedeckung verbargen sie alles: ihre Wünsche und Hoffnungen, ihre Gier und ihre Wut.

Mit ihren wenigen Sätzen hatten die Zwillinge ihr ins Bewusstsein gerufen, welchen Platz sie in diesem Teil der Welt einnahm: den Platz eines Tieres. Wie eine seltsame Kreatur wurde sie zur Belustigung und zum Schauer der Menschen gehalten. Wie in ihrer Heimat die Jäger die Kleinen der getöteten Affenmütter aufzogen und sie zur Belustigung des Dorfes hielten, so wurde sie hier gehalten. Selbst ihre Mitgefangenen, deren Absonderlichkeit in ihren Augen noch eigentümlicher war, hielten sie für ein ausgefallenes Schaustück.

Jetzt öffnete Mayana ihre Augen, und das traf die Zwillinge unvorbereitet. Sie hatten nicht bemerkt, dass Mayana wach war. Nun erschrak der eine Zwilling so sehr, dass er aufstehen wollte, doch das zweite Bein reagierte nicht. Es wurde ja von der Schwester gesteuert. Hilflos mühte sich der eine Zwilling ab, bis der andere überhaupt wusste, was geschehen war.

»Keine Teufelshaut!«, sagte sie in die bestürzten Blicke der beiden Mädchen hinein. »Haut mit Ruß und Pflanzensaft gerieben. Dann Dorn. Mann sticht Farbe tief in Haut. Bleibt dort Leben lang.«

»Hat das wehgetan?«, fragten die Zwillinge beinahe gleichzeitig.

»Natürlich tut weh. Doch ... Schmerz«, sagte Mayana leise und zuckte mit den Schultern. »Lange ...«, sie schüttelte sich, um anzudeuten, wie sehr sie drei Wochen lang vom Fieber gebeutelt worden war.

Am liebsten hätte sie den Zwillingen von ihrem Stamm erzählt, von den Umständen, die sie aus der Gemeinschaft herausgerissen hatten, von den Mühen, die sie auf sich genommen hatte, von den Krankheiten, die sie beinahe vollständig unansehnlich hatten werden lassen. Eitrige Ausschläge, Blasen im Gesicht und auf den Händen, blutiger Auswurf und wackelnde Zähne hatten sie begleitet und an manchen Tagen glauben lassen, sie müsse sterben. Doch für eine ausführliche Erzählung kannte sie zu wenige Wörter dieser Sprache.

Außerdem lenkte eine Unruhe im Lager die Aufmerksamkeit weg von ihr, was Mayana im Augenblick sehr entgegenkam. Die Zwillinge stellten sich so hin, dass sie durch das Gitter und die Holzverschläge hindurchspähen konnten. Jetzt erst bemerkte Mayana, wie unsicher sich die beiden bewegten. Ihre Beine waren dünn wie Stecken und leicht nach außen gebogen. Die Mädchen hielten sich an den Stangen fest und hangelten sich so durch den Käfig.

»Was ist da draußen los?« Die Wolfsfrau war zu ihnen gekommen.

»Der Dominikaner!«, flüsterten die Zwillinge gleichzeitig. »Er ist schnell gelaufen ...« – »... müde sieht er aus ...« – »... als hätte er die Nacht nicht geschlafen ...« – »... vielleicht ist er krank ...« – »... er niest schrecklich ...« – »... sicherlich isst er unsere Portion weg ...«

Mayana war ebenso beunruhigt wie die anderen Schauobjekte des Prinzipals. Selbst Narses, der sich sonst immer abseits hielt und auf dem Kutschbock schlief, erhob sich und sah zu den Feuern der Fuhrmänner hinüber.

»Er redet mit dem Fuhrwerker. Der nickt, schüttelt den Kopf, nickt wieder«, plauderten die Zwillinge munter drauflos. Langsam begann das ganze Lager zu erwachen. Stimmen wurden laut, Töpfe klapperten, die Pferde wieherten, Wasser wurde ausgegossen, die Nachttöpfe wurden gereinigt.

»Er deutet zu uns herüber. Er ist unseretwegen gekommen«, flüsterten die Zwillinge und stießen den Zwerg beiseite, der sich an ihren Durchblick drängen wollte.

Mayana zog die Beine an den Körper und umklammerte sie mit den Armen. Er war nicht der Truppe wegen gekommen. Er war ihretwegen gekommen. Hatten die beiden Vixen nicht von ihrer Teufelshaut gesprochen? Es war nicht das erste Mal, dass dieser Begriff gefallen war. Der Dominikaner hatte ihretwegen nachts die Stadt verlassen.

Ihr erster Gedanke war Flucht! Doch sie saß in diesen Käfig gesperrt wie ein Tier. Diesmal gab es für sie kein Entkommen.

»Sie kommen beide her«, berichteten die Zwillinge leise und hangelten sich weg vom Gitter. Vorsichtig ließen sie sich auf der Rückseite zu Boden gleiten.

Die Wolfsfrau rutschte zu Mayana hin, nahm sie in den Arm

und drückte sie. Mayana hatte das Gefühl, als spüre die Frau ihre Angst.
»Sei unbesorgt. Wir halten zusammen«, sagte sie. »Alle, die hier sind, haben mit der Kirche ihre Probleme. Menschen wie uns dürfte es gar nicht geben. Dummerweise gibt es sie doch – und das wird als Zeichen für die Wirksamkeit des Bösen in der Welt betrachtet. Als wäre das Aussehen ein Hinweis auf Beelzebub.« Sie lachte bitter. »Ich bin harmlos aussehenden, hübschen Burschen begegnet, die waren die Verkörperung des Satans, und habe hässliche Alte getroffen, die ein Leben für mich gegeben hätten.«

12. KAPITEL

Federmann erwachte mit einem unguten Gefühl, so, als sende die Schlechtigkeit der Welt Wellen aus und habe ihn damit überspült. Sofort war er auf den Beinen, zählte die Jungen, sah nach dem Bündel, das Bertram sein musste, und beruhigte sich etwas. Keiner der Gefangenen fehlte.
Er schob alles auf einen schlechten Traum, an den er sich nicht mehr erinnern konnte, oder gar auf das Gespräch mit Bertram, dessen Verlauf ihn einigermaßen verblüfft hatte. Beides konnte mit diesem düsteren Gefühl einhergehen.
Mit der Hand fuhr er sich übers Gesicht, rieb Wangen und Stirn warm. Dann suchte er die Wachen der letzten Morgenstunden auf, um sie zu kontrollieren. Die beiden Männer standen so, dass sie das Geschehen im und um das Lager im Blick hatten und gleichzeitig nicht gesehen werden konnten. So hatte er es ihnen beigebracht, so hatten sie immer wieder alle Probleme gemeistert und waren zu einer erfolgreichen Begleitung aufgestiegen. Kaum einer ihrer Transporte hatte Diebstähle und Verluste zu vermelden.
Federmann ging zu dem Jungen hinüber, dem er den Arm gebrochen hatte. Wie ein Häuflein Elend lag der da, gehüllt in eine Decke. Sein Körper war schmal und zart, die Wangen so sehr eingefallen, dass die spitzen Knochen darüber beinahe durch die Haut stießen. Der Kerl war ein einziges Zeichen des Hungers und der Entbehrungen. Federmann befühlte seine Stirn. Sie war heiß. Mit geübtem Auge betrachtete er den Bruch. Der Arm war an der Bruchstelle gerötet und bläulich unterlaufen. Anzeichen für eine schwere Entzündung gab es keine. Noch eine Woche, und der Junge würde das Schlimmste überstanden haben. Plötzlich schlug der die Augen auf und sah ihn mit einem Blick an, der ein namenloses Entsetzen enthielt.
»Wie heißt du, mein Junge?«, fragte Federmann. Er versuchte ein aufmunterndes Lächeln, doch er wusste, dass es ihm fehlgeschlagen war, als er die Panik in den Gesichtszügen des kleinen Die-

bes las. »Es wird dir nichts geschehen!«, versuchte Federmann ihn nochmals zu beruhigen, doch es war bereits zu spät. Als der Junge versuchte, sich auf den Arm zu stützen, und vor Schmerzen einknickte, fügte Federmann erklärend hinzu: »Du hast dir den Unterarm gebrochen. Wir haben ihn geschient und verbunden. Er wird dir einige Wochen wehtun, aber er wird zusammenwachsen.« Federmann stand auf. »Du kannst gehen, wenn du willst. Niemand wird dich aufhalten.«

Der Junge sah ihn stumm an. Dann runzelte er die Stirn. Offenbar begriff er langsam, was Federmann zu ihm gesagt hatte. Federmann nickte noch einmal in den zweifelnden Blick hinein, schließlich erhob sich der Junge unter Schmerzen und schaute sich um.

»Was ist mit den anderen?«, fragte er. Mit einer Kopfbewegung deutete er auf seine Kameraden, die er in einiger Entfernung entdeckt hatte. Sie schliefen noch ausnahmslos, eng aneinandergedrückt, um sich gegenseitig zu wärmen.

»Wie heißt du, mein Junge?«, wiederholte Federmann erneut seine Frage, statt dem Burschen eine Antwort zu geben.

Verlegen sah der Junge zu Boden und zuckte mit den Schultern.

»Du weißt es nicht?« Der Junge sah ihn nicht an. Als Federmann nichts weiter sagte, schüttelte er endlich den Kopf.

»Wie nennen dich deine … Freunde?«, bohrte Federmann weiter.

Wieder traf er auf Schweigen. Doch Federmann ließ dem Jungen Zeit. Der sollte sich an die Umstände gewöhnen. Endlich begann sich der Junge zu bewegen. Er drehte ihm den Rücken zu und ging zur einzigen Lücke, die in der Wagenburg gelassen worden war. Niemals hätte er unbemerkt auch nur einen Schritt aus der Umfriedung hinaus in den Wald oder vom Wald aus in das Innere der Wagenfeste machen können. Auch jetzt vernahm Federmann das vertraute Klicken einer Armbrust, die entsichert wurde. Kaum merklich schüttelte er den Kopf und rettete dem Jungen damit das Leben.

»Hast du keinen Hunger?«, rief Federmann dem Jungen nach. »Wir frühstücken in etwa einer halben Stunde.« Federmann nahm ein kurzes Zögern des Verletzten wahr, doch er hielt nicht inne. Je näher er dem Ausgang kam, desto schneller wurde sein Gang, zuletzt rannte er und verschwand im Wald dahinter.

Federmanns Rufen hatte die anderen geweckt. Ketten klirrten, ein Husten und Spucken überall, die Jungen begannen miteinander zu flüstern. Womöglich hatten sie von der Freilassung ihres Kameraden etwas mitbekommen.

Jetzt war es an der Zeit, sich Bertram noch einmal vorzunehmen. Federmann schlenderte zu dem Anführer der Schar hinüber und hockte sich neben dem ehemaligen Kameraden auf den Boden. »Ich kann dich nicht laufen lassen, mein Freund. Das weißt du.« Federmann vermutete, dass Bertram nur noch so tat, als schliefe er. Schließlich atmete und lag er sehr ruhig – ein Schlafender dagegen bewegte sich von Zeit zu Zeit. »Wegelagerer bleibt Wegelagerer. Bestiehlst du nicht mich, bestiehlst du den Nächsten, der kommt. Allerdings habe ich den Jungen gehen lassen.« Wie eine Katze drehte sich Bertram um und schnellte auf. Federmann blinzelte in die aufgehende Sonne hinein, die hinter dem Freund mit ihren ersten feinen Morgenfingern über die Wipfel strich. Er rutschte keinen Fußbreit beiseite.

»Das kannst du nicht tun!«, schrie er ihn an.

»Ich habe es getan.« Federmann blieb äußerlich ruhig. Innerlich jubilierte er. Bertram wusste sehr wohl, was das für ihn bedeutete. Mit einem kurzen Pfiff und einer Handbewegung brachte er in Gang, was folgen musste. Während sich zwei seiner Männer um das Feuer kümmerten und einen Haferbrei aufsetzten, holte ein dritter ein Seil unter einem der Kutschböcke hervor. Er schlenderte unter Bertrams Augen über den gesamten Platz und suchte einen geeigneten Baum. Federmann deutete mit dem Arm auf eine Eiche, die in gut drei Metern Höhe einen Ast besaß, der sich für den Zweck eignete.

»Das tust du nicht, Nicolaus. Du nicht.«

»Der Junge ist fort. Wenn du vor den Vogt gestellt würdest, würdest du davon erzählen, wie ich den Jungen habe gehen lassen. Und ich bekäme womöglich Probleme, weil ich einen Räuber habe laufen lassen. Das weißt du, Bertram. Du weißt ebenfalls, dass Wegelagerer vogelfrei sind. Man muss sie nicht vor den Vogt bringen oder in die Hexenlöcher der Stadt werfen lassen. Der Rat der Stadt Augsburg zahlt jedem Fuhrwerksbegleiter einen halben Gulden, wenn er die Kerle vor der Stadt an einen Baum hängt. Sichtbar an einen Baum hängt, Bertram! Das entlastet den Stadtsäckel. Ein gehängter Wegelagerer kostet keine Unterkunft, keine Verpflegung, keine Bewachung. Es ist ein Geschäft auf Gegenseitigkeit.« Federmann grinste Bertram an.
Wäre Verbitterung an einem Merkmal festzumachen gewesen, es wären die Mundwinkel gewesen, die sich bei Bertram nach unten zogen und so vertieft hatten, als wären sie mit einem Messer in die Haut geschnitten worden.
»Du bist dasselbe Schwein wie Joachim«, stieß Bertram hervor.
»Mag sein. Aber ich halte mein Wort. Dem Rat habe ich versprochen, niemals einen Gefangenen in die Stadt zu bringen. Das bringt mir zweieinhalb Gulden ein, regelmäßig, ob ich ihnen ein Ohr bringe oder nicht.« Federmann griente weiter.
Der dritte Mann hatte längst einen Halsknoten in den Strick geknüpft und das Seil über den Ast geworfen. Jetzt hängte er sich mit seinem ganzen Gewicht an den Strick und prüfte den Halt. Dann stellte er sich neben das Seil, hielt beide Enden in der Hand und wartete.
»Meinen Männern gebe ich die Hälfte davon ab. Das schweißt zusammen und macht sie diesbezüglich«, er deutete mit der Hand ein Erhängen an, »zu treuen Gesellen.«
Die beiden Männer, die das Feuer wieder angefacht hatten, schlenderten wie beiläufig an ihm vorbei, ergriffen Bertram unter den Achseln und zerrten ihn zum Baum.
»Das wirst du bereuen! Du Schwein!« Bertram tobte und schlug um sich, bis er unter der Eiche stand. Federmann war zu den Jun-

gen getreten, die mit weit aufgerissenen Augen zum Strick hinübersahen.
»Gafft nur her!«, schrie Bertram. »Das blüht euch auch gleich. Ich bin nur der Erste!«
Der jüngste der Burschen vor ihm fing an zu schluchzen, und ein Geruch scharfen Morgenurins stieg von der Feuerstelle auf.
»Keine Angst, Jungs«, beeilte sich Federmann zu betonen. »Euch wird nichts geschehen. Das ist nur eine Sache zwischen einem alten Freund und mir.«
Das Geschrei schwoll noch mehr an, als die beiden Männer Bertram den Strick um den Hals legten und ihn straff zogen, dann brach es ab. Die Kinder begannen zu wimmern und rutschten von der Feuerstelle weg. Doch sie waren am Vorabend mit ihren Fußketten an einem in den Boden gerammten Pflock befestigt worden. Sie kamen nicht weit.
Federmann ließ sie sitzen und ging zum Baum hinüber. Noch hatte er den Befehl nicht erteilt, den Mann zu hängen. Die Männer wussten jedoch genau, was sie zu tun hatten, um den Delinquenten in ständiger Furcht zu halten. Der Strick spannte sich erneut, und Bertram streckte sich, stieg auf die Zehenspitzen und hob den Hals, um nicht gewürgt zu werden.
»Du bist dasselbe Schwein wie Joachim!«, presste Bertram hervor.
»Das hast du bereits gesagt. Inwiefern, mein Freund? Was ist zwischen dir und Joachim passiert?«
Bertram biss sich auf die Lippen. »Niemals!«, keuchte er.
Ein Kopfnicken genügte, und Schindler und Hemmler hängten sich an den Strick, bis Bertram den Boden unter den Füßen verlor. Er würgte trocken. Federmann drehte sich um, als wollte er weggehen. Sein alter Freund begann zu zappeln und zu krächzen. Der Hauptmann verhielt im Schritt, drehte sich um. Wieder ein Kopfnicken, und die Männer ließen das Seil nach. Bertram rang nach Luft, als seine Zehenspitzen wieder den Boden berührten.
»Wenn ich dir erzählen soll, was geschehen ist, lass mich frei.«
Federmann betrachtete die zerlumpte Gestalt abschätzend. Bert-

ram war zu einem Wegelagerer verkommen, wie er schon ein Dutzend an die Bäume am Wegrand hatte hängen lassen. Hätte er ihn nicht gekannt, hätte er niemals einen Gedanken daran verschwendet, was er mit ihm tun sollte. Jetzt aber verhandelte er.
»Woher weiß ich, dass du dich daran halten wirst?« Federmann versuchte, ruhig zu bleiben. Dennoch pochte sein Herz derart, dass er zu spüren glaubte, wie es ihm an den Kehlkopf schlug. Vielleicht erfuhr er ja tatsächlich etwas über die Umstände, etwas über das Gold und – etwas über das Mädchen oder gar über die Karte.
»Du wirst es mir glauben müssen.« Bertram krächzte. Dennoch versuchte er die Stimme zu senken. Skeptisch schaute er umher. »Es ist so fantastisch, so … du darfst niemandem vom Gold erzählen. Es würde dich töten. Glaub mir.« Das Wort Gold hatte er besonders laut in die Runde geworfen.
Überrascht sah Federmann auf. Hatte er einen ähnlichen Spruch nicht erst kürzlich vernommen? Betreten sahen seine Männer zunächst ihn, dann den Wegelagerer an. Dann musste Federmann lauthals einen Fluch ausstoßen.
Diesmal war es an Bertram, überlegen zu grinsen. Der Wegelagerer hatte Federmann eine Falle gestellt, obwohl er bereits am Galgen gehangen hatte. Griff Federmann jetzt zu, dann konnte es sein, dass ihn seine Männer belauerten, um zu erfahren, was dieser Mann zu erzählen hatte. Ließ er den Befehl geben, Bertram zu hängen, konnte es ebenso gut sein, dass sie ihm diesen Befehl verweigerten, um die Geschichte des Kerls zu hören. Schließlich ging es um Gold. Federmann wusste sehr wohl, dass sich viele, zu viele fantastische Geschichten um das gelbe Metall rankten, die nichts mit Wirklichkeit und Wahrheit zu tun hatten, sondern allein aus dem Willen entsprossen zu glauben, was nicht sein konnte, aber sein sollte. Aus dem tumben Bertram war tatsächlich ein Fuchs geworden.
Sein Entschluss kam rasch. »Bindet ihn los, und dann setzen wir uns zum Feuer.« Seine Männer reagierten sofort. Auch sie waren gespannt darauf, die Geschichte zu hören.

13. KAPITEL

Der Laden wurde geöffnet, und das Morgenlicht drang gewaltsam in den Wagen. Mayana wurde von der Helligkeit geblendet. Eine Frau brachte ihnen Teller mit Essen und schob Hirsebrei, Wasser und ein wenig Honig unter dem Gitter durch, doch keiner der Käfiginsassen griff danach. Alle starrten sie auf den Mönch in der weißen Kutte, der sich zusammen mit dem Fuhrmann vor dem Käfig aufgebaut hatte.

»Das ist Pater Benedikt«, begann Vierfinger. »Er hat uns etwas mitzuteilen.«

Der Dominikaner war jung, kaum fünfundzwanzig Jahre alt. Sein bartloses Gesicht war ebenmäßig und nicht durch Askese und Fanatismus verunstaltet. Er blickte neugierig und offen in die Runde.

»Der Herr segne Euren Tag!«, sagte der Dominikaner und machte das Kreuzzeichen.

Alle im Käfig bekreuzigten sich und murmelten: »Und den Euren!«

Der Geistliche nickte zufrieden. Er musterte die Insassen des Käfigs ausführlich, wobei sein Blick an Mayana und deren Rücken haften blieb. Sie erwiderte diese Beschau keck, indem sie ihn halb über die Schulter hinweg ebenfalls anstarrte, bis der Pater die Augen niederschlug. »Bringt den Frauen etwas zum Überwerfen!«, befahl er schließlich.

Narses schrie vom Kutschbock herab der Frau etwas zu, die eben das Essen gebracht hatte. Die lief und holte aus einem der Wagen Kleidung. Mit einer gewissen Erleichterung erkannte Mayana, dass auch ihr Kleid darunter war. Die Frau stopfte die Kleidung unter dem Gitter durch. Während der ganzen Zeit wurde kein Wort gesprochen, und der Pater hielt die Augen gesenkt. Er schien erkältet zu sein, denn leise schniefte und hustete er vor sich hin.

Mayana stand auf und reichte jedem Insassen ein Kleidungsstück. Dann nahm sie ihr eigenes Kleid an sich und kontrollierte mit einem sicheren Griff, ob Tayentos Pfeile noch in der Gürtelborte steckten. Das war der Fall. Sie warf ihr Kleid über, zog gleichzeitig einen der Pfeile hervor und versteckte ihn in einer Ritze des Wagenbodens, die Spitze nach unten. Erst nachdem sie sich alle bedeckt hatten, hob der Dominikaner wieder den Blick. Seine Neugier war ungebrochen. Auch schien er etwas zu suchen. Erneut wanderte sein Blick zu Mayana und blieb eine ganze Zeit auf ihr hängen. Dabei schien er sich weniger für sie als für eine Stelle an ihrem Unterarm zu interessieren, die ein besonderes Zeichen enthielt. Ihre Haut begann regelrecht zu jucken, so genau musterte der Pater dieses Symbol.

»Ulate!«, murmelte er gedankenverloren.

Mayana sah ihn mit großen Augen an. Der Dominikaner hatte »Ulate« gesagt! Alles hatte sie erwartet, nur nicht diesen Namen in diesem Nebelland.

»Ihr seid allesamt Christenmenschen, wie ich festgestellt habe«, begann der Dominikaner endlich laut und musste erneut niesen. »Der Herr sei mit euch und eurem Geiste.« Auf seiner Stirn hatten sich Schweißtropfen gesammelt. Mayana führte sie auf die Hast zurück, mit der der Pater zu ihnen geeilt war. »Ich vermutete es. Ein Haufen zusammengewürfelter und bedauernswerter Menschen.« Er räusperte sich, wohl weil er sich seiner Stimme selbst nicht ganz sicher war. Dann drehte er sich um und nahm den Prinzipal an der Schulter.

»Leider muss ich Euch warnen, Prinzipal.« Die Frau, die die Kleider gebracht hatte, trat erneut an die beiden Männer heran und reichte ihnen auf einem Holzbrett Brot und einen Aufstrich. Sie blieben stehen, nahmen sich vom Essen, und der Pater redete in Hörweite vom Käfig weiter. »Heute Nacht haben sich in kurzen Abständen drei Pestfälle ereignet. Unruhe breitet sich aus in der Stadt. Die Bürger geben euch Schaustellern die Schuld, obwohl dies nur schwer möglich ist. Ich habe deshalb von meinem Prior die Aufgabe erhalten, Euch zu warnen. Die Bürger wollen berittene Botschafter an die Städte im Umkreis aussenden, Euch den Zugang hinter die Mauern zu verwehren. Möglicherweise bleibt es nicht dabei. Gewalt gegen Euch und Eure … nun ja … Kreaturen ist nicht auszuschließen. Ich biete Euch deshalb meine Hilfe an.«

Der Dominikaner sprach so leise und näselnd, dass Mayana seine Worte kaum verstehen konnte. Immer wieder unterbrach sich der Pater selbst durch lautstarkes Niesen. Wäre ihm nicht der Name »Ulate« herausgerutscht, hätte Mayana ihm vielleicht seine Besorgnis abgenommen. So wusste sie sofort, dass der Dominikaner mehr wollte, viel mehr. Er wollte sie nicht nur vor den Übergriffen durch rasende Bürger und Bauern bewahren. Er musste sie beschützen, denn er musste erfahren, was das Zeichen auf dem Unterarm bedeutete.

Fluchend wandte sich der Fuhrwerker ab. »Das fehlte mir gerade noch. Reicht es nicht, dass wir uns der Mühsal unseres Handwerks hingeben?«

Der Blick des Mönchs schweifte mit unverhohlenem Mitleid über die Menschenkreaturen im Käfig hinweg. Obwohl das, was Mayana von den Worten des Geistlichen verstanden hatte, durchaus sinnvoll klang, spürte sie dahinter noch sein anderes Interesse. Sie konnte es nur ungenau benennen; die Warnung vor der Verfolgung in den Städten auf ihrem Weg war es jedenfalls nicht. Es hatte mit »Ulate« zu tun.

Schließlich nickte Vierfinger. »Pater, ich freue mich, dass Ihr uns gewarnt habt. Die Truppe wird wie versprochen bei uns bleiben. Sie sind sicherer, wenn sie uns begleiten.«

Man merkte dem Fuhrmann an, dass ihn sein eigenes Argument keineswegs überzeugte. Allerdings wusste der Dominikaner nichts von der besonderen Verbindung zwischen dem Fuhrmann und Mayana. »Wir werden die nächsten Orte umgehen und uns in Richtung Süden bewegen.«

Mayana griff nach ihrem Teller am Käfigrand. Auch die Wolfsfrau

rückte vor und holte sich ihr Frühstück. Sie reichte den Zwillingen ihren Teller weiter. Narses bediente sich selbst.
Der Zwerg beobachtete die Männer misstrauisch. »Habt ihr gehört?«, murmelte er. »Sie wollen von der ursprünglichen Route abweichen und vor den aufgebrachten Leuten fliehen.«
»Es muss etwas geschehen sein, was unsere Sicherheit gefährdet. Normalerweise interessiert sich kein Scherkopf für uns Kreaturen«, bestätigte die Wolfsfrau.
»Nach Süden … Wohin denn um diese Zeit? Wenn wir Glück haben, schneit es uns irgendwo um den Bodensee herum ein. Dann müssen wir nicht weiter. Aber jetzt über die Alpen weg ist kein Honigschlecken.« Narses nahm seinen Brei und löffelte ihn genüsslich. Mayana sah ihm durch die Gitterstäbe dabei zu.
»Die Bergvölker werden uns als Bezahlung Steine in die Wagen werfen.« Der Zwerg leckte den Teller sauber und beobachtete die Männer weiter.
»Wenn sie uns nicht gar an den Kopf fliegen!«, beendeten die Vixen das Gespräch.
Der Fuhrmann begann die Truppe aufzuscheuchen. Mit einer ungebührlichen Hast wurden die Pferde angespannt und die Wagen fertig gemacht. Die Sorgfalt, mit der sonst gepackt und ein Lagerplatz verlassen wurde, schien dahin zu sein. Alles rannte und hastete.
Mayana konnte der Beobachtung des Zwergs nur zustimmen. Etwas Unerklärliches bemächtigte sich der Menschen und trieb sie voran. Einzig der Mönch stand ruhig und wie aus Stein gehauen mitten zwischen den Schaustellern und Fuhrleuten und betrachtete das Chaos, bis die ersten Wagen anruckten und sich in Bewegung setzten. Gelassen ließ er sie an sich vorüberziehen.
Mayana überlegte, welcher Umstand die Truppe so in Unruhe versetzen könnte, doch sie kam wie die anderen auch zu keinem befriedigenden Ergebnis. Wenigstens kannte sich der Ulmer Fuhrmann, der sich mit seinem Gespann an die Spitze gesetzt hatte, gut in der Gegend aus. Er lenkte den Tross auf Wege, die

offenbar selten befahren wurden, da oftmals die Bäume ihre Äste überhängen ließen und kaum Wagenspuren die Erde aufgewühlt hatten.

Man hatte in all der Aufregung des überhasteten Aufbruchs sogar vergessen, den Käfig mit den Holzplanken zu verdunkeln. Mayana sog den frischen Geruch der Wälder ein wie ein Lebenselixier. Als würde sie darin neu geboren. Zwar roch der heimische Wald anders, erdiger, satter, nicht so mager und leicht wie der Wald auf dieser Seite der Erde, doch auch dieser enthielt denselben belebenden Schwung.

Erstmals konnte sie sich den Käfig genauer betrachten. Die beiden hölzernen Flügel auf der rechten Seite konnten ganz zurückgeschlagen und dann fixiert werden. Das Gitterfeld war nur auf einer Seite mit dem Verschlag verbunden. Allerdings waren die Käfigstangen in einen rechteckigen Rahmen eingeschmiedet, sodass ihre Fußfessel nicht gelöst werden konnte.

Zugleich suchte Mayana nach einem Versteck in diesem Gefängnis. Ihr Frauenmonat neigte sich dem Ende zu. Sie spürte das Ziehen im Bauch und die leichten Wehenschmerzen, die das Blut austrieben. Sie musste ihr Gold an einem anderen Ort verbergen, bis ihre Tage vorüber waren.

Das Säckchen unter das Stroh zu schieben, das nur dünn über die schweren hölzernen Bohlen geschüttet worden war, war gleichbedeutend mit einer Entdeckung. Ihre Träume, sich mit dem Geld nach ihrer Heimat einschiffen zu können, wären dahin.

Der Tross schaukelte den ganzen Tag hindurch und bis in die Vollmondnacht hinein vorwärts, ohne anzuhalten, ohne den Pferden Ruhe zu gönnen, ohne die Menschen zu schonen. Mittags wurde ihnen Brot in den Käfig geworfen, gegen Abend ebenfalls wieder, und zusätzlich etwas Obst von Bäumen, an denen sie tagsüber vorübergekommen waren.

Mayana sah Vierfinger nicht. Sie hörte ihn jedoch umso deutlicher. Auch er schien erkältet zu sein. Sein Husten wurde mit jeder Stunde tiefer und rauer.

Sie erinnerte sich an ihre erste Begegnung mit einem der Helmträger, der in ihr Dorf gekommen war. Er hatte unter seinem Metallhut geschwitzt und war vor Schwäche getorkelt. Nur die wie ein Wanderstock benutzte Hellebarde hatte ihn aufrecht gehalten. Er hatte den unsichtbaren Tod ins Dorf getragen, hatte ein Fieber über alle ausgeschüttet und die Lungen mit rotem Husten überzogen. Mehr als die Hälfte der Erwachsenen war am eigenen Blut erstickt. Sie hatten sich zuletzt so angehört wie der Ulmer Fuhrmann drei Wagen vor ihnen.

14. KAPITEL

Federmann hatte Bertrams Fesseln gelöst, doch hielt er in der Hand ein Messer, das er bedenkenlos einsetzen würde, wenn sich der ehemalige Freund davonmachen sollte. Zwar hätte er gern zusammenpacken und aufbrechen lassen, dann hätten sie gegen den späten Nachmittag vor Augsburgs Toren gestanden, doch in den Augen der Männer hatte er ein anderes Anliegen gelesen. Also hatte er eine gute Stunde zugegeben. Jetzt saßen sie um die niedergebrannte Glut und warteten. Doch der Wegelagerer ließ sich Zeit. Er sah in die Runde, ließ die Zunge über die Lippen gleiten und biss von dem getrockneten Stück Rindfleisch ab, das ihm Federmann aus ihrem Proviant gereicht hatte. Allein das dauerte seine Zeit, denn mit seinen lückenhaften Zähnen konnte Bertram kaum zubeißen.

»Wir sind nach Venedig, im Auftrag der Welser«, begann Bertram kauend und den Brocken Fleisch von einer Backentasche in die andere schiebend. »Rottfuhrwerker und eine Handvoll Händler, Joachim und ich. Waren beide kaum über zwanzig.«

Federmann hätte am liebsten gereizt ausgerufen, das alles wisse er bereits, doch er musste sich zügeln, da seine Männer sofort gebannt an Bertrams Lippen hingen. Bertram wiederholte ausführlich, was Federmann bereits vom Dekan des Münsters und von ihm selbst erfahren hatte.

»Als Begleiter sind wir dann mit in die Neue Welt gegangen. Über den Großen Golf, zu dessen Überquerung allein fünf Wochen oder mehr nötig sind. Fünf Wochen, in denen man nichts sieht als eine endlose Wasserfläche, auf der das Schiff stillzustehen scheint. Wasser, Wasser, nichts als Wasser und Salz, bis die Lippen platzen.«

Atemlose Stille herrschte, während Bertram erzählte; und sogar Federmann registrierte, wie seine Verärgerung langsam dahinschmolz und die Schilderung der Reise ihn mehr und mehr in den Bann zog.

Bertram beschrieb Bäume, an denen kinderkopfgroße Früchte hingen, die ein trübes, süßes Wasser enthielten, berichtete von Fischen, die so groß seien wie die Karavellen selbst, auf denen sie reisten, und doch so friedlich wie Lämmer, malte grüne Inseln in die Köpfe seiner Zuhörer, auf denen die Pflanzen schneller wuchsen, als man davonlaufen könne, und von Menschen von dunkler Farbe, die nichts weiter am Leib trugen als ihre eigene Haut. Allein die Schilderung ihrer Nacktheit beschleunigte den Atem der lauschenden Männer.

Immer wieder wollte Federmann unterbrechen, doch die Beschreibungen des Seemanns übten einen Zauber auf ihn und seine Männer aus, dem sich niemand entziehen konnte. Sie wickelten ein in eine wohlige Fantasie aus Paradies und Geborgenheit, sie wärmten mit ihren Farben und Bildern, und sie lockten endlich, indem sie eine beinahe unerklärliche Sehnsucht nach diesen Weltgegenden entfachten.

Warme Strände taten sich vor den Augen der Zuhörer auf, luftige Hütten, durch deren offene Fenster die Früchte des Waldes wuchsen. Nur zugreifen musste man. Vögel im Hintergrund, das Sirren von Insekten, das Summen der Frauen, die sich für die Männer bereithielten, um deren Tag zu versüßen.

Nur schwer gelang es Federmann, diesen verzuckerten Trunk abzulehnen und die Berechnung des zum Tod Geweihten dahinter zu erkennen.

»Wir sind dann im Auftrag der Welser hinübergefahren, denn der Kaiser hat unseren Herren ein großes Gebiet verpachtet, um mit den Schätzen des Landes den Ruhm und die Ehre seiner Majestät zu mehren: Klein-Venedig, das die Spanier Venezuela nennen.« Bertram hielt inne und sah in die Runde. Die Augen der Männer um ihn her glänzten. Hätte Federmann ihnen jetzt befohlen, sich nach Spanien zu begeben, um sich nach Klein-Venedig einzuschiffen, hätten sie zweifellos alles liegen und stehen lassen und wären dorthin aufgebrochen.

Doch Bertram setzte dem noch die Krone obenauf, trieb nicht

nur die Sehnsucht immer tiefer ins Fleisch, sondern legte einen Haken, mit dem er die Männer jederzeit für sich gewinnen und an sich binden konnte. Federmann wollte eingreifen, wollte dem Wegelagerer verbieten weiterzuerzählen, doch ein einziges Wort machte das zunichte.

»Gold«, flüsterte er in die Runde; und jeglicher Versuch, die Geschichte jetzt abzubrechen, hätte den Zorn seiner Mannen hervorgerufen. »Gold wurde gesucht, und Gold wurde gefunden. So viel Gold, dass der Laderaum einer Karavelle nicht ausreichte, es zu transportieren. So viel Gold, dass es ein Mensch in seinem Leben unmöglich ausgeben konnte.« Bertram leckte sich über die Lippen. »Wir haben einen Trupp begleitet und sind auf Indianer gestoßen, die von einer goldenen Stadt berichtet haben, von einer Stadt, deren Mauern von mehreren Metern dicken Goldwänden geschützt sind. Sie liege ihm Westen, sagten die Menschen, hinter dem Horizont!«

Bertram verstummte.

Plötzlich hörte Federmann Schindler rufen: »Und, habt ihr sie gefunden, die goldene Stadt?«

Federmann sah, wie aller Augen sich dem Mann zuwandten, wie in ihren Blicken die Gier glänzte und die Hoffnung leuchtete. Alle waren sie in Bertrams Falle getappt.

Der schaute selbstgefällig in die Runde. Keiner der Männer hätte ihn jetzt noch an den Galgen gehängt. Doch es bedurfte einer Versicherung, so viel war ihm bewusst. Wenn er jetzt aufhörte zu erzählen, konnte es sein, dass ihn allein die Verärgerung über eine nicht beendete Geschichte umbrachte. Also sorgte er vor.

»Gesehen? Du meinst, mit eigenen Augen erblickt, mit den Fingern an den Mauern gekratzt und mit Goldstaub unter den Nägeln nach Hause gekommen? Ich muss dich enttäuschen. Dazu fehlte es uns an Männern, an Proviant und an der Unterstützung der Indianer dort. Doch wir haben etwas entdeckt, was mindestens ebenso wertvoll ist.«

Bertrams Lächeln schweifte über die Männer hinweg. Er kostete

die gespannte Aufmerksamkeit voll aus – und stand dann auf. Tat so, als wolle er abbrechen und damit die Geschichte beenden.
Er hatte wohl mit den betretenen Gesichtern gerechnet, hatte einkalkuliert, dass sie ihn verbal zurückpfeifen würden. Nicht erwartet hatte er allerdings die Reaktion von Federmanns Männern. Kaum stand er aufrecht, als sich auch schon mindestens drei Schwertspitzen in seinen Hals gruben.
»Setz dich, Wegelagerer«, knurrte der immer hungrige, dürre Hemmler. »Ich mag etwas schwächlich aussehen, würde es aber nicht darauf ankommen lassen. Was habt ihr entdeckt?«
Bertram wirkte zuerst wie vom Donner gerührt. Langsam setzte er sich wieder. Die scharfen Schneiden dirigierten ihn ans Feuer zurück, und Hemmler knurrte beinahe unverständlich, er werde jetzt genau zuhören, und wenn das, was er sage, zögerlich komme oder unwahrscheinlich klinge, werde er sein Messer spazieren lassen – und zwar quer über Bertrams Hals. Der sei nicht der Erste und werde auch nicht der Letzte sein, der es zu spüren bekomme.
Bertram schluckte sichtlich. Diese Entwicklung hatte er offenbar nicht vorhergesehen.
Doch sobald er den Mund öffnete und das lückenhafte Gebiss sichtbar wurde, war alle Spannung vergessen. Mit flackernden Augen, das Kinn durchgestreckt, blickte er Federmann flehend an. Doch Federmann verzog keine Miene.
»Also gut«, setzte Bertram seine Erzählung grimmig fort. »Joachim und ich, wir … haben eine Karte gefunden. Eine Karte, die direkt ins Goldland führt.«
Überrascht sah Federmann auf. Niemals hätte er erwartet, dass Bertram von selbst davon anfangen würde.
Stille senkte sich über die Gruppe. In den Augen der Männer spiegelte sich das Goldland Klein-Venedigs. In Gedanken reisten sie bereits allesamt über den Golf, um nach dem sagenhaften Land zu suchen, dessen Hauptstadt Mauern aus purem Gold besaß.
»Wo ist die Karte?«, stieß Federmann hervor, der selbst um seine Fassung kämpfen musste. »Hast du sie bei dir?«

»Leider nicht!«, antwortete Bertram langsam, und Federmann begriff, dass er wieder an der Angel des alten Freundes hing. Der dürre Hemmler ließ mit seinem Messer etwas nach, Bertram atmete dankbar durch und entspannte sich. »Du kennst doch unseren alten Joachim. Er hat sie an sich genommen und mitgebracht. Hierher, in die Alte Welt. Leider ist er mir in Sanlúcar entwischt, der Hund. Kein Gramm meines Goldanteils habe ich gesehen. Alles hat dieser gottververdammte Hurensohn verschwinden lassen, sobald wir spanischen Boden betreten haben. Angeblich, weil ihm einer der spanischen Granden auf den Fersen war.« Bertram spuckte verächtlich in die Glut. »Ich habe ihn bis Augsburg verfolgt. Bis hierher, auch wenn ich mich, im Gegensatz zu meinem *Freund*«, er sprach das Wort Freund aus, als müsse er auch die Silben ausspucken, »nebenbei auch noch um mein Auskommen kümmern muss.«

Jetzt war es an Federmann, verblüfft zu sein. Sofort fielen ihm wieder die Worte ein, die Joachim zuletzt geflüstert hatte. *Karte* … Hatte Joachim eine Karte besessen? In Gedanken ließ Federmann den Blick noch einmal über das Zimmer in Joachims Haus schweifen. Eine Karte hatte er nicht gesehen. Auch die Truhe war leer gewesen. Joachim hatte sie sicherlich in seinem Haus versteckt – und er hatte weder die Zeit gehabt noch sich die Zeit genommen, nach ihr zu suchen.

»Wo befindet sich die Karte jetzt?« Diesmal war es Mattheis, der fragte.

Bertram jedoch schwieg. Er zuckte nur mit den Schultern.

Seine Männer sahen Bertram lange an, und er erwiderte ihren Blick ungerührt, ohne auch nur ein Wort über seine Lippen kommen zu lassen. Sie saugten diese Stille ein, als könnten sie damit Wissen um das Land und um das Geheimnis mit aufnehmen.

Blicke wechselten von Mann zu Mann, und Federmann wusste, dass er sie an Bertram verloren hatte. Gold verwandelte die Männer. Allein der Gedanke an Gold machte aus ihnen gierige Kreaturen, die jedem folgten, der ihnen auch nur versprach, sie das

Metall sehen zu lassen. Einzig die Tatsache, dass zwischen ihnen und dem Goldland im Augenblick eine Entfernung lag, die nur gemeinsam zu bewältigen war, verhinderte einen Aufstand gegen ihn.

Mattheis leckte sich über die Lippen und stellte die Frage, die so zwangsläufig hatte kommen müssen wie der nächste Morgen mit seinem Sonnenaufgang.

»Kennst du den Weg dorthin, Bertram?«

Der lächelte süffisant und sah Federmann an. »Nicht, wenn ich am Baum hänge.« Er tippte sich gegen die Stirn. »Dort ist die Karte eingeschrieben.« Sein Grinsen wurde breiter, denn auch ihm entgingen die glänzenden Augen der Männer nicht.

»Warum bist du dann Joachim bis hierher gefolgt und nicht sofort ins Goldland aufgebrochen?« Federmann gab sich keineswegs geschlagen. Ein Bertram Wollstein konnte ihm noch lange nicht das Wasser reichen.

Bertram beugte sich vor, und sein stoppeliges Kinn kratzte hart am Kragen des Hemdes. »Weil er mir Gold gestohlen hat. So viel Gold, dass er nicht mehr arbeiten muss.« Er senkte die Stimme kurz und blickte zu Boden. »Außerdem ist es ein Weg in die Hölle, glaub mir. Allein kann und will ihn niemand betreten.«

Scharf sogen die Männer die Luft ein. Gold in Hülle und Fülle. So viel Gold, dass man sich dem Müßiggang hingeben konnte.

»Und wo ist dieser Joachim jetzt?«, fragte Hemmler, der dürre Schlaks, der ständig unter Hunger litt und sich nicht vorstellen konnte, jemals in seinem Leben satt zu werden.

»In Ulm. Bei sich zu Hause. Mit seiner Bettsklavin.«

Die Spannung hatte sich etwas gelegt; Federmann hätte die Situation beinahe wieder unter Kontrolle gehabt. Doch der Begriff »Bettsklavin« schürte erneut das Feuer der Fantasie bei den Männern und ließ Gedanken auflodern.

»Jetzt reicht es«, sagte Federmann. »Wir müssen los. Noch haben wir nicht einmal so viel Geld, um uns am Abend satt zu essen, geschweige denn Gold, um darin zu baden.« Mit einem Seitenblick

auf Bertram sagte er: »Wir nehmen ihn mit nach Augsburg. Nicht als Gefangenen, sondern als ... unseren Berater. Wenn wir heute Abend im Thorbräu sitzen, kann er uns von Joachims Bettsklavin erzählen. Schließlich«, und jetzt lächelte Federmann süffisant, »dürfen wir ihn nicht einfach laufen lassen, weil er uns sonst Joachims Gold wegschnappt und über alle Berge verschwindet.« Am beifälligen Nicken seiner Männer sah er, dass er sie zurückerobert hatte. Sein Vorschlag leuchtete ein. »Und dem Welser-Faktor erzählen wir, wir seien von Wegelagerern überfallen worden und hätten die Rottfuhr heil in die Stadt gebracht. Das gibt womöglich einen zusätzlichen Pfennig.«
Seine Männer lachten und schlugen dem etwas säuerlich dreinblickenden Bertram mehrfach auf die Schultern. Dann machten sie sich an die Arbeit, das Lager abzubrechen.
Die Jungen, die abseits gesessen und von ihrem Gespräch nichts mitbekommen hatten, wurden laufen gelassen. Kaum waren deren Fesseln gelöst, sprangen sie wie die Hasen in die Büsche und verschwanden, bevor man bis drei zählen konnte.
Federmann trat auf Bertram zu und beugte sich nah zu ihm, damit er ihm seine Botschaft ins Ohr flüstern konnte: »Versuch das nie wieder, Freund. Ich lasse dich sonst hängen. Sei froh, dass du mit uns im Thorbräu einen Krug Bier trinken kannst. Solltest du versuchen davonzulaufen – Hemmler, der Schlaks mit dem schnellen Messer, holt selbst ein flüchtendes Reh ein. Also Vorsicht!«
Das Feuer wurde mit Sand abgedeckt und gelöscht. Die Fuhrwerker kontrollierten ihre Schiffe, verstauten Geschirr und Essen und saßen auf. Die Pferde legten sich in die Geschirre und schritten zurück auf den Weg. Sofort vermischte sich der herbe Tannenduft mit dem weichen Geruch der Pferde. Federmann liebte diese Gerüche – sie gaben ihm ein Stück Freiheit. Natürlich hätte er gerne mehr Geld besessen, um ein wenig komfortabler durchs Leben zu gehen, doch wozu hätte er es verwenden sollen? Nie wäre ihm eingefallen, sich zurückzulehnen und dem Müßig-

gang zu frönen. Dazu war das Leben zu spannend. Tief sog er den Duft ein und verband ihn mit seinem persönlichen Glück in dieser Welt. So wenig konnte glücklich machen!
Federmann hatte Bertram auf dem vordersten Bock Platz nehmen lassen. Er selbst war einen Wagen weiter hinten aufgestiegen. Als sie die Waldlichtung verließen, hatte er nicht mehr erwartet, auf eines der Kinder zu stoßen, schon gar nicht auf deren Anführer. Er stand am Waldrand und schaute zu ihm herüber. Blass war er wie der Tod persönlich. Blass und mager, sodass Federmann schon der Anblick einen Stich ins Herz gab. Diesen Kreaturen, die alles fürchteten, obwohl sie nichts zu verlieren hatten, sollte man das Gold in die Taschen stopfen, bis diese ausrissen, dachte er. Unwillkürlich pfiff er und winkte den Kerl heran. Der rührte sich nicht, sondern sah ihnen nur nach.
Wieder winkte ihn Federmann heran. Energischer diesmal – und der Junge gehorchte. Mit zusammengebissenen Zähnen kam er näher und lief neben dem Wagen her.
»Bleib bei uns, bis du gesund bist, Junge«, sagte Federmann und bereute seinen Satz auch schon, bevor er ganz ausgesprochen war. Welcher Teufel kitzelte ihn da?
Der Junge musste davon wohl ebenso überrascht worden sein, denn beinahe stolperte er vor Schreck.
»Her mit der Hand!«, befahl Federmann kurz entschlossen. Der Junge reichte ihm seine gesunde Rechte, und Federmann zog ihn auf den Kutschbock neben den Fuhrwerker, der ihn angrinste und nur »Richtig gemacht!« brummte.
»Georg! Du heißt ab sofort Georg!«, fügte der Wagenbegleiter noch bekräftigend hinzu. »Schau mich nicht so an. Das ist ein guter Name. Wir kommen bald in die Stadt, und da muss man einen Namen tragen, sonst lassen sie einen nicht durchs Tor«, behauptete er. »Georg. Das klingt gut.«
Der Junge nickte ernst, und zum ersten Mal sagte er leise etwas. »Nein, besser!«
Zu dritt machten sie es sich auf dem Kutschbock bequem. Die

Pferde zogen in einem gleichmäßigen Trott dahin. Das Lederzeug knarrte, die schweren hölzernen Reifen schlugen und hoben und senkten den Wagen in einem absurden Takt. Ab und zu ließ der Fuhrwerker die Geißel über die Köpfe der Pferde hinwegschnalzen. Die Tiere schien es nicht weiter zu stören, denn Federmann konnte nicht feststellen, dass sie sich danach williger oder besser ins Zeug legten. Sie überquerten die Zusam, bezahlten dafür ihren Brückenzoll und folgten dem Verlauf des Rothbachs. Leicht stieg das Gelände an. Der Weg zwängte sich zwischen steil abfallende Hänge hindurch, die Federmann nicht ganz geheuer waren, seit er zum ersten Mal hier entlanggereist war. Der Bach, seit Stunden Wegbegleiter, verlor sich, versickerte in den Sanden der letzten Erhebung, und wenn nicht die Bäume und der vor ihnen liegende Sandberg die Sicht versperrt hätten, hätte man von der Kuppe, die von Biburg aus den Weg ins Schmuttertal hinabwies, die Türme der Stadt sehen müssen.

Das Tal begrüßte sie mit Nebelschwaden, die in Fetzen über die Auwälder zogen. In der Ferne verlor sich der Weg zwischen Gebüschen und Strauchwerk, machte Windungen und Biegungen, um ausgetiefte Stellen zu umgehen. Auf dieser schwierigen Etappe ihres Weges konnte ein Fahrfehler, das Ausweichen auf morastigen Grund oder das Übersehen einer mannstiefen Pfütze zu Achsbrüchen, Umkippen der Fuhr oder dem vollständigen Verschwinden des Fuhrwerks in den sumpfigen Böden führen. Federmann schickte zwei Mann voraus und ließ zwei weitere rechts und links der Fuhrwerke patrouillieren.

Bertram bewies an der Schmutterbrücke, dass er in den letzten Jahren nichts verlernt hatte. Mit raschen Handgriffen holte er verbotenerweise aus dem träge fließenden Wasser gut zwei Dutzend Flusskrebse und ganze fünf Forellen. In einem Bogen fuhren sie auf die Augsburger Flur ein, und endlich stiegen die Türme am Horizont auf: Dom, Perlach, Rathaus und Sankt Ulrich. Der Verkehr begann sich zu beleben. Mit Kraxen beladene Bauern trugen Vieh und Töpferwaren in die Stadt, buckelten Obst, Getreide,

Eier und Butter auf den Markt. Daneben schwankten Fuggersche Fuhrwerke ebenso den Hang des Sandbergs hinauf und mühten sich Welsersche Rottfuhren den steilen Hang hinunter.
Wie ein Magnet zog dieses Augsburg die Menschen und Waren an, plünderte sie und warf sie wieder auf die Landstraße zurück. Nur wer wusste, wie man seine Gulden beisammen hielt, konnte Gewinn daraus schöpfen. Ebenso schnell war dieser wieder verbraucht und löste sich in den Rauch auf, der aus der Stadt aufstieg wie verbrauchter Atem.
Erneut zahlten Federmann und seine Männer Brückengeld an der Wertach, um schließlich den letzten Anstieg zur Hochterrasse zu nehmen. Alle Mitfahrer mussten absteigen und die Wagen schieben, denn die Steigung forderte den Pferden das Letzte an Kraft ab, was sie besaßen. Schäumend und nass zogen sie die schweren Karren noch bis vor die Mauer.
Vor dem Gögginger Tor mussten sie Halt machen. Es war spät, gegen sieben Uhr abends, als sie vor der Brücke über den Graben standen. Zwar schloss das Tor erst gegen neun Uhr, doch musste Federmann eine Begleitung auftreiben, die sie zum Welserhaus führen durfte. Das allerdings war schwierig.
Federmann war die letzte Strecke neben dem Wagen hergelaufen, dicht gefolgt von Georg, der ihm keine Sekunde von der Seite wich. Der Wagenbegleiter legte seine Hand auf die schmächtige Schulter des Jungen.
»Wenn du Augsburg nicht gesehen hast, Georg, mein Junge, hast du die Welt nicht gesehen.«
Georg nickte. »Doch die Welt ist größer. Viel größer«, flüsterte er dem verblüfften Federmann zu.

15. KAPITEL

An diesem Abend fuhren sie in ein erstes starkes Sommergewitter mit Dauerregen hinein. Der Wagen der Schausteller erwies sich als undicht. Es tropfte vom Dach herab und sprühte an den Seiten feucht herein. Als sie auf die einzige Lichtung weit und breit einfuhren, um ihr Nachtlager aufzuschlagen, ließ Narses ein Zelt aufrichten, in dem die Wolfsfrau und die Vixen schlafen konnten. Die beiden Frauen, die ebenfalls dabei waren – wie Mayana inzwischen erfahren hatte, waren es die Ehefrau und die Tochter des Zwergs –, krochen mit Narses in ein weiteres Zelt. Nur Mayana musste ihrer Ketten wegen im Karren bleiben. Niemand kam, um sie von dort zu befreien.

Blitze zuckten über den Himmel, schälten aus der Waldsilhouette wunderliche Figuren und zerrissen mit ihrer Helligkeit die Regenschleier. Donner folgte in kurzen Abständen und verhallte dröhnend in den Ohren.

Mayana kauerte auf dem Boden des Karrens. Die Wolfsfrau hatte ihr einen Filz überlassen, in den sie sich wickelte. Wie in ihrer Heimat tobten die Wetter ungezähmt über den Wald hin, den sie eben noch durchquert hatten. Nur waren sie eisig und bissen ins Fleisch. Die Waldgeister würden sich beruhigen. Die Lichtpfeile würden im Boden verschwinden und die rollenden Donner bis ans Meer hinabkugeln und dort versinken. Davon war Mayana fest überzeugt. Was bleiben würde, war die Kälte, die ihr durch und durch ging. Der Filz, der mit jedem Tropfen an Gewicht zunahm, sank mit jedem Atemzug schwerer auf sie nieder und wärmte so wenig wie ihr dünnes Kleid. Mayana lag nur da, dachte nichts, überlegte nichts, glitt nur dahin auf einer trüben Welle zwischen Schlafen und Wachen, in der ihre Empfindungen so abgestumpft waren wie ihre Arme und Beine in dieser Kälte.

Vermutlich vernahm sie ihn deshalb nicht. Sie, die sonst die Maulwürfe unter der Erde graben hörte, hatte im Gedröhne und Geschaukle der Naturkräfte nichts bemerkt. Erst als der Filz plötzlich schwerer wurde, schreckte sie auf. Doch es war zu spät. Eine Hand fuhr ihr über den Mund und drückte zu. Das Gewicht über dem Filz drückte sie nieder, ohne dass sie sich wehren konnte. Sie bekam die Arme nicht frei, die sie der Kälte wegen um sich geschlungen hatte. Der Filz umfasste sie wie eine Fesselung.

Ein unterdrücktes Husten machte ihr klar, wer sich da auf sie gesetzt hatte: Vierfinger. Seit ihn der Dominikaner angesteckt hatte, bellte er wie ein Höllenhund.

Bislang hatte er sie in Ruhe gelassen. Der Fuhrwerker war zwar an ihrem Käfig vorübergestrichen wie ein Raubtier, hatte sie angestarrt und versucht, sie zu berühren, doch weiter war er bislang nie gegangen. Dann hatte ihn ihre eilige Flucht gehindert. Zu sehr war er damit beschäftigt gewesen, die Rottfuhrwerke auf unwegsamen Strecken durch schier endlose Wälder zu führen, sie zu sichern, das Umkippen und Zerschlagen der Räder zu verhindern und gleichzeitig das Diebesgesindel von ihnen fernzuhalten.

Mayana hatte bereits gehofft, sein Interesse an ihr sei erloschen. Nun aber wusste sie, dass er nur auf eine Gelegenheit gewartet hatte.

»Habe ich dir nicht gesagt, du entkommst mir nicht, Täubchen?«, flüsterte er in das Krachen der Blitze hinein. Mayana konnte sich weder rühren noch schreien. Sie hatte genug damit zu tun, durch die Nase Luft zu holen, um nicht zu ersticken.

Sie wusste, was geschehen würde. Bislang hatte sich niemand darum geschert, ob sie sich mit einem Mann einlassen wollte oder nicht. Ihr Vater hatte sie weggegeben, um dem Mönch Ulate einen Gefallen zu tun, weil der ihr Leben gerettet hatte, Joaquin hatte sie genommen, ohne zu fragen, ob sie seine Frau werden wollte – und auch der Vierfinger würde seine Lust an ihr stillen.

Sie wusste, wie gewalttätig die Männer sein konnten, wenn sie sich wehrte. Wovon der Fuhrmann jedoch nichts wusste, waren die Möglichkeiten ihrer Gegenwehr. Ihn würde sie nicht gewähren lassen. Weder besaß er die Sonnenscheibe noch sonst irgendein Recht auf sie.

Mayana spürte, wie der Mann unter den Filz griff, wie er ihr Kleid packte. Sie musste warten, musste darauf hoffen, dass sie ihre Arme irgendwann frei bekäme. Sie blieb also ruhig liegen, rührte sich nicht, reizte ihn nicht, obwohl ihr Angst und Ekel wie ein anschwellender Bach in den Hals stiegen.

Der Fuhrmann zog und zerrte am Filz – endlich konnte er ihn wegreißen und in eine Ecke des Karrens schleudern. Sofort packte er ihre beiden Arme und drückte sie ihr auf die Brust. Mayana hätte schreien können.

»Wenn du den Mund aufmachst, stech ich dich ab!«, keuchte der Kerl über ihr und hustete ihr ins Gesicht.

Still kämpften sie miteinander. Wenn sie sich nicht wehrte, würde er glauben, sie habe ihn erwartet, und häufiger wiederkommen. Also versuchte Mayana ihn abzuwerfen, während er mit Gewalt zwischen ihre Beine wollte. Doch die Ketten hinderten ihn daran, sie waren zu eng. Der Kerl fluchte leise vor sich hin.

»Dann eben anders!«, entschied er, drehte sie mit einem Ruck auf den Bauch und schob ihr das Kleid über die Hüfte hinaus.

Über ihnen jagten Regenschauer dahin und trommelten mit ihren schweren Tropfen einen dunklen Rhythmus auf das Karrendach. Mayana wusste nicht mehr, ob sie schwitzte oder vom Sprühregen der durchschlagenden Güsse nass war.

Sie fühlte, wie der Kerl an seiner Hose nestelte, und riss einen Arm aus seiner Umklammerung frei. Sofort griff Vierfinger nach, doch Mayana fuhr mit der Hand zwischen ihre Beine, suchte nach dem kleinen Lederriemen und zog das Säckchen Gold aus ihrem Leib.

»Was hast du da, kleine Teufelin?« Sie hatte den Fuhrwerker unterschätzt. Sofort ließ er los, warf sich mit all seinem Gewicht auf sie und griff ebenfalls zwischen ihre Beine. »Was haben wir denn da? Eine Hilfe für einsame …?«

Plötzlich brach er ab. Mayana hatte ihre Hand nicht schnell genug zurückziehen können. Der Arm klemmte direkt unter ihrem Leib fest, das Säckchen mit den Goldkörnern lag bei ihrer Scham. Sie konnte nicht verhindern, dass der Fuhrwerker es an sich nahm. Er wog es in der Hand, und sie hörte, wie er es ein paarmal in die Luft warf, um sein Gewicht zu prüfen.

»Das fühlt sich schwer an. Ich werde mich darum kümmern, wenn wir beide miteinander fertig sind.« Vorsichtig stellte er das Säckchen in eine Ecke und widmete sich wieder ihr. Als er kurz sein Gewicht verlagerte, bekam Mayana ihren Arm frei. Rasch tastete sie nach der Ritze im Boden. Sie konnte jetzt keine Rücksicht darauf nehmen, ob sie sich selbst an der Pfeilspitze stach oder nicht. Sie spürte die verdickte Stelle am hinteren Pfeilende. Die schmale Spitze lag demnach am anderen Ende. Jetzt nahm sie das Hinterende, zog langsam den Pfeil heraus und hielt ihn so, dass die Spitze nach oben zeigte.

In diesem Moment hatte Vierfinger sein Ziel erreicht. Mit einem Stoß versuchte er in Mayana einzudringen. Sie wehrte sich nicht mehr. Sie hielt nur die Spitze nach oben und wartete auf den richtigen Augenblick …

Doch dann senkte sie die Spitze wieder und verhielt sich still. Wenn sie den Fuhrmann tötete, würde sie vermutlich nicht nach Lyon kommen und Blauauge und den Sonnenstein niemals wiedersehen. Das wollte sie nicht. Wenn sie sich allzu sehr wehrte, würde der Kerl sie irgendwann töten und in die Schlammlöcher abseits der Straße werfen lassen. Sie biss sich also auf die Lippen, bis sie Blut schmeckte, und versuchte flach zu atmen, um den Tränen keine Möglichkeit zu geben. Ihr war, als steche der Kerl mitten in ihre Seele, stoße sie in die Gosse und wälze sie darin herum, bis sie schmutzig, besudelt und verkrustet wäre wie ein alter Topf. Sie spürte jeden einzelnen der Stöße und versuchte sie dennoch zu ignorieren, ertrug die Demütigung und schwor sich, sich für jede Berührung an ihm zu rächen.

Der Fuhrmann begann zu stöhnen, zuckte und rollte sich bald von ihr herunter. Dann krümmte er sich in einem Anfall von Husten, bis er den Auswurf seiner Lungen geräuschvoll auf den Boden spie.

Mayana rührte sich nicht, gab keinen Laut von sich. Eisig schlugen die Böen der Gewitterwinde gegen den Verschlag. Doch sie fühlte keine Kälte, fühlte keinen Schmerz, fühlte nichts als eine Leere, die nicht einmal der Regen füllen konnte. Sie wollte hinauslaufen und sich von dem eisigen Wasser reinwaschen lassen, doch das leise Klirren der Ketten brachte ihr wieder zu Bewusstsein, dass sie sich nicht rühren konnte.
Heiser, als fühle er Schuld, flüsterte Vierfinger ihr ins Ohr, er könne die Ketten aufschließen, wenn sie verspreche, nicht zu fliehen.
Mit einer kaum wahrnehmbaren Bewegung steckte Mayana den Pfeil wieder in die Ritze des Wagens. Was sollte sie antworten? Sollte sie ihm sagen, dass sie so lange bei ihm bleiben würde, bis sie Lyon erreicht hatten, ihn danach aber töten würde? Denn sie war fest entschlossen, sich für seine Demütigungen zu rächen.
»Ich bleiben!«, sagte sie nur und hoffte, ihre Willigkeit würde ihn dazu verleiten, sie frei zu machen.
»Dann hat es dir gefallen?«, flüsterte er zurück und legte ihr eine Hand auf den Rücken.
Mayana schloss die Augen. Die Wolfsfrau, die Vixen und sie wurden als Tiere ausgestellt, doch die wirklichen Tiere waren nicht die Verwachsenen, sondern Männer wie dieser Fuhrmann, der glaubte, weil er sich von seiner Lust hatte leiten lassen, weil er gewalttätig und rücksichtslos geworden war, müsse sie ihn jetzt dafür bewundern. Wie verroht musste er sein, wenn er nicht begriff, dass sie ihn dafür nur hassen konnte?
Der Fuhrwerker erhob sich, zog sich die Hosen hoch und kletterte aus dem Karren. »Ich komme wieder!«, sagte er zum Abschied – doch in seiner Selbstgefälligkeit vergaß er, das Säckchen mit Gold an sich zu nehmen.

16. KAPITEL

Unten auf der Straße schnitt gerade ein jugendlicher Beutelschneider einem ehrbaren Bürger die Börse vom Gürtel. Federmann wollte eben das Fenster öffnen und den Kaufmann warnen, als er erschrocken innehielt. Was war er für ein Mensch? Der Bestohlene sah nicht aus, als würde es ihm wehtun, wenn etwas von seinem Geld geraubt wurde. Allein das Tuch, das er am Leib trug, war ein Vielfaches seiner Börse wert, selbst wenn diese mit Goldstücken gefüllt gewesen wäre. Doch einen Verlust von schweren Goldstücken hätte er wegen des plötzlich fehlenden Gewichts sofort bemerkt – und der Beutelschneider, ein Knabe von vielleicht zwölf Jahren, hätte sie ihm auch nicht abgenommen. Also enthielt der Beutel allerhöchstens Kupfermünzen. Diese kleinen Diebe waren schlau. Aber waren es wirklich Diebe? Stahlen nicht die Reichen der Stadt ebenso, wie es der Beutelschneider unten auf der Straße tat? Sie taten es nur nicht so offensichtlich, nicht mit dem Messer in der Hand. Sie raubten auf eine verborgene, viel heimlichere Art und Weise. In ganz Augsburg wurde etwa gemunkelt, das einzige Bankhaus, das 1527 die Plünderung und Brandschatzung Roms, den Sacco di Roma, nicht nur unbeschadet überstanden, sondern mit erklecklichem Gewinn abgeschlossen habe, sei die Bank der Fugger gewesen. Sie habe die geplünderten Kirchenschätze von den Frundsberger Landsknechten entgegengenommen, den Plünderern darauf Schuldscheine ausgestellt und ihnen das Geld dann in Memmingen bar ausbezahlt. Damit hätten sie sich den Schutz der marodierenden Horden in Rom erkauft. Federmann sah von oben auf die Straße hinunter. Keines dieser Dinge war strafbar gewesen. Es war ein untadeliges Geschäftsgebaren, wenn man davon absah, dass es sich bei dem Gold und den Juwelen um geraubte Schätze handelte. Ansonsten war alles legal gewesen. Keine Bedrohung, keine Tötung fand hier statt. Dennoch war es zutiefst unmoralisch, unmoralischer als der junge Dieb dort

unten handelte, denn dieser brauchte das Geld, um sich an diesem und vielleicht an den nächsten Tagen etwas zu essen zu kaufen. Womöglich ernährte er damit Eltern und Geschwister, setzte sein Leben dafür aufs Spiel, dass auch sie satt wurden. Niemals würde es einem Vogt einfallen, einen Anton Fugger, den neuen und jungen Regierer des Handelshauses, für die Kirchenplünderungen verantwortlich zu machen. Pecunia non olet, Geld stinkt nicht, noch nicht einmal nach Unmoral.
Hinter Federmann betrat jemand das Zimmer. Er drehte sich um – vor ihm stand ein stattlicher Mann in schwerem Mantel mit breitem hellbraunen Pelzbesatz. Ein mächtiger Brustkorb wölbte sich über einem ebenso mächtigen Bauch. Alles an diesem Mann war groß, die Hände, der Kopf, die Schultern. Er überragte Federmann um einiges, und hätte er in einem Leinenkittel gesteckt, hätte man ihn für einen Flößer halten können. Sein Äußeres war eines Handelhauses würdig, wie das der Welser eines war. Am auffälligsten waren jedoch die steil nach oben gezogenen, schmalen Augenbrauen und der breite Mund. Beide gaben dem Gesicht den Ausdruck eines fortwährenden mürrischen Erstaunens.
»Herr Welser, zu Diensten!« Federmann senkte den Kopf und deutete mit der Hand eine Geste der Unterwürfigkeit an. Er blickte auf die blank gescheuerten Bohlen des Bodens und wartete darauf, dass man ihm gestattete aufzusehen.
Doch Bartholomäus Welser ging sogar einen Schritt weiter. Mit offenen Armen und ausgestreckter Hand kam er auf Federmann zu. Der wich nicht aus, obwohl er befürchtete, die Umarmung seines Dienstherrn könnte ihm womöglich die eine oder andere Rippe brechen.
»Habt Ihr etwa auch diese kleine Ratte von Dieb beobachtet?« Welser sah über Federmanns Schulter hinweg hinunter auf die Straße. »Glaubt doch tatsächlich, er könnte vor dem Haus der Welser unbeobachtet Beutel schneiden. Wir haben ihn bereits gestellt. Es wird ihn die rechte Hand kosten, diesem Teufelsbraten.« Welser lachte dröhnend.

Federmann fühlte, wie ihm alles Blut aus dem Gesicht wich. Dem Regierer des Hauses Welser war der jugendliche Langfinger nicht einen christlichen Gedanken wert. Er schob ihn beiseite, wie man eine Fliege verscheucht, weil sie lästig ist. War dieser Bartholomäus Welser deshalb erfolgreicher als er, weil er skrupellos das Recht durchsetzte, das er verletzt sah? Natürlich war der Kaufmann geradlinig, gesetzestreu – aber handelte er damit auch gottesfürchtig? Wer ohne Schuld sei, der werfe den ersten Stein, hieß es in der Bibel. War dieser Bartholomäus Welser ohne Schuld?

»Ihr habt wieder einmal einen meiner Transporte erfolgreich beschützt, Federmann. Meinen aufrichtigen Dank dafür«, dröhnte der Kaufmann gut gelaunt und hieb ihm seine feiste Pranke auf die Schulter. »Eure Dienste für unser Haus sind nicht in Gold aufzuwiegen. Es wäre eine Ehre für mich, wenn Ihr heute Abend mein Gast sein würdet.« Die polternde Art Bartholomäus Welsers ließ keinen Widerspruch zu. Dabei wäre Federmann am liebsten sofort wieder nach Ulm zurückgekehrt, um in Joachims Haus nach der Karte zu suchen, bevor jemand das Gebäude kaufte, abriss oder gar selbst nach der Karte durchstöberte. Flüchtig huschte der Gedanke an den Fremden durch seinen Geist, der Joachim getötet hatte. Auch musste er einen Auftrag nach Lyon bekommen, um dort das Mädchen aus den Fängen des Ulmer Rottfuhrwerkers auszulösen, denn er war nach wie vor sicher, dass er Mayana in seine Gewalt gebracht haben musste. Je öfter Federmann an sie dachte, desto weniger bedeutete ihm dieses Gold um den Hals.

»Ich gebe ein kleines Fest, Federmann.« Welser zog ihn vom Fenster weg und in das mit feinem, bunt bemaltem Pinienholz getäfelte und ein wenig überladen und protzig wirkende Zimmer hinein. »Aber ich möchte gerne im Vorfeld mit Euch sprechen, und deshalb bin ich hier. Ihr seid mir«, begann der stattliche Handelsherr vertraulich auf Federmann einzureden und ließ einen Arm auf seiner Schulter liegen, »seit einiger Zeit aufgefallen – vor allem wegen Eurer zupackenden Art. Eure Rottfuhren sind gut bewacht, Ihr seid rasch bei der Sache, intelligent, energisch. Die Männer, die Ihr befehligt, lieben Euch und sind Euch treu ergeben. Das findet man selten. Wenn ich auf den Punkt kommen darf, Federmann, Ihr seid mir eigentlich zu schade, um nur Rottfuhren zu begleiten. Ich hätte eine Aufgabe, die Eurem Naturell entsprechen würde, die Euch sozusagen auf den Leib geschrieben wäre.« Hatte der Handelsherr bislang leise mit vertraulich zu ihm gebeugtem Kopf gesprochen, schob er Federmann jetzt vor sich, um ihn genau zu betrachten. Mit beiden Händen hielt er ihn auf Armlänge von sich.

Als Federmann zu einer Antwort ansetzte, hob Welser abwehrend die Hand. »Wie Ihr wisst, habe ich mit Kaiser Karl einen Asiento abgeschlossen, einen Generalvertrag.« Plötzlich ließ er Federmann los und drehte ihm den Rücken zu. Es war ein breiter Rücken, der die Last dieses auf vielen Gebieten tätigen Hauses durchaus zu tragen vermochte. »Karl V. hat mir dafür die Statthalterschaft über Klein-Venedig zugesprochen. Ihr wisst, wo sich dieses Klein-Venedig befindet?« Überraschend behände drehte sich der grobschlächtige Mann wieder zu Federmann um und fixierte ihn scharf.

»Nein, Herr. Ich bin bislang nicht weit über Augsburg und Ulm hinausgekommen. Allenfalls mal nach Lyon.« Federmann senkte wieder den Blick. Was wollte der alte Fuchs nur von ihm? Ihn auf sein Wissen und seine Kenntnis der Welt testen?

»Bislang, Federmann, bislang. Das Asiento gestattet mir, die Küsten und das Hinterland Venezuelas, so nennt man dieses Klein-Venedig auf Spanisch, zu bewirtschaften. Auch habe ich bereits einen Statthalter dort, Ambrosius Ehinger. Ihr kennt Ehinger?«

»Ambrosius?«, wiederholte Federmann. Natürlich kannte er den alten Säufer, einen Kollegen auf den Routen Augsburg–Ulm und Augsburg–Nürnberg. Nur ein paar Jahre älter als er, war er mit ihm dieselben Strecken gefahren und hatte schließlich ein besonderes Angebot von Bartholomäus Welser angenommen.

Wohin es ihn geführt hatte, hatte Federmann allerdings erst von Bertram erfahren. Damals war alles sehr schnell gegangen, und Ambrosius war so rasch verschwunden gewesen, dass keine Zeit mehr geblieben war, sich zu verständigen.

»Er ist jetzt Gouverneur von Neu-Augsburg, einer unserer Städte in Klein-Venedig!« Stolz posierte der Regierer des Hauses Welser vor Federmann, dem kleinen Begleiter seiner Rottfuhrwerke.

»Ihr ... überrascht mich, Herr ... Neu-Augsburg ... Klein-Venedig ... Venezuela. Ich kenne diese Städte und Länder nicht. Es klingt wie ... eine Neue Welt«, stotterte Federmann. Wenn er Joachims Karte suchen wollte, musste er ablehnen. Andererseits reizte ihn natürlich das Angebot, das hinter Welsers Worten noch verborgen lag.

Welser schmunzelte. »Reden wir offen miteinander. Dieses Asiento war teuer. Ich habe dem Kaiser einen Kredit gegeben. Dafür dürfen wir ausbeuten, was das Land hergibt: Brasilholz, Baumwolle, Sklaven und natürlich Edelmetalle. Gold, Silber. Ehinger ist vor nicht ganz einem Jahr nach Klein-Venedig aufgebrochen – mit etwa dreihundert Bergleuten. Das sind für die Suche nach Gold und Silber zwar ausreichend viele Männer, aber sie sterben zu schnell weg: Anstrengung, Krankheit, Heimweh und was es sonst für Gründe dafür geben mag. Außerdem ist dieser Ehinger zu ... wie soll ich sagen? Zu sehr auf seinen eigenen Vorteil bedacht. Ich brauche dort einen Mann, dem ich vertrauen kann, einen Kerl, der Leute führt, einen zupackenden – und einen, der diesem Ambrosius Ehinger ein wenig auf die Finger schaut.«

Jetzt war Federmann tatsächlich verblüfft und verstand, was der Regierer des Hauses Welser für ihn im Sinn hatte. »Ihr wollt, dass ich ...«

Bartholomäus Welser nickte heftig. »Ist das kein Angebot?«

»Aber warum so plötzlich?« Federmann wurde den Verdacht nicht los, dieser alte Fuchs handle nicht nur aus reiner Menschenfreundlichkeit.

Das unsichere Auflachen Welsers zeigte ihm, dass Federmann ihn tatsächlich ertappt hatte.
»Glaubt ja nicht, ich würde Euch damit nur einen Gefallen tun. Ich bin auf Euch angewiesen. Loyalität wie die Eure findet sich nicht allerorten.« Welser verzog seinen breiten Mund zu einem schiefen Grinsen, und plötzlich wirkte er wie ein leidender, bis in die Tiefe der Seele durchschauter Mann.
»Heute Abend erwarte ich Raúl de Almaviva. Ein Gesandter des Kaisers. Ich befürchte sehr, dass er mir einen Mann vor die Nase setzt, um im Namen Seiner Majestät die Nutzung Klein-Venedigs zu kontrollieren. Deshalb brauche ich heute Abend jemanden, dem ich ein zweites Schiff anvertrauen kann. Ich muss ihn heute noch präsentieren, und er muss über Lyon zu unserer Faktorei nach Sevilla abreisen, bevor dieser Almaviva auch nur den Mund aufbringt. Versteht Ihr?«
»Ich habe noch nie ein Schiff …«, warf Federmann ein.
»Ihr müsst kein Schiff lenken oder befehligen. Das werden meine erfahrenen Kapitäne für Euch übernehmen. Das Schiff wartet in Sanlúcar de Barrameda auf Euch, einer Hafenstadt vor Sevilla. In ihr landet die spanische Flotte aus der Neuen Welt an. Dort liegen auch die Schiffe unserer Gesellschaft. Ihr werdet in unserer Faktorei in Sevilla erwartet. Ich brauche einen Mann, der mit gut dreißig deutschen Bergknappen und einigen Geistlichen dorthin aufbricht, nach Klein-Venedig übersetzt, die Einheimischen durch unsere Dominikaner erfolgreich missionieren lässt und endlich nach Gold sucht. Die frischen Bergleute werden die Verluste ersetzen, die meine Mannschaft durch Krankheit und Tod in Klein-Venedig dezimiert haben. Versteht es als Geste gegenüber dem Kaiser … und seinem Wachhund.«
»Woher wollt Ihr so schnell Bergleute hernehmen? Es dauert Monate, bis sie aus …«
Welser unterbrach ihn. »Sie stehen bereit. Sie sammeln sich eben in Lyon, und Ihr werdet mit ihnen gemeinsam spanischen Boden betreten.«

Federmann trat wieder an das Fenster und sah hinaus. Die Sonne schien an diesem Tag grell und stand bereits so tief, dass ihr Licht in den Augen schmerzte. Unter ihm hasteten die Bürger nach Geld und Gut, nach Ruhm und Ehre – und vielen von ihnen wurde beides niemals zuteil. Er jedoch bekam dieses Angebot. Einfach so, weil er zufällig zur richtigen Zeit am richtigen Ort war. Und er sollte dafür nach Lyon ziehen – wo er Mayana vermutete. Nur Zeit für die Karte würde er nicht mehr finden. Nach Ulm konnte er schlecht zurückkehren – oder er musste es so anstellen, dass er die Männer in Lyon traf, während er selbst einen Umweg über Ulm nahm …

»Gut«, sagte er. »Ich gehe auf den Handel ein, wenn Ihr mir gezeigt habt, wo dieses Klein-Venedig liegt, und ich darüber nachgedacht habe. Ich werde zu Mittag essen und dann entscheiden.«

Bartholomäus Welser runzelte kurz die Stirn, doch er streckte schließlich die Hand aus. »Nach dem Mittagessen. Schlagt ein.«

Federmann zögerte einen Moment. »Eine Bedingung noch.«

Welser räusperte sich vernehmlich.

»Ich weiß, dass es mir nicht zusteht, Bedingungen zu stellen, Herr Welser. Doch um eines möchte ich Euch bitten. Ohne die Erfüllung dieses Punktes werde ich jetzt hier und auf der Stelle ablehnen. Ich denke jedoch, dass Ihr sie mir mit Leichtigkeit gewähren könnt.«

Welser stand wie versteinert, die Hand noch immer ausgestreckt. »Nennt sie, Eure Bedingung.«

»Der Junge von eben, der Beutelschneider. Ich möchte ihn mitnehmen nach Neu-Augsburg!«

Welser sah Federmann verblüfft an. Seine kaum vorhandenen Augenbrauen hoben sich noch weiter als üblich. Dann zogen sich die Mundwinkel nach oben, und plötzlich brach er in ein dröhnendes Gelächter aus.

»Ihr seid gut, Federmann. Ihr seid grandios. Ihr seid nicht zu übertreffen. Den Jungen? Schlagt ein! Ihr sollt ihn bekommen, und wenn Ihr wollt, den Rest der Mannschaft, die in den Hexenlöchern sitzt, wenn Ihr sie braucht.« Der Handelsherr krümmte sich vor Lachen. »Nichts für ungut«, prustete er heraus, »ich kann mich nur nicht … Ihr habt mich auf dem falschen Fuß erwischt.«

Federmann blieb ernst. »Mit beiden Händen!«, setzte er hinzu. »Einhändig nützt er mir nichts.«

»Oh ja. Beidhändig. Natürlich. Ich lasse Euch, wenn Ihr wollt, eine dritte Hand dazunähen.« Welser musste sich anlehnen, um Luft zu holen. »Beid…händig«, japste er. »Da müssen wir uns beeilen.«

»Das solltet Ihr. Bis Mittag werde ich mich endgültig entscheiden.«

Welser holte mühsam Luft und wischte sich Tränen aus den Augenwinkeln.

»Wollt Ihr nicht das Mahl mit uns einnehmen, Federmann? Wir sitzen in einer halben Stunde unten am Mittagstisch.«

Federmann schüttelte den Kopf. »Vielen Dank. Bitte verzeiht, wenn ich Euch diesmal keine Gesellschaft leiste. Ich muss die Entwicklung mit meinen Männern besprechen. Vielleicht begleiten mich einige von Ihnen, Herr.« Er drehte sich weg und wollte gehen, als er doch noch einmal innehielt. »Eine letzte Frage, Herr Welser. Wann werden wir aufbrechen?«

»Heute Abend, bevor der Gesandte von der Tafel aufstehen kann. Ihr sitzt natürlich mit am Tisch. Wir werden darüber reden. Ich werde Euch zum Ende des ersten Hauptgangs die Erlaubnis erteilen zu verschwinden. Schlagt also zu beim ersten Braten. Danach seid Ihr auf dem Weg nach Süden, mit oder ohne Eure Mannen.«

»Und mit dem Jungen.«

»Natürlich mit dem Jungen. Aber so schnell, dass der Gesandte weder etwas davon erfährt noch weiß, dass Ihr weg seid. Einholen darf er Euch nicht mehr. Ich werde ihn hier ein paar Tage bewirten und ihn auf meine Antwort warten lassen.« Welser grinste und zeigte eine Reihe leicht gelblicher Zähne, in deren Zwischenräumen noch Essensreste steckten. »Bis zum Mittagessen. Ihr dürft mich jederzeit stören. Auch wenn ich mich nachmittags zur Ruhe gelegt habe. Ich will Eure Antwort, sobald Ihr Euch entschieden habt.«

Federmann biss die Zähne zusammen. All dies warf seine Pläne gründlich durcheinander, und einen solchen Auftrag mit einer Täuschung zu beginnen, war eigentlich nicht rechtens. Andererseits lockte ihn das Angebot.

»Ich komme mit einer Antwort, wenn Ihr mir diese ›Neue Welt‹ gezeigt habt«, bestätigte Federmann.

»Ja, dann. Mit mir mit, mein Freund.« Jovial nahm der Kaufherr Federmann in den Arm und schob ihn zur Tür hinaus. Sie stiegen ein Stockwerk hinab, und Welser übernahm die Führung. Die Holzbohlen knarzten unter den Tritten des schweren Mannes. Am Ende eines langen Ganges öffnete er eine Tür. Der Raum dahinter ging auf den Wirtschaftshof des Anwesens hinaus – öffnete man das Fenster, so konnte man unten das Aus- und Einladen der Waren beobachten und sich durch Zuruf über den Inhalt der einzelnen Ballen informieren lassen.

Mitten im Raum stand ein Gestell, in das eine Kugel so eingepasst war, dass man sie drehen konnte.

»Was ist das?«, fragte Federmann verblüfft. So etwas hatte er noch nie gesehen. »Wozu dient es?«

Man konnte das Gestell zwar rollen, doch die Kugel selbst schien keinerlei Aufgabe zu haben.

»Das ist ein Globus. Ein Behaim-Globus.« Stolz umrundete Bartholomäus Welser das Gebilde.

»Was ist ein ›Globus‹? Und wozu braucht man das unpraktische Ding?«

»Ihr seid ein Mann der Tat, Federmann. Das hier ist die Darstellung unserer Welt, wie sie ist. Hier«, Welser deutete auf einen braunen Flecken auf dem Globus, »genau hier liegt Augsburg.« Dann drehte er ihn weiter, ließ seinen Finger dabei jedoch auf dem Globus ruhen, sodass es aussah, als ziehe die Erde unter ihm dahin. »Und das ist Spanien. Dann kommt dieser riesige Golf, den man Atlantik nennt und den Kolumbus überquert hat, um den Seeweg nach Indien zu erkunden – und dort, mein Freund, jenseits des Wassers, liegen Neu-Augsburg, Neu-Nürnberg und die vielen anderen Städte unserer neuen Kolonie.«

Verstohlen blickte Welser auf und wartete ab, ob Federmann den Auftrag aufgrund der großen Entfernungen und der Schwierigkeiten einer solchen Reise absagen würde.

Federmann hielt der Musterung ruhig stand und ließ sich sein Erstaunen anmerken.

»Ist die Erde denn keine Scheibe?«, fragte er.

»Das ist sie seit den alten Griechen nicht mehr. Nur die Kirche glaubte an diesen Unsinn«, fügte Welser im Flüsterton hinzu und schaute sich argwöhnisch um. Selbst in der heutigen Zeit waren solche Äußerungen nicht ungefährlich. »Die Griechen wussten längst um die Kugelgestalt der Erde. Der Pythagoreer Archytas aus Tarent hatte die Größe dieser Kugel berechnet – und dieser Behaim aus Nürnberg hat sich das zunutze gemacht. Wer immer nach Westen fährt, sagt uns dieser Globus, muss irgendwann im Osten herauskommen. Eine Erkenntnis, die so verblüffend wie einfach ist.« Welser richtete sich auf und fasste Federmann ins Auge. »Jetzt wisst Ihr, wo Neu-Augsburg liegt.« Er tippte auf den Globus. »Dort sollt Ihr hin, Federmann. Es ist der rechte Ort für Leute wie Euch. Zupackend, jung, mutig – und sicher daran interessiert, ein Vermögen zu verdienen.« Er stieß einen langen Seufzer aus. »Wäre ich jung genug, Federmann, ich ginge an Eurer Stelle!«

Der Fuhrwerker erwiderte nichts, sondern verbeugte sich stumm und verließ das Haus. Er trat auf die Straße hinaus, wo er einfach stehen blieb.

17. KAPITEL

Das Fieber traf sie wie der Streich einer Peitsche, bei dem man nur kurz fühlt, dass man geschlagen wurde – doch sich bald darauf vom betroffenen Körperteil aus ein Schmerz ausbreitet, der sich lodernd in den gesamten Körper verzweigt, bis er im Kopf explodiert und die Sinne in Besitz nimmt, sie betäubt und die Welt brennen lässt.

Mayana fühlte, wie ihr die Beine unter dem Körper weggezogen wurden, wie der Nacken spannte und ein Druck sich im Hinterkopf ausbreitete. Dann war plötzlich ihr ganzer Körper in Schweiß gebadet, und die Hitze schwappte wellenartig von den Beinen aus über ihren Oberkörper hinweg. Anfangs hatte sie noch einen klaren Blick und vermutete, dass ihre Mondzeit gekommen war und sich diesmal heftiger als sonst ankündigte, doch nach einem ersten, krampfenden Husten wusste sie, dass der Fuhrwerker sie in der Höllennacht angesteckt hatte. Und nicht nur Vierfinger und sie, auch andere im Tross begannen zu husten und zu schniefen. Doch keinen traf es mit derselben Wucht wie Mayana.

Zuerst freute sie sich darüber, da die Krankheit den Fuhrwerker von ihr fernhielt. Er traute sich nicht in ihre Nähe, denn sie verströmte einen unangenehmen Geruch, und ihre Haut begann sich zu schälen. Sie musste liegen bleiben und begann zu zittern.

Doch dann raste eine Hitze durch ihren Körper, die sie zu verbrennen drohte. Der Wagen schaukelte, und die Räder zerknackten die kleinen Steine am Weg und sprangen über die größeren hinweg, sodass sie das Gefühl hatte, sie würde geschlagen. Ihre Kraft ließ nach, sie konnte sich nicht gegen dieses fortdauernde Hin und Her und Auf und Ab wehren, sondern überließ sich dem Hüpfen und Springen, bis ihre Beine sich an den Ketten wund gerieben hatten und ebenso höllisch brannten wie das Feuer in ihrem Körper.

Wenn sie die Augen öffnete, fühlte sie sich zurückversetzt in ihre Heimat. Ein sattes, oftmals auch krankes, braunes Grün umgab sie, das durchfeuchtet wurde vom ewigen Regen. Es regnete täglich aus den schweren Dunstwolken, die nachmittags in den Himmel stiegen und große, schwere Tropfen auf die Erde zurückwarfen. Man musste nur den Mund öffnen, und der Durst wurde gelöscht. Nur die Hitze stieg bis ins Unerträgliche und ließ die Menschen schwitzen, die ebenso nass vom Regen wie vom Schweiß waren. Alles moderte und löste sich auf. Die Formen verschwammen nach einem Regen, zerflossen in ein wässriges Bild, sodass Mayana sie nicht mit den Augen festhalten konnte. Sie bildeten Schlieren in ihrem Blick und verwischten die Landschaft und jegliche Erinnerung an sie.

Mayana hörte das Rasseln der Ketten und glaubte, sie werde daran in die Höhe gezogen. Sie spürte ihre Beine nicht mehr, ihr Kopf schlug ständig hin und her, und sie verbrachte lange Zeit in einer diffusen Schwärze.

Mayana fühlte, wie sie gefüttert, wie sie auf einen Schoß gebettet, wie sie gewaschen und gekämmt wurde, wie man die Hautfetzen abschabte, die das Fieber an ihr abblättern ließ, wie sie fror und zitterte und hustete, bis sie selbst den Ruf hörte, der aus der Tiefe kam, ihrer Tiefe. Ein hustendes Rufen des Dämons aller Waldmenschen, der unter ihren Füßen lebte und der ihren Tritt unsicher machte, an Zehen zupfte, Schlingen auslegte, sie stolpern und fehltreten ließ, bis sich die Waldmenschen etwas brachen, sich verstauchten, sich verletzten. Die Verletzungen des Dämons waren immer tödlich. Nichts konnte den Verletzten heilen, nichts konnte das Leben des Verletzten retten.

Man musste ihm daher ein Opfer bringen, dem Dämon, der aus der Tiefe heraufleckte und dem so sehr an süßen Honigwaben gelegen war, dass man ihm gerne davon abgab, wenn die Jäger wieder ein Nest der Waldbienen gefunden hatten, nur um ihn zu beruhigen und den Weg zurück zum Dorf auf sicherem Pfad zu gehen. Man warf die Waben in die Spalten, die hinabführten in die Unterwelt, fütterte den Dämon in der Hoffnung, ihn zu be-

sänftigen. Satte Dämonen waren wie satte Menschen, ruhig und friedlich. Wer verdaute, tötete nicht.
Doch nicht immer wurden die Geschenke angenommen, wurden sie mit Wohlwollen betrachtet. Zu manchen Zeiten wütete der Dämon in einem maßlosen Zorn. Als die weißen Männer übers Wasser kamen, als sie sich an den Ufern niederließen und von den Alten bekämpft wurden, weil die Bleichhäutigen sie behandelten wie Tiere und Tribut forderten und Gehorsam, obgleich sie keine Herren waren – da zürnte der Dämon der Tiefe und fraß die Frevler, verschlang sie an einem Tag und in einer Nacht dorfweise. Bissspuren zeigten sie alle, entstellte Körper von runden Zahneindrücken, die nässten und eiterten. Sie waren den weißen Männern, die manche für Götter hielten, zu misstrauisch begegnet und wurden daher bestraft.
In solchen Zeiten stillte der Honig nicht mehr, wurde er verachtet vom Wesen aus der Tiefe. In solchen Zeiten mussten Opfer gebracht werden, die den Gott noch mehr besänftigten. In solchen Zeiten wollte er Sonnensteine. Die Sonnensteine aus dem Inneren des Landes. Man sammelte sie und opferte sie dort, wo der Hungrige sich offen zeigte: an den Wasserfällen, an den Tiefenhöhlen. Und man schickte die Geschenke nicht anonym nach unten. Man gab ihnen Boten mit, junge, unverdorbene Mädchen und Jungen, gerade an der Schwelle zum Erwachsenwerden und doch davon noch unberührt.
Mayana wurde getragen und geschaukelt, gewiegt und gerüttelt, und die Erinnerung an ihr früheres Leben ging mit dem Hier und Jetzt eine Verbindung ein und mischte sich so damit, dass sie es nicht mehr zu trennen vermochte.
Das Feuer, das ihren Körper verbrannte und auflöste und als offene Wunde hinterließ, kühlte aus und ging über in ein Jucken, das sie beinahe ohnmächtig werden ließ. Immer wieder tauchte sie hinab in die Dunkelheit der Dämonenwelt und wurde von den Kreaturen dort gejagt. Sie hielten sie fest, sie griffen nach ihr, und Mayana musste schreien, musste ihren Schmerz überschreien.

Endlich füllte ein Rauschen Mayanas Ohren. Es war das Rauschen eines der großen Fälle. Sie kannte sie alle, die Orte, an denen die weisen Männer und Frauen zusammenkamen und über die Größe des Opfers berieten.
Gleichzeitig hörte sie Stimmen. Sie erzählten von Sonnensteinen und von Schuld, von ihrem Schicksal und von ihrer Plage, in den ewig gleichen Körpern eingesperrt zu sein. Sie hörte zu, wie über das Mädchen mit der bläulichen Hautbemalung geredet, wie über es zu Gericht gesessen wurde: Sie allein könne die Götter besänftigen, sprach die doppelköpfige Mutter und deutete auf Mayana und danach auf die schäumenden Wasser. Dort hinab in dieses Wasser, befahl der schwarze Dämon und zog sie an sich, damit er mit ihr zusammen über die Schwelle springen, in sein Reich eintauchen konnte. In meine Arme, kicherte der Zwergendämon, dessen verschobene Proportionen ihr Angst machten, weil man nie wusste, ob er jetzt lachte oder grimmig dreinsah. Verzweifelt wehrte sie sich gegen das Rütteln und Schlagen, das ihre Opferung begleitete. Ein tausendstimmiger Chor fiel ein, sang von ihrem Tod, vom Sonnenstein und von der Erlösung, doch Mayana wollte sich nicht opfern, wollte sich nicht dem Tosen und Schäumen überantworten. Sie schrie und schrie – und öffnete die Augen.
Ihr Kopf war auf eine Decke gebettet. Die Arme konnte sie nicht bewegen, sie waren offenbar festgebunden. Ein Rauschen füllte die Luft, das sie beständig zu begleiten schien. Über ihr wippte eine Plane, die nur eine milchige Helligkeit hindurchließ. Mayana konnte nicht sagen, wo sie war. Sie wusste nur, dass sich ihr ganzer Körper wund anfühlte und juckte. Rechts von ihr stand ein weiteres Bett, auf dem ebenfalls ein Mensch lag. Aus den Augenwinkeln heraus konnte Mayana erkennen, dass das schmale, totenblasse Gesicht hin und her schlug und die Lippen sich wie im Fieber bewegten. Der Mund war rundum voll weißen Schaums. Auch seine Arme waren mit Stricken am Bettgestell fixiert. Waren sie entführt worden?

Der Atem des Mannes ging röchelnd, und Mayana hörte, dass der ihre kaum anders klang. Nur mühsam gelang es ihr, Luft zu holen, und bei jedem dritten Atemzug begann sie zu husten und zu röcheln. So sehr sie sich bemühte, den Kopf zu heben, es gelang ihr nicht. Er war zu schwer. Ihre Kraft reichte dafür nicht aus. Sie bewegte die Lippen und wollte etwas sagen. Doch sie besaß keine Stimme mehr. Nur noch ein Krächzen drang aus ihrem Mund.

Auch ihr Nachbar röchelte und krächzte vor sich hin, während sich sein Kopf unablässig von einer Seite zur anderen drehte.

War sie auf dem Weg hinab ins Reich der Dämonen? Oder weilte sie noch unter den Lebenden? Wenn sie lebte, wo war sie dann? Sie versuchte sich zu erinnern, doch nichts glitt aus dem Dunkel des Vergessens hinauf ans Licht des Erinnerns. Alles schien wie durch einen Nebel gedämpft, der den Blick nicht frei werden ließ.

Mayana versuchte sich zu entsinnen, was ihre letzte Erinnerung war, konnte jedoch keine Bilder greifen, kein Geschehen zurückholen aus dem Vergessen. Einzig der Mann neben ihr kam ihr bekannt vor – doch auch dieses Gefühl verwirrte sie. Er schien ihr sympathisch, und doch warnte sie eine innere Stimme vor diesem Menschen. Einerseits glaubte sie zu wissen, wer er war, andererseits verbarg ihr die Erinnerung buchstäblich alles.

Sie versuchte nachzudenken, doch sie konnte keine Gedanken festhalten. Sie entglitten ihr wie Fische, die man mit der Hand zu fangen versucht. Und während sie darüber nachgrübelte, warum man sie gebunden hatte, wo sie sich befand und was das alles zu bedeuten hatte, stolperte ihr Bewusstsein und rutschte hinab in die bodenlose Leere der Ohnmacht.

18. KAPITEL

Die Menschen strömten an Federmann vorüber, wie ein Fluss sich am Pfeiler einer Brücke teilt. Die kurzen Stöße und Berührungen taten ihm gut. So fühlte er das Leben, hatte nicht das Gefühl, zu schlafen oder zu träumen. Sein Kopf brummte von all den neuen Informationen. Bis Mittag hatte er jetzt Zeit. Endlich schritt er aus. Er wollte vor allem weg von den beobachtenden, spähenden Augen aus dem Welseranwesen. Als er außer Sichtweite war, blieb er erneut stehen und horchte in sich hinein. Er vibrierte geradezu. Ihm war, als glühe er innerlich wie ein in der Esse liegendes Eisen, bereit, geschmiedet zu werden. Jede Faser seines Körpers schien zu zittern, und hätte er nicht gewusst, dass er gesund und kräftig war, er hätte geglaubt, ein Fieber habe von ihm Besitz ergriffen.

Wie von selbst führten ihn seine Beine zum Thorbräu hinab. Dort warteten seine Männer – und Bertram. Als Federmann die Wirtsstube betrat, musste er einige Augenblicke auf der Schwelle stehen bleiben, um sich an das düstere Innere zu gewöhnen. Seine Männer saßen in einem Winkel nahe der Tür, Bertram zwischen sich eingekeilt. Als er eintrat, hob Mattheis nur eine Augenbraue. Alle blickten sie ihn erwartungsvoll an. Sogar der verletzte Junge war bei ihnen, blass wie eine gekalkte Wand. Den Kopf hatte er auf den gesunden Arm auf der Tischplatte gelegt. Sein Wuschelhaar sah aus wie das struppige Fell eines Straßenköters. Trotz des Lärms um ihn herum schlief er.

Federmann trat an den Tisch.

»Ihr werdet es nicht glauben, Männer. Wer von Euch hat Mumm in den Knochen?«

Keiner sagte ein Wort; es herrschte eine gespannte Stille. Selbst Bertram wirkte neugierig. Doch bevor Federmann weitersprechen konnte, huschte ein spöttischer Zug über den Mund des Wegelagerers.

»Er hat dich rumgekriegt!«, tönte Bertram. Dann lachte er laut.

Als er Federmanns verblüffte Miene sah, schlug er mit der flachen Hand auf den Tisch. »Er schafft sie alle. Ein wenig Gefasel von Gold und Reichtum – und schon zappeln die tumben Fische im Netz.« Herausfordernd blickte er auf Federmann. »Was sollst du machen? Bergknappen nach Klein-Venedig bringen? Oder Frauen? Schwarze Sklaven? Na? Jetzt rede schon.«
Der Wirt war an den Tisch getreten und hatte Federmann ein Seidel hingestellt. Gleichzeitig nahm er weitere Bestellungen auf. Die Männer redeten durcheinander. Federmann schwieg währenddessen. Niemand sonst sollte davon hören. Erst als der Wirt die alten Krüge eingesammelt, die Bestellung wiederholt hatte und wieder zum Fass geschlurft war, öffnete der Ulmer den Mund. »Ich werde zum Hauptmann ernannt und soll dreißig Bergknappen und ein paar Pfaffen mit dem Schiff nach Venezuela bringen. Sie werden dort Gold schürfen!«
Mit einem Schlag war es still in der Runde.
»*Wenn* sie Gold finden, Federmann«, blaffte Bertram in die Runde.
»Warum sollten sie keines finden?«, knurrte Federmann zurück. Er nahm sein Bierseidel und trank einen großen Schluck. Allein der letzte Satz hatte ihm die Kehle völlig ausgetrocknet. Dieser Bertram war ein Verneiner, wie er im Buche stand.
»Weil es keines gibt, Herr Schlaumeier.« Bertram grinste. Seine Augen ließen Federmann nicht los. Es war, als krallten sie sich in ihn hinein und wollten ihn niederzwingen.
»Woher willst du das wissen, Bertram?« Federmanns Frage war provozierend. Sie unterstellte dem Wegelagerer Besserwisserei und Ahnungslosigkeit, ohne beides auszusprechen.
Bertram schien sich dadurch jedoch nicht entmutigen zu lassen. Er beugte sich vor, stemmte sich mit beiden Händen auf den dicken, aus einem einzigen Stück Eiche gefertigten Tisch und zischte leise und doch für alle gut vernehmlich: »Weil ich mit Joachim dort war, Nicolaus. Weil ich auf Welsers Schmeicheleien ebenso hereingefallen bin wie du. Weil ich mit eigenen Au-

gen gesehen habe, wie wenig es dort für uns zu holen gibt.« Er schnaubte abfällig, als wolle er mit dieser Angewohnheit alle Bedenken seiner Erzählung beiseiteblasen. »Es gibt in diesem Land allerdings einen Reichtum, den man sich holen kann …« Bertram machte eine Pause, in der kein Atemzug gemacht wurde, in der niemand sich räusperte oder auch nur wagte, den Krug an die Lippen zu setzen. Dann fuhr er mit brüchiger Stimme fort: »Den Tod!«

Es blieb still. Die Blicke wanderten zwischen Bertram und ihm hin und her. Federmann wusste, was in den Köpfen der Männer vorging. Sie warteten alle gespannt darauf, was er nun antworten würde. Er wusste ebenso, dass seine Worte jetzt darüber entschieden, ob sie ihm weiter folgen oder ihn fallen lassen würden. Rasch zimmerte er sich ein Gebäude aus Gedanken zusammen; vielleicht zu rasch.

»Der Tod ereilt uns überall, in Venezuela ebenso, wie er uns zwischen Ulm und Augsburg begegnen kann. Das sollte uns nicht schrecken und ebenso wenig davon abhalten, etwas zu wagen. Schließlich sind wir jung und gesund. Aber was ist nun mit Gold, Bertram? Gibt es dort Gold?«

Bertram leckte sich die trockenen Lippen, als mache ihn allein die Erwähnung des Begriffs nervös. Dann, nach langem, etwas zu langem Zögern schüttelte er den Kopf.

»Alles Unsinn. Kein Gramm Gold gibt es da. Nicht einmal Flitterstaub. Nichts.« Sein Blick wurde unstet, und er konnte niemandem mehr in die Augen schauen.

»Hat Joachim das auch so gesehen?«, fragte Federmann nach. Das Verhalten des ehemaligen Freundes machte ihn stutzig. Der rutschte nervös auf seinem Hintern hin und her, als juckten ihn die Würmer. Er verbarg etwas. »Ich muss bis nach dem Mittagessen meine Entscheidung bekannt geben, Bertram. Gern hätte ich meine Männer dabei, aber dafür muss ich zweierlei wissen. Wer würde mitkommen, und gibt es dort Gold zu holen? Wenn es Gold gibt, wird mir der eine oder andere lieber folgen, als wenn

er mit mir ins Ungewisse fährt. Also, Bertram, die Wahrheit über dieses Klein-Venedig!«
Bertram scharrte mit den Füßen und wand sich, als wäre er eine Ratte, die man in die Ecke gedrängt hatte. »Lass mich in Ruhe!«, brach es plötzlich aus ihm heraus. »Ich bin wieder hier in Augsburg, und es war schwer genug, hierherzukommen. Und was Joachim angeht – auch er hat kein Gold gefunden, nicht ein einziges Korn.« In die Enge gedrängte Ratten springen ihren Angreifer an und beißen sich den Weg frei.
Federmann platzte der Kragen. Er hieb mit der flachen Hand auf den Tisch, dass selbst Georg aus seinem Schlaf hochschreckte und ihn verständnislos anstarrte.
»Du lügst, Bertram, wenn du nur den Mund aufmachst«, fauchte Federmann den alten Freund an. »Im Interesse der Männer muss Klarheit herrschen – und deshalb schaut alle mal, was ich hier habe!« Der letzte Satz war ihm einfach so herausgerutscht. Er hatte es nicht sagen wollen und wusste noch im selben Moment, dass es ein Fehler gewesen war. Sowohl Bertram als auch seine Männer und inzwischen der noch schlaftrunkene Georg starrten ihn an, als habe er die Rückkehr des Heilands richtig vorhergesagt.
»Was willst du uns zeigen, Nicolaus?«, bohrte Bertram, und Federmann schien es, als würden sich die Gesichter seiner Männer noch eine Idee näher an ihn heranschieben.
»Also gut, mein Freund. Ich habe Joachim getroffen …« Sein Atem ging schneller.
»Du hast wen getroffen? Joachim?«, entfuhr es Bertram. »Diesen Schakal, diesen Hundsfott, diesen …«
»… mäßige dich! Joachim lebt nicht mehr. Er … er wurde getötet!«
Aus Bertrams Gesicht entwich alle Farbe, obwohl er ohnehin sehr fahl und blass war. Er saß da, stocksteif und mit zitternden Händen. »Hat er dir etwas gegeben? War die Frau bei ihm?«
Federmann konnte nicht mehr zurück. Als auch Mattheis nach-

hakte, was er ihnen denn nun zeigen wolle, wankte Federmanns Gegenwehr. Er kramte den Goldbrocken unter seinem Hemd hervor. Er hielt ihn in der Faust, streckte den Arm aus und öffnete die Hand. In der offenen Handfläche lag der dunkel schimmernde Brocken. »Das hat Joachim mir kurz vor seinem Tod in die Hand gegeben.« Alle starrten auf den Brocken. Federmann hatte das Gefühl, als seien die Männer wie Hunde, denen das Wasser im Maul zusammenläuft, wenn zur Jagd geblasen wird.

Bertram war es, der das Gespräch wieder aufnahm. »Das ist also von Joachim?«

Federmann konnte nicht anders als nicken. »Es gibt also doch Gold«, stieß er spöttisch hervor.

Der ehemalige Freund betrachtete den Brocken, als wäre er mit ihm vertraut. Wieder fuhr Bertrams Zunge über seine Lippen und benetzte sie.

»Oh ja, es gibt Gold. Es gibt viel Gold.« Er hauchte die Worte mehr, als dass er sie sprach. »In den Köpfen der Menschen. Keiner hat es je gesehen. Keinem ist es je in die Hände gefallen.« Die Zunge leckte über die Lippen, als müsse er sich von den trockenen Schaumkrümeln des Biers darauf ernähren. »Es ist nur eine ... Erzählung. Ein Märchen.«

Mattheis konnte sich als Erster vom Anblick des Goldes losreißen. »Erzählt, Bertram! Was ist das für eine Geschichte?«

Federmann schloss die Faust wieder und verbarg den Klumpen unter seinem Hemd.

Bertram schüttelte den Kopf. »Nicht um alles in der Welt. Ihr lauft in euer Unglück, Männer. Lasst die Finger davon.« Sein Gesichtsausdruck vermischte Leid und Schmerz, seine Augen verschatteten sich. Ein leises Kopfschütteln unterstrich seine Ablehnung.

»Du hast davon angefangen, jetzt musst du es auch erzählen!«, beharrte der langsame Schindler.

»Ihr wollt es nicht hören, glaubt mir! In einem oder in zwei Jahren wünscht ihr euch, ich hätte niemals davon geredet und ihr hättet nicht darauf bestanden, davon zu erfahren.«

Jetzt mischte sich auch Hemmler ein. »Das musst du schon uns überlassen!«
Bertram biss sich auf die Lippen. Kein Wort entkam seinem Mund. Er blickte nur Federmanns Hand nach, mit der er das Gold wieder unter sein Wams schob.
»Erzähl, Bertram«, drohte jetzt Federmann, der spürte, dass er ihn zwingen musste, wollte er von den anderen Männern weiterhin als Führer der Truppe anerkannt werden. »Oder du liegst heute Nachmittag in den Hexenlöchern, und in der nächsten Woche, wenn der Burgvogt hier einreitet, werden dir entweder die Hände abgeschlagen, oder du wirst gehängt.« Er fixierte den ehemaligen Freund und ließ ihn mit seinem Blick nicht wieder los.
Endlich zuckte Bertram mit den Schultern. »Ihr wollt so enden wie Joachim? Ich werde euch vom Gold erzählen und vom Goldenen, vom Eldorado.«
Die Männer rutschten zusammen. Der Kreis schloss sich beinahe vollständig. Nur Bertram blieb außerhalb, lehnte sich zurück. Selbst Georg versuchte, sich mit seinem gebrochenen Arm in eine Lücke zu zwängen. Allein dieser Umstand, dieses Zusammenrücken, das ausgrenzte und ausschloss, machte Federmann stutzig. Mayana, dieses Mädchen aus einer anderen Welt, hatte recht. Das Wort Gold war ein Unheil. Das Wort Gold vergiftete die Köpfe, wie es seinen bereits vergiftet hatte, denn er hätte nicht davon anfangen müssen – und hatte es doch getan.
Bertram räusperte sich. »Das Hinterland von Neu-Augsburg ist ein riesiger Wald. Nein, eigentlich kein Wald in unserem Sinne, es ist eine Hölle. Unzugänglich, feucht, voller gefährlicher Tiere, Schlangen, Spinnen so groß wie meine Hand, Skorpione ... Täglich gehen Regengüsse darauf nieder, die schlimmer sind als jeder Wolkenbruch, den wir hier je erleben. Dahinter kommt ein Höhenzug, den nie jemand überschritten hat, und dahinter wieder ein Wald. Mitten in diesem ›Dschungel‹ genannten Wald soll es eine Stadt geben, die gänzlich aus Gold gebaut ist, bewohnt von

einem geheimnisvollen Volk. Die Mauern aus Gold, die Häuser aus Gold, die Türen an silbernen Scharnieren aufgehängt. Gold ist dort so normal wie bei uns Holz oder Lehm. Gesehen hat diese Stadt allerdings noch niemand. Nur die Eingeborenen erzählen davon. Sie treffen die Menschen, die dort leben, angeblich an festgelegten Orten im Wald und treiben mit ihnen Handel. Gold gegen Nahrung. Und manchmal bringen sie wie zum Beweis dafür Kleinigkeiten aus dieser Stadt mit an die Küste: goldene Brustplatten, Schmuckketten, Armreife, Ringe, Ohrgehänge, Figuren. Einmal im Jahr soll der König dieser Stadt sich von Kopf bis Fuß mit Goldstaub einpudern und sich so dem Volk zeigen. Er glänzt dann wie eine aus den Händen eines großen Künstlers stammende goldene Statue.«

Die Augen der Männer leuchteten. Hinter ihren Stirnen hatten sich die Begriffe »Stadt aus Gold« und »Kleinigkeiten aus Gold« eingebrannt. Federmann wusste, dass diese Wörter niemals mehr aus den Köpfen seiner Männer verschwinden würden. Selbst Georgs fieberfahles Gesicht glühte auf. Unwillkürlich keuchten die Männer.

Federmann räusperte sich. »Warum ist es bislang keinem gelungen, die Stadt zu entdecken?«

Bertram nickte, als hätte er diese Frage erwartet. »Das Land ist groß, viel größer als das unsere. Es ist gebirgig und unzugänglich, ebenso feucht, ein einziger Sumpf, den zu durchqueren mehr Anstrengung kostet, als ein einzelner Mensch aufzubringen vermag. Außerdem verschweigen die Eingeborenen den Weg dorthin. Es ist ihr Heiligtum. Ihr Göttertempel. Ihr Paradies – und bislang hat noch keiner dieser dunklen Teufel auch nur einen von uns dorthin geführt oder uns einen Pfad durch Sumpf und Dickicht zu diesem märchenhaften Volk gewiesen.« Bertram spuckte auf den Boden. »Es gibt allerdings noch einen Grund, warum wir es nie in diese Stadt geschafft haben. Wir sind zu wenige. Eine Handvoll. Mehr nicht. Und die Indios auf dem Weg dorthin zählen in die Tausende.«

»Warum bist du zurückgekehrt?«, setzte Federmann seine Befragung fort.

»Weil ich es satthatte, nur noch an dieses Eldorado, an die goldene Stadt oder an diesen goldenen König zu denken. Tag und Nacht nur diesen einzigen Gedanken denken: Wo mag er sein? Wie kann man zu ihm kommen? Wo liegt diese Stadt? Wer sind die Menschen dort?« Wieder spuckte er aus. »Und doch keinen Weg dorthin zu finden! Das Leben ist mehr, als sich unter der Geißel Gold zu beugen.«

»Hat Joachim den Weg gefunden?«, bohrte Federmann weiter. »Wo hatte er das Gold her? Hatte er womöglich mehr davon?«

Jetzt musste Bertram lachen. »Dieses Schwein hat einmal in seinem Leben den richtigen Gedanken gehabt.«

Federmann beugte sich vor. Seine Männer machten ihm Platz. »Welchen Gedanken, Bertram? Erzähl!«

Sein ehemaliger Freund verzog das Gesicht zu einer schiefen Grimasse, als wollte er sagen: »Jetzt werde ich etwas tun, das dich bereuen lässt, mich so gedrängt zu haben. Aber du hast es nicht anders gewollt.«

Eine Welle des Unwohlseins überlief Federmann, und er fühlte, wie sich Schweißperlen unter den Haaren am Nacken bildeten. Am liebsten hätte er gerufen: »Sag nichts!«, doch es war zu spät.

»Das Mädchen stand plötzlich mitten in Coro. Wie aus dem Nichts. Mit diesem Dominikaner, Nicolaus. Du bist ihr begegnet. Aber kennst du sie?« Bertram leckte sich über die Lippen. »Sie ist der Schlüssel. Von ihr stammt das Gold, das du da um den Hals hängen hast.« Er zögerte kurz. »Es gehört ihr. Eines Tages ist sie aus diesem Dschungel aufgetaucht. Mit einem halben Dutzend Lasttieren, die nichts anderes trugen als … Kleinodien aus Gold.« Bertram machte eine wirkungsvolle Pause und nahm einen Schluck aus seinem Krug. »Sie ist wie gesagt nicht allein gekommen, sondern war in Begleitung eines Mannes, der ebenso gut ein Weißer wie ein Eingeborener hätte sein können. Ulate nannte er sich. Vielleicht war er ja einer dieser Dschungelmen-

schen aus der goldenen Stadt. Jedenfalls sollte das Edelmetall zu den Dominikanern nach Sevilla gebracht werden. Weiß der Teufel, warum. Wir haben uns um den Transport nach Sevilla gekümmert. Dabei gab es Händel mit diesem Almaviva, und Joachim hat das Mädchen mitgenommen. – Und jetzt, mein Freund, halt die Luft an. Sie *ist* die Karte nach Eldorado, Nicolaus. Hast du dir einmal ihren Rücken betrachtet?«
Federmann schlug mit der flachen Hand auf den Tisch. Beinahe hätte er laut aufgelacht. Ulm war plötzlich weit weg. »Dann nehmen wir das Angebot von Bartholomäus Welser an.«

19. KAPITEL

Mayana schlug die Augen auf und starrte ins Dunkel. Sie lag auf dem Rücken. Um sie herum war es still. So wie sie aufwachte, wachte man in diesem Land nicht auf. Jedes Mal hatte sie Joaquin beobachtet, wie er sich bewegte, wie er langsam zu sich kam, sich streckte, sich räkelte, bis er die Augen öffnete, und sich gewundert. In ihrer Welt hätte er vermutlich keine Woche überlebt. Mayanas übergangsloses Wachsein kannten die Menschen in diesem Teil der Welt nicht. Der Tod berührte sie nicht so unmittelbar, wie sie es von zu Hause kannte. In ihrer Welt war der Tod schnell.

Sie spürte ihrer Umgebung nach und versuchte zu erkunden, wo sie sich befand und ob etwas neben ihr lag. Allein war sie nicht. Sie unterschied drei verschiedene Atemgeräusche. Sie lag auch nicht mehr im Käfig. Das Holz unter ihrem Körper fehlte. Eine frische Schütte aus Heu duftete in der Nase und kitzelte sie am Rücken. Ein Laken deckte sie zu, in das ebenfalls Heu gestopft worden war. Allein der Gedanke daran aufzustehen trieb ihr den Schweiß auf die Stirn, also blieb sie liegen. Sie hatte großen Durst und hätte am liebsten den großen Teich ausgetrunken, über den Joaquin sie bis hierher geschleppt hatte. Der Gedanke an das Bitterwasser ließ ihren Speichel fließen. Ihre Handinnenflächen, die sie mit den Fingern erkundete, fühlten sich pergamenten an. Sie versuchte nicht zu drücken, weil sie Angst bekam, die Haut könnte reißen, so sehr spannte und knisterte sie.

Plötzlich durchlief es sie eisig. Das Gold war ihr genommen worden. Jemand hatte sie bestohlen, hatte das kleine Säckchen mit den Goldkörnern aus ihr herausgenommen. Mayana versuchte zu rufen, doch ihre Stimme gehorchte ihr nicht. Sie mühte sich aufzustehen. Sofort packte sie ein Schwindel und hielt sie nieder. Nicht einmal die Arme gehorchten ihr mehr – und so sackte sie zurück in eine dunkle Bewusstlosigkeit … Glocken weckten sie. Diesmal war es Tag. Licht fiel durch ein mit einem Holzladen ver-

schlossenes Fenster. Sie bewegte sich langsam. Der Raum kam ihr merkwürdig vertraut vor, als hätte sie ihn schon häufiger gesehen. Dennoch war sie sicher, hier zum ersten Mal zu schlafen.
Durst brannte in ihrer Kehle. Ihr Blick wanderte durch den Raum und blieb an einer Karaffe haften, in der sie Wasser vermutete. Wenn sie nicht verdursten wollte, musste sie den Krug erreichen. Mayana versuchte, ihren Kopf zu heben, doch da begannen sich bereits wieder die Dinge um sie herum zu drehen, sodass sie ihn ergeben wieder sinken ließ.
»Du bist wach, Kind?«, hörte sie jemanden sagen – und es klang unendlich weit entfernt, als spräche die Stimme aus ihrer Heimat zu ihr.
»Ja!«, wollte sie sagen, doch es kam kein Wort. Mayana traute sich nicht, den Kopf zu bewegen, aus Angst, wieder vom Schwindel gepackt zu werden.
Sie fühlte, wie jemand ihr unter den Nacken griff, den Kopf anhob und ihr ein Tuch an den Mund hielt. Feuchtigkeit rann in ihren Mund, löste die Zunge vom Gaumen. Gierig begann sie zu saugen.
»Na, du ziehst ja wie ein hungriges Kind!«, lachte die Stimme, die für Mayana noch immer keinen Körper bekommen hatte.
Der Lappen wurde weggenommen. Mayana erschrak, weil ihr Durst noch lange nicht gelöscht war, weil er stärker brannte, je mehr sie zu saugen bekam. Doch ihre Angst war unbegründet. Statt des Stofftuchs wurde ihr nun ein Becher an die Lippen gehalten – jetzt konnte sie in gierigen Schlucken trinken. Dankbar ließ sie das Wasser in sich hineinrinnen, bis es ihr aus dem Mund und den Hals hinablief. Sie wollte mit ihren Augen nach der Stimme suchen, doch eine Welle der Müdigkeit schwappte über sie hinweg und nahm sie erneut mit …

Übergangslos war sie wieder wach und sofort alarmiert. Ihre Augen blieben zu. Sie roch den Eindringling und roch zugleich seine Gier. Seine Hände zitterten über ihrem Körper und waren bereit zuzugreifen. Zugleich spürte sie eine unbestimmte Angst. Wer Angst hatte, war gefährlich. Er tat Dinge, die er nicht tun würde, wenn er Kontrolle über eine Situation und sich selbst hatte. Sie spürte, wie er zwischen Angriff und Flucht schwankte. Solche Art Gier, gepaart mit Angst und Verachtung, erzeugte Gewalt. Sie machte sich darauf gefasst, sich zu wehren, obwohl sie nicht wusste, wie sie das anstellen sollte.

Da wurde die Tür aufgerissen. Stumm tappte jemand ins Zimmer. Ein Gegenstand klirrte zu Boden.

Mayana starrte in Vierfingers gierige Augen. Seine Hände schwebten über ihrem Schoß. Ihre Blicke trafen sich für einen schrecklich langen Moment, und Mayana erkannte eine Verstörung, die sich tief in den Mann gegraben hatte. Es war kein Hass oder etwa Berechnung, nicht einmal die Gier nach einem weiblichen Körper. Es war blanke Furcht. Es war der Blick des Jägers, der den Jaguar entdeckte, der über seinem Kopf auf einem überhängenden Ast gelauert hatte und gerade zum Sprung ansetzte. Sie sagte nichts. Der Fuhrwerker gab keinen Laut von sich – und die Wolfsfrau, die hereingestürmt kam wie eine Rächerin, packte den Mann und zerrte ihn aus dem Zimmer. Stumm. Kaum dass man ihre Schritte hörte, nur das Rascheln der Haare. Was hatte der Fuhrwerker von ihr gewollt? Warum hatte er Angst vor ihr? ... Warum war alles nur so anstrengend ...? Schlafen ... sie musste ... schlafen ... schlafen ...

Mayana war aufgedeckt. Kein Laken, keine Kleidung. Sie lag nackt da. Jemand packte sie an den Fersen, hob ihre Beine an. Im ersten Augenblick vermeinte sie, Vierfinger zu spüren. Holte er sich, was er versäumt zu haben glaubte? Doch dann fühlte sie den feuchten Lappen. Sie wurde gesäubert, gewaschen. Sie brachte ihre Augen nicht auf, so verklebt waren sie. Sie roch Erbrochenes, roch Kot und Urin. Und sie hörte ein Summen. Das Summen der Pflege. So summten die Mütter, wenn sie ihre Kinder wuschen. So summten die Schamanen, wenn sie zu den Kranken kamen,

so summten die Heilkundigen, wenn sie Verwundete pflegten, die aus den Kämpfen mit Nachbardörfern zurückkamen oder von Tieren angegriffen worden waren.
Mayana wusste nicht, ob es Tag oder Nacht war. Durch ihre geschlossenen Lider drang keinerlei Helligkeit. Sie überließ sich der Helfenden und erkannte alsbald am Kitzeln der Haare, dass es die Wolfsfrau war, die sich um sie kümmerte. Wo waren die anderen? Die Vixen und Narses, der Zwerg? Es war ein wohliges Gefühl, gesäubert zu werden. Sie fühlte sich frisch.
Mayana bemerkte, wie die Tür geöffnet wurde. Jemand brachte duftendes Heu. Ihr Laken war ausgewechselt worden. Sie sog den Geruch ein und fühlte sich zurückversetzt in die Zeit, als sie noch unter den Baumriesen gesessen hatte, zwischen den hohen Wurzelansätzen wie in einer Höhle verborgen, und nur den Geräuschen gelauscht hatte, die der Urwald für sie bereithielt. Die beiden arbeiteten stumm zusammen. Mayana wurde hochgehoben. Ihr wurde ein Hemd übergezogen, und sie wurde in das Bett zurückgelegt. Das Heu kitzelte sie, sodass sie beinahe losgelacht hätte, doch ihre Stimme gehorchte noch immer nicht. Sie ließ sich in das Heu sinken, sank und sank tiefer und tiefer und wollte es gar nicht mehr aufhalten …

»Ich weiß nicht, ob du mich hörst, Kleines«, vernahm sie eine Stimme nah an ihrem Ohr. Hatte sie abermals geschlafen? Mayana versuchte sich zu orientieren. Sie lag in dem Bett aus Heu. Es roch gebraucht. »Aber du liegst jetzt zwei Wochen so, und niemand weiß, ob du das überleben wirst. Wir müssen weiterziehen. Der Fuhrwerker besteht darauf. Er wird dich nicht zurücklassen. Er faselt etwas von Zeit, und du seiest Gold wert. Er will dich nach Lyon bringen. Ein widerlicher Mensch. Ein Sack voller Arroganz und einer Gier nach dir, die ich nicht mehr lange aufhalten kann.« Die Wolfsfrau senkte die Stimme. »Der hat es auf dich abgesehen, dieser Stuttgartfahrer. Warum auch immer. Was ist an dir dran? Weißt du, ich würde gerne wissen, woher du kommst und was es für Geschichten hinter deiner Stirn gibt. Die Körper sind doch bloß leere Hüllen, wenn ihnen die Geschichten fehlen. Sie erst machen Menschen aus uns. Ich würde gerne deine Geschichten hören.« Sie seufzte lange. »Wenn du irgendwann wieder in der Lage bist, sie mir zu erzählen.« Wieder schloss sich ein langer Seufzer an, und die haarige Hand der Wolfsfrau strich ihr über die Wange. »Was haben sie dir nur angetan?«

Mayana spürte die Berührung. In der Stimme der Frau lag eine zärtliche Sorge, wie sie nur Mütter ihren Kindern gegenüber haben. Sie versuchte etwas zu erwidern, versuchte die Lähmung ihrer Stimmbänder zu überwinden, versuchte ihre verklebten Augen zu öffnen. Es kostete sie eine beinahe unmenschliche Willensanstrengung. Doch plötzlich hörte sie sich, wie sie redete, wie sie Wörter von sich gab: »... werde ... erzählen ...« Sie krächzte die beiden Worte, als müsste sie sie von der Innenseite ihres Mundes abschaben.

Stille. Dann ein tiefes Einatmen.

»Warst du das, Kind? Hast du geredet?« Die Wolfsfrau sprang auf. »Kommt! Kommt, sie hat geredet!«

Fußgetrappel ertönte. Der Boden und Mayanas Bett vibrierten regelrecht. Menschen stürmten ins Zimmer.

»Was ist ... los?«, fragten zwei Stimmen gleichzeitig. Die beiden Vixen.

»Hat sie es überstanden? Gott sei Dank!« Narses' tiefere Stimme beruhigte sie ein wenig.

Mayana sammelte noch einmal all ihre Kräfte und gab einen krächzenden Laut von sich.

Die im Zimmer Versammelten brachen in Freudenschreie aus. Als hätten sie seit Wochen auf nichts anderes gewartet. Sie hörte die Wolfsfrau weinen.

»Ich ... alles ... erzählen!«, rang sich Mayana noch einmal ab und fiel in einen tiefen Schlaf der Erholung.

20. KAPITEL

Joachims Mörder war hier, hier in Bartholomäus Welsers Haus! Federmann erkannte die zwei weißen Straußenfedern sofort, als der Lakai die Tür zur Garderobe öffnete. Ein kurzer Blick auf den Hutständer genügte. Auch der dazugehörige Hut passte. Breitkrempig und braun – und in dieser Gegend höchst ungewöhnlich. Federmann fühlte, wie die Aufregung seinen Atem beschleunigte. Er musste sich beherrschen, um nicht laut die Bestrafung dieses Kerls zu fordern. Schließlich bestand immer noch die Möglichkeit, dass er sich irrte. Er hoffte es. Beinahe hätte er vergessen, dem Lakaien zu folgen, der ihn eben an der Tür begrüßt und hereingebeten hatte. Er hatte noch nicht einmal klopfen müssen. Bereits bevor er den Bronzering hatte greifen können, war die Tür aufgegangen, und der Lakai hatte gesagt: »Mein Herr, Bartholomäus Welser, erwartet Euch!«

Ein merkwürdiges Kribbeln befiel ihn, als er hinter dem in buntes Tuch gewandeten Diener herlief. Er musste sich einfach täuschen. Sicherlich gab es in diesen Kreisen viele Menschen, die weiße Straußenfedern an ihren Hüten trugen. Einen solchen Zufall konnte es nicht geben.

Aus einem Zimmer im hinteren Teil des Hauses hörte er Stimmen: die volle, tiefe des Hausherrn und eine näselnde, bis hierher unangenehm blasierte Stimme eines Fremden. Federmann vermutete den Gesandten aus Spanien dahinter, von dem Welser gesprochen hatte. War er etwa der Mörder seines ehemaligen Freundes? Sofort verwarf er den Gedanken wieder. Das konnte einfach nicht sein. Er erlegte sich jedoch eine besondere Wachsamkeit auf.

Der Lakai führte ihn jedoch nicht in den Salon, sondern bog zuvor ab und bedeutete Federmann, ihm rasch zu folgen. Es ging in die Küche. Federmann wollte gerade lospoltern, dass er in der augenblicklichen Lage keineswegs an den Katzentisch gebeten werden wollte, als er den Jungen von der Straße am Tisch sitzen sah.

Man hatte ihn gekämmt, ihm Gesicht und Hände gewaschen und ihm frische Kleidung gegeben. Jetzt saß er verängstigt und zitternd am Tisch, vor sich eine Schale mit Sauerkrautsuppe.
»So sitzt er seit dem Mittag und rührt nichts an. Er glaubt, wir wollen ihn vergiften.»
Federmann betrachtete den Jungen. Warum wirkten sie immer so zerbrechlich, die Kinder in diesem Alter? Sie erschienen ihm wie kostbare Rohdiamanten, in die Welt gefallen, um zu Juwelen zu werden, jedoch verkannt von den Menschen.
»Wie heißt du, mein Junge?«
Das Kind sah ihn fragend an. Aus der Nähe sah der Bursche doch älter aus. Wohl um die vierzehn. Federmann lächelte ihn an, um ihm die Angst zu nehmen. Der Junge schluckte, sagte aber nichts.
»Sie hätten dir eine Hand abgeschlagen«, begann Federmann. »Das weißt du?«
Der Junge nickte. Ein Zittern überlief seinen Körper, doch die Augen blieben trocken.
»Ich habe gesehen, wie du den Beutel abgeschnitten hast. Mir hast du es zu verdanken, dass du hier sitzen kannst. Die Suppe ist übrigens nicht vergiftet.« Federmann griff nach dem Löffel, tauchte ihn in die Suppe und aß einen Mund voll. Dann hielt er dem Jungen den Löffel hin. Als der sah, wie Federmann die Suppe schluckte, griff er zu. Mit Heißhunger löffelte er die Suppe in sich hinein.
»Wie heißt du?« Federmann glaubte, die Szene bereits einmal erlebt zu haben, und erinnerte sich an Georg. Auch ihm hatte er seinen Namen aus der Nase ziehen – ja, mehr noch, ihm selbst einen Namen geben müssen.
Bevor Federmann ein weiteres Mal den Mund aufmachen musste, sagte der Junge: »Jakob!«
Federmann lachte: »Nach Jakobus, dem Wanderheiligen, der in Augsburgs Pilgerkirche verehrt wird?«
Jakob nickte. Er ließ ihn nicht aus den Augen, beobachtete jede

der Bewegungen Federmanns, als müsse er vor möglichen Schlägen zurückweichen.
»Du wirst mich auf eine Reise begleiten, Jakob. Das kommt dir bei deinem Namenspatron sicherlich entgegen. Das – oder die Hexenlöcher und eine abgeschlagene Hand. Hast du verstanden?«
Wieder sah ihn der Junge an, als verstehe er nicht einmal die Sprache, in der er redete. »Sie haben dir nichts davon gesagt?«
Der Junge schüttelte den Kopf.
»Herrgott noch einmal«, entfuhr es Federmann. »Hast du Familie? Geschwister, die du durchfüttern musst?«
Wieder schüttelte der Bursche nur den Kopf und griff nach dem Brot, das neben dem Teller gelegen hatte.
»Du bist … eine Waise?«
Der Junge zuckte mit den Achseln. Herrgott, warum brachten sie nur ihre Zähne nicht auseinander. Hatte der Herr sie allesamt bis zu einem bestimmten Alter mit Stummheit geschlagen?
»Wenn Ihr so freundlich sein wollt, Messer Federmann.« Der Lakai winkte ihn zur Tür. »Ihr habt ihn jetzt gesehen, und damit hat mein Herr gezeigt, dass auch er Wort hält. Den Jungen nehmt Ihr mit, wenn Ihr das Haus verlasst. So hat es uns der Herr aufgetragen.«
Sie verließen die Küche und eilten zum Salon.
»Wird der Bengel nicht davonrennen, wenn niemand bei ihm ist?«, fragte Federmann nach, weil sie den Jungen ohne Bewachung ließen.
»Er kann nicht davonrennen«, erklärte der Lakai und zog aus dem Hemd einen Schlüssel. »Ich habe ihn mit den Beinen an den Tisch gekettet – und den kann nicht einmal ich heben.« Er grinste Federmann an, und der lachte zurück.
Dann wurden sie beide ernst. Der Lakai räusperte sich, klopfte flüchtig an die Tür zum Salon und öffnete den Flügel. Dann trat er ein und einen Schritt beiseite.
»Nicolaus Federmann, mein Herr«, führte ihn der Lakai ein und verbeugte sich. Federmann blieb unter dem Türrahmen stehen

und blickte in den Raum. Ein mit dunklem Holz getäfeltes Zimmer tat sich auf, das insgesamt kleiner wirkte, als es tatsächlich war. Beherrscht wurde der Raum von einem Stehpult und einem Sekretär mit weißen Intarsien.

Federmann erfasste die Situation zwischen den beiden Männern auf einen Blick. Welser und der spanische Grande hatten sich gestritten. Welser stand da, ganz die Ruhe selbst, mit einem gewinnenden Lächeln, während der spanische Adlige zornesrot im Gesicht war, als habe er sich eben über irgendeinen Umstand echauffiert. Während sich der Kaufmann im Griff hatte, ließ der Spanier seinen Gefühlen freien Lauf. Es waren die Gegensätze von Beruf und Geburt. Während sich der Kaufmann niemals seine Gefühle anmerken lassen durfte, da er sonst den Verlust seines Geschäfts riskieren würde, handelte der Spanier immer nach seinem Gefühl – der spanische Adel musste sich nicht zurückhalten. Nach der Wahl Karls zum König und Kaiser ohnehin nicht mehr.

Bartholomäus Welser glättete die Stimmung. »Federmann! Mein frisch gebackener Feldhauptmann! Welch eine Überraschung. Ich dachte, Ihr seid auf dem Weg nach Ulm.«

Federmann verneigte sich. »Ganz Euren Befehlen entsprechend!« Das musste genug an verschlüsselter Zustimmung sein. Ein kurzer Blickwechsel mit Welser sagte ihm, dass dieser verstanden hatte.

»Darf ich Euch vorstellen: Raúl de Almaviva, Botschafter seiner Majestät Kaiser Karls V.« Welser deutete auf den Granden.

Federmann verneigte sich vor dem Adligen. Doch der hob nur den Kopf und spitzte die Lippen. Der neue Feldhauptmann wusste nur zu gut, warum. Der Adlige wurde mit einem Mann zusammengebracht, der nicht von Adel war. Ein Gedanke, der selbst Federmann etwas widerstrebte, für Almaviva jedoch beinahe eine Beleidigung war. Wären es einheimische Adlige gewesen, hätte er sich an den Katzentisch verfügen müssen, weitab der illustren Adelsgesellschaft, in der selbst Männer wie Welser nur widerwillig geduldet waren. So war es der Brauch. Dass Almaviva diesen Affront nicht guthieß, wunderte ihn demnach nicht.

Federmann musterte den Granden. Der trug ein dunkles Wams, darunter ein weites Hemd mit überbordenden Spitzen am Ärmelansatz. Er sah nicht gesund aus. Seine Augen zeigten einen wässrigen Glanz, seine Haut war grau und matt, als würde er an einer Krankheit leiden, die ihn langsam auffraß. Am auffälligsten waren jedoch der kunstvoll gearbeitete Korb am Schwert und das Schwertgefäß mit goldenen und silbernen Einlagen. Jetzt bestand kein Zweifel mehr: Almaviva war bei Joachims Tod anwesend gewesen. Das Monogramm, das in den Korb eingearbeitet war, zeigte ein stilisiertes »A« – und das erkannte Federmann zweifelsfrei wieder.

»Es freut mich, einen Gesandten des Kaisers zu treffen«, schmeichelte Federmann, doch der Adlige blieb ihm jede Antwort schuldig. Federmann reizte diese Arroganz. Noch bevor Bartholomäus Welser dazwischengehen konnte, setzte der Feldhauptmann noch eins drauf. »Ein solcher Korb, wie Ihr ihn an Eurem Schwert tragt, Señor, ist äußerst ungewöhnlich. Sicher die Arbeit eines ebenso ungewöhnlich geschickten Mannes, nicht? Aber meist taugen die Schwerter nichts, wenn die Kunst sich an ihnen vergriffen hat. Die Spitzen brechen leicht. Ist es bei dem Euren besser?«

Almaviva, der ihn bislang keines Wortes gewürdigt hatte, zuckte mit der Hand zum Schwert – und hielt nur das Heft in der Hand. Die Klinge fehlte. Er lächelte amüsiert über den Ausdruck der Verblüffung im Gesicht des Ulmers. Dabei entblößte er die Zähne im Oberkiefer, und Federmann sah verblüfft, dass auf einer Seite alle Zähne durch eine elfenbeinerne Prothese ersetzt worden waren. »Offenbar habt Ihr recht, Señor Federmann. Die Klingen heutzutage sind nicht mehr das, was sie einmal waren. Nur gut, dass Augsburg einen außerordentlichen Ruf als Stadt der Waffenschmiede genießt. Ich lasse mir gerade eine neue Blankwaffe anfertigen.« Almavivas Deutsch war makellos, wenn auch von

einer Färbung, die aus dieser harten Sprache einen melodischen Singsang formte.
Sofort überlegte Federmann, wer von den etwa zwanzig spezialisierten Handwerkern in Augsburg für den Spanier als Klingenschmied infrage kam. Wenn er die zerbrochene Schwertklinge abgegeben hatte, musste diese wohl eingeschmolzen werden. Sie schien nicht von großer Qualität gewesen zu sein. Dass er seine neue Waffe schmieden ließ, verriet der Handkorb des Heftes, den er bei sich trug. Erst der Schwertfeger würde ihn montieren. Eine Halbtagesarbeit. Nur einige der Klingenschmiede handelten mit Klingen. Eigentlich kam nur ein Mann infrage, der eine Qualität führte, die dem Spanier angemessen war: Jeremias Mair. Und wenn er sie verzieren, also vergolden ließ, dann lag die Klinge wohl bei Daniel Hopfer, dem bekanntesten Augsburger Waffenätzer. Ebenfalls eine Arbeit von einem Tag. Wenn er heute angekommen war, würde der Schwertfeger erst morgen das Heft montieren. Das hieß, dass der Grande noch einige Tage in Augsburg bleiben würde.
Die Gedanken schossen Federmann wie Blitze durch den Kopf. Allerdings war er nicht sonderlich geübt im feinen Dialog, in der Kunst, sich plaudernd die Zeit zu vertreiben und dennoch durch fortdauernde Sticheleien eine gewisse Spannung aufrechtzuerhalten.
»Wenn ich die Fachsimpelei kurz unterbrechen darf«, erhob Welser nun das Wort. »Señor Raúl de Almaviva hat mir gerade einige Neuigkeiten aus Klein-Venedig überbracht.«
Der Spanier räusperte sich. »Wir nennen den Küstenstrich Venezuela.«
Bartholomäus Welser nickte verständig. »Oh ja, ich habe davon gehört. Nun, solange er von unserer Handelsgesellschaft gepachtet ist, heißt er Klein-Venedig. Ihr versteht sicher.« Damit wandte er sich wieder Federmann zu.
Der spanische Gesandte lief ob dieses Affronts wieder rot an und wollte wohl dagegenhalten. Doch Welser trat vor ihn. Die schiere

Körperfülle des Hausherrn schüchterte ein. Von oben herab betrachtete er den spanischen Granden, dessen Zorn sich in diplomatischen Groll auflöste. Der schmächtige Adlige hatte dieser Autorität nichts entgegenzusetzen.
»Mein werter Raúl de Almaviva«, redete ihn Welser an, »woraus schließt Ihr, dass unser Statthalter in Klein-Venedig nicht mehr lebt?«
Federmann horchte auf. »Ambrosius Ehinger ist tot?«
Der Kopf des Granden ruckte zu Federmann herum. »Ihr kennt den Statthalter? Woher kennt Ihr ihn?«
»Gestern bin ich aus Ulm hier angekommen. Ich stamme aus seiner Heimatstadt. Man kennt die Familie Ehinger dort. Ambrosius ist nur wenig älter als ich.«
Raúl de Almaviva hob eine Augenbraue und schaute dem Ulmer in die Augen. Federmann zuckte nicht zurück. Er ahnte, was im Kopf des Spaniers vorging. Er suchte nach einem Erkennen, nach einem Wissen um seine Person. Sicher hatte für ihn die Frage nach der abgebrochenen Schwertspitze plötzlich einen anderen Sinn bekommen.
»Wart Ihr je in Klein-Venedig?«, fragte Federmann und holte den Granden aus seinen Gedanken.
»Vor drei Monaten noch. Ich bin mit einem schnellen Segler aus Coro hierhergeeilt, um Señor Welser …«
»Ihr meint sicherlich Neu-Augsburg, Pedro, mein Freund!«, unterbrach ihn der Hausherr und lächelte ihn verbindlich an. »Wir haben Neu-Augsburg gegründet, als wir das erste Mal einen Fuß auf das Festland gesetzt haben.« Federmann verstand sofort, welchen Streit die Männer zuvor ausgefochten hatten. Coro! Neu-Augsburg! Hier ging es um das Namensrecht des Besitzenden.
»Ihr seid nur von der Salzsteuer, von Hafengebühren und Zöllen in Sevilla befreit. Ihr habt das Recht, Gouverneure einzusetzen, Beamte und Handwerker ins Land zu holen, aber Ihr habt nicht das Recht, die Städte nach eurem Gutdünken …«
De Almaviva traten Schweißperlen auf die Stirn und liefen seitlich

die Schläfen hinab. Fieber, durchfuhr es Federmann. Der Mann litt unter Fieber, wie es diese Indienfahrer immer wieder mitbrachten. Mehrmals schon hatte er solcherart Kranke erlebt.
Welser drehte sich abrupt zu Federmann um und ließ den Spanier einfach stehen. Der Ulmer war sich sicher, wenn Raúl de Almaviva ein Schwert im Schwertgefäß stecken gehabt hätte, hätte er es gezogen und den Hausherrn zum Duell gefordert.
»Mein lieber Federmann, es ist bedauerlich, dass Ihr so wenig Zeit habt und fortmüsst. Ich hätte Euch gerne zum Essen dabehalten. Doch die Fuhrwerke warten ... Ulm ...« Welser wollte ihn forthaben. Er glaubte, die Informationen würden ihm genügen. Doch Federmann dachte nicht daran, so schnell das Feld zu räumen.
»Ihr habt recht, Herr. Doch eine Frage noch: Was veranlasst Euch zu dem Glauben, Ambrosius Ehinger sei nicht mehr am Leben?«
Der Grande verzog spöttisch die Mundwinkel, als habe er einen tumben Bauern vor sich, dem man die Selbstverständlichkeiten des Daseins erklären musste.
»Kaum war der Mann in Coro angekommen«, ein flüchtiger Blick zu Welser und ein in den Nacken überstreckter Kopf deuteten an, dass er es genoss, die spanischen Namen zu benutzen und es sich auch nicht ausreden ließ, »rüstete er eine Conquista aus und zog mit über dreihundert Mann in den Dschungel. Das war sechs Wochen, bevor ich abgereist bin.« Er machte eine Pause, um diese Information wirken zu lassen. »Niemand überlebt sechs Wochen im Landesinneren Venezuelas. Niemand.«
»Warum seid Ihr nicht sofort nach Augsburg gereist?«, bohrte Federmann nach und wusste im selben Moment, dass er einen Fehler gemacht hatte.
»Wie meint Ihr das, Señor Federmann?« Der spanische Grande bedachte ihn mit einem Blick, der ihm das Gehirn aus dem Schädel gepresst hätte, wenn dies möglich gewesen wäre.
»Nun, ich habe Euch in ... Ulm gesehen, kurz bevor ich hierher aufgebrochen bin. Das wart Ihr doch?« Es wäre ungeschickt gewesen zu leugnen. Er sah dem Spanier direkt in die Augen, musste

diesen Blick aushalten und durfte nicht wegsehen, sonst hätte er sich verraten. Doch dieser Spanier schaute ihm bis hinunter in den Nabel.

»Ich muss hier keinem … Fuhrwerker Rede und Antwort stehen … auch wenn er sich Feldhauptmann nennt …«, blaffte Almaviva zuerst.

»Ich dachte, Ihr seid auf dem kürzesten Weg zu mir geeilt?«, bohrte nun auch Bartholomäus Welser.

Jetzt war es hinfällig. Sollte der Spanier denken, was er wollte.

»Was hat euch in die Donaustadt getrieben?« Beide wussten sie, dass das Gespräch mit Welser jetzt nur noch ein Nebenschauplatz war.

»Ich habe die Firma Ehinger unterrichtet!«, setzte der Spanier lauernd hinzu. Er musste sich an einem Stuhl festhalten, weil ihn offenbar ein Fieberschub packte und seine Beine wegzuziehen drohte.

»Im Fischerviertel?«, setzte Federmann nach und sah, wie sich die Augen des Granden weiteten, als er begriff.

Welser dagegen verstand gar nichts. Er drängte Federmann, sich endlich zu verabschieden, nahm ihn am Arm und zog ihn in Richtung der Salontür. Doch der Grande hätte sich am liebsten auf ihn gestürzt.

»Woher wisst Ihr … außerdem«, der Spanier senkte die Stimme, »außerdem wollte ich mir nur etwas zurückholen, das mir gehört hat. Es war mir, sagen wir, gestohlen worden.«

»Von einem betrunkenen Steuermann und Fischer?«, blaffte Federmann. »Interessant!«

21. KAPITEL

Federmann hastete durch die Gassen. »Ich wollte mir nur etwas zurückholen«, hallte es in seinem Kopf nach. »Mir etwas zurückholen!« Das Gold hatte der Spanier jedenfalls nicht bekommen.
Seine Männer hatte er angewiesen, sich in einem Hain vor dem Gögginger Tor zu sammeln und mit den Packpferden auf ihn zu warten. Eigentlich hätte er direkt zu ihnen gehen müssen, damit sie so schnell wie möglich losfahren konnten, bevor der Spanier ebenfalls aufbrach. Doch Federmann wollte die Klinge des Spaniers sehen. Die Klinge würde er sicher wieder erkennen, sodass er dann wirklich Gewissheit hätte. Außerdem musste er wissen, wie viel Vorsprung er vor dem Spanier hatte. Denn dass ihm der Spanier nach Lyon und von dort aus nach Sevilla folgen würde, war so gut wie sicher. Spätestens jetzt, da Almaviva wusste, dass Federmann ihn bei Joachim gesehen hatte. Er hatte den Jungen mitgenommen, weil der sich besser auskannte als er selbst, und sofort nach Jeremias Mair, dem Klingenschmied, und Daniel Hopfer, dem Waffenätzer, befragt. Jakob kannte beide und wollte Federmann zu ihnen führen. Jetzt folgte er dem Jungen, und es ging immer tiefer in die Stadt hinein und den Berg hinunter ins Handwerkerviertel.
Der Schmied war rasch ausfindig gemacht. Das helle Klingen des Hammers auf heißem Metall lockte sie geradezu an. Die Werkstatt war erstaunlich eng und über und über mit Ruß geschwärzt. Der Mann am Amboss, ein kleiner stämmiger, unglaublich muskulöser Kerl, ließ seinen Schlegel niederfahren, als gelte es, das Eisen zu zertrümmern. Doch es bog sich nur unter den Schlägen und formte sich, während er wie ein Berserker darauf eindrosch.
Federmann war auf der Schwelle stehen geblieben und sah dem Treiben zu. Erst als das Werkstück wieder in die Kohleglut der Esse zurückgesteckt wurde, trat er ganz in die Werkstatt ein. Er

sah sich um und suchte nach einem Anzeichen für das abgebrochene Schwert. Es hätte ihm vermutlich viele Nachfragen erspart.
»Meister Mair?«, begann er vorsichtig das Gespräch.
Der Klingenschmied sah nicht einmal auf, sondern fachte mit einem Fußbalg die Hitze in der Esse an, bis Funken stoben.
»Wer will das wissen?«, gab er zurück. Seine Stimme klang, als spräche man in ein leeres Fass.
»Nicolaus Federmann. Ich habe eine Frage an Euch: Habt Ihr die Klinge Raúl de Almavivas repariert oder vielmehr neu geschmiedet?« Der Ulmer verschränkte die Arme vor der Brust. Federmann suchte mit den Augen die Metallkiste hinter dem Amboss ab. Dort hinein warf der Meister offenbar missratene Stücke und Eisenreste, um sie später wieder einzuschmelzen. Er trat einen Schritt näher und spähte hinein. Tatsächlich lag dort unter vielen anderen Teilen auch das mit Goldauflage ziselierte und an der Spitze abgebrochene Schwert des Spaniers. Federmann fiel ein Stein vom Herzen. Seine Überlegungen waren richtig gewesen. Almaviva konnte tatsächlich der Mann sein, der Joachim getötet hatte. Nur war bei dieser Klinge das Gold jetzt ausgekratzt und das Wappen kaum mehr zu erkennen.
»Mag sein.«
»Ihr habt die fertige Klinge bereits weitergegeben. An Daniel Hopfer, den Waffenätzer, nicht wahr?«
Jetzt sah der Schmied auf. Die Augen leuchteten blau aus seinem rußigen Gesicht. Mit einem geschickten Griff zog er das Eisen aus der Kohle, legte es auf den Amboss und ließ den Hammer auf die weiß glühende Form niedersausen. Schlacke bröckelte ab. Die Klinge begann sich zu verdünnen und gleichzeitig in ein samtenes Rot überzugehen.
»Und wenn es so wäre«, keuchte der Schmied im Rhythmus seines Hammers, »wen würde das interessieren?«
Federmann trat an den Abfallbehälter und griff nach der Klinge des Spaniers. Er hielt sie empor. Das Gold war ausgekratzt wor-

den, und die Umrisse waren gerade so zu erkennen. Er wollte sich sicher sein und brauchte den Klingenätzer. Der besaß sicher eine Vorzeichnung oder sogar schon die fertige Klinge.
»Die Klinge ist abgebrochen.« Er drehte die Schneide hin und her. »Der Rest ... wie soll ich sagen ... steckte im Leib meines Freundes.« Federmann wollte ehrlich sein und den Mann zugleich aus der Reserve locken.
Der Schmied beobachtete ihn, hielt aber in seiner Arbeit nicht inne. Offenbar hatte er begriffen, dass Federmann von ihm nichts wollte.
»Klingen sind schmal. Sie brechen leicht. Jeden Tag bekomme ich welche, die entzweigegangen sind. Vor allem, wenn sie von minderer spanischer Qualität waren.« Mit zwei letzten Schlägen beendete er die Formung des Eisens, hob es hoch und begutachtete das Ergebnis. Die Klinge leuchtete jetzt beinahe dunkelrot und hatte schwarze Schlackeflecken.
»Normalerweise bekommt Ihr beide Teile. Diesmal jedoch nur das Stück, das im Heft steckte. Verziert mit einem ansehnlichen Korb zum Schutz der Hand. Und weil der Mittelteil Goldätzungen aufwies, habt Ihr das gute Stück weitergegeben ...« Dann ließ Federmann das Metall in die Kiste zurückfallen. Es klirrte und schepperte in der Werkstatt.
Beide Männer musterten sich, und schließlich lächelte der Klingenschmied. »... an Daniel Hopfer, ja. Das ist nur gesagt, weil Ihr mir ein ehrlicher Mann zu sein scheint.«
Federmann nickte. Seine Empfindung ähnelte der des Schmieds. Hier arbeitete eine grundehrliche Haut in einem heiklen Gewerbe, bei dem es häufiger um blutige, verbogene oder zerbrochene Klingen ging, deren Besitzer unerkannt bleiben wollten.
»Wo finde ich den Mann?«
»Am anderen Ende der Gasse«, antwortete der Schmied und stach das Schwert wieder tief in die Kohlen der Esse.
»Der Herr beschütze Euch und Euer Haus«, wünschte Federmann zum Abschied und wandte sich zum Gehen.

Er war gerade auf der Straße, als der Klingenschmied ihm nachrief: »Sagt ihm, dass ich Euch geschickt habe!«
Federmann nickte nur und hastete weiter. Es waren kaum hundertfünfzig Fuß bis zum Ende der Gasse, und doch veränderte sich der Geruch. Feuer und Holzkohle, Eisen und Leder verströmten eine urtümliche Ausdünstung von Kraft und Macht. Hier am Ende der Gasse wurde sie abgelöst von einem süßlichen, scharfen Duft, der harmlos in die Nase stieg und doch vorsichtig eingeatmet werden wollte. Er reizte zum Husten und brannte in den Lungen.
Federmann hielt sich ein Tuch vor die Nase, als er durch ein Fenster, das ihm höchstens bis zur Hüfte reichte, ins Innere des Hauses spähte. Es wurde durch mehrere Talglichter erhellt. An einem Tisch, der dem vor ihm Sitzenden bis etwa unter die Achsel reichte, hockte ein Mann mit schlohweißem Haar und einem spitzen Gesicht. Die Augen waren rot umrändert, als wären sie ständig entzündet, was sie vermutlich auch waren. An der Nase hing ein Tropfen Sekret, der unablässig hin und her baumelte, ohne tatsächlich zu fallen.
»Meister Daniel Hopfer?«
Der Angesprochene drehte sich nicht zum Fenster um, sondern führte weiter seinen Stichel auf der Flachseite eines Schwertes spazieren. Seine Hände arbeiteten so ruhig und gleichmäßig und spannten das Metall so sicher, als arbeitete er auf Holz.
»Was wünscht Ihr? Ich nehme keine weiteren Aufträge an. Nein, ich werde auch nicht schnell arbeiten. Nein, Ihr könnt Eure Waffe auch nicht hierlassen und irgendwann wieder mitnehmen. Nein, ich bin nicht unverschämt, sondern nur äußerst beschäftigt. In gut zwei Wochen nehme ich wieder Aufträge an.« Der Handwerker hatte diese Erklärungen, ohne mit der Arbeit innezuhalten, in einer beinahe tonlosen Sprache von sich gegeben, als ginge ihn das alles nichts an.
»Ich komme von Meister Mair.«
Zum ersten Mal unterbrach der Waffenätzer seine Arbeit und

sah auf. »Und was wollt Ihr?« Er kniff seine Augen zu schmalen Schlitzen zusammen, was auch daran liegen mochte, dass er in den hellen Ausschnitt sah, den das Fenster in die Welt schnitt.
»Das Schwert sehen, das der Spanier in Auftrag gegeben hat. Raúl de Almaviva. Sein Wappen vor allem.«
Lange saß der Handwerker und rührte sich nicht. Seine Zähne kauten unruhig auf der Unterlippe. »Ich kann nicht über die Aufträge meiner Kunden plaudern. Aber zufällig liegt das Schwert …«, er beugte sich vor und holte eine in einen Lappen gewickelte Klinge aus einem schmalen Regal zu seiner Rechten, »… direkt neben mir auf der Werkbank.« Hopfer wickelte die Klinge aus und legte sie neben sich. »Wir Waffenätzer müssen bei offenem Fenster arbeiten, wenn wir Gold verwenden, also kann man unsere Arbeit jederzeit betrachten.«
Federmann erkannte das Wappen sofort. Es war dasselbe, das er eingeklemmt zwischen den Hauswänden in Ulm auf seinen Bauch gerichtet erlebt hatte. Das in einen Kreis eingeschriebene Kreuz, dessen Spitzen in Leuchterarmen endeten. Er hatte sich also nicht getäuscht. Der Spanier war tatsächlich Joachims Mörder. Federmann musste tief durchatmen. »Wann holt der Spanier das Schwert ab?«
»Abholen?« Daniel Hopfer sah Federmann verwundert an. »Gar nicht. Er hat bar bezahlt und für einen Boten draufgelegt. Ich muss es ihm nach Lyon nachschicken, wenn ich fertig bin.« Die rot umränderten, entzündeten Augen des Mannes hefteten sich an den Ulmer. »Morgen bringt er mir noch das Heft mit Korb. Es wird einen ganzen Tag dauern, bis Klinge und Heft verbunden sind. Danach brauche ich noch gut zwei Tage, bis die Goldeinlage sicher haftet. Frühestens zum Ende der Woche wird es weggehen. Mit einem Fuggertransport in Richtung Lyon.«
»Lyon!«, wiederholte Federmann und wusste nicht, was er weiter sagen sollte. Almaviva würde demnach ebenfalls nach Lyon aufbrechen. Offenbar so rasch wie er selbst. »Ich danke Euch!«, sagte er, ganz in Gedanken versunken.

Der Handwerker räusperte sich. »Darf ich Euch fragen, wozu das alles?« Er lächelte nicht, sondern zog den Unterkiefer nach unten und verschob seine Lippen derart, dass es aussah, als heule er gleich los.
»Oh ja. Eine … Angelegenheit unter … Freunden. Der Spanier … er hat mit der Klinge meinen Kameraden … erstochen.« Federmann achtete kaum weiter auf den Mann, sondern bedankte sich noch einmal mit einem Kopfnicken und verschwand dann die Gasse hinauf.
Jakob hastete hinter ihm her und versuchte mit der Eile Schritt zu halten. »Herr!«, wollte er Federmanns Aufmerksamkeit wecken. »Herr, warum habt Ihr ihm das gesagt?«
»Was willst du denn?«, herrschte Federmann ihn an. Jakob zuckte zusammen und verstummte sofort. »Nun?«
In Federmanns Kopf spukte dieses eine Wort herum: Lyon. In Lyon würde er Mayana finden, wenn er Glück hatte, und auf Almaviva treffen, wenn ihn das Pech verfolgte. Das Mädchen und der Spanier kannten sich. Das würde zweifellos Verwicklungen geben.
Zwischen den Häusern wurde es langsam schwül. Die Sonne stand so hoch, dass sie die oberste Schmutzschicht der Gosse austrocknete. Beide japsten sie nach Luft, nach frischer Luft, denn hier unten im Darm der Stadt gärte und brodelte es beinahe an jeder Hausecke. Sie durchquerten das Gerber- und Färberviertel. Hier mussten sie ihre Nase mit dem Ärmel ihrer Kleidung schützen, so stank es aus den Hauseingängen heraus. Kinder mit blau oder rot verfärbten Beinen begegneten ihnen. Sie hatten den Vormittag in den in die Erde eingelassenen Färberbottichen damit verbracht, die Woll- und Leinenstoffe zu walken. An den Hauswänden der Innenhöfe hingen dreißig Fuß lange Barchentbahnen in leuchtendem Blau, Rot oder Grün zum Trocknen. Erst als sie den Schlupf zur Oberstadt erklommen und in die Wintergasse einbogen, konnten sie freier atmen.
Nachdem sie die Steigung überwunden hatten, fühlten sie sich

wie in einer anderen Stadt. Hier in der Wintergasse war es trotz der Sommerschwüle kühler. Hier oben wehte ein wenig die Luft unter ihre Wämser.
Den gesamten Weg über hatten Federmann und Jakob nicht mehr gesprochen, und in Federmanns Kopf war langsam die Stimme verklungen, die ihm »Lyon« zuraunte, als sei es der Inbegriff der Gefahr.
»Herr«, begann Jakob jetzt wieder. »Meister Hopfer ist kein ehrlicher Mensch«, platzte er heraus, sodass Federmann beinahe vor Schreck gestolpert wäre.
Er packte den Jungen an der Schulter, dass dieser vor Schmerzen zusammenzuckte. »Was hast du da gesagt?«
»Sein Gesicht hat gesprochen«, sagte er. Federmann sah ihn verständnislos an. »Er wird es weitersagen. Wenn der Mann kommt und das Heft bringt, damit er es montieren kann, wird er ihm erzählen, dass Ihr nach dem Schwert gefragt habt.« Jakob hielt den Blick auf den Boden geheftet und hatte die Schultern hochgezogen, als erwartete er Schläge.
Doch Federmann sah den Jungen nur mit zusammengekniffenen Augen an. »Du magst recht haben. *Wenn* der Spanier das erfährt, wird er wissen, dass ich dort gewesen bin.« Unwillkürlich griff der Ulmer nach dem Gold unter seinem Hemd. »Allerdings wird er die Waffe nicht selbst abholen, sondern sie sich nach Lyon nachschicken lassen. Er will demnach so rasch wie möglich nach Lyon. Umso schneller sollten wir aus der Stadt verschwinden.«
Dass er befürchtete, Almaviva könnte ihn als Zeugen seiner Untat beseitigen wollen, sprach er nicht laut aus. Davon musste Jakob nichts wissen. Sie hasteten über den Salzmarkt, am Brotmarkt vorbei hinüber zum Rindermarkt und dann zur Straße, die aus dem Gögginger Tor hinausführte. Zwar hätten sie den kürzeren Weg durch das Rote Tor wählen können, doch sie wollten für neugierige Augen eine falsche Fährte legen.
Etwas außerhalb würden sie von seinen Männern mit Pferden erwartet werden. Auf einen Trosswagen hatten sie verzichtet, da-

mit sie schneller vorankommen würden. Federmann hatte sich sagen lassen, dass sie bis Sevilla gut zweieinhalb Monate unterwegs sein würden. Zweieinhalb Monate auf Pferden!
Federmann und Jakob durchschritten das Tor, gaben sich gelassen und ruhig, wurden auch nicht kontrolliert, wie es sonst durchaus üblich war. Man hielt sie wohl für Müßiggänger. Federmann ging voraus, Jakob lief wie ein gut erzogener Hund hinter ihm her. Er musste nicht auf ihn achten, obwohl er natürlich damit rechnete, dass sich der Junge irgendwann aus dem Staub machen würde. Dankbarkeit war eine flüchtige Angelegenheit – und er selbst hatte nicht vor, daraus eine Staatsaffäre zu machen.
Sie schlenderten am öffentlichen Galgen vorüber, warfen einen Blick auf die an die Räder gebundenen Körper, auf denen Schwärme von Raben saßen, und wandten sich nach Westen. Eine leichte Brise wehte trockene Luft über die Hochfläche. Irgendwo dort hinten unter den Bäumen warteten die Kameraden.
Federmann blickte von der Hochebene aus nach Südwesten. In dieser Richtung, gut zwei Wochen entfernt, lag Lyon. Lyon!
So plötzlich blieb er stehen, dass Jakob auf ihn auflief. »Lyon!«, rief Federmann und schlug sich mit der flachen Hand gegen die Stirn. Der Gedanke war so naheliegend, dass er sich wunderte, warum er nicht sofort darauf gekommen war. Hatte Raúl de Almaviva nicht gesagt, er wolle sich etwas zurückholen, das ihm gestohlen worden war? Er hatte damit gar nicht das Gold gemeint. »Wir müssen nach Lyon!«, bestimmte er. »So schnell es nur geht.«

22. KAPITEL

Mayana biss in das Brot und hatte sofort das Gefühl, als habe sie noch niemals in ihrem Leben so etwas Köstliches gegessen. Es war süß und kräftig zugleich. Ihr Magen knurrte vernehmlich, und die Vixen, die Wolfsfrau und sie mussten lachen.

»Lass das nicht den Zwerg hören, sonst glaubt er noch, du willst ihn fressen.« Wieder lachten sie alle.

»Wo Narses?«, fragte Mayana. Sie musste gähnen. Jede Bewegung, alles, das mehr war als das Liegen in einem Bett, erschöpfte sie sofort.

»Er holt Fleisch. Ein wenig Suppe und ein kleines Stück davon werden dir guttun«, erklärte die Wolfsfrau.

»Du bist so lange gelegen, dass deine Beine aussehen wie die unseren«, kicherten die Vixen. »Die reinsten Stecken!«

Vorgestern war sie erstmals aufgewacht und nicht sofort wieder eingeschlafen. Gestern hatte sie bemerkt, dass das Gold fehlte. Seit gestern versuchte sie, die Wolfsfrau alleine zu sprechen, doch es war nicht möglich. Irgendjemand musste den Beutel entfernt haben. Das Gold war ihre Versicherung, in die Heimat zurückzugelangen. Sie musste es wiederhaben.

»Ich – wie lange krank?«, fragte sie.

Die Wolfsfrau trat an ihr Bett und setzte sich auf dessen Kante. »Über zwei Wochen, Kind. Und an manchen Tagen hat es ausgesehen, als würdest du nicht mehr aufwachen.« Mit einem Wink schickte sie die anderen hinaus. »Der Fuhrwerker oder der Dominikaner, einer von beiden hat dich angesteckt. Der Stuttgartfahrer ist nach einer Woche wieder quietschfidel gewesen.« Sie beugte sich noch ein Stück tiefer. »Er hätte dich am liebsten zurückgelassen und dir die ›Teufelshaut‹ abgezogen, Kind.«

Mayana wurde schwindlig bei dem Gedanken. Ahnte der Kerl etwas? »Wo Käfig?«, fragte sie weiter. Das Thema ihrer Haut wollte sie nicht weiter ausführen.

»Wir haben dem Fuhrwerker versichert, dass wir dafür sorgen, dass du nicht wegläufst. Wie solltest du auch?«
Mayana schloss die Augen. Alles war so anstrengend, so ermüdend. Sie hätte nie gedacht, dass allein das Wachsein einen Menschen erschöpfen konnte. Die Wolfsfrau kümmerte sich um sie wie eine Mutter. Sie saß bei ihr, fühlte ihr die immer noch heiße Stirn, gab ihr zu trinken, wusch sie. Allein deshalb fiel es Mayana schwer, die Frage zu stellen, die sie quälte. Dennoch winkte sie die am ganzen Körper behaarte Frau zu sich heran. Erst als deren Ohr sich über ihrem Mund befand, flüsterte sie ihr ihr Anliegen zu. »Wo ... Gold?«
Die Wolfsfrau nickte leicht und richtete sich wieder auf. »Hier, bei mir«, sagte sie und schlug gegen ihre Brust. Erst jetzt fiel Mayana auf, dass sie einen Lederriemen umhängen hatte. Was daran hing, verschwand im Haarpelz, zwischen ihren Brüsten. »Wir zahlen die Zimmer davon. Und unser Essen. Schließlich trauen wir uns nicht aufzutreten.«
Mayana stutzte. »Warum?«
»Sie haben Angst, du hast die Pest – und wenn du sie hast, haben wir alle sie auch. Außerdem verwünscht der Stuttgartfahrer beinahe täglich deine Teufelshaut und würde sie dir am liebsten bei lebendigem Leibe abziehen, damit die Leute ruhig sind. Noch hat er dich am Leben gelassen. Du musst wichtig und teuer sein. Er wartet auf irgendjemanden. Aber nicht mehr lange.«
Mayana hielt die Augen geschlossen. Das kannte sie. Den Schamanen, der in das Fell des getöteten Jagdwildes schlüpfte und einen Tiertanz tanzte, sodass das Blut auf die umstehenden Jäger spritzte.
»Ich ... aufstehen!«, sagte sie. Allein der Gedanke, der Fuhrwerker könnte plötzlich auftauchen und sie mit einem Messer bedrohen, ohne dass sie sich wehren konnte, war ihr unerträglich.
»Du bist zu schwach, Kind!«, widersprach die Wolfsfrau.
»Stark ... Mayana stark«, entgegnete sie und versuchte ihren Oberkörper aufzurichten, was ihr nur leidlich gelang. Ein Schwindel er-

griff sie – und für einen Augenblick drehte sich alles um sie herum. Doch sie blieb Sieger. Obwohl sie das Gefühl hatte, einfach umzukippen, konnte sie sich mit den Armen aufstützen und so im Bett sitzen bleiben. »Gut…«, betonte sie, obwohl sie bemerkte, wie ihre Lippen kühl zu werden begannen und auch die Arme taub wurden. »Gut!«, wiederholte sie und ließ sich in die Kissen zurücksinken. Sie durfte nicht länger warten, musste versuchen, ihren Körper wieder an die Anstrengung des Lebens zu gewöhnen.

»Welche Stadt …?«, fragte sie die Wolfsfrau noch, bevor ihr die Lider so schwer wurden, dass sie nicht anders konnte, als sie zu schließen.

»Lyon!«, antwortete die Wolfsfrau. »Der Prinzipal hat gedrängt, dass wir bis dort hinfahren.«

Sie waren in Lyon. Blauauge würde sicher auch herkommen und sie suchen. Jedenfalls hoffte sie es. »Hemd. Gürtel!«, sagte sie schwach.

»Ich werde dir deine Sachen holen«, schmunzelte die Wolfsfrau. »Wenn dich so etwas interessiert, bist du wirklich auf dem Weg der Genesung.«

Mayana verstand zwar nicht, was Genesung hieß, doch sie wusste, dass sie sich schützen musste. Sie wusste auch, dass sie zu Kräften kommen musste. Doch jetzt wollte sie nur schlafen, tief schlafen.

Als sie wieder erwachte, fror sie. Sie lag auf dem Bauch. Ihr Rücken und die Beine lagen frei. Ihr Hemd war bis zur Schulter hochgeschoben. Im Raum brannte eine einsame Kerze. Ein merkwürdiges Kratzen hatte sie wohl geweckt.

Sie fühlte sich kräftiger. An eine Suppe konnte sie sich erinnern, an Narses und an die Wolfsfrau, die sie gefüttert hatten. Der Fuhrmann hatte sie besucht, und sie hatten über ihre Teufelshaut gesprochen, ohne dass sie irgendetwas dazu hätte sagen können. Vierfinger hatte wissen wollen, wie sie dazu gekommen war, ob sie immer so ausgesehen und wer ihr die dunkle Farbe unter die Haut gebracht hätte.

Ein Stuhl wurde gerückt, Schritte kamen auf sie zu, ein Atmen war zu hören. Mit einem Ruck drehte sich Mayana um – und obwohl sie beinahe den Halt im Raum verloren hätte, weil sich die Welt um sie herum drehte, erkannte sie die Person, die bei ihr im Raum war: den Fuhrmann. Sie wollte schreien, doch er war schneller. Er drückte ihr eine Hand auf den Mund und sie aufs Bett zurück.

»Sei still!«, herrschte er sie an.

Wie eine Welle schwappte die Erinnerung über sie hinweg. Vor ihren Augen erstand ein Morgen, der den Tod in ihre Hütte geworfen und sie daraus vertrieben hatte. Sie hatte mit ihrer Mutter in einem leichten Haus aus Ästen und Blättern geschlafen, als ein Donnern sie aufschreckte. Dann war Feuer auf das Dach der Hütte gefallen. Sie hatten sich zuerst zu orientieren versucht. Ihre Mutter hatte sie an sich gedrückt und nicht loslassen wollen, dann waren sie nacheinander durch die dünnen Halmwände der Hütte gebrochen. Sie war einem der Eisenmänner in die Hände gelaufen, der ihr den Mund zugehalten hatte, genau so, wie der Fuhrwerker es eben tat. Um sie herum wuchs ein Prasseln, Schreien und Donnern an ihr Ohr, das ihr die Sinne verwirrte. Sie zappelte und wehrte sich, bekam kaum mehr Luft, blickte nur noch in die hochlodernden Flammen hinein – und sah ihre Mutter zum letzten Mal.

»Wirst du stillhalten?«, flüsterte der Kerl über ihr, und Mayana, die aus ihrem Traum erwachte und sich aus der Flammenhölle herauskatapultiert sah in das Zimmer des Gasthofes, nickte mehrmals. »Versprich mir, nicht zu schreien!«

Mayana nickte noch einmal. Langsam löste sich die Hand von ihrem Mund. Sie musste tief durchatmen und bemerkte, wie ihre Lippen zitterten. Der Fuhrmann blickte sie unverwandt an. Mayana bedeckte ihre nackten Brüste mit den Händen.

»Die Wolfsfrau hat mich nicht mehr zu dir gelassen«, erklärte Vierfinger. »Sie sagte, du seist zu schwach. Das habe ich gelten lassen. Schließlich bist du Gold wert. Zumindest warst du das bis heute!«

Mayana sagte nichts, sondern sah den Mann über ihr nur an. Sie waren in Lyon. Sicher würde sie Blauauge bald sehen. Doch der Wagen war nicht hier, ihre Pfeile befanden sich im Ledergürtel – und den hatte ihr der Fuhrmann geöffnet, um ihr das Kleid über die Hüfte zu schieben. Jetzt griff er wieder nach ihr und drehte sie zurück auf den Bauch. »Die Zeichnungen auf deinem Rücken. Was haben sie zu bedeuten?«, fragte der Kerl. »Was sind das für ... Bilder?«

Mayana wusste von der Wolfsfrau, dass ihn ihre Haut beunruhigte. Ein Schauer lief ihr über den Körper, der von der Kälte kam, mit der das Zimmer gefüllt war. »Warum? Was ist ...?«, flüsterte sie. Sie konnte den Fuhrmann nicht mehr sehen, verspürte aber auf ihrem Rücken ein leichtes Streicheln und Kitzeln, als führe er mit den Fingern über die Haut ihres Rückens. Mayana machte es nichts aus, dass dieser Mann auf ihren nackten Rücken blickte. Sie verstand das Getue der Bewohner dieser Gegend um ihre Kleidung ohnehin nicht. Zwar begriff sie, dass die Kälte sie dazu zwang, sich etwas überzuziehen, weil man sonst erfrieren würde, aber niemals sah sie jemanden mit nacktem Oberkörper. Frauen schon gar nicht. Gerade Frauen waren gekleidet, als gäbe es Frauenbrüste nicht. Joaquin hatte ihr selbst für die Nacht ein Linnenhemd gegeben, das sie überziehen sollte.

»Man spricht in der Stadt über nichts anderes mehr: die Frau mit der Teufelshaut! Die Frau, die Unglück über die Stadt bringt. Die Frau, die mit dem Gottseibeiuns im Bunde steht. Ihr hat er den Vertrag, den sie mit ihm eingegangen ist, auf den Körper geschrieben.« Vierfinger schien sich mit den Händen übers Gesicht zu fahren. »Ihr lebt eigentlich nur deshalb, weil ihr krank gewesen seid und die Menschen sich davor fürchten, sich anzustecken.«

Mayana erschrak. Nichts hatte man ihr gesagt, nichts wusste sie. »Woher wissen?«, fragte sie und bemerkte wohl, wie unbeholfen sie klang.

»Wir wohnen hier nicht allein. Man hat dich gesehen. Man hat dein Stöhnen gehört. Man hat dich besucht. Heimlich.«

»Nicht wissen … nicht gesehen. Rücken, nicht … Bauch!«, sagte sie schnell und sprach damit die Wahrheit. Sie hatte die blaue Haut noch nie selbst gesehen. Dennoch wusste sie, was sie bedeutete. Aber der Fuhrmann würde es niemals erfahren. Niemals.

»Ich versuche aus dieser Teufelshaut schlau zu werden, und es gelingt mir nicht.« Er lachte kehlig. »Dieser Ulmfahrer, der die Goldscheibe in der Hand hielt, Federmann, hat er etwas mit deinem Rücken zu tun? Hier fehlt eine Zeichnung.« Ein Finger drückte auf der Höhe ihres Schulterblatts. »Ein freier Fleck, so groß wie dieser … dieser Goldklumpen. Das ist doch kein Zufall!«

Mayana tastete mit ihrer freien linken Hand den Rand ihres Bettes entlang. Sie suchte nach ihrem Gürtel. Die Wolfsfrau hatte ihrem Drängen nachgegeben und sie wieder eingekleidet. Zwei Pfeile steckten noch im Innenetui.

»Ich glaube ja, das ist eine Karte. Und der Mensch, der sie gezeichnet hat, war kein Wilder, sondern ein … ein gelehrter Mann. Oft habe ich solche Karten nicht gesehen, aber die eine oder andere ist mir schon untergekommen. Du hast eine Karte auf dem Rücken!«

Je länger er sie betrachtete, wie sie dort lag, desto unwichtiger schien ihr Rücken zu werden, desto geringer wurde die Bedeutung der Karte. Seine Hände begannen, ihr den Rücken hinabzuwandern.

Mayana versuchte mit einer Hand, einen der Pfeile aus dem Etui zu ziehen.

Der Fuhrwerker hielt sich bald nicht mehr mit Zärtlichkeiten auf, sondern zog sie hoch, sodass sie auf den Knien lag und ihm ihre Rückseite darbot. Das hatte den Vorteil, dass sie mit zwei Händen den Gürtel zu fassen bekam.

»Was willst du damit, Hexe?«, fauchte er sie an und umfasste ihre Körpermitte. Doch Mayana war schneller. Sie drehte sich nur leicht um ihre Achse und ritzte mit einem Pfeil den Oberschenkel des Fuhrmanns. Er spürte die Verletzung kaum, sondern war nur erstaunt über den lächerlichen Pfeil, den Mayana in der Hand hielt.

»Damit willst du mir drohen?«, höhnte Vierfinger. »Wer glaubst du …?« Mitten im Satz brach er ab. Seine Augen weiteten sich. Seine Hand fuhr an die Kehle, als er keine Luft mehr bekam. Er formte noch zwei, drei Worte, ohne sie auszusprechen, dann kippte er nach hinten um und polterte auf die Bodendielen.

Mayana ließ sich auf den Rücken fallen. Jetzt erst bemerkte sie, wie schwer sie atmete, wie viel Kraft sie die Gegenwehr gekostet hatte.

»Du nicht mehr Rücken sehen«, sagte sie in die Stille im Raum hinein. Sie zog ihr Kleid über die Hüften hinab und wartete.

23. KAPITEL

Sie waren geritten wie die Teufel. Eine Woche lang die alte Salzstraße entlang bis zum Bodensee. Dort waren sie auf ein Boot umgestiegen, hatten die Pferde zurückgelassen und sich bis zum Rheinfall nach Schaffhausen rudern lassen. Im Ort selbst hatte ein weiteres Boot auf sie gewartet, das sie im Auftrag der Welserunternehmung ohne Verzögerung stromabwärts bis Basel gebracht hatte. Drei Tage zu Pferd hatten sie damit eingespart. Der Weg die Aare entlang flussaufwärts wäre zwar von der Strecke her kürzer gewesen, hätte jedoch viel länger gedauert und wäre unsicherer gewesen, weil man das Boot hätte treideln müssen. Deshalb hatte sich Federmann gegen diesen Weg entschieden. Das Welser-Kontor in Basel stellte ihnen Pferde und Packtiere zur Verfügung, und damit ging es an den Ufern des Neuenburger und des Genfer Sees entlang bis Genf und schließlich weiter mit gemieteten Pferden unter schneebedeckten Gipfeln entlang nach Lyon.

Die Hast der Reise hatte ihre Spuren hinterlassen. Die Pferde waren ebenso erschöpft wie die Männer. Diese taumelten in den Sätteln, als sie die Stadt auf dem Hügel über der Rhône zu Gesicht bekamen. Zu ihren Füßen lag die Brücke, die die Rhône und Saône zugleich überspannte und der Stadt ihre Bedeutung verlieh.

Lyon selbst war eine Stadt des Durchgangs und der Weber. Die Handelsgesellschaft der Welser besaß auch dort eine Niederlassung – und Federmann steuerte das große Kontor direkt an. Zum einen musste er rasch in Erfahrung bringen, ob Raúl de Almaviva vor ihnen in der Stadt angekommen war, zum anderen, wo er den verfluchten Stuttgartfahrer finden könnte. Er hatte mit seinen Rottfuhren sicher auch Welsergut transportiert, sodass man im Kontor wissen würde, wo er sich aufhielt.

Seit ihrem Aufbruch in Augsburg war Federmann überzeugt davon, dass es Mayana war, die der Spanier sich zurückholen wollte. Wenn das Mädchen wirklich vom Stuttgartfahrer entführt wurde und jetzt in Lyon war, wessen Federmann sicher war, dann würde es Mord und Totschlag geben, sobald Almaviva eintreffen würde. Hoffentlich lebte Mayana überhaupt noch. Doch wenn sie sich hier in der Stadt aufhielt, hatte sich eine ungewöhnliche Erscheinung wie die ihre sicher schnell herumgesprochen, sodass er sie rasch finden würde.

Der Faktor, Jörg Hohermuth von Speyer, ein hochgewachsener, schmaler Mann mit einem ungewöhnlich runden Gesicht und einem trotz seiner Jugendlichkeit bis auf die Brust fallenden Bart, war bereits über ihre Ankunft informiert, als sie das Handelshaus betraten. Hohermuth war noch keine dreißig, besaß jedoch so viel Erfahrung und Können, dass ihn die Handelsgesellschaft Welser mit der nicht leichten Aufgabe betraut hatte, über die Faktorei in Lyon den Spanienhandel abzuwickeln. Offenbar war er darin höchst erfolgreich. Er kleidete sich in feinste Stoffe, das Gebäude der Faktorei verströmte die Eleganz der Wohlhabenheit, und in den Geschäftsräumen der Niederlassung klingelten einem die Ohren nur so von den unterschiedlichen Sprachen, die dort gesprochen wurden.

»Ihr solltet so schnell, wie es irgend geht, wieder aus der Stadt verschwinden«, empfing sie der Faktor. Federmann kannte den Mann aus früheren Fuhren nach Lyon. »Euer rotes Haar könnte diesmal für Ärger sorgen. Die Bewohner sind ... ängstlich.«

»Wovor haben sie Angst?«, fragte Federmann zurück. »Doch nicht etwa vor meinen roten Haaren?«

»Vor Euren Haaren nicht, aber ebendiese Haare könnten den Funken zum schwelenden Brand geben!«, orakelte der Faktor. »Doch kommt mit mir, Ihr müsst hungrig sein.« Er schüttelte Federmanns Hand lange und ernst. »Mein Diener bringt Euch danach zu Eurem Gasthof am Ufer der Rhône. Wir haben zurzeit leider keine Zimmer in der Faktorei.«

Federmann glaubte dem Faktor nicht ein Wort. Die Nervosität beim Anblick seiner roten Haarpracht hatte ihn sofort verraten. Er wollte den Rotschopf nicht in der Nähe der Waren haben. Sollte

sich der Zorn des Volkes, worauf auch immer, entladen, dann am liebsten weitab der Stapelhäuser.
Sie nahmen ein kleines Mahl zu sich und tranken sich mit dem angebotenen Wein bettschwer.
»Kennt Ihr einen Stuttgartfahrer? Er müsste vor einer oder zwei Wochen hier angekommen sein, zusammen …«
»Mein Gott, was reitet Euch für ein Teufel, Federmann?« Obwohl sie allein waren, senkte Hohermuth die Stimme und blickte sich unsicher um. »Er ist die Ursache für die gereizte Stimmung in der Stadt. Einen ganzen Schock voller Teufelinnen hat er bei sich. Zudem hat er die Pest in die Stadt geschleppt. Eine der Kuriositäten, die er hier ausstellen wollte, ist daran erkrankt, eine Frau, soviel ich weiß, mit einer Teufelshaut.«
Federmann stutzte. »Teufelshaut?«
»Bohrt nicht weiter, Federmann. Ich weiß auch nicht mehr. Sie wohnen im Gasthof *Des Armes* an der Rhône unten.«
Die Nachrichten stimmten Federmann einerseits froh, andererseits verunsicherten sie ihn. Was war geschehen? Was hatte es mit der Teufelshaut auf sich? War damit etwa Mayana mit ihrer dunklen Haut gemeint? Und war sie wirklich an der Pest erkrankt? Er würde sie suchen, und in diesem Gasthof am Ufer der Rhône würde er damit beginnen.
Nach dem kurzen Mahl ließen sie sich in den Gasthof *Zum Kaiser* bringen.
Federmann hielt es trotz seiner Erschöpfung nicht im Gasthaus. Drei Tage Rast für sich und die Tiere hatte er ihnen allen eingeräumt. Dann mussten sie weiter. Jörg Hohermuth hatte ihm einen Brief für Sevilla und die dortige Faktorei übergeben. Mit seiner Hilfe würden sie alle nötige Unterstützung erhalten. Außerdem hatte er ihm erklärt, ein Schiff würde bereits im Hafen von Sanlúcar de Barrameda auf sie warten, sie müssten sich jedoch noch im Oktober dort einfinden, damit die günstigen Ostwinde über den Großen Golf genutzt werden konnten. Die Bergleute seien – schon weil sie langsamer unterwegs seien – deshalb bereits vorab abge-

reist und ihnen um zwei Reisewochen voraus, doch sie könnten diese bei einiger Anstrengung einholen und mit der Gruppe zusammen reisen. Das sei sicherer in solch schwierigen Zeiten.
Drei Tage hatte Federmann also Zeit, Mayana zu finden, wenn sie hier in der Stadt weilte.
Eine erfrischende Wäsche aus dem Zuber genügte ihm. Das feuerrote Haar versteckte er unter einer schwarzen Kappe. Seinen Bart konnte er allerdings nicht wegleugnen – und abschneiden kam nicht infrage. Doch in der anbrechenden Dunkelheit sollte er ihm keine Probleme bereiten: Nachts waren alle Bärte gleich dunkel. Darauf vertraute er.
Zuerst ließ er sich durch die Nacht treiben. Horchte hier und dort in eine Gasse hinein und lauschte den Geräuschen, die nicht anders waren als überall sonst auf der Welt. Das Stöhnen der Liebe mischte sich mit dem Tropfen der Feuchtigkeit und dem Husten der Kranken, das Geschrei der Kleinkinder mit dem Weinen der Geprügelten und dem Grölen Betrunkener. Schleichende Schritte wurden vom Krachen eisenbeschlagener Stiefel übertönt, das Kratzen von Schreibfedern vom ersten Leeren der Nachttöpfe verschluckt. Es waren die Geräusche des Lebens.
Gerade am Ufer des Flusses fand sich eine ganze Reihe von Schankstuben, die Wein und ein wenig Bier anboten. Federmann achtete sorgfältig darauf, in eines der stärker besuchten Wirtshäuser einzukehren. Der Ulmer drängte sich durch die Menge, machte sich dem Wirt bemerkbar, bestellte einen Krug und setzte sich damit in eine dunkle Ecke.
Um ihn her brandete Stimmengewirr gegen die Holzwände und wurde von dort wieder zurückgeworfen. Es herrschte ein Lärm, der es schwermachte, den anderen auch nur zu verstehen.
Bereits bei Federmanns Eintreten waren alle Gespräche versiegt, hatten jedoch nacheinander wieder begonnen. Allerdings ging es jetzt nur noch um ein einziges Thema: seine roten Haare. Federmann hoffte, dass den Männern dieser Gesprächsstoff bald ausgehen würde, sah sich jedoch getäuscht.

Er erkundigte sich beim Wirt nach dem Gasthof *Des Armes*. Die vor Schreck weit aufgerissenen Augen des Wirts verrieten ihm, dass er einen Fehler gemacht hatte. Eine Antwort bekam er vorerst nicht. Nach seinem ersten Bier trat der Wirt an seinen Tisch, einen zweiten Krug in der Hand, und beugte sich zu ihm hinab. »Der hier geht auf meine Rechnung, ist allerdings mit einer Bitte verbunden, Herr.«

Erstaunt rückte Federmann vor. »Wie meint Ihr …?«

»Ihr … ich meine Euer … die Bürger sind beunruhigt. Alle glauben, dass ein Unglück über die Stadt hereinbrechen wird. Da seid Ihr … nun, sagen wir ein … Bote des … nun jedenfalls nicht des Herrn, sondern der seines … erfolgreichsten dunklen Dieners.«

Der Wirt sah ihm scharf in die Augen, ob er die Anspielung verstanden hatte. Und das hatte Federmann. Man hielt ihn für eine Ausgeburt des Teufels.

»Wovor haben sie alle Angst?«, fragte er dennoch nach.

Der Wirt beugte sich noch tiefer und wischte mit einem Lappen den Tisch, von dem man nicht annehmen konnte, er würde ihn viel sauberer hinterlassen. Kurzzeitig stank die schwere Holzplatte nach einer Mischung aus Erbrochenem und Blut.

Federmann packte den Wirt am Arm, umklammerte diesen, weil der Mann sich losreißen wollte, und zog ihn noch tiefer zu sich hinab. »Ich höre!«

»Also da … war ein … vor gut anderthalb Wochen ist eine Schaustellertruppe hier in Lyon aufgetaucht … sie mieteten sich in einem Gasthof ein … weiter unten am Fluss … eine ganze Etage … und was das für Gestalten waren … schauerlich … teuflisch geradezu … und die Schreie nachts und am Tage … sie hätten das Haus längst … mit Feuer … wenn nicht … die Pestilenz wütet dort und könnte in die Stadt überspringen …« Mit einer Hand bekreuzigte sich der Wirt. »Und dann kommt Ihr und fragt nach *Des Armes*!«

Federmann war hellhörig geworden. Er verstärkte den Druck seiner Hand, sodass der Wirt unwillkürlich etwas in die Knie ging.

»Ein wenig viel Teufelei in Eurer Rede, findet Ihr nicht? Euer Lappen«, er deutete auf den Tuchfetzen in der Hand des Wirts, »... glaubt Ihr nicht, dass er stinkt wie die Pestilenz, die der Teufel in Eurem Kopf hinterlassen hat? Man müsste es auf einen Versuch ankommen lassen und dem Henker der Stadt einen Hinweis geben.« Der Ulmer grinste den Wirt an, der rasch seinen Lappen in einer Tasche seines Schurzes verschwinden ließ.

»Damit scherzt man nicht!«, flüsterte der Wirt.

Federmann strich sich durch sein Haar. »Und hiermit treibt man auch kein Schindluder.«

»Bitte!«, jammerte der Wirt. »Ich werde den Mund halten ... doch verlasst meine Räumlichkeiten, sonst ... ich kann Euch keinen Schutz gewähren ... die Menschen sind beunruhigt ... ihre Herzen sind durch die Angst wie ausgetrocknet ... da genügt ein unscheinbarer Funke ...«

Wieder zog Federmann den Wirt zu sich heran. Der folgte dem Druck seiner Hand mit schmerzverzerrtem Gesicht. »Wo liegt der Gasthof, in dem die Schausteller untergekommen sind? Redet!« Mit der anderen Hand angelte sich der Ulmer den Krug und setzte ihn an die Lippen.

»Der Gasthof *Des Armes* ... den Fluss in Fließrichtung entlang, bis zu den Bootshäusern ... dann in die Seitengasse einbiegen, die vom Wasser wegführt ... gut neunzig Fuß den Hügel hoch auf der rechten Seite ... er hat zur Straße hin als Schild zwei gekreuzte Schwerter hängen ...«

»Dank Euch für das Bier«, sagte Federmann und knallte den Krug auf den Tisch, sodass die Gespräche abermals verstummten und sich aller Augen auf ihn richteten. Er nickte den Männern zu, ließ den Wirt los und stand auf. Mit ein wenig Glück hatte ihm der Wirt den Aufenthaltsort Mayanas verraten, wenn sie sich in der Stadt befand.

Rasch durchquerte Federmann die Schankstube. Mindestens ein Dutzend Augenpaare verfolgten seinen Weg und maßen den Gang des Ulmers. Er spürte ihre Blicke in seinem Rücken. Doch

er drehte sich nicht mehr um. Er verließ den Schankraum und entzündete an der Kerze im Vorraum seine Laterne. Dann wandte er sich dem Rhône-Ufer zu. Für einen kurzen Augenblick hielt er inne und lauschte in die Nacht hinaus, denn ein unbehagliches Gefühl sagte ihm, dass er nicht allein in dieser Finsternis umherschlich. Sehen oder hören konnte er jedoch niemanden. Aber die Nächte in den Städten waren allerdings immer unsicher.
Der Mond war noch nicht aufgegangen. Die Nacht war finster wie der Schlund der Hölle. Das schwankende Licht der Laterne zeichnete nur einen schwachen Kegel um seine Person und malte seinen ins Groteske vergrößerten Körperschatten an die Hauswände. Dabei gewährte ihm die Kerze kaum Sicht, denn die Dunkelheit hinter dem kurzen Kegel aus Licht fraß die Helligkeit regelrecht weg. Federmann wandte sich flussabwärts. Auf dem trägen Wasser des Flusses lag ein Schimmer, als bestünde er aus purem Quecksilber.
Kaum hundert Fuß weiter vernahm er hinter sich Schritte. Das unbehagliche Gefühl, er würde beobachtet und verfolgt, wurde damit zur Gewissheit. Federmann bog vom Fluss ab in die nächstgelegene Gasse. Sofort trat er in den Schatten eines Hauses und löschte sorgsam seine Laterne. Er stellte sie ab und trat beiseite, damit der Geruch der Lampe ihn nicht verraten konnte. Dann stellte er sich mit dem Rücken zu einer Hauswand und wartete.
Eine Zeit lang geschah nichts. Außer seinem eigenen Atem hörte er keinen Schritt, keine Bewegung mehr. Die Gasse lag vor ihm wie ein samtenes Tuch, ruhig und friedlich. Er glaubte bereits, sich getäuscht zu haben, und verfluchte seine Unvorsichtigkeit, die ihn hatte die Kerze löschen lassen, als am Eingang zur Gasse plötzlich ein Schleifen und Rascheln zu vernehmen war. Jemand trat mit Ledersohlen vorsichtig auf. Er hatte also richtig gehört. Ein schwacher Schein gab seinem Verfolger Licht. Federmann vermutete, dass die Gestalt ihre Laterne mit einem dunklen Tuch abgedeckt hatte. Gänzlich ohne Licht hätte er ihm wohl nicht zu folgen vermocht.

Der Ulmer presste sich gegen die Hauswand. Er hatte noch nicht einmal ein Schwert mitgenommen, weil er sich unauffällig hatte bewegen wollen. Jetzt bereute er es. Langsam gewöhnten sich seine Augen an das schwache Licht der Sterne und erkannten in dem Verfolger eine vertraute Gestalt.

»Verflucht, Bertram!«, entfuhr es Federmann. »Hätte ich ein Schwert dabeigehabt, hätte ich es dir in den Leib gerammt!« Erleichtert stieß er sich von der Hauswand ab und wäre beinahe über seine eigene Laterne gestolpert.

»Ich dachte mir, du könntest eine Begleitung brauchen«, sagte der ehemalige Freund. »Die Geschichten in der Stadt lassen nicht auf viel Freundlichkeit schließen. Wen suchst du? Den Spanier?«, fragte er beiläufig. »Den brauchst du nicht zu fürchten. Er hat das Fieber. Früher oder später sterben sie alle daran.«

Federmann hielt die Luft an. Bertram stand kaum eine Armeslänge vor ihm und hielt ein Schwert in der freien Hand. Er hatte es in der Schwärze nicht bemerkt. Doch jetzt, in der Nähe der Lichtquelle, blinkte die Klinge verräterisch. Wenn er die Wahrheit sagte, konnte er Bertram vielleicht auf seine Seite ziehen. »Nein, nicht Almaviva. Ich suche Mayana!«

»Das Mädchen? Joachims Frau? Wie kommt sie hierher?« Bertram machte eine Pause, als müsse er über sein weiteres Tun nachdenken. Dann schien er zu nicken. »Du hast demnach dieselben Schlüsse aus dieser Pestgeschichte gezogen wie ich. Ich muss gestehen, du imponierst mir immer mehr, Nicolaus. Die Welser haben mit dir einen guten Griff getan. Hier, dein Schwert.« Jetzt erst verstand Federmann. Bertram hielt nicht sein eigenes, sondern Federmanns Schwert in der Waffenhand. »Ich dachte mir, dass du es vielleicht brauchen könntest. Die Nacht ist voller Rachegeister.«

»Wie meinst du das?« Federmann war überrascht. Bislang hatte er das Gefühl gehabt, allein unterwegs zu sein. Bertram streckte ihm die Waffe hin, und Federmann griff zu. Er steckte sie nicht in die Scheide, sondern hielt sie weiter offen.

»Wie ich es sage. Wenn du weißt, wo sich das Mädchen versteckt, sollten wir uns beeilen. Unten am Wasser rotten sich Feuerteufel zusammen, denen der Sinn nach Brand steht.«

Dann war die Warnung des Wirts keine bloße, unbegründete Angst gewesen. Sie war eine höchst reale Bedrohung. Obwohl Federmanns Vernunft von ihm verlangte, diesem Wegelagerer Bertram nicht zu vertrauen, schlug er die Warnung in den Wind. Seine innere Stimme, geschult an der jahrelangen Jugendfreundschaft, gab ihm recht. »Dann komm.«

Sie eilten die Gasse hinunter und bogen nach links ab. Auf leisen Sohlen huschten Federmann und Bertram den Weg zurück bis zur Uferstraße und liefen am Kai entlang. Die Gasse, die ihm der Wirt genannt hatte, musste einige Schritte entfernt beginnen. Und tatsächlich – beinahe hätten sie die Einmündung übersehen. Gerade rechtzeitig bemerkte Federmann, dass eine Gasse abbog und sofort steil nach oben führte. Eng standen die Gebäude links und rechts des Wegs. Das musste sie sein!

»Hier hinein!«, zischte er, und Bertram folgte ihm.

Federmann hielt in der Schwärze der Gasse nach dem Wirtshausschild Ausschau, konnte jedoch beim besten Willen nichts erkennen. Ihm war, als sei er durch den Schlund der Hölle getreten und am Grund des Nichts gelandet. Er tastete sich tiefer in den Rachen des Bösen hinein, bis er schließlich innehielt. Jeder weitere Schritt in dieses namenlose Schwarz war ein Spiel mit dem Tod. Federmann blieb einfach stehen, wo er stand, sodass Bertram auf ihn auflief.

»Wo?«, fragte der.

»Irgendwo hier! Hast du das Licht noch?«

Bertram fluchte. Federmann hörte ihn das Tuch wegziehen, doch es blieb dunkel.

»Die Kerze …«, kam es gepresst, »ausgegangen!« Im lichtlosen Dunkel der Gasse war eine Orientierung ohne Licht unmöglich. Sie mussten warten, bis der Mond aufging und die Szenerie beschien. Unschlüssig blieben sie stehen.

Jetzt hatte Federmann Zeit nachzudenken. Warum jagte er dem Mädchen überhaupt hinterher? Wenn er es entdeckte, musste er es sicher gegen das Gold auslösen. Der Stuttgartfahrer hatte gewiss Vorkehrungen getroffen, damit dies ohne größere Schwierigkeiten geschehen konnte. War er wirklich nur wegen der Geschichte Bertrams gekommen, der erzählt hatte, dass das Mädchen die Karte auf der Haut des Rückens sitzen hatte und damit den Schlüssel für den Weg nach diesem Eldorado besaß – wenn es sich dabei nicht um ein Fantasiegebilde handelte? Aber war das möglich? War sein Freund Joachim womöglich einem Hirngespinst nachgejagt und hatte sich allein von einem Weiberrock den Kopf verdrehen lassen? Einerseits weigerte sich Federmann, diesem Gedankengang zu folgen, andererseits fühlte er wieder diese unwillkürliche Gier in sich aufsteigen. Was hatte man schon alles von den Goldschätzen dieser Neuen Welt gehört! Was waren dort für Reichtümer gefunden worden! Warum sollte nicht ihm, den bislang das Glück nicht gerade mit Wohlhabenheit gesegnet hatte, der Glücksstern den Weg weisen in eine Stadt, deren Mauern aus purem Gold bestanden?

Er konnte nicht verhindern, dass ihm dabei das Wasser im Munde zusammenlief, als erwarte er ein üppiges Mahl. Und appetitlich war dabei nicht nur der Gedanke an das glänzende Metall …

Ein wenig oberhalb ihres Standortes wurden Geräusche hörbar. Stimmen flüsterten. Schritte waren zu vernehmen. Ein Pferd wieherte verhalten, und Räder mahlten im sandigen Kies der Gasse. Jemand machte sich allem Anschein nach auf, die Stadt zu verlassen.

Eine Laterne wurde unweit vor ihnen auf die Gasse gestellt und bot ihnen Orientierung. In ihrem Schein wurde emsig eingeladen. Federmann und Bertram schlichen sich näher, hielten sich jedoch weiter außerhalb des Lichtraums im finsteren Teil der Gasse auf und beobachteten das Treiben vorerst nur.

Es war eine merkwürdige Szene, die sich ihnen dort bot. Als wären sie nicht nur im Höllenreich angekommen, sondern könnten nun das Treiben der Teufel vor Ort selbst beobachten. Ein Wesen, das ein Fell zu haben schien, trug Kleidungssäcke in den Wagen. Daneben half es einer doppelköpfigen Kreatur, deren Unterleib zu einem einzigen Körper verschmolzen war und die schwankend, als könne sie sich nicht für eine Richtung entscheiden, aus dem Gasthof wankte, auf den Kutschbock. Zuletzt kletterte ein Wesen auf die Kutsche, das Federmann bislang für einen Hund gehalten hatte. Es bestand jedoch aus einem übergroßen Kopf auf einem zu klein geratenen Körper: ein Zwerg.

Federmann wusste nicht, was er tun oder ob er das, was dort vor sich ging, nicht einfach ignorieren sollte. Doch dann schleifte das haarige Biest ein Bündel aus dem Haus zum Wagen, das seine besondere Aufmerksamkeit in Anspruch nahm. Das Pelzwesen zog es über den Dreck der Straße, weil es ihm offenbar zu schwer war. Es war sicherlich ein Mensch, denn er konnte einen Arm auf der Erde schleifen sehen. Schließlich wuchtete das Haarwesen das Bündel zum Kutschbock hinauf, und der Zwerg stemmte sich in den Tritt, um es ins Innere zu ziehen. All das ging so gut wie lautlos vor sich.

Während die Höllenwesen damit beschäftigt waren, den Wagen einzuräumen, begann es vom Rhône-Ufer her zu lärmen. Stimmen wurden laut. Tritte waren zu hören.

»Sie werden über kurz oder lang hierher marschieren und ihnen den Gasthof über dem Kopf anzünden«, orakelte Bertram.

»Dazu müssen sie sich noch etwas Mut zubrüllen«, erwiderte Federmann. Er ließ die Truppe nicht aus den Augen. In diesem Augenblick wankte eine Gestalt aus der Hofdurchfahrt. Die Laterne leuchtete ihr Gesicht kurz an: Es war Mayana! Blutleer und mager, eingefallen und leblos stand sie da. Das haarige Menschenwesen eilte auf sie zu, fasste sie unterm Arm und geleitete sie zum Wagen. Sie behandelte Mayana so behutsam, als fürchte sie, sie zu zerbrechen.

Federmann trat einen Schritt vor und wollte eben die Truppe dieser unheimlichen Wesen anrufen, als die Stimmen vom Ufer

her anschwollen. Es war ein Gejaule, das er sein Lebtag lang nicht mehr vergessen würde. Es klang, als würde die Hölle ihre Schleusen öffnen und Teufel ausspeien. Fackelschein züngelte hoch und näherte sich dem Gasseneingang.
»Sie kommen!«, warnte Bertram.
»Auf zum Wagen!«, beschied Federmann und eilte auf den Wagen zu.
Vom Ufer her schlugen Trommeln einen rasenden Takt.
»Sie wollen die Teufel lynchen!«, knurrte Bertram.
Es klang scheppernd, metallen, hohl und laut, sehr laut herauf.
»Jedenfalls klingt es nicht nach lebenden Menschen, sondern eher nach Dienern des Satans«, flüsterte Federmann.
Bei der Truppe löste der Lärm unübersehbar Hektik aus. Der Zwerg reckte sich empor und horchte dem Lärm nach. »Aufgesessen!«, rief er kurz.
Mayana stand schwankend vor dem Kutschbock.
Jetzt löste sich in Federmann die Starre. »Wir können nicht mehr länger warten!« Ohne auf Bertram zu achten, rannte er einfach das kurze Stück die Straße hinauf. Mit ein paar Sätzen war er beim Fahrzeug.
»Mayana!«, rief er.
Die Reaktion des Zwergs auf dem Kutschbock war erstaunlich. Mit einem Ruck hatte er einen Gegenstand in der Hand, und ehe sichs Federmann versah, brannte ihm der geflochtene Riemen einer Peitsche einen Striemen ins Gesicht. Geistesgegenwärtig wickelte sich Federmann mit einer schnellen Bewegung das Ende der Karbatsche um den Arm und zog an. Der Griff flog dem Zwerg aus der Hand, und schon stand Federmann am Kutschbock. Mit einem raschen Griff fasste er Mayana an der Hüfte und setzte sie hinauf.
Dann ging alles überraschend schnell. Der Zwerg fluchte. Das Haarwesen schwang sich auf den Kutschbock und hielt das Mädchen fest. Ein Pfiff scheuchte die Pferde auf, und der Karren ruckte an. Geheul erschallte am unteren Ende der Straße. Die ersten

Feuerteufel ließen sich sehen, doch sie veranstalteten einen derartigen Lärm und waren so mit sich beschäftigt, dass sie nicht zu bemerken schienen, wie ein Gefährt die Gasse hinauf anrollte.
Bertram war ebenfalls herangekommen und nahm die Laterne auf, reichte sie dem verblüfften Zwerg und fauchte: »Abdecken!« Dann klemmte er sich wie Federmann hinter den Karren und schob, damit die Pferde nicht auf dem glitschigen Morast, der die Gasse bedeckte, ausrutschten. Langsam, in Federmanns Augen zogen die Gäule viel zu langsam an. Blind liefen sie den Anstieg hinauf. Der Weg krümmte sich, und bald war von den Fackeln vom Rhône-Kai nichts mehr zu sehen. Nur der Lärm der tobenden Menge begleitete sie noch eine Zeit.
Federmann, der sich an einen der Holme auf der Rückseite geklammert hatte, schwang sich ins Innere. Unter der Plane herrschte dieselbe schlammige Finsternis wie draußen.
»Mayana!«, flüsterte er und tastete sich voran. Plötzlich berührte er ein Gesicht, das so kühl war, als hätte man es erst kürzlich aus dem Fluss geholt. »Mayana!«, wiederholte er. »Bist du es, Mayana?«
Das Gesicht bewegte sich unter seinen Händen. Er spürte flatternde Wimpern, er spürte Lippen an seiner Handinnenfläche. »Bist du es, Mayana?« Federmann horchte in die Dunkelheit hinein. Die tintene Schwärze saugte alles in sich auf und ließ nichts fürs Auge. Er wollte Gewissheit haben, wollte erfahren, ob er eben richtig beobachtet hatte.
Und dann bewegten sich nicht nur die Lippen; der Mund sprach. Er sagte etwas so leise, so rau, dass Federmann sich zu diesen Lippen herabbeugen musste. »Du Blauauge? Du Feuerbart?«
Federmann überflutete ein Glücksgefühl. Sie hatte ihn erkannt. Hatte ihn beim Namen genannt, den sie für ihn erfunden hatte.
»Mayana!«, rief er laut. »Endlich!« Er stockte, denn wenn er sie gefunden hatte, musste er vorsichtig sein. »Wo ist der Fuhrmann?«
Dann traf ihn ein Schlag mitten ins Gesicht, als wäre die Kutsche gegen eine Mauer gefahren. Federmann sackte beiseite und blieb

einfach liegen, wo er lag. Der Mond stahl sich gerade über den Horizont, und erste Silberfinger streichelten die Traufenseiten der Häuser. Er schloss die Augen, was zum Nichts davor keinen großen Unterschied bildete. Wundersamerweise blieb er jedoch bei Bewusstsein. Mit der Zunge spürte er einer Flüssigkeit nach, die ihm langsam über die Lippen lief.

»Was zum Teufel ist hier los?!«, hörte er Bertram fluchen, der sich hinter ihm gerade in den Wagen schwang. Ein Handgemenge entspann sich. »Verflucht, Nicolaus, jetzt sag dem Gesindel hier, du kennst es. Oder kennst du es etwa nicht?«

Federmann hörte, wie der Freund hinter ihm mit einem Unbekannten rang, und vermutete, dass es der Zwerg war.

»Blauauge!«, rief Mayana wieder, doch zu leise, als dass es eine Wirkung erzeugt hätte.

Federmann war schwindelig, und alles Weitere drang nur mehr als Rauschen an seine Ohren, als würde sich der Fluss einen Weg durch seinen Kopf bahnen wollen. Ein fortwährendes Trommeln, in das beständig wiederkehrende Wellen Klangmuster webten. Er musste sich konzentrieren.

Der Zwerg hatte gut getroffen, und Federmann hoffte, dass er ihm nicht den Schädel oder die Lippe gespalten hatte. Nur langsam fand er wieder zu sich. »Wir müssen sofort hier weg!«, stöhnte er, obwohl er spürte, wie die Pferde den Wagen vorwärts zogen. »Raus aus der Stadt!«

»Endlich!«, hörte er Bertram maulen. »Ich dachte schon, ich muss diesen Zwerg hier alleine niederringen!«

Federmann schüttelte sich. »Mayana. Sag ihnen, wir sind Freunde.«

Eine weitere Stimme griff ein. Sie kam vom Kutschbock her. Eine Frau. »Seid Ihr der Blauauge, von dem das Kind dauernd faselt?«

»Möglich ist es«, brummte Federmann. »Sie hat mich so genannt.«

»Narses«, rief sie ins Wagendunkel hinein. »Lass es gut sein. Sie sind keine Städter von hier!«

24. KAPITEL

»Blauauge? Wirklich Blauauge?«, flüsterte Mayana.
Tatsächlich glich seine Stimme der des Vermissten. Sie roch Blauauge sogar. Mit einem sicheren Gefühl dafür, wo in dieser Finsternis der Ulmer liegen musste, streckte sie die Hand aus und spürte seine Brust vor sich – und das Gold, das er tatsächlich um den Hals hängen hatte.
»Das Freund!«, rief sie und verwünschte gleichzeitig ihre schlechte Sprache. »Das Blauauge!«
Der Zwerg hielt tatsächlich inne. »Der, ein Freund? Wer sagt das? Du kannst nicht einen Furz hier herinnen sehen!«
»Ich riechen und fühlen. Ich riechen, du nicht gewaschen. Ich riechen, der hier Freund. Ich fühlen …« Weiter wollte sie nichts sagen. Der Zwerg musste nicht wissen, was sie da noch gespürt hatte. Dennoch tasteten ihre Finger zu Federmann hinüber und strichen ihm übers Haar.
Blauauge stöhnte. Offenbar hatte er Narses' Holzprügel gegen die Schläfe bekommen. Er schien jedoch robust genug zu sein, den Schlag wegzustecken.
»Blauauge?«, flüsterte Mayana.
»Mayana!«, stöhnte der Verletzte erleichtert.
Sie spürte, wie der Zwerg erneut seinen Prügel hob, um damit zuzuschlagen. Doch endlich konnte Blauauge wieder sprechen, sodass Narses innehielt. »Mayana. Endlich! Ich suche dich seit Wochen. Wo ist der Fuhrmann, der dich hierhergeschleppt hat? Er war es doch, nicht wahr?«
»Viel Fragen!«, sagte sie nur.
»Komm mit, Mayana. Ich bringe dich fort!«, flüsterte er neben ihr.
Mayana stemmte sich auf ihre Ellenbogen. Die Wolfsfrau musste her. Sicher wusste sie, was zu tun war. »Wolfsfrau!«, rief sie nach vorn auf den Kutschbock.
»Lass mich los«, keifte der Zwerg, »einer muss den Wagen fahren!«

»Soll ich?«, fragte daraufhin eine Stimme ins Dunkel hinein, die Mayana erschrocken als die von Bertram erkannte. Der Freund des Bärtigen, war er etwa mit Blauauge hergekommen?
»Er nichts mehr tun!«, versprach Mayana.
Der Zwerg fügte sich nur mürrisch. Er krabbelte über alle Körper hinweg und schob dann eine Decke beiseite, um auf den Bock zu steigen.
Mittlerweile leuchtete der Mond hell am Himmel und schwamm wie auf einem Bett aus dunklem Gewölk am Horizont. Seine kalte Helligkeit tauchte die Wände und Dächer der Stadt in Metall, verlieh ihr einen eisigen Glanz und ummantelte die Dinge mit seinem harten Grau.
Während sie auf die Wolfsfrau wartete, wärmte sie ein sonderbarer Gedanke. Hatte Blauauge eben nicht »Endlich!« gesagt? Hieß das nicht so viel wie: Ich habe nach dir gesucht und dich endlich gefunden? Eine Hitzewelle durchlief sie. Zwar glaubte sie nicht, dass er sich nur ihretwegen hier befand. Doch musste er offenbar Nachforschungen angestellt haben. Er musste ihr von Ulm bis hierher gefolgt sein. Mayana lächelte in die Dunkelheit hinein. Nichts schmeichelte einer Frau so wie die Tatsache, dass man sich um sie bemühte. Sie war froh, dass Blauauge in der Finsternis des Wageninneren nicht erkennen konnte, wie sie rot anlief. In einem Moment aufsteigender Zärtlichkeit, der ihr einen Kloß im Hals verursachte, strich sie Blauauge noch einmal übers Haar.
Wenig später kniete die Haarige bei ihr im hinteren Wagenteil und tupfte Blauauge das Blut von der Stirn. Mittlerweile konnte man im fahlen Licht des Mondes ausreichend viel sehen. Bleiche Gesichter begegneten sich, eine Ansammlung von Schemen und Spukgestalten. Sie hatten unter der Traufe eines Hauses angehalten und sich unter der Plane versammelt. Nur der angeschirrte Gaul verriet, dass die Kutsche besetzt war.
»Die Bewohner sind aufgebracht. Hättet ihr nur eine Nacht länger im Gasthof zugebracht, wäre er in Flammen aufgegangen!«, erklärte Blauauge, der jetzt aufrecht saß und sich den Kopf hielt.

»Ihr müsst auf alle Fälle aus dieser Stadt heraus.« Bertram kroch durch den Wagen und stieg ebenfalls auf den Kutschbock hinauf.

»Jemand muss ja diesen Zwerg im Auge behalten!«, knurrte er. Mayana glaubte allerdings, dass ihm die Gesellschaft all dieser Kreaturen unheimlich war.

Der Zwerg lenkte die Kutsche bis in die Nähe der Stadtmauer. Dort verhielten sie still, um sich zu beraten.

»Wir wissen längst, wie sie uns nachstellen, und wären ohnehin aus der Stadt geflohen«, betonte die Wolfsfrau, die sich in Mayanas Augen einmal mehr als geborene Lenkerin dieser Truppe erwies.

»Kommt ihr überhaupt aus der Stadt heraus?«, fragte Blauauge nach.

»Die Torwächter sind bestochen. Sie lassen uns gerne gehen.«

Mayana fühlte einen Stich in der Brust. Sie wusste sehr wohl, mit welchem Gold hier bestochen wurde, doch sie wollte nichts sagen.

»Mit wessen Geld?«, wagte Bertram nachzufragen, doch die Mitglieder der Truppe blieben einfach stumm.

Gespenstisch wirkte diese Beratung, wie eine Versammlung der Ahnen, die sich zusammengefunden hatten, um über das Schicksal ihrer Nachkommen zu entscheiden.

»Aber wir wissen nicht, wohin wir ziehen sollen«, warf der Zwerg ein.

»Sanlúcar«, schlug Blauauge vor. »Schifft Euch ein. Es geht nach der Neuen Welt. Die Welser-Gesellschaft hat Schiffe bereitgestellt. Geld ist vorhanden. Wir müssen nur zusteigen und ablegen.«

Der Zwerg pfiff durch die Zähne. »Haben wir sonst Möglichkeiten?«, fragte er in die Runde. »Ich denke nicht.«

»Wir nehmen euch mit«, hörte Mayana Blauauge sagen, und ein heißes Gefühl durchflutete sie. Der Sonnenstein hatte Wort gehalten.

Plötzlich herrschte eisige Stille. »Wir?«, bohrte die Wolfsfrau nach.
»Meine Männer, zwei junge Burschen und ich. Wir sind nach Sanlúcar beordert, nehmen dorthin dreißig Bergleute mit und sollen sie nach Neu-Augsburg in Klein-Venedig bringen.«
Mayana sah, wie ihr Blauauge den Kopf zuwandte, als wolle er sagen: »Unterstütze mich!« Langsam dämmerte ihr, dass er den Weg hierher zwar nicht nur, aber doch auch ihretwegen zurückgelegt hatte. Wenn sie nur ein wenig stärker gewesen wäre, ein wenig gesünder, dann hätte sie ihm jetzt vor Freude und Erleichterung einen Kuss in das Rot seines Bartes hineingegeben. So musste sie sich mit einem freundlichen Lächeln begnügen.
Die anderen flüsterten miteinander und beratschlagten, ob man Federmann trauen konnte. Schließlich beschlossen sie gemeinsam, auf Mayanas Urteil zu vertrauen und zuzustimmen.
»Ihr könnt gehen und Eure Männer holen. Wir treffen uns vor dem Stadttor. Ohne Eure Schar lassen sie uns eher durch. Das Tor öffnet um sieben Uhr.«
Federmann nickte. »Bis Sanlúcar de Barrameda sind es dann höchstens acht bis neun Wochen. Wir nehmen gemeinsam das Schiff, das der Welser-Faktor von Sevilla dort für uns bereithält. Ich verbürge mich dafür.« Er wollte gerade aus dem Wagen klettern, als Mayana ihn am Arm festhielt. Hinter der Plane in ihrem Rücken vernahm sie ein Geräusch. Jemand versuchte, lautlos zu schleichen, doch diese Weißnasen waren einfach zu ungeschickt.
»Wir werden belauscht«, schoss es ihr durch den Kopf.
Blauauge hatte es wohl auch vernommen. Er runzelte die Stirn, dann sprang er mit einem Satz nach draußen. Mayana hörte nur, wie ein Mann aufstöhnte. Dann sauste eine Klinge durch die Luft. Das Zischen der Schneide hatte sie noch zu deutlich im Ohr, als dass sie sich täuschen konnte. Doch die Klinge verfehlte offenbar ihr Ziel. Sie fuhr in das Holz des Wagens. Ein Fluch folgte, ein Knurren, dann ein weiteres Stöhnen, das ihr bis ins Mark drang. Wieder klatschte es zweimal, ein Stock klapperte auf den Boden.

Er war dem Angreifer wohl aus der Hand geschlagen worden. Ein kurzer Schrei, dann hastete einer der Männer davon. Der Stock wurde aufgelesen. Stiefel knirschten auf dem Boden der Gasse. Ein Kopf drängte sich durch die Plane auf der Rückseite und hob sie an. Blauauges Gesicht erschien und lächelte verzerrt. Mayana fiel ein Stein vom Herzen.

»Der Nachtwächter. Er ist auf und davon. Aber er kann mit seinem Stab kräftig zuschlagen.« Blauauge deutete mit dem Kopf auf seinen Oberarm. »Wenn ihr die Möglichkeit habt, dann verschwindet jetzt. Wir sehen uns vor der Stadt.«

»Fremder! Auf ein Wort!« Der Zwerg krabbelte umständlich aus dem Wagen.

Mayana horchte auf. Was wollte Narses von Blauauge?

Der Zwerg nahm Blauauge an der Hand und führte ihn ein wenig abseits des Wagens. »Wir verlassen die Stadt, bevor der Nachtwächter Alarm schlägt«, betonte er, weil er offenbar bemerkte, wie Blauauge die Umgebung abzusuchen begann.

»Eine bemerkenswerte Hoffnung, die Ihr da mit Euch tragt. Ich bin lieber für das Prinzip Vorsicht.«

Die beiden Männer verschwanden noch etwas tiefer ins Dunkel, um nicht mehr gehört zu werden. Doch mit aller Kraft, die sie noch aufbieten konnte, konzentrierte sich Mayana auf die flüsternden Stimmen.

»Ihr nehmt sie doch mit hinüber?«, wisperte der Zwerg. »Ich meine, in diese Neue Welt.«

»Natürlich. Mein Freund Joachim hat sie ihrer Heimat entrissen – das hat sie nicht verdient. Sie soll zurückkehren dürfen.«

»Ihr habt dabei keine Hintergedanken?« Die Frage des Zwergs klang spöttisch.

»Wie kommt Ihr zu dieser Überlegung?«, hakte Blauauge nach.

»Weil ich weder auf den Kopf gefallen noch blind bin. Die Haut des Mädchens ist mit einer Farbe bemalt, die unmöglich wieder abzuwaschen ist.«

»Ist Sauberkeit eine Voraussetzung dafür, dass man über den Großen Golf fahren darf? Da müsste so mancher Seemann zu Hause bleiben.«

»Tut nicht so scheinheilig. Ihr wisst, Überheblichkeit und Anmaßung sind Todsünden. Aber ich wollte Euch keine Strafpredigt halten, sondern mich nur vergewissern.«

»Wessen wolltet Ihr Euch vergewissern?« Blauauges Antwort fiel schärfer aus, als es angebracht gewesen wäre.

»Sie hat eine Karte auf dem Rücken. Wusstet Ihr davon?« Der Zwerg schwieg kurz. »Und einen Namen.«

Zunächst blieb es still, als hätte diese Enthüllung Blauauge die Sprache verschlagen. Dann hörte Mayana, wie er die Luft tief in seine Lungen sog. »Eine Karte? Einen Namen? Wie … wie meint Ihr das?«

»Erwähnte ich schon, dass ich weder …«

»Ja, ja, schon gut. Ich weiß es. Dennoch meine Frage: Wie darf ich das alles verstehen?«

»Es scheint, als wären Berge und Täler eingezeichnet sowie Ströme. Ein Weg und die Himmelsrichtungen fehlen. Allerdings … hat mich erst der Name darauf gebracht, genauer hinzusehen …«

Blauauge schien nur mit halbem Ohr zuzuhören. »Eine Stadt? Ist eine Stadt zu erkennen?«, fragte er.

»Ich .. denke schon …«, antwortete Narses zögernd. »Ein Ort … der …«

»Eldorado«, entfuhr es Blauauge, »… gut so!«

Mayana war sich sicher, dass Blauauge sich in diesem Augenblick an die Brust fasste und den Sonnenstein in der Hand hielt.

»Ein Grund mehr, sich auf den Weg zu machen, Narses! Wir sehen uns vor den Toren.« Blauauge huschte davon, jedenfalls glaubte er das. Mayana hörte ihn allerdings noch eine ganze Weile. Warum die Bewohner dieses Landes so ungeschickt waren, würde sie niemals verstehen. Dann legte sie ihren Kopf auf eine der Decken und versuchte an nichts mehr zu denken.

Sie erinnerte sich flüchtig an die Schmerzen, die die Nadel berei-

tet hatte, mit der ihr in den Rücken gestochen worden war. Der Fremde, der sich Ulate nannte, hatte beteuert, er würde nur einen Balsam an ihr ausprobieren. Mayana musste sich fügen, da sie zu schwach war, um sich gegen mehrere ausgewachsene Männer zu wehren. Und tatsächlich war der Balsam wirkungsvoll gewesen. Er nahm die Pein fort und ließ den Rücken rasch abheilen.
Der Wagen ruckte an, durchquerte die Gassen und schließlich das Tor und verließ – unbehelligt von allen Wachen – die Stadt. Mayana horchte mit offenen Augen in die Nacht hinaus, bis ihr die Lider schwer wurden und sie hinübersank in eine Welt zwischen Traum und Wirklichkeit, in der ihr der Fremde wieder begegnete, dieser Fremde ... Mager und abgehärmt, mit nacktem Oberkörper, weil ihm die Kleidung vom Leib gefault war, das Gesicht von Ruß geschwärzt, die Fingernägel rissig, die Hände jedoch wie die einer der Frauen, denen sie in diesem Teil der Welt begegnet war. Als müsse er nicht arbeiten. Dabei hatte sie ihn den ganzen Tag über dabei beobachtet, wie er Holz zerkleinert und in einen Topf mit kochendem Wasser geworfen hatte.
Mayana schwebte zwischen hier und dort, und die Zeiten vermischten sich. Sogar die Gefühle flossen ineinander und bildeten einen einzigen Klumpen aus Hoffnung und Düsternis, aus Wärme und Traurigkeit. Sie schlief halb, als im anbrechenden Morgen Blauauges Männer zu ihnen stießen, und wachte erst auf, als sie Blauauges Stimme neben dem Wagen vernahm.
»Auf nach Sanlúcar de Barrameda! Auf nach Sevilla!«, trieb er die Truppe an. Dass er diesen Sätzen ein leises »... und Eldorado!« folgen ließ, hörte vermutlich niemand außer ihr.

Zweiter Teil

der Indianischen Historia

Jenseits der Welt

»Ich erkenne das Schlimme,
das ich zu tun im Begriff bin.«

Aristoteles, Poetik

»Nicht dies, die geschichtliche Wirklichkeit
einfach wiederzugeben,
ist die Aufgabe des Dichters,
sondern etwas so darzustellen,
wie es gemäß innerer Wahrscheinlichkeit
oder Notwendigkeit geschehen würde,
das heißt, was als eine Handlung
eines bestimmten Charakters möglich ist.«

Aristoteles, Poetik

1. KAPITEL Spanien, Herbst 1529

Langsam kam Mayana wieder zu Kräften. Je stärker sie wurde, je klarer ihr Kopf denken konnte, je besser ihre Beine den Körper trugen, desto mehr missfiel ihr die Art, wie sie reisten.

In den ersten Tagen bemerkte sie nur das Deckenlager, das man ihr im Karren eingerichtet hatte. Gitter und Holzverschlag hatte der Prinzipal entfernen lassen. An deren Stelle war eine Leinenbespannung getreten. Durch das Leinen schimmerte etwas Licht hindurch, wenn die Sonne stärker schien. Ansonsten blieb alles in eine Dämmerung gehüllt, in die Mayanas Bewusstsein hin und wieder hineinstolperte. Das Mahlen der Räder wurde zum Herzschlag ihrer Reise, und Mayana hatte das Gefühl, als stünden die Räder niemals still, sondern bewegten sich unablässig in einem fort.

Aus dem kühlen Atem der Nacht und den eisigen Windstößen, die ihnen von den Bergen herab nachsetzten wie die Wölfe, wurden lindere Böen, die einen sommerlichen Geruch nach trockenem Gras und Blumen mit sich trugen.

Verwundert stellte Mayana fest, dass sich die Gespräche ihrer Mitreisenden ständig um ein einziges Thema drehten. Zwar hatte sich das beständige Gemurmel der anderen immer schon über das Kreischen und Kratzen der Räder gelegt, doch sie hatte nie auf die genauen Worte geachtet. Eines Tages jedoch fand nicht nur der Klang, sondern auch die Bedeutung der Gespräche den Weg in ihren Kopf. Zwischen der Wolfsfrau und Narses fielen die Worte »Karte«, »Gold« und »Reise« und tröpfelten wie Regen in ihren Verstand. Kurze Sätze drangen in ihr Bewusstsein, es war, als würde ihr Verstand sie langsam wieder an die Menschen heranführen. Jetzt lag sie lange mit geschlossenen Augen da, atmete ruhig und versuchte zu begreifen, worüber die beiden mit den Vixen verhandelten, worüber sie sich stritten, welche Probleme sie wälzten. Ständig kreisten die Gespräche um den Großen Golf

und die Frage, ob sie ihn überqueren sollten, ob sie drüben den erhofften Erfolg haben würden, ob sie für dieses Abenteuer geeignet seien.
Bald wurde Mayana bewusst, dass ihre Begleiter trotz Hitze und Sonne den ganzen Tag über unter der Plane verbrachten, um für die Außenwelt möglichst unsichtbar zu bleiben. Erst im Schutz der Dunkelheit durften sie sich hervorwagen und ihre steifen Glieder strecken.
Mayana verlor jedes Zeitgefühl – oder glaubte, es verloren zu haben. Doch die Phasen, in denen sie wach lag, verlängerten sich zunehmend. Langsam konnte sie sich aufrichten, konnte sitzen, und sie genoss es, wenn die Wolfsfrau sie stützte und ihr beim Essen half.
Dann kam der Tag, an dem sie zum ersten Mal seit ihrer Begegnung mit Blauauge wieder ein Wort sprechen wollte. »Wohin …?«, versuchte sie zu sagen, doch die Stimmbänder waren durch ihre Krankheit, durch die Tatsache, dass sie nicht gebraucht worden waren, wie gelähmt. Sie stöhnte, und in ihrem Rachen kratzte es, aber die Worte wollten sich nicht bilden und fügen. Die Wörter, die sie dachte, blieben regelrecht stecken. Mayana erschrak derart darüber, dass sie ganze Tage nichts mehr zu sagen wagte.
Während dieser Zeit stellte sie fest, dass Blauauge mehrmals am Tage an den Karren heranritt und sich nach ihr erkundigte. Und schon bald, als sie sich kräftiger fühlte, wartete sie auf den Moment, in dem sie das Schlagen der Hufe vernahm und sich die Plane auf der Rückseite kurz hob. Sie setzte sich gerade hin, strich sich über das verfilzte und fettige Haar, lächelte und versuchte mit allen Mitteln, die Aufmerksamkeit des Reiters auf sich zu lenken – bis sie begriff, dass er sie bei seinen kurzen Blicken ins Innere des Wagens wohl nur vage wahrnehmen konnte. Er schaute aus dem gleißenden Sonnenlicht in die Dunkelheit, das Innere musste ihm erscheinen wie ein schwarzer Schlund. Sie fühlte, dass es als Geste der Besorgnis um sie gedacht war und auch so wahrgenommen werden sollte, worüber sie sich freute.

Das wiederum spornte ihren Ehrgeiz an. Sie bewegte ihre Arme, ihre Beine, ballte die Hände zu Fäusten, um den Druck der Finger auf die Innenflächen zu spüren. Sie trat um sich in dem Bemühen, die schlaffen Gliedmaßen wieder beweglich zu machen, kräftigte ihre Muskeln im Rhythmus des Wagens, der sich wiegte, als wolle er mit ihr tanzen.

Unter all diesem Bemühen, das nur den Sinn hatte, Blauauge zu zeigen, dass sie gesund werden wollte, kehrte etwas Verlorenes zu ihr zurück. Der Räderschlag, die Armbewegungen, das Dehnen und Drehen des Körpers erinnerten sie an einen Tanz, den alle Mädchen tanzen mussten, wenn sie mannbar wurden. Mayana schloss die Augen und erinnerte sich an die Hütte aus Zweigen, in der sie die ersten Tage verbracht hatte, nachdem das Blut zu fließen begonnen hatte, abgesondert von den anderen Frauen, nur begleitet von der zahnlosen Kriaena, der Alten. In langen Gesprächen hatte diese vom Wunder des Lebens erzählt, hatte ihr die Geschichten der Frauen vorgetragen in einem Singsang, der ihr bis in den Bauch gedrungen war. Sie hatte ihn wie nebenbei erlernt, hatte ihn in sich aufgesogen, als würde das ausfließende Blut Platz schaffen für diese Art der Mitteilung. So wurden die Geschichten über die Schlammmutter Erde ein Teil von ihr. Sie nahm den Samen der grünen Welt in sich auf und war bereit zu gebären und zu sterben und mit ihrem Sterben das Leben zu erhalten, wie es in allen Zeiten vor ihr üblich war und nach ihr üblich sein würde. So sehr wurde Mayana gepackt von der Erinnerung an diese Zeremonie, dass sie den Wald roch, die frischen Bruchstellen der Zweige, und den Singsang der alten Kriaena hörte. Sie schloss ihre Augen und begann zu singen. Langsam und bedächtig und mit ein wenig Anstrengung, doch dann flossen ihr die Worte nur so über die Lippen, wie das Blut aus ihrem Körper geflossen war. Sie sang vom Begehren und von der Liebe, von Empfängnis und Geburt, und sie sang vom Schmerz, aus dem das Leben sich befreite, vom ersten Schrei und vom Schicksal derer, die starben, während sie Leben schenkten.

Plötzlich wurde die Plane zurückgeschlagen, und Blauauge beugte sich in den Wagen. Ihre Blicke begegneten sich, und Mayana fühlte, dass Kriaenas Wissen ihn zu ihr gerufen hatte, wie Frauen seit ewigen Zeiten die Männer riefen.

»Es geht ihr besser!«, verkündete er, und sie hörte seiner Stimme die Erleichterung an.

Sie steuerten sofort einen Rastplatz an, der sich etwas abseits der Route zwischen einsamen Felsen befand; von der Straße aus war er nicht einsehbar. Der Karren hielt. Die Pferde wurden innerhalb der Ansammlung von Felsen angepflockt und begannen zu grasen.

Mayanas Gesang verstummte. Sie horchte auf das rhythmische Klingen der Hammerschläge. Erst langsam wurde ihr bewusst, was sie getan hatte. Die Furcht vor dem ersten gesprochenen Wort blieb dennoch. Blauauge stemmte sich in den Wagen und nahm sie in den Arm, als wäre sie nichts weiter als ein leichter Sack Hafer. Sie legte ihren Arm um seinen Hals, und er behandelte sie so vorsichtig, dass sie beinahe gelacht hätte. Draußen hatte die Wolfsfrau, die mit dem Halten des Karrens aus dem Wagen gesprungen war, einen Sitz aus Kissen im Schatten eines der Felsen geschaffen. Dorthin trug Blauauge sie und setzte sie behutsam ab.

Mit einer Geste, die ihr ein Kitzeln im Bauch verschaffte, strich er ihr mit seiner schwieligen, nach Pferd und Leder riechenden Hand über die Schläfe. »Wie geht es dir?«

Sie sah ihn an. Sah hinter ihm einen tiefblauen Himmel, als wäre das Meer nach oben gekippt, so endlos und ohne Begrenzung. Sah ihn wieder an – und entdeckte in seinen Augen diese Weite des Himmels wieder. »Gut!«, antwortete sie und hustete.

Blauauge schloss die Augen, und sein Gesicht, das voller Stoppeln war und in dem sich offenbar mehr Sorgen abgezeichnet hatten, als sie wahrgenommen hatte, entspannte sich. »Gut!«, antwortete er in ihrem Tonfall. »Das ist gut.«

»Das ist gut!«, wiederholte sie und versuchte ein Lächeln.

Blauauge fasste nach ihrer Hand, doch er drückte sie nicht. Hatte

er Angst, sie zu zerbrechen? Unwillkürlich dachte sie an einen kleinen Vogel, den sie vor Jahren in der Hand gehalten hatte. Er war aus dem Nest gefallen und saß auf einer Wurzel. Er piepste erbärmlich, und ein Flügel hing ihm ausgerenkt und gebrochen von der Seite. Wie er es auf die Hochwurzel hinauf geschafft hatte, blieb sein Geheimnis. Sie fing ihn ein und wollte den Flügel heilen. Doch der Vogel wehrte sich, kämpfte gegen ihre Hand, die ihm offensichtlich Schmerzen verursachte. Sie wollte dem Wesen nicht wehtun und es schon gar nicht in ihrer Hand zerdrücken, wusste jedoch nicht, wie fest sie es halten konnte. Als sie ihn in ihre Zweighütte brachte, nahm ihr der Vater den Vogel ab und erklärte ihr, dass das Tier wohl nicht würde überleben können. Außerdem würde es durch sein Geschrei für sie alle zur Gefahr werden. Sein erbärmliches Piepsen, erklärte ihr der Vater, könne Raubtiere anlocken. Er band ihm den Schnabel zu, richtete den Flügel und gab ihr das Tier zurück.
Genauso hilflos und verletzlich, wie es der kleine Vogel gewesen war, fühlte sich Mayana in diesem Augenblick. Auch Blauauge befürchtete anscheinend, er könne ihr wehtun, sie erdrücken. Dies zu spüren, ließ ein unbestimmtes Glücksgefühl über sie hinwegströmen wie einen Guss heißen Wassers.
»Jetzt geht schon beiseite, Federmann!«, herrschte die Wolfsfrau Blauauge an. »Schaut sie Euch an. Struppig und ungewaschen wie … nun, wie eine Frau eben nicht sein sollte. Ihr verzieht Euch jetzt hinter diese Steine dort, zusammen mit Euren Männern, und ich sehe, was sich hier ausrichten lässt. Gott sei Dank habt Ihr zumindest einen Ort gefunden, an dem es Wasser gibt.«
Mayana lächelte ihn an. In seinen Augen lag eine Besorgnis, die sie rührte.
Ihre Reise beschleunigte sich, und nach seinen Erfahrungen mit der Angst der Bewohner von Lyon ließ Blauauge die Mitglieder der Schaustellertruppe nicht mehr öffentlich auftreten. Mayana musste mit der Wolfsfrau, dem Zwerg und den Vixen tagsüber im Karren bleiben.

Die Hitze nahm zu, die Wege wurden staubiger, das Wageninnere geriet zur Hölle. Sie mieden die Dörfer und Städte, lagerten außerhalb, zogen nachts an den größeren Städten vorbei. Nur die Männer wagten sich hinter die Mauern, kauften Proviant, erkundigten sich in den Faktoreien nach Nachrichten.

Einmal belauschte Mayana Blauauge, wie er mit Narses sprach. Ein Männergespräch, das von langen Pausen und mehr gemurmelten als ausgesprochenen Sätzen lebte.

»Ihr seid Feldhauptmann, Federmann. Wie kommt es, dass Ihr in so jungen Jahren … einen solchen Titel tragt?«

»Das ist das Erbe meines Vaters«, antwortete Blauauge. Er erzählte, dass sein Vater von einem Hof mit Pferden stamme und er sein Geschick, mit Pferden und Menschen umzugehen, wohl von ihm geerbt habe. Bei einer Fahrt bewachter Rottfuhrwerke nach Memmingen während der unruhigen Zeit der Bauernerhebungen habe er sich für einen Beutel voller Goldgulden von Jörg von Waldburg für die Sache des Schwäbischen Bundes abwerben lassen. Mit Voraussold, verstehe sich, weil die Landsknechte die Gegend ebenso unsicher gemacht hätten wie die Bauern. Doch er habe nicht nur als Landsknecht gekämpft, sondern weiter ein Auge auf seine Herren, die Welser, und ihre Geschäfte gehabt. Und dann sei einer der Welser-Transporte tatsächlich zwischen die Auseinandersetzungen des Schwäbischen Bundes mit den aufständischen Stühlinger Bauern und den Seehaufen geraten. Ein einziges Morden und Schlachten sei das gewesen. Ohne viel Gegenwehr seien die Bauern niedergemetzelt worden. Doch den Fuhrwerken der Welser sei seiner Umsicht wegen nichts geschehen, und er habe ein zusätzliches Lob erhalten von seinen alten Herren, den Welsern, weil er habe verhindern können, dass selbst die Gewürztransporte aus Sevilla, die zufällig des Wegs gekommen seien, aufgrund seiner Warnungen nicht in die Hände der Aufständischen oder des Truchsesses fielen. Der Heerführer des Schwäbischen Bundes, Jörg Truchsess von Waldburg – der Schlächter, wie ihn die Leute nur nannten –, hätte sie sonst ein-

fach zur Kriegsbeute erklärt und den Gewinn daraus in die eigene Tasche gesteckt.
So habe Bartholomäus Welser seine Waren erhalten und den Truchsess auch noch mit Geld belohnen können. Der Waldburger habe damals das Geld der Welser genommen, die Straußenfeder auf seinem adligen Kommandeurshut erneuert und ihn, den Nicolaus Federmann aus Ulm, gleichzeitig zum Hauptmann aufsteigen lassen. Seither trage er den Titel Feldhauptmann. Gerne tue er das nicht, fügte er hinzu, schließlich habe er nicht gerne getötet und den Dienst alsbald an den Nagel gehängt. Das Landsknechtstum sei nicht das Seine gewesen. Wer einmal einen Menschen getötet habe, dem falle es leicht, weitere diesen Weg hinterherzuschicken. So weit wolle er nicht kommen.
»Das Töten ist mir zuwider!«, beendete er das Gespräch und stand auf. Aufrecht schritt er zum Wagen. Aufrecht gegen den Mond, der sich über den Horizont schob. In Mayanas Augen war er ein Krieger, ein wahrer Krieger, der Skrupel ebenso kannte wie den Triumph.
Von Toulouse aus schickte Federmann Mattheis mit Georg nach Sevilla voraus, um in der dortigen Welser-Faktorei ihre Ankunft anzukündigen. Vier Wochen Weg lagen da noch vor ihnen, außerdem mussten sie noch die vor ihnen reisenden Bergleute treffen. Wenn Mattheis und Georg auf die Bergmänner träfen, sollten sie ihnen auftragen, weiterzuziehen und nicht zu warten, und die Welser-Faktorei von Sevilla sollte das Schiff im Hafen von Sanlúcar seefertig halten, lauteten Federmanns Befehle.
Zwar vergingen Mayana, die Wolfsfrau und die Vixen schier in der Hitze des Karreninneren, doch ein Erlebnis ließ ihr Aufbegehren gegen diese Behandlung schmelzen.
Sie waren auf dem Weg durch die Extremadura und hatten Medina del Campo passiert, als Blauauge unvermittelt halten ließ. Allerdings verbot er, dass sie ausstiegen und sich die Beine vertraten. Eine Rauchfahne stieg vor ihnen empor, deren Geruch eine süßliche Note mitführte. Von einem kleinen Hügel herab konn-

ten sie auf eine Stadt blicken, deren Namen Mayana nicht verstanden hatte. Die Umfassungsmauer setzte sie wie einen Punkt in die Landschaft. Die Menschen hatten die Stadt verlassen, so schien es, und versammelten sich vor den Toren auf freiem Feld. Ein Gewoge von Menschen, die wie stumm einem Schauspiel frönten.
»Ein Autodafé!«, rief Bertram aus und zählte die Unglücklichen, die sich inmitten eines Scheiterhaufens an ihren Holzpflöcken wanden und schrien. »Dreißig Seelen!«, entfuhr es ihm entsetzt, bevor er sich vom Pferd herab erbrach. Der süßliche Geruch, der sie anwehte, stammte von verbranntem Menschenfleisch.
»Warum zerstören die Menschen, was sie nicht kennen und ihnen fremd ist? Warum nur bereitet ihnen die Quälerei solche Lust?« Blauauge flüsterte seine Fragen. Doch sie alle verstanden.
Die Wolfsfrau hatte sich neben Mayana gesetzt und vom Wageninneren heraus das Schauspiel verfolgt. »Sie haben Angst vor uns«, sagte sie nur. »Weil wir anders sind und weil sie uns nicht einschätzen können. Falle ich womöglich in Vollmondnächten Menschen an? Haben die Vixen den bösen Blick, weil sie aus zwei Köpfen und einem Körper die Menschen betrachten – oder bedrohen?«
»Man tötet deshalb nicht«, widersprach Federmann.
»Sie können sich nicht in uns hineinversetzen, weil sie das Ungewöhnliche immer ausgegrenzt haben. Auch aus ihren Köpfen. Fanatische Priester helfen ihnen dabei. Was nicht in deren Köpfe geht, ist des Teufels. Was diese für falsch halten, stammt vom Satan und gehört ausgemerzt. Diese Gottesdiener haben einen engen Horizont. Er reicht oft nicht einmal so weit, wie man an einem trüben Tag schauen kann.«
Auch wenn Mayana nicht Wort für Wort verstand, so begriff sie doch sehr wohl, was dort unten vor sich ging. Schließlich wusste sie um die Feindschaften ihres Stammes mit anderen Stämmen, die durch nichts begründet waren außer einer zufälligen Begegnung zwischen ihnen. Wenn sich zwei Jägertrupps in den Wäldern überraschten, dann töteten sie. Am Gürtel des Vaters hatten

vier Köpfe seiner Feinde gehangen, auf Faustgröße geschrumpfte schwarze Gesichter. Sie mussten sterben, weil er sie zuerst erspäht hatte.

Bertrams Reaktion auf die Verbrennungen versöhnte sie ein wenig mit dem Freund Joaquins. Womöglich hatte sie sich doch in ihm getäuscht, als er damals nur hinter Joaquins Gold her gewesen war – und sie beschloss, eines Tages das Gespräch mit ihm zu suchen und sich mit ihm auszusöhnen.

»Der Mensch ist nicht für den Frieden gemacht. Er ist ein Raubtier. Schlimmer als jeder Bär oder Wolf, weil er nicht für den Hunger tötet, sondern wahllos – aber mit Verstand.« Blauauge murmelte die Sätze vor sich hin.

Am liebsten hätte Mayana in diesem Augenblick ihre Hand ausgestreckt und ihn für jedes einzelne Wort über den Rücken gestreichelt. Federmann gab den Befehl, zu halten und erst in der Dämmerung weiterzufahren. Sie umrundeten die Stadt nachts in einem großen Bogen, ohne in dieser oder einer der nächsten Nächte auf Menschen zu stoßen. Nur der Geruch begleitete sie über drei Tage hinweg und verflüchtigte sich nicht. Es war, als seien alle Stoffe mit der fetten Süßlichkeit der Verbrannten getränkt worden.

Blauauge ritt neben dem Karren her und sprach mit Mayana, als wolle er ihr von sich erzählen. Sie lauschte vor allem seiner Stimme, die so dunkel und sanft klang, als würde eine Glocke ausschwingen. Auf diesen Schwingungen ritt die Bedeutung seiner Worte bis zu ihrem Herzen.

»Der Wolf fiel mich bei einer Rast inmitten eines fruchtbaren Tals im Berchtesgadischen Land an. Schnee war dort auf den Höhen gefallen, seit Jahren der erste, wie ich später erfuhr, und er hatte das Tier hungrig und angriffslustig gemacht. Von den Bergen war es herabgestiegen, um im Tiefland leichtere Beute zu machen. Aber es war ein ungleicher Kampf. Tage hindurch hatte ich beobachtet, wie der Wolf seine Kreise um mich enger zog, wie er sich nachts anschlich und die Augen in der Dunkelheit zu mir und den unruhigen Pferden herüberfunkelten. Als er dann in der vierten Nacht seiner Belagerung die Angst vor dem Feuer verloren hatte, sprang er in den Bolzen meiner Armbrust und fiel, ohne noch einen Ton von sich gegeben zu haben. Ein magerer Kerl war es gewesen, dieser Wolf, ausgehungert und erschöpft. Ich habe Mitgefühl für ihn empfunden, denn er war mir ehrlich gegenübergetreten, und ich habe ihn hintergangen.«

Mayana konnte ihm nicht darauf antworten. Sie wusste nicht, was er ihr damit mitteilen wollte, und doch freute sie sich über seine Offenheit ihr gegenüber.

Nur wenige Tage später, ein paar Stunden von Cáceres entfernt, trat eine Gestalt in ihren Weg. Mayana saß auf dem Kutschbock erstmals neben Bertram. Der zügelte sofort die Pferde, die unruhig stampften. Ein spitzes Gesicht, schmale Glieder, eine breite Narbe am Kinn. Der Kerl sagte nichts, stand nur da und hielt ein Schwert in der Hand. Das gezogene Schwert genügte, die Absichten des Wegelagerers kundzutun. Sofort fühlte sich Mayana an Blauauges Geschichte mit dem Wolf erinnert.

Bertram griff ebenfalls sofort zur Waffe. Hinter ihnen im Karren spürte Mayana eine schaukelnde Unruhe. Narses suchte nach seinen Messern, mit denen er sonst Wurfkunststücke zeigte.

»Was wollt Ihr?« Blauauge blieb völlig ruhig.

Der Mann sagte etwas in einer Sprache, die keiner von ihnen verstand. Nur seine Geste war unmissverständlich. Mit gezogener Klinge scheuchte er alle aus dem Sattel.

»Wir werden weiterreiten, mein Junge«, knurrte Blauauge, und bevor in die Augen des Wegelagerers das Staunen über den eigenen Tod treten konnte, durchbohrte ihn der Bolzen einer Armbrust. Er fiel wie der Wolf, stumm und ohne recht zu begreifen, was geschehen war. Mayana drehte sich zu Blauauge um. Der hatte während des Reitens die Sehne seiner Armbrust gefettet und gerade einen Pfeil aufgelegt, um ein Abendessen zu erjagen, denn die Randwiesen bargen ausreichend Hasen für die spanischen Granden und für sie.

Im selben Augenblick trieb Bertram die Pferde wieder an. Der Karren jagte voran, und Blauauge und die Jungen, die ebenfalls ritten, hetzten hinterher. Stumm fuhren sie an der Leiche vorüber. Als Mayana zurückschaute, konnte sie nicht erkennen, ob weitere Räuber aus den Gebüschen traten. Blauauge ließ nicht absitzen, ließ den Mann nicht begraben, sondern drängte weiter. Erst abends, als die Pferde ausgeschirrt und das Feuer entzündet war, konnte Mayana ihn abseits des Lagerfeuers würgen hören.

Trotz solcher furchtbaren Erlebnisse lastete die Abgeschlossenheit des Karrenlebens auf ihr wie ein Übel. Mayana wollte den Himmel sehen, wollte frische Luft atmen, wollte sich bewegen, laufen, springen, sich müde fühlen. Doch sie hockte die meiste Zeit mit den anderen Frauen im Fuhrwerk, und die Räder mahlten langsam den rötlichen Stein zu Staub. Überall setzte er sich fest. Er kroch unter die Kleidung, lag auf den Lippen, stahl sich in Mund und Augen, knirschte zwischen den Zähnen, und sogar dort, wo man ihn am wenigsten erwartete, juckte und kratzte er und verursachte rötliche Hautflecken.

Langsam nur, viel zu langsam verstrichen die Tage, und obwohl sie sich beinahe ohne Rast vorwärtskämpften, schien sich die Zeit ins Unendliche zu dehnen.

Endlich, an einem Mittag, der so bleiern war wie ein Tiegel Schmelze, sahen sie vor sich eine große Staubwolke, wie sie nur von mehreren Wagen verursacht werden konnte.

»Ein Tross!«, rief Blauauge aus und scheuchte Mayana, die wieder auf dem Kutschbock saß, ins Wageninnere. »Fuhrwerker, wenn wir Glück haben.«

2. KAPITEL

Die Begegnung zwei Stunden später war ein misstrauisches Abtasten. Federmann hielt seine Armbrust schussbereit quer über den Sattel gelegt, und Bertram spielte unverhohlen mit seinem Schwert. Narses und die beiden Jungen hatten ebenfalls ihre Anweisungen.

Als der fremde Tross ihren Karren gewahrte, wurde eine Gruppe von sechs Männern losgeschickt, um ihnen entgegenzureiten. In gehörigem Abstand fächerten sie sich auf und erwarteten die Schausteller.

Federmann näherte sich vorsichtig und betrachtete die Reiter genau.

Es waren vierschrötige Kerle, klein und gedrungen, mit breiten Schultern. Die Gesichter der Männer waren rot bepudert vom Staub, der von den Wagen aufgewirbelt wurde und dem keiner entgehen konnte. Sie hielten Schwerter in der Hand, doch so unbeholfen, dass Federmann am liebsten losgelacht hätte. Offensichtlich hatte keiner der Reiter jemals ernsthaft eine Waffe geführt.

»Was bewegt Euch, uns bewaffnet entgegenzutreten?«, rief Federmann die Gruppe an.

»Das Land steckt voller Gesindel!«, kam die Antwort zurück. Der Mann, der gesprochen hatte, redete in Federmanns Sprache.

»Wir sind friedliebend«, entgegnete der Ulmer.

»Und doch tragt Ihr eine Armbrust über dem Sattel.« Der Mann nickte nur in seine Richtung.

»Die mir bislang gute Dienste geleistet hat. Der Frieden braucht zu Beginn Argumente.«

Der Fremde nahm die Bemerkung ohne Kommentar hin. Stumm standen sie sich gegenüber. Federmann wusste, dass eine solche Situation sich nicht allzu sehr ausdehnen durfte, denn Männer ohne Erfahrung wurden leicht nervös – und Nervosität führte schnell zu unüberlegten Handlungen.

»Wir suchen eine Gruppe Bergknappen aus Sachsen«, sagte er in freundlichem Ton und hoffte, die Situation damit zu entschärfen.

»Warum?«, lautete die kurze Antwort.

»Weil wir mit ihnen weiterreisen wollen. Sie wurden von Jörg Hohermuth, dem Faktor der Welser in Lyon, vorausgesandt. Wir versuchen seit drei Wochen, sie einzuholen.«

»Dann seid Ihr …?«, fragte der Mann.

»… der Feldhauptmann, der Euch nach Klein-Venedig begleiten wird. Nicolaus Federmann.«

Wenn Federmann geglaubt hatte, dass seine Eröffnung die Anspannung von den Männern nehmen würde, hatte er sich getäuscht.

»Woher wissen wir, dass Ihr die Wahrheit sagt?«

»Nun – wenn Ihr dreißig Bergknappen seid und ich Nicolaus Federmann bin, dann wird es damit seine Richtigkeit haben.«

Der Zweifel blieb dennoch unausgeräumt. Im Gesicht des Mannes stand das Misstrauen in großen Lettern geschrieben.

»Wenn Ihr der seid, für den Ihr Euch ausgebt, habt Ihr Euch viel Zeit gelassen. Wir haben Euch schon vor gut anderthalb Wochen erwartet.« Das Schwert zitterte in der Hand des Mannes.

»Euer Anführer ist der Steiger Triebl, richtig? Ihm habe ich eine Botschaft Jörg Hohermuths zu überbringen.«

Die sechs Männer sahen sich untereinander an. »Sprecht! Was für Wolfgang Triebl ist, ist für alle gedacht.« Die anderen nickten.

»Dann sprecht Ihr für alle Männer hier?«, fragte Federmann.

»Ja. Sie haben mich zum Sprecher gewählt, weil mir die Worte besser gelingen als den anderen. Nicht jeder ist zum Redner geboren. Und jetzt sagt, was Ihr zu sagen habt.«

Federmann war jedoch nicht gewillt, den Männern ihre unfreundliche Art durchgehen zu lassen.

»Wer sagt mir, dass ich die Leute vor mir habe, die ich suche?«

Plötzlich ließ einer der Männer seinen Gaul zwei Schritte nach vorne tänzeln. »Habt Ihr nicht unseren Hauer Gertram getroffen?

Wir haben ihn kaum zwei Tagesreisen von hier zurückgelassen, dass er auf Euch wartet.«

»Gertram?« Federmann fuhr es plötzlich heiß in die Stirn. »Wie sieht er denn aus?«

»Spitzes Gesicht, schmal gebaut, mit einer breiten Narbe am Kinn.« Federmann zögerte, dann entschied er sich für die Wahrheit, die halbe Wahrheit. Dabei konnte er nicht verhindern, dass seine Stimme brüchig klang. »Er ist tot. Liegt am Wegrand.« Er räusperte sich. »Er konnte uns nichts mehr mitteilen.« Federmann blickte betreten in die bestürzten Gesichter der Männer und erkundigte sich nach der Familie des Mannes.

»Er war allein«, erklärte der Sprecher. »Er hoffte darauf, auf dem Weg in diese Neue Welt eine Frau zu finden. Man sagt ja, dieses Spanien solle voller Frauen sein ...«

Federmann nickte nur schwach.

»Versteht Ihr nun, Federmann, warum wir vorsichtig sind?«

Federmann verstand nur zu gut. Dennoch wollte er ihnen nicht die ganze Wahrheit sagen. Er verfluchte seine Voreiligkeit, doch wusste er gleichzeitig, dass ihn ein Zögern selbst das Leben hätte kosten können. »Tut mir leid für ihn«, murmelte er nur.

Nach einer kurzen Stille ergriff der Sprecher der Gruppe wieder das Wort. »Ich bin der, den Ihr sucht. Wolfgang Triebl, der Steiger dieser Truppe.« Das alles klang etwas versöhnlicher als noch vor ein paar Augenblicken. »Wir sind allerdings nur noch vierundzwanzig Bergleute. Der Weg war lang und beschwerlich.« Triebl räusperte sich vernehmlich. »Er forderte seinen Tribut.«

Federmann nickte und brummte bestätigend. Was sollte er dazu sagen, da er selbst für eines der Opfer verantwortlich war.

Der Steiger deutete mit dem Kinn zum Karren hinüber. »Wen habt Ihr dabei?«

»Ich reise in Begleitung einer Truppe von ... Schaustellern. Sie wollen ebenfalls nach Klein-Venedig.«

Der Steiger musterte den Karren, doch außer Bertram und Jakob sowie den zwei Reitern von Federmanns Fuhrwerkertruppe war niemand zu sehen.

»Dann begleitet uns zu den Wagen. Wir sind froh, dass Ihr endlich zu uns gestoßen seid. Wir befürchteten schon, es sei Euch etwas passiert.«

Federmann gab den Befehl weiterzufahren und folgte den Männern bis zur Wagenburg. Misstrauische Blicke empfingen sie. Offenbar hatten die Bergleute mit ihren Familien wenig gute Erfahrungen mit Fremden gemacht.

»Wir wollen für heute rasten!«, schlug Triebl vor. »Macht Feuer und bringt etwas von dem Wein, den uns Hohermuth mitgegeben hat«, wies er eine Frau an, die in vorderster Linie stand, als Federmanns Karren vor dem Zugang zur Wagenburg hielt. Sie wechselte mit dem Wortführer der Bergleute einen schnellen Blick.

Federmann vermutete, dass sie Triebls Frau war.

Im Inneren der Wagenburg saßen und standen mindestens weitere zwanzig Männer und eine ganze Anzahl mehr Frauen mit Kindern. Insgesamt schätzte Federmann die Truppe auf über sechzig Personen. Ein wenig überrascht hielt er inne. »Ich hatte mit dreißig von euch gerechnet, und Ihr sagtet, Ihr seiet nur noch vierundzwanzig Leute. Aber mir scheint, Ihr seid … mehr als die doppelte Anzahl.«

»Wir fahren mit Frauen, Kind und Kegel nach Klein-Venedig – oder wir fahren gar nicht. Dem Welser-Faktor haben wir es bereits mitgeteilt. Keiner von uns wird seine Frau oder gar die Kinder zurücklassen. Das ist beschlossene Sache. Denkt darüber, wie Ihr wollt.«

Federmann wollte etwas erwidern, als plötzlich mit einem Ruck alle Köpfe seitlich an ihm vorbeischauten. Den Kindern blieb der Mund offen stehen.

Langsam drehte sich Federmann um und sah gerade, wie Bertram Narses vom Kutschbock hob.

»Ich hatte ganz vergessen, euch vorzustellen«, versuchte Federmann die Situation zu entschärfen. »Ich sagte ja bereits, dass ich mich auf meiner Reise einer Schaustellertruppe angeschlossen habe.«

Als die Plane zurückgeschlagen wurde und Mayana im Schlupf erschien, bekreuzigten sich bereits einige der Frauen.

»Das ist Mayana. Sie stammt aus der Weltgegend, in die wir unterwegs sind. Und hinter ihr …«, mit kleinen Schreien sammelten die Frauen ihre Kinder zusammen und drückten deren Gesichter in ihre Röcke, »… folgt die Wolfsfrau. Sie ist harmlos –«, er räusperte sich verlegen, als die Wolfsfrau ihm einen bösen Blick zuwarf, »ich meine, zahm! Und jetzt muss Bertram den Vixen beim Aussteigen helfen.«

Einige der jüngeren Frauen begannen nun laut zu schreien, und auch die Männer brummten missmutig. Mit einem Ruck hob Bertram die Zwillinge vom Kutschbock, auf den sie mühsam hinaufgekrochen waren. Die beiden Mädchen wirkten noch gespenstischer, weil ihre Haut durch den fortwährenden Aufenthalt unter der Plane trotz der Sonne kalkweiß schimmerte, als seien sie gebleicht worden. Sie hatten sich allerdings Tücher um die Oberkörper gebunden, um nicht ganz nackt aufzutreten. Man sah ihnen an, wie schwer es ihnen fiel, sie nicht einfach herunterzureißen und in gottgefälliger Nacktheit herumzulaufen, wie sie es sonst auch taten.

»Ihr … Ihr habt nicht gesagt … ich meine … was sind das …«, stotterte Triebl, ohne auch nur einen verständlichen Satz zustande zu bringen.

»Das sind Menschen wie Ihr und ich. Sie mögen etwas ungewöhnlich aussehen, aber es schlägt ein ebenso warmes Herz in ihrer wie in Eurer Brust. Gottes Wunsch war es, auch diese … diese Menschen in unsere Welt zu setzen. Also sollten wir seinen Geschöpfen mit derselben Ehrerbietung entgegentreten wie jeglichem anderen Schöpfungswerk des Herrn.« Damit war für Federmann alles gesagt.

Für die Bergleute war der Schreck jedoch keineswegs überwunden. Sie standen reglos da wie eine massive Mauer der Ablehnung.

»Sie bringen Unglück«, blaffte ihnen jemand aus der Masse entgegen, ohne dass Federmann eine einzelne Person ausmachen konnte. »Niemals kommen sie mit uns!«

Federmann zog sofort sein Schwert. »Wer hat das gesagt? Wer will sich mit mir messen?«

Man sah den Gesichtern der Männer und Frauen an, dass sie am liebsten auf die merkwürdigen Kreaturen losgestürmt wären. Doch sie wagten nicht, gegen seine Entschlossenheit aufzubegehren.

Triebl versuchte die Unruhe zu beschwichtigen. »Wenn Ihr mit ihnen unterwegs wart, dann sollen sie uns willkommen sein. Ihr müsst verstehen, dass manche von uns … wie soll ich sagen … noch niemals ähnliche … Verwachsungen gesehen haben. Bitte tretet in das Rund und esst mit uns.«

Als sie sich um das Feuer in der Mitte setzten, bemerkte Federmann, dass die Frauen langsam verschwanden. Sofort griff er nach seinem Schwert und blickte wachsam in die Runde.

»Ihr könnt beruhigt sein«, sagte der Wortführer der Bergmänner. »Solange ich das Sagen habe, wird Euch und Euren … Geschöpfen nichts widerfahren.« Er räusperte sich und wiederholte diesen Satz noch einmal laut in die Runde. Federmann glaubte ihm. Vorerst.

3. KAPITEL

Fünfundfünfzig Tage nach ihrem Aufbruch in Lyon stiegen die Mauern Sevillas vor ihnen aus der verdorrten Landschaft auf und bildeten vorerst die letzte Grenze.
»Wir sind da!«, verkündete Federmann, als er diesmal die Plane zurückschlug und ins Wageninnere der Truppe schaute. »Sevilla liegt direkt vor uns.«
Er ließ den gesamten Tross halten. Triebl ritt an seine Seite, bedeckte seine Augen mit der Hand und pfiff durch die Zähne. »Eine beeindruckende Stadt, errichtet wie eine Wolke auf dem Sand der Sierra.«
»Da sind Hemmler und Schindler!«, rief Jakob und deutete mit ausgestreckter Hand voraus. »Sie reiten, als sei der Teufel hinter ihnen her!«
Federmann schützte die Augen vor dem grellen Licht der Sonne, die von einem erbarmungslosen weißen Himmel stach. Tatsächlich kamen seine beiden Boten aus Sevilla zurück. Er hatte sie vorgeschickt, um in Sevilla mit Mattheis und Georg zu sprechen und sie beim Welser-Faktor anzukündigen. Die beiden Reiter wirbelten Wolken des rötlichen Staubs auf, der sie wochenlang begleitet und jeden Flecken ihrer Kleidung mit brauner Farbe getönt hatte.
»Sie werden sich noch den Hals brechen«, murrte Triebl. Mittlerweile konnte Federmann den an der Unstrut in Sachsen geborenen Steiger einschätzen. Zwar kommentierte er alles und jedes und maulte in einem fort, doch man konnte sich auf sein Wort verlassen. Er hatte einen aufrichtigen Charakter, war durchschaubar in seinen Launen und vor allem darauf bedacht, dass seine Männer und Frauen, sein »Gscherr«, wie er sagte, nicht übers Ohr gehauen wurden. Dazu war er ungemein fleißig. Jeden Tag durchsuchte er die Gegend nach abbaubarem Gestein und hielt Ausschau nach einem möglichen Gewinn, und mochte er noch so klein sein.

Je näher die beiden Reiter kamen, desto besorgter blickte Federmann ihnen entgegen.
»Sie scheinen keine guten Nachrichten mitzubringen«, murmelte er. Im Stillen verfluchte er die Langsamkeit, mit der sie über die Straßen des spanischen Königreichs gezogen waren. Die vielen Wagen hatten sie aufgehalten. Aber ohne die Wagenkolonne wären sie nicht bis hierher gelangt, sondern hätten wahrscheinlich in irgendeinem der Autodafés auf dem Weg Feuer gefangen.
»Warum ziehen wir nicht einfach weiter bis Sanlúcar?« Die Frage kam von Jakob, der sich neben die beiden Pferde gestellt hatte.
Federmann schaute in Jakobs Gesicht, das in den letzten Wochen schmaler geworden war und dunkler. Die Sonne der Iberischen Halbinsel hatte ihm die Haut tief gebräunt, anders als bei Georg, dessen blondes Haar gebleicht und dessen helle Haut gerötet worden waren, als wehrten sich beide gegen die Sonne.
»Weil wir von hier Geld mitnehmen müssen. Weil wir Instruktionen brauchen und weil hier der Mann lebt, von dem wir all das bekommen. Außerdem wird er uns begleiten!«
Triebl drängte sein Pferd noch dichter an das Federmanns heran. Ihre Unterschenkel berührten sich. »Wer wird uns begleiten?«
»Der Faktor hier in Sevilla, Ulrich Ehinger.«
Federmann gab seinem Tier die Sporen und trabte den Reitern entgegen. Er wollte sich nicht weiter auf Gespräche einlassen, bevor er nicht gehört hatte, was ihm seine Männer zu sagen hatten.

Hinter ihm setzte sich der Tross in Bewegung, Bertram und der Wagen der Schausteller voran. Der Schaustellerkarren verbarg den Zwerg, die Vixen, die Wolfsfrau und natürlich Mayana. Federmann hatte ihnen nach dem Vorfall in der Wagenburg der Bergleute ein letztes Mal eingeschärft, sich nicht zu rühren, damit sie so wenig Aufmerksamkeit wie möglich erregten. Auf einem der ehemals maurischen Basare auf dem Weg hierher hatte er ihnen lange arabische Gewänder besorgt, unter denen sie sich vor den Blicken verbergen konnten – denn schnell hatten sie festgestellt, dass ihnen weniger die Straßen oder die Hitze zu schaffen machten als die Inquisition im Lande und mit ihr einhergehend die Furcht der Menschen vor allem, was sich auch nur irgendwie von ihnen unterschied. Scheiterhaufen waren so schnell zusammengetragen, dass man sich nur staunend wundern konnte. Und die Kirche schürte die Feuer mit, wenn sie sie auch nicht eigenhändig legte. Sie erst schuf diese Angst und Unsicherheit, was für Federmann nicht weniger bedrückend war. Dreimal hatten sie in großem Bogen Läuterungsfeuer umgangen, in denen sogenannte Ketzer aller Art und jeden Alters im Namen des Allmächtigen brannten.

Die beiden Reiter hielten direkt auf sie zu. Im gestreckten Galopp verlangten sie den Pferden das Letzte ab. Weißer Schaum troff von den Mäulern der Gäule.

Schindler erreichte sie als Erster.

»Habt Ihr Mattheis und Georg gesprochen?«, rief ihnen Federmann entgegen.

»Wir können die Stadt nicht betreten!«, warnte Schindler noch ganz außer Atem.

Nun war auch Hemmler heran und ergänzte: »Mattheis hat uns sagen lassen, der Spanier, dieser Almaviva, sitze in der Faktorei und habe sich ausgebreitet wie eine Infektion. Er muss uns überholt haben.«

Wundern konnte sich Federmann nicht darüber, schließlich waren sie kaum schneller als eine Schnecke vorangekommen. Wäre er allein gewesen, hätte er Sevilla sicherlich drei Wochen früher erreicht. »Wir müssen dennoch hinein, koste es, was es wolle. Wenn wir nach Klein-Venedig wollen, müssen wir es wagen.«

Federmann atmete tief ein. In der Luft lag eine ungewöhnliche Mischung, die nach Holzkohlefeuer und Metall roch und schmeckte. Wie er wusste, trafen beinahe täglich aus Peru und Mexiko Galeonen ein und brachten dem Königshaus flussaufwärts das, was einstmals im Scherz das feste Blut Spaniens genannt worden war – Gold! Unmengen von Gold, das in der Stadt eingeschmolzen und zu Barren gegossen wurde. In schier endlosen, schwerstbewaffneten Kolonnen wurde es an den Königshof nach Madrid gekarrt.

Federmann blickte hinüber zur Stadt, deren weiß gekalkte Mauern fast mit dem gleißenden Weiß des Himmels verschmolzen. Dahinter, auf den Straßen des neu errichteten, von den Mauren zurückeroberten Reiches, pulste das Gold wie das Blut im Körper eines Lebenden. Hinter diesen Mauern lärmte das Leben.

»Habt Ihr die Nachricht weitergegeben? Wird das Schiff ausgerüstet?«

»Wir können in allerspätestens zwei Wochen auslaufen. Die Bergleute sollen nach Sanlúcar. Aber wir treffen hier auch spanische Söldner.«

»Söldner? Spanier?«

Hemmler nickte. »Bestimmt für Klein-Venedig!«

»Wir sollen Spanier mitnehmen?«

Hemmler nickte wieder mit düsterer Miene. »Sie erwarten uns hier. Über hundert Mann. Angeführt von ...«

Er brach ab, doch Federmann wusste sofort, wer gemeint war. »Almaviva!«, stöhnte er. »Verflucht.«

Triebl blickte Federmann ernst an. »Wir müssen nach Sevilla hinein. Egal, wie sehr Ihr die Begegnung mit diesem Almaviva fürchtet, den ich nicht kenne. Wir jedenfalls sind Bartholomäus Welser verpflichtet, nicht irgendeinem dahergelaufenen Spanier.«

Federmann sah zur Stadt hinüber. Das Kalkweiß der Mauer schimmerte beinahe golden, so grell brach sich darin die Sonne. Wie schmutzige Flecken durchbrachen die Tore die Befestigung, und wie Dreckspritzer, die sich über den rötlichen Sand verteilten, erschienen ihm die Menschen, die unablässig aus- und einströmten.

»Wir gehen zu dritt hinein. Hemmler, Triebl und ich. Schindler und Mattheis bleiben mit Bertram beim Tross und fahren mit ihm voraus nach Sanlúcar.« Er wandte sich direkt an Schindler. »Du lagerst außerhalb der Stadt. Seid vorsichtig in Sanlúcar. Die Schausteller werden euch begleiten.«

»Die Bergleute werden unter keinen Umständen ohne mich nach Sanlúcar weiterreisen«, protestierte der Steiger.

Federmann sah noch, wie Schindler und der dürre Hemmler die Köpfe senkten, weil sie wussten, was jetzt geschehen würde, dann schloss er die Augen. Was er auf den Tod nicht ausstehen konnte, war, wenn sich in seiner Truppe Männer seinen Befehlen widersetzten. Und das auch noch lautstark. Er presste die Lippen aufeinander und biss von innen darauf, bis der erste Zorn verraucht war. Seine Wut war dennoch ausreichend genug, dass es aus ihm herausplatzte wie eine Eruption.

»Sucht Euch noch einen Mann aus, den Ihr mit in die Stadt nehmen wollt, Triebl. Der Rest fährt, ob er will oder nicht! Wir sind sonst nicht schnell genug. Oder wollt Ihr noch ein halbes Jahr hier in Spanien verbringen, bevor die nächsten Schiffe nach Klein-Venedig auslaufen?« Sein entschlossenes Auftreten ließ keinen Widerspruch zu.

Triebl maulte noch, dass sich hier schon ein Despotismus zeige, der unangebracht sei, und dass er hoffe, in Klein-Venedig werde sich das nicht auswachsen.

»Triebl!«, zischte Federmann. »Wenn Ihr nicht Euer Mundwerk haltet, werdet Ihr Mayana und die anderen begleiten, und zwar ohne Widerspruch und ohne Zögern, weil ich es Euch befohlen habe.« Die letzten Worte betonte er nachdrücklich. »Wenn Ihr das nämlich nicht tut, werde ich Euch auf der Stelle niederstechen, weil Ihr gegen meine Anweisungen verstoßen habt. Merkt Euch das.« Federmann musste nach diesem Ausbruch tief durchatmen, dann wandte er sich an die Männer, die weiterziehen sollten. »In einer Woche treffen auch wir in Sanlúcar ein. So lange haltet Euch von der Stadt fern und fallt nicht auf!«

Der Wortführer der Bergleute hatte Federmann so noch nie erlebt und fügte sich. »Ich brauche niemanden und gebe …«, er räusperte sich, »… gebe Euren Befehl weiter.«

Die Plane des Schaustellerkarrens war während des Wortwechsels zurückgeschlagen worden, und in dem schmalen Spalt war

Mayanas Gesicht aufgetaucht. Sie hatte einen Schleier umgelegt, der nur ihre Augen frei ließ. Sicherlich hatte sie mitgehört und sah ihn jetzt an mit einem Blick aus tiefschwarzen Augen, als wolle sie ihn mit aller Gewalt zurückhalten. Federmann konnte in diesen Augen etwas glimmen sehen, was auch in ihm glomm. Sie würde ihm fehlen. Sie fehlte ihm bereits jetzt. Doch war jetzt nicht die Zeit für Gefühle.

Federmann nahm sein Pferd am kurzen Zügel, sodass es zu stampfen begann, behielt dabei Mayana aber weiter im Auge und sagte laut: »Schindler, Mattheis, sollte einer nicht gehorchen, stecht ihn nieder!«

Darauf gab Federmann Mayanas Blick frei und seinem Pferd die Sporen. Er ritt los, gefolgt von seinen Männern und Triebl. Stumm ging es auf die Stadt zu. Er drehte sich nicht noch einmal um, obwohl ihn der Blick des Mädchens verfolgte.

Sevilla, das war lärmendes Leben unter einem erbarmungslos weißen Himmel. Je näher sie kamen, desto größer wurde das Stimmengewirr, desto lauter die Stadt. Nach den einsamen Wochen auf den Straßen Spaniens überfielen sie die Geräusche der Straße geradezu. Hinzu kam der Gestank. Federmann roch das brackige Wasser des Guadalquivir und schaute auf die strahlend weißen Mauern der Häuser, die in ihrer Reinheit einen scharfen Gegensatz zu dem Fluss bildeten. Als hätte der Himmel hier mitgemalt oder wäre zumindest das Vorbild dafür gewesen. Doch hinter dem optischen Paradies empfing sie eine Kloake.

Eine kurze Prüfung des Welser'schen Begleitschreibens und die Begleichung des Torzolls waren die einzigen Hindernisse an der Stadtmauer. Dann waren sie in der Stadt. Hemmler ritt die sich schlangenartig windenden Gassen zur Faktorei voraus. Federmann hatte keinen Blick für die endlosen Menschenkolonnen, die sich durch das Labyrinth der engen Gassen schoben. Ihn beschäftigte vielmehr die Begegnung mit Almaviva. Würde der sie tatsächlich als Befehlshaber über die spanischen Soldaten begleiten? Die Straße war gesäumt von palastartigen Gebäuden, die ihre maurische Vergangenheit nicht leugnen konnten: Fenster mit einer überbordenden Ornamentik, hölzerne Gitter, deren Schnitzwerk ein kleines Wunder war, Zugänge mit in Spitzen endenden Schwüngen. Manchmal gaben die Tore den Blick frei auf marmorgepflasterte Hinterhöfe mit roten und gelben Wandmalereien und Mosaiken, die im Schatten der Hauswände lagen. Überall gab es Holzschnitzereien und durchbrochene, ineinander geflochtene Gitter. Die Enge wechselte sich mit weitläufigen Plätzen ab, und ihr Weg endete schließlich vor einem Haus, das so unscheinbar wirkte, als wäre es zufällig zwischen die mächtigen Gebäude links und rechts davon gerutscht.

Ein hölzernes, zweiflügeliges Tor öffnete sich hin zu einem beinahe finsteren Durchgang zu einem Hinterhof. Das bellende Schreien von Fuhrleuten, das Federmann gut kannte, drang daraus hervor. Unter den zurückgesetzten Arkaden stapelten sich Waren bis zur Decke. Im Hof selbst standen vier Karren, die gerade beladen wurden. Inmitten des Wirrwarrs aus Ballen und Öltuch, Pferden und Karren, Händen, Armen und Beinen, die hier zogen, dort hielten und an anderer Stelle zerrten, dirigierte ein Mann die Arbeitenden. Trotz des scheinbaren Durcheinanders machte alles einen sehr geordneten Eindruck, und Federmann wusste, wer sich die Zeit nähme und länger zusähe, würde feststellen, wie rasch aus dem Chaos um ihn herum eine Ordnung erwachsen würde.

Hemmler berührte Federmanns Arm. »Ulrich Ehinger. Der angenehmere der beiden Brüder«, flüsterte er und zeigte mit einer Kopfbewegung auf den Mann in der Mitte. »Ambrosius wirst du in Klein-Venedig noch kennenlernen.«

Der Bezeichnete war höchstens Mitte zwanzig und damit nur wenig älter als Federmann. Erst kurze Zeit zuvor hatte ihm Bartholomäus Welser die Faktorei in Sevilla übergeben. Das durfte kaum ein halbes Jahr her sein.

Federmann straffte sich, stieg vom Pferd, reichte Hemmler die Zügel und betrat den Durchgang zum Innenhof. Doch unvermittelt blieb er stehen – er hatte das Gefühl, nicht mehr allein zu sein. Er stand am Rande des Innenhofs, noch von der Schwärze des Durchgangs verdeckt. Es dauerte eine ganze Weile, bis sich seine Augen an die Abwesenheit des grellen Tageslichts gewöhnt hatten.

»Wer ist da?«, flüsterte er.

Ein hustendes Lachen antwortete ihm. »Señor Federmann, endlich in Sevilla. Beinahe wären die Schiffe ohne Euch abgefahren.«

»Almaviva!«, entfuhr es dem Ulmer.

Langsam schälte sich die Gestalt des spanischen Granden aus dem Dunkel. Er lehnte in einer Türöffnung, die rechte Hand auf den Griff seines Schwertes gestützt, die Stirn unter seinem breitkrempigen Hut verborgen, auf dem die zwei weißen Straußenfedern wippten.

»Nicht jeder ist so schnell bei der Sache wie Ihr!«, entgegnete Federmann.

Der Spanier sah aus, als hätte er wochenlang nicht geschlafen. Seit Federmann ihn zuletzt gesehen hatte, hatten sich seine Augen mit roten Ringen umrandet, und die Haut war fahl geworden wie die einer Zwiebel. Doch die ganze Körperspannung des Spaniers signalisierte Federmann eine unterdrückte Wut und Angriffslust. Ob Almaviva wusste, dass er ihm Mayana abgejagt hatte? Die Antwort kam sofort.

»Ich gestehe, ich hatte Euch unterschätzt, und ich hoffe, Ihr habt meinen Besitz … sicher hierher gebracht!«

Federmanns Hand zuckte an den Griff seines Schwertes. Doch der Spanier war schneller. Mit einer einzigen fließenden Bewegung hielt er seine eigene Waffe in der Hand. Er hätte nur noch zustoßen müssen.

»Aber nicht doch, Señores! Wenn das nicht Nicolaus Federmann aus Ulm ist! Euer Bart und das Rot Eures Haars verraten Euch allzu leicht!« Mit ausgebreiteten Armen trat Ulrich Ehinger zwischen sie. Ehinger drehte dem spanischen Granden den Rücken zu und stellte sich so schützend vor den Feldhauptmann. »Sicher in Sevilla angekommen?«, plauderte er los, ganz zwanglos, als würde er das gezogene Schwert gar nicht bemerken. So gab er dem Spanier Gelegenheit, es zurückzustecken, ohne das Gesicht dabei zu verlieren. »Eure Männer haben mir berichtet, dass Ihr eintreffen werdet. Die Schiffe werden bereits beladen.« Er fasste Federmann an der Schulter und zog ihn in den Innenhof. »Es freut mich, Euch hier zu sehen. Es ist lange her, dass Ihr einen Transport hierher begleitet habt.«

Aus dem Augenwinkel nahm Federmann wahr, wie sich hinter ihnen zwei Söldner mit Hellebarden postierten und so den Rücken des Welser-Faktors schützten. Ulrich Ehinger schien den Spanier gar nicht zu beachten. »Ihr macht Euch schneller Feinde, als Ihr ›Gott zum Gruße‹ sagen könnt. Welche Händel verbinden Euch mit Almaviva?« Er lachte dabei, als habe er einen Scherz gemacht. Doch seine Augen sagten Federmann, dass ihm keineswegs zum Scherzen zumute war.

Der Ulmer blieb jedoch stumm.

»Nun, es geht mich nichts an. Vorerst nicht, Federmann, vorerst. Kommt weg vom Hof, wir müssen …« Den letzten Satz ließ er offen. Sie traten durch eine Tür und stiegen über eine schmale und steile Treppe in den ersten Stock hinauf, der Welser-Faktor voraus. »Reden wir übers Geschäft. Ihr wisst, der Kaiser erwartet, dass unsere Herren, die Welser, das Lehen Klein-Venedig ausbauen und bewirtschaften. Wir haben die Verpflichtung, innerhalb von vier Jahren viertausend Sklaven nach Venezuela zu liefern und das Lehen unseres Herrn durch Siedler zu bevölkern und urbar zu machen.«

Federmann nickte.

»Ihr werdet also eine Mannschaft deutscher Bergknappen mitnehmen und sie zu meinem Bruder nach Neu-Augsburg bringen.«

»Ich bin ihnen begegnet. Bartholomäus Welser sprach von dreißig Bergknappen. Es sind jetzt wegen Krankheit und Erschöpfung nur noch vierundzwanzig. Ihr wollt schürfen? Wonach? Gold?« Federmann versuchte so beiläufig wie möglich zu klingen, doch Ehinger fuhr sofort auf, als wäre er beleidigt worden.

»Das Wort ist für den König reserviert, oder vielmehr für seine Beamten. Verwendet es hier in Sevilla nicht unbedacht, wenn Ihr nicht in Verdacht der Untreue und der Steuerhintergehung kommen wollt. Daraus wird hier schnell ein Strick – oder zumindest ein paar Monate Kerker. Wir suchen Erz, Federmann, mehr nicht – und haben mit den eigenmächtigen Unternehmungen meines Bruders in Klein-Venedig ohnehin Ärger genug. Er sucht nämlich Gold.« Ehinger seufzte. »Ohne Erlaubnis des Königs.«

»Also gut, Erzabbau. Kupfer, Silber vielleicht«, warf Federmann ein. »Aber warum nur vierundzwanzig Knappen? Warum nicht hundertvierundzwanzig?«

»Weil das Schiff bereits vollgestopft ist mit Mannschaft: hundertdreiundzwanzig Spanier. Allesamt Haudegen vom Schlag eines Almaviva. Ich möchte nicht wissen, wie viele spanische Kerker hier geöffnet worden sind, um diese Kerle zu Soldaten zu machen und ihnen dann die Freiheit zu schenken, damit wir sie nach Klein-Venedig bringen. Übles Gesindel, aber auch einige rechtschaffene Männer darunter.«

Auf einem aus beinahe schwarzem Holz gezimmerten Tisch standen zwei Becher, denen der Duft eines starken Weins entströmte. Der Faktor griff danach, ließ Federmann einen davon wählen und sah dem Hauptmann scharf in die Augen. »Ihr wisst hoffentlich, dass Almaviva diese Männer befehligt? Sie stehen zwar offiziell unter Eurem Kommando, Ihr seid deren Feldhauptmann, aber das ist so viel wert wie Eure Spanischkenntnisse: nämlich nichts. Ihr solltet Euch mit Almaviva vertragen.«

Er hob seinen Becher und setzte ihn an die Lippen. Dabei ließ er den Hauptmann nicht aus den Augen.

»Das Schiff scheint also voll zu sein. Hundertfünfzig Männer ...«, rechnete der Ulmer.

»… und sechs Pferde. Dazu Schweine, Hühner, Ziegen … die Ratten nicht zu vergessen.« Ehinger grinste. »Eine kleine Arche Noah, wenn man so will.«

Wieder trank er. Auch diesmal ließ er den Ulmer nicht aus den Augen. Federmann war es, als lese der Mann in seinen Gedanken wie in den eigenen.

»Schlagt Euch aus dem Kopf, auch nur einen Mann dieser kleinen spanischen Armee zurückzulassen. Der Kaiser wünscht, dass seine Untertanen gehorchen. Wir sind froh, nur hundertdreiundzwanzig Soldaten transportieren, verpflegen und versorgen zu müssen. Die letzte Galeone, die auslief, hatte über dreihundert Mann an Bord. Ein reines Verlustgeschäft, sage ich Euch.« Der Welser-Faktor zögerte kurz, dann setzte er hinzu: »Wie viele zusätzliche Plätze braucht Ihr auf dem Schiff?«

»Dreißig!«, erwiderte Federmann, ohne zu zögern.

»Dreißig? Schlagt Euch das aus dem Kopf. Fünf! Mehr kann ich Euch nicht besorgen, Federmann. Das sind ohnehin schon zu viele.« Der Welser feilschte.

»Ich brauche dreißig und keine Koje weniger. Ansonsten kehre ich nach Augsburg zurück.« Federmann drehte sich einfach zur Treppe um und wollte wieder hinuntersteigen, als Ehinger einlenkte. »Also gut, dreißig Plätze. Sie werden jedoch insgesamt eng liegen!«

»Es sind Frauen dabei!«, konterte Federmann.

Ehinger wäre beinahe der Becher aus der Hand gerutscht. Er konnte gerade noch nachgreifen, doch der Wein schwappte über den Rand und färbte Ehingers Ärmel leicht gelblich. Obwohl sofort ein Diener herbeigeeilt kam, um Rock und Hemd zu säubern, blieb beides schmutzig. »Verflucht, Federmann! Ihr wisst, wie Matrosen darüber denken. Dann die hundertdreiundzwanzig wild gewordenen Soldaten mit Katzbalgern am Gürtel und Luft im Hirn. Wollt Ihr Euch unglücklich machen?«

Federmann zuckte nur mit den Schultern. »Kann Euch das nicht egal sein? Die Bergleute wollen ihre Familien mitnehmen. Entweder kommen Frauen und Kinder mit, oder die Männer bleiben hier.«

Ehinger wiegte den Kopf hin und her. »Das sind schwerwiegende Entscheidungen. Es ist für mich nicht ganz egal, weil ich Euch begleiten werde. Bis Santo Domingo.« Bevor Federmann antworten konnte, hob der Faktor die Hand. »Ich muss die Fortschritte in unserer dortigen Faktorei selbst sehen. Das Lehen wirft noch zu wenig Gewinn ab. Bartholomäus Welser ist verständlicherweise mehr als unzufrieden. Nur Farbholz und Guajak, das ist herzlich wenig.«

Während seiner Rede war er an das Treppengeländer zum Innenhof der Welser-Niederlassung getreten und hatte sich angelehnt. Jetzt drehte er sich um und schüttete mit einem Ruck seinen ganzen Becher Wein über das Geländer nach unten. Federmann hörte, wie jemand überrascht fluchte, dann hörte man eine Person die Holzdielen des Durchgangs entlanghasten und aus dem Haus flüchten. Der Faktor schien befriedigt zu sein. »Diese Spanier haben Ihre Augen und Ohren überall.«

Dann nahm er Federmann beim Arm und führte ihn nach nebenan. Dort wartete ein gedeckter Tisch auf sie beide. »Versöhnt Euch mit Almaviva, Federmann. Er wird uns begleiten. Aber esst zuvor etwas. Mit einem vollen Magen sind selbst die Spanier erträglich.« Er lachte lautstark, aber nicht freiheraus.

4. KAPITEL

Nach vier Tagen roch Mayana das Wasser, bevor sie es sehen konnte. Nichts duftete so unverwechselbar wie das Meer. Und was sie am meisten verblüffte, war, dass beide Küsten gleich rochen: diese hier, die bald hinter den Hügeln auftauchen musste, und die ihre, von der sie verschleppt worden war. Das Meer roch immer nach Meer.

Sie lief neben dem Karren her, gehüllt in ein orientalisches Gewand, das sie von Kopf bis Fuß bedeckte. Sie hatte die Wickeltechnik von den Araberinnen abgeschaut, die ihnen auf dem Weg nach Sanlúcar vereinzelt begegnet waren. Blauauge hatte ihr noch erklärt, dass vor nicht allzu langer Zeit die Araber aus Spanien vertrieben worden waren, weil sie einem anderen Glauben anhingen. Zwar hatte sie nicht verstanden, worin der Unterschied zwischen den beiden Religionen lag, da sowohl die Christen als auch die Araber an einen einzigen Gott glaubten und beide eine Art Buch hatten, in denen ihr Gott ihnen vorschrieb, wie sie zu leben und zu handeln hatten, doch so viel hatte sie begriffen, dass beide Religionen das Töten erlaubten und ihre Anhänger auch noch dafür lobten. Mit der Eroberung Granadas sei Spanien wieder in die Hände der Allerchristlichsten Majestäten gelangt, hatte ihr Blauauge erzählt, und doch waren sie weiter Arabern begegnet. Sie seien nützlich für den Handel, hatte Blauauge hinzugefügt.

Mayana war froh, sich dank ihres Gewandes endlich wieder außerhalb des Karrens bewegen zu können, was ihr guttat und sie kräftigte. Sie kamen nur langsam voran, noch langsamer als zuvor, denn die Bergleute zögerten die Fahrt hinaus. Einige Kinder waren krank, und die Ehefrauen murrten wegen der Anstrengungen ihrer langen Reise. Jetzt, da Federmann nicht mehr bei ihnen war, wollten sie sich nicht hetzen lassen. Das Schiff würde ohnehin nicht ohne sie ablegen. Da kam es ihrer Meinung nach auf ein oder zwei zusätzliche Tage nicht an.

»Prinzessin!«, raunte es aus dem Karren heraus. »Prinzessin!«

»Wen meinen?«, fragte Mayana erst unsicher. Narses nannte sie sonst nie so.

»Dreh dich nicht um, Prinzessin. Etwa eine halbe Meile hinter uns folgt uns seit Sevilla ein Reiter. Das ist eindeutig keiner der Männer von Ehinger.«

»Kann es nicht zufällig sein, dass er …«, warf die Wolfsfrau dazwischen. Sie war hinter der Plane nicht zu sehen, Mayana konnte sie nur hören. Die Wolfsfrau trug ihr weites Gewand nur ungern. Es war ihr zu warm.

»Nein«, antwortete Narses. Seine Überheblichkeit war manchmal unausstehlich. »Wenn es ein normaler Reisender wäre, müsste er uns irgendwann einholen. Mit dem Pferd ist er erheblich schneller als wir. Aber er hält immer denselben Abstand.«

Niemand sagte etwas. Mayana dachte über die Situation nach. Seit Lyon hatten sie die Befürchtung, ihr Aussehen, ihre Besonderheiten könnten sie auf den Scheiterhaufen bringen. Womöglich war auf irgendeinem Weg durchgesickert, wer sie tatsächlich waren. Die Bergleute redeten gern, wenn sie auch kein Spanisch sprachen. Aber rund um die Städte und auf den Wegen begegneten sie erstaunlich vielen Menschen, die ihre Sprache sprachen.

Mayana wechselte auf die andere Seite des Karrens. Sie spähte die Umgebung aus. Die Hügellandschaft mit spärlichem Grün, das sich jetzt meist in ein rötliches Braun verfärbt hatte, bot kaum Deckung. Erst nach gut einer halben Stunde erreichten sie einen Hügel, der ihr für ihre Zwecke geeignet erschien, nachdem sich das Meer noch immer nicht zeigte. Mayana duckte sich und huschte in den Schatten einiger Büsche, wo sie sich niederkauerte. Wenn sie einigermaßen recht behielt, war sie unter ihrem erdfarbenen Umhang beinahe unsichtbar. Sie musste einfach wissen, wer sie da verfolgte.

Mayana kauerte sich zusammen und wartete. Das Warten selbst fiel ihr leicht. Sie hatte gelernt, stundenlang reglos irgendwo zu sitzen und auf Fische oder andere Beute zu warten. Zwar war sie keine Jägerin, doch selbst Frauen waren geschickt darin, im Dschungel zu verschwinden, wenn es nötig wurde. Mit der Umgebung zu verschmelzen, damit der Jaguar sie nicht sah, gehörte zu den Gewandtheiten, die notwendig waren, wenn man überleben wollte. So saß sie und wartete, wartete auf das Klappern der Hufe.

»Verflucht, was tust du hier?«, zischte es plötzlich neben ihr. Mayana erschrak. Sie hatte die Wolfsfrau nicht kommen hören, obwohl doch die Menschen in diesem Teil der Welt für gewöhnlich trampelten wie die Tapire durchs Unterholz. Sie war zu nachlässig und unaufmerksam geworden.

»Warten. Verfolger!«, stotterte Mayana.

Ihr Herz schlug wie wild. Jetzt war sie völlig wach – kein Gedanke mehr daran, ins Grübeln und Sinnieren zu verfallen, sich zurückzudenken in die Vergangenheit.

»Ich warte mit dir!«, bestimmte die Wolfsfrau. Der Ton in ihrer Stimme ließ keinen Widerspruch zu, und Mayana war es lieber, wenn sie nicht allein hier herumsitzen musste. So saßen sie eine ganze Zeit.

Plötzlich stieß die Wolfsfrau Mayana an. »Hier. Das wollte ich dir schon lange zurückgeben. Ein wenig davon haben wir verbraucht, damit du uns nicht wegstirbst. Der Rest … es ist noch genügend drin.« Sie reichte Mayana einen länglichen Lederbeutel aus weichstem Leder. Oben war er mit einem Bändel verschnürt. Auf einer Seite war er dunkel vor Feuchtigkeit. Offenbar hatte die Wolfsfrau ihn zwischen den Brüsten getragen. »Ich wollte ihn dir nicht vor aller Augen aushändigen.«

Mayana stieg für einen Moment ein Kloß in den Hals, und sie wusste nicht, was sie darauf sagen sollte. Sie nahm den Beutel in die Hand und umschloss ihn vorsichtig. Tatsächlich hatte die Wolfsfrau nur ein oder zwei der Körner herausgenommen und damit ihren Gasthof während der Gesundung bezahlt. Es war noch genügend übrig geblieben, um damit die Überfahrt bestreiten zu können.

»Danke!«, flüsterte sie und konnte ein Zittern in der Stimme nicht verhindern.
Mayana streifte den Lederriemen über den Kopf und stopfte das Säckchen unter ihre Kleidung, als sie mitten in ihrer Bewegung innehielt. Der Reiter war da.
Wieder hatte sie ihn nicht gehört. Erst das Wiehern des Pferdes ließ sie aufhorchen und sofort erstarren. Der Mann verhielt sein Ross und spähte umher. Offenbar handelte es sich nicht um ein gewöhnliches Pferd, da es seinen Reiter gewarnt hatte. Ebenso deutlich wurde, dass es sich nicht um einen gewöhnlichen Reiter handelte, denn er zog sofort sein Rapier und sah um sich.
»Ruhig«, hauchte die Wolfsfrau. »Er weiß, dass wir hier sind.«
Mayana hatte ausreichend Zeit, den Mann zu betrachten. Er war älter als Blauauge, jedoch nicht allzu sehr. Sein Gesicht war mager, die Wangen eingefallen, als hätte er lange Hunger gelitten, was seinem Aussehen etwas Raubvogelartiges gab. Seine Augen stachen in die Umgebung, als durchdringe er damit Büsche und könne hinter die Steine schauen. Aufrecht saß er auf seinem Pferd, das er nur mit den Knien lenkte. In der rechten Hand lag sein Schwert, die linke hielt einen dieser Feuerknüppel, die mit lautem Getöse Verderben spuckten. Er trug einen schmalkrempigen, steifen Hut, ein grünes Schoßwams und darüber einen kurzen Mantel, der sich über der bunten Pluderhose bauschte. Hohe Stulpenstiefel bildeten den Abschluss.
»Soldat!«, sagte Mayana. Solche Reiter hatte sie zur Genüge gesehen, um sie auf hundert Fuß hin zu erkennen. Unter seinem Schoßwams trug der Mann sicherlich eine metallene Brünne, so steif, wie er auf dem Pferd saß.
»Mein Gott«, flüsterte die Wolfsfrau. »Warum folgt uns der Kerl?«
Mayana legte der Frau eine Hand auf den Unterarm. »Ruhig!«, flüsterte sie.
Der Fremde schien sich wieder beruhigt zu haben. Er steckte das Schwert zurück in die Scheide und schnalzte kurz mit der Zunge.

Der Rappe trabte an, schüttelte jedoch kurz den Kopf, als tue er das nur widerwillig.
»Tier klug!«, murmelte Mayana. Kaum hatte sich der Mann aus ihrem Blickfeld entfernt, stand sie auf. »Weg! Schnell! Mann uns gesehen. Kommt zurück!« Sie packte die Wolfsfrau und zerrte sie hoch. Die nickte nur kurz, hatte sich offenbar wieder in der Gewalt, und beide huschten sie über den Weg auf die andere Seite. Dort gab es weder Bäume noch Sträucher, sondern nur eine Mulde, in die sich Mayana legte und der Wolfsfrau bedeutete, dasselbe zu tun.
Keinen Augenblick zu früh, denn der Fremde preschte im gestreckten Galopp auf die Büsche zu, hinter denen sie sich verborgen gehalten hatten, und hieb mit seinem Rapier in das Unterholz.
»Das war knapp!«, murmelte die Wolfsfrau.
Der Reiter, offenbar über sein Misslingen verärgert, musterte erneut die Umgebung, diesmal weniger konzentriert. Er klopfte dem Pferd den Hals. »Du wirst alt, Brunellus!«, sagte er. »Ich hätte schwören können, dass sich hier ein paar Halunken verborgen halten.« Er steckte das Schwert wieder weg und zog die Zügel scharf an. »Wir müssen hinter den Schaustellern her. Ihre Fracht ist kostbar.«
Offenbar dachten sie beide dasselbe, denn die Wolfsfrau drückte Mayanas Unterarm so stark, dass diese beinahe aufgeschrien hätte. Irgendjemand in Sevilla musste sie verraten haben. Wer sonst hätte wissen können, wer in dem Wagen steckte. Ein flüchtiger Blick hätte allenfalls Bergleute entdeckt.
»Wir müssen die anderen warnen!«, rief die Wolfsfrau, doch Mayana wusste, dass dies kaum noch möglich war. Sie mussten unerkannt an dem Fremden vorbeikommen, was ohne Ortskenntnisse kaum möglich war. Dennoch nickte sie, und beide erhoben sich, um dem Fremden zu folgen.
Die Wagenspuren waren deutlich in den lockeren und völlig ausgetrockneten Boden eingegraben. Ein wenig fühlte sich Mayana

an die Jagd auf einen Tapir erinnert. Die Fürsten des Dschungels hinterließen gut sichtbare Pfade im Buschwerk des Unterholzes. Dennoch musste man auf der Hut sein, denn die Tiere galten als verschlagen und hinterlistig. Sie beschrieben Bögen und kreuzten gern ihren eigenen Pfad. Doch sie überquerten ihn nicht immer, sondern warteten darauf, ob sie verfolgt wurden. Mehr als einen Verwandten hatten die Jäger so verletzt von der Jagd ins Lager getragen. Angegriffen von einem auf dem eigenen Pfad lauernden Tapir. Mayana prüfte mit den Augen regelmäßig die Spuren am Boden. Dann blickte sie nach vorn und versuchte die feine Staubwolke zu entdecken, die der Reiter immerfort aufwirbelte. Plötzlich duckte sie sich und blieb in der Hocke. Mit einem Ruck zog sie die Wolfsfrau mit herunter. Der Staubschleier, der sonst in den weißen Himmel stieg, war verschwunden.

»Vorn. Böser Mann. Wartet! Weiter: nein!«

Sie suchte noch einmal den Horizont und die Ebene davor ab, aber sie entdeckte ihn nicht mehr. Der Reiter war demnach stehen geblieben. Das konnte nur bedeuten, dass er irgendwo dort vorne auf sie lauerte.

Die Wolfsfrau sah sie mit einem Gesichtsausdruck an, als würde sie an Mayanas Verstand zweifeln. Wie sollte sie ihr auch von ihren Ahnungen erzählen, von den Gefühlen, die sie packten, wenn sie ihre Umgebung beobachtete, von den Kleinigkeiten und winzigen Veränderungen, aus denen sie intuitiv ihre Schlüsse zog. Eine Eigenschaft ihres Volkes war es, Dinge und Ereignisse zu sehen, die für andere offenbar unsichtbar waren und blieben. Dabei lagen sie jedermann vor Augen. Man musste nur hinblicken. Mayana seufzte. Manchmal störte es sie, dass sie ihre Gedanken nicht in der Form auszusprechen vermochte, wie sie selbst es gerne gewünscht hätte. Sie deutete voraus, schüttelte den Kopf und wusste im selben Augenblick, dass die Wolfsfrau ihr nicht ein Wort glauben würde.

Auf der Suche nach einer Lösung spähte sie umher. Am Blickrand entdeckte sie ein schmales Hügelband, dessen Kamm kaum höher lag, als sie beide groß waren. Dennoch erhob er sich weit genug über die Ebene, um von dort aus den Weg überblicken zu können. Damit stand ihr Entschluss fest. Sie zog die Wolfsfrau von der Straße weg und lief gebückt, bis sie den Hügeldamm erreichte. Dahinter konnten sie sich wieder aufrichten.

Sie deutete auf ihre Augen, dann in die Richtung, in der sie den Mann vermutete. »Schauen!«, sagte sie nur. Sofort huschte sie weiter. Sie musste sich beeilen, bevor es sich der Fremde anders überlegte und weiterritt. Die Wolfsfrau kam ihr stumm hinterher.

Jetzt störten Mayana die orientalischen Gewänder, die weiten, flatternden Stoffe. Die von ihnen verursachten Geräusche ließen sich nicht vermeiden. Außerdem wirbelten sie den rötlichen Sand auf, der jetzt wie ein sanfter Schleier hinter ihnen in den Himmel stieg und sie eigentlich hätte verraten müssen. Doch Mayana vertraute darauf, dass der Fremde für solche Feinheiten kein Auge hatte.

Es dauerte nicht lange, dann hielt sie inne. Wenn ihr Gefühl sie nicht trog, und das tat es selten, mussten sie auf der Höhe einer kleinen Buschgruppe sein, die sie selbst für einen Hinterhalt gewählt hätte. Sie stieg wieder den Damm hinauf, bis sie leicht über die Kuppe hinwegschauen konnte. Am liebsten hätte sie laut gerufen und in die Hände geklatscht. Direkt vor ihnen, vielleicht sechshundert Fuß entfernt, kauerte der Fremde mit gezogenem Rapier hinter dem Stamm einer uralten Olive. Diese war auseinandergebrochen, und es waren mehrere breite Stammteile entstanden, hinter denen man sich gut verbergen konnte. Mayana deutete mit der Hand voraus. Der Rappe graste weiter entfernt auf der anderen Seite, sodass diejenigen, die ihn entdeckten, automatisch in die falsche Richtung blickten und den Angreifer im Rücken hatten.

Mayana fühlte die Hand der Wolfsfrau auf ihrem Oberarm, die anerkennend leicht zudrückte. Mayana allerdings interessierte der Fremde nicht mehr. Sie suchte nach einem Zeichen der Karren, die vor ihnen fahren mussten. Doch sie waren nicht zu sehen.

»Womöglich sind sie schon am Meer«, flüsterte die Wolfsfrau, die ihre Gedanken offenbar erraten hatte. Mayana nickte nur und wollte sich schon zum Gehen wenden, als ihr etwas auffiel: eine doppelte geteilte Staubfahne. Es kam ihnen jemand gegen den Wind entgegen.

Wieder ging sie in die Knie und bedeutete ihrer Begleiterin, sich niederzukauern. Es hätte ein harmloser Reisender sein können, doch daran glaubte Mayana nicht. Sie waren einen halben Tag auf der Straße unterwegs gewesen und niemandem begegnet. In diesem öden Teil Spaniens ging man nicht zu Fuß oder benutzte das Pferd. Man ließ sich den Guadalquivir hinabtreiben oder hinaufrudern.

Ein unbestimmtes Gefühl ließ sie am Platz verharren.

»Willst du nicht weiter? Wir müssen zum Karren. Wenn Bertram oder die Bergleute feststellen, dass wir fehlen, werden sie uns suchen.«

»Warten. Schauen!«, sagte Mayana jedoch nur und legte sich bäuchlings auf die Erde, sodass nur ihr Haarschopf über den Hügeldamm hinausragte und sie den Fremden beobachten konnte. Die Wolfsfrau tat es ihr gleich. Schon bald beanspruchten die Ereignisse vor ihr ihre ganze Aufmerksamkeit. Vier, fünf gepanzerte Reiter kamen den Weg in strengem Galopp entlang. Kaum hatte der Fremde sie gesehen, pfiff er nach dem Rappen, der sofort antrabte. Noch während der Soldat aufstieg, hielt einer der Reiter bei ihm und rief ihm etwas zu. Die Männer schienen sich zu kennen. Ohne langen Aufenthalt preschte der Trupp weiter. Die Männer schrien sich noch mehr zu, was Mayana nicht verstehen konnte.

Eine Staubwolke hüllte sie ein und versperrte die Sicht auf die Reiter. Die Wolfsfrau sah Mayana besorgt an. »Sie folgen den Wagen. Es sieht nicht so aus, als kämen sie mit friedlichen Absichten.«

5. KAPITEL

Die Zeit füllte sich mit verschiedensten Tätigkeiten wie eine Brunnenschale mit Wasser. Federmann hatte gedacht, seinem Trupp in spätestens zwei Tagen nach Sanlúcar folgen zu können, doch der Welser-Faktor hielt ihn in Sevilla fest. Ehinger nahm ihn überallhin mit, wollte ihn die Mühsal spüren lassen, mit der er es hier zu tun hatte: Gelder für kaiserliche Beamte mussten gezahlt werden, offiziell und unter der Hand. Zahllose Überprüfungen und Passierscheine, Briefe und Empfehlungsschreiben, Hausbesuche und das Warten in den Vorräumen der Paläste, die mitleidigen Blicke der Bediensteten und die kalten der spanischen Granden begannen den Ulmer langsam zu zermürben. Am ersten Tag begegnete er Almaviva noch zweimal, doch blieb eine Konfrontation aus. Dann war der Spanier plötzlich wie von der Bildfläche verschwunden. Federmann hatte jedoch keine Zeit, darüber nachzudenken, denn der Welser-Faktor hielt ihn auf Trab. Nach drei Tagen stellte sich der Ulmer erschöpft vor Ehinger hin und drohte ihm.

»Wenn Ihr mich nicht nach Sanlúcar lasst und auf das Schiff, dann kehre ich nach Augsburg zurück. Ich werde langsam verrückt, Ehinger.«

Der lachte nur spöttisch. »Sobald wir den Fuß nach Sanlúcar gesetzt haben, werdet Ihr Euch wünschen, hier in Sevilla geblieben zu sein.« Er kommentierte Federmanns hochgezogene Augenbrauen mit einem Kopfschütteln. »Fasst Euch. Noch einen Tag, und die letzten Formalitäten sind erledigt. Wir haben Bestellungen und Aufträge wie niemals zuvor.« Die Augen des Faktors glänzten. »Es spricht sich herum, dass wir nicht nur auf Gold aus sind, sondern tatsächlich Ware liefern.«

Federmann rümpfte die Nase und sagte spöttisch: »Nicht auf Gold aus! Ist es in Spanien wirklich eine Empfehlung, wenn man nur Handel treibt?«

Ehinger hatte die Eigenheit, Federmann am Ellenbogen zu fassen und dorthin zu dirigieren, wo er ihn haben wollte. Zuerst war dem Ulmer die Berührung unangenehm gewesen, doch mittlerweile hatte er sich daran gewöhnt. »Sie haben zu viele Schiffe und teure Mannschaften an Abenteurer verloren. Natürlich will jedermann Edelmetall in dieser Neuen Welt sammeln und hierher schaffen. Je mehr, desto lieber. Doch bislang ist dies nur einer Handvoll Konquistadoren tatsächlich gelungen.«

»Und deshalb interessiert sich das Haus Welser als solides schwäbisches Haus nicht für Gold und Silber?« Sein Tonfall sollte nicht ganz so spöttisch klingen, wie er es tatsächlich tat. Der Faktor musterte ihn kurz von oben bis unten. Er ließ Federmanns Arm nicht los, sondern hielt sich an ihm fest, als wolle er verhindern, dass sich der Ulmer entfernt.

»Genau deshalb, Federmann.« Mit einem bestimmten, nicht allzu festen Ruck zog er ihn näher zu sich heran. Ehinger war trotz oder vielleicht gerade wegen seiner etwas behäbigen Art ein angenehmer Gesprächspartner, der die Unterhaltung laufen lassen konnte und doch wie nebenbei alles von seinem Gegenüber erfuhr, was er wissen wollte.

»Mit Almaviva habt Ihr Euch ausgesprochen, Federmann?«

Am liebsten hätte Federmann über dieses Thema geschwiegen. »Wir haben uns … nicht einmal mehr gesehen«, antwortete er. »Der Spanier hat wohl das Weite gesucht.« Allerdings habe ich mir damit wohl einen unversöhnlichen Feind geschaffen, wollte er beinahe hinzusetzen, doch Ehinger schien seinen Gedankengang zu erraten.

»Ihr solltet es dennoch tun, Federmann. Das ist ein wertvoller Rat. Ihr müsst ihn ja nicht ins Herz schließen. Jeder spanische Grande empfindet es als Schmach, dass gerade Nichtspanier einen Landstrich wie Neu-Venedig ausbeuten dürfen. Er wird Euch deswegen, wenn die Gelegenheit günstig ist und er dafür nicht mit dem Strick büßen muss, das Rapier durchs Herz stoßen, glaubt mir.« Der Faktor lächelte schief in das verblüffte Gesicht Federmanns. »Seid also auf der Hut! Sie tun es ohne Vorwarnung.« Ehinger blickte in den Himmel und prüfte den Sonnenstand. »Es ist Zeit. Wir können zu unserer letzten Verabredung aufbrechen, mein Freund. Wenn wir erfolgreich sind, stechen wir in einer Woche in See.«

»Wohin geht es?«, fragte Federmann, doch der Welser-Faktor lächelte etwas gequält und schwieg.

»Ein Geheimnis«, flüsterte er nur und zog ihn noch etwas näher zu sich heran. »Geheimnisse hier in der Stadt sind ein wenig wie noch nicht zugestellte Todesurteile.« Er zwinkerte Federmann zu, doch der hatte nicht das Gefühl, als wolle der Faktor wirklich scherzen. »Wir nehmen Pferde. Es ist etwas weiter als sonst.«

Ulrich Ehinger, der sonst unablässig vor sich hin plapperte und ein ausgezeichneter Unterhalter war, schwieg bei diesem Ritt wie ein Grab. Sie verließen die Stadt und wandten sich nach Osten, ohne auch nur ein Wort zu wechseln. Das Tagesgestirn heizte die Ebene vor ihnen auf wie einen Töpferofen und versengte jegliches Leben. Selbst der Verstand schien Federmann unter dieser Sonne ausgebrannt zu werden. Die Konzentration ließ nach, und vor den Augen des Ulmers begannen die Luftmassen zu flirren und die Olivenbäume, die vereinzelt am Weg standen, zu tanzen und sich zu drehen. Gleichzeitig musste er an Mayana denken. Womöglich war es ein Fehler gewesen, die Truppe vorauszuschicken. Wenn der Spanier davon erfuhr, würde er sich das Mädchen holen wollen. Ein ungutes Gefühl breitete sich in ihm aus und bemächtigte sich seiner. Ihm kam es vor, als würden sich dunkle Schatten über die flirrenden Flächen legen. Dann stand sein Entschluss fest. Egal wie lange die Vorbereitungen in Sevilla sich noch hinziehen würden, morgen würde er nach Sanlúcar aufbrechen. Er brauchte das Mädchen, und das Mädchen brauchte ihn.

Ein Griff nach dem Gold auf seiner Brust beruhigte ihn diesmal nicht. Er hätte Mayana niemals allein lassen dürfen. Allein die Angst der Bergleute vor den Schaustellern hätte ihm dies verbieten müssen. Gleichzeitig fühlte er etwas, das tiefer reichte. Ihre Abwesenheit hatte eine Leere in ihm hinterlassen, die er so bislang noch nie gespürt hatte. Er vermisste ihr Lachen, das Schimmern ihrer Haare im Sonnenlicht, ihre olivfarbene Haut – er vermisste Mayana.

Mit der Hand strich er sich übers Gesicht und versuchte diese Gefühle abzustreifen, um wieder klarer denken zu können. Schon der Verlust der Karte auf Mayanas Rücken, von der Bertram erzählt hatte, wäre unersetzlich. Doch sofort biss er sich auf die Lippe, weil er so dachte, so herzlos und nur am praktischen Nutzen ausgerichtet.

Der Welser-Faktor hielt auf den Hang eines sanften Hügels zu, an den sich ein unscheinbares graues Kloster schmiegte. Sie waren noch nicht ganz bis ans Tor gelangt, als dieses sich öffnete, die beiden Reiter einließ und sich hinter ihnen wieder schloss. Es war jedoch kein Mensch zu sehen.

»Wo sind all die rasierten Schädel?«, murrte Federmann, der langsam durstig wurde. »Oder öffnen sie die Tore seit Neuestem mit der Kraft ihrer Gebete?«

Ehinger lachte leise und deutete nach oben. Über Seilzüge konnte der Einlass bewegt werden. So musste niemand in der Hitze stehen und das Tor beaufsichtigen.

Sie flüchteten unter eine Arkade und betraten ein Gebäude, das dem Tor gegenüberlag. Es war ein niedriger, schmuckloser Bau im gleichen sandfarbenen Beige der Außenmauern. Im Inneren sank die Temperatur auf ein erträgliches Maß.

Auch im Vorraum fand sich keine Menschenseele. Doch der Welser-Faktor schien daran gewöhnt, denn er durchschritt ihn rasch, öffnete eine Tür auf der Stirnseite und trat hindurch.

»Ich habe Euch erwart…«, weiter kam der Mönch nicht, der eben aufgestanden war und mit ausgestreckter Hand auf Ehinger zulief. Er unterbrach den Satz mitten im Wort und deutete mit dem Kinn auf Federmann. »Wer ist das?«

»Nicolaus Federmann aus Ulm. Unser Feldhauptmann.« Und an Federmann gewandt stellte der Faktor den Dominikaner vor: »Das ist der Prior von San Pablo el Real, Fra Enrico da Silva.«

Der Dominikanerpater musterte Federmann kalt und mit Augen, die so farblos waren, als spiegele sich darin eine eisige Seele. Federmann bemerkte, wie staubig der Mann war, als hätte er tagelang im Sattel gesessen. Die Haut in seinem Gesicht war mit feinen Sandkörnern überzogen.

»Hatte ich nicht gesagt, keinen weiteren Mitwisser? Und schon gar keinen ... Schwaben!« Er spuckte das Wort »Schwabe« aus, als schmecke es bitter im Mund. Bei dieser Bewegung staubte der Sand in einer kleinen Wolke aus seiner Kleidung.

Dem Ulmer lief es beim Anblick des Mönchs kalt den Rücken hinab. Allein im Blick des Dominikaners lag ein lodernder, unstillbarer Hass auf die Welt und auf das sündige Gewürm, das als Mensch bezeichnet wurde. Seine ganze Haltung, sein ganzer Ausdruck drückte eine einzige Botschaft aus: Wer mir in die Quere kommt, muss damit rechnen, den Weg hinab in die Hölle zu betreten. Mit seinen zu einer feinen Linie zusammengepressten Lippen erweckte er den Eindruck, als müsse er sich ständig zwingen, nicht herauszuplatzen mit seiner Wut, mit seinem Ekel vor der Welt. Die Hände hielt er unter der Kutte verborgen, doch als er sie zur Begrüßung hervorstreckte, waren die Knöchel noch weiß von der Faust, die er darunter geballt hatte.

»Fra Enrico wird uns mehrere Pater seines Ordens auf die Fahrt nach Klein-Venedig mitgeben. Als Seelsorger und Missionare.«

Ein Blick in diese Augen genügte, und Federmann wusste, dass er es hier mit einem Widersacher zu tun hatte, der ihn vom ersten Augenblick an als Gegner einstufte. Dennoch streckte er ihm die Hand hin. »Ich freue mich auf die Überfahrt«, sagte er leichthin und lächelte in die Maske hinein, die der Mönch vor sich hertrug. »Werdet Ihr uns selbst begleiten?«

»Ihr kennt mich nicht. Warum also freut Ihr Euch?«, murmelte der Mönch und übersah die Hand des Ulmer Feldhauptmanns. »Jetzt, nachdem ich Euch gesehen habe, sollte ich es mir überlegen.«

Ohne sich weiter um Federmann zu kümmern, wandte er sich an Ulrich Ehinger. Er nahm ihn beiseite, damit Federmann nichts von dem Gespräch verstehen konnte. Doch die Umstände spielten ihm in die Hände. Der Pater war rechts an eines der kleineren Fenster getreten. Eine flirrende Sandstaubwolke umgab ihn, die in der Sonne glitzerte. Die Wände waren glatt und gingen über in einen Gewölbebogen. Federmann hatte sich gegen eine der Mittelsäulen gelehnt, die den Raum gliederten und die Decke hielten. Plötzlich hörte er die Stimmen der beiden Männer an seinem linken Ohr, als würden sie nahe bei ihm stehen. Überrascht sah Federmann zu den beiden Männern hinüber, doch die waren in ihr Gespräch vertieft, wobei der Pater sehr intensiv auf Ehinger einredete. Offenbar übertrugen Decke und Wand die Stimmen, ohne dass die beiden etwas davon ahnten.

Federmann versuchte zu verstehen, was gesprochen wurde – und allmählich brachte er einen Sinn in die Sätze.

»... hätte er bei uns vorbeikommen müssen. Er hat es jedoch vorgezogen mit dieser ... dieser Ketzerin und Hure in seine Heimatstadt zu verschwinden. Ich habe ihm einen Mann hinterhergeschickt.«

»Dann seid Ihr nicht der Einzige gewesen. Ich weiß von den spanischen Behörden, dass Almaviva denselben Auftrag hatte. Er vermutet, dass dieser Kerl eine erkleckliche Summe Gold an den Schatzmeistern hier in Sevilla vorbeigeschmuggelt hat.«

»Mich interessiert das Gold nicht, Ehinger. Eitler Tand. Aber die Salbe ... sie würde Wunder vollbringen ... und wer wäre für Wunder zuständiger als wir, die Hunde des Herrn.«

Beinahe hätte Federmann durch die Zähne gepfiffen. Wunder. Ein Wundermittel. Das klang brisant. Doch wovon sprachen die beiden Männer genau?

»... jedoch nicht gefunden. Er will uns dennoch nach Coro begleiten.«

Spöttisch blies der Dominikaner durch die Nase. »Soll er. Pater Francisco de Ulate wird er nicht finden. Wenn doch, was soll er mit dem Zeug anfangen. Er weiß nichts und wird weiter nichts erfahren.«

Der Dialog verstummte, und Federmann glaubte bereits, die glücklichen Umstände wären vorbei. Doch die beiden schwiegen sich nur kurz an und musterten einander. Offenbar traute keiner dem anderen über den Weg; jeder schätzte ab, wie viel seines tatsächlichen Wissens er weitergeben durfte.

»Ihr müsst mir nichts verheimlichen. Das Mädchen wird zurückkehren – und damit das Wissen um Ulates Aufenthaltsort.«

Verblüfft sah Ulrich Ehinger zu Federmann hinüber und dann wieder auf den Pater. »Wer hat Euch das verraten?«

»Niemand braucht mir etwas zu verraten. Mein Orden weiß um viele Machenschaften. Ihr müsst mir nur zusagen, Schiff und Mädchen sicher nach Klein-Venedig zu bringen. Für alles Weitere sorgen wir.«

»Wir stechen wohl nächste Woche in See«, erwiderte der Welser-Faktor.

»Ich werde Euch begleiten!«, bestimmte der Prior.

Ehinger ließ nicht erkennen, ob ihn das freute oder ob er damit unzufrieden war. »Dann macht Euch bereit. Morgen reisen wir nach Sanlúcar, nächste Woche Mittwoch laufen wir mit der Morgenflut aus, wenn es das Wetter erlaubt.«

»Und unser Herrgott!« Der Dominikaner nickte und streckte dem Faktor seine Hand mit dem Ring hin, den dieser küsste. Dann drehte er sich um und verschwand aus dem Zimmer, ohne sich zu Federmann auch nur umgedreht zu haben. Ehinger eilte auf Federmann zu.

»Ein wenig ungehobelt, dieser Pfaffe!«, kommentierte der Ulmer das Verhalten, doch Ehinger legte einen Finger auf seine Lippen. »Wir sprechen nachher darüber«, flüsterte er und schob Federmann vor sich her aus dem Raum.

Die Hitze im Innenhof empfing sie wie ein Faustschlag ins Gesicht. Federmanns Durst, den er während der kurzen Audienz vergessen hatte, malträtierte ihn sofort wieder. »Die Padres werden doch so gastfreundlich sein und uns mit etwas zu trinken versorgen!«

Federmann steuerte auf den Brunnen zu, der im Schatten eines der Gebäude lag.
»Wir haben mit Wein versetztes Wasser bekommen«, drängte Ehinger weiter. »Die Schläuche hängen an den Pferden. Für den Ritt nach Hause wird es genügen. Machen wir, dass wir fortkommen.«
Langsam begriff Federmann, dass diese Eile des Faktors dem Wunsch entsprang, aus den Fängen dieses dominikanischen Wolfes zu entkommen. Er hastete hinter dem Mann her und murmelte in seinen Bart: »Ihr habt also Angst, mein Freund. Mich würde interessieren, wovor.«
Sie bestiegen die Pferde, und die Torflügel öffneten sich ebenso lautlos und geheimnisvoll wie bei ihrer Ankunft. Sie gaben einen überwältigenden Blick über die Flur frei: hinüber nach Sevilla und auf die weiße, wie eine Perlenkette anmutende Mauer inmitten einer hautfarbenen Ebene. Dieser Schmuck ließ die Stadt noch weicher und wertvoller erscheinen.
Auf halbem Weg zwischen Kloster und Stadt trieb Federmann endlich sein Pferd an das Ehingers heran und fasste ihm in die Zügel. Widerwillig blieb der Welser-Faktor stehen.
»Warum habt Ihr mich dorthin mitgenommen?« Der Ulmer deutete mit dem Daumen zurück.
Ulrich Ehinger, dessen kräftige Gestalt seit der Begegnung mit dem Dominikaner nicht mehr ganz so straff wirkte, zuckte mit den Schultern.
»Ihr wollt Frauen mitnehmen. Ihr wollt Eure eigenen Männer dabeihaben. Dieser Prior wird uns begleiten. Er ist wie eine Sandviper. Sie weicht nicht. Sie hat Geduld und wartet, bis Ihr Euch nahe genug befindet, dann schießt sie vor und verletzt Euch. Doch nur ein kleines bisschen, dass Ihr es kaum spürt. Es wird jedoch nicht lange dauern, und Ihr werdet verrecken, elendiglich verrecken. Ich wollte nur, dass Ihr das seht – dass Ihr ihn seht.«
Federmann hatte sich im Steigbügel aufgerichtet und spähte zu dem aufsteigenden Hang hinüber. Das Kloster verschmolz mit

dem Rostbraun der Umgebung. Wenn jemand nur zufällig seinen Blick über die Stelle gleiten ließ, ohne genau hinzusehen, würde er die Klostergebäude nicht entdecken.

»Ich glaube Euch kein Wort, Ehinger. Was war das für eine Salbe, von der Fra Enrico gesprochen hat?«

»Ich weiß nicht … eine Salbe? Wir haben nicht über Salben gesprochen.«

»Nun, dann muss ich mich verhört haben«, sagte Federmann und trieb sein Pferd an. Ihn ärgerte, dass Ehinger glaubte, ihn behandeln zu können wie einen dummen Jungen. Er hatte diese ganze Warterei und dieses Speichellecken satt. Was nützte es, ein ganzes Land sein Eigen zu nennen, wenn der Zugang zu ihm mit demütigenden Amtsgängen gepflastert war? Felsenfest war er der Meinung, dieser Ehinger trete nur nicht energisch genug auf. Man müsse dieses spanische Grandenpack nur mit dem nötigen Zugriff behandeln, und sie würden sich fügen. Er würde sich jedenfalls nicht mehr gängeln lassen.

Im scharfen Galopp ritt er auf die Stadt zu, doch kurz vor den Toren bog er nach Süden hin ab.

»Federmann!«, brüllte der Welser-Faktor ihm nach. »Federmann, Ihr könnt nachts nicht vor der Stadt bleiben.«

Der Ulmer stoppte den Gaul und ließ Ehinger herankommen. »Ich reite nach Sanlúcar. Wenn Ihr einen Arsch in der Hose habt, Micer Ehinger, dann kommt Ihr mit.« Federmann straffte sich im Sattel, um seinen unerschütterlichen Willen zu unterstreichen. »Ich werde in See stechen, ob es den spanischen Behörden passt oder nicht, ob wir alle Genehmigungen vorliegen haben oder nicht.«

Ehinger lachte ihm ins Gesicht und sagte damit mehr, als Worte es gekonnt hätten. Doch dann wurde er sofort wieder ernst. »Was Eure Abreise angeht, werdet Ihr Erfahrungen sammeln, das verspreche ich Euch, die Euch so nicht schmecken werden, die man jedoch einmal gemacht haben muss. Es ist Euer Entschluss! Ich gestehe, es amüsiert mich.« Dann versperrte er Federmann mit seinem Pferd den Weg. »Was den Ritt nach Sanlúcar anbelangt, versichere ich Euch jedoch, dass Ihr nachts nicht weit kommen werdet. Die Gegend ist der Goldtransporte wegen voller Gesindel. Sie haben Euch zerrissen, sobald die Sonne untergeht, und wenn sie Euch nur die goldene Spange von Eurem Hut rauben. Wenn die Sonne wieder aufgeht, nehmen sie Euch das Leben als Dreingabe.«

Bevor Federmann etwas erwidern konnte, drehte der Welser-Faktor ab und ritt zum Tor. Federmann sah ihm nach. In was für eine Situation hatte er sich da wieder gebracht? Wenn er jetzt nachgab, dann hatte er für alle Zeiten verloren. Dann musste er sich über das Kommando keine Gedanken mehr machen, denn dann besaß er es nur noch auf dem Papier. Wenn er einfach losritt, überlebte er womöglich nicht einmal bis zum Aufgang des Mondes.

Er sah hinauf in den Himmel, der langsam aus dem glänzenden Weiß in ein sattes dunkles Blau hinüberglitt. Der Abend kündigte sich an. Drei Stunden womöglich noch, dann würde die Nacht wie eine hungrige Katze über diesen Tag herfallen und ihn packen und verschlingen. Dass er selbst gleich mitgefressen wurde, war dabei durchaus wahrscheinlich. Doch dann dachte er an Mayana. Hatte er nicht das Mädchen und die Truppe gedankenlos nach Sanlúcar geschickt, ohne allzu viel Hilfe, einen alten Mann und einen Jungen als Schutz, zusammen mit einem spindeldürren Vielfraß und wenig kampferprobten Bergleuten, die allenfalls die Spitzhacke schwingen konnten? Dieser Gedanke gab den Ausschlag. Er würde dem Mädchen hinterherreiten, und wenn es ihn das Leben kosten sollte.

Federmann sammelte in seinem Mund ein wenig Flüssigkeit und spuckte diese in hohem Bogen in Richtung der Stadtmauer von Sevilla. Er war der Feldhauptmann der Welser, er würde die Menschen in diese Neue Welt geleiten, er – und niemand sonst.

6. KAPITEL

»Was ist das?« Die Wolfsfrau fasste Mayana am Arm. Beide hielten in ihrem Lauf inne. Vor ihnen stieg eine Rauchsäule in den Himmel.

»Haus?«, stieß Mayana hervor und schnupperte in den Wind. Der Rauch zog vom Meer her ins Landesinnere und über sie hinweg. Was sie roch, war jedoch mehr als nur Holz- und Strohfeuer.

»Menschen!«, setzte sie hinzu. »Tod!«

»Was sagst du da? Da brennt kein Haus, sondern …«

Mayana nickte. Sie vermutete, dass sie sich auf den Ort eines Überfalls zubewegten. Im Feuer vor ihnen waren Menschen verbrannt.

Mayana und die Wolfsfrau waren ausgedörrt und ausgelaugt. Sie mussten langsam etwas trinken. Zu lange schon waren sie ohne Wasser unterwegs. Mayana hatte die Entfernungen unterschätzt. Es war etwas anderes, im Wald zu laufen oder hier in dieser endlosen Weite. Auch war die Truppe mit ihren Wagen und dem Karren der Schausteller weitergezogen, ohne auf sie zu warten.

Die Vorsicht ließ sie einen Bogen um den Ort machen. Dennoch musste Mayana ihre Neugier stillen. Sie näherten sich von der Seite der Rauchsäule.

Es war schwierig, ungesehen näher zu kommen, da die Landschaft nur aus halbmannshohen Bodenwellen bestand. Man musste gebückt gehen, um nicht gesehen zu werden.

Mayanas schrecklicher Verdacht bestätigte sich. Was sie jedoch sahen, trieb ihr die Tränen in die Augen. Vor ihnen stand, halb aufrecht, das Gerippe des Karrens, mit dem die Truppe um Bertram weitergezogen war. Der Karren war völlig ausgebrannt und schwelte noch. Die Rippen des Planendachs reckten sich wie Finger Hilfe suchend in den Himmel. Die Wagen der Bergleute standen abseits im Kreis, und die Männer hielten ihre Spieße und Hacken in den Händen, als befürchteten sie einen Angriff.

Ohne sich zu besinnen, stürmte Mayana auf den Wagen zu – und entdeckte einen Körper, der reglos auf dem Boden ausgestreckt lag, das Gesicht in den sandigen Untergrund gedrückt. Seine Finger umfassten zwar den Griff eines Schwerts, doch dem Mann hatte man beide Hände abgeschlagen. Als sie näher kam, hielt sie plötzlich entsetzt inne: Der Tote, der da ausgestreckt vor ihr lag, war eindeutig Mattheis. Mayana stand mit gesenktem Kopf vor ihm, und Tränen schossen ihr in die Augen. Wer machte so etwas? Doch ihr blieb keine Zeit, um den treuen Begleiter zu betrauern – ein schriller Schrei ließ sie herumfahren.

»Die Vixen!«, stieß die Wolfsfrau aus. Sie war ihr gefolgt und deutete auf die andere Seite des verkohlten Wagens. Dort lag noch ein regloser Körper, ein einzelner Körper mit zwei Köpfen – es waren die Vixen. Sie lagen vom Feuer entstellt neben dem Wagen. Unnatürlich verrenkt und so drapiert, dass Mayana ein Schauer über den Rücken lief. Die Räuber hatten sich an den Mädchen vergangen, bevor sie sie getötet hatten.

»Wer?«, stieß sie hervor und fiel auf die Knie.

Was waren das nur für Menschen? Bezeichneten sie sich nicht als Christen und versuchten sie nicht, ihren Gott in die Herzen der Menschen in ihrer Heimat über dem Meer zu pflanzen? Doch zwischen ihrem Glauben und ihren Taten klafften Welten. Sie gebärdeten sich wie Tiere, nein, schlimmer noch als Tiere. Sie kehrten Mayanas Volk den Rücken zu und beteten voller Inbrunst zu ihrem Gott – und kaum drehten sie ihnen die Gesichter wieder zu, hielten sie ein Schwert in der Hand und blickten mit mordlüsternen Augen in die Runde. Sie waren wie zweigeteilt, je nachdem, welche Seite in ihnen sie gerade hervorkehrten. Wie eben diese beiden Mädchen, die zwei Köpfe und nur einen Körper besessen hatten.

Mayana spürte den Schmerz, der ihr wie Feuer über den Rücken lief, noch bevor sie das Knallen der Peitsche vernahm.

Sie wusste sofort, welchen Fehler sie begangen hatten. Niemals hätten sie einfach auf den Karren zustürmen dürfen. Niemals hätten sie ihre Vorsicht aufgeben dürfen. Schon deshalb nicht,

weil sie offenbar während ihrer Krankheit einen Teil ihres Gehörsinnes eingebüßt hatte. Deshalb vernahm sie die Anzeichen von Gefahr nicht mehr früh genug.
Ein weiterer Peitschenhieb, der ihr halb über den Rücken und halb über die Brust lief, riss sie endgültig aus ihren Gedanken. Ihr Kopf bestand nur noch aus reinem Schmerz, so sehr zerfetzte ihr der Hieb das Denken. Ihrer Freundin neben ihr ging es offenbar nicht besser. Auch sie krümmte sich, und aus dem Augenwinkel heraus sah Mayana, wie ihr Blut übers Gesicht lief. Mayana rollte sich blitzschnell aus dem Bereich der Peitsche und sprang dann auf.
Ein Mann und ein Pferd bedrängten sie. Der Kerl trug einen eisernen Brustpanzer und Beinschienen. Wieder hob er die Hand und wollte erneut die Peitschenschlange auf die Wolfsfrau hinuntersausen lassen, als Mayana angriff.
Sicherlich war der Mann verblüfft. Eine sich wehrende Frau war ein seltener Anblick für ihn. Mayana bückte sich rasch und hob eine Handvoll Sand auf. Mit einem gezielten Wurf bekam das Pferd die Staubwolke in die Augen. Vor Schrecken bäumte sich das Tier auf, und der Reiter hatte Mühe, sich festzuhalten. Zum Zuschlagen kam er nicht mehr.
Gleichzeitig sprang Mayana vor. Die Bewegung, mit der sie einen der Pfeile aus ihrem Gürtel zog und zustieß, floss ihr aus dem Handgelenk. Sie ritzte den Reiter jedoch nur in der Kniekehle, verletzte ihn kaum zwischen Beinschiene und Lederhose, und er lachte nur über ihren dilettantischen Versuch, sich zu wehren.
Sofort hatte er sein Tier wieder im Griff. Noch in der Abwärtsbewegung riss er das Pferd herum, um sich Mayana zuzuwenden. Doch die Lähmung erfasste ihn rascher, als er denken konnte, und er vermochte den Schwung nicht mehr abzubremsen. Es drehte ihn aus dem Sattel, und das Pferd, noch nervös, preschte vorwärts. Der Körper des Reiters machte eine elegante Drehung in der Luft, und noch bevor er auf dem Boden aufschlug, war der Mann völlig bewegungsunfähig.

Mayana trat an ihn heran und blickte in seine Augen, in denen sie Todesangst sehen konnte. Es würde eine Weile dauern, bis dieser Mensch sein Bewusstsein verlor. Vielleicht starb er überhaupt nicht, weil die Menge des Giftes zu klein war. Doch in Mayana hatte sich eine derartige Wut angestaut auf diese bleichen Götterlieblinge, die glaubten, die zu ihrem einzigartigen Gott erhobenen betenden Hände rechtfertigten alle Unmenschlichkeiten, die sie sich erlaubten, dass sie sich nicht zurückhalten konnte. Das Rapier lag noch in seiner Hand. Sie nahm es mit einem starren Lächeln an sich. In den Augen des Reiters sah sie das Entsetzen – und in diesem Augenblick genoss sie es.

Für einen kurzen Moment blitzte in ihrem Gedächtnis eine Szene auf, die sie nachts noch immer verfolgte. Die Spanier hatten das Dorf umzingelt und die Hütten der Einwohner in Brand gesteckt. Sie mussten aus den brennenden Häusern fliehen, wenn sie nicht verbrennen wollten. Ihr jüngster Bruder, Peje, kaum zehn Jahre alt, stürmte vor ihr durch die Hüttenwand aus getrockneten Gräsern. Sie folgte ihm und musste mitansehen, wie Peje direkt in den ausgestreckten Spieß eines der weißen Krieger rannte und hilflos zappelte und zuckte. Sein Opfer hatte ihr das Leben gerettet, denn bevor der Mann sein Schwert freibekam, hatte sie an ihm vorbeischlüpfen können und war im Dickicht des Waldes hinter ihm verschwunden gewesen.

Das alles sah sie in den Augen des Mannes vor ihr. Langsam setzte sie die Spitze des Schwertes auf dessen rechtes Auge, dann stützte sie sich mit der ganzen Kraft ihres schmalen Körpers darauf und trieb es ihm in den Schädel. Der stumme Schrei, der ihr aus dem offenen Auge entgegenblickte, versöhnte sie für einen Moment mit dem Tod ihres Bruders.

Dann erst drehte sie sich zur Wolfsfrau um. Diese lag immer noch zusammengekrümmt und wimmernd auf dem Boden. Mayana schien die Schmerzen zu fühlen, die sich in ihr ausbreiteten und sie marterten. Sie trat auf die Wolfsfrau zu, kniete sich neben sie. Obwohl ihr der Arm und die Schulter brannten, sah sie sofort, dass es die Wolfsfrau schlimmer getroffen hatte. Offenbar hatte der Reiter sie im Gesicht erwischt. Ein Striemen lief quer über die Wangen unterhalb der Augen. Blut trat aus beiden Augenhöhlen. Diese waren bereits so verschwollen, dass Mayana nicht entscheiden konnte, ob sie nur verletzt oder womöglich gänzlich verloren waren.

Wenn sie überleben wollten, wenn sie verhindern wollten, dass die Räuber – denn es waren sicherlich mehr als nur dieser eine gewesen – sie hier fanden und stellten, dann mussten sie diesen Ort verlassen. Langsam merkte sie selbst, wie der Peitschenhieb über ihren Rücken den rechten Arm taub werden ließ. Wenn die Räuber den Toten entdeckten, würden sie sicherlich wutentbrannt nach Rache sinnen. Ein Unbehagen beschlich sie, als sie zu dem toten Reiter hinüberblickte. Das Pferd stand neben ihm und stieß ihn mit der Schnauze an. Das Schwert steckte ihm wie ein Kreuz im Kopf, dieses Symbol seines blutigen Gottes. Auch das war Rache gewesen. Für diesen einen Moment hatte sie sich nicht beherrschen können. War sie deshalb nicht ein ebensolches Tier wie die Räuber, die sich über die beiden Vixen hergemacht hatten?

Mayana wurde schlecht, und das Gefühl überkam sie, sich übergeben zu müssen – doch ausgedörrt und ausgehungert, wie sie war, verspürte sie nichts weiter als einen trockenen Würgereiz. Das Wimmern neben ihr brachte sie zur Besinnung. Sie musste sich um die Wolfsfrau kümmern.

Mayana legte das stöhnende Bündel Frau auf den Rücken. Dann drückte sie mit der einen Hand den Kopf der Wolfsfrau auf den Boden, mit der anderen spreizte sie die zugeschwollenen Lider. Das linke Auge war blutunterlaufen, aber unbeschädigt. Beim anderen versuchte sie es ebenfalls. Die Braue war über dem Auge aufgeplatzt und mittlerweile auf die dreifache Größe aufgedunsen. Sie suchte nach dem Auge, fand jedoch kein Anzeichen für den Augapfel. Ihre schlimmste Befürchtung schien sich zu bestätigen. Womöglich hatte der Peitschenknoten ihr das Auge zer-

schlagen. Mayana hatte jedoch keine Zeit, sich darum zu kümmern. Sie durften nicht hierbleiben.
»Komm!«, sagte sie energisch. »Weg!« Wieder verwünschte sie den Umstand, dass sie zwar verstehen, jedoch nur wenige Worte sprechen konnte. Sie packte die haarigen Arme und zerrte die Frau hoch. Wie leicht sie war, viel leichter, als der massige Körperbau und die Haare vermuten ließen. Unter ihrem Pelz war sie ein schlankes Persönchen.
Die Wolfsfrau wimmerte bei jedem Schritt vor Schmerzen, doch Mayana konnte darauf keine Rücksicht nehmen. Sie zerrte die Frau weg vom Brandort in Richtung der Wagenburg der Bergleute.
Doch das erwies sich als Fehler. Die Bergleute hatten Picken und Stangen in der Hand, manche ihre Hämmer, mit denen sie das Erz aus dem Berg schlugen. So verschanzten sie sich hinter ihren Wagen. Als sie sich näherte, wiesen sie Mayana ab und scheuchten sie mit der Wolfsfrau weg von der schützenden Burg. Sie schrien und zeterten, dass das Gesindel nur Unglück bringe, dass ihre Hexenhaut auf dem Rücken sie verflucht habe und vieles mehr, was sie nicht recht verstehen konnte. Was sie allerdings verstand, war, dass sie abgelehnt wurden, dass man sie ausschloss. Sie und die Wolfsfrau, weil sie anders waren. Sie wunderte sich darüber, dass Narses und Bertram nirgends zu sehen waren. Auch von Jakob und Schindler fehlte jede Spur. Je näher sie dem Lager der Bergleute kamen, desto abweisender wurden deren Gebärden, bis sich endlich einer der Männer aus der Deckung wagte und ihr unmissverständlich erklärte, sie beide würden abgestochen wie die Schweine, gingen sie auch nur einen Schritt weiter.
Mayana verwünschte Blauauges Idee, den Trossführer Triebl mit nach Sevilla zu nehmen. Er hatte seine Truppe im Griff. Jetzt bekamen andere die Oberhand, Ängstlichere, Vorsichtigere.
Wenn sie sich nicht hinter die hölzernen Mauern der Wagenburg flüchten durften, wohin sollten sie sonst gehen? Mayana wich zurück und suchte gleichzeitig den Boden nach Spuren ab.

In dem weichen Sand verschwanden selbst Fußabdrücke beinahe sofort. Es war schwer, aus den Wellenmustern so etwas wie eine Spur herauszulesen. Tatsächlich entdeckte sie jedoch die Abfolge von Trittlöchern, die im unruhigen Sandgewoge eine Linie zu bilden schienen und ans Meer hinunterführten. Narses? Der Junge? Bertram und Schindler? Sie waren womöglich weder gefangen noch getötet worden, denn keine anderen Fußabdrücke wiesen in diese Richtung. Also folgte sie den Spuren, die Wolfsfrau halb tragend, halb stützend.

Der unablässig vom Meer her wehende Wind trug ihr den Geruch von Tang und feuchtem Stein zu. Ein Geruch, der ihr so lange nicht in die Nase gestiegen war. Nur der Duft ihrer Heimat berührte sie so intensiv wie dieses eigentümliche Aroma, in dem etwas von Fernweh und Freiheit lag, in dem Furcht und Verlangen ebenso enthalten waren wie Befreiung und Offenheit. Ein grenzenloser Geruch, ein Geruch, der keine Schranken kannte, weder im Diesseitigen noch in Gedanken.

Der Weg wurde immer sandiger und damit beschwerlicher. Sie sanken tiefer ein, und die kleinen Hügel und Erhebungen, die sie noch bis zur Stelle des Überfalls begleitet hatten, verschwanden ganz und machten einer zum Wasser hin abfallenden ebenen Fläche Platz, auf der man über weite Strecken hin jeden Baum und jeden Busch und damit auch jeden Menschen sehen konnte. Niemand konnte sich hier verbergen, nirgends. Der Strand war allerdings mit größeren Steinbrocken übersät, die offenbar von alten Felsriegeln stammten. Eine Hochwasserlinie fiel zudem deutlich sichtbar als kleine Schwelle zum Meer hin ab.

Mehr als einmal überlegte Mayana, ob sie die Wolfsfrau nicht ablegen sollte. Sie wäre schneller gewesen, hätte sich besser verstecken können. Doch immer wenn dieser Gedanke mit Gewalt an die Oberfläche drängte, weil ihr die Schulter schmerzte oder ihr die Beine zu versagen drohten, atmete sie tief durch und dachte an die Fürsorge, mit der die Wolfsfrau sie selbst gepflegt hatte. Nein, sie konnte solch einen Menschen nicht einfach weglegen, wie man ein Stück Rinde beiseitelegte, weil es nicht brannte und damit im Augenblick unnütz war.

Sie konnte die Wolfsfrau aber auch nicht mehr lange weiterschleppen. Sie erreichten das Wasser. Vor ihr öffnete sich eine unbegrenzte, mit dem Auge kaum zu erfassende Weite, die sich hinter den Horizont krümmte. Schon als sie diesen Anblick zum ersten Mal erlebt hatte, hatte Mayana das Gefühl gehabt, als verliere sich ihr Blick im Unendlichen. Diese unfassbare Weite des Meeres war der Begrenztheit des Waldes völlig entgegengesetzt. Während in ihrer Heimat jeglicher Blick auf das Nahe gerichtet war, weil diese Nähe einzelne Formen und damit auch mögliche Gefahren verbarg, löste sich am Meer das Sehen gänzlich auf. Es zerfiel regelrecht, weil dem Auge keinerlei Punkt mehr geboten wurde, an dem es sich hätte festhalten können. Der Blick erfuhr einen Hauch Unendlichkeit und verlor ihn nie mehr. Wieder überkam sie das Gefühl der überirdischen Leichtigkeit, des Schwebens, das sie schon beim ersten Anblick verspürt hatte. Am liebsten hätte sie die Arme ausgebreitet und sich vom Wind, der vom Meer herwehte, hinwegtragen lassen.

»Runter mit euch!«, wurde sie da plötzlich angezischt. »Los, los, auf den Boden und deckt euch mit Sand zu. Rasch!«

Mayana erstarrte. Was geschah in diesem Teil der Welt mit ihr? Verlor sie langsam all die Eigenschaften, die sie in ihrem Wald erst überleben ließen? Sie hörte nur noch schlecht, und offenbar sah sie auch nicht mehr richtig. Vor ihr ragten vier kleine Hügel über den Sand, und jeder dieser Hügel enthielt einen Körper. Sie hatten den Rest der Truppe erreicht.

»Schnell, vorwärts. Sicherlich haben sie euch längst entdeckt, so auffällig wie ihr über den Sand hier spaziert! Ihr verratet uns!«

Es war Bertrams Stimme. Mayana schleppte die Wolfsfrau hastig einige Fuß vom Wasser weg, dorthin, wo sie beinahe einsanken, bettete sie rasch auf den lockeren feinkörnigen Sand und begann sie hastig mit diesem zu bedecken. Nur ein Teil des Gesichts blieb frei. Dann schaufelte sie sich wie ein Hase eine Sasse, legte sich hinein und begann sich ebenfalls mit Sand zuzudecken, bis nur mehr ein Arm heraussah, den sie mühsam unter den gelben Staub zu drücken versuchte. Sie grub sich mit der anderen Hand hinüber zur Wolfsfrau, suchte nach deren Fingern und hielt sie fest. Schwach erwiderte diese ihre Berührung.

Dann spürte sie den Boden vibrieren.

»Sie kommen! Gott, der Herr, steh uns bei!« Narses wurde offenbar religiös. Mayana versuchte aus der Vibration die Anzahl der Pferde zu ermitteln. Es mussten mehr als zehn Gäule sein, schwere Schlachtrösser, die hier über der Hochwasserlinie den Strand entlanggaloppierten.

7. KAPITEL

So hatte sich Federmann die andalusische Nacht nicht vorgestellt. Zwar hüllte ihn das weiche Braun der Dämmerung ein wie eine wärmende Decke, und das Tuch des Sternenhimmels spannte sich über den Weg wie die schützende Baldachinunterseite eines Bettes, sodass er eine Sorglosigkeit und Unbekümmertheit verspürte, die ihn zufrieden machte, doch die Weite und Größe des vor ihm sich ausbreitenden Landes erhöhte gleichzeitig die Furcht davor, in einen schwarzen Abgrund zu reiten, aus dem es kein Entrinnen mehr gab.

Federmann erkannte schnell, dass die Entscheidung, in dieser Finsternis nach Sanlúcar zu reiten, ein Fehler gewesen war.

Während der helle Tag mit seiner unerbittlichen Sonne die Aufmerksamkeit dämpfte und alle Töne zu schlucken schien, verstärkten sich die Geräusche in der sicheren Hülle der Nacht um ein Vielfaches. Als würden die Ohren anschwellen und der Gehörsinn sich ausdehnen, damit er die Aufgabe der Augen mit übernehmen konnte. Allein der Hufschlag seines Pferdes hallte seinem Gefühl nach meilenweit in die Ebene hinaus. Selbst Schwerhörige mussten sein Kommen vernehmen.

Jetzt umzukehren wäre einer Niederlage gleichgekommen – und er wollte nicht als Angsthase und Feigling dastehen. Die Silhouette Sevillas, die sich wie bei einem Schattentheater vor dem Sternenhimmel abzeichnete, wurde langsam kleiner. Er konzentrierte sich auf den Weg, der vor ihm lag, und begann in die Dunkelheit hineinzuhorchen.

Vor drei Tagen hatte er Mayana mit den Bergleuten ziehen lassen und machte sich jetzt seine Mutlosigkeit zum Vorwurf. Er hatte die Situation falsch eingeschätzt. Warum nur hatte er sie nicht mit in die Stadt genommen? In Sevilla selbst wäre sie nicht aufgefallen. Dunkelhäutige Menschen, Araber, bevölkerten noch immer in Scharen die Marktzentren und Mauergebiete vor der

Stadt. Und im Haus des Welser-Faktors wäre sie sicherer gewesen als hier draußen im Land.

Wo immer sie jetzt war, ging es ihr sicher nicht besser. Außerdem hatte sich in Federmann seit der Rückkehr vom Kloster ein Gedanke eingenistet, der ihn umtrieb. Was war, wenn Almaviva das getan hatte, was er selbst versäumt hatte? Was, wenn er Mayana nachgeritten war? Jeder halbwegs kluge Mensch konnte sich ausrechnen, warum er die Bergleute weitergeschickt hatte, wenn er erfuhr, dass mit deren Wagen auch ein Schaustellerkarren mitreiste. Je länger er darüber nachgrübelte, desto mehr schnürte es ihm die Kehle zu. Almaviva war verschwunden. Wortlos und grußlos. Selbst bei Ehinger hatte er sich nicht verabschiedet. Der Spanier hatte vermutlich aus dem Umstand, dass er Mayana nicht bei sich hatte, geschlossen, dass sie sich im Tross der Bergleute aufhielt.

Mit dieser Erkenntnis schreckte Federmann auf und fand sich inmitten dieser unendlich stillen Ebene wieder, die in der fahlen Beleuchtung der Sterne wirkte wie ein Leichentuch, so samten schwarz und grundlos, wie sie vor ihm lag.

Das Nächste, was er vernahm, hörte sich an wie das Schnauben eines Pferdes. Sofort griff Federmann in die Zügel. Sein Gaul blieb abrupt stehen. Wieder schnaubte ein Pferd. Mehr war nicht zu hören.

Doch dann geschah etwas höchst Seltsames. Langsam, als müsse der Mond nach dem Rechten sehen, blinkte ein silbriger Strahl über den Horizont, fiel als Fingerzeig übers Land und traf eine kleine Gruppe von Reitern, die auf ihren Pferden saßen und sich Federmann in den Weg gestellt hatten. Die Art Gesindel, von dem Ehinger gesprochen hat, fuhr es Federmann durch den Kopf. Seiner unseligen Spekulationen wegen war er nicht aufmerksam genug gewesen und ihnen direkt in den Weg geritten. Im Stillen verfluchte er sein sinnierendes Wesen.

Es würde nur noch wenige Augenblicke dauern, bis der Lichtfinger der Mondsichel auch auf ihn treffen würde. Dann würde sich entscheiden, ob er den Sonnenaufgang sehen oder bis zum Anbruch der Ewigkeit hier auf dem roten andalusischen Sand dörren würde.

Federmann wollte eben wenden und dem Pferd die Sporen geben, als hinter ihm eine Walze aus Hufschlägen heranstürmte. Seine Ohren konnten einen einzelnen Hufschlag gar nicht mehr ausmachen. Es mussten zehn, fünfzehn oder mehr Reiter sein. Sie hatten ihm den Weg abgeschnitten.

Dann traf ihn das Mondlicht. Vor ihm schrien die Männer auf, und gleichzeitig heulten die Kerle in seinem Rücken.

Federmann atmete nur kurz ein, dann hatte er die Gefühle abgeschüttelt, die andere unbedacht und willkürlich handeln ließen. Immer schon war er dadurch aufgefallen, dass sein Verstand schneller arbeitete als bei anderen und auch dann noch Pläne entwarf, wenn andere den Kopf in den Sand steckten.

Er griff in die Zügel, ließ sein Pferd auf der Hinterhand eine Vierteldrehung vollführen und preschte wie von einer Sehne geschnellt hinein in die niedrige Buschlandschaft. Ehinger hatte ihn davor gewarnt, weil die niedrigen Sträucher, die dort wuchsen und wucherten, allesamt scharfe und spitze Blattenden besaßen und die Beine der Pferde aufschnitten. Ein Mensch konnte sich unmöglich dort bewegen. Zu Fuß würde er sich die Beine zerschneiden und schließlich an seinen Wunden verbluten.

Federmann war der Umstand zwar bewusst, doch sah er in dieser Aktion die einzige mögliche Rettung.

Hinter ihm heulten die Bandenmitglieder auf. Sein Plan schien zu gelingen, denn keine der Gruppen folgte ihm. Federmann beugte sich vor und schlug seinem Gaul kurz und kräftig gegen die Schenkel, um ihn stärker voranzutreiben und ihm die Furcht vor den Sträuchern mit ihren rasiermesserscharfen Blättern zu nehmen.

Plötzlich vernahm er, wie Schwerter gegeneinanderklirrten und Männer schrien. Federmann zügelte sein Tier, um besser hören zu können. Tatsächlich klirrte Metall gegen Metall. Wenn die

Räuber aufeinander einschlugen, waren sie womöglich gar nicht an ihm interessiert gewesen. Hatten sie ihn im Dämmer der Sternennacht und des aufgehenden Mondes überhaupt gesehen?

Dann hallte ein Ruf über die Ebene, der ihm das Blut hochtrieb: »Federmann!«

So rief nur einer. Und dieser eine war sicherlich kein Feind, kein Räuber. So vertraut klang die Stimme, dass der Ulmer vor Erleichterung auflachen musste.

»Ich komme, Hemmler!«, murmelte er, riss das Pferd hoch, drehte es auf den Hinterbeinen und gab ihm die Sporen. Obwohl sich das Tier sträubte, preschte er siebzig, achtzig Fuß in gestrecktem Galopp vorwärts. Im Licht des Mondes, der die Ebene mit blauer Tinte füllte und scharfe Konturen zeichnete, konnte er eine Gruppe Männer davoneilen sehen.

Federmann stieß einen Erkennungsruf aus, den er mit seinen Männern schon Hunderte Male ausgetauscht hatte, und erhielt sofort Antwort.

»Hemmler!«, rief Federmann. In seiner Stimme lag eine Erleichterung, die selbst dem dürren Kameraden nicht verborgen bleiben konnte.

»Da sind wir wohl rechtzeitig eingetroffen.« Obwohl Federmann Hemmlers Grinsen in der Dunkelheit nicht sehen konnte, konnte er es sich deutlich vorstellen.

»Wo kommt ihr her, Teufelskerle?«

»Als ich in der Faktorei eingetroffen bin und erzählt hatte, dass Ihr Euch nach Sanlúcar aufgemacht habt, hat es keine Stunde gedauert, und die Männer standen im Hof. Da blieb mir nichts weiter übrig, als Euch zu folgen.« Ehinger trieb sein Pferd neben das Federmanns. »Glaubt Ihr mir wenigstens jetzt?«

»Wir sind Euch gefolgt, aber viel Hoffnung, Euch lebend wiederzusehen, hat er uns nicht gemacht«, warf Triebl ein.

»Ihr auch?«, staunte Federmann.

»Alle sind mitgekommen.« Hemmler lachte ein trockenes Lachen. »Keiner wollte in Sevilla zurückbleiben. Nicht einmal Georg!«

Jetzt erst bemerkte Federmann, dass der Junge bei Hemmler hinten auf dem Pferd ritt und sich an dem dürren Elend von Mann festklammerte.
»Es war sicher nicht die beste Idee meines Lebens«, gestand der Ulmer leise. Dann wandte er sich an Ehinger. »Schluss damit, Ehinger. Warum ist Almaviva aus Sevilla verschwunden?«
Ehinger ließ sein Pferd antraben, und Federmann folgte ihm langsam. Sein eigener Gaul lahmte etwas, doch konnte er jetzt darauf keine Rücksicht nehmen.
»Ich weiß es nicht genau. Er suchte nach etwas und hatte wohl geglaubt, Ihr würdet es mitbringen. Die meisten Soldaten sind mit ihm abgerückt. In Sanlúcar sollen es noch einmal so viele werden. Er hat zu tun, denke ich, bis er die Truppe zusammen und auf den Schiffen untergebracht hat.«
Federmann ließ eine ganze Zeit verstreichen und starrte in die Nacht, durch die sich silberfarben der Guadalquivir schlängelte wie eine Echse, bevor er antwortete.
»Er ist hinter den Bergknappen her.«
»Verflucht!«, entfuhr es dem dürren Hemmler, der sofort begriff, worauf der Ulmer hinauswollte. »Die Bergknappen und …«
»Was ist mit meinen Leuten?«, entfuhr es Triebl. »Was hat Almaviva mit ihnen zu tun?«
»Wir sollten uns beeilen. Es ist nicht mehr als eine Vermutung. Besser wäre es, wenn wir Eure Leute, so schnell es uns möglich ist, treffen würden.«
»Schnell?« Ehinger schnaubte. »Zu Pferd brauchen wir gute zwei Tage bis Sanlúcar.«
»Wir müssen schneller sein. Dann reiten wir durch«, beschied Federmann.

8. KAPITEL

Sand überall. In den Haaren, den Ohren, im Mund, unter den Achseln und sogar im Schritt scheuerten die winzigen Körnchen die Haut wund, ohne dass sie sich viel bewegte. Obwohl sie die Augen geschlossen hielt, hatten sich feinste Körnchen unter die Lider gestohlen und rieben bei jeder kleinen Bewegung der Augen. Das Licht schien rötlich durch die geschlossenen Augendeckel hindurch und verriet Mayana, dass sie noch lebte. Dieses reglose Liegen, dieses Lauschen auf Hufgetrappel und Männerstimmen, dieses Warten in künstlicher Starre fiel ihr nicht schwer. Sie war es gewöhnt, ahnte jedoch, wie schwer es dem Prinzipal und den anderen fallen musste. Die Menschen von diesem Teil des Meeres waren allesamt Zappler und Ungeduldige. Sie hatten noch niemals an einem Gewässer gestanden, den Fischspeer in der Hand, bewegungslos, als wäre man selbst ein Teil des Waldes, ein Baum, ein Ast, um auf diese einzige, kaum wahrnehmbare Bewegung unter der Wasseroberfläche zu warten, den Speer tief ins Nass zu treiben und mit diesem einen Stoß einen Fisch aufzuspießen, der den Magen füllen würde.
Mayana spürte den Fingern der Wolfsfrau nach, die sich kräftig um ihre eigenen geschlossen hatten. Sie schien zu wissen, was auf dem Spiel stand. Ihre Hand war trotz der Hitze kalt wie der Tod.
Viermal hatten die Reiter den Strand abgesucht, dabei waren sie einmal bedrohlich nahe an ihnen vorübergeritten. Doch seit einiger Zeit hörte man nichts mehr. Die Hufschläge waren verstummt. Mayana traute der Stille jedoch nicht. Ihr Vater hatte erzählt, wie er einen seiner Feinde durch einen Hinterhalt hatte überraschen können. Beide waren sie zufällig aufeinandergetroffen und hatten sich belauert. Nur er, der Dorfkazike, hatte die Nerven behalten und eben den entscheidenden Moment länger im Dickicht verharrt. Als sein Todfeind auf den Pfad hinausgetreten war, hatte er ihm seinen Speer hinterhergeschickt.

Ihr Gefühl sagte Mayana, dass die Männer irgendwo saßen und auf sie lauerten. Also blieb sie liegen, regungslos, bis ihre Glieder beinahe taub wurden. Einschlafen durften sie nicht, keiner von ihnen. Wer schlief, bewegte sich unwillkürlich. Wer sich bewegte, verriet seinen Aufenthaltsort.

In regelmäßigen Abständen drückte sie die Finger der Wolfsfrau, die ihren Druck erwiderte. Doch mit jedem Mal dauerte es länger. In der Zwischenzeit verging sie beinahe vor Angst darüber, die Hand einer Toten zu halten. Schon deshalb drückte sie abermals diese kalten Fingerglieder und wartete.

Während ihr Körper in Starre verfiel, regte sich der Geist. Unablässig schaufelte er Gedanken aus den Tiefen der Vergangenheit nach oben und warf sie auf die Halde der Erinnerung.

In der Stadt am Meer war sie dabei gewesen, wie Männern aus dem Landesinneren, die sich irgendwelcher Vergehen schuldig gemacht hatten, die Augen ausgestochen worden waren. Mit einem Messer, dessen Klinge gerade so breit war, dass sie in die Augenhöhle passte, schälte man den Augapfel heraus und trennte die Muskeln und den Nerv am hinteren Ende ab. Die Männer schrien, schrien sich die Seelen aus dem Leib. Blind entließ man sie in eine Welt, die bereits für Sehende eine tödliche Gefahr war. Doch die allermeisten starben nicht durch Schlangen oder den schleichenden Tod, den schwarzen Jaguar, sie starben an den Entzündungen ihrer leeren Augenhöhlen, die ihnen die Gesichter wegfraßen und sie zum Wahnsinn trieben.

Der Peitschenhieb übers Auge der Wolfsfrau gehörte zu solch einer Verletzung und hätte nicht mit Sand bedeckt werden dürfen, sondern hätte ausgewaschen und mit einer Kräuterpaste gelindert werden müssen. Doch Mayana kannte weder die Kräuter dieser Weltgegend, noch hätte sie diese irgendwann zubereiten können. Sie war so herausgerissen, so fremd in allem, stand so außerhalb, dass sie manchmal das Gefühl übermannte, niemals wieder jemandem oder etwas anzugehören.

Die Finger der Wolfsfrau antworteten ihrem Druck und beruhigten Mayana. Sie konnte an anderes denken, denn Denken war die einzige Tätigkeit, die ihre Anwesenheit nicht verriet und doch die Zeit verkürzte.

Also dachte sie nach, versuchte zu ergründen, was geschehen war. Was suchten die Reiter, die hinter ihnen her waren? Eine Gruppe von Bergknappen zu überfallen erschien ihr unverständlich angesichts der Schätze, die tagtäglich von der Küste aus ins Landesinnere gekarrt wurden. Hier lohnte schon der geringste Erfolg. Also suchten die Männer nicht nach Schätzen, weder nach Gold noch nach Silber. Wonach aber dann?

Die Wolfsfrau wurde unruhig, bewegte sich etwas, doch Mayanas Druck ließ sie sofort wieder reglos werden. Wenn die Wolfsfrau ihre Sandbedeckung zerstörte, waren sie alle verloren. Die Reiter würden sie entdecken.

Entdeckung! Die Erkenntnis traf sie wie ein Schlag. Niemand setzte irgendwelchen Schaustellern auf diese Art nach und blieb bei so geringen Gewinnaussichten so hartnäckig. Die Beharrlichkeit gründete auf anderem Fundament – und sie kannte nur eine Person, die so unerschütterlich verfolgte: Raúl de Almaviva. Wie immer er davon erfahren hatte, der spanische Grande hatte sie gefunden – zumindest ahnte er, wo sie sich aufhielt. Sofort befiel sie ein Jucken, das seinen Ausgangspunkt am Rücken nahm. Wenn Almaviva sie finden würde, wenn er die Schausteller unter dem Sand entdeckte, würde er ihr die Haut abziehen, wie er es ihr schon einmal prophezeit hatte. Er war an dem merkwürdigen Bild interessiert, das ihr auf die Haut gemalt worden war. An nichts sonst.

Mayana versuchte am Stand der Sonne, die sich durch die geschlossenen Lider hindurch einen Weg in ihr Auge brannte, festzustellen, wie lange es noch dauerte, bis die Nacht sie erretten würde. Doch die Zeit war lang. Länger, als sie alle es in dieser Haltung aushalten könnten.

Die Stiche, die ihren Rücken malträtiert, die ihr fiebrige Tage und die Verfolgung durch diesen spanischen Granden beschert hatten, juckten umso stärker, je länger sie im Sand verborgen lag. Es fühlte sich an wie die Asche, die man ihr in die Wunde gerieben hatte.

Mayana kämpfte mit sich, mit dieser Marter, wollte sich erheben und den Rücken an einer Baumrinde schaben, wollte sich befreien von der Last der Karte, die einen Ort zeigte, der jenseits dieser Welt lag. Mit jedem Gedanken konnte sie sich besser in das Zappelige der Menschen auf dieser Seite des Waldes hineinfühlen. Was, wenn auch ihre weiße Haut juckte und biss, wenn sich diese helle Haut, die sich ausnahm wie das Papier der Priesterbücher, nicht bemalen lassen wollte?

Sie lauschte hinaus in den Lärm des Meeres, horchte auf das regelmäßige Schlagen der Wellen, das Singen des Windes, der Steinchen für Steinchen den Sand mitnahm, sodass ein unablässiges Rieseln den Strand erfüllte, als siebte ein Riese beständig den Sand durch seine Finger. Je genauer sie hinhorchte, desto klarer und tiefer hörte sie hinein in das Wispern und Flüstern der Welt. Ihre Betäubung legte sich und machte wieder Platz für ihre vom Wald geschulten Sinne, auf die sie so sehr angewiesen war. Eben in dieses beständige Rauschen und Rieseln und Blasen fiel ein Geräusch, das sie erstarren ließ: ein Atmen.

Wäre sie, wie sie eben noch vorgehabt hatte, mit einem Ruck aus ihrem Sandgrab gestiegen, hätte sie vermutlich den Männern den Weg gewiesen. Sie hockten tatsächlich etwas über der Hochwasserlinie, streckten vermutlich ihre Köpfe darüber hinaus und ließen die Blicke über die Sandfläche gleiten. Sie warteten, weil ihr Herr, der spanische Grande, ihnen das Warten befohlen hatte.

Mayana sackte innerlich in sich zusammen und fühlte gleichzeitig, wie das Jucken nachließ, wie an seiner Stelle ein Wille heranwuchs, die Nacht noch zu erreichen. Im Schutz der Finsternis würden sie den Strand verlassen können, würden sich nach Sanlúcar begeben. Mayana hoffte inständig, dass die Wolfsfrau, dass Narses und Bertram und der Junge ebenso dachten und sich nicht rührten.

Die Zeit verstrich so langsam, dass sie glaubte, jeden einzelnen Augenblick festhalten zu können. Als wäre der Tag stillgestanden, damit der spanische Grande seine Suche ausdehnen konnte.
Endlich, sie hatte schon nicht mehr daran geglaubt, berührte die Sonne das Meer und löste sich im Wasser auf. Sie schickte mit dem Wind vom Meer her eine Schwärze ans Firmament, die der glich, die sich in den Fledermaushöhlen ihrer Heimat ausbreitete, wenn man sie betrat. Der Gesichtssinn erlosch, die brennend rote Fackel des Sonnenlichts flackerte noch ein letztes Mal auf und erstickte dann am Dunkel. Da der Mond in diesen Tagen erst nach dem ersten Drittel der Nacht am Himmel erschien, konnten sie die Zeit der größten Finsternis nutzen, um aus den Fängen ihrer Verfolger zu entkommen. Doch hieß das vorerst noch warten.
Mayana spürte mit ihren bis in die Haarspitzen hinein angespannten Sinnen, wie die Männer oberhalb der Hochwasserlinie aufstanden, wie sie erwarteten, dass sich die Verfolgten erheben würden, wo immer sie sich befanden.
»Es ist so weit, wir müssen hier weg!«, flüsterte Narses, doch Mayana unterbrach ihn sofort.
»Nicht! Schlecht. Wenig warten!«, zischte sie zurück und hoffte, dass der Zwerg auf sie hören und ihren Sinnen vertrauen würde. »Männer noch hier!«
Mayana öffnete die Augen und blickte hinauf in das Netzwerk der Glühwürmer, die sich Nacht für Nacht am Himmel versammelten, um mit ihren Lichtern den Menschen den Weg zu weisen. Warum sie nur jede Nacht wiederkamen? Warum sie sich der Mühe unterzogen, bis dort hinauf zu steigen, um immer denselben Platz einzunehmen? Sie glommen so unermüdlich und flackerten so voller Sehnsucht, dass ihr das Herz davon schwer wurde und sie niederdrückte.
Ein Knirschen holte sie aus ihrer Fantasie zurück auf den Strand unter dem schwachen Lichterdach des Himmels. Nur geübte Augen konnten in dieser Finsternis etwas zwischen den dunklen Steinblöcken des Strandes erkennen.

Sand, der unter dem Gewicht eines Körpers gepresst wurde. Atmen. Schritte. Wer auch immer durch diese Nacht schlich, er bewegte sich leise und so vorsichtig, wie es diesen bleichen Milchgestalten eben möglich war. Doch ihr Lärm weckte jeden Waldbewohner auf hundert Fuß. Bewegungslos lag sie da und lauschte, dann blickte sie in die Richtung der Geräusche und versuchte zu erkennen, wer sich dort im Schutz der Dunkelheit heranstahl. Selbst das Licht der Himmelsglühwürmer gab keine Gestalten preis. Wusste der Unbekannte, wo sie sich versteckt hielten? Doch dann hätte er sich tagsüber an sie heranwagen können. Gegen die Übermacht der Reiter wären sie machtlos gewesen.

Sie horchte genauer in die Finsternis und vernahm weitere Schritte über ihnen und auch den Tritt eines Mannes, der direkt auf sie zukam. Wenn sie die Schrittfolgen einigermaßen richtig erfasste, pirschten mindestens so viele Männer durch die Dunkelheit, wie sie Finger an einer Hand hatte.

9. KAPITEL

Sanlúcar de Barrameda war ein Albtraum an Schmutz und Gestank an der Mündung des Guadalquivir. Auf den Straßen wehte rötlicher Staub, die Gebäude duckten sich unter einer unbarmherzigen Sonne. Nirgends Schatten. Die Menschen verkrochen sich mittags in ihren Häusern. An der Hafenmole jedoch dümpelte Spaniens Stolz: Die Silberflotte, die alles an Gold, Silber und Edelsteinen der Neuen Welt hier anlandete. Unbestechlich walteten auch im grellen Licht der Mittagshitze die Beamten. Beim Spaziergang über die Hafenmole konnte Federmann sie beobachten. Sie wogen und zählten genau, beschirmt von weißen Leinensegeln, die ein wenig Schatten spendeten, während Kiste um Kiste aus den Laderäumen geschleppt wurde, um auf die eichenen Schätztische gewuchtet zu werden. Nichts entging den zu Schlitzen verkniffenen Augen der Beamten. Jede ausgebeulte Hosentasche eines Matrosen wurde durchsucht, jede Wamsnaht abgegriffen. Die Waagen waren geeicht und diese Eichung mit rötlichen Siegeln bestätigt. Versuche, die königlichen Prüfer auf die Seite der Unehrlichkeit zu ziehen, wurden mit einem Lächeln geahndet. Nichts hörte man je wieder von den Wagemutigen. Sie verschwanden in den Türmen Sevillas und schließlich auf den Galeeren ihrer Allerchristlichsten Majestäten.

Und während über die Tische der Zählmeister das Gold sprudelte wie ein lebhafter Bach, zahlten die Bauern für ihr Dasein im Ort mit ihrer Lebenszeit. Am Strand lagen endlose Salzgärten. Mit aufgerissenen Beinen, die schwärenden Wunden mit Lappen umwickelt, standen die Bauern knöcheltief im Sand und ließen Meerwasser in die flachen Becken. Die Bracke verdunstete, und übrig blieb eine bräunliche Brühe, halb Schlamm, halb Salz, die mit einem Rechen gehäufelt wurde. Eingefüllt in Holzmodeln trocknete sie aus, wurde hart und auf den Märkten der Stadt als Pökelsalz angeboten, das überall ausstaubte. Die Luft war voll davon. Wände und Gassen waren bedeckt mit dem ätzenden Pulver. Sanlúcar schmeckte nach Bittersalz.

Der eigentliche Hafen Spaniens war nicht Sanlúcar, sondern der Manzanilla – das flüssige Gold Spaniens, der trockene, blässliche Wein, eine Essenz für die Seele, bestimmt nur für die, welche ihr Leben hinter sich ließen und sich für eine Überfahrt rüsteten.

Federmann saß mit Ehinger unter den Arkaden am Marktplatz. Sie prosteten sich gegenseitig zu.

»Der Manzanilla ist ein Vorgeschmack auf das Paradies – wer die Überfahrt überlebt, will zurück nach Sanlúcar, um zumindest diesen Wein noch einmal zu kosten, Federmann. Merkt Euch also seinen Geschmack.« Ehinger ließ die Flüssigkeit im Licht des Tages funkeln und setzte den Wein dann mit geschlossenen Augen an die Lippen.

Federmann schmeckte nur Bittersalz, das selbst dem Manzanilla beigemischt zu sein schien. Er wusste jedoch, woran dies lag. Seine Stimmung war auf dem Tiefpunkt. In einem Gewaltritt waren sie nicht nur den Räubern entkommen, sondern hatten auch in nur zwei Tagen Sanlúcar erreicht, völlig erschöpft, völlig verdreckt. Eng nebeneinander waren sie nachts geritten, mit gezückten Schwertern und wachen Sinnen, ohne irgendwo Rast zu machen. Die Nacht verbrachten sie im Sattel und auch den Morgen noch, bis die flirrende Hitze sie gezwungen hatte, sich im Schatten eines Ölbaumhains zu verkriechen. Früher als gewöhnlich waren sie aufgebrochen und hatten den Weg wieder aufgenommen, bis sie schließlich vor den Mauern von Sanlúcar gestanden hatten.

Die Wagen der Bergknappen am Strand, außerhalb der Stadt, waren leicht auszumachen gewesen. Natürlich hatte er den Nagel auf den Kopf getroffen, als er vermutet hatte, dass Almaviva hinter Mayana hergeritten war. Dieser hatte mit seiner Truppe sogar die Knappen erreicht, ihnen Begleitung und Hilfe angeboten, nachdem er erfahren hatte, wie es um sie stand und dass sie mit demselben Schiff über den Großen Golf fahren sollten. Und als einer der Bergknappen von dem brennenden Schaustellerkarren geredet hatte, von einem oder gar zwei Toten und von der Flucht der anderen Mitglieder, war Federmann mulmig geworden. Mit Hemmler war er zurückgeritten und hatte sich den Ort des Überfalls angesehen: die aufgewühlte Stelle der Wagenburg, den verbrannten Karren der Schausteller, der wie ausgegrenzt vor der Festung aus Fuhrwerken stand. Federmann fragte sich, warum er nicht in die provisorische Festung integriert worden war. Schließlich hatten ihm die halb verbrannte Leiche der Vixen und der tote Mattheis mit seinen abgetrennten Händen einen Stich ins Herz versetzt. Die Bergknappen waren nicht Manns genug gewesen, sie zu verscharren. Mit Hemmler war er abgestiegen und hatte mithilfe von Messer und Händen eine flache Grube ausgehoben, um die sterblichen Überreste der Vixen und von Mattheis dort hineinzulegen, in Sichtweite des Flusses.

Federmann fühlte sich einerseits hellwach, andererseits durch Hitze und Trockenheit wie ausgedörrt und übermüdet. Nervös rutschte er auf dem Stuhl hin und her. Die Bergknappen richteten sich mit Frauen und Kindern auf dem Schiff ein, ebenso die hundertdreiundzwanzig Soldaten. Doch Mayana hatte er nicht gefunden. Sie nicht und nicht Narses, die Wolfsfrau, Schindler, Bertram oder Jakob. Als habe man sie im Wasser ertränkt und an die Fische verfüttert. Dabei wollten sie in wenigen Tagen lossegeln. So sah jedenfalls der von Ehinger ausgegebene Plan aus. Alles glitt an Federmann vorüber, als sei es für jemand anderen gedacht.

Ehinger erzählte ihm von der Ausrüstung, der Vorbereitung, berichtete von der Schiffsreparatur, der Anwerbung der Matrosen und der Einschiffung selbst, doch all dies perlte an Federmann ab. Sein einziger Gedanke galt Mayana. Nichts wollte er wissen von den Besuchen beim Stellvertreter seines Herrn, des römischen Kaisers und Herrschers über beide Spanien und die Neue Welt, über zusätzliche Gelder für seine Beamten, die finanziellen Handsalben für die zahllosen Überprüfungen und Passierscheine. Nichts geriet in seine Ohren von den Besprechungen in den Handelskontoren der Ehinger-Welser-Kompanie, nichts von den geheimen Befehlen, dem Einbau doppelter Böden und heimlicher Fächer, dem Auftrag für die Rückkehr, Gold und Edelsteine an den Beamten vorbei ins Land zu schmuggeln. Nichts wollte er wissen über die Anteile, die in nächtelangen Sitzungen ausgehandelt wurden, falls dieses Unternehmen Erfolg haben sollte, nichts über den Spaß der Bordellbesuche und das Lachen der erfolgsverwöhnten Kontorleiter.

So deutlich wie in den letzten vierundzwanzig Stunden war ihm noch niemals bewusst geworden, wie sehr er sie brauchte, die kleine Frau aus der anderen Welt. Wie sehr er ihre Nähe, ja ihren Geruch vermisste. Ebenso bewusst wurde ihm allmählich, dass es ihm gar nicht so sehr um die Karte ging, nicht um die Reise, sondern einzig um ihre Anwesenheit. Mayana blieb jedoch verschwunden, als habe die mörderische Hitze in diesem Teil Europas sie aufgelöst. Beim Manzanilla stieg Federmann noch eine letzte Erkenntnis in den Kopf: Die Bergknappen hatten ihn angelogen.

Er schlug mit der flachen Hand auf den Tisch, sodass Ehinger beinahe sein Glas umgestoßen hätte. »Herrgott, Federmann, was ist mit Euch?«

»Ich muss mit diesen Bergknappen reden. Und zwar sofort. Sie haben mir nicht die volle Wahrheit gesagt. Sie verschweigen etwas. Es kann nicht sein, dass alle geflohen sind. Einige haben zugesehen, wie der Karren der Schausteller von einer Räuberbande verbrannt wurde, und niemand hat eingegriffen. Sie müssen wenigstens gesehen haben, was mit den verbliebenen Schaustellern geschehen ist.«

Federmann stand auf, umfasste das Glas Manzanilla und schüttete sich den Inhalt in den Leib. »Das wird meine Erinnerung daran festigen, dass diese gottverdammten Kerle mich belogen haben.«

»Ihr wollt doch keinen Streit vom Zaun brechen? Wir müssen sechs oder acht Wochen mit diesen Bergleuten auf einem Schiff

hausen. Da wäre es vernünftiger, die Sache in einem ruhigen Gespräch zu regeln.«
Ehinger wollte aufstehen, doch Federmann drückte ihn in den Stuhl zurück. »Mit Verlaub, Ehinger. Ihr könnt gerne Eure Probleme in Gesprächen lösen. Nicolaus Federmann löst die seinen wie Nicolaus Federmann. Ich werde mir jetzt den Kopf schnappen, der für die Reise hierher verantwortlich war. Diesen Kopf werde ich so lange unter Wasser halten, bis er aufhört zu zappeln. Wenn er dann nicht mehr antworten kann, kommt der nächste an die Reihe und so fort. Sollten nach diesem Verhör noch Bergknappen übrig sein, könnt Ihr Euch glücklich schätzen.«
Ehinger versuchte, sich dem Druck der Hand des Ulmers zu entziehen, doch Federmanns Griff glich einer Eisenklammer.
»Untersteht Euch, Ehinger, mir in die Quere zu kommen. Ich vermisse vier meiner Leute. Diesem Gesindel von Bergknappen wird sehr schnell klar werden, dass mit mir nicht zu spaßen ist.«
Federmann drückte sich an Ehinger ab und lief auf die Mole zu. Über der gesamten Hafenstadt ragten die Mastspitzen der Segelschiffe. Sie schaukelten und wippten in einem nicht zu bestimmenden und doch harmonischen Wellenrhythmus, als wäre die gesamte Flotte ein Lebewesen und atmete in ruhigen Atemzügen ein und aus.
Federmann war noch niemals auf einem Schiff gewesen und hoffte inständig, dass ihm dieses Heben und Senken keine allzu großen Qualen bereiten würde. Doch im Augenblick beschäftigte ihn dieser Gedanke gerade so lange, wie es brauchte, um das Wort »Seekrankheit« zu sagen. Sein Schritt beschleunigte sich, je näher er dem Kai kam. Zuletzt rannte er. Er hatte es eilig, wollte einen Teil seiner Wut über die Bergleute mitnehmen, damit sie nicht in der unerträglichen Hitze dieses Ortes verdampfte.
Die Geschäftigkeit am Ankerplatz sprengte jeden Rahmen. Es wurde geschrien, gebrüllt, geweint, es wurden Lebensmittel an Bord gebracht und aus kleinen Schaluppen Särge ausgeladen. Männer betraten auf schwankenden Planken die Schiffe, Säcke

auf dem Rücken, während andere ruhig an der Bordwand lehnten und auf das Treiben unter ihnen hinabblickten.
Auf halbem Weg die Mole entlang kam das Schiff in Sicht, das ihn in die Neue Welt bringen sollte: die *Santa Cruz*, eine leicht betagte Galeone. Federmann rannte darauf zu. In Gedanken malte er sich bereits aus, welchen Kopf dieser unverschämten Kerle er zuerst ins Wasser drücken würde, als sein Blick auf das etwas lächerliche Schauspiel fiel, das sich auf dem Schiff abspielte. Matrosen waren gerade dabei, Kisten einzuladen, was von den Frauen überwacht wurde. Federmann hielt unvermittelt inne. Er betrachtete die Sorgfalt, mit der die Frauen den Matrosen auf die Nerven gingen – ihre Vorsicht hier und Umsicht da, ihre Zurufe, ihre Ängstlichkeit, der wertvolle Hausrat könnte beschädigt werden. Unvermittelt nickte der Ulmer. Die Kerle würden zu Kreuze gekrochen kommen. Nicht seinetwegen, der Frauen wegen.
Er vertrat dem Warenzug, der sich den Ladeplanken näherte, den Weg. Federmann deutete auf die Kisten und fuhr gnadenlos zwischen das Treiben. »Halt. Die bleiben, wo sie sind. Die Frauen werden wohl ein Schiff später fahren müssen!«
Fassungslos starrten ihn die Frauen an, während die Matrosen seinem Befehl sofort gehorchten und die Kisten an Ort und Stelle absetzten. Die Matrosen, wie die Maulesel schleppend, dankten ihm mit Blicken für die kurze Unterbrechung.
»Was ist los?«, hakte sofort eine resolute Mittdreißigerin nach und baute sich mit in die Hüften gestemmten Armen vor Federmann auf. »Wir können doch unseren Hausrat nicht zurücklassen.«
Innerlich frohlockte der Ulmer, weil sein Befehl, aus einer Laune heraus gerufen, umgehend wirkte. »Es ist nicht der Hausrat, es sind wie gesagt die Frauen mit ihrem Hausrat, die ein Schiff später nach Klein-Venedig abgehen werden«, bemerkte er trocken. »Bringt also das … Zeug hier wieder zurück.«
Die Frau wurde blass. Ihr Kinn ruckte vor, die Unterlippe zitterte.

»Wir begleiten unsere Männer nicht nach Klein-Venedig?«
»Nein. Vorerst nicht. Es ist zu wenig Platz auf dem Schiff.«
»Dann bleiben unsere Männer auch!«
Federmann blickte betont unbeteiligt den schwankenden Wald der Segelmasten entlang. Die Galeonen und Karacken ankerten in zwei bis drei Reihen hintereinander an der Mole. Hier dümpelten mehrere Flotten im ruhigen Hafenwasser. Spaniens Reichtum bestand nicht nur aus den Gold-, Silber- und Edelsteinladungen, die hier anlandeten, er bestand aus schwimmenden Wäldern, die zu hochseetüchtigen Schiffen verbaut worden waren.
»Eure Männer haben einen Kontrakt unterschrieben. Wir werden sie mitnehmen – oder in den Zwingturm werfen lassen. Wenn wir über Jahresfrist zurückkehren, werden sie sicher gefügig genug sein und uns freiwillig begleiten wollen.« Er wandte sich an die Matrosen, deutete auf die Ladung und befahl mit einem Wink, den Hausrat auf die Seite zu schaffen. »Kein weiterer Weiberrock mehr aufs Schiff!«, gab er als Parole aus.
Dann drehte er sich um und bestieg die *Santa Cruz*. Ihm war bewusst, dass ihm die Frauen nachsahen, mit offenen Mündern und zornroten Mienen. Sie würden zu ihren Männern laufen, ihnen die Neuigkeit mitteilen und sich beschweren. Die Männer würden hitzig miteinander reden, würden sich beratschlagen und dann eine Delegation schicken. Das würde rasch geschehen, aber nicht allzu schnell. Er hätte also Zeit.
Federmann begab sich unter Deck und versuchte aus der Geschäftigkeit des Stauens ein Prinzip abzulesen. Doch es war hoffnungslos. Säcke und Fässer wanderten in den Bauch des Schiffes, als wären Ameisen beschäftigt. Scheinbar wirr und ungeordnet liefen die Stauer hin und her, stopften hier einen Sack in eine Lücke und schoben dort eine Kiste unter einen Berg an Fässern. Niemals hätte er in diesem Durcheinander auch nur einen Kanten Brot wiedergefunden. Doch der Quartiermeister verzeichnete alle eingehenden Waren, jeden Beutel, jeden Strunk Zwiebel, jede Speckseite übergenau und notierte gleichzeitig, wo alles

abgelegt wurde. Nichts blieb dem Zufall überlassen, alles wurde festgehalten und überprüft, nachgesehen und noch einmal kontrolliert. Schließlich nützte es nichts, wenn die Brotkisten unter den Bohnensäcken zu liegen kamen, da das Brot vor den Bohnen verbraucht werden würde. Federmann streunte durch die Lagerräume, immer mit dem Gefühl, im Weg zu stehen und überflüssig zu sein.
Das Schiff war nicht neu. Zehnmal hatte es angeblich die Strecke in diese Neue Welt bereits zurückgelegt, und das war am Schiffskörper nicht spurlos vorübergegangen. Morsche Balken waren zwar entfernt worden, und die ganze Konstruktion hatte man ausgebessert und versteift, jedenfalls hatte ihn Ulrich Ehinger dessen versichert. Da er selbst jedoch keine Erfahrung mit Schiffen besaß, konnte er nur darauf hoffen, dass der Schiffsname eine gewisse Versicherung darstellte.
»Federmann!«
Das Gebrüll an Deck ließ ihn schmunzeln. Jetzt hatte er die Reaktion, die er brauchte. Allerdings hatte er es nicht eilig, dem Schreihals zu begegnen. Er stieg ein Deck tiefer. Dort hingen, mit kräftigen Tauen befestigt, die Kanonen in den Seilen. Fest verzurrt, damit sie nicht bei bewegter See die Bordwand durchbrachen. Man würde sie vermutlich nicht brauchen, dennoch war es eine wichtige Vorsichtsmaßnahme, schließlich lauerte auf der Strecke nach Santo Domingo und Klein-Venedig dasselbe Gesindel wie auf dem Weg von Sevilla nach Sanlúcar: Seeräuber, Meereswölfe, Mörder, Ausgestoßene, Abschaum der Gesellschaft, die alle nur eines im Sinn hatten, nämlich vom Reichtum dieser Landstriche und Meergegenden ihren Anteil zu fordern.
»Federmann! Wo zum Teufel steckt Ihr?«
Federmann schlenderte die Geschützluken entlang und stieg noch ein Deck tiefer. Dort herrschte der stickige Geruch des Bilgenwassers vor. Er horchte auf das Geräusch des fauligen Schwitzwassers, das von den Wänden herabtropfte und sich im untersten Deck sammelte. Das Holz in dieser Tiefe, die knapp unter der

Wasserlinie lag, war mit einem feuchten Schleim bedeckt und von Wasser durchtränkt. Zwar wurde die Bilge regelmäßig von Lenzen ausgepumpt, doch die Menge nahm zu, je mehr Menschen sich unter Deck aufhielten. Auf ihrer Überfahrt würden es über zweihundert Passagiere und Besatzungsmitglieder sein. Mehr als die *Santa Cruz* sonst zu tragen gewohnt war. Deshalb hatte man zwei Decks über ihm Kojen eingebaut und primitive Verschläge gezimmert, die viel an Stauraum wegnahmen.

»Federmann! Seid Ihr hier?«

Er konnte sich nicht länger verleugnen. »Ja!« Das nächste Deck wäre das offene Meer gewesen – Federmann konnte nicht weiter hinabsteigen. Hier unten würden sie reden, in diesem dumpfen Halbdunkel, das von Schwaden schlechter Luft durchtränkt war.

»Wer sucht mich?«

»Federmann, endlich. Was tut Ihr hier unten?«

Der Führer der Bergknappen lugte den Durchstieg hinab.

»Man muss auch die niederen Gefilde kennen, um den Charakter beurteilen zu können. Das ist bei Schiffen nicht anders als bei Menschen, Triebl. Glaubt Ihr nicht auch? Aber lasst mich eine Gegenfrage stellen. Was tut *Ihr* hier unten?«

»Man muss nicht alles gesehen haben. Aber es beruhigt ungemein«, konterte der Steiger.

»Nun, das unterscheidet uns voneinander, Triebl. Bevor ich mich auf etwas einlasse, prüfe ich sehr genau nach. Aber Ihr seid mir sicherlich nicht nachgestiegen, weil Ihr mit mir über das Bilgenwasser im Unterdeck reden wollt.«

Der Bergmann stieg zu ihm hinab, und Federmann musste zugeben, dass sich der Mann, obwohl er einige Jahre älter war als er, sicher und schnell bewegte wie ein junger. Triebl kam auf ihn zu und stellte sich so nahe vor ihn, dass der Ulmer fürs Erste unangenehm berührt war und sich bedrängt fühlte.

»Ihr wollt unsere Frauen hier lassen? Habe ich das richtig verstanden?« Der Steiger sah ihm direkt in die Augen. Für einen kurzen Moment hätte sich Federmann gewünscht, den Wortführer der

Bergmänner nicht hier heruntergelockt zu haben. Schließlich war der Mann unterirdisches Arbeiten gewöhnt, konnte mit der Enge und der schlechten Luft besser umgehen als er, der für die stollenartigen Gänge im Unterschiff schon zu groß war.

»Ihr habt richtig gehört. Ich befürchte, man muss die Männer ein wenig in Zaum halten.«

»Wie kommt Ihr zu dieser Überzeugung, Federmann? Wenn ich diese Entscheidung meinen Mannen weitergebe, wird kaum einer bereit sein, nach Klein-Venedig zu segeln.«

Jetzt musste der Feldhauptmann grinsen. Er setzte einen Fuß vor – und Triebl zuckte tatsächlich zurück. »Dann werden sie im Zwingturm landen. Ihr kennt die Verträge.«

»Federmann! Es sind Freiwillige. Was bildet Ihr Euch ein? Unser christliches Gewissen …«

Mit einer Geschwindigkeit, die ihn selbst überraschte, hatte der Ulmer seinen Dolch gezogen und stieß die Klinge senkrecht in die Decke über ihren Köpfen. Der Steiger taumelte drei Schritte zurück, blass vor Schreck.

»Seid Ihr von allen guten Geistern verlassen, Federmann?«

»Was ist passiert, Triebl? Und ich rate Euch, mir wahrheitsgemäß zu antworten. Ich habe zwei meiner Männer verloren, zudem den Zwerg, die Vixen und zwei Frauen. Ich will wissen, warum der Karren nicht in die Wagenburg gefahren worden ist, warum er allein auf weiter Flur stand und wohin die Insassen verschwunden sind.« Federmann zog den Dolch aus der Decke. Er musste ihn zweimal hin und her biegen, damit das Holz die Klinge freigab. »Ich will zudem wissen, wer das zu verantworten hat, damit ich ihn bestrafen kann. Sofort. Ein Name genügt mir vor allem anderen. Solange das nicht geklärt ist, Triebl, werde ich die Männer mit Waffengewalt an Bord holen und unter Deck in Ketten legen lassen, und die Frauen bleiben, wo sie sind. Meinetwegen verdingen sie sich an irgendwelche Matrosen, um das Jahr zu überbrücken, das sie hier in Sanlúcar verbringen müssen.« Er drängte den Steiger bis zur Falltreppe zurück, dann packte er ihn beim Kragen und zog ihn so weit zu sich heran, dass er seinen Atem riechen konnte. »In zwei Stunden ist der Schuldige gefunden, Triebl, oder ich lasse jeden Einzelnen von euch hier unten anschmieden. Mit Euch beginne ich, weil Ihr meine Befehle weiterzugeben und mir für den Ungehorsam Eurer Männer Rechenschaft abzulegen habt. Zwei Stunden und keine Sanduhr länger!«

Federmann scheuchte den Bergmann die Treppe hinauf, zufrieden mit sich und der Entwicklung. Er sah dem Steiger nach, der behände wie ein Eichhörnchen die Treppen hinaufsprang, dann stapfte er hinter Triebl her an Deck und sog oben – wieder an der frischen Luft – die salzige Brise in die Lunge. Sie roch nach Ferne und Abenteuer und machte ihn unruhig. Am liebsten wäre er eher heute als morgen nach Klein-Venedig aufgebrochen. Er blickte hinab auf die Mole und dem Wortführer der Bergleute nach, der mit knappen Gesten seine Leute zusammenrief.

10. KAPITEL

Mayana schälte sich aus dem Sandbett und rüttelte die Wolfsfrau wach. Die erhob sich schwer, wenn auch weitgehend lautlos.

Bertram, Jakob und Schindler, der sich als Letzter den Sand aus den Kleidern schüttelte, hatten offenbar vernommen, dass Narses und sie beide aufgestanden waren. Sie mussten weg von hier, und zwar schnell, solange sich der Mond noch nicht zwischen die Glühwürmchen am Himmel geschoben hatte. Zudem hoffte Mayana, dass die Ohren der Männer, die den Strand abgingen, nicht besser waren als die aller Weißhäutigen. Man konnte neben ihnen atmen, und sie hörten es nicht einmal.

Lange hatte sie nachgedacht, bis ihr Entschluss festgestanden hatte. Sie mussten ins Wasser. Dort würde niemand sie suchen. Inständig hoffte Mayana, dass dieses salzige Wasser, das sie schon auf der Zunge schmeckte, keine Tiere enthielt, die ihnen gefährlich werden konnten, wie die Wasserbewohner ihrer Heimat. Nicht die großen, die sichtbaren. Natürlich kam es vor, dass ein Piranhaschwarm zubiss und einen im Wasser stehenden Fischer zerriss. Natürlich packten Wasserschlangen gelegentlich ein spielendes Kind, natürlich holte sich ein Krokodil seine zweibeinige Beute, wenn sie unbedacht war. Doch ging man mit einer gewissen Vorsicht vor, dann war das Wasser durch diese Wesen nicht bösartiger, nicht gefährlicher als der Wald. Wer sich vom Dorf entfernte, betrat die Schwelle des Todes. So war es seit jeher gewesen, so würde es immer sein. Schlimmer als diese Gefahren waren die Bedrohungen, die man nicht sah. Niemand konnte so vorsichtig sein, sie zu vermeiden. Es waren die Würmer, die sich in die Haut bohrten und darin einnisteten, bis aus den Hautunreinheiten ganze Heerscharen von Larven schlüpften und den Körper langsam von innen her auffraßen; die sich über die Haut gewaltsam nach außen kämpften und tödliche Entzündungen hervorriefen. Es waren die Wassergeister, die von den Menschen

Besitz ergriffen und ihren Verstand verwirrten, bis sie die Tölpel mit ihren Dämonen zurück ins Wasser stürzten. Das waren die eigentlichen Plagen des Wassers.

Eine Berührung an der Hand ließ sie aufschrecken. Sofort wusste sie, wo sie war und was zu tun sei. Sie erhob sich und steuerte zielsicher die Uferkante an. Zwar erhellten die Sterne den Strand leicht, doch nur ein geübtes Auge wie das ihre durchdrang die Dunkelheit ein wenig. Die Weißhäutigen waren in solchen Nächten wie blind. Sie ging ihrem Gehör nach, das ihr sagte, wo das Wasser am tiefsten sei. Offenbar hatte sich ihr Hören verbessert, denn sie konnte sich wieder einigermaßen darauf verlassen. Langsam entfernten sie sich Schritt für Schritt von ihren Verfolgern. Die schienen nichts zu bemerken, schienen in ihre Jagd nach ihnen vertieft zu sein und waren ganz auf die Schwerter, die sie in den lockeren Sand stachen, konzentriert. So könnten sie zwar ihr Versteck erspüren, hören würden sie aber nichts. Das Geräusch des Einstechens verschluckte alle anderen Geräusche. In jedem Dschungel wären diese Trampelmenschen eine leichte Beute gewesen. Nahrung für die Geister auf vier Beinen.

Mayana hielt nur die Wolfsfrau an der Hand. Ansonsten vertraute sie darauf, dass Narses, Jakob, Schindler und Bertram wussten, was zu tun sei. Die Nacht war jedenfalls so finster, dass es sich nicht gelohnt hätte, sich umzuschauen. Mayana sah noch nicht einmal die eigene Hand vor Augen.

Der Strand senkte sich leicht gegen die Wasserkante hin, und ohne große Zwischenfälle erreichten sie das Meer. Jetzt in der Nacht umspülte sie das Wasser warm. Mayana zögerte etwas, bevor sie sich ins dunkle Nass hineinwagte. Kein Stern spiegelte sich darin. Es lag vor ihnen wie ein bodenloser Schlund und versprach keineswegs die Rettung, die sie sich von ihm erhoffte.

Sie lauschte auf die Geräusche, die ihre Mitstreiter verursachten – und stellte fest, dass ihr nur vier weitere Personen folgten: Die Wolfsfrau hielt sie an der Hand, Bertram erkannte sie an seiner Seemannsatmung durch die Nase, Schindler an den kurzen Stö-

ßen der zu engen Brust, und Narses tappte mit seinen kurzen Beinen einen typischen Takt. Gegen den Strand sah sie schwach die Köpfe ihrer Begleiter. Sie zählte drei. Einer fehlte.
»Wo Jakob?«, zischte sie beunruhigt.
»Er ... ist womöglich ... nicht aufgestanden!«, antwortete Narses.
»Meer!«, befahl Mayana und griff in die Dunkelheit hinein, in der sie zielsicher Narses' Arm fand. »Meer!«, wiederholte sie und gab dem Zwerg die Wolfsfrau an die Hand. »Vorsicht, krank!«, fügte sie hinzu. »Holen Jakob!«
Sie lief zurück auf den Strand und horchte in das Wellentreiben hinein, ob die anderen ihrem Befehl gehorchten. Tatsächlich führten sie ihn aus. Wenn sie stillhielten, konnte ihnen nichts mehr geschehen.
Mayana machte kehrt und konzentrierte sich jetzt nur noch auf die alte Fährte, auf der sie zurückgehen musste. Jakob war noch ein Kind. Er war sicherlich müde gewesen, war eingeschlafen und hatte es verpasst, sich wie sie und die anderen aus dem Sandversteck zu schälen. Wenn er dort noch immer lag, würden ihn die Männer aufspüren.
Hastig, ganz gegen ihre Gewohnheit unvorsichtig, eilte Mayana vorwärts. Zwar war sie immer noch leiser als alle diese Lauftölpel, aber sie durfte nichts aufs Spiel setzen. Obwohl das Wasser hinter ihr alles Licht schluckte und sie gegen diesen dunklen Hintergund sicher nicht auszumachen war, vermochte doch ein einigermaßen scharfes Auge ihren Schatten gegen den hellen Sand wahrzunehmen. Da half es, dass der Auflaufstrand des Wassers mit größeren Steinen duchsetzt war, die jetzt wie schwarze Löcher in der Dunkelheit lagen.
Keine zwanzig Schritte weiter vernahm sie das unterdrückte Stöhnen des Mannes, der sich eben ihrem Versteck näherte. Jeden Stich in den Boden begleitete er mit einem schwachen Grunzen. Vermutlich wusste er selbst nichts von seiner Eigenart. Für Mayana aber war es, als stünde er direkt vor ihr. Selbst mit verbundenen

Augen hätte sie ihn aus größerer Entfernung mit einem Blasrohrpfeil getroffen. Der Mann war noch nicht an ihrer Sasse angekommen. Mayana duckte sich in die Nachtschwärze und versuchte, sich wieder zu orientieren. In welcher Richtung hatte Jakob gelegen? Wenn sie ehrlich war, wusste sie es schlicht nicht. Ihr blieb also nichts weiter übrig, als einfach im Zickzack den Liegeplatz abzulaufen, in der Hoffnung, über den Jungen zu stolpern.

Mayana huschte einmal hoch, einmal nach unten, hörte sich die unterdrückten Flüche der Soldaten an und stieß tatsächlich eher zufällig mit dem Fuß gegen einen Körper: Jakob!

»He!«, fuhr der auf. »Was …«

Mayana bückte sich zu dem Jungen hinab und versuchte ihm den Mund zuzuhalten, was ihn aber noch mehr verschreckte und sich wehren ließ, bis sie ihm endlich zuzischen konnte, er solle ruhig sein.

Doch die Soldaten hatten sie gehört. Die Männer warfen sich Fragen zu, die Mayana nicht verstand. Damit wollten sie vermutlich herausfinden, wer von ihnen die Geräusche verursacht hatte. Als klar war, dass es keiner von ihnen gewesen war, begannen sie nach der Herkunft der fremden Laute zu suchen. Wie ein Netz zog sich das Gewirr der Stimmen um sie zusammen. Vermutlich hatten die Männer inzwischen auch ihre Schemen wahrgenommen.

»Ruhig!«, flüsterte Mayana dem Jungen zu. »Hoch. Schnell. Weg!«, brachte sie noch heraus.

Als Jakob vor Schreck zusammenfuhr und sich den Sand vom Leib schüttelte, vernahm Mayana einen triumphierenden Satz, der nichts anderes bedeuten konnte als: »Wir haben sie!«

Mayana packte Jakob am Handgelenk und stürmte los. Die Männer vernahmen die Geräusche ihrer Flucht und begannen sich gegenseitig zuzurufen, aufmerksam zu sein. Eine Mauer aus Stimmen baute sich um sie herum auf, doch Mayana hörte aus dem Gewirr der Laute eine Lücke heraus. Sie hoffte, dass dort nicht zufällig ein stummes Exemplar der Soldaten Dienst tat. Dort würden sie

den Kreis der Männer, der sie einzuschließen drohte, durchbrechen können. Ärgerlicherweise lag die Stelle weg vom Wasser. Sie würden also einen Bogen laufen müssen, um ins Wasser zu gelangen, wenn sie überhaupt bis ans Meer kamen.
Jakob lief zwar schneller als sie, doch sein Instinkt ließ ihn in der Dunkelheit häufig im Stich. Er trat auf Muschelschalen, blieb an einem Stück Treibholz hängen und stolperte in Sandlöcher, sodass er zweimal stürzte. Mayana fühlte die Hindernisse vor sich, obwohl sie in der tiefen Finsternis nur wenig sah. Sie wich ihnen aus oder übersprang sie, wo es nötig war. Doch trotz des Lärms, den Jakob in ihren Ohren veranstaltete, gelang es ihnen, den Wall aus Leibern zu durchbrechen. Jetzt stand nur noch der Damm vor ihnen, der die Fluthöhe markierte.
»He, wer ist da? Stehen bleiben!«, rief einer der Soldaten mit rauer Stimme direkt vor ihnen.
Mayana schwenkte nach links dem Meer zu, um in den Rücken der Mauer aus Männern zu gelangen, als direkt vor ihnen eine Mündungsflamme aufblitzte und gleichzeitig ein Schuss über den Strand hallte. Mayana spürte nur kleine Stiche im rechten Oberarm, doch für Jakob war es, als würde er gegen eine Wand laufen. Seine Beine kamen aus dem Tritt, verhedderten sich, stolperten übereinander. In sein Atmen geriet ein Pfeifen, als würde Luft entweichen. Sein Arm fiel schlaff herab, entglitt Mayana – und dann stürzte er der Länge nach hin.
Der Soldat, der seinen Feuerstock abgeschossen hatte, musste auf Gehör ins Nichts gezielt haben, denn sehen hatte er sie nicht können. Mayana nahm bereits an der Art des Fallens wahr, dass der Junge nicht mehr lebte. Der Feuerblitz musste Jakob voll getroffen und sofort getötet haben.
Mayana spürte, wie in ihr ein Gefühl aufstieg, das ihr den Verstand zu rauben drohte. Ihr Vater hatte sie vor solchen Gefühlen gewarnt. Sie waren ein Todesurteil. Wenn der Körper die Gewalt über den Verstand übernahm, opferte er sich dem Wald. Nichts und niemand würde ihn retten können.

Mayana warf sich zu Boden und drückte ihr Gesicht in den von der Abendkühle feuchten Sand. In ihrem Kopf hallte noch immer die Stimme nach, die sie beide angerufen hatte. Jakob war tot. Die Feuerprügel der Weißhäutigen hatten ihn niedergestreckt. Jetzt musste sie um ihr eigenes Leben fürchten. Doch wenn sie lief, wenn sie einfach lief, dann würde sie in wilder Hast ins Wasser jagen, würde sie ihre Freunde verraten, würde …

Sie biss sich auf die Lippe, um dem Körper zumindest den Schmerz entgegenzusetzen. Sie wollte rennen, wollte schreien, wollte in langen Sätzen durch den Dschungel jagen … immer entlang der schmalen Wege, auf denen auch die vierbeinigen Dämonen lauerten und auf Beute warteten – die gelbäugige Bestie, der Jaguar mit seinem Fell wie spiegelndes Wasser und den gleitenden Bewegungen. Sie hörte nichts um sich her, sie fühlte nichts außer dem kühlenden Sand, in den sie sich krallte.

Endlich ließ der Drang nach Flucht nach, und der Verstand kehrte zurück. Sie hob den Kopf. Fackelschein umzingelte sie. Die Soldaten hatten Feuer entzündet, um besser sehen zu können. Stimmen, Geschrei, Rufe. Jetzt musste sie beinahe lachen. Wie dumm diese Weißhäutigen doch waren. Statt in die Dunkelheit zu lauschen, glaubten sie, die Finsternis erhellen zu können. Doch Licht ließ den Menschen nachts erblinden und ertauben. Mayana erhob sich, schüttelte sich kurz den Sand ab und glitt tief auf den Boden gebückt hinein in die Dunkelheit zwischen den Fackeln. Das Licht verriet ihr, wo sich die Männer befanden, wie sie gingen, wie sie standen. Es verriet ihr auch, was sie vorhatten. Sie versuchten die dunklen Zwischenräume möglichst rasch zu schließen, um einen Kreis aus Licht zu schaffen, doch sie hatten nicht damit gerechnet, dass sie längst diesem Kreis entronnen war, dass sie längst außerhalb davon stand.

Mayana wollte sich eben in Richtung Wasser bewegen, als Jakobs Leichnam in den Schein der Fackeln geriet.

»Hierher«, rief eine Stimme wie zertretene, vertrocknete Blätter,

die sie nie wieder vergessen würde. »Ein Toter. Dort liegt ein Toter.«
Auch Mayana sah den Körper und die dunklen Flecken, die seine Kleidung übersäten, und bemerkte eine Veränderung am Kopf. Der Feuerstock hatte ihn am Hinterkopf getroffen. Wut stieg in ihr auf, eine unbezähmbare Wut. Warum hatte dieser Junge sterben müssen? Für sie sterben, denn sie wurde gesucht, nicht er.
In ihrer Welt gab es eine Vergeltung für solche Taten, gab es einen Ausgleich, damit die Seele des Toten nicht als Dämon durch die Wälder streifen und sich weitere Opfer holen musste, um sich den Übergang in ein anderes Sein zu erleichtern. Sie würde Vergeltung üben für den Jungen, für Jakob, wenn es ihr möglich war, wenn sie wieder stark genug war dafür. Sie versuchte, sich das eine oder andere Gesicht zu merken, das vom flackernden Schein beleuchtet wurde. Zwei, drei wirkten so markant, dass sie glaubte, sie nie wieder vergessen zu können: den riesigen Kerl mit der geschwollenen Narbe auf der Nase, der Jakob offenbar gefunden hatte und ihn mit den Füßen hin und her drehte, den Mann mit dem zweifarbigen Bart, den Jungen mit dem fehlenden Finger. Diese drei würde sie Jakob hinterherschicken, als Sühne für seinen sinnlosen Tod.
Mayana sah empor zu dem blinkenden Zelt aus Glühwürmchen, fand eines der großen, rot leuchtenden und schwor bei seinem Dasein, dass sie ihr Versprechen halten werde.
Dann schlich sie zurück, glitt abseits der Fackeln, die sich um den Toten zu sammeln begannen, langsam ins Wasser und suchte nach ihren Freunden. Ihre Verletzungen an der rechten Schulter, die sie offenbar bei diesem Schuss erlitten und bislang ignoriert hatte, begannen im Salzwasser zu brennen und betäubten sie beinahe. Doch sie durfte nicht schreien und musste den Schmerz ertragen.
Sie dachte an Blauauge, um sich abzulenken. Sie musste endlich Blauauge finden.

So wippte sie im Auf und Ab der Dünung und gewöhnte sich daran, dabei immer wieder den Boden unter den Füßen zu verlieren und wiederzuerlangen. Obwohl sie die Wasserfläche absuchte, entdeckte sie von den Gefährten niemanden, auch wenn deren Köpfe ebenso im Meer tanzen mussten wie der ihre. Stunden vergingen so, und die anfängliche Wärme des Wassers verwandelte sich in eine beißende Kälte.

Erst als die ersten weißen Streifen am Horizont den Tag verkündeten, verschwanden die Soldaten. Sie zogen ab, die Schwerter umgegürtet, Piken auf den Schultern. Zwei Reiter begleiteten sie, und als diese ihren Blick übers noch dunkle Wasser gleiten ließen, drückte sie mit der Hand ihre Nase zu und tauchte unter, solange es ihr möglich war.

Als sie wieder an die Oberfläche kam, waren die Soldaten abgezogen. Die zunehmende Kälte des auflaufenden Meeres biss sie in die Haut und verursachte Krämpfe, doch sie traute sich nicht, das Wasser zu verlassen. Dann jedoch bemerkte sie, wie sich aus den Wellenkämmen, die auf den Strand schlugen, vier Gestalten erhoben und langsam an Land krochen: Bertram, die Wolfsfrau, Schindler und Narses, der Zwerg. Endlich fand sie selbst den Mut, aus dem Wasser zu steigen, ließ sich vom Wellenschlag anspülen, weil ihre steifen und von Krämpfen verhärteten Glieder sich ihr anfänglich verweigerten.

»Mayana!«, hörte sie jemanden rufen. Dann war Bertram zur Stelle und half ihr auf den Strand. Sie fror erbärmlich.

»Was ist aus Jakob geworden? Wir haben einen Schuss gehört. Wir dachten schon, ihr beide …« Bertram redete nicht weiter, nachdem er ihre Verwundung entdeckt und sie den Kopf geschüttelt hatte.

Mayana konnte nicht sprechen. Sie deutete nur den Strand hinauf, wo noch immer die Leiche des Jungen lag wie ein Stück Treibholz, starr und tot, und schüttelte wieder den Kopf.

Schließlich kniete sich Narses neben sie und untersuchte ihre Verletzungen. Er hob ihren Arm, den sie ihm willig überließ.

»Du bist zweimal getroffen worden, Kind. Also war es doch ein Schuss gewesen, den wir gehört haben. Du hast Glück gehabt. Ein Streifschuss am Oberarm und ein Schrotkorn durch den Unterarm. Glatt durch. Das Salzwasser hat den Dreck ausgewaschen. Aber das wird Narben geben.«
Mayana hatte keine Zeit für langwierige Untersuchungen. Sie mussten nach Sanlúcar. Selbst wenn es gefährlich war, durfte sie um keinen Preis das Schiff verpassen, mit dem Blauauge in ihre Heimat fuhr. Sie blickte nach Norden, dorthin, wo die Stadt liegen musste, und hob ihren gesunden Arm.
Alle blickten in diese Richtung.
Bertram verstand sie als Erster. »Wir machen uns dorthin auf. Aber wir dürfen nichts überstürzen. Wenn das Gesindel erfährt, dass wir noch am Leben sind …«
Mayana unterbrach den Mann. Sie hatte ihm die Hand auf den Unterarm gelegt.
»Kein Gesindel!«, sagte sie leise. »Almaviva!«
Bertram drehte sich zu ihr um, dann pfiff er durch die Zähne. »Raúl de Almaviva? Das ändert alles, mein Kind.« Kurz dachte er nach, dann sprach er weiter. »Mein Vorschlag lautet folgendermaßen. Ich werde nach Sanlúcar hineingehen. Ich kenne mich dort am besten aus und falle am wenigsten auf, schließlich war ich schon einmal in dieser Stadt. Dann suche ich Nicolaus und komme mit ihm hierher zurück. Ihr versteckt euch bitte … wo, weiß ich auch noch nicht. Aber wir werden etwas finden. Dann müssen die Kranken versorgt werden. Die …«, er räusperte sich, »… die Wolfsfrau und Mayana brauchen Ruhe. Ich komme zurück, sobald es mir möglich ist.«

11. KAPITEL

Federmann stand an der Reling, als die Männer die Ladeplanke betraten und Triebl nachfragte, ob sie die *Santa Cruz* als freie Männer betreten und wieder verlassen dürften oder ob sie damit rechnen müssten, in Eisen gelegt zu werden. Mit einer Geste wollte der Ulmer sie an Bord scheuchen, doch Triebl rührte sich keinen Fußbreit von der Stelle.

»Euer Wort genügt mir. Ihr seid ein Ehrenmann und werdet es halten.«

»Was ich von mir tatsächlich behaupten kann, Triebl. Was ich von Eurem Haufen jedoch nicht zu sagen wage! Ich würde mein ehrliches Wort nur an Halunken verschwenden.« Er spuckte über die Reling.

Die Männer murrten, und so mancher wäre wohl am liebsten wieder umgekehrt. Triebl jedoch senkte beschämt den Kopf. »Sei es, wie es sei. Ich will nichts beschönigen. Euer Wort gilt trotzdem – und nur darauf zähle ich.«

Der beinahe glatzköpfige Triebl wurde Federmann immer sympathischer. Er war ein Mann, der wusste, was er wollte, und der es gewohnt war, sich durchzusetzen. Solche konnte man in dieser Neuen Welt gut brauchen.

»Kommt an Bord. Ihr werdet das Schiff verlassen können, wie ihr gekommen seid. Mein Wort darauf.«

Kaum hatte der Feldhauptmann das gesagt, erklomm der Steiger die steile Planke. Hinter ihm her trotteten weitere fünf Männer, allesamt die Köpfe gesenkt und den Blick auf die Planken gerichtet. Die Männer stellten sich in einem Halbkreis um Federmann auf.

Der Feldhauptmann sah sich die Truppe an, die da verlegen und ratlos vor ihm stand. Sie wirkten wie kleine Jungen, die bei einem Streich erwischt worden waren. Triebl räusperte sich umständlich, bevor er das Wort ergriff. »Wir haben uns beraten und sind zu dem Schluss gekommen …«

Doch mit einer herrischen Geste unterbrach ihn der Ulmer. Jetzt waren plötzlich alle Blicke auf ihn gerichtet. Er sah Ratlosigkeit und Furcht in den Gesichtern der Männer. »Ich will keine Entschuldigung, Triebl. Die kann nachgereicht werden. Ich will einen Namen.«

Wieder räusperte sich der Steiger. Er stand ruhig und selbstsicher da, während die anderen verlegen von einem Fuß auf den anderen traten. »Es wird keinen Namen geben …«

»Was tut Ihr dann hier? Die Zeit ist vergeudet«, fuhr Federmann wieder dazwischen.

»Verfl… Sie alle waren daran beteiligt«, versuchte sich Triebl zu rechtfertigen.

»Sie haben ein oder gar mehrere Menschenleben auf dem Gewissen, Triebl. Es interessiert mich nicht, ob es nur einer war oder ob alle sich versündigt und gegen das Gebot der christlichen Nächstenliebe verstoßen haben. Sie haben meinen Befehl missachtet. Ich brauche einen Namen. Und ich würde Euch raten, ihn mir schnell zu nennen, sonst hole ich ihn mir aus der Menge heraus, ohne auf Stand, Frau und Kinder zu achten!«

»Aber … wir sind gekommen, um mit Euch …«, versuchte der Steiger erneut den Ulmer umzustimmen.

Doch dieser hielt sich mit beiden Händen an der Reling fest und brüllte den Mann an, sodass dieser zurückwich. »Sie haben mindestens zwei Menschenleben auf dem Gewissen, Eure harmlosen Bergleute, Triebl. Sie hätten sie schützen können, wenn sie nicht abergläubisch wären wie die alten Weiber! Ich kann solch ein Gesindel nicht brauchen in dieser Neuen Welt. Auf meine Männer muss ich mich bedingungslos verlassen können. Zwei Menschenleben wurden mit den Vixen geopfert! Zwei Leben!«, schrie Federmann Triebl und den anderen speichelsprühend ins Gesicht. »Und nur Mattheis hat ihnen geholfen, und deshalb musste er wohl sterben. Also habt ihr drei Leben zu verantworten!«

»Vier!«, rief es da von unten herauf.

Federmann, noch innerlich bebend, fuhr herum, weil er dachte, er würde von einem weiteren der Bergmänner gefoppt werden, doch als er den Mann am Kai sah, löste sich ein Schrei. »Bertram! Verflucht, Bertram!«
Der Ulmer schob Triebl beiseite und war auch schon auf der Planke. Er sprang quer zur Mole und wäre beinahe zwischen Schiff und Kai geraten, weil er vor Jubel stolperte, dann lag er Bertram, der während der langen Reise wieder ein Freund für ihn geworden war, in den Armen.
»Wo kommst du her?« Der Ulmer packte den Freund an den Schultern und schüttelte ihn. »Du siehst aus, als hättest du in der Gosse übernachtet. Wohl zu viel Manzanilla ...«
Bertram drückte Federmann von sich. »Beruhige dich und sei still. Bevor du weiterredest und Unsinn erzählst, müssen wir die anderen holen. Danach werde ich dir alles berichten.«
Federmann stutzte. »Die anderen?«
Bertram senkte seine Stimme. »Raúl de Almaviva ist hinter ihnen her. Vermutlich hinter Mayana. Sie haben überlebt, alle – bis auf Jakob. Den haben sie erschossen.«
»Jakob? Mein Gott, der arme Junge. Aber Mayana lebt? Gott sei Dank!«, stieß Federmann aus und störte sich nicht an dem merkwürdigen Blick des ehemaligen Diebes. Federmann biss sich auf die Lippe. »Ich hätte den Jungen bei mir behalten sollen.«
Bertram zog Federmann noch etwas zur Seite. Er wollte offenbar keine Mithörer. In leisem, eindringlichem Ton erzählte er ihm in kurzen Worten die wichtigsten Ereignisse.
»Und wo sind sie jetzt?«, fragte Federmann.
»Gib mir sechs Ruderer und ein Boot. Ich hole sie.« Er sah Federmann an. »Dann schaff sie unbemerkt an Bord und lass sie dort, bis wir auf See sind.«
Abrupt drehte sich Federmann um und fixierte die Bergleute. »Triebl«, blaffte er die Reling hinauf. »Ihr habt die Gelegenheit, das vergessen zu machen, was Ihr meinen Leuten angetan habt. Allerdings werde ich mir die Forderung nach einem Namen vor-

behalten. Auch Jakob ist ums Leben gekommen. Indirekt ebenfalls durch die Weigerung Eurer Männer.«
Ein Murren lief durch die Bergleute wie eine Welle.
»Was sollen wir tun?« Allein die Stimme des Steigers genügte, um Ruhe herzustellen.
»Ihr nehmt Euch eines der Beiboote …«, Federmann machte erneut eine herrische Geste, die die Bergleute bereits kannten, »… und Bertram wird Euch zeigen, wohin es geht und was zu tun ist. Beeilt Euch.« Mit ausgestrecktem Arm deutete er auf Triebl. »Ihr begleitet die Männer und rudert ebenfalls. Ihr seid persönlich dafür verantwortlich, dass die Ladung sicher hier eintrifft.«
Die Bergleute verließen das Schiff und schlichen an Federmann vorbei, die Köpfe gesenkt, um sich um Bertram zu versammeln. Bevor der Steiger ihm den Rücken zukehrte, fasste der Ulmer ihn noch einmal am Arm und hielt ihn zurück. »Wenn das Mädchen sicher und unbeobachtet an Bord ist, dürft ihr Eure Frauenzimmer mitnehmen!«
Triebl zögerte, biss sich auf die Unterlippe, dann nickte er.
Mit einem Wink schickte Federmann sie weg. Er spürte eine innere Erschöpfung und überließ es dem Freund, ein Boot zu besorgen. Er zog sich ins Hinterkastell des Schiffes zurück. Dort bewohnte er eine Kajüte; ebenso der Kapitän, wie Raúl de Almaviva und Fra Enrico.
Er betrat diese und sah sich um. Im Gegensatz zu den anderen Kajüten der *Santa Cruz* war sie geräumig; seine Seemannskiste hatte ausreichend Platz. An der Wand hatte er eine Halterung für eine Fahne anbringen lassen, die jedoch nur die Waffen dahinter verbergen sollte: zwei Schwerter. Das offene Tragen einer Waffe war nur dem Kapitän und dem Ersten Offizier gestattet. Die Koje war in die Wand eingelassen und bot ausreichend Platz für eine Person. Unter einem Fenster, dessen Luke mit einer Klappe gegen schwere See verschlossen werden konnte, standen ein kleiner Tisch und ein Stuhl. Quer durch den Raum waren Sturmseile gespannt, an denen man sich festhalten konnte.

Bislang war er mit diesem Quartier zufrieden gewesen, jetzt überlegte er sich, wo er ein zweites Bett unterbringen konnte. Mayana musste er hier verstecken, obwohl nebenan die Kajüte des Kapitäns und auf der anderen Seite die des Dominikaners lag. Raúl de Almavivas Unterkunft befand sich schräg gegenüber.
Federmann untersuchte das Bett, das jedoch zu schmal war, um es mit einer zweiten Person zu teilen. Er stellte sich das Mädchen vor und dachte an die Quartiere der Matrosen, in denen dreißig und mehr Männer untergebracht waren. In Hängematten. Das war die Lösung. Wenn er den Quartiermeister bat, ihm eine Hängematte auszuhändigen, konnte man diese quer im Raum aufspannen. Darin würde Mayana schlafen.
Federmann überlegte, wo und wie diese Idee umgesetzt werden könnte, und machte sich dann auf die Suche nach dem Quartiermeister.
Das Treiben auf dem Schiff hatte noch zugenommen. Federmann entdeckte Ehinger, wie er die Mannschaften antrieb. Auch die ersten Soldaten schleppten ihre Seekisten an Bord und verschwanden mit ihnen unter Deck. Man hatte sie in schmale Massenquartiere gepfercht. Der Ulmer hoffte, dass die Enge dort auf See nicht zu schwerwiegenderen Problemen führte. Sie nahmen keine Notiz von ihm, obwohl er an der Uniform deutlich als Vorgesetzter zu erkennen war, und trotteten mit ihren Kisten an ihm vorbei. Die meisten der Männer waren kriegserfahren. Sie hatten Narben auf Armen oder im Gesicht, manchen fehlten Fingerglieder, dem einen ein Ohr oder sogar die Nasenspitze. Allesamt waren sie Haudegen, die freiwillig auszogen und von dieser Reise in die Neue Welt Reichtum und dauerhaften Wohlstand, aber auch Abenteuer erwarteten.
Federmann ging auf Ehinger zu, schüttelte ihm die Hand und vernahm mit Erstaunen und Erleichterung, dass das Auslaufen der *Santa Cruz* bereits für den übernächsten Morgen geplant war.
»Es wird bald ein wenig Wind geben, und wenn wir uns nicht be-

eilen, kann es sein, dass er uns am Auslaufen hindert. Also müssen wir dazutun. Der frühe Vogel fängt den Wurm!«

Federmann nahm Ehinger unauffällig beiseite. »Habt Ihr Almaviva gesprochen?«

»Natürlich. Er lungert beinahe täglich bei mir herum und versucht, für seine Männer das Beste herauszuholen. Doch er beißt bei mir auf Granit.« Mit einem Grinsen ließ der Welser-Faktor seine Kiefer auf- und zuklappen. »Wir sind eine Handelskompanie, kein Kriegsschiff. Das scheint er zu vergessen.«

Der Ulmer nickte nur. »Will er sonst etwas?«, erkundigte er sich so beiläufig wie möglich. Er wollte nicht, dass der Faktor bezüglich Mayana Verdacht schöpfte.

»Oh ja. Jeden Tag etwas Neues. Gestern erst lag er mir in den Ohren wegen einer Passagierliste. Als Vertreter Spaniens müsse er wissen, wer nach Klein-Venedig wolle. Ich habe ihn damit abgefertigt, dass er seine Mannen schließlich kenne. Mehr sei für einen Vertreter Spaniens nicht nötig – und den Rest der Mitreisenden werde er auf dem Weg in die Neue Welt schon kennenlernen.«

Beide lachten sie über den gelungenen Scherz, wohl wissend, dass man es sich mit der spanischen Obrigkeit nicht allzu sehr verscherzen durfte. Denn sie schlug zurück. Unkontrolliert und mit brutaler Gewalt. Doch jetzt waren sie unter sich und konnten sich am Spiel mit den Zuständigkeiten erfreuen.

»Danke, Ehinger. Habt Ihr den Quartiermeister gesehen? Ich brauche noch etwas von ihm!«

»Im Mitteldeck. Er ist mit den Soldaten beschäftigt. Aber ich würde ihn erst später aufsuchen. Im Augenblick macht er mir einen etwas … wie soll ich sagen … überspannten Eindruck.« Wieder grinste der Welser-Faktor übers ganze Gesicht. Federmann klopfte ihm zweimal wohlwollend auf die Schulter, dann machte er sich auf den Weg ins Unterdeck.

Bereits der Abstieg ließ ihn erahnen, welcher Tortur die Männer hier über vier bis sechs Wochen ausgesetzt waren. Man musste eine Rossnatur besitzen, um das durchzustehen. Die unteren Decks waren schlecht belüftet und feuchtwarm durch die vielen Körper und ihre Ausdünstungen. Er wagte kaum einzuatmen. Sofort war er klitschnass geschwitzt. Selbst die Leitersprossen, die hinabführten in den Zwischenbauch des Schiffes, waren glitschig, sodass er mit seinen Ledersohlen mehrmals ausglitt und sich nur durch Umsicht halten konnte. Federmann ließ sich durch den Lärm führen. Unmöglich, dass sich hier über einhundert Mann ohne heftige Streitereien auf Dauer aufhalten konnten.

Er fand den Quartiermeister lautstark fluchend und umringt von schimpfenden Männern, das Gesicht hochrot, die Glatze von Schweißperlen bedeckt, die Frachtliste wie einen Schild vor den Körper haltend.

»Federmann!«, rief er ihm mit einer dröhnenden Stimme zu, als er ihn entdeckte. »Gott sei Dank, dass Ihr vorbeischaut. Dieser Bienenkorb voll mangelnder Disziplin macht mich noch wahnsinnig. Wenn das die Männer sind, die Ihr befehligen sollt, dann wünsche ich Euch viel Spaß dabei!«

Federmann nahm die Hände auf den Rücken und brüllte mindestens ebenso stimmgewaltig wie der Quartiermeister: »Achtung!«

Die Kerle schauten zuerst verdutzt, doch dann nahmen die Ersten Haltung an und salutierten. Nur wenige Ältere schien der Feldhauptmann nicht zu interessieren. Sie kramten weiter in ihren Kisten und ließen sich nicht beim Ausräumen stören.

»Für alle, die es noch nicht wissen: Ich bin auf der Überfahrt und in Klein-Venedig euer Feldhauptmann und direkter Vorgesetzter.«

Im Hintergrund räusperte sich jemand vernehmlich. Die Männer drängten beiseite und bildeten eine Gasse. Ein Hut mit zwei weißen Federn wurde sichtbar, dann trat aus dem Halbdunkel des Unterdecks ein Mann, dessen schmale Augen von dunklen Ringen eingerahmt wurden, als hätte er nächtelang nicht geschlafen.

»Federmann! Wir kennen uns!«, rief er spöttisch in die Runde. Manche der Soldaten lachten, als sei das ein guter Scherz gewesen.
»Raúl de Almaviva. Es freut mich, Euch an Bord begrüßen zu dürfen. Wir haben uns in Augsburg leider zu kurz gesehen. Ich hatte andere Aufgaben. Und in Sevilla wart Ihr so schnell verschwunden, dass keine Zeit zum Reden blieb.«
Der Adlige hob nur eine Augenbraue und legte den Kopf schief, um seine Kenntnis der Umstände zu bestätigen.
Federmann beugte den Kopf, dann wandte er sich sofort wieder an die Soldaten. »Ich betone es nochmals, ich bin euer Vorgesetzter. Mein Kommando gilt hier.«
Wieder räusperte sich Almaviva. Er hielt sich ein parfümiertes Spitzentuch an die Nase. Das dämpfte seine Stimme. »Sie begreifen kein Wort. Es sind alles ... nun ja ... Bauern. Ihr versteht. Arme Kerle ohne Bildung.« Er lächelte verständnisheischend unter seinem Tuch.
Doch der Ulmer durchschaute das falsche Spiel des spanischen Granden sofort. »Da Ihr gerade anwesend seid, Almaviva. Eure Aufgabe ist, und das sei hiermit klargestellt, meine Anweisungen zu übersetzen. Ihr seid auf einem Schiff der Handelskompanie Welser, nicht auf einem Kriegsschiff der Allerchristlichsten Majestäten. Ich erwarte Eure Loyalität!«
Ein überhebliches, herausforderndes Schmunzeln spielte um die Lippen des spanischen Granden. Dann drehte sich Almaviva über die Schulter seinen Männern zu und befahl schlicht, ohne das Tuch von der Nase zu nehmen, sie sollten salutieren. Der Befehl war durch das Tuch kaum wahrzunehmen, dennoch standen alle sofort stramm. Offenbar wusste Almaviva nicht, wie gut der Ulmer selbst Spanisch sprach. Federmann hatte auch keine Absicht, ihm das zu verraten.
»So ist es recht«, kommentierte er den militärischen Gruß, tippte sich an die Schläfe und befahl noch, sie sollten dem Quartiermeister keine Scherereien bereiten. Dann ließ er den spanischen

Granden, ohne sich zu verabschieden, links liegen und ging zu dem Quartiermeister.

»Hängt mir bitte in meine Kabine unauffällig eine Hängematte.« Er fasste den Mann bei der Schulter. »Kein Wort zu niemandem.«

Federmann fühlte, wie ihn die Blicke des Spaniers begleiteten. Er wusste sehr wohl, dass der Mann ihn seine eigene Macht hatte spüren lassen, indem er ihm gezeigt hatte, welchem Befehl die Männer tatsächlich gehorchten. Doch er würde Mittel und Wege finden, diese Verhältnisse umzukehren.

12. KAPITEL

Bis Sonnenuntergang dümpelte das Beiboot mit Bertram, Mayana, der Wolfsfrau, Schindler und Narses außerhalb des Hafens in dritter Reihe. Sie lagen unter einer Ölhaut verborgen; erst mit einbrechender Dunkelheit sollten sie an Bord des äußersten Schiffes klettern, um von dort aus zur *Santa Cruz* hinüberzusteigen.
Die Bergleute hatten ihre Arbeit getan und waren dabei, ihre Frauen zu benachrichtigen und den Hausrat auf die *Santa Cruz* zu bringen. Das verschaffte den fünfen die nötige Unruhe, um sich dahinter zu verbergen und im Schatten des Fackelscheins auf die Galeone zu gelangen.
Federmann hatte den Plan zusammen mit Bertram ersonnen, sodass dieser die kleine Gruppe anführen konnte. Als die letzte Helligkeit vom Horizont verschluckt wurde, krabbelten die fünf Überlebenden aus ihrem Versteck unter der Plane auf ihrem Boot.
Mayana nahm die Wolfsfrau an der Hand. Ihr Fieber war gestiegen. Sie bewegte sich nur noch wie in Trance fort und sackte sogleich zusammen, wenn sie zu sitzen kam. Sie bereitete Mayana große Sorgen. Wenn es nicht gelang, die Entzündung am Auge zurückzudrängen, würde die Haarige sterben.
Bertram geleitete sie an Bord der Galeone, ohne dass jemand die kleine Gruppe bemerkte. Federmann hatte dafür gesorgt, dass keine Wachen störten. Die Bergleute wussten ohnehin Bescheid. Narses und Bertram sollten sich unterhalb des Heckkastells einen kleinen Raum teilen, die Wolfsfrau sollte neben ihnen einquartiert werden. Dass sie selbst eine besondere Unterkunft bekommen würde, ahnte Mayana. Doch als Bertram Mayana von der Gruppe trennen wollte, verneinte sie, deutete auf die Wolfsfrau und sagte nur: »Krank!«
Bertram zuckte mit den Schultern und brachte beide, die Wolfsfrau und Mayana, in Federmanns Quartier.
Sie bemerkte sofort die zweite Schlafgelegenheit, die Hänge-

matte, obwohl diese jetzt, im ungenutzten Zustand, an nur einer Wand befestigt war, damit sie nicht störte.
Mayana legte die Wolfsfrau in die freie Koje, entfernte die arabische Kleidung, damit sie auskühlen konnte, und suchte nach Wasser. Sie fand es in einem Krug neben der Waschschüssel. Dann begann sie die Frau mit einem feuchten Tuch abzureiben in der Hoffnung, das würde eine weitere Kühlung bewirken. Die Wolfsfrau zitterte am ganzen Körper. Das Fieber, das ihr verlorenes Auge verursachte, peinigte sie zunehmend.
Die Hitze war der Tod. So kannte sie es aus ihrer Heimat. Wenn die Hitze kam, kam er auf leisen Sohlen hinterher, beinahe unscheinbar, als gäbe es ihn nicht, und wenn er vorübergegangen war, lag der Körper da und rührte sich nicht mehr, kühlte aus und versteifte sich. Viele hatte sie so gehen sehen. Drei ihrer Schwestern, zwei Brüder, die Großmutter. Letztere hatte noch am Vormittag gelacht und war guter Dinge gewesen. Als Mayana vom Wasserholen zurück war, hatte Großmutter bereits glasige Augen gehabt, Fieberaugen, Hitzeaugen. Sie hatte sich niedergelegt, die Hände unter ihr kleines Gesicht gebettet, um es zu stützen, hatte die Beine angezogen – und bereits der erste Schauer, der durch ihren Körper lief, hatte beinahe das ganze Leben aus ihr herausgeschüttelt. Mayana, die neben ihr gesessen und sie beobachtet hatte, war es vorgekommen, als würde sie noch zarter, noch schmaler im Tod, als sie es ohnehin gewesen war.
In diese Erinnerungen versunken tauchte sie immer wieder das Tuch in die Schüssel und rieb den Körper der Wolfsfrau mit Wasser ab in der Hoffnung, die Hitze aus dem Körper zu entfernen. Mayana war sicher, dass sie die Wolfsfrau heilen konnte – dazu brauchte sie jedoch Blauauge und die Medizin der Hellgesichtigen. Mit einem Gleichmaß, wie sie es auch von den Beschwörungen des Medizinmannes kannte, fuhr sie mit dem feuchten Tuch über den haarigen Pelz der Frau, der nass glänzte.
Als die Tür geöffnet wurde, fuhr sie sofort herum, sprungbereit, das Tuch wie eine Peitsche in der Hand, bereit zuzuschlagen.

»Blauauge!«, flüsterte sie erleichtert, als sie den Rotschopf und den Bart erblickte.

Federmann drückte die Tür hinter sich zu. Offenbar war er überrascht, sie hier zu sehen, oder vielmehr nicht sie, sondern die Wolfsfrau.

Mayana stand auf und ging langsam auf Blauauge zu. Sie wusste nicht, was sie tun sollte. Am liebsten wäre sie ihm um den Hals gefallen und hätte ihn geküsst vor Erleichterung, doch das hätte er womöglich falsch verstanden. Andererseits wollte sie ihm zeigen, wie froh sie war. Sie ging deshalb langsam auf ihn zu, nahm seine Hand, drückte sie in ihre und lehnte die Stirn an seine Brust. So standen sie eine ganze Zeit, reglos, nur den leichten Herzschlägen und sanften Bewegungen ihrer beider Körper nachspürend.

Federmann rührte sich zunächst nicht, und Mayana befürchtete schon, sie hätte ihn damit verletzt, dass sie die Wolfsfrau mit hierher gebracht hatte. Doch dann spürte sie, wie seine freie Hand ihre Haare berührte, wie er ihren Kopf an sich drückte, und da konnte sie nicht anders, sie musste ihn umfassen. Und plötzlich waren da Tränen, die sie nicht zurückhalten konnte und derer sie sich nicht schämte. Sie schluchzte in sein Wams. Die ganze Anspannung, die Angst und das Warten der letzten Monate fielen von ihr ab, und sie überließ sich ganz seinen Händen.

Federmann sagte nichts, blieb einfach nur stehen und wartete, bis sie sich ausgeweint hatte, bis die Tränen versiegt waren und sie sich wieder gefasst hatte.

Ein tiefes Aufstöhnen der Wolfsfrau holte sie zurück aus ihrem Trauertal in diese Kajüte. Mayana drehte sich um, hob das Tuch auf, das sie einfach hatte fallen lassen, als Blauauge den Raum betreten hatte. Sie kniete neben der Wolfsfrau nieder und begann erneut, das Tuch zu befeuchten und sie abzureiben.

»Sie kann hier nicht bleiben«, sagte Blauauge.

»Ich auch nicht!«, antwortete sie schlagfertig. Sie hatte also die Hängematte richtig gedeutet.

»Du musst«, sagte Federmann. »Es ist der einzige Raum, der dich vor Almaviva schützen kann.«
Ihr Arm versteifte sich. Die Bewegung, mit der sie die Wolfsfrau abrieb, erstarrte. »Almaviva hier?«
Federmann setzte sich auf den einzigen freien Stuhl, während Mayana in der Hocke verharrte. »Er wird uns begleiten. Mit hundertdreiundzwanzig Soldaten.«
In Mayanas Hals formte sich ein Kloß, der jeden Ton, den sie hervorbringen wollte, verhinderte. Nach einiger Zeit presste sie schließlich heraus: »Was er will? Was ich ihm getan?«
»Was ist mit ihr?« Federmann deutete auf die Wolfsfrau.
Mayana befühlte die Stirn der Frau. Sie war kühler geworden, die Hitze hatte nachgelassen. Die Wolfsfrau schlief. Mayana sah Blauauge an. »Mann auf Auge geschlagen. Fieber. Vielleicht sterben, vielleicht nicht.«
»Wer hat das getan?«, bohrte Federmann.
»Männer von Almaviva!«, stieß Mayana hervor. Blauauge sagte nichts mehr, sondern sah Mayana nur an. Dann streckte er seine Hand aus und berührte sanft ihre Wange. Er beugte sich auf seinem Stuhl nach vorn und fuhr dem Striemen nach, der ihr selbst über den Hals lief und am Rücken unter der Kleidung verschwand. Ein Schauer lief durch ihren Körper. Kurz schloss sie die Augen.
»Das tut mir leid. Du musst Fürchterliches durchgemacht haben. Ich …«, Federmann räusperte sich verlegen, als er die Hand wieder zurückzog. »Ich hätte dich nicht allein lassen dürfen.«
Mayana sah ihn an, dann musste sie lächeln. Sie sah die Besorgnis in seinem Gesicht, und sie erkannte, wie echt dieses Gefühl war. Plötzlich überflutete sie eine heiße Welle des Glücks. Blauauge hatte sie tatsächlich vermisst.
»Du nicht … schuldig«, sagte sie leise. Sie hätte gern mehr gesagt. Hätte ihm zugeflüstert, dass auch sie ihn am liebsten bei sich gehabt hätte und dass sie sehnsüchtig auf ihn gewartet, ihn erhofft hatte, doch ihr fehlten die Worte dafür. Sie legte deshalb ihre Hand flach auf seine Brust, dorthin, wo sein Herz lag.

Dann stand sie auf. »Du guter Mann!«, sagte sie und trat einen Schritt näher.
Federmann lächelte und schüttelte den Kopf. »Nein«, sagte er und wiederholte noch einmal entschieden: »Nein!«
Mayana horchte darauf, wie sich der Stuhl leicht bewegte, als Federmann sich erhob. Die Planken knarrten, als er stand, und sie horchte auf das Rascheln seiner Kleidung.
Mayana biss sich auf die Lippe und verkrampfte sich leicht, als Federmann sie in den Arm nahm. Doch er wollte sie wirklich nur halten.
»Niemand wird dich mehr schlagen, das verspreche ich dir«, flüsterte er. Seine Stimme klang heiser.
Langsam, als müsste sie die Bewegung erst erlernen, legte sie ihren Kopf an seine Brust, und Blauauge griff ihr mit einer Hand ins Haar, drückte ihren Kopf an sich, und mit der anderen Hand streichelte er ihr den Rücken hinab. Sachte umfasste er sie. Die Wärme seiner Hände, der sanfte Druck seiner Arme, die Bewegungen seiner Finger ließen sie zittern. Sie spürte mit den feinen Härchen ihrer Haut, dass da mehr war als nur der Trost, den er ihr spenden wollte.
»Du musst keine Angst haben«, sagte Blauauge.
»Ich nicht Angst«, sagte sie, und dann wollte auch sie ihn nur noch nah an sich ziehen. Sie umarmte ihn, als wolle sie ihn für immer halten. Zögerlich und doch willig folgte ihr Federmann und presste sie stärker an sich. Seine Unsicherheit, sein Zögern, seine Vorsicht, sie zu nichts zu drängen, brachten ihn ihr näher denn je. »Na, na«, lachte Federmann. »Du wirst mich noch erdrücken.«
»Ja«, hörte Mayana sich sagen. »Ja. Dich drücken.«
In ihr wallte ein Gefühl auf, als müsse sie ihn festhalten, damit er nicht ohne sie wegsegelte, nicht ohne sie in ihre Heimat fuhr, nicht ohne sie das große Wasser überquerte. Sie wollte ihn an sich binden. In ihrem Bauch stieg eine Hitze auf, die sie so selten zuvor erlebt hatte.

»Mich mitnehmen«, keuchte sie.

»Aber ich nehme dich doch mit nach Neu-Augsburg!«, anwortete Blauauge sanft. Sie spürte seinen Atem heiß auf der Haut ihrer Schulter. »Ich wäre ...«, er räusperte sich verlegen. »Ich wäre niemals ohne dich abgefahren.«

Am liebsten hätte sie sich in ihn verbissen, wie sich der Jaguar in seine Beute verbeißt, weil er eine Gier in sich spürt, der er nicht widerstehen kann. Auch sie fühlte diese überwältigende Lust, und als Blauauge sie von sich wegdrückte, sah sie die gleiche Lust in seinen Augen. Sie konnte sich nicht erinnern, jemals ein solches Verlangen gespürt zu haben wie in diesem Moment.

Er drehte sie herum und begann, ihr die Träger des Kleides von den Schultern zu schieben. Sie ließ es geschehen, weil es so ... natürlich war, weil sie es wollte, weil sie seine Finger auf ihrer Haut spüren wollte. Sie bog sich zurück, lehnte sich mit dem Hinterkopf gegen ihn und fühlte, wie die Hitze aus ihrem Bauch nach oben in ihre Brüste stieg. Das Kleid, jetzt nicht mehr durch die Träger gehalten, glitt ihr bis auf die Hüfte hinab ...

Doch dann geschah etwas, mit dem sie nicht gerechnet hatte. Sie hatte Blauauges Hände auf ihren Brüsten erwartet, auf ihrem Gesäß, die Lippen auf ihrem Nacken. Sie hatte erwartet, dass er sie vorbeugen und in sie eindringen würde. Sie hätte ihn gewähren lassen, weil sie das gleiche Verlangen in sich fühlte und zum ersten Mal einem Mann nicht einfach ausgeliefert war – und jetzt spürte sie nur Blauauges Finger, wie er die blauen Linien auf ihrem Rücken nachfuhr. Sie fühlte ein Kribbeln und Kitzeln, musste ein Lachen unterdrücken und hielt sich an der Einfassung der Koje fest. Sie erwartete noch immer den Stoß seiner Männlichkeit, den Schmerz des Eindringens, doch sie zuckte zusammen, als ihr der Mann in ihrem Rücken einen eiskalten Gegenstand auf die Haut legte.

»Mein Gott, jetzt verstehe ich erst!«, flüsterte Blauauge. Er drehte das Stück Gold, das er um seinen Hals getragen hatte, auf ihrem Rücken langsam in die richtige Position. Er hatte Mayana nach

vorne gebeugt, und sie ergab sich seinen Händen und ließ Blauauge den Sonnenstein auf die Karte auf ihrem Rücken legen.
Mayana fühlte, wie die Enttäuschung über Blauauges Verhalten sie auskühlte wie ein starker Regenschauer. Sie versteifte sich, weil ihre Hoffnung wieder einmal durch diese Gier der Hellhäutigen nach den Sonnensteinen getrübt wurde. Dennoch musste sie Federmann gewähren lassen – sie wusste nur zu gut, wie die Männer reagierten, wenn man sie in ihren absurden Träumen störte. Außerdem konnte sie ihm nicht böse sein. Selbst die geringen Berührungen, die sie spürte, nahmen sie immer noch für ihn ein.
»Das meinte der alte Halunke also, als er von einer Karte brabbelte.« Blauauge musste lachen.
Dann löste sich das Gold von Mayanas Haut und hinterließ einen feuchten Flecken, der sie frösteln ließ. Sie hatte darunter zu schwitzen begonnen. Federmann trat langsam zurück. Er musste sich räuspern, als sie sich aufrichtete und zu ihm umdrehte, den Oberkörper noch bis zur Hüfte nackt. Er konnte den Blick nicht von ihrem Körper wenden, was Mayana durchaus nicht unangenehm fand.
»Deshalb ist er hinter dir her, Mayana. Du bist nicht nur Joaquins Frau gewesen – du bist eine Karte.« Er fuhr sich mit der Hand an den Mund, damit er das Geheimnis nicht laut herausbrüllte. »Und das hier«, er zeigte ihr den Sonnenstein, »ist der Schlüssel zum Verständnis.«
Mayana nickte nur und lächelte ihm zu. Sie konnte in seinen Augen lesen, dass ihn in diesem Augenblick die Gier nach Gold übermannte. Männer waren wie ein offenes Feld, leicht zu überblicken und ohne Geheimnisse oder Gefahren, wenn man sich darauf wagte. Mayana legte den Kopf in den Nacken. Sie würde keinen weiteren Schritt tun. Federmann stolperte rückwärts, als mache ihm ihre Nähe plötzlich Angst, als könne ihm der Frauenduft, der von ihr ausging, Schaden zufügen. Verwirrt betrachtete er den handtellergroßen Stein in seiner Hand und dann wieder sie in ihrer Nacktheit.

»Wohin führt sie, die Karte?«, flüsterte er heiser.
Bei ihr zu Hause bot sich ein Mädchen an, wenn es mannbar war. Es tanzte und zeigte seine Vorzüge. Es verführte, denn es musste sich auf lange Verhandlungen zwischen den Familien einlassen, was den Brautpreis, was die Mitgift, was die Erwartungen anbelangte. Doch am Tanzabend war es frei, gehörte es nur den Augen der Männer. Es war so einfach in ihrer Heimat und so unendlich kompliziert in diesem Nebelland und in diesen baumlosen Ebenen. Jeder Jüngling auf dem Tanzplatz hätte sie in die Dunkelheit gezogen und sich ihres Körpers bemächtigt, um zu sehen, ob ihr Brautpreis gerechtfertigt wäre. Das war schon immer so gewesen, das würde immer so sein. Selbst die Älteren, die so taten, als würden erst die Verhandlungen zwischen den Familien zum Heiratsgelöbnis führen, wussten es, da sie ihre Frauen ebenso geprüft hatten. Doch Blauauge zögerte.
»Wer hat dir die Karte auf den Rücken gezeichnet?«, fragte er in die Stille hinein, und Mayana wusste, dass sie sich nun wieder anziehen konnte. Der Augenblick des Begehrens war vorüber. Das Gold hatte gesiegt. Es siegte immer bei diesen Weißhäutigen. Als könnte Gold wärmen und satt machen. Gold. Gold. Gold. Sie bückte sich und schlüpfte in ihr Kleid. Ihre Reize verschwanden unter sackartigem Leinen.
Aus den Augenwinkeln heraus beobachtete sie, wie Blauauge zögerte, wie es ihm nicht recht war, dass sie sich ankleidete, wie er jedoch nicht dagegen protestierte. Sie bedeckte ihre Blöße wieder, dann erst antwortete sie.
»Dominikaner!«
»Ein Dominikaner?« Federmanns Augen blitzten ungläubig. »Wie kommt ein Dominikaner dazu, dir solch eine Zeichnung ... auf die Haut ... nein, in die Haut zu ritzen?«
»Guter Mann«, sagte sie nur. »Weit weg von Siedlung.«
»Du meinst, er war ein Missionar? Weit weg von Neu-Augsburg?« Blauauges Stimme zitterte. Als er ihren fragenden Blick sah, ergänzte er: »Coro, ich meine Coro!«

Mayana kannte dieses Zittern zur Genüge. Es war das Goldfieber. Sie alle verfielen ihm, sobald sie das Metall in Händen gehalten hatten. Der Dominikaner hatte sie gewarnt, sie dürfe nichts von Gold sagen, sie müsse andere Begriffe verwenden, andere Wörter benutzen.

»Ja. Ulate. Weit weg Coro! Ich wissen wo!«

Mayana war glücklich. Sie würde sich kein Wort mehr entlocken lassen. Blauauge würde sie mitnehmen müssen, wenn er mehr erfahren wollte. Erst in ihrer Heimat würde sie mehr erzählen, viel mehr. Sie würde ihm den goldenen Weg zeigen, um endlich wieder zu ihrem Stamm zurückkehren zu können.

13. KAPITEL

Am Abend vor der Abreise traf Fra Enrico da Silva ein, und das Wetter begann sich zu trüben. Bleischwer hatte der Tag im Mündungsdelta des Guadalquivir gelegen. Und wenn er auch nicht abergläubisch war, so spürte Federmann doch, dass sich mit dem Dominikaner nicht nur das Wetter verschlechterte. Ein Wind kam auf, und am Horizont sammelten sich Haufenwolken.

Allein im Blick des Dominikaners glaubte Federmann den Hass auf diese Welt und auf das Gewürm, das als Mensch bezeichnet wurde, liegen zu sehen. Mit seiner verkniffenen Mimik erweckte er den Eindruck, als trage er das für seinen schmalen Körper zu schwere und überdimensionierte Kreuz wie einen Mühlstein – es hing wie eine Last am Hals des Mannes und schien ihn zu beugen.

Wie aufgeladen wirkte die Atmosphäre, und Federmann bemerkte, wie sich die Haare auf seinen Armen aufstellten, als würde er ihnen ein durch Reiben aufgewärmtes Katzenfell entgegenhalten.

»Es wird Sturm geben!«, sagte der Steuermann Rodriguez, der sich neben ihn an die Tolda, den hölzernen Wehrbau, lehnte und das Schauspiel ebenso gespannt verfolgte wie er selbst. »Wir lassen uns von ihm über den Golf treiben!« Der Seemann grinste. »Das wird ein Spaß werden unter Deck bei den Landratten.«

Niemand außer ihnen beiden schien diese Veränderung zu bemerken, schließlich begann der Tag zu scheiden, und alle Aufmerksamkeit war auf die Abreise und nicht aufs Wetter gerichtet. Federmanns Sinne jedoch waren geschärft.

Fra Enrico schien sein Unbehagen zu bemerken, als er ihm die Hand zur Begrüßung reichte. Als der Feldhauptmann die Finger des Geistlichen berührte, sprang ein Funke zwischen ihnen über. Beide zuckten sie zurück, Fra Enrico aber hielt Federmann die schlaffe Hand mit einem spöttischen Lächeln wieder hin, bis er sie erneut ergriff und drückte. Der Dominikaner erwiderte den Händedruck kaum. Diese Schlaffheit stand ganz im Gegensatz zu der energischen Art, mit der der Mönch sonst auftrat, und erweckte in Federmann noch mehr Abneigung gegen diesen Pater – dieser schwache Händedruck war für ihn Zeichen eines ebenso schwachen Charakters. Der mürrisch in der Mimik zur Schau gestellte Welthass war nichts anderes als eine unterdrückte Angst davor, in dieser Welt nicht zu bestehen.

»*Santa Cruz*. Ein guter und heiliger Name für dieses Schiff. Er hat mich bewogen, die Überfahrt zu wagen.«

Die Höflichkeiten, die sie austauschten, waren frostig. Die beiden Männer mochten sich nicht, und das war offensichtlich. Als sich der Pater wegdrehte, pfiff Rodriguez zwischen den Zähnen hindurch. »Heiraten werdet ihr nicht!«, sagte er, zwinkerte Federmann zu und spuckte im hohen Bogen über die Tolda. »Wie der Leibhaftige, der uns das Elmsfeuer an Bord bringt.«

Fra Enrico stieg ins Hinterkastell und verschwand aus Federmanns Blick. Zwei Matrosen brachten ihm seine Seekiste und andere Habseligkeiten unter Deck nach.

»Seine Brüder im Geiste sind bereits an Bord. Fünf Kuttenträger teilen sich eine Kajüte«, sagte der Steuermann.

Federmann musste grinsen. Er mochte den Glatzköpfigen schon jetzt. »Wenn der Wind zunimmt, können wir die Kutten gut brauchen – als zusätzliche Segel!«

Rodriguez lachte kurz, dann bekreuzigte er sich. »Der Wind wird stärker blasen, als uns lieb sein wird«, murmelte er.

Federmann wartete, ob sich der Pater noch einmal sehen lassen würde, doch der Dominikaner blieb unter Deck. Der Ulmer selbst war viel zu aufgeregt, als dass er sich unter Deck aufhalten konnte. Er stellte sich in eine Ecke zwischen Aufgang und Kastell und beobachtete die Mannschaften.

So konnte er auch Raúl de Almaviva beobachten, als dieser die Galeone betrat. Der Kapitän trat auf ihn zu und begrüßte ihn. Federmann sah im Licht der Lampions, wie die beiden Männer die Köpfe zusammensteckten und sich berieten. Der Kapitän deutete auf das Kastell und schien dem Granden zu erzählen, wer alles bereits an Bord gegangen war. Auf mehrere Nachfragen des Spaniers zuckte er allerdings nur mit den Schultern und schüttelte den Kopf.

Federmann zog sich weiter unter die Treppe und damit ins Dunkel zurück, als Almaviva an ihm vorüberging. Der Grande bemerkte ihn nicht, und der Ulmer machte auch nicht auf sich aufmerksam. Während Almaviva ebenfalls im Kastell verschwand und seine Kajüte bezog, blieb Federmann, wo er war. Ihn faszinierten der Trubel und das Leben, die sich in jeder Bewegung, in jedem Befehl ausdrückten. Die ganze Nacht über waren die Matrosen und Offiziere auf den Beinen. Sie prüften und scheuchten die Mannschaften auf und unter Deck, sie brüllten sich die Seele aus dem Leib. Niemand fand Schlaf, alle spürten sie eine lastende Unruhe, und irgendwann im Morgengrauen, noch ehe der Tag sich auf dem Meer räkelte, hob ein Singen an, und das schwere Tau, das ihre Galeone am Kai gehalten hatte, wurde eingeholt. Im gleichmäßigen Takt schlugen Riemen ins Wasser, ein Beiboot zog das Schiff aus der Ankerlücke und drehte es, und der lautstarke Befehl »In die Wanten!« jagte die Mannschaft in die Takelage. Segeltuch knatterte und spannte sich – die *Santa Cruz* legte sich leicht auf die Seite und nahm Kurs auf die Kanaren, nachdem die Rudermannschaft an Bord gegangen war.

Beinahe sofort griffen die brutalen Hände des aufziehenden Sturms nach ihnen, blähten die Segel und rissen die Galeone hinaus aufs Meer. Noch war die See einigermaßen ruhig, der Rumpf pflügte unter leichtem Stampfen durch die Dünung, und nur die Schräglage machte ihnen zu schaffen. Dennoch kamen ständig die Frauen und Männer der Bergleute und eine nicht unerhebliche Anzahl von Soldaten mit Kübeln an Deck und schütteten Erbrochenes ins Wasser. Die Seekrankheit holte sich ihre ersten Opfer.

Federmann schloss die Augen, als die Sonne sich ganz über den Horizont hob. Sie enthüllte eine gewaltige Sturmfront, die sich aus Norden schwarz an sie heranschob und das goldene Leuchten des Tagesgestirns bald wieder verschluckte.

»Ihr hattet recht!«, sagte Federmann, der an den Steuermann herangetreten war. Der musste sich bereits mit seinem ganzen Körpergewicht gegen das Ruder lehnen, um Kurs halten zu können.

»Das ist erst der Anfang. Wenn er weiter so bläst, wirft er uns noch an die Küste Afrikas. Dann ist die Reise vorbei, ehe sie begonnen hat.«

Der Herbststurm, der sie über den Atlantik fegte, hielt die Menschen unter Deck, und auch Federmann verkroch sich in seine Kajüte. Er hatte der Wolfsfrau das Bett überlassen und kauerte sich auf den Boden, während Mayana in der Hängematte schlief. Ihr schien das Schaukeln und Wiegen nichts auszumachen. Sie zeigte keine Anzeichen von Seekrankheit, während ihm selbst zunehmend übler wurde und schließlich ohne Vorwarnung die Galle aus ihm herausbrach, ohne dass er sich kontrollieren konnte. Mayana übernahm auch seine Pflege aufopferungsvoll. Federmann wurde zusehends von dem Gedanken beherrscht, sterben zu müssen und schließlich sterben zu wollen, nachdem die Übelkeit nicht von ihm weichen wollte. Aus der Kajüte neben ihnen vernahm er eine endlose Litanei aus Gebeten. Die Dominikaner schienen ihre Übelkeit offenbar ihrem Herrn anzuvertrauen. Dennoch würgten sie regelmäßig ganz irdisch den Inhalt ihrer Mägen lautstark in die Waschschüssel.

Er wusste nicht genau, wie lange er so gelegen und auf den Tod gewartet hatte. Als er endlich die Augen aufschlug und die Übelkeit nicht mehr der beherrschende Gedanke war, war es Nacht.

»Wach?«

Federmann sah überrascht in die Richtung, aus der die Frage gekommen war. Die Finsternis war unergründlich. Er konnte nichts sehen, und wenn ihm jemand erzählt hätte, er sei blind, er hätte es sofort geglaubt.

»Woher weißt du …?«, fragte er und spürte, wie sehr seine Stimme kratzte, als habe er einen Teil seiner Stimmbänder miterbrochen, und der Rest sei zerissen.
»Ich nichts sehen. Ich hören. Gut hören. Besser als alle.« Mayana lachte leise.
Federmann lauschte der Stimme nach und dachte daran, wie angenehm sie sich anhörte, wie sehr er sich allein in diese Stimme verlieben könnte.
»Wie lange …?«, fragte er. Das Sprechen gelang ihm nur mühsam.
»Fünf Tage«, antwortete Mayana. »Hunger?«
Der Ulmer hörte seinen Magen knurren. Hunger war gar kein Ausdruck. Er hatte das Gefühl, einen ganzen Ochsen verschlingen zu können.
Er versuchte sich daran zu erinnern, was in den letzten Tagen passiert war. Einige Ereignisse konnte er verschwommen aus seinem Gedächtnis hervorkramen. Nebelhaft erinnerte er sich daran, mit dem Kopf auf Mayanas Schoß gelegen zu haben, während sie versuchte, ihm eine Art Suppe einzuflößen. Sie hatte ihn gewaschen, ihn gefüttert, ihn gesäubert, sich zu ihm gelegt, um ihn zu wärmen.
Federmann versuchte sich aufzusetzen, was ihm nur mit Mühe gelang. Mayana war sofort bei ihm. »Ich will an Deck!«, sagte er nur. »Hilf mir!«
»Sturm!«, sagte sie nur. »Sturm!«
Der Ulmer wischte all ihre Bedenken beiseite. »Egal. Ich brauche frische Luft. Luft, verstehst du?«
Sie sagte nichts mehr, sondern griff Federmann unter die Achsel und zog ihn auf. Federmann spürte, wie wackelig er auf den Beinen war. Das Schiff, das sich in alle Richtungen gleichzeitig zu bewegen schien, verursachte weitere Unsicherheiten, doch er klammerte sich mit eisernem Griff an die Führungsseile, die für stürmische Tage durch den Raum gespannt waren.
Er stützte sich auf Mayana und fühlte deren zarten Körper. Wenn

er nicht solchen Hunger verspürt hätte, wenn er nicht so schwach auf den Beinen gewesen wäre, dann hätte er in diesem Augenblick am liebsten einen ganz anderen Appetit gestillt. Doch es rührte sich nichts bei ihm, und er hoffte, dass die kühle und frische Luft ihn kräftigen würde.

Sie schlichen wie durch den untersten Kreis der Hölle, weil sie nichts sehen konnten und sich gegenseitig stützen mussten, während das Schiff in gewaltige Wellentäler tauchte und sich schwer auf beide Seiten überlehnte. Mayana trug nichts außer ihrem Kleid, so viel spürte Federmann. Aber auch er trug nur eine Hose. Hemd und Wams hatte man ihm ausgezogen, was ihm erst auffiel, als sie die Tür nach draußen aufstießen.

Sie traten aus dem Kastell. Der Regen peitschte über Deck und durchnässte sie sofort bis auf die Haut. Er war eisig, doch Federmann fühlte sofort, wie ihn der Regen belebte, als würde er Müdigkeit und Niedergeschlagenheit einfach von ihm abwaschen. Ohne nachzudenken drückte er Mayana an sich, um sich an ihrem Körper zu wärmen. Sie führte seine Hand zum Haltetau, damit er nicht von den überlaufenden Brechern fortgespült wurde.

Vom Vorderdeck, der Toldilla, drangen Lachen und Scherzen herüber. Federmann bemerkte, wie sich Mayanas Körper versteifte.

»Das sind nur harmlose Soldaten!«, beruhigte er sie. »Almavivas Truppe wird dir nichts tun.«

Das Mädchen entwand sich seiner Umarmung und ließ ihn zurück.

»Mayana!«, rief Federmann ihr nach, doch er war nicht in der Lage, sich selbstständig zu bewegen. Mit zitternden Armen krallte er sich in das Tau, das am Zugang zum Heckkastell gespannt war, damit man sicher auf das Oberdeck klettern konnte. Hätte er losgelassen, hätte es ihn unweigerlich von den Beinen gerissen. So klemmte er sich, das Tau in den schmerzenden Fingern, zwischen Treppe und Kastell und wartete darauf, dass Mayana wieder auftauchte. Wo zum Teufel war sie nur hin?

Die Wolkendecke verursachte eine mindestens ebenso tintene

Schwärze, wie sie in der Kajüte vorherrschte. Nur wenn sie kurz aufriss und das Licht des Mondes über die Welt wischte, als müsse er diese mit Licht säubern, konnte man das Schiff überblicken. Doch der unablässige Regen verschleierte auch dann den Blick.

Federmann glaubte im Lichtstreif des Mondes Mayana zum Vorderdeck schleichen zu sehen. Doch was sollte sie dort wollen? Es war gefährlich, sich als Frau zu den Soldaten zu wagen. Federmann wartete und spürte, wie ihm die Kälte in die Glieder kroch, wie sie langsam taub wurden. Er war noch zu schwach, als dass er sich lange so hätte halten können.

Warum hatte Mayana ihn hier heraufgeschleppt, wenn sie dann verschwand? Was tat sie bei den Soldaten?

Mayana war ein eigenartiger Mensch. Noch nie hatte Federmann sich gegenüber einem Menschen so hilflos gefühlt. Er verstand diese Frau nicht, die von seinem Freund hierher verschleppt worden war. Manchmal hatte er das Gefühl, dass sie ihn lenkte, dass sie ihm vorschrieb, was er tun sollte, ohne dass sie tatsächlich etwas wünschte oder forderte. Sie ging ihre eigenen Wege, ohne dass er durchschaute, wohin sie führen würden. Sie verfolgte ihre eigenen Ziele, von denen er keine Ahnung hatte – und sie trug ein Geheimnis mit sich herum, von dem er nicht wusste, wie viel ihr davon wirklich bekannt war. Federmann suchte nach dem Lederband und dem Goldmedaillon. Er spürte es auf seiner nackten Haut. Sie hatte es ihm demnach gelassen. Nach dem ersten Schreck darüber, dass er kein Hemd trug, das sein Medaillon verdeckte, überlegte er, dass er Mayana über die Herkunft und Bedeutung ausfragen musste. Und das bald.

Kaum hatte er den letzten Gedanken zu Ende gedacht, wehte ein markerschütternder Schrei über das Schiff. Stimmen schwirrten durcheinander. Er hörte, wie ein Name gerufen wurde, dann patschten Schritte auf dem nassen Deck, und der Ruf »Mann über Bord!« hallte wie eine grässliche Prophezeiung durch die Nacht.

Plötzlich stand Mayana wieder neben Federmann und fasste ihn am Oberarm.
»Kalt. Unter Deck!«, befahl sie nur. Jetzt erst bemerkte der Ulmer, wie sehr ihm die Beine vor Anstrengung zitterten und sich seine Finger verkrampften.
»Was ist passiert?«, fragte Federmann.
Er fühlte in der Dunkelheit nur, wie das Mädchen den Kopf schüttelte. »Nicht wissen«, war alles, was sie sagen konnte oder sagen wollte.
Mayana packte Federmann am Arm, und zusammen schlurften sie wieder unter Deck, während Federmanns Gehör draußen bleiben wollte. Er horchte auf die Hektik, die Rufe, auf das Klatschen von Seilen, auf patschende Schritte und Hilfeschreie, die leiser wurden und hinter ihnen verwehten.
Wenn er sich all das zusammenreimte, was er da vernommen hatte, dann waren es jetzt nur noch hundertzweiundzwanzig Soldaten – einem hatte sein Übermut, bei diesem Wetter an Deck zu feiern, das Leben gekostet. Denn dass sie bei diesem Sturm die Segel reffen und im hohen Seegang zurückkreuzen und die vermeintliche Unglücksstelle absuchen würden, hielt er für unwahrscheinlich. Der Mann war verloren.
Was ihm allerdings ein Rätsel blieb, war Mayanas Verhalten. Was hatte sie bei den Soldaten zu suchen gehabt?
In den folgenden Tagen erholte sich Federmann rasch. Lange hielt er sich an Deck auf, trank die würzige Seeluft, die so mit Regen gesättigt war, dass sie kaum eingeatmet werden konnte. Er schlürfte sie mit zusammengebissenen Zähnen und beobachtete die Menschen, die mit den Gewalten der Natur und ihrem Leben kämpften. Wie Faustschläge rammten Wellen gegen die Galeone und warfen sie hin und her.
Ihm fiel auf, dass immer dann, wenn die Dominikaner an Deck erschienen, um für besseres Wetter zu flehen, der Wind die Richtung wechselte, als wolle er verhindern, dass Fra Enrico und die anderen Mönche mit seiner Hilfe über den Atlantischen

Golf getrieben wurden. Sie hielten mit den Freiwachen Gebete ab, nahmen Beichten entgegen und segneten das Schiff. Damit versuchten sie den Männern Mut zu machen, was Federmann durchaus anerkannte.

Almavivas Verhalten hatte dagegen etwas Lauerndes, als warte er auf ein Ereignis. Manchmal hatte Federmann auch den Eindruck, als mustere er jeden Einzelnen auf diesem Schiff. Er hielt Abstand zu seinen Männern, die so dicht im Unterschiff zusammengepfercht waren, dass sie sich beinahe täglich stritten und schlugen. Federmann war jedoch froh, dass sie sich miteinander beschäftigten. So störten sie die anderen nicht.

Die Bergleute erschienen in den nächsten Tagen nur, um sich über die Tolda hinweg zu übergeben oder ihre Eimer auszuleeren. Sie litten am meisten unter dem Sturm. Ihre Behausung war kleiner als die der Soldaten, und sie mussten diese mit Frauen und Kindern teilen. Vor allem die Kinder erduldeten unmenschliche Qualen, da sie nicht einmal für kurze Zeit an Deck konnten. Die Gefahr, von einer Welle von Bord gewischt zu werden, war zu groß.

Jeder an Bord musste sich festzurren, um nicht fortgespült zu werden. Selbst Rodriguez hatte sich mit einem Tau an das Ruder gefesselt und schien seinen Posten seit einer Woche nicht verlassen zu haben. Und Federmann hatte sich mit einem Seil an der Treppe vertäut.

Der Sturm warf Wellen über sie hinweg, die höher waren als die *Santa Cruz.* Wie ein Korken tanzte die Galeone auf dem Wasser, und das beständige Auf und Ab nagte an ihren Mägen und am Schiff selbst. Wasser schlug über und musste von den Freiwachen unablässig außer Bord gelenzt werden, alle Kleidung war feucht und klamm, und seit Tagen hatte es kein warmes Essen mehr gegeben. Die Reise begann mit den besten Voraussetzungen.

Urplötzlich packte sie eine Welle von schräg vorne, hob sie in die Höhe und legte sie so weit über, dass Federmann den Halt verlor und von den Beinen gerissen wurde. Er hing in dem Seil und wurde vom Wasser überspült. Für einen Augenblick betete er, das Seil, mit dem er sich an das Schiff gebunden hatte, möge halten; dann aber dauerte das Ablaufen der Wassermassen so lange, dass er bereits befürchtete, sie könnten kentern und er müsse, gefesselt an diesen Holzkasten, elendiglich ersaufen. Endlich tauchte die Galeone wieder aus dem Wasser auf, das gesamte Schiff ächzte und jammerte und – ein Poltern durchfuhr die Unterdecks. Kurzzeitig herrschte eine bedrückende Stille, als müssten sich alle erst bewusst werden, was geschehen war – dann schrien die Offiziere durcheinander. Offenbar hatte sich Ladung gelöst und krachte unter Deck gegen die Spanten. Der Erste Offizier schlitterte am Laufseil das Deck entlang und löste die Verknotungen der Ladeluke. Das Ölzeug, das ein Eindringen von Wasser verhindern sollte, flatterte im Wind. Der Offizier hob den Durchstieg an und spähte nach unten. Dann kam sein Kopf hoch, und er brüllte Namen und Befehle über das Schiff. Federmann, der sich aufrappelte und zuerst ein Bein befreien musste, um wieder sicher stehen zu können, beobachtete die bleichen Gesichter der Matrosen, die die Treppen nicht hinabliefen, sondern sich am Ersten Offizier vorbei die Holme regelrecht hinabstürzten. Sie wussten, dass sie ihr Leben riskierten, um die Ladung wieder festzuzurren. Die losen Ballen und Fässer konnten sie bei den unberechenbaren Schwankungen des Schiffes leicht einklemmen, zerdrücken oder zumindest so schwer verletzen, dass sie an den Folgen sterben würden.

»Die Wasserfässer!«, schrie Rodriguez Federmann zu, als er sich bis zum Steuerrad vorgearbeitet hatte, um zu erfahren, was geschehen war. Der Ulmer sah den Steuermann fragend an. Der stampfte mit einem Fuß auf die Planken. »Die Fässer direkt unter mir!«, schrie er in den Wind. »Ich habe sie splittern hören, und mindestens zwei rollen quer durch den Gang.« Seine Miene wirkte besorgt, und er hatte auch allen Grund zur Sorge, denn während er noch versuchte, Federmann zu erklären, was geschehen war, zerrten zwei Matrosen einen blutüberströmten Mann an

Deck. Er rührte sich nicht, und seine Beine und die Hüfte sahen aus, als habe er dort keinerlei Knochen mehr im Leib.
»Den Dunklen Piet hat's erwischt.« Rodriguez spuckte in den Wind.
Unmerklich legte Rodriguez das Schiff auf eine Seite. Damit, so viel verstand Federmann, verschaffte er den Matrosen unter Deck die Zeit, die beiden losen Fässer festzuzurren.
Die Hilfsaktion des Steuermanns hatte zur Folge, dass der Dunkle Piet, der als Einziger nicht angeseilt war, über das Deck zu rollen begann. Rodriguez fluchte, konnte die Galeone jedoch nicht schnell genug aufrichten. Der Matrose war zu Bewusstsein gekommen, prallte mit vor Schreck geweiteten Augen gegen die Reling und versuchte verzweifelt, sich an den Tauenden der Takelage festzuklammern. Er wollte sich aufrichten, doch der zerschlagene Unterkörper konnte das Gewicht nicht halten. Eine weitere Welle, die sie schräg querten, spülte über das Deck – der Dunkle Piet schrie, bis ihm ein Schwall Wasser den Ton abwürgte –, und als Federmann wieder nach dem Mann sehen konnte, war die Stelle leer, an der er zuvor noch gelegen hatte. Wieder hatte es einen Mann über Bord gerissen.
»Verflucht!«, schrie Rodriguez, der sich mit aller Macht ins Ruder stemmte.
Doch die See war unerbittlich, sie verschlang Menschen mit einer Selbstverständlichkeit, mit der man sein Mittagessen hinunterschluckte. Federmann hangelte sich aufs Oberdeck zum Kapitän. Er stand dort, beobachtete das Chaos und gab seine Befehle an den Ersten Offizier weiter, der sie dann über die Galeone hinwegbrüllte.
Über den toten Matrosen wurde kein Wort verloren. Das Meer hatte seine eigenen Gesetze, und es gebar eigene Gesetze für die Menschen darauf.
Der Herbststurm, der über den Atlantik fegte und das Schiff mehr und mehr an die Küste Afrikas zu treiben drohte, flaute nach zehn Tagen ab, war aber noch immer stark und verbunden

mit heftigem Seegang. Erst weitere zwei Tage später beruhigte sich die See ganz, und die *Santa Cruz* pflügte still und mit leichter Neigung durch die Wellen.

Der Kapitän rief seine Männer zusammen. Sie saßen in der Offiziersmesse, Federmann, Almaviva, Triebl, Fra Enrico und Alejandro Diaz, der Erste Offizier. Juan Garcia Alfaro, der Kapitän der *Santa Cruz*, ließ nicht lange auf sich warten. Der eher magere, strenge Mann betrat energisch die Messe und begann ohne Umschweife die Lage zu erörtern.

»Meine Herren, der letzte Sturm hat uns drei Wasserfässer zerschlagen. Der Schiffszimmermann wurde angewiesen, sie zu erneuern. Was uns allerdings fehlt, ist frisches Trinkwasser. Bis Neu-Augsburg werden wir es mit diesen Trinkwasservorräten nicht mehr schaffen, da wir mehr Personen an Bord haben als geplant. Bei Schlechtwetter schon gar nicht. Wir müssen also zuvor einen Ort anlaufen, an dem wir unser Trinkwasser auffüllen können. Ich schlage deshalb vor …«

Almaviva mischte sich ein und unterbrach den Kapitän, was dieser mit einem Stirnrunzeln quittierte, jedoch zuließ. »Wir könnten Lanzarote anlaufen, eine der sieben Kanarischen Inseln …«

»… um uns von den Arabern dort rösten zu lassen?«, fragte der Kapitän, und die Ablehnung war seiner Stimme deutlich anzuhören.

Almaviva zuckte mit den Achseln. »Wir haben ausreichend Soldaten an Bord. Was diese Götzenanbeter uns nicht freiwillig geben, holen wir uns von ihnen.«

Der Kapitän dachte einen Moment lang nach und nickte dann bestätigend. »Der Wind steht so, dass wir Lanzarote vermutlich nur im Norden erreichen können. Dort liegt ein kleiner einsamer Hafen, Rabicon genannt. Hier könnten wir versuchen, unbehelligt Wasser aufzunehmen.«

Die Männer nickten, und damit war die Runde aufgelöst. Als sie die Messe verließen, trafen Federmann und Almaviva an der Tür zusammen. Sie wollten beide hindurch und stießen sich gegen-

seitig an. Mit einer herrischen Geste griff der Spanier dorthin, wo sonst sein Schwert hing, und fluchte. Niemand durfte bewaffnet die Kapitänskajüte betreten. Er hatte die Waffe auf Kapitän Alfaros Befehl hin vor der Tür ablegen müssen. Vor lauter Wut verpasste er die Gelegenheit zum Vortritt, und Federmann schlüpfte vor ihm durch die Tür. Almaviva warf Federmann einen Blick zu, der ihn auf der Stelle hätte töten sollen. Wieder hatte er die Autorität des spanischen Granden öffentlich infrage gestellt.
Federmann schlenderte zurück zu seiner Unterkunft. Die Wolfsfrau und Mayana waren in den kleinen Raum eingepfercht, und nur Mayana kam ab und zu nachts oder in der Dämmerung aus ihrem Versteck, um ein wenig Meerluft einzuatmen.
Noch hatte er keine Lust, sich in das stickige Geviert seiner Kajüte zu begeben. Lächelnd trat er auf das Vorkastell hinaus und feixte innerlich darüber, den spanischen Granden ausgestochen zu haben. Irgendwann würde Almaviva begreifen müssen, dass er, Nicolaus Federmann, der Feldhauptmann war und Almaviva in seinen Diensten stand. Beinahe hätte er laut losgelacht, als er sich das verblüffte Gesicht des Spaniers ins Gedächtnis zurückrief. Doch Almaviva war sein geringstes Problem.
Federmann blickte über die Aufbauten hinweg und hinaus auf die jetzt wieder glatte See. Das Meer beruhigte sich, als müsse es sich von einer großen Anstrengung erholen und wieder zu Atem kommen.
Eine Ruhe legte sich über alles an Bord, und er fühlte, wie sich das Schiff, ebenso wie die Menschen darauf, langsam entspannte. Nur in Federmanns Kopf beruhigten sich die Gedanken nicht. Bald wanderten sie zu Mayana und der geheimnisvollen Karte auf ihrem Rücken. Warum hatte man sie auf Mayanas Rücken gezeichnet? Wofür hatte man sich diese Mühe gemacht, wenn es doch geschehen konnte, dass Mayana die Überfahrt nicht überlebte und starb? War dann das Wissen, das mit dieser Karte transportiert werden sollte, verloren? Für wen war es verloren, für wen überhaupt bestimmt?

Federmann verfing sich im Irrgarten dieser Gedanken und fand keinen rechten Ausweg. Selbst die Unendlichkeit des Meerblicks gab ihm keinen Halt. Unruhig wanderte er über Deck und versuchte die Nervosität, die ihn befiel, zu beherrschen. Wie ein Löwe lief er eine ganze Zeit zwischen den Relings hin und her, ohne dass es ihm half.

Er wusste nur, dass er sich Klarheit verschaffen musste – und zwar bald. Schließlich fasste er einen Entschluss und begab sich unter Deck.

14. KAPITEL

Die Wolfsfrau lag im Sterben. Mayana saß neben ihr und spürte es so sicher, wie sie wusste, dass der Tag zur Neige ging. Der geschundene Körper der Frau besaß keine Kraft mehr, um gegen die Hitze anzukämpfen. Das Auge hatte sich entzündet, und der Wundbrand kroch ihr übers Gesicht.
Mayana schrie lautlos ihren Schmerz hinaus. Vor ihrem inneren Auge tauchte das Antlitz des Reiters auf, der die Peitsche geschwungen hatte, und sie bedauerte keinen Wimpernschlag lang, ihn der Wolfsfrau vorausgeschickt zu haben. Wenn die Wolfsfrau irgendwann starb und zu ihren Ahnen ging, würde sie Hilfe brauchen. So war es jedenfalls in ihrer Welt jenseits des großen Wassers. Die Feinde, die man getötet hatte, dienten in der anderen Welt ihren Bezwingern und erleichterten ihnen das Leben unter den Toten im Jenseits.
Es klopfte an der Kajütentür. Narses steckte seinen Kopf durch den Spalt und hob fragend die Augenbrauen. Mayana nickte und bedeutete ihm hereinzukommen. Sie hatte nach allen geschickt. Narses war der Erste. Hinter ihm betrat Bertram den Raum, und für Georg wurde es beinahe schon zu eng. Jetzt fehlte nur noch Blauauge.
Der Atem der Wolfsfrau war flach und unregelmäßig, als reiche ihr die Luft nicht mehr zum Atmen. Unkontrollierte Zuckungen signalisierten Mayana, wie weit die Entzündung im Kopf bereits fortgeschritten war. Irgendwann würde sie sich aufbäumen und in einem letzten Krampf ihr Leben aus diesem Leib pressen. Mayana hatte es schon Dutzende Male erlebt. Sie hatte aber auch gesehen, wie der Pater, von dem Joaquin sie weggeholt hatte, solche hoffnungslosen Fälle geheilt hatte – und sie wünschte sich nichts sehnlicher, als dass er jetzt hier sein könnte. Doch bis dahin würden noch Monate vergehen. Zu viel Zeit für einen Menschen, der nur noch Stunden vor sich hatte.
Mayana tauchte den Lappen in das Handwasser der Schüssel

neben ihr und fuhr der Frau über die Stirn. Die Wolfsfrau hatte kaum etwas getrunken, nichts gegessen. Sie wirkte, als sei sie in den letzten Tagen geschrumpft. Unter ihrer Gesichtshaut ließen sich die Schädelknochen erahnen. Hätte sich nicht der Brustkorb immer wieder gehoben und gesenkt, hätte man sie für eine Tote halten können. Nur die Haare waren sattbraun wie immer, nur ein wenig stumpfer und verklebt vom Schwitzen.

Endlich trat Blauauge ein. Er fand kaum Platz in seiner Kajüte. Dennoch schob er sich vorwärts.

»Stirbt sie?«, fragte er Mayana, die nur langsam nickte und die Lippen aufeinanderpresste.

»Weiß jemand, dass sie an Bord ist?«, fragte Bertram leise.

Blauauge schüttelte den Kopf.

»Dann können wir ihr keine offizielle Bestattung geben. Sie muss heimlich von Bord.«

Mayana stand auf, weil sie hören wollte, was Bertram da flüsterte.

»Bestattung?«, fragte sie rasch.

»Beerdigung. Grab. Verbuddeln!«, erklärte er kurz angebunden.

»Sie … noch … nicht … tot!«, sagte Mayana nachdrücklich und betonte jedes einzelne Wort. Dann kniete sie sich wieder neben das Bett und wusch der Wolfsfrau den Hals, weil sich dort der Schweiß sammelte.

Bertram atmete tief ein und besah sich die Fensteröffnung. Mayana folgte seinem Blick, und für einen kurzen Moment wurde ihr übel. Das Fensterloch war groß genug für eine unauffällige Seebestattung.

»Wir werden sie nachts bestatten. Es genügt, wenn wir alle zusammenkommen«, bestimmte Blauauge. Er beugte sich zu der Wolfsfrau hinunter, strich ihr über das Gesicht, dann drehte er sich um und ging hinaus.

Mayana blieb mit den Gefährten allein zurück. Sie fühlte sich so hilflos, so ausgeliefert. Wenn sie wenigstens bei sich zu Hause wäre, dann hätte sie Mittel und Wege gewusst, die Entzündung einzudämmen. So musste sie tatenlos mitansehen, wie die Frau von der Verletzung zerfressen wurde. Es zerriss ihr das Herz. Die Wolfsfrau, die sich um sie gekümmert, sie am Leben gehalten hatte, starb unter ihren Händen. Wieder tupfte sie Wasser über die Wunde und den Kopf der Verletzten. Seit es die Fässer zerschlagen hatte, bekam sie nur noch Meerwasser, was den Zustand der Wolfsfrau weiter verschlechterte. Sie spürte, wie die Atmenden in ihrem Rücken die wenige Luft verbrauchten, die in der Kajüte vorhanden war. Vielleicht war sie doch etwas zu voreilig gewesen, die Truppe zusammenzurufen. Sie drehte sich zu ihnen um.

»Geht!«, sagte sie zu den stumm Dastehenden. »Ich rufen, wenn so weit.«

Narses nickte. Er trat ans Bett, strich der Kranken über den freiliegenden Arm und drängte zur Tür. Georg tat es ihm nach. Bertram trat als Letzter näher. Als er sich zu Mayana umdrehte, fixierte er sie genau. In seinem Blick lag etwas Lauerndes. »Hast du den Soldaten …?«, fragte er beiläufig und so leise, dass nur Mayana ihn verstehen konnte. Dabei musterte er sie misstrauisch.

Mayana wusste sofort, was er meinte. Sie sah Bertram in die Augen, ohne den Blick zu senken. Weder Reue noch Schuld verspürte sie, nur Triumph und Genugtuung. Sie hatte den Soldaten abgepasst. Gegrölt hatte er und sich seiner Taten gerühmt, hatte aufgezählt, wie viele Menschen schon durch seine Hand gestorben waren, wie viele Frauen er geschändet hatte und wie er sie und ihre Männer hatte leiden lassen. Da war ihr die Entscheidung leichtgefallen.

Die Soldaten waren so betrunken gewesen, dass ihre Anwesenheit im Dunkeln niemandem aufgefallen war. Als der Soldat Übermut und Trunkenheit mit seiner Dummheit vermengte, hatte sie nicht anders handeln können. So betrunken war er gewesen, dass er sich, in der Hand eine Schnapsflasche, in die Wanten gestellt hatte. Doch niemand enterte ungestraft im Rausch die Wanten. Jeder Matrose brauchte für diesen Gang einen klaren Verstand, eine Hand für sich und die andere fürs Schiff. Die Hand, die er für seine Sicherheit benötigte, hielt jedoch nur die Schnapsflasche – ein tödlicher Fehler. Wie ein Waldgeist, unsichtbar und lautlos, war sie auf ihn zugeweht, hatte ihm das eigene Messer aus der Scheide gezogen und ihm damit über die Finger geschnitten, die sich an den Wanten festhielten, sodass er loslassen musste. Sein Lachen war ihm vergangen, das Lachen, mit dem er auch Jakobs Tod begleitet hatte. Es begleitete ihn jetzt in den eigenen Tod. Beinahe wäre er auf das Deck gestürzt, doch ein Stoß von ihrer Hand, und er kippte rückwärts über die Tolda in die gischtige See. Sie sah seinen Blick nicht, der vermutlich auf sie gerichtet war, denn die Dunkelheit nahm ihn auf und verschluckte ihn, als fiele er in den weit aufgerissenen Rachen eines gewaltigen Untiers. Sie hoffte nur, er würde im Untergehen verstehen, was hier geschah und warum. Wie ein Korken tanzte er eine Zeit lang als dunkle Silhouette auf dem weiß schäumenden Wasser, bis die kreuzlaufenden Seen ihn endgültig verschlangen.

Alle Mörder des Jungen waren auf dem Schiff, und keiner von ihnen würde lebend über diesen Golf kommen, das schwor sie sich erneut.

Das alles ging ihr durch den Kopf, während Bertram sie prüfend ansah. Dann tat sie etwas, was ihr von den christlichen Missionaren beigebracht worden war, denen sie in ihrer Heimat eine ganze Zeit ausgesetzt gewesen war: Sie log. Sie schüttelte den Kopf, ohne eine Miene zu verziehen, ohne beiseitezuschauen, ohne spöttisch zu lächeln. Keiner von ihnen – und den Peitschenschwinger zählte sie seit heute mit dazu – würde das Land des gegenüberliegenden Ufers zu sehen bekommen. Wenn sich die Gelegenheit bot, würde der Nächste den Schritt ins kalte Nass tun. Nicht freiwillig, aber auch nicht so, dass jemand an Mord denken würde.

»Nein. Betrunken«, sagte sie nur.

Sie wollte Bertram schon die Tür öffnen, als dieser sie am Arm festhielt und nur eine einzige Frage stellte: »Warum musste das alles geschehen, Mayana?«

Sie wusste sofort, worauf Bertram anspielte. Der dumme Bertram, der glaubte, von seinem angeblichen Freund, dem Bärtigen, hintergangen worden zu sein.
»Joaquin mich gezwungen. Ich nicht wollen weg.«
»Wir hätten ausreichend Gold im Versteck der Welser-Galeone besessen, um beide ein sorgenfreies Leben führen zu können. Warum musste er mich hintergehen?«
Die Schatzmeister des Kaisers der Weißhäutigen waren wie üblich in Sanlúcar an Bord gekommen, hatten das Schiff durchsucht und nichts gefunden. Dann waren Joaquin und Bertram an Land gegangen. Später hatte sie erfahren, dass Joaquin Bertram betrunken gemacht und in einer Spelunke liegen gelassen hatte. In der Zwischenzeit hatte er das Gold geholt, hatte sie zusammen mit dem Schatz von Bord geschafft und war nach Ulm geflohen. Allerdings aus gutem Grund. Drei Tage nach ihrer eigenen Ankunft in Sanlúcar war jemand eingetroffen, der ihnen höchst gefährlich hätte werden können.
»Er vor Almaviva geflohen!«, flüsterte sie. Dann legte sie eine Hand auf Bertrams Arm. »Mich mitgenommen. Mich schützen.«
Bertram sah sie lange stumm an, dann ließ er die Schultern hängen.
»Es war also meine Schuld. Ich hätte diesem spanischen Granden nichts sagen dürfen. Aber es ist mir herausgerutscht. Nach einer halben Flasche Schnaps ist es mir einfach zwischen die Zähne gerollt, dieses verfluchte Wort.«
Mayana nickte nur leicht. Bertram hatte Almaviva in Neu-Augsburg von Ulate erzählt und vom Gold und von ihr, die er auf die andere Seite des Golfes begleiten sollte. Ulate hatte Bertram gebeten, sie zu einem Dominikanerkloster bei Sevilla zu bringen.
»Ich habe versagt«, sagte Bertram.
»Du nicht versagt«, tröstete sie ihn. »Ich kehren zurück. Ich froh.«
»Ich habe Ulates Auftrag nicht erfüllt.«
Sie schüttelte den Kopf. Vielleicht würde sie Fra Enrico zu Ulate

führen, wenn die Zeit reif dafür war. Dann schob sie auch Bertram aus dem Raum.

Als sie wieder allein waren, setzte sie sich neben die Wolfsfrau in die Koje und lauschte ihrem unregelmäßigen und immer wieder lange stockenden Atem.

Ihre Hilflosigkeit erzürnte sie. Warum faulte ihr dieser Leib unter den Händen weg? Gab sie zu wenig von sich, um die Frau im Bett am Leben zu erhalten? Mayana biss sich so fest auf die Lippe, dass sie Blut schmeckte. Die Wolfsfrau durfte nicht sterben. Immer wieder sagte sie es sich vor, obwohl sie im Hinterkopf die Gewissheit hatte, dass sie diese Nacht nicht überleben würde. Mit einer Verzweiflung, die getragen wurde von ihrem Zorn, legte sie den Kopf der Wolfsfrau in ihren Schoß, nahm die Schüssel mit Brühe sowie den Holzlöffel und fütterte sie mit einer Entschlossenheit, die ihr selbst unheimlich war.

Zu ihrer eigenen Überraschung saugte die Wolfsfrau die Hühnersuppe mit der Gier einer Verhungernden ein. Sie versuchte, die winzigen Brocken Hühnerfleisch zu kauen, und Mayana unterstützte die Kieferbewegungen mit der Hand. Sie schaute in dieses haarige Gesicht und fragte sich, wie wohl der Mensch darunter ausschauen möge. Die Wolfsfrau hatte spitze, strenge Gesichtsformen, die nur durch die überall sprießenden Haare weich wurden.

Seit der Sturm begonnen hatte, hatte die Wolfsfrau die Augen nicht mehr geöffnet. Jetzt aber suchte sie im Dämmerlicht nach Mayana. Das gesunde Auge war zu einem kleinen Schlitz geöffnet, unter dem sie geschützt um sich blickte.

»Was … ist geschehen?«, fragte die Wolfsfrau mit einer Stimme, die ebenso gut aus dem hohlen Stamm eines Baumes hätte hallen können.

Mayana begann zu erzählen – und zu ihrer großen Freude zeigte sich die Wolfsfrau neugierig. Sie lauschte ihrer Schilderung der Ereignisse, bis ein heftiges Schnarchen verriet, dass sie schlief.

Mittlerweile war es so finster in der Kajüte, dass Mayana die eigenen Finger vor der Nase nicht mehr erkennen konnte. Eine Kerze durfte sie nicht anzünden. Sie hätte verraten, dass sich außer Blauauge noch jemand in diesem Raum aufhielt. Mayana legte den Kopf der Wolfsfrau beiseite. Sie tauschte ihre Kleidung gegen völlig schwarze Hosen und ein ebenso schwarzes Oberteil. Ihre Haare waren ohnehin schwarz wie die Nacht.

»Ich dich ungern lassen allein«, flüsterte sie und strich der Wolfsfrau eine Strähne aus dem Gesicht. »Aber ich muss atmen frische Luft.«

Sie lief zur Tür, spähte hinaus, sah keine Menschenseele und kroch dann ganz langsam und lautlos an die Oberfläche. Vorsichtig drückte sie die Tür zum Deck auf, dann stand sie im Freien.

Über ihrem Kopf spannte sich die weiße Himmelsgestalt der Milchstraße. Die Urmutter hatte etwas von ihrer Milch über den Himmel fließen lassen. Ein einzelner Stern huschte übers Firmament, und der weiße Streif einer Sternschnuppe riss über den nachtdunklen Himmel. Für einen Moment hörte Mayana auf zu atmen. Dies war das Zeichen, dass ihre Flucht, ihre Ängste, ihr Versuch, möglichst weit fortzulaufen, ein Ende haben würden.

Mayana drückte sich ins Dunkel und streckte sich gleichzeitig. Die Nacht war ihre Zeit. Ruhig ließ sie den Blick über das Schiffsdeck wandern. Der Glasenschlag hallte über das Schiff. In der gegenüberliegenden Ecke des Aufgangs hörte sie Blauauge atmen. Sie schlich sich trotz des unruhigen Seegangs zu ihm hinüber.

Überrascht zuckte er zuerst zurück, als er ihre Berührung verspürte, dann zog er Mayana jedoch an sich. Sie drückte sich mit dem Rücken an ihn, den Blick auf den Himmel gerichtet, doch dort regte sich nichts mehr.

Zuerst wusste sie nicht, ob das, was sie dabei war zu tun, recht war, doch sie würde es ohnehin nicht verhindern können. Außerdem sehnte sie sich nach jemandem, der sie festhalten würde, wenn die Wolfsfrau starb. Sie wehrte sich nicht, als die Hände Blauauges mehr zu berühren begannen, als im Licht des Tages schicklich gewesen wäre. Sie ermunterte ihn sogar darin, ihre

Weiblichkeit zu erforschen, doch als seine schwieligen Hände ihr Hemd über die Hüfte schoben und sich auf ihren Bauch legten, zuckte sie zurück. Die harte Haut seiner Fingerspitzen, die besser mit Zügel und Zaumzeug umzugehen wussten als mit einer Frau, fühlte sich grob an und tat ihr weh. Mayana entwand sich seinen Armen, was ihr leidtat, denn sie spürte seine Männlichkeit gegen ihren Rücken drücken und hätte gerne nachgegeben. Sie wollte jedoch nicht einfach genommen, sondern von ihm mit Zärtlichkeit erobert werden.

»Mayana«, hörte sie ihn noch hinter ihr herhauchen, dann entfernte sie sich lautlos von Blauauge und begann über das Schiff zu wandern. Mit Schmerzen hätte sie leben können, nicht aber mit Gier.

Mayana duckte sich in jede Nische, suchte jeglichen Schatten und verschmolz mit dem dunklen Holz des Schiffes zu einer Einheit. Niemand bemerkte sie.

Nur Rodriguez, dem Steuermann, entgingen ihre Wanderungen auf dem Schiff nicht. Er spürte wohl die Verlagerung des Gewichts in den Händen, das kaum wahrnehmbare Schwanken des Schiffskörpers, wenn ein Mensch die Seiten wechselte. Mayana konnte sehen, wie er den Blick von den Sternen abwendete und in ihre Richtung sah, ohne sie wirklich zu entdecken. Er schüttelte nur den Kopf, und Mayana huschte weiter. Sie hörte ihn murmeln. Vermutlich fluchte er über diese verdammten Klabautermänner, die sich nachts über Deck schlichen, um unvorsichtige Matrosen zu holen.

Sie suchte das Vorderschiff auf. Dort vorn am Bug konnten die Matrosen über das Schanzkleid klettern und sich auf hölzerne Balken setzen, um sich ins Meer hinab zu erleichtern. Mayana näherte sich langsam und vorsichtig. Sie musste sichergehen, allein zu sein. Als sich vor ihr nichts rührte, huschte sie zum Schanzkleid und sprang mit einem geübten Sprung darüber. Es war die einzige Stelle, an der sie den Schatten verlassen musste, also musste alles schnell gehen.

»Verflucht! Was war das?«, murmelte eine Stimme, als sie mit den Beinen beinahe einen Körper umstieß.
Mayana erschrak mindestens ebenso sehr wie der Kerl, der auf dem Donnerbalken vor ihr offenbar eingeschlafen gewesen war. Sie sah ihn nicht, aber die Stimme erkannte sie sofort. Es war der Kerl, der Jakob angerufen und dann niedergeschossen hatte. Seine Stimme, die wie zertretene, vertrocknete Blätter klang, würde sie zeit ihres Lebens aus Tausenden heraushören. Sogleich löste sie sich von ihm, doch der Mann hatte bereits zugegriffen und sie am Fußgelenk gepackt. Sie wehrte sich stumm mit Tritten, es gelang ihr jedoch nicht, den eisernen Griff des Soldaten zu lockern. Der verstand schnell, welchen besonderen Vogel er hier eingefangen hatte.
»Bist du eine der hübschen Maiden, die diese Bergleute mit sich führen und hüten, als wären sie alle zusammen wertvoller als der spanische Staatsschatz?«, knurrte er anzüglich. Sie schlug mit den Fäusten in seine Richtung, doch der Mann wich ihren Schlägen geschickt aus, bekam ihr Armgelenk zu fassen und presste sie gegen seinen Körper. »Wenn du schreist, drücke ich dir den Hals zu. Verstehst du mich, Mädchen?«, zischte der Mann.
Mayana kam der Kerl riesig vor. Allein seine Pranke war so groß, dass sie beinahe die gesamte Länge ihres Unterarms umfasste. Er hielt sie an sich gezogen und tastete mit der anderen Hand ihren Körper ab. Wie Metallklammern umfassten sie die Arme des Soldaten, wie eine Puppe hob er sie hoch und setzte sie auf seinen Schoß, ohne dass sie sich dagegen wehren konnte. Mayana biss sich auf die Lippe. Wenn sie schrie, wusste jedermann, dass sie an Bord war – und das durfte niemand wissen. Niemand. Sie wand sich wie eine Boa, doch der Riese presste ihr die Luft aus dem Leib, sodass ihr langsam schwindelig wurde und ihre Gegenwehr nachließ. Sie fühlte seine Männlichkeit gegen ihren Bauch drücken und versuchte ihr auszuweichen. Als der Kerl mit einer Hand nach unten griff, um sein Glied zum Ziel zu führen, gelang es Mayana, einen Arm frei zu bekommen – und sie langte

zu, griff nach der aufrecht stehenden Stange zwischen ihren Beinen und drückte sie schnell nach unten. Es knackte hörbar. Sie vernahm ein dumpfes Ausatmen, ein staunendes Keuchen. Der Griff um ihr Handgelenk lockerte sich. Sie befreite den zweiten Arm, schlug erneut zu, diesmal mit dem ausgestreckten Finger ins Gesicht. Ihr Fingernagel rutschte an der Nase ab und bohrte sich seitlich ins Auge. Jetzt schrie der Mann, griff sich ans Auge und ließ Mayana endgültig frei. Sie trat mit dem Fuß nach, fühlte, wie sie in der Mitte des Körpers auf eine weiche, breiige Masse traf. Das gebrochene Glied hatte sich mit Blut gefüllt. Sie traf die Verletzung erneut. Der Mann röchelte leicht und sackte in sich zusammen. Mayana hörte das Rauschen des Schiffes wie das ihres Blutes, pulsierend und stark. Unter ihr strömte das Meer unter dem Schiffskörper hinweg. Der Mann rührte sich nicht, jammerte nur nach vorne gebeugt still vor sich hin. Doch Mayana kannte ihn, wusste, wer er war. Sie musste auch diese Gelegenheit nutzen. Sie war zu schwach, um diesen Riesen über Bord zu wuchten. Nur beim Überklettern der Schanzverkleidung konnte sie ihn erwischen. Dann war sie ihm überlegen. Rasch zog sie sich hoch und sprang über die Holzbarriere hinweg. Wenn er sie haben wollte, musste er ihr nachkommen.

Offenbar begann der erste Schmerz nachzulassen, und der Mann konnte seine Sinne wieder gebrauchen. Rache musste ihn überfluten, wie die Todeswelle einen Fluss ansteigen lässt und alles mit sich reißt. Ganz ein heulender Wolf sprang er auf und wollte ihr nach. Doch Mayana sah in dieser Dunkelheit besser als er. Sie spürte ihn und seine Masse. Auf den Moment hatte sie gewartet. Eines der Haltetaue hatte sie um ihren Arm geschlungen. Sie stand auf der Balustrade, konnte beide Beine benutzen, weil sie sich mit dem Arm fest verankert hatte. Hinter ihnen wurden die Wachen aufmerksam.

»Was ist los?«, rief eine der Wachen. »Was gibt's?« Sie waren alarmiert, eilten das Deck entlang. Mayana hoffte, dass ihr genügend Zeit bleiben würde. Doch die Stimmen kamen rasch näher, zu rasch. Sie war bereits dabei, ihre Schlinge um den Arm zu lockern, damit sie ins Dunkel verschwinden konnte, als der Soldat begann, die Holzverkleidung zu übersteigen. Behäbig zog er sich hoch, versuchte, den Schmerz zu unterdrücken und seine Rache dabei nicht zu vergessen.

Mayana sprang. Mit den Beinen traf sie den Mann gegen die Brust. Der wurde so über die Verkleidung hinausgeschleudert. Stumm fiel er in die See und wurde von der schnell laufenden Galeone unter Wasser gedrückt.

Sofort duckte sie sich, befreite ihren Arm und sprang zurück in den Abortvorbau. Von dort aus kletterte sie wie ein Affe unter dem Klüverbaum durch und auf die andere Seite hinüber. Als sich die Wachen an der Tolda einfanden, schlich Mayana bereits wieder das Vorderkastell hinab und eilte zurück zu Blauauges Kajüte. Ihre Notdurft musste sie eben dort verrichten.

Sie schlüpfte zurück in die Höhle zur Wolfsfrau, doch der Geruch im Raum, in dem völlige Dunkelheit herrschte, ließ sie zu einer Säule erstarren. Herber Männerschweiß lag über allem – und es war nicht der Blauauges. Außer ihr befand sich noch jemand im Raum, der dort noch nie gewesen war. Mayana registrierte, wie die Person ihr gegenüber die Luft einsog, als könne sie dadurch eine Erinnerung heraufbeschwören. Vermutlich roch er sie, wie sie ihn roch.

»Lange ist es her, dass wir uns begegnet sind. Umso erstaunlicher, Euch hier auf dieser Galeone zu finden.« Der Mann lachte lautlos, und Mayana sah vor ihrem inneren Auge, wie sich sein Mund breit öffnete und eine Reihe gelblicher Zähne entblößte. Auf einer Seite des Oberkiefers waren die Zähne durch eine Prothese aus Elfenbein ersetzt worden.

»Almaviva«, flüsterte Mayana und trat einen Schritt zurück.

»Ebender«, verkündete der Unbekannte. »Allerdings im Augenblick im Nachteil, wenn ich mich recht entsinne. Schließlich könnt Ihr im Dunkeln sehen und ich nicht. Ich wollte nur einmal nachprüfen, wer tagsüber in dieser Klause auf und ab mar-

schiert.« Seine Zunge spielte mit dem Zahnersatz und ließ ihn klicken, was bei Mayana Übelkeit hervorrief.
Warum musste es der Spanier sein? Warum konnte sie nicht auf einen der Bergleute stoßen, der sich in der Tür geirrt hatte?
»Dann seid Ihr im Schlepptau dieses Ulmers hier angekommen. Ich habe es nicht für möglich gehalten. Aber natürlich vermutet. Wenn es hier nicht so verflucht finster wäre, würde ich Euch auf der Stelle niederstechen. Gebt mir doch einen Laut als Hinweis, in welche Richtung ich stoßen muss.« Der Spanier keckerte wie eine Elster über diesen Spaß. Mayana spürte jedoch, wie sein schmales Rapier durch die Luft glitt und nach einem Opfer suchte. »Ich befürchte nur, ich würde damit meine Karte beschädigen. Und diese Karte, mit Verlaub, ist das Wertvollste an Euch.«
Mayana horchte nicht nur auf den Granden, sie lauschte auch nach den Atemzügen der Wolfsfrau. Doch aus der Koje vernahm sie keinen Laut mehr. Keine Bewegungen des Kopfes, kein Rascheln, kein Atmen. War die Wolfsfrau tot?
Mayana stürzte vorwärts, ohne sich um den Stahl des Granden zu kümmern. Um Haaresbreite verfehlte die dünne Klinge sie, doch dann war sie schon am Bett der Wolfsfrau. Sie war verschwunden. Wo um alles in der Welt war sie?
Tonlos flüsterte Mayana: »Du schuld. Du büßen.«
»Oh, da bin ich jetzt aber ängstlich«, spottete Almaviva und drehte sich in ihre Richtung. Mayana duckte sich und lief blitzschnell in die andere Zimmerecke. »Am liebsten würde ich büßen wie der heilige Bartholomäus …« Wieder keckerte er, dann drehte er sich rasch um und ließ sein Schwert durch den Raum fahren. Offenbar hatte er gehört, wohin sie gelaufen war, und ging einen Schritt nach vorn. »Der hielt eine Haut in Händen. Nun, es war seine eigene, weil man sie ihm abgezogen hatte. Ich würde mich anbieten, Euch die Haut über die Ohren zu ziehen.« Das Rapier streifte sie an der Brust, über die sich dort, wo die Spitze die Haut geritzt hatte, ein heißes Brennen zog. Sie wusste nicht mehr, wo-

hin sie ausweichen sollte. Mit dem nächsten Schritt nach vorn würde er sie treffen.

Das Knallen der Tür platzte in die Finsternis wie der Einschlag der Kugel einer Feldschlange, dieser kleinen tragbaren Feldgeschütze. Das Licht einer Kerze ließ Mayana kurzzeitig erblinden. Sie hörte Blauauges Stimme.

»Was habt Ihr hier drinnen zu suchen? Raus!«

Blauauge brachte mit der Kerze spärliches Licht mit und riss den Raum aus seiner Finsternis. Hinter Blauauge betrat Bertram die Kajüte. Auch er hielt eine Kerze in der Hand. Die andere Faust umschloss einen Stock. Das Licht der beiden Flammen enthüllte Erstaunliches.

Die Wolfsfrau lag nicht mehr im Bett, sondern kniete in Almavivas Rücken. Sie hatte ein Messer in der Hand und stach damit gegen die Achillessehnen des Spaniers. Nur weil dieser nach vorne gegangen war, als er Mayana bedroht hatte, und weil die Wolfsfrau so schwach war, hatte er keine Verletzung davongetragen.

»Weg mit dem Schwert!«, zischte Bertram und hob seinen Stock.

Mayana hatte bereits Männer erlebt, die mit einem einfachen Stock schneller und tödlicher verfuhren als mit einem Schwert. Bertram machte nicht den Eindruck, als sei er durch die Waffe des Granden eingeschüchtert. Wie Bertram in letzter Zeit überhaupt auflebte, als würde ihm die Reise neue Lebenskraft geben: Sein ganzer Körper gewann an Kraft, und Mayana hatte das Gefühl, als würde er mit jedem Tag auf See jünger.

»Besitzt Ihr denn auch den Schlüssel zu dieser Karte?« Spöttisch zeigte Almaviva auf Mayana. »Oder hat Euch dieser deutsche Hund nichts von dem Geheimnis erläutert?«

Der Spanier senkte sein Schwert, dann ließ er es in der Scheide verschwinden. Die ganze Zeit über musterte er den Ulmer genau. Mayana begriff, dass er herauszufinden versuchte, was Blauauge wusste und was nicht.

Langsam drängte der Spanier aus dem Raum. Als er an Federmann vorüberkam, zischte er: »Stickig, dieses Loch voller Weiber. Aber Ihr habt jetzt zumindest Zeit herauszufinden, was hinter den Bildern steckt, die die Kleine da auf ihrem Rücken spazieren trägt.«

Bertram bedachte er mit keinem Blick. Doch als er im Vorbeigehen die Hand an den Griff seines Schwertes legte, traf ihn ein Schlag mit dem Stock gegen die Ferse, der ihn vorwärtsstolpern ließ.

Almaviva fing sich am Türstock. Humpelnd verließ er den Raum.

»Ihr solltet mir nie wieder den Rücken zudrehen, Kerl!«, fluchte er über den Rücken ins Zimmer hinein.

»Und Ihr solltet mir nie wieder allein begegnen«, fauchte Bertram zurück.

Die Männer standen noch eine ganze Weile, dann riss sie ein dumpfer Schlag aus ihren Gedanken. Sie hatten die Wolfsfrau vergessen. Deren Arme hatten sie nicht mehr gehalten. Sie war zu Boden gestürzt und rührte sich nicht mehr. Die Anstrengung musste für sie übermenschlich gewesen sein.

15. KAPITEL

Federmann setzte sich auf den einzigen Stuhl im Raum und ließ Mayana in Ruhe arbeiten. Sie trug die Wolfsfrau zurück in die Koje, bettete sie und deckte sie zu. Er beobachtete jede ihrer Bewegungen, die so geschmeidig waren wie die einer Katze. Beinahe lautlos erfolgten alle Tätigkeiten. Hätte er die Augen geschlossen, hätte er beinahe denken können, er sei allein in der Kajüte.

»Lebt«, sagte Mayana, als sie sich aufrichtete. »Noch!«

Zwischen ihnen herrschte eine gespannte Stille. Jeder wusste, was die nächste Stunde bringen, doch keiner konnte voraussehen, wie es enden würde.

Mayana vermied offensichtlich Federmanns Nähe. Sie schlug einen Bogen um den Stuhl, doch die Kajüte ließ kaum Raum, und irgendwann beugte er sich rasch vor und packte sie am Arm.

»Was genau bedeutet die Malerei auf deinem Rücken?«, fragte er.

Wütend sah sie ihm ins Gesicht und zischte: »Nicht wissen!«

Federmann lehnte den Kopf gegen die Holzverkleidung. Vermutlich wusste sie es tatsächlich nicht. Er atmete durch und ließ sie wieder los, weil ihm die Gewalt so falsch vorkam. Energisch zog sie ihren Arm von ihm weg.

»Ich weiß, dass du uns verstehst. Setz dich. Erzähl mir genau, wie du dazu gekommen bist! Auch wenn es ... holprig wird.«

Mayana zuckte mit den Mundwinkeln. Sie kämpfte mit sich. Es war ein Fehler gewesen, sie wie eine Dienerin zu behandeln. Stolz war sie und beherrscht und keineswegs so nahbar, wie er es sich gewünscht hätte.

»Kennen Ulate? Francisco de Ulate?« Mayana sprach so leise, dass sich Federmann vorbeugen musste, um sie zu hören.

»Ulate?«, wiederholte er nur und biss sich auf die Lippe. Mayana hatte schon einmal von ihm gesprochen. Doch er kannte ihn auch aus anderen Erwähnungen. Bertram hatte ihn neulich genannt. Fra Enrico da Silva hatte den Namen im Mund geführt – und noch jemand, schoss es ihm plötzlich durch den Kopf: Joachim! Er hatte diesen fremdartigen Namen geflüstert, kurz bevor er starb. Jetzt verstand Federmann endlich – Joachim hatte ihm einen Hinweis auf die Bedeutung der Zeichnung geben wollen!

»Dominikaner«, sagte Mayana. »Wohnt mitten in Dschungel. Weit, weit weg. Hat Weg gefunden zu ...« Sie unterbrach sich und suchte nach Worten.

»Einen Weg hat er entdeckt?« Federmanns Neugier war geweckt. Welche Wege konnte es im Dschungel dieses Klein-Venedigs schon geben? »Welchen Weg?«

»Zu anderem ... Gold.« Mayana sah ihn mit einem merkwürdigen Blick an, und Federmann verstand. Sie hatte nicht nach Worten gesucht, sie hatte das eine Wort vermeiden wollen. Gold konnte man nicht ersetzen. Für Gold gab es nur diesen einen Begriff.

Er musste schlucken. Jetzt nahm er die Geschichte in die Hand. Jetzt musste Mayana ihm Rede und Antwort stehen! »Er hat also einen Weg entdeckt?«

Sie nickte langsam.

»Diese Zeichnung auf deinem Rücken zeigt also einen Weg?«

Wieder nickte Mayana, doch sie behielt ihn weiter genau im Auge.

»Er hat einen Weg entdeckt, an dessen Ende Gold zu finden ist?«

Noch einmal nickte Mayana und fügte hinzu: »Anderes Gold!«

Hatte dieser Dominikaner womöglich durch Zufall den Zugang zu diesem Mythos gefunden, von dem erzählt wurde, seit Menschen den Südkontinent betreten hatten? Zum Goldland? War mit »anderes Gold« nicht das Gold gemeint, das bislang noch nicht von den Konquistadoren entdeckt und ausgebeutet wurde?

»Anderes Gold?«, fragte er noch einmal nach.

Mayana wiederholte: »Anderes Gold. Ulate.«

Federmanns Mundhöhle wurde trocken. Er musste sich räuspern. Wenn das stimmte, dann wusste im Augenblick nicht nur er, dass dieser Dominikaner Ulate lebte, sondern auch Fra Enrico.

Womöglich fuhr er nur deshalb mit, um den Mitbruder in Klein-Venedig zu suchen.
»Dreh dich um«, befahl er.
Mayana gehorchte und kniete sich mit gebeugtem Rücken vor ihm nieder. Sie wusste offenbar genau, was er von ihr wollte.
Federmann beugte sich über sie und fuhr mit seinen Fingern die Linien nach. Sie zeigten deutlich eine Karte. Er nahm seine Goldscheibe und legte sie auf die Aussparung der Zeichnung. Er drehte sie so lang, bis die Symbole auf dem Stein und auf der Karte ineinandergriffen und einander ergänzten. Die Karte auf dem Rücken war wertlos ohne die Scheibe, denn nur mit ihrer Hilfe konnte man sie sinnvoll ergänzen. Dennoch blieben die Linien rätselhaft und unklar. Er fand noch nicht einmal einen Ausgangspunkt, von dem aus die Karte zu betrachten war. Federmann fluchte innerlich. Eine Karte zu besitzen war das eine, sie zu verstehen das andere. Wer war in der Lage, die Karte zu lesen? »Warum hat er es dir auf die Haut gezeichnet?«, fragte Federmann und empfand die Frage selbst als ungehörig. Doch sie musste heraus.
»Leder schimmeln. Papier feucht, zerfallen.« Sie deutete auf den Kopf. »Erinnerung ungenau. Mädchen … gut. Kommt immer weiter. Gold. Gut. Gold immer Gold.«
Sie drehte sich wieder um, als sie spürte, wie er die Scheibe von ihrem Rücken nahm. »Ulate sagen, Eldorado von junge Brunnen.«
»Junger Brunnen?« Federmann konnte sich ein Grinsen nicht verkneifen. »Hat er vielleicht etwas Ähnliches gesagt, etwas wie ›Jungbrunnen‹?«
»Jungebrunnen«, bestätigte Mayana
»Jungbrunnen!« Federmann schüttelte den Kopf. »Dass es so etwas tatsächlich gibt!«
Mit einer harschen Bewegung drehte er Mayana noch einmal um und drückte ihren Kopf nach vorne, sodass sie einen Rundrücken machen musste. Im spärlichen Licht der Kajüte versuchte er, die Karte zu entziffern und zu lesen. Wenn er annahm, dass einer der

Ausgangspunkte dieses Neu-Augsburg war, dann war die Fläche auf der rechten Seite vielleicht der Atlantik, die Linie, die quer über die Schulter lief, womöglich die Küste und … Ulates Gebiet lag im Westen oder im Südwesten. Offenbar galt es, einen Gebirgszug zu überqueren, dann jedoch lief der Weg beinahe geradeaus weiter, der Weg nach Eldorado. So konnte man es sich zusammenreimen, wenn man weitere Linien, Querstriche und wellige Striche einfach ignorierte. Wie viele hatten ihn schon vergeblich gesucht? Wie viele waren im unwegsamen Wald zurückgeblieben? Dieser Wald fraß die Männer wie der Sonnentau Mücken und Fliegen. Sie blieben einfach an ihm kleben und wurden in seinem riesigen Magen langsam verdaut.

Jetzt war Federmann auch klar, warum Almaviva so hartnäckig hinter Mayana her war. Vermutlich barg dieses Eldorado mehr als nur einen bescheidenen Schatz. Hatte nicht dieser Hernán Cortés bei seiner Eroberung des Aztekenreiches so viel Gold geborgen, dass er darin waten konnte?

»Erzähl von diesem Eldorado! Wo genau liegt es?«

»Anderes Gold«, versuchte Mayana zu erklären, doch Federmann unterbrach sie.

»Hast du mich nicht verstanden? Erzähl mir von Eldorado. Was ist das genau?«

Mayana senkte den Kopf so tief, dass sie mit der Stirn die Planken berührte und ihr Federmanns Goldscheibe beinahe über den Hals nach vorne gerutscht wäre.

»He, hast du dir das so gedacht? Auf diese Weise an meine Scheibe zu kommen? Du sollst erzählen!« Er griff brutal nach der Scheibe und stieß gleichzeitig das Mädchen nach vorne.

Mayana glitt aus und schlug mit dem Kinn voran auf den Boden. Bevor der Ulmer auch nur Schuldgefühle entwickeln konnte, war sie auf den Beinen, wie eine Raubkatze, die ihr Opfer gestellt hatte. In einer einzigen fließenden Bewegung erhob sie sich, drehte sich herum und löste gleichzeitig die Lederschlaufe, mit der Federmanns Dolch an seiner Seite fixiert war, zog den Dolch und fuhr damit über sein Wams, das bis zur Brust aufgeschlitzt wurde. Ein feiner roter Strich zog sich entlang der Risslinie, die so hauchzart ausgeführt worden war, dass noch nicht einmal Bluttropfen aus dem Ritz quollen.

»Du froh sein, dass leben«, zischte Mayana. Sie stand vor ihm wie eine Rachegöttin, beinahe ganz ins Dunkel der Kajüte gehüllt, nur das Gesicht von der schmalen Luke beleuchtet. Ein Glanz lag in ihren Augen, der weniger Zorn als Enttäuschung spiegelte. Enttäuschung darüber, nicht als Mensch, sondern als Sache behandelt worden zu sein.

Federmann räusperte sich, saß ansonsten jedoch still, als säße er im Schulraum der Ulmer Lateinschule. Magister Maxenius Eberle hatte immer auf absoluter Stille und Disziplin bestanden, solange er im Raum war. Seine Schüler waren darauf hin geschult worden. Ein Großteil des Unterrichts hatte aus Stillsitzen, Geradeausschauen und Wiederholungen bestanden. Sie wiederholten, was der Magister gelesen, was er gesagt, was er gesungen hatte. Sie wiederholten Wörter, Sätze, ja ganze Passagen. Sie wiederholten stur und ohne Verstand – und doch war so unendlich viel in seinem Kopf haften geblieben.

»Tut mir leid«, versuchte der Feldhauptmann die Situation zu retten und sich zu entschuldigen, doch Mayana schüttelte nur den Kopf.

»Alle verlieren Verstand, wenn heißt: Gold!« Tränen der Wut stiegen ihr in die Augen. »Gold!« Sie spuckte in die Ecke.

Federmann streckte nur die Hand aus und forderte stumm das Messer zurück. Mayanas Mundwinkel zuckten verächtlich. »Ulate erzählen, viel Gold. Wichtiges Gold. Ich dort. Gelernt.«

»Du hast bei ihm gelernt? Er war so etwas wie ein Lehrer?« Federmann zögerte. Dieser Ulate war kein Lehrer. »War er Missionar?«

Mayana nickte und erzählte weiter in ihrer spöttischen Art, die Spitze des Messers noch immer auf Federmanns Brust gerichtet, bereit zuzustoßen, wenn er sich in irgendeiner Weise rühren sollte.

»Anderes Gold. Weit in Wald. Viel lange Tagesreisen.«
Federmann kaute auf seiner Unterlippe. »Dieser Ulate wusste also mehr, viel mehr. Aber«, der Ulmer dachte laut nach, »warum ist er nicht selbst dorthin gegangen?«
»Er dort!«, sagte Mayana und nickte so heftig mit dem Kopf, dass ihr das Messer beinahe aus den Fingern geglitten wäre.
»Pass auf!«, rief Federmann. »Er war also dort?«, spann er den Faden weiter. »Er hat Eldorado also gesehen. Er war dort!«
Er spürte, wie ihn eine Art Zittern befiel, als ob ihn ein Fieber ergriffen hätte. Also war es doch kein Märchen, sondern eine Tatsache.
Mayana nickte nur kurz. »Ich zu Ulate gehen. Er guter Mensch. Nicht Verrückter!« Dabei deutete sie auf Federmann. Im selben Moment ließ sie den Dolch los, der mit der Klinge im Boden stecken blieb, gerade so weit von Federmanns Fuß entfernt, dass er die ersten Nähte seines Schuhs auftrennte, ihn jedoch nicht verletzte.
Federmann wurde kurzatmig, als sei er eine ganze Strecke gerannt. »Nimm mich mit!«, flüsterte er heiser. »Ich will diesen Ulate sehen.«
Die Frau vor ihm war tatsächlich kein hilfloses Mädchen, das verängstigt und unsicher durch diese Welt stolperte, sondern eine selbstbewusste Frau, die wusste, was sie tat. Auch wenn er nicht wusste, ob der Herrgott solch ein Mannweib gewollt hatte, überließ er ihr die Führung – und erhielt eine Ohrfeige.
»Du nicht einen Tag in Dschungel überleben. Tot, bevor wissen, was passiert.« Sie lachte abfällig. Allein der Gedanke schien sie zu amüsieren.
»Ich habe dich mitgenommen – du nimmst mich mit nach Eldorado. Eine Hand wäscht die andere!«
Mayana sah ihn lange an. Ihm war, als verschaffe sie sich über seine Augen Zugang zu seinem Innersten und erforsche seine Beweggründe. Es gelang ihm nicht, seinen Blick abzuwenden, woanders hinzusehen. Er musste ihr in die Augen blicken, die sich

für ihn ebenso verschlossen zeigten wie seit ehedem. Was aber konnte sie in den seinen lesen, die im Dunkeln lagen?
»Ich dich bringen Ulate«, sagte sie lapidar. Erst mit dem Verklingen der letzten Silbe konnte er sich aus seiner Starre lösen und den Kopf wieder bewegen. Diese Widerspenstigkeit mochte in diesem Dschungel Klein-Venedigs notwendig sein, vielleicht sogar lebensrettend. In Spanien und in Reichsstädten wie Ulm und Augsburg mochte man solche Frauen nicht. Hier galt ehern, dass die Frau dem Manne untertan sein sollte, wie es das Wort des Herrn in der Bibel vorschrieb. Ihr wäre bei diesem Verhalten ein Prozess als Hexe gemacht worden – und Federmann war sich sicher, dass man sie auch verbrannt hätte.
»Woher kennst du Almaviva?« Es war seine wichtigste Frage.
»Er versuchen, Ulate ...« Sie sprach nicht weiter, sondern fuhr sich mit der flachen Hand wie mit einem Messer über den Hals.
Federmann stockte fast der Atem. »Ist es ihm gelungen?«
Mayana schüttelte den Kopf. »Ulate ihn gerettet. Almaviva krank. Schwer krank. Ulate ihn gesund gemacht.«
Federmann konnte nicht glauben, was er da hörte. »Ulate hat ihn gesund gepflegt, obwohl er ihm nach dem Leben getrachtet hat?«
»Ja. Almaviva goldkrank! Kommt aus Dschungel. Fieber. Entzündung. Löcher in Haut. Ulate in Coro. Zufall. Er ihn gesund gemacht.«
Der Ulmer reimte sich zusammen, was Mayana in einzelnen Worten von sich gab. Offenbar verstand sich der Dominikaner aufs Heilen. Wenn Federmann etwas über diese Neue Welt gehört hatte, dann war es etwas über den Tod gewesen. Die Spanier starben wie die Fliegen. Beinahe ebenso schnell wie die Indios, wenn sie zur Arbeit angehalten wurden. Die Blattern wüteten, die Masern und Pocken ließen die Indianer bei lebendigem Leib verfaulen. Es sei, so erzählte man sich, als würde das Klima die Krankheiten verstärken.
»Was heißt goldkrank?«, fragte Federmann.
»Er wie du. Hören Gold, sehen Gold, wollen Gold, Gold, Gold.

Unterwegs in Dschungel. Suchen Gold. Finden Gold. Nicht finden Eldorado. Ulate sagen, er finden Eldorado anderswo. Almaviva ihm an die Kehle gehen, will wissen, wo Eldorado.«

Federmanns Mund war trocken. Er hing an den Lippen des Mädchens, als erzähle es die schönsten Märchen und Sagen. Jede Silbe las er ihm von den Lippen ab, und jeder Satz löste kleine Fieberschauer aus, die ihn zittern ließen.

Mayana schien um seinen bedauernswerten Zustand zu wissen. Sie machte lange Pausen, sie lockte und zog ihn an einem unsichtbaren Faden mit sich.

»Ulate wollen zurück in Hütte. Dort Eldorado. Almaviva toben, schreien, stürzen nieder – und Ulate ihm helfen.«

Langsam begriff Federmann. »Das war der Zeitpunkt, an dem er dir die Karte auf den Rücken gemalt hat!«

Mayana schüttelte den Kopf. »Ulate machen viel früher Zeichnung auf Rücken. Ich soll gehen zu Dominikanern. Haut besser als Papier.«

Mayana juckte bei der Frage der Rücken. Sie erinnerte sich daran, als ihre Bemalung noch nicht ganz verheilt und leicht entzündet gewesen war. Sie hatte gefiebert und der Schmerzen wegen auf dem Bauch gelegen. Selbst Ulates Hände, mit denen er ihr den Rücken eingesalbt hatte, konnte sie noch fühlen.

»Aber wie bist du mit Joachim zusammengekommen?«, fragte Federmann.

»Nicht Joaquin, Bertram. Ulate mit ihm reden. Bertram guter Mensch. Kommen zu Ulate. Wollen reden. Wollen …«

In ihrer einfachen Ausdrucksweise erzählte sie ihm, wie Ulate und Bertram sich begegnet seien, weil der Seemann beichten wollte. Wie der Dominikaner mit Bertram geredet hatte, wie er dafür sorgen wollte, dass Bertram sie nach Sanlúcar mitnehme und mit dem Ordensgeneral der Dominikaner bei Sevilla zusammenbringe. Dafür habe er ihm den Sonnenstein versprochen, den Blauauge jetzt um den Hals trage. Ulate habe ihn an Bertram weitergegeben, als Bezahlung. Bertram sollte vor allem die Salbe an die Dominikaner in San Pablo el Real weitergeben. Dann aber sei alles anders gekommen – plötzlich sei Joaquin aufgetaucht. Er habe die Sache in die Hand genommen. Schließlich habe er als Steuermann der Welser-Galeone die Schätze Ulates heimlich laden können. Joaquin habe Bertram beiseitegedrängt, und Ulate habe auch nicht mehr mit Bertram reden wollen.

»Doch dann Schwierigkeit. Almaviva wieder gesund. Ulate plötzlich weg. Zurück in Dschungel.«

Jetzt musste Federmann lachen. Der Dominikaner hatte zumindest Humor bewiesen. »Und dann hat dich Joachim mitgenommen?«

Mayana schloss kurz die Augen, als müsse sie sich dazu überwinden, ihren Erinnerungen zu folgen. Dann nickte sie. Almaviva habe sie einfangen und einsperren wollen, weil er von dem Gold erfahren habe. »Musste Männer finden für … ›Konquista‹ er nennen. Will mich mitnehmen in Dschungel. Joaquin auf Schiff gehen. Fliehen vor Almaviva. Mit Bertram. Der auch nicht wollen in Dschungel. Mit Mayana.«

»Joachim wollte wohl das Gold an die Dominikaner weitergeben«, warf Federmann ein, doch Mayana schüttelte den Kopf.

Die beiden Männer hätten sich mit der Welser-Galeone aus dem Staub gemacht. Dort sei alles Gold Ulates verstaut gewesen. Zuvor habe Joaquin sie aber geheiratet.

Federmann sah Mayana überrascht an. Joachim hatte sie geheiratet? Das erstaunte ihn nun doch. Warum …? »Oh, hat er dich geheiratet, um dich vor Almaviva zu schützen?«

Mayana reagierte nicht. Weder stimmte sie seiner Vermutung zu, noch verneinte sie diese. Endlich fuhr sie fort: »Ich Joaquin heiraten, weil nur so dürfen auf Schiff.«

Doch seine Hilfe, das Mitleid, das sei alles nur Lüge gewesen. Joaquin sei am Gold interessiert gewesen. Er habe Bertram während der Schiffsreise die Salbe abgeschwatzt, ihm beim Kartenspiel den Sonnenstein abgenommen und ihn schließlich um das Gold betrogen.

»Wusste der Spanier von der Zeichnung?«

Mayana nickte. »Wissen!«

»Von Ulate?«, fragte Federmann nach.

Sie schüttelte den Kopf. »Bertram.«

»Bertram hat Almaviva von der Karte erzählt?«

Mayanas Blick verfinsterte sich. »Wenn betrunken. Dann reden. Von Gold, von Karte, von Ulate.«

Federmann wich erschrocken zurück. Bertram hatte sie also an Almaviva verraten? Deshalb war der Grande hinter ihr her und hatte sie bis nach Ulm verfolgt! Gedankenverloren murmelte er vor sich hin: »Almaviva hat also seine Konquista abgeblasen und ist Joachim nachgefahren.«

Mayana saß still vor ihm und sah zu Boden. »Joaquin genau gewusst, dass folgt. Warum folgt.«

Federmann nickte. »Du hast es ihm gesagt, nicht wahr? Du hast es Joachim erzählt.«

»Ja. Er deshalb bei Fra Enrico.«

Jetzt blieb Federmann der Mund offen stehen. »Was um alles in der Welt hat Joachim bei diesem widerwärtigen Mönch gewollt?«

Mayana zuckte nur mit den Schultern. »Vielleicht Gold. Vielleicht Salbe. Vielleicht weitere Lüge. Er großer Lügner.«

Sie sah ihm mit zusammengekniffenen Augen ins Gesicht, bis Federmann den Blick abwandte. »Gold niemals bei Pater angekommen. Nur Salbe.«

16. KAPITEL

Es gibt Ereignisse, deren Zwangsläufigkeit so geradlinig verläuft, wie bei einem Gewitter der Donner auf einen Blitz folgt, sodass man sich wundert, warum man sie nicht vorhergesehen hat, und Federmann hatte das untrügliche Gefühl, dass sie auf ein solches Ereignis zusteuerten. Er vermochte nur nicht zu sagen, worin es bestand, und konnte es daher auch nicht umgehen.

Während Federmann auf dem Achterdeck stand, während er sich gegen die Tolda, den hölzernen Wehrbau, lehnte und sich mit dem ortskundigen Kapitän besprach, der ihm erklärte, weiter nördlich einen Hafen anzulaufen, den man Rabicon nannte, hockte dieses Gefühl in seinem Hinterkopf und bohrte ihm Zweifel in den Nacken.

Das Anlaufen dieses Hafens sei bei dem Wetter sicherer. Der Kapitän zeigte in die Dünung hinein, in der die schmale Lücke einer Zufahrt zu sehen war. »Dort gibt es Wasser, um die zerschlagenen Fässer zu ersetzen und neu zu füllen. Vielleicht können wir auch den feucht gewordenen Proviant ergänzen.«

Keine dreißig Schritte vor ihm auf dem Vorschiff bauschte der Wind die Kutte des Dominikaners. Der hielt sich an der Reling der Toldilla fest, Gesicht und Blick in die aufschäumende Gischt gereckt, und starrte auf die Einfahrt des natürlichen Hafens. Eine Vorklippe schützte sie bald gegen die anrollenden Wellen, und Fra Enrico breitete die Arme aus, rief unverständliche Worte in den Wind und schlug mit einer weit ausholenden Geste ein Kreuz gegen Sturm und Ankerplatz, Insel und Landzunge. In diesem Moment krängte die Galeone durch ein Manöver, das den Wind aus den Segeln nahm, und der Priester wurde aus seiner Bewegung gerissen und gegen die Handleisten und Stützen geschleudert, sodass er in die Knie ging und mit dem Kopf gegen die Verkleidung prallte.

Federmann beobachtete das Schauspiel mit einer inneren Genugtuung, lächelte kurz, wandte sich aber von ihm ab und der bevorstehenden Landung zu. Sie schossen durch die schmale natürliche Hafenzufahrt. Die Rufe des Ersten Offiziers, das Einholen der Segel, das Fallen des Ankers und das Rasseln der Ketten waren eins und mischten sich mit dem Stöhnen des Dominikaners, das ihm der Wind ans Ohr trug.

»Ihr habt Eure Mannschaft zusammen, Feldhauptmann?«

»Der Dominikaner wird mich begleiten, dann zwei meiner Männer, der Junge.« Federmann betrachtete die Matrosen, die mit raschen, geübten Handgriffen das Beiboot zu Wasser ließen, bevor noch die Segel geborgen waren, und die ihn ebenfalls begleiten würden. »Den Steuermann, Rodriguez, werde ich ebenfalls mitnehmen. Ich brauche ihn an Bord.«

Der Kapitän zuckte mit den Achseln.

»Ruft sie zusammen. Wollt Ihr nicht Soldaten …«

»Hier wohnt keine Menschenseele. Wer soll uns etwas anhaben wollen?« Federmann zeigte mit leichter Hand über den dürren Küstenstreifen weg, der aus dunklem Stein bestand. Ihn wunderte selbst, dass es hier eine Quelle geben sollte.

»Es hat lange nicht geregnet, wie mir scheint. Da werden Wasserstellen zu begehrten Besitztümern, die man ungern teilt«, gab der Kapitän zu bedenken. Er sah Federmann nicht an, sondern ließ seinen Blick über die Küste hinweggleiten, als suche er nach Hinweisen auf eine Bedrohung. Doch die Leere war vollkommen. Nur der Wind blies feine Staubwehen über die Hangkante hinaus, als wolle er sie mit Sandfahnen willkommen heißen.

Federmann zwinkerte und rieb sich die Augen. Der Landstrich war offensichtlich unbewohnt. Keine Tiere, keine Menschen, keine Laute.

Insgesamt elf Männer saßen in Federmanns Boot. Sie hatten drei Gallonenfässer für Wasser in einem kleineren zweiten Boot mitgenommen, um sie zu füllen. Sechs Mann waren mit dem Rudern beschäftigt, während zwei weitere darauf achteten, dass ihr Mitläufer nicht vom Seegang umgeworfen wurde.

Fra Enrico saß achtern, die Lippe blutig und den Blick gesenkt. In ihm gärte es offensichtlich. Die unverhohlene Freude Federmanns über sein Missgeschick an der Toldilla war ihm wohl nicht entgangen. Es war nicht der richtige Augenblick, ihn über Joachim auszufragen, doch Federmann hoffte, dass dieser Augenblick bald kommen würde.

Die Schaumkronen, die sich mit störrischer Regelmäßigkeit gegen die Insel warfen, spülten sie auf den Strand. Nur mit Mühe konnten sie verhindern, dass die Wasserfässer durch die Wucht der Anlandung aus dem Beiboot geworfen und zerschlagen wurden. Zwei der Männer wurden bei dem Versuch, das Boot anzulanden, so unglücklich vom Begleitboot unter Wasser gedrückt, dass sie beinahe ertranken. Federmann sprang sofort aus dem Boot und drückte zusammen mit dem Pater das Schiff von den Männern weg, sodass die beiden prustend nach oben kamen und Schlimmeres verhindert werden konnte.

Der Brunnen, so wussten die Seeleute, lag gut zwei Meilen landeinwärts. Es war ein merkwürdiges Gefühl, von den schwankenden Planken eines Schiffes auf festen Boden zu gelangen – es fühlte sich an, als würde sich die Welt um Federmann herum weiterbewegen.

Federmann verzichtete auf eine ausreichende Sicherung des Transports. Die tiefe Stille, die nur vom Rauschen der Brandung und den schrillen Schreien der Möwen über ihnen durchbrochen wurde, vermittelte ihm uneingeschränkte Sicherheit. Er genoss die Freiheit, seinen Schritt dorthin lenken zu dürfen, wohin er ihn gerade setzen wollte. Die beengten Verhältnisse auf der spanischen Galeone hatten ihm das unmöglich gemacht. Nach fast zwei Wochen Sturmfahrt und einer weiteren Woche ruhiger See hatte er sich auf dem feuchten Holz der Tolda eine regelrechte Straße erlaufen, so oft hatte er sie umrundet. Jetzt schlenderte er einfach den Strand entlang und fühlte sich wie befreit von der Enge der Schiffs.

Sie waren mit dem Ausladen der Holzfässer und dem Vertäuen

der Boote beschäftigt und kümmerten sich wenig um das, was oberhalb des Strands geschah. Nur als plötzlich eine Ziege meckerte, sahen zwei der Matrosen hoch, und Federmann fragte sich kurz, woher das Tier wohl käme.

»Das freche Biest holen wir uns, bevor wir an Bord zurückgehen«, sagte Rodriguez lachend. »Frischfleisch am Spieß. Wenn sie Bobo fressen, schmecken sie umso besser.« Er deutete auf einige wenige, beinahe verdorrte Pflanzen und leckte sich mit der Zunge über die vom Salzwasser rissigen Lippen.

Trostlos und hügelig war die Küste hier, schwarze Brocken lagen auf dem Boden verstreut, wie zerbrochen wirkte die Landschaft mit ihren scharfkantigen Basalten. Doch jetzt stolperten mehr und mehr Ziegen über das Geröll. Urplötzlich waren sie aufgetaucht und äugten von der Böschungskante neugierig auf die Männer herunter.

Zu dritt wuchteten sie die Fässer an Land. Dann begannen die Männer sie die Uferböschung hinaufzurollen, auf einen Einschnitt in der öden Strandlinie zu, von der Mendez, einer der Seeleute, wusste, dass er den Weg anzeigte, der zum Brunnen führte. Die Arbeit war schweißtreibend, und sie mussten sich mit ihrem ganzen Körper gegen die Fässer stemmen, um sie nach oben zu drücken.

Kaum hatten sie den Strand verlassen und den Hang erklommen, kaum waren sie außer Sichtweite des Schiffes, ließ sich Rodriguez zu Federmann zurückfallen.

»Wir werden ausgespäht!«, flüsterte er. »Schaut Euch nicht um. Links hinten ein Mann, rechts hinten und auch vorn jeweils zwei.«

Dem Ulmer kam es vor, als entdecke er erst jetzt wieder seine Sinne. Die Stille und Friedlichkeit der Landschaft, die Einsamkeit hier hatten ihn dazu verführt, sie zu vergessen. Hinzu kam noch das verfluchte Schaukeln, obwohl er festen Boden unter den Füßen hatte, das ihn ganz wirr im Kopf machte. Ein leiser Pfiff alarmierte Hemmler und Schindler, die sofort aufhörten zu rollen und zu ihren Armbrüsten griffen. Doch bevor sie einen Bolzen einlegen konnten, wurde die Truppe in einigem Abstand von etwa zwanzig Arabern in hellen, fußlangen Gewändern umringt, die mit Drohgebärden und viel Geschrei ihr Fortkommen behinderten. Mindestens fünf von ihnen hatten gespannte Bogen mit jeweils zwei Pfeilen in der Hand und zielten auf sie. Andere wirbelten Schleuderleder mit eingelegten Steinen gleichmäßig durch die Luft.

Der Feldhauptmann ließ die Männer ihre Fässer aufstellen, sodass sie notdürftig dahinter Schutz finden konnten.

»Verflucht, wo kommen die her?«, schimpfte Federmann, der gleichzeitig ihre Möglichkeiten abschätzte, sich aus der Umzingelung zu befreien. Wenn er ehrlich war, musste er zugeben, dass sie keine Chance hatten, auch nur die Boote zu erreichen.

»Sie bewachen das Wasserloch«, erklärte Rodriguez. »Manchmal kommen die Berber auch einfach vom Festland herüber, mit ihrer ganzen Familie, mit den Kamelen und Ziegen und sonstigem Viehzeug, um es hier weiden zu lassen, habe ich mir erzählen lassen. Sie verkaufen Milch, Käse und Fleisch. Solange sie ruhig sind, hat niemand etwas dagegen.«

Federmann war erstaunt über das Wissen, das der Steuermann hatte. »Wie friedliche Hirten sehen sie mir nicht aus.«

Rodriguez atmete tief ein. »Manchmal bessern sie ihre kargen Erträge aus der Viehzucht mit einfachen Lösegelderpressungen auf. Sofern sie die Menschen lebend fangen …«

»Verdammt, was tut dieser verfluchte Mönch?«, unterbrach ihn Federmann. Beide sahen nach vorn.

Bevor sie auf die bedrohlichen Gesten und das fürchterliche Geheul, das die Araber angestimmt hatten, angemessen reagieren konnten, stürmte Fra Enrico auf die Morisken zu, das Kreuz in der Hand, das sonst an seiner Brust baumelte, und überschüttete sie mit einer Suade in Latein, schrie sie an und deutete immer wieder auf sein Kreuz, reckte es ihnen entgegen.

Dann verstummte der Dominikaner, sank in die Knie, als habe

ihn unerwartet der Schlag getroffen, breitete die Arme aus, richtete den Blick gen Himmel und sang. Er sang mit seiner gepressten Stimme einen Choral, bis der erste Stein flog und ihn am Mund traf. Röchelnd verstummte er.

Auch die Araber waren verstummt, als Fra Enrico auf sie zugelaufen war. In ihren Mienen lag eine Verachtung, die all die Gräuel der Reconquista Südspaniens in sich versammelte. Sie sprühten vor kaltem Hass.

»*Allahu akbar!* Gott ist groß!«, rief einer aus der Menge, und dann regnete es Steine auf sie herab, schwarze scharfe Vulkanbrocken, die die Haut zerrissen und Fra Enrico wieder zur Gruppe zurücktrieben. Er stolperte und fiel, wenn dickere Brocken gegen seine Kutte prallten, rappelte sich hoch und erreichte endlich die kleine Fässerburg.

Der Dominikaner rutschte an Federmann heran, die Lippen blutig und eine frische Wunde an der Schläfe. »So unternehmt doch etwas, Feldhauptmann.«

»Wir können uns nur ducken und versuchen, den Steinen auszuweichen. Vielleicht erreichen wir auch den Hügel dort hinten, aber ansonsten sehe ich keine Möglichkeit, gegen die Morisken vorzugehen, Pater. Wir sind nicht ausgerüstet für eine Verteidigung.«

»Das hättet Ihr doch voraussehen können!«

»Ich? Voraussehen? Bin ich Gott, der weiß, in welche Unbilden er seine Schäfchen zu schicken pflegt?«

»Versündigt Euch nicht, Federmann. Dieser … dieser Landgang war falsch geplant und in jeder Hinsicht töricht.« Der Pater spuckte verächtlich aus.

»Duckt Euch, Fra Enrico, betet und versucht nicht, mir vorhalten zu wollen, was richtig und was falsch war. Schließlich hat keiner der Araber Steine nach mir geworfen. Sie fingen erst an, weil Ihr Euren Mund nicht halten konntet und Choräle singen musstet.«

»Weil sie den Herrn unseren Gott verachten!«, zischte der Pater. »Ihr hättet diesen Umstand in Eure Überlegungen einbeziehen sollen, Fra Enrico!«, konterte der Ulmer. »Ich hielt Euch anfänglich für verwegen. Jetzt allerdings halte ich Euer Verhalten nur noch für dumm.«

Beinahe wäre der Pater aufgefahren, doch Federmann zog ihn rechtzeitig in den Schutz der Fässer zurück. Ein Steinbrocken schlug über ihm in das Fass.

»Ihr habt erbärmlich versagt, Feldhauptmann. Die einfachsten Sicherheitsmaßnahmen habt Ihr außer Acht gelassen.«

»Wenn Ihr nicht augenblicklich Euer Lästermaul haltet, befehle ich Euch, zum Schiff zurückzugehen und Hilfe zu holen. Dann könnt Ihr Euer strategisches Geschick und Eure Nähe zum Herrn sinnvoll in die Tat umsetzen!«

Da bohrte sich ein stechender Schmerz in Federmanns Kopf. Der Ulmer griff sich an die Stirn und betrachtete dann seine Hand. Blut. Er war getroffen worden. Der Pater rückte weiter von ihm ab und drückte sich enger an eines der Fässer.

»Wir müssen uns aufteilen. Nur so können wir verhindern, dass sie uns ständig mit einer Kaskade an Steinen überhäufen«, rief Federmann. Er holte Hemmler und den Jungen zu sich. »Fra Enrico, nehmt Schindler mit und Rodriguez. Wir anderen gehen gegen die Morisken vor. Ihr, Fra Enrico, müsst versuchen, die Boote zu erreichen und Hilfe zu holen.« Er hatte nichts als sein Schwert und ein Messer dabei. Das Messer reichte er an Georg weiter. Er nickte dem Jungen zu, der blass und mit weit geöffneten Augen vor ihm hockte. In den dunklen Augen erkannte Federmann, dass dem Jungen dämmerte, dieses Abenteuer könne mit dem eigenen Tod enden.

Federmann zählte auf drei. Dann stürmten sie zur Überraschung der Araber mit heiserem Geschrei los und überwanden die letzten Meter des Hangaufstiegs. Federmann wurde ein zweites Mal getroffen, stolperte, rappelte sich jedoch wieder auf und stürmte weiter. Sie erreichten die Höhe und trafen auf die Araber, deren Geschicklichkeit im Umgang mit Waffen umso mehr erstaunte, da sie ja nur Viehhirten waren.

Federmann holte aus und wollte gerade einem der Männer sein Schwert über den Schädel ziehen, als ihn ein Schlag auf den Hinterkopf traf. Er hörte es knacken und dachte noch, wie schwer der Stein wohl gewesen sein mochte, der ihn da getroffen hatte. Dann knickten ihm die Beine weg, und im Fallen sah er eine Schwärze auf sich zurasen, die ihn erstaunte. Woher sie wohl stammte?

17. KAPITEL

Mayana hätte nie zustimmen dürfen, als Blauauge ankündigte, er wolle an Land gehen. Sie hatte ihm durch die kleine Luke der Kajüte nachgesehen, als er ins Boot stieg. Seitdem wartete sie. Almaviva würde vermutlich bald auftauchen. Diese Gelegenheit würde er sich nicht entgehen lassen.

Sie kaute auf ihrer Unterlippe herum, dann setzte sie sich neben die Wolfsfrau, die ihr Bewusstsein noch immer nicht wiedererlangt hatte, jedoch weniger fiebrig wirkte. An ihren Handinnenflächen und den Fußsohlen, wo sie nicht behaart war, war ihre Haut beinahe durchscheinend geworden. Auch war sie mittlerweile so mager, dass es den Anschein hatte, als wolle sie sich auf diese Weise aus der Welt stehlen. Wie sich die Bedeutsamkeiten doch verschoben, wenn man an der Schwelle des Todes hockte und in den Abgrund blickte.

Es klopfte, und Mayana staunte über sich selbst, weil ihr Puls nicht schlagartig schneller ging, sondern ruhig blieb.

Sie wartete, bis sich die Tür vorsichtig öffnete und sich ein Kopf langsam hindurchschob. Erstaunt musste Mayana feststellen, dass es sich bei dem Besucher nicht um Raúl de Almaviva handelte.

»Nicolaus hat mich gebeten, nach dir zu schauen!«, sagte Bertram. Er sah verlegen zu Boden.

Mayana lächelte etwas gezwungen. Jeden hatte sie erwartet, nur nicht Bertram.

»Darf ich?«, murmelte der und trat in die Kajüte.

Verlegen nahm Mayana das Tuch, mit dem sie der Wolfsfrau die Stirn kühlte, tauchte es ins Wasser und drückte es aus. Dann legte sie es der Frau wieder über die Stirn.

»Wie geht es ihr?«

»Sie sterben«, sagte Mayana. »Nur besser, wenn Heimat. Dann Salbe von Ulate! Sie nicht ankommen dort.«

»Darf ich dir helfen?«, fragte Bertram etwas schüchtern.

»Wollen wieder an Almaviva verraten?«, fragte sie und konnte sich einen spöttischen Tonfall nicht verkneifen.
Bertram räusperte sich. »Nein«, sagte er. »Ich habe dich auch damals nicht willentlich verraten. Es ist mir … herausgerutscht. Beim Schnaps. Verflucht, ich habe es dem Kerl nicht absichtlich erzählt.«
Mayana nickte verhalten. Eigentlich wusste sie, dass Bertram sie nicht mit Absicht verraten hatte. Im Großen und Ganzen war dieser Bertram kein schlechter Kerl, soweit sie ihn kannte. Er hatte ihr bei der Flucht vor den Männern Almavivas zur Seite gestanden. Und im Gegensatz zu ihm hatte Joaquin sie willentlich verraten!
Wieder räusperte sich Bertram verlegen. »Du glaubst, dass er gegen dich vorgehen wird? Dass er etwas im Schilde führt?«
Wenn sie richtig verstand, was Bertram sagte, dann befürchtete er genau wie sie, dass Almaviva die Situation ausnutzen würde, Blauauge nicht an Bord zu haben.
»Blauauge weg. Almaviva viel Zeit«, sagte sie lapidar.
»Blauauge?«, fragte Bertram.
»Federmann!«, erklärte sie, woraufhin Bertram leise auflachte.
Stumm saßen sie eine ganze Weile voreinander und hingen ihren Gedanken nach. Die Wolfsfrau stöhnte leicht und beruhigte sich erst, als Mayana das Tuch erneuert hatte. Sie hatte wahrscheinlich nur noch Stunden zu leben.
»Ich will wirklich helfen.« Plötzlich reichte ihr Bertram eine hölzerne Dose, die er aus den Tiefen seines Wamses hervorkramte. Mayana zögerte einen Moment, doch ihr war sofort klar, was Bertram da in der Hand hielt. Sie entriss ihm den hölzernen Tiegel, entfernte die Leinenabdeckung und strich mit dem Finger über die fettige Substanz im Inneren. Mit ein wenig Druck beschmierte sie ihren Finger, dann strich sie damit über das entzündete Auge der Wolfsfrau.
»Salbe von Ulate?«, fragte sie sicherheitshalber.
Bertram nickte nur verlegen. Sie wusste auch, warum. Er hätte sie

mit dem Gold zusammen an den Dominikanergeneral weitergeben sollen. So hatte die Verabredung mit Ulate gelautet. Doch er hatte sie damals nicht eingehalten.
»Hoffentlich nicht zu spät, Bertram«, sagte Mayana.
Sie saßen lange so, ohne ein Wort zu sagen, den Blick einzig auf die Wolfsfrau gerichtet. Mayana war mit ihren Gedanken bei Blauauge. Beide warteten sie darauf, dass irgendetwas geschah, doch alles blieb, wie es war. Nur den Schiffsrumpf hörte man wispern und knacken, als wolle er von seinen Reisen über den Ozean berichten. Mayana machten diese Geräusche Angst. Sie hörte darin ein langsames, aber unaufhörliches Zerbrechen der gesamten Schiffskonstruktion. Die Bewegungen und die Feuchtigkeit des Meeres hatten vom ersten Tag an begonnen, die Verbindungen zu lösen, die Hölzer aufzuquellen und die Metallteile zu zersetzen. Man musste sich beeilen, in diesen riesigen Baumbäuchen, sonst fielen sie auseinander und gaben ihren Inhalt frei.
Die Unruhe begann so unmerklich, dass sie sich zuerst mit den allgemeinen Schiffsgeräuschen vermischte. Mayana spürte die Veränderung mit dem Bauch, bevor diese ihr Gehör erreichte. Etwas Schreckliches war geschehen. Etwas, das die sonstige Trägheit auflöste. Verwirrung kroch in jede Ritze des Schiffes und zerrte an den Planken. Sogar das Meer schien sich daran zu beteiligen, denn die Wellen schlugen schneller und härter gegen das Schiff. Ein Ruf ließ zuerst Mayana, dann Bertram aufhorchen.
Immer mehr Stimmen fielen in das Geplapper ein, vermischten sich mit hastigen Ruderschlägen. Eines der Boote kam zurück. Mayana stürzte ans Fenster, hielt sich den Bauch, in dem sie vor Sorge einen Knoten spürte. Sie spähte hinaus, sah einen der Matrosen blutüberströmt die Wanten hochklettern. Hände reckten sich ihm entgegen, zerrten ihn über die Reling.
»Blut!«, flüsterte Mayana.
Bertram, der hinter ihr gestanden hatte, stürzte sofort zur Tür. »Ich komme wieder!«, sagte er zu ihr und war auch schon aus der

Kajüte. Mayana hörte ihn die Treppe hinaufpoltern, dann war Stille. Eine unheimliche Stille, die sich in sie hineinfraß, sie aufzehrte.

Die Ungewissheit war das Schlimmste. Sie saß in diesem hölzernen Käfig und wartete. Sie wusste nicht, was geschehen war, sie hatte niemanden, den sie hätte fragen können – und sich draußen zu zeigen, hätte sie womöglich das Leben kosten können. Jeder Schritt aus der Kajüte hinaus konnte den Tod bedeuten, wenn Blauauge nicht da war. Und den hatte sie eben nicht gesehen.

Was hatte das Blut zu bedeuten? Waren die Wasserholer von Räubern überfallen worden? War jemand gestürzt? Die schweren vollen Holzfässer den Hang hinabzurollen, kostete eine ungeheure Anstrengung.

»Das ist jetzt natürlich bedauerlich, aber wir werden ablegen!«

Mayana war so in sich versunken gewesen, dass sie den Eindringling nicht bemerkt hatte. Sie fuhr herum und sah in das Grinsen Almavivas. »Ihr werdet Euch damit abfinden müssen, mit mir nach Klein-Venedig zu gehen. Seid beruhigt, ich werde Euch denselben Komfort gewähren, den Euch Euer bisheriger Beschützer hat zuteilwerden lassen.« Almaviva betrat die Kajüte und schloss die Tür hinter sich.

»Weg! Raus!«, fluchte Mayana, doch sie erntete nur ein mitleidiges Kopfschütteln.

»Ihr seid so abweisend – in Eurer Situation die falsche Einstellung. Bedenkt, als Frau unter lauter Männern. Ihr solltet Euch ein wenig … dankbarer zeigen.«

Mayanas Herz raste. Der Kerl glühte vor Arroganz. Sein ganzer Körper verströmte einen Geruch der Begehrlichkeit und der Gewalt.

Bertram stieß so heftig die Tür auf, dass sie Almaviva im Rücken traf. Er stolperte vorwärts und fiel vor Mayana auf die Knie.

»Hier seid Ihr!«, rief Bertram aus. »Solltet Ihr nicht draußen beim Kapitän sein und den Einsatz Eurer Männer … leiten? Oder verkriecht Ihr Euch hier unten vor lauter Angst, weil es einmal ernst wird und der nötige Mut eindeutig das Maß Eures Mundwerks übersteigt?«

Almaviva griff nach dem Schwert, doch es gelang ihm nicht, die Waffe aus der Scheide zu ziehen, da Mayana geistesgegenwärtig auf diese getreten war. Wütend zerrte der Grande daran, musste jedoch aufgeben.

»Denkt nicht einmal daran!«, sagte Bertram. Er stützte sich auf seinen Stock. »Ihr würdet Prügel beziehen. Und von so einem Schiff verschwindet der eine oder andere gern in der Dunkelheit im Wasser.«

»Droht Ihr mir? Droht Ihr mir wirklich?«, höhnte der Spanier, doch Bertram und Mayana hielten ihn weiter in Schach.

»Du richtige Zeit kommen!«, sagte sie zu Bertram. »Nicht mehr wissen, wie entkommen.« Mehr wollte Mayana zum Dank nicht sagen. Sie musste etwas Wichtigeres erfahren. »Wie geht es … Blauauge?«

»Sie sind von Arabern überfallen worden. Zwei der Matrosen konnten fliehen und sind zum Schiff zurück. Was mit den anderen ist, weiß man nicht. Womöglich …« Die weitere Antwort ließ Bertram offen.

Mayana sah, wie ein leichter Schimmer der Freude Almavivas Gesicht überzog. Sie wusste, wie er sich fühlte. Alle Zufälle spielten ihm einzelne Fäden in die Hände, und er musste nur die losen Enden ergreifen und daraus einen festen Strang flechten. Ihr inneres Auge beobachtete ihn bereits, wie er daran zog und die weiteren Ereignisse hinter sich herschleppte, als wolle er eine Armada über die große Lagune zerren. Sie schloss die Augen und horchte auf ihr Gefühl.

Der inneren Stimme, dem Gefühl des Bauches, wie es die Bewohner dieses Teils der Welt nannten, nachzuspüren, war im Dschungel überlebenswichtig. Oft sahen die Augen Dinge, die der Blick nicht wahrnahm, oft roch die Nase Düfte, die sonst niemand bemerkte, und häufig wusste das Gespür um Gefahren, die der Verstand nicht erkannte. Sträubte sich das Innerste, einen

Pfad zu betreten, tat man gut daran, diesen Widerstand nicht zu brechen, sondern einen Umweg in Kauf zu nehmen. Womöglich lauerte ein Jaguar im Dickicht, oder ein Tapir wartete auf seinen Verfolger. Berührte ein Ahne den Jäger an der Schulter, hieß es stillzustehen, bis die Gefahr vorüber war. Kroch eine Ahnin in die Köpfe der Pflanzerinnen auf dem Jahresfeld, verließ man am besten den Ort oder suchte sofort Schutz. Vorahnungen waren Gewissheiten, denen man folgen sollte in ihrem Teil der Welt.

Als sie die Augen wieder öffnete, wusste sie. »Er leben!«, sagte sie bestimmt. »Blauauge nicht tot!«

»Was sagt die Hexe?«, knurrte Almaviva.

Mayana war schneller, als der spanische Grande erwartet hatte. Bevor er auch nur reagieren konnte, hatte ihm Mayana das feuchte Tuch ins Gesicht geschlagen.

»Ich nicht Hexe!«, fauchte Mayana. »Ich ... der Tod!« Sie stach mit ausgestrecktem Finger zu und bohrte ihn unterhalb des Rippenbogens in Almavivas Bauch. Keuchend sackte er in sich zusammen und hielt sich vor Schmerzen die Seite.

»Bei allen Heiligen«, schnaufte er, »das wirst du mir büßen, du ...« Er wollte offenbar noch ein Schimpfwort anschließen, doch Mayanas verächtliches Zischen ließ ihn zögern, und er verbiss sich die Bemerkung. Langsam rappelte er sich auf.

»Ihr habt gehört, was das Mädchen gesagt hat, Almaviva!«, sagte Bertram gelassen. Er stützte sich auf seinen Stock. »Federmann lebt. Also lasst ihn suchen.«

»Den Teufel ...«, stöhnte Almaviva, als er sich aufrichten wollte. Seine Atmung ging schnappend. Jeder Zug der Lungen verursachte ihm offenbar ein heißes Stechen in die Seite.

»Was sagen?«, unterbrach ihn Mayana. Ihr war bewusst, dass sie ihm niemals wieder allein begegnen durfte. Almavivas Niederlage vor den Augen Bertrams hatte ihn zum Todfeind werden lassen. Er würde keinen Augenblick zögern, sie niederzustechen. Kurz überlegte sie, ob sie nicht ein zweites Mal zustechen sollte.

Doch diesmal mit einem Dolch. Das Zwerchfell würde platzen, und der spanische Grande müsste sterben. Allerdings hätte sie seinen Tod erklären müssen – was ihr nur schwer gelungen wäre, wenn sie nicht Bertram ans Messer liefern wollte. Sie hätte sich allenfalls einen Platz an der Rahe gesichert, mit einem Strick um den Hals.

Almaviva presste die Lippen zusammen und humpelte, so rasch es ihm möglich war, nach draußen. Offenbar spürte er die Gefahr, in der er schwebte. Bertram folgte ihm.

»Sperr ab«, riet Bertram ihr auf der Türschwelle. »Stell den Stuhl vor die Tür. Ich versuche herauszufinden, was unternommen werden soll.«

18. KAPITEL

Stimmen drangen an sein Ohr. Das Geschrei hatte aufgehört, doch sein Kopf schmerzte höllisch. Der Überfall. Ein Stein. Federmann erinnerte sich flüchtig. Er lag seitwärts gedreht auf dem Boden. Mühsam versuchte er, sich zu bewegen, doch er konnte weder Arme noch Beine rühren. Zuerst überlief ihn ein heißer Schauer, weil er fürchtete, gelähmt zu sein, bis er begriff, dass man ihn gefesselt hatte.

»Seid Ihr wach?«

Es war der Pater, der zu ihm sprach. Federmann öffnete den Mund und stellte überrascht fest, dass er sprechen konnte. »Wenn Ihr mit mir redet, kann es nicht das Paradies sein.«

»Versündigt Euch nicht, der Herr wird uns helfen.«

»Ich helfe mir lieber selbst«, knurrte Federmann, doch er bedauerte bereits seine forsche Art. Das Leben sah anders aus, wenn sich Fesseln um Arme und Beine legten. »Tut mir leid«, schickte er deshalb hinterher.

»Ihr habt einen Stein an den Kopf bekommen und einen Schlag mit dem Rapier. Das erklärt vieles. Ein Wunder, dass Ihr noch lebt.«

Der Pater hatte zumindest Humor, stellte der Ulmer fest. »Wo sind wir? Was ist geschehen?«

»Irgendwo vor einer Höhle, einer Art Räuberunterschlupf. Sie haben uns in den Ziegenpferch gelegt. Jedenfalls stinkt es penetrant nach Ziegen. Die Morisken haben drei Eurer Leute und einen der Matrosen, den Steuermann, Euch und mich in ihre Gewalt gebracht. Einer wurde getötet. Sie plündern ihn gerade aus.«

Nachdem der Pater davon erzählt hatte, roch Federmann die Ziegen ebenfalls. Außerdem hörte er im Hintergrund Geräusche. Trotz der Kopfschmerzen, die ihm beinahe den Schädel zerrissen, begann er sich vorsichtig zu drehen. Er sah durch ein Gatter hindurch vier Schwarze, die sich an dem toten Matrosen am Boden zu schaffen machten. Sie schnitten fürchterliche Gesichter, in denen die weißen Gebisse blitzten, als wollten sie die Leiche zum Abendessen verzehren. Doch dann fiel dem Ulmer auf, dass sie sich um den Toten zu kümmern schienen. Sie suchten ihn nach Zeichen des Lebens ab, öffneten das Gewand, horchten auf Herzschlag oder Atem, kreuzten ihm dann die Arme über der Brust und schleppten ihn vorsichtig ein Stück weg vom Pferch. Er hörte und sah, wie sie begannen, Steine zusammenzutragen und aufzuschichten. Sie begruben ihn.

»Kein Mensch wird ausgeraubt«, knurrte Federmann. »Sie schaffen den Toten weg und begraben ihn, wie es rechte Christenmenschen auch tun würden.«

»Nun, sie haben ihn zuvor zumindest erschlagen«, entgegnete Fra Enrico.

»Wir haben auch Männer von ihnen getötet.« Er sah sich um. »Ich zähle nur sieben von uns. Wo ist der achte?«

»Schindler konnte fliehen!« Hemmler hatte ihm geantwortet. Der lebte also auch noch.

»Geht es dem Jungen gut?«

»Ich liege hier zu Euren Füßen, Herr«, kam die Antwort.

»Warum haben sie uns gefangen? Was wollen sie?« Sie hatten es sicher auf Lösegeld abgesehen. Federmann musste nachdenken, was jedoch nur schwer möglich war. Im Augenblick verfluchte er die Entscheidung, das Amt des Feldhauptmanns angenommen zu haben. Sie lagen in der prallen Sonne, inmitten einer wabernden Hitze, was Hirngespinste über Durst und Schatten erzeugte. Wenn er jetzt nur daran dachte, dass er, wäre er einfacher Fuhrwerker geblieben, in Augsburg oder Ulm unter dem kühlen Dach einer Weinstube sitzen könnte, glühte der Boden dieser Insel noch einmal so stark. Die Asche, das fein gemahlene Gestein der Inselvulkane, wurde in der Mittagshitze so heiß, dass er zu keinem vernünftigen Gedanken mehr fähig war.

Hoffentlich war Schindler zum Schiff gelangt und hatte die anderen gewarnt und sie um Hilfe gebeten. Er hoffte auch, dass der Kapitän und ... Seine Überlegungen stockten, als er begriff, dass

Almaviva die Entscheidungen treffen würde. Der Spanier würde den Teufel tun, um sie aus ihrer misslichen Lage zu befreien. Im Gegenteil: Er würde versuchen, alle Verhandlungen und Rettungsversuche scheitern zu lassen. Niemals wieder würde ihm das Schicksal derart in die Hände spielen. Allerdings würde es dauern, bis die Morisken begriffen, dass keinerlei Lösegeld gezahlt werden würde. Bis dahin mussten sie sich befreit haben.
Der Tod war allemal angenehmer als das Warten auf eine Reaktion, auf eine Entscheidung der Schiffsbesatzung. Es war Folter, so daliegen zu müssen mit der Ungewissheit über das, was in Zukunft geschehen würde. Sie konnten jederzeit getötet werden, schließlich hatten sie auch den Morisken Schaden zugefügt, wenn auch nur geringen, denn er sah nicht, dass sie außer den Matrosen jemand Weiteren begruben.
Er sah den weißen Himmel über und den schwarzen Sand unter sich, er fühlte Quarzkörner zwischen den Zähnen knirschen und konnte es einfach nicht glauben, dass dieser Gott, den Fra Enrico auf der *Santa Cruz* verkörperte, sie zusammen verdammt hatte. Dennoch war es gerecht, den Mönch neben sich zu sehen.
Die Zeit kroch im Schneckentempo dahin. Die Araber kamen und brachten ihnen Wasser, sahen nach seiner Wunde und den Wunden der anderen, sagten einige Worte in ihrer Sprache und gingen wieder.
Nur langsam begann in ihm eine Überlegung zu reifen. Die Tatsache, dass nichts zu ihrer Rettung geschah, konnte nur bedeuten, dass Almaviva gesiegt hatte und mit seiner Autorität die führungslosen Matrosen dazu hatte bringen können, sie ihrem Schicksal zu überlassen. Wenn das Schiff abgesegelt war, waren sie verloren.
»Soll ich mit ihnen reden?«, fragte irgendwann Fra Enrico und löste damit beim Steuermann eine heftige Reaktion aus.
»Nein. Ihr sagt kein Wort mehr, Pater, oder wir landen alle unter den Steinen. Ihr seid für die Muslime das, was für uns der Teufel ist. Ich werde es selbst versuchen.«

»Warum weist Ihr mich ab?«, gab der Pater zurück, und der Steuermann hatte eine Antwort, die den Pater verstummen ließ.
»Die Araber erzählen, dass ein Kamel nichts vergisst. Wenn sein Besitzer es gut behandelt, dann wird es gut zu ihm sein und alle Widrigkeiten von ihm fernhalten. Schlägt er es aber, ohne dass es einen Grund dafür erkennen kann, muss er das Kamel töten oder aber seinen eigenen Tod in Kauf nehmen. Es wird nämlich den geeigneten Augenblick abpassen – und mag er Jahre vom Ereignis entfernt liegen – und ihn zu Tode beißen. Verletzungen seiner Würde vergisst ein Kamel nie, deshalb wird ein Araber immer versuchen, die Würde eines Kamels zu wahren. Ihr Priester aber habt mit der Behandlung der Muslime während der Reconquista die Würde der Araber verletzt. Sie werden sich immer daran erinnern und Euch und Euren Brüdern niemals verzeihen.«
Federmann verstand und musste sofort an Mayana denken.
»Aber wie ist es um die Würde des Menschen bestellt?«, entgegnete der Pater. »Kennen wir nicht Verhaltensweisen, die diese Würde angreifen, sie zerstören und den Menschen demütigen, sodass er nicht mehr in der Lage ist, sich dagegen aufzulehnen? Und wenn er sich auflehnt, wenn er aufbegehrt gegen die Unterdrückung seiner selbst, seiner Seele, seines Wesens und so weiter, dann sehen wir in ihm einen Rebellen und versuchen, ihn zu vernichten. Niemand aber käme auf den Gedanken, einen einzelnen Menschen so zu behandeln, dass seine Würde nicht verletzt wird. Vielleicht habe ich mich undeutlich ausgedrückt, aber das Tier wird geachtet, der Mensch nicht. Das ist die einfache Formel, in die sich meine Überlegungen zwängen.«
Alles war still. Doch dann begann Rodriguez zu rufen. Er rief die Morisken an, die sie bewachten, und tatsächlich kam irgendwann einer von ihnen und sah nach ihnen. Rodriguez lächelte ihn an und versuchte, sich ihm verständlich zu machen. Unablässig redete er auf den Araber ein, der sie bewachte, nannte Begriffe, die ihm womöglich bekannt waren, doch Federmann stellte nur fest,

dass die Mienen dieser Menschen so undurchdringlich blieben wie das Schwarz der Landschaft.

»Es sind einfache Ziegen- und Kamelhirten«, warf Hemmler irgendwann in die Runde.

»Und was bedeutet das für uns?«, ließ sich Fra Enrico spöttisch vernehmen.

Federmann wusste sofort, was Hemmler damit meinte. Die Menschen fanden hier im Norden der Insel ihr kärgliches Auskommen, betrieben vielleicht etwas Räuberei, waren aber insgesamt harmlos und gutmütig. Den Überfall auf sie hatten diese Hirten vermutlich einfach als günstige Gelegenheit begriffen. Doch sie waren keine Krieger, hatten kein Kriegshandwerk gelernt, verstanden sich mithin nicht aufs professionelle Töten.

»Wir sollten uns befreien und sie niedermachen!«, führte Hemmler seine Überlegungen aus.

Der Junge meldete sich zögernd, als habe er Angst, sich mitzuteilen. »Ich habe eine Glasscherbe im Schuh!«

»Du hast was?«

Georg schwieg verlegen und blickte zu Boden.

»Jetzt mach schon den Mund auf«, herrschte Federmann ihn an.

»Das hat mir Jakob beigebracht. Er sagte, man müsse immer eine Scherbe im Schuh haben. Sie habe ihm schon mehrfach wichtige Dienste erwiesen.«

Er zeigte ihnen die Scherbe, die im hinteren Teil der Ledersohle steckte. Bevor er an Land gegangen war, hatte er in eine offene Naht der Ledersohle eine Glasscherbe gesteckt. Sie war scharfkantig und schartig.

»Wo sind die Waffen?«, fragte Federmann sofort.

Hemmler, der dem Höhleneingang am nächsten lag, versuchte durch das Gatter zu spähen. »Die Schwerter stehen am Eingang. Fein säuberlich aufgereiht. Ein Sprung über den Zaun und wir halten sie in Händen.«

»Wir warten bis zur nächsten Kontrolle, dann versuchen wir, uns die Fesseln abzustreifen!«

»Nein«, zischte der Pater. »Sie werden uns nachts nichts tun. Warten wir, bis sie am Morgen schlaftrunken sind, dann haben wir leichteres Spiel.«

»Also gut. Wir warten bis zum Morgengrauen«, beschied Federmann, dem der Plan durchaus zusagte. Womöglich käme in dieser Zeit auch Hilfe vom Schiff herüber, während sie sich in der jetzt anbrechenden Dunkelheit nur die Hälse auf dem Vulkanschotter brächen.

Zuerst klaubten sie die Scherbe mühsam aus ihrem Versteck heraus und gruben sie an einem Pflock in den lockeren Vulkanboden ein. Danach legten sie sich zurück und dösten. Federmann hatte eine Wache eingeteilt.

Die Hirten sahen kaum nach ihnen, doch mit sinkender Sonne trugen sie ihnen Brot herbei und einen Krug mit Wasser. Die Morisken waren nachlässig mit der Kontrolle. Wohin hätten ihre Gefangenen auch fliehen sollen? Sich in den Lavabrüchen zu verstecken wagte niemand ohne Ortskenntnis. Und nachts schon gar nicht.

Federmann konnte die ganze Nacht hindurch nicht schlafen. Er horchte, ob sich nicht Soldaten näherten, ob nicht Schindler doch hiergeblieben war und sich irgendwo versteckt hielt, um ihnen beizustehen. Er weckte die anderen frühzeitig, schon als der Nachthimmel einen ersten Streifen Grau zeigte.

»Jetzt«, flüsterte er und stieß mit den Beinen gegen die der Schläfer. Lautlos krochen die Kameraden aus ihren Schlafgesichtern und schlugen die Augen auf.

»Hemmler, du schaust, ob sich etwas rührt!«, befahl der Feldhauptmann.

Anschließend gruben sie die Scherbe aus und begannen ihre Fesseln zu zerschneiden. Es war ein mühseliges Werk. Die Stricke aus Palmenfasern waren stark und ließen sich kaum durchtrennen. Federmanns Fesseln fielen zuerst. Er fühlte, wie das Blut langsam in die Hände zurückkehrte, was ein schmerzhaftes Prickeln zur Folge hatte.

Danach ging alles schneller. Die Waffen am Höhleneingang waren wie ein Geschenk der ahnungslosen Mohren. Als der letzte Strick durchschnitten war, stieg die Sonne gerade über den Horizont. Die Morisken waren ebenfalls bereits wach, hockten um ihr Lagerfeuer und lachten und schnatterten wie die Gänse. Niemand beachtete die Gefangenen.

»Bleibt noch, wo ihr seid. Hemmler soll die Männer am Feuer zählen«, flüsterte Federmann.

»Zwölf«, zischte Hemmler.

»Die anderen holen entweder Verstärkung, oder sie sind unterwegs zum spanischen Gouverneur der Insel. Der Lösegeldzahlungen wegen. Jedenfalls sollten wir davon ausgehen«, warf der Pater ein.

»Auf jetzt. Aber leise«, gab der Ulmer das Zeichen.

Blitzschnell sprangen Hemmler, Rodriguez, der Matrose und Federmann selbst über den Zaun und griffen sich Schwerter und Lanzen

Wie die Furien der Hölle kamen sie über die Hirten. Köpfe rollten, und in die schwarze Lava sickerte das Blut. Wenige der Morisken entkamen ihrer Rache und sprangen aus dem Feuerschein ins Dunkel des anbrechenden Tages und der Lavabrüche. Das Grau des Inselmorgens verschluckte die Schreie der Überraschten.

In weniger Zeit, als es notwendig war, eine Sanduhr umzudrehen, hatten sie zehn Männer erstochen und erschlagen.

Atemlos sah Federmann auf die Leichen, die um das Feuer lagen wie Baumstämme, die man in die Flammen hatte schieben wollen. Ein feiner Geruch von Blut und Exkrementen lag in der Luft. Das Schrecklichste für ihn war, dass er nichts dabei empfand. Keine Schuld, kein Mitleid, keine Gnade. Er hatte zugeschlagen, wie er damals den Wolf erschlagen hatte, einzig getrieben von der blinden Wut des Bedrohten.

»Zum Boot. Rasch!«, drängte der Ulmer.

»Wollt Ihr die Leiber nicht bestatten?«, fuhr ihn der Dominikaner an, der mit Georg nachgekommen war und angewidert das Leichenfeld betrachtete.

Federmann biss sich kurz auf die Lippe. »Werft sie ins Feuer!«, befahl er.
Rodriguez trat dazwischen. »Um Himmels willen, Federmann. Wenn Ihr den Körper eines Muselmanen verbrennt, dann nehmt ihr ihm die Möglichkeit, ins Paradies aufzusteigen. Unversehrt muss er dort ankommen. Lasst sie lieber liegen. Die Überlebenden werden sich darum kümmern!«
Federmanns Blick wanderte zwischen dem Pater und Rodriguez hin und her, schließlich befahl er, die Fässer an der Quelle zu füllen und anschließend zum Strand hinabzurollen. Außerdem schickte er den Jungen und den Pater zu den Booten hinunter. Sie sollten den Kapitän auf sich aufmerksam machen.
Georg und Fra Enrico hasteten davon, jeder ein Schwert in der Hand und der Pater zusätzlich eine gespannte Armbrust in der Armbeuge. Federmann hatte Georg darauf hingewiesen, hinter dem Pater zu gehen, nicht dass ihn ein zufällig abgeschossener Pfeil durchbohrte.
Federmann ließ die Fässer, die von den Morisken bis zum Lagerplatz beim Wasser gerollt worden waren, unter die Quelle setzen. Kaum war das erste Fass vollgelaufen, kamen die beiden Boten zurück. Sie waren gerannt, Georg voraus. Atemlos trat der Junge vor den Feldhauptmann hin.
»Unten am Strand … am Strand liegt Schindler. Tot!«
Federmann blickte hinauf in den Himmel, der sich wie ein in Indigo gefärbtes Seidentuch über ihnen spannte. Das Erhabene und das Erbärmliche lagen oft so dicht beieinander, dass ein gewöhnlicher Mensch beides nicht mehr zu trennen vermochte. Schindler hatte es also nicht bis zum Schiff geschafft.
Dann kam ihm der Pater in den Blick, und Federmann las in seiner Mimik, was geschehen war.
»Wir sollten Schindler begraben«, sagte Fra Enrico leise.
»Und unser Schiff? Ist es noch da?«
Georg schüttelte verzweifelt den Kopf. »Die *Santa Cruz*, das Schiff! Es ist weg!«

19. KAPITEL

Die Galeone neigte sich. Mehrmals knallten die Segelleinwände. Die Bewegungen wurden härter. Dann ertönte der Gesang der Matrosen, und das rhythmische Stampfen der Füße drang bis zu ihr herunter. Der Anker wurde gelichtet, die Wanten wurden aufgezogen. Mayana ließ den Lappen fallen und stand auf. Ein mächtiges Gefühl ergriff Besitz von ihr und verhinderte das Denken. Es lähmte ihre Bewegungen, und sie konnte nur mehr stehen und horchen. Arme und Beine ließen sich nicht steuern. Sie fühlte eine Leere im Kopf, als habe man ihr mit einem Schilfrohr das Gehirn ausgeblasen, und ihren Körper durchfuhr ein Pulsieren und Zittern, das von der Herzgegend ausging.

Das Schiff legte ab. War Blauauge womöglich wieder an Bord gekommen? Sie starrte die Tür an. Wenn Blauauge zurück war, würde er irgendwann versuchen, durch diese Tür zu kommen. Doch sie hörte keine Tritte auf der Treppe, kein Atmen, kein Rütteln am Knauf. Eine Welle der Angst schwappte über sie hinweg und begrub alles Denken. Die *Santa Cruz* legte ohne Blauauge ab!

Plötzlich konnte sie sich wieder rühren. Sie stürzte zum Fenster, blickte nach draußen. Tatsächlich entfernte sich langsam die Küste, neigte sich der Horizont. Mühsam kreuzten sie gegen den Wind, und es war, als ob die Insel versuchte, die *Santa Cruz* festzuhalten.

Wenn Blauauge nicht an Bord war, bedeutete das, sie ließen ihn zurück – und solch ein Plan konnte nur von Almaviva stammen. Sie trat an die Tür, zog den Stuhl beiseite und öffnete sie. Niemand stand draußen. Mayana zögerte noch eine Weile. Schließlich wagte sie sich aus dem Raum in den nur spärlich beleuchteten Gang. Es war wie ein Schritt in ihre Welt: Nach Feuchtigkeit und Schimmel roch es, nach Leben und Vergehen.

Sie schlich den Gang entlang und drückte die Schwingtür nach draußen auf. Eine Helligkeit blendete sie kurz, die unter ihrem Licht die Wahrheit versteckte. Endlich sah sie das Deck, das Wirrwarr der Takelage, die Masten wie Bäume und mitten darin Matrosen, die das vor Wasser triefende Ankertau fein säuberlich aufrollten. Bevor sie die Tür ganz geöffnet hatte, griff eine Hand nach ihrem Arm und zog sie zurück ins Halbdunkel des Gangs.

»Bleib hier!«, zischte Bertram. »Wir können nichts dagegen tun!«

Mayana sah Bertram fragend an, und wieder begann die Furcht sie zu würgen. Vergeblich versuchte sie, den Kloß in ihrem Hals hinunterzuschlucken, was ihr nicht gelang. Was meinte er? Wogegen konnten sie nichts tun? Sie glaubte ihren Mund verklumpt, musste daher die Lippen mit Gewalt auseinanderziehen, bevor sie etwas sagen konnte.

»Blauauge leben!«, sagte sie und legte ihre Hand flach auf die Brust. »Wissen!«

»Almaviva hat den Kapitän überzeugt. Geld und Überredungskunst wirken da Wunder. Es geht weiter nach Neu-Augsburg.«

Mayana stand wie erstarrt. Sie ließen tatsächlich Blauauge mit seinen Männern zurück. Das durfte nicht geschehen. Es konnte nicht geschehen. Man musste diesem Almaviva Einhalt gebieten. Abrupt drehte sie sich zu Bertram um und trat so nahe an ihn heran, dass er an die Wand zurückwich. »Du Kapitän sagen, Blauauge leben. Du ihn …«, sie stockte und suchte nach dem Wort, »… ihn überzeugen.« Sie funkelte ihn an, und ihr Blick bohrte sich in den seinen. »Du versuchen …«, sie machte eine bedeutungsvolle Pause, »… oder du sterben!«

Mayana drehte sich weg, konnte sich jedoch nicht von Bertram losreißen, der sie festhielt. »Was heißt das? Drohst du mir etwa?«

Sie sah ihn nur kurz an, gab jedoch keine Antwort. Dennoch musterte sie ihn abschätzig. Er dachte darüber nach, ob sie die Wahrheit sagte oder ob sie nur leere Drohungen ausstieß. Doch Mayana war es noch nie so ernst gewesen.

Endlich nickte Bertram und ließ sie los. Er trat hinaus auf Deck und stapfte vor zum Bugkastell.

Mayanas Gedanken waren jetzt klar und ohne jede Emotion. Sie ließ ihren Blick über das Deck gleiten, bevor der Türflügel zuschlug. Almaviva würde sich wehren. Er würde es sie spüren lassen, dass er jederzeit über sie verfügen konnte. Vielleicht musste man für ihn ein Zeichen setzen, ihm verdeutlichen, dass seine Macht begrenzt war, ihn dort treffen, wo er am empfindlichsten war. Zwei der Männer, die Jakob auf dem Gewissen hatten, lebten noch … Noch …

Mayana kehrte zurück in das Zimmer, schloss hinter sich ab und stellte den Stuhl wieder vor die Tür. In den Truhen suchte sie nach einem Zwirn, den sie sich um das Handgelenk wickelte. Auch einen eisernen Nagel nahm sie an sich, obwohl sie im Moment keine Verwendung dafür hatte. Dann trat sie ans Fenster, hob den Rahmen aus dem Fensterloch und schlüpfte hindurch. Sie war klein und schlank genug dafür.

Die Fenster lagen auf einer Art Sims auf, der breit genug war, um ihn begehen zu können. Mayana klammerte sich an dem Figurenfries über sich fest und hoffte, die Köpfe und geschnitzten Arabesken würden halten. In ihrem Kopf begann ein Bild ihrer Heimat zu entstehen: Männer kletterten an Lianen und Astvorsprüngen den Bienen nach, die in acht Mann Höhe ein Nest unter einer ausladenden Stammgabelung gebaut hatten. Die Lianen griffen sie sich mit den Zehen, spreizten diese wie Klammern und zogen sich mit den Armen Stück für Stück den Stamm hinauf. Im Mund staken rauchende Blattbüschel, deren harziger Dunst die Bienen beruhigen sollte. In einer Hand hielten sie Stangen, mit denen das Nest vom Baum gelöst werden sollte. Dabei bestand die Gefahr nicht darin, sich beim Hinaufklettern zu vergreifen und abzustürzen, sondern darin, trotz der Stiche, die zu erwarten waren, nicht den Halt zu verlieren. Man musste die Schmerzen in den Muskeln ertragen in der Hoffnung auf die süße Belohnung. So kletterte Mayana das Heckkastell entlang bis vor zum Hauptdeck.

Niemand sah sie. Mayana fühlte sich wie der Herrscher des Dschungels, der Jaguar, der schwarz auf seinem Ast lauerte und sein Opfer längst bemerkt hatte, bevor dieses den Tod auch nur ahnte.

Das Deck war bevölkert von Männern und Frauen. Die Bergleute waren aus ihren Quartieren gekrochen und unterhielten sich besorgt, die Soldaten musterten sich stumm. Sie hatten Waffen in der Hand, die offenbar ausgegeben worden waren, um Unruhen im Keim zu ersticken. Dennoch bemerkte Mayana an den Blicken, die sie dem Festland zuwarfen, wie sie an ihre Kameraden dachten, die man ebenfalls zurückgelassen hatte.

Jedes einzelne Gesicht betrachtete sie und kam zu dem Schluss, dass die beiden Männer, die sie suchte, unter Deck sein mussten. Ins Zwischendeck gelangte man nur über einen Zugang auf dem Schiffsdeck – oder aber über die Stückpforten. Doch waren die zumeist von innen verriegelt, damit sie bei schwerem Seegang nicht aufflogen. Da die *Santa Cruz* aber bei ruhiger See in leichter Seitenlage segelte, hatte man zur Lüftung der Untergeschosse drei der Stückpforten geöffnet. Dort hinein musste sie.

Wie einer der kleinen Waldmenschen mit ihren Klammerschwänzen hangelte sie sich die Schiffswand hinab und lugte in eine der Pforten. Es war dunkel, und sie hörte weder Gespräche noch Atmen. Der Stückraum dahinter war leer, die Kanonen festgezurrt. Mayana ließ sich hineingleiten und kauerte sich in den Schatten hinter der offenen Pforte. So verharrte sie lange Zeit, bis sie ganz sicher war, dass niemand sie bemerkt hatte. Die Quartiere der Soldaten lagen noch eine Ebene tiefer. Bis jetzt war sie auf ihre Geschicklichkeit angewiesen gewesen, auf die sie sich verlassen konnte. Bis hierher war alles planbar und durchführbar gewesen. Jetzt musste sie sich auf den Zufall verlassen. Zwar hatte sie die beiden Narbengesichter nicht an Deck gesehen, ob sie sich jedoch tatsächlich unter Deck aufhielten, konnte sie nicht sagen. Sie war auf den Zufall angewiesen – und der konnte sich auch gegen sie richten.

Sie hatte eine ungefähre Ahnung, wo die Quartiere der Soldaten lagen und wie man zu ihnen kommen konnte. Sie schlich also vorwärts, immer darauf bedacht, möglichst wenig von sich preiszugeben und immer in Deckung zu bleiben. Sie war auf halbem Weg zu der Tür, die auf den Abgang zum zweiten Unterdeck führte, als diese langsam aufging. Sie konnte nicht erkennen, wer dort stand, und verhielt sich ruhig – das Auge erkannte Bewegungen rascher als stillstehende Bilder.

Vielleicht drei Körperlängen vor ihr befand sich ein Ort, an dem sie sich würde verbergen können, doch sie schaffte es nicht mehr. Einer der Kerle trat in das Kanonendeck und blieb abrupt stehen, als er Mayana gewahr wurde.

Mayana konnte den erstaunten Gesichtsausdruck nur vage erkennen, sah jedoch, wie sich die Mundwinkel auseinanderzogen – und wusste sofort, was der Kerl dachte. Sie waren allein in diesem Raum.

Er sagte etwas in einer Sprache, die ähnlich wie Spanisch klang, die sie aber nicht verstand. Der Kerl lachte verhalten. Dann schloss er die Tür hinter sich und kam auf sie zu. Dabei knöpfte er sich das Wams auf und ließ es fallen. Mayana wich keinen Schritt zurück, sondern wickelte nur langsam den Zwirn von ihrem Arm und spannte ihn zwischen den beiden Händen. Es war so düster unter all den Kanonen, dass der Soldat ihre Vorbereitungen sicherlich nicht bemerkte. Hatte sie bislang vorgehabt, sich an den beiden an Jakobs Tod Schuldigen zu rächen, schob sie dieses Vorhaben jetzt von sich. Sie wusste genau, was der Kerl vor ihr, der im Kanonendeck nicht einmal aufrecht stehen konnte, von ihr wollte. Sie würde es ihm gewähren, sie würde ihm mehr schenken als den kleinen Tod, sie würde ihm den großen Tod bereiten. Sie würde ihn dem Boden zurückgeben, damit darin wieder Wurzeln und Samen gedeihen konnten. Sie würde ihn zu den Ahnen schicken, damit diese Almaviva umstimmten und …

Der Kerl hatte die Hose geöffnet und sie fallen lassen. Mit einem breiten Lächeln stieg er aus den Hosenbeinen.

Mayana rührte sich nicht. Sie brauchte Bewegungsfreiheit. Sie lächelte dem Mann ebenfalls zu, nickte aufmunternd. Ihre Unsicherheit und die Furcht, die er ihr bereitete, durfte sie nicht zeigen, nicht, wenn das, was sie vorhatte, auch gelingen sollte.
Den Jaguar zu überlisten war die gefährlichste Aufgabe der Jäger ihrer Heimat. Man musste geduldiger sein als das Tier, man musste schärfere Augen haben, eine bessere Nase, geschmeidigere Bewegungen. Und man musste im rechten Augenblick einen Lidschlag schneller sein als der Beherrscher des Dschungels. Nur wenigen gelang dies – und die, denen es nicht gelang, konnten nicht von ihrem Versagen erzählen. Sie konnten nur ihren Ahnen davon berichten, denen sie gegenübertreten mussten, wenn der Jaguar genug von ihnen übrig ließ, um sie mit ihren Ahnen zu versöhnen.
Mayana spannte den Zwirn zwischen ihren Händen. Der Soldat stand noch gut zwei Armlängen von ihr entfernt und streckte seine Arme nach ihr aus. Sie würde recht behalten. Ihn interessierten ihre Brüste und ihr Schoß, nicht die Gefahr, wenn er sie überhaupt wahrnahm. Dann ging alles sehr schnell. Der Mann redete leise und ununterbrochen auf sie ein, wollte ihre Brust berühren, doch Mayana trat einen halben Schritt zurück. Der Kerl stutzte, zog ärgerlich die Stirn kraus und reckte den Kopf hoch. Das war es, was Mayana gehofft hatte. Ihre Arme schnellten nach oben. Der zwischen ihren Händen wie eine Bogensehne gespannte Zwirn fuhr von links nach rechts über die Kehle des Mannes. Derart gespannt wirkte er wie eine Klinge. Leicht und schnell fuhr er ins Fleisch und durchtrennte Haut und Knorpel, Sehnen und Blutgefäße. Mayana blieb hängen und versuchte den Faden durchzureißen, was den Kopf des Soldaten nach links zog. Ein Gurgeln war alles, was sie hörte. Doch sie kam nicht frei. Die Pranken des Kolosses packten ihre Handgelenke und hielten sie fest. Seine Augen vergrößerten sich. Er wollte schreien, bemerkte jedoch, dass es ihm unmöglich war, einen Laut von sich zu geben. Die Luft zischte aus der offenen Kehle. Dann war da

Blut. In dicken Wellen quoll es aus dem Spalt, in dem noch immer der Zwirn steckte. Der Soldat musste schlucken, spuckte aus, bemerkte die dunkelroten Schlieren im Speichel. Er ließ Mayana los und fasste sich an die Kehle, öffnete erstaunt den Mund, und ein Schwall Blut ergoss sich auf den Boden.

Mayana wich langsam zurück. Sie musste verschwinden. Ihre Hände hatten an der Stelle, an der der Faden gespannt worden war, feine rote Streifen. Ihr rechter Arm war mit Blutstropfen beschmiert.

Der Soldat war mittlerweile in die Knie gegangen und verdrehte die Augen. Mayana trat hinter ihn, nahm die Kleidung auf, die am Boden lag, und wischte sich sauber. Sie empfand keinerlei Mitleid mit dem Mann. Hätte er sie in seine Hände bekommen, hätte er ihren Körper genommen und sie womöglich wie das Hemd, das sie jetzt achtlos beiseitewarf, weggelegt. Ihm wäre es egal gewesen, ob sie noch lebte oder bereits tot war.

Mit dem Zeigefinger ihrer Hand malte sie einen Buchstaben in das Blut, das auf dem Boden des Kanonendecks bereits zu trocknen begann. Mit schwungvoller Geste entstand ein großes »F« für Federmann. Jeder Matrose, jeder Soldat würde wissen, was das bedeutete. Auf demselben Weg, den sie gekommen war, kehrte sie in ihre Kajüte zurück. Der letzte Blick war der in die brechenden Augen des Soldaten.

Sie würde Bertram mitteilen, dass ein Fluch über dem Schiff liege, solange Federmann nicht wieder an Bord käme, und jeden Tag, den sie auf See verbrächten, ein weiterer Soldat sterben werde.

20. KAPITEL

Die Angst kroch Federmann in alle Fasern des Körpers und setzte sich dort fest. Tagsüber hatten sie versucht, ihre Stellung zu halten, um auf die *Santa Cruz* warten zu können. Niemand hatte sich blicken lassen, und sie hatten bereits zu hoffen gewagt, dass die Morisken ganz verschwunden wären. Doch jetzt, im Schutz der Dunkelheit der Nacht, schlugen die Steine ein. Es waren faustgroße, scharfkantige Lavabrocken, die aus der Finsternis heraus in den vom Feuer beleuchteten Raum geschleudert wurden. Es waren tödliche Geschosse, die jedoch erst einmal niemanden verletzten.

Federmann und die ihm anvertrauten Männer zogen sich aus dem Lichtkreis zurück und hockten sich ins Dunkel, doch der Beschuss endete nicht. Die blinden Treffer, die das Gestein in ihrer Nähe aufspritzen ließen, ließen sie nicht zur Ruhe kommen. Schließlich beschlossen sie, dem Spuk ein Ende zu bereiten. Hemmler und Federmann schlichen in die Nacht hinaus und versuchten herauszubekommen, von woher die Steine geschleudert wurden.

»Sie werden kommen und uns nachts die Kehlen aufschlitzen, wenn wir sie nicht finden!«, flüsterte Hemmler.

»Das befürchte ich auch.« Federmann versuchte, so wenig Geräusche wie möglich zu machen, doch unter seinen harten Lederstiefeln knirschte das Gestein. Selbst sein Lederwams knirschte bei jeder Bewegung, und die Nacht verstärkte diese Geräusche ins Übergroße.

Sie kannten sich in der Umgebung nicht aus, und das Schwarz der Felsen vermischte sich mit der Nacht zu einem undurchdringlichen Schwarz. Nichts war darin zu sehen außer der eigenen Furcht. Ihre Sinne waren vermutlich zu abgestumpft – sie hörten nichts und niemanden, wurden bald jedoch wieder von Gesteinsgeschossen bedrängt. Sie zischten mit einem feinen Surren durch die Finsternis und schlugen in ihrer Nähe ein. Federmann versuchte aus dem anfliegenden Geräusch die Richtung zu bestim-

men, um in diese einen Bolzen seiner Armbrust zu entsenden, doch er besann sich dann eines Besseren, denn die Bolzen waren rar. Sie besaßen nur noch etwa zehn Stück – und wenn sie am Leben bleiben wollten, musste jeder Schuss ein Treffer sein.
Ungeachtet des Beschusses krochen sie vorwärts. Der Ulmer wusste, wenn sie sich nicht wehrten, würden die vier oder fünf Schützen stündlich näher kommen und immer sicherer treffen. Im Gegensatz zu ihm würde ihnen die Munition nicht ausgehen. Steine besaß dieses Eiland in Hülle und Fülle.
Sosehr sie sich jedoch abmühten, so wenig erreichten sie. Sie bekamen keinen der Schützen zu Gesicht. Schließlich lehnte sich Federmann hinter einem Felsen zurück und befahl Hemmler sich auszuruhen. Er würde Wache halten. Wenn er nicht mehr könne, solle Hemmler ihn ablösen.
Federmann horchte noch lange in die Nacht hinaus, doch er konnte nur das Surren der sich drehenden Schleudern und dann das verhaltene Pfeifen der anfliegenden Brocken hören. Hatte er eine Richtung ausgemacht, musste er sie beim nächsten Mal sofort korrigieren. Die Steinewerfer schienen sich zu bewegen und nicht an einem Punkt stillzustehen. Für einfache Ziegenhirten waren sie erstaunlich beschlagen.
Doch dann wanderten seine Gedanken auf die *Santa Cruz* und zu Mayana. Er hätte das Mädchen mitnehmen sollen. Jetzt war sie Almaviva schutzlos ausgeliefert – denn dass sich der Spanier der Indiofrau bemächtigen würde, davon war er überzeugt. Nur er selbst hätte sie wirklich schützen können, auch wenn er Bertram angewiesen hatte, auf sie achtzugeben.
Er dachte auch an die Karte, die auf ihrem Rücken eingegraben war. Warum hatte der Pater das getan? Warum hatte er diesem Indiomädchen eine Botschaft auf den Rücken gezeichnet? Er verstand den Sinn nicht recht. Niemand würde sie entschlüsseln können. Wenn das Mädchen starb, war die Karte verloren. All das ergab nur dann einen Sinn, wenn … Federmann biss sich auf die Lippe und kaute auf ihr herum … wenn ein Zweck verfolgt

würde. Hatte der Pater dem Mädchen womöglich etwas anvertraut, was sie nur mündlich weitergeben sollte? Dann musste er, Federmann, Mayanas Vertrauen gewinnen, damit sie ihm verriet, was sie zu sagen hatte. Oder war die Tätowierung der Haut ausschließlich dem Umstand geschuldet, dass in der Feuchtigkeit dieser Neuen Welt kein Papier vorhanden war?
All diese Überlegungen führten ihn in eine Sackgasse, denn Mayanas Tod würde ja auch ihr Wissen, das sie mitteilen sollte, auslöschen und die Mission scheitern lassen. Der einzige Schluss, den er ziehen konnte, war, dass die Karte, der goldene Stein, die sogenannte Botschaft völlig unwichtig waren, sonst hätte man sie nicht dem Mädchen anvertraut. Hatte Mayana womöglich außer der Karte und dem Hinweis auf das Goldland eine weitere Botschaft mit sich geführt, die er, oder vielmehr Joachim, geblendet vom Glanz des Metalls, einfach übersehen hatte?
Federmann schrak auf und horchte. Er musste einige Zeit überlegen, bis er wusste, was geschehen war. Der Brockenhagel hatte aufgehört. Das Surren der Schleudern war verstummt. Hatten die Ziegenhirten ihren Angriff eingestellt?
Er glaubte nicht daran. Seine Zweifel hatten ihm während seiner Zeit als Begleiter von Rottfuhrwerken immer gute Dienste erwiesen. Wo andere sorglos geworden waren, war er misstrauisch geblieben und hatte seine Vorkehrungen getroffen.
Der Ulmer richtete sich hinter dem Felsvorsprung auf und spähte umher. Der Mond beschien inzwischen die Fläche vor ihm. Sicher war das ein Grund für die Ruhe. Doch Federmann wusste, dass einfache Erklärungen auch nur einfache Wahrheiten zeigten. Mit dem Blick eines Menschen, der die Bodengegebenheiten als Deckung für sich beanspruchen wollte, suchte er die Umgebung vor sich ab – und hätte beinahe die Gestalt übersehen, die sich wie ein Schatten ins Dunkel der Felsen drückte. Doch hin und wieder musste sie freie Flächen überwinden, Lichtspalten, die sie verrieten.
Mit unendlicher Langsamkeit hob Federmann seine Armbrust. Sie war noch immer gespannt. Er legte einen Pfeil ein und nahm

einen zweiten zwischen die Zähne. Dann wartete er. Der Schleicher vor ihm, kaum dreißig Fuß entfernt, war auf dem Weg zu ihrer Feuerstelle. Federmann konnte ihn jetzt nur hören, aber nicht sehen. Sosehr er sich bemühte, der Gegner blieb unsichtbar, nahm Deckung zwischen den Felsen. Doch dann gewahrte Federmann eine Fußspitze, die ins Licht des Mondes ragte. Er nahm sie als Fixierung, richtete seine Armbrust aus und ließ den Bolzen abschnellen.

Er hatte buchstäblich ins Schwarze gezielt – und getroffen. Die Gestalt schrie nicht auf. Nur ein dumpfes Stöhnen war zu hören, dann zuckte die Fußspitze zurück, und schließlich kippte der Körper ins Licht. Der Ulmer hatte ihn seitlich in die Brust getroffen, und der Bolzen musste dem Kerl das Herz zerrissen haben.

Er stieß Hemmler, der irgendwann erschöpft eingeschlafen war, mit dem Fuß an. »Aufwachen!«, zischte er ihm zu. »Wir müssen den Bolzen holen.«

Die restliche Nacht über blieb alles ruhig. Kein Hirte zeigte sich mehr, und sie wurden nicht mehr angegriffen.

Federmann, der sich zu dem Toten geschlichen und den Bolzen wiedergeholt hatte, schlief den Rest der Nacht friedlich im Schutz des Felsens.

Als sich die Sonne über den Horizont schob, untersuchte er die Leiche des Morisken genauer. Mit der flachen Hand beschirmte er seine Augen vor dem Sonnenlicht und suchte die dunklen Felsen der Küste nach Anzeichen von erneuten Angriffen ab. Doch die Ödnis war nur vom Grün einzelner Kakteen und Gräser durchbrochen. Keine Menschenseele weit und breit.

Sie kehrten zu ihrer Gruppe zurück. Rodriguez hatte eine Ziege geschlachtet und briet das Fleisch am Feuer.

»Das Schiff?«, fragte Federmann, doch der Steuermann schüttelte nur den Kopf.

»Glaubt Ihr, sie sind wirklich weitergesegelt?«

Jetzt ließ der Steuermann ein breites Grinsen sehen. »Sie brauchen einen Steuermann. Außerdem lässt sich ein Welser-Kapitän

nichts von einem spanischen Granden sagen. Sie kommen wieder!«
Federmann glaubte dem Steuermann, doch wie viele Nächte würden sie so noch durchhalten? Die Morisken waren in der Überzahl. Wenn irgendwo in der Nähe weitere Familien hausten, würden sie deren Wut bald zu spüren bekommen. Sie selbst waren nur eine Handvoll Männer – und noch dazu schlecht bewaffnet. Wie lange mussten sie warten? Zwei Nächte, drei? Eine Woche gar? Sie würden es nicht überleben.

Almavivas Männer hatten eine Wache vor der Kajüte platziert. Sie hatten ihre Wachsamkeit verstärkt, doch Mayana hatte das Narbengesicht dennoch überlistet. Es stieg hinter ihr her die Takelage hinauf. Ihr Ziel war der Mastkorb an der Topspitze. Mayana konnte seine Unsicherheit, die Furcht vor der Höhe riechen. Das Zittern, das den Kerl durchlief, wenn er sich wieder eine Leiterhöhe nach oben zog, teilte sich den Tauen mit und war als leises Vibrieren der Seile zu spüren. Doch die Gier war stärker. Die Gier war überhaupt eine der stärksten Antriebskräfte dieser Hellhäutigen. Sie verfolgten das, was ihre Gelüste zu befriedigen versprach, mit einer Unbeirrbarkeit, mit einer Besessenheit, die sie anfällig machte. Niemals würden ihre Landsleute sich hinreißen lassen, einem momentanen Einfall nachzugeben und ihn zu verfolgen, wie es das Narbengesicht tat.
Er hätte rufen können. Er hätte seine Männer herbeiholen können. Doch dann hätte er Mayana teilen müssen – und danach stand ihm wohl nicht der Sinn.
Mayana war aus dem Fenster geklettert, nackt und bloß, wie es in ihrer Heimat üblich war. Die Simse verdeckten den Blick auf ihren Ausstieg, sodass selbst die zusätzliche Wache auf dem Kastell nutzlos war. Mayana hatte sich an die weiter aus dem Wasser ragende Seite gehalten und war von dort bis vor zur Reling und dann hinauf in die Takelage geklettert.
Ihr Gesichtssinn konnte mit der Dämmerung und den Schemen

besser umgehen als die Männer, die überall Laternen aufgestellt hatten, aus Furcht vor dem unsichtbaren Tod. Sie hatte sich dem Narbengesicht genähert, das sie schon von Weitem an seinen Bewegungen erkannt hatte. Sie hatte es gelockt, hatte es in die Wanten steigen lassen und zog es an einem unsichtbaren Seil hinauf in das Top.

Ihre aufreizenden Bewegungen, ihre Nacktheit, ihre mit der Dämmerung verschmelzende Haut ließen den Soldaten die Hemmungen überwinden angesichts der zu erwartenden Stillung seiner Gier. Gold und Beischlaf, zwei sichere Mittel der Verführung, zwei sichere Mittel, alle Vorsicht außer Acht zu lassen. Je näher der Kerl dem Ziel kam, desto unvorsichtiger, desto unaufmerksamer wurde er.

Mayana gemahnte die Kletterpartie an die Bäume ihrer Heimat, die bis hoch hinauf bestiegen werden konnten, wenn man mutig genug war und ein gewisses Vertrauen in die Lianen aufbrachte. Sie hatte sich schon auf Äste gewagt, die so hoch unter den Kronen lagen, dass man den Boden nicht mehr sehen konnte, und so breit waren, dass man darauf eine Hütte hätte errichten können. Sie hatte ihre Brüder begleitet, auch wenn die Eltern das ungern gesehen hatten, und festgestellt, dass sie kaum vom Schwindel erfasst wurde, weniger jedenfalls als ihre Brüder und der Vater. Sie bewegte sich in der Takelage ebenso sicher, als befände sie sich auf festem Boden.

»Komm«, lockte sie leise, und der Soldat machte einen letzten Schritt bis zum Korb. Er musste nur noch ein Bein heben und sich hineinschwingen.

Mayana bot ihm ihre Brüste dar und spreizte den Schoß, köderte ihn mit ihrer Unwiderstehlichkeit. Das Narbengesicht beugte sich zu ihr vor – und tappte damit in ihre Falle. Zuerst glaubte er, sie würde ihn mit ihren Armen umfassen, doch dann zog sich die Schlinge um den Hals zu. Das grobe Tau scheuerte scharf auf der Haut. Überrascht versuchte sich das Narbengesicht aufzurichten. Doch noch hatte es seinen Oberkörper nicht über den

Korb gewuchtet und stand nur unsicher auf einem Bein. Mayana stach mit dem Nagel, den sie sich beiseitegelegt hatte, zu, gab dem zweiten, über den Korb ragenden Bein einen Stoß, und der Kerl strauchelte, kippte – stolperte aus dem Korb und verfing sich knapp unterhalb des Aussichtskorbs. Mayana hörte das Knacken, als die Halswirbel brachen.

Die provisorischen Bolzen, die der Pater aus dem eisenharten Holz der Stallung geschnitzt hatte, prügelten eher, als dass sie stachen. Ihre Reichweite war zudem begrenzt. Dennoch waren sie eine willkommene Verstärkung ihrer Verteidigung. Pater Enrico zeigte sich als ausgesprochen talentierter Pfeillieferant.
Sie waren zu dem verbliebenen Boot, dem Mitläufer, hinuntergewandert, die Wasserfässer im Schlepptau. Die Ziegen, die sie mitgenommen und in einiger Entfernung angepflockt hatten, damit sie sie vor Eindringlingen warnten, meckerten unaufhörlich. Sie gönnten sich auch jetzt, tagsüber, keinen Schlaf und mussten der Steine wegen, die auf sie niederprasselten, unter das umgedrehte Boot kriechen.
In der kommenden Nacht teilten sich Pater Enrico und Federmann eine Wache.
»Was treibt Euch nach Klein-Venedig?«, flüsterte Federmann, ohne dass seine Aufmerksamkeit nachließ. Der Pater lag neben ihm in einer Senke und horchte ebenfalls in die Finsternis hinein. In der Hand hielt er ein Schwert, bereit zuzustechen, wenn sie einer der Morisken über den Haufen rennen wollte.
Der Pater seufzte. »Vor einigen Jahren, ich war noch Novize, wurde ich zur Ausbildung nach Saint-Dié-des-Vosges geschickt, einem Kloster in Lothringen, am Westrand der Vogesen. Dort lehrten berühmte Männer, nämlich Martin Waldseemüller und Matthias Ringmann. Der eine unterrichtete Kosmologie, der andere Latein. Wegen meiner schönen Schrift durfte ich Waldseemüller bald zur Hand gehen. Er hat damals ein Wunderwerk geschaffen: Aus den unterschiedlichsten Reiseberichten, vor allem

aber aus der Beschreibung des Amerigo Vespucci, hatte er eine Karte gezeichnet, die bald alle Welt haben wollte und die er deshalb vervielfältigte. Auf dieser Karte war erstmals die Neue Welt eingezeichnet. Vor allem die Ostküste des neuen Landes. Außerdem hatte das Kloster eine ausgezeichnete Bibliothek für Arcana, für Heilmittel und deren Rezepte.«

»Das ist keine Antwort auf meine Frage«, knurrte Federmann.

Fra Enrico lachte verhalten. »Ihr habt recht. Aber der Vorspann gehört dazu.«

»Ihr wollt in Klein-Venedig also Karten zeichnen?«, fragte Federmann spöttisch.

»Nein. Aber kennt Ihr Francisco de Ulate?«

Federmann stockte der Atem. Schon wieder der Name Ulate. Ulate hatte dem Mädchen die Karte auf den Rücken malen lassen. Der Welser-Faktor hatte ihn im Gespräch mit dem Dominikaner erwähnt. Und nun kam der Mönch selbst auf ihn zu sprechen. Offenbar war er tatsächlich eine wichtige Schlüsselfigur.

»Er ist mir nicht bekannt«, log er. »Müsste ich ihn kennen?«

»Ich habe lange mit Arcana zu tun gehabt, habe selbst Heilmittel hergestellt. In der Klosterbibliothek arbeitete Ulate, ein Meister der Heilkunde, und bildete sich fort. Da bin ich ihm begegnet, und wir sind enge Freunde geworden. Einige Zeit danach ging er nach Spanien. Vor beinahe vier Jahren ist er mit einem der ersten Welser-Schiffe nach Klein-Venedig gesegelt. Er hat es mir in einem Brief mitgeteilt.«

»Also wollt Ihr ihn besuchen?«

»Wo denkt Ihr hin. Ich will ihn erst einmal suchen und finden.«

»Ihn suchen? Hat er sich denn verborgen?«

»Er war schon immer ein Kauz, ein Eigenbrötler und Eremit. Doch seine Arbeit galt nicht einem Einzelnen und schon gar nicht ihm selbst. Er hatte den Menschen im Blick. Ich bin …« Der Pater stockte, als müsse er sich überlegen, was er sagen, was er preisgeben wollte. »Nun, er hat uns eine Nachricht zukommen lassen, die uns ein wenig erstaunt hat. Meine Aufgabe ist es zu überprüfen, ob seine Angaben stimmen.« Fra Enrico hielt inne und betrachtete Federmann genau. Dann fuhr er fort. »Was würdet Ihr davon halten, wenn Ihr von einem Schwert eine tiefe Hiebwunde erhalten hättet und es eine Salbe gäbe, die diese Wunde innerhalb weniger Tage entzündungsfrei schließen könnte?«

Du alter Heuchler, wäre es Federmann beinahe herausgerutscht. Ihr wollt mich mit Märchen abspeisen und sucht in Wirklichkeit das Gold, sucht das Eldorado, aber Ihr werdet zu spät kommen. Federmann ging nicht auf die Frage des Paters ein, und der war offenbar froh darüber, dass Federmann nicht weiter nachhakte.

»Lebt er denn noch? Er muss ein zäher Mann sein, wenn er nach Jahren in der schwülen Hitze noch lebt.«

»Ulate lebt. Ich bin mir ziemlich sicher. Er hat nämlich etwas … nun, entdeckt, was einen längeren Aufenthalt in dem für uns ungesunden Klima … nun ja, erträglicher macht, so würde ich es einmal formulieren.«

»Diese Salbe?« Nachdenklich betrachtete Federmann den Dominikaner. Er war nicht mehr der unnahbare und schroffe Kerl, den er im Kloster kennengelernt hatte; Fra Enrico erschien ihm mit einem Mal durchaus sympathisch. Man konnte mit ihm reden, ohne gleich auf den Höllenweg aufmerksam gemacht zu werden. Vielleicht sollte er sich dem Dominikaner gegenüber in Zukunft etwas freundlicher gesinnt zeigen.

»Sollten wir es jemals in diese Neue Welt schaffen, werde ich dafür Sorge tragen, dass wir Ulate suchen«, sagte er.

Überrascht hob der Pater den Kopf und sah Federmann durchdringend an. »Wir?«

Mayana horchte auf die Schritte, das Getrampel und Geschrei auf Deck. Sie hatten das Narbengesicht gefunden. Irgendwann hörte sie auch das harte Plumpsen eines Körpers und das verschreckte Raunen der Freiwache. Es klang wie das Anschwellen einer Bewegung, wie das Anrollen einer Welle. Irgendwann fiel ein Wort, das Mayana nicht verstand, das aber von den Männern immer

wieder leise skandiert wurde. Der Begriff »Klabauter« mäanderte durch die Reihen der wie erstarrt dastehenden Freiwache.
Lange vernahm sie von Blauauges Kajüte aus kein Sterbenswort, bis ein laut und deutlich gesprochenes »Amen!« aus hundert Kehlen sie aufschreckte. Der Leichnam des Narbengesichts war anscheinend der See übergeben worden. Dann gingen Besatzung und Offiziere wieder ihrer Wege. Mayana wollte schon aus dem Raum steigen, als ein Segelkommando über Deck hallte. Sie hörte es nur undeutlich, doch solch ein Wendekommando war selten. Das Schiff ging regelrecht in die Knie, Segeltuch knatterte, Wellen liefen schräg auf den Rumpf zu und ließen ihn krängen und schaukeln. Dann stand die Galeone im Wind. Mayana hätte am liebsten gejubelt. Sie hatten gewendet. Hatten sie zuvor mühsam und langwierig gegen einen schräg einfallenden Wind kreuzen müssen, um von der Insel fortzukommen, füllten sich die Segel jetzt prall mit Wind und drückten die *Santa Cruz* mit enormer Geschwindigkeit vorwärts. Ihre Zeichen, ihre Klabauterstücke hatten Erfolg gezeigt.

Drei Bolzen mussten für die Nacht genügen. Federmann hatte allerdings das Gefühl, als sei die Zahl ihrer Feinde stärker gewachsen als die ihrer Verteidigungsmittel. Die Fässer waren zwar voll mit Wasser, verdursten mussten sie am Strand nicht, doch nagte der Hunger in einer wütenden Art an ihnen, die Federmanns Blick immer wieder flimmern ließ. Wenn das Schiff nicht bald auftauchte, würden sie ihren Widerstand aufgeben müssen. Georg hatte sich aus einem der Äste des Strandguts, das sie für ihr Feuer gesammelt hatten, eine Art Keule geschnitzt und sich damit eine trügerische Sicherheit verschafft.
»Wir werden sterben«, flüsterte der Pater, der neben ihm im Schutz des Bootskörpers lag. Inzwischen schien sein Gesicht wie nach innen gestülpt. Hatte er zuvor schon hager ausgesehen, traten seine Knochen jetzt beinahe weißlich hervor, und die Augen lagen in tiefen Höhlen.
»Ihr werdet doch keine Angst vor dem Tod haben, Fra Enrico!«

Der schüttelte den Kopf. »Der Tod ist nur der Übergang. Der Weg allerdings ist schmerzlich. Ich fürchte das Sterben. Zum Märtyrer bin ich nicht geboren.«

Federmann hustete heiser. Sie hatten zusammen diesen Angriff überstanden, und der Pater hatte sich als verlässlicher Kamerad erwiesen, was Federmann zuvor so nicht erwartet hätte. »Ein undankbarer Beruf, das Märtyrertum. Man hat so wenig davon im Leben.«

Der Mönch sah überrascht auf. Ihre Blicke kreuzten sich, und Federmann wusste, in diesem Moment dachten sie beide dasselbe: Der Mönch verstand den Kriegsmann, der Kriegsmann verstand den Mönch – das Leben war schön und erhaltenswert. Das Märtyrertum erstrebte nur der geistig Kranke. Fra Enrico lächelte kurz über Federmanns Galgenhumor, blickte den Ulmer im nächsten Moment allerdings wieder ernst an und sagte ruhig: »Wenn Euch etwas einfällt, ich werde Euch unterstützen.«

Federmann nickte nur, doch sein Kopf war so leer, wie es die Wasserfässer gewesen waren, bevor sie von den Morisken überfallen worden waren. Lange schon versuchte er vergeblich, einen Gedanken zu fassen und zu halten, doch der Hunger ließ ihn zittrig werden im Geist.

Und doch schlich sich nach einer Weile ein einzelner Gedanke ganz allmählich in seinen Verstand und blieb dort haften. Federmann sah keine andere Lösung mehr. »Wir müssen ins Wasser. Mit dem Boot. Ansonsten werden sie uns erschlagen. Es ist der einzige sichere Ort. Hätten die Morisken nämlich selber Boote, hätten sie uns längst vom Meer aus angegriffen.« Er wusste um die Gefahr, abgetrieben zu werden, aufs offene Meer hinaus zu geraten und draußen elend zugrunde zu gehen, doch hier würde ihnen dasselbe widerfahren.

»Solange die Dunkelheit unser Tun verbirgt, müssen wir ins Boot. Wir richten zuvor alles her, um es rasch verstauen zu können. Wir müssen hinaus, bevor die Morisken verstehen, was geschehen ist.«

Kaum war der Gedanke ausgesprochen, erhoben sich die Männer und legten das Boot auf Kiel. Mit vereinten Kräften schoben sie es ins Wasser.
»Gott sei Dank ist das hier eine Lagune. Wir würden niemals durch die Brandung kommen«, knurrte Rodriguez. Er kannte sich aus mit den Sternen und würde ihr Navigator sein.
Es dauerte eine ganze Weile, bis die Morisken erkannten, was geschehen sollte, dann jedoch schlugen die Steine mit einer Regelmäßigkeit und Präzision ein, dass Federmanns Männer wie die Kaninchen hin und her hüpften, um nicht getroffen zu werden. Zwei der Wasserfässer ließen sie zurück.
Mit letzten Kräften schoben sie das Boot ins Wasser, sprangen hinein und legten sich in die Riemen.
In diesem Augenblick krachte es vor ihnen, und pfeifend bohrte sich eine Kugel durch die Luft, die in den Hang über dem Strand einschlug.
»Die *Santa Cruz*!«, schrie Georg.
»Zeit wird's!«, entfuhr es Federmann erleichtert.
Schlagartig hörten die Steinwürfe auf. Federmann lehnte sich zurück und atmete tief aus. Er konnte sich denken, wer das Schiff zurückgezwungen hatte. Außerdem war selbst Almaviva vermutlich bewusst geworden, dass sie ohne Wasservorräte wohl niemals bis Neu-Augsburg kommen würden.
Federmann leckte sich über die rissigen Lippen. Er blickte auf das Schiff, dessen Segel gerade fielen und eingeholt wurden.
»Rudert auf die Galeone zu«, befahl er und trieb seine Mannen zu einer letzten Anstrengung an.
Von der *Santa Cruz* herab ertönte ein Schrei. Bertram hatte sie erspäht. Mit gespanntem Blick suchte der Ulmer die Tolda nach Mayana ab, doch es war zu dunkel. Aber Federmann spürte: Das Mädchen stand irgendwo dort oben und beobachtete ihn. Und noch etwas wusste er: Es würde für alle anderen unsichtbar sein und bleiben.

21. KAPITEL

Federmann sah Almaviva fassungslos an. »Ihr hättet nicht gewartet? Ihr wärt weiter nach Lagomera und dann über …«

»… und dann über den Atlantischen Golf nach Santo Domingo gesegelt. Richtig, Freund Federmann. Mein Auftrag besteht darin, nach Venezuela zu gelangen, nicht aber, Feldhauptmännern nachzulaufen.«

»Und nur weil der Steuermann mit an Land gegangen war, konntet Ihr einen Kurs auf den Atlantik hinaus nicht verantworten?«

»Es galt, Menschenleben zu bewahren!«

»Vor allem wohl Euer eigenes, Raúl de Almaviva.«

»Mein Leben liegt in der Hand des Herrn und des spanischen Königs, der ihn vertritt.«

»Heuchler«, knurrte Federmann.

»Werdet nicht überheblich, Federmann. Ihr seid gerettet. Eilt Euch, nach Venezuela zu kommen. Jede Seele, die uns wegstirbt, bevor sie das Land erreicht hat, wird Euren Herren, den Welsern, doppelt aufgerechnet!«

»Was seid Ihr, Almaviva? Gott? Oder jener andere, dessen Namen mir die Höflichkeit nicht auszusprechen erlaubt? Habt Ihr ein Herz, oder schlägt dort in Eurer Brust nur ein Stein?«

Almaviva lehnte sich in seinen Korbstuhl zurück. Die Sonne, die sich eilte, hinter den schwarzen Felsenbergen von Lanzarote unterzugehen, warf einen letzten Strahl auf die Terrasse und beleuchtete sein grinsendes Gesicht. Federmann fröstelte trotz der Hitze. Er konnte Almaviva nicht ausstehen. Seine Art, die Menschen zu behandeln, war getrieben von einer Gier nach Macht, die ihn schaudern ließ.

So klang es, wenn man sich in den Wäldern gegen einen Stamm lehnte, die Augen schloss und nur dem Regen lauschte, dessen Tropfen groß und schwer gegen die Blätter schlugen und zerplatzten. Das Rauschen schwoll an – Mayana hörte das Wasser gegen die Läden prasseln, mit denen sie die Kajüte abgedichtet hatten. Dennoch sprühte ein feiner Wasserregen herein und auf ihr Gesicht.

Die Angst, das Wasser könne sie mit sich nehmen und sie ertränken, hielt sie wach. Sie pendelte zwischen Wachen und Schlafen – und dann wurde sie mitgerissen vom Strom, der sie schaukelte und wiegte. Plötzlich vernahm sie die Stimmen der Wasserwesen. Sie säuselten an ihrem Ohr, sie lockten und wisperten von Blauauge, den sie so lange nicht mehr gesehen hatte.

Ihr Kopf schlug mehrmals hart gegen Holz, und Mayana begriff, dass sich Fluss und Wasser nur in ihrem Kopf ausbreiteten, dass sie in einer Hängematte lag und dass das Flüstern … ein Flüstern in ihrer Einbildung blieb.

Es regnete in Strömen, und die Galeone kämpfte sich durch die Fluten der See, die über sie herfielen und sie unter Wasser zu drücken versuchten.

Mayana lauschte. Etwas hatte sich verändert, doch sie konnte nicht sagen, was es war. Zu viele unterschiedliche Geräusche brandeten an ihr Ohr, wie das Meer an die hölzernen Wände des Schiffes schlug.

Sie schälte sich aus ihrer Hängematte, ließ sich auf den Boden herab und tappte durch die Kajüte. Sie hörte Blauauge atmen. Vor wenigen Stunden erst war er in den Raum getreten, hatte sie zur Begrüßung umarmt, als wären sie ein Liebespaar, und war dann neben der Wolfsfrau aufs Bett gefallen und hatte zu schnarchen begonnen.

Sie hatte ihn ausgezogen, hatte ihm ein Laken übergeworfen und war dann selbst in ihre Hängematte geschlüpft. Sie würde ihm nicht erzählen, was sie erlebt hatte, sie würde ihm niemals sagen, warum der Spanier umgedreht hatte.

Sie horchte in die Kajüte hinein und versuchte jedem Knarren und Knarzen eine Ursache zuzuweisen. Doch das war es nicht, was sie störte. Man überhört, was man immer hört, man übersieht, was einem tagtäglich vor Augen steht, man riecht und schmeckt nicht mehr, was uns alltäglich umweht und umgibt. Gerade diese Erinnerungen, die selbstverständlich waren und nie bewusst wahrgenommen wurden, waren am wenigsten greifbar. Mayana fühlte eine Leerstelle. Sie glaubte, sich an etwas Alltägliches zu erinnern, was jetzt fehlte. Mayana konzentrierte sich – und dann war ihr, als habe sie mit ihrem Gehör die Leerstelle in ihrer Erinnerung gefunden, nach der sie gesucht hatte. Das Geräusch, das im Konzert der Geräusche fehlte.

Sie tastete sich langsam vor zu Blauauges Bett. Er lag ausgestreckt und benötigte beinahe den gesamten Raum. Ganz hinten aber, zur Wand hingeschoben, lag noch jemand: die Wolfsfrau. Ihr Atem war es, der Mayana fehlte.

Mayana kroch über den Körper des Feldhauptmanns hinweg, der sie ohnehin nicht bemerken würde. Der Atem fehlte noch immer. Das leise Ziehen, wenn die Lungen sich füllten, das Schwere, Unregelmäßige.

Mayana berührte eine der kleinen Hände und zuckte zurück. Sie war eiskalt. Zögernd tastete sie sich weiter vor, berührte den Hals, das haarige Gesicht, tastete den Mund ab: Die Wolfsfrau war tot.

»Ihr werdet das Ungeheuer in Eurer Kajüte verbergen, Federmann. Wenn einer meiner Leute sie an Deck sieht, werden sie mit Bolzen nach ihr schießen.« Almaviva sah den Ulmer herausfordernd an.

»Wenn Ihr dem Mädchen ein Haar krümmt, lasse ich Euch auspeitschen.«

Diesmal lachte der Spanier. »Ihr werdet niemanden finden, der den Ziemer in die Hand nimmt.«

»Ich brauche keinen Lakaien dafür wie Ihr, Almaviva. Für bestimmte Arbeiten bin ich mir nicht zu schade. Ich werde es nämlich selbst sein, der Euch die Haut in Fetzen vom Leib schälen wird. Und glaubt mir, ich kenne mich aus. Ihr werdet nie wieder gerade laufen können!«

Almaviva zischte Federmann eine unverständliche Verwünschung ins Gesicht und ließ ihn dann stehen. Der Feldhauptmann sah auf das Wasser hinaus, das sich ringsum ausdehnte, ohne ein Ende nehmen zu wollen. Wäre nicht die Galeone mit einem Rauschen durchs Wasser gepflügt, hätte man glauben können, allein inmitten des Universums zu schweben. Kein Vogel zu dieser frühen Stunde, keine Menschen außer Almaviva und er, keine Geräusche außer dem Schlagen der Takelage und dem Rauschen der Bugwelle.
Nachdem Almaviva in seinem Zorn in der Kajüte verschwunden war, wartete Federmann noch eine ganze Weile, um sich der Ruhe und Einsamkeit zu versichern, die an Bord herrschte; die Wache patrouillierte auf der anderen Seite der Galeone. Dann erst holte Federmann heimlich ein Bündel aus seiner Kajüte: die Leiche der Wolfsfrau, in ein weißes Laken gewickelt, das mit groben Stichen vernäht und mit Steinen beschwert worden war. Er trug es zur Reling, senkte kurz den Kopf und ließ sie über Bord gleiten.
»Der Herr sei mit dir!«, flüsterte er. Das Bündel tanzte noch eine Weile auf den Wellen, bis sich das Laken mit Wasser vollgesogen hatte. Dann zerrte das Gewicht an dem schwachen Körper und zog ihn, da sich eine Luftblase im Laken bildete, zunächst nur an einer Seite herunter, sodass sich die Leiche kurz im Wasser aufrichtete. Es schien, als wolle die Wolfsfrau noch einmal zum Abschied winken und sich für die Hilfe bedanken, dann wurde sie endgültig unter die Wasseroberfläche gezogen.
Sie war gestorben, wie sie an Bord gekommen war. Unbemerkt. Jetzt hatte er sie ebenso unbemerkt zu Wasser gelassen und ihr ein Seemannsgrab gegönnt. Selbst im Tod hatte man sich nicht zu ihr bekannt und sie versteckt gehalten.

Mayana blickte dem Laken nach, wie es sich aufstellte und schließlich im Blau des Wassers versank. Eine Welle der Traurigkeit überflutete sie und ließ sie tränenblind werden. Sie spürte, wie ihre Unterlippe zu zittern begann, und konnte nicht verhindern, laut aufzuschluchzen. Die Wolfsfrau hatte sich doch erholt, sie hatte sich besser gefühlt – und war dennoch ihrem Leiden nicht gewachsen gewesen. Mayana würde Almaviva dafür büßen lassen. Sie würde ihm das Augenlicht nehmen – und sie würde sich Zeit dafür lassen.

Als ihr Blick aufklarte, war das Laken mit der Wolfsfrau verschwunden. Nur die Wasserfläche, die sich endlos hinstreckte, war zurückgeblieben und zog den Blick nach draußen über die Wellenberge hin. Dieser Blick und die Kajüte würden für den Rest der Fahrt alles sein, was sie zu sehen bekäme. Vielleicht durfte sie sich hin und wieder mit Blauauge unterhalten oder mit Georg. Vielleicht käme Bertram manchmal zu ihr, dessen ruhige Art sie am meisten mochte. Narses hatte sich von ihr zurückgezogen. Er suchte keinen Kontakt mehr, seit er sie im Verdacht hatte, die Landsknechte zu töten. Das berührte sie nicht weiter. Narses würde in Neu-Augsburg auch ohne sie zurechtkommen.

Sie suchte den Horizont ab, ob das, was sie zurückließ, noch eine Botschaft für sie hatte, doch sie sah nur die Leere des Horizonts und wusste, dass sie in dieser Leere und derjenigen hinter dem Horizont niemals eine Heimat gefunden hätte.

Federmann stand auf der Tolda, lehnte sich an die Reling und blickte voraus. Die See hatte sich beruhigt, gebärdete sich aber weiter wie ein wild herumtollender Welpe; das Wasser peitschte noch ungezügelt und frisch hierhin und dorthin.

In fünf oder sechs Wochen würden sie das andere Ufer des Golfes erreichen, und dann würde sich entscheiden, ob er seinem Traum einen Schritt näher gekommen war.

Narses, der Zwerg, stand neben ihm. Nach dem Tod der Wolfsfrau hatten sie das Versteckspiel aufgegeben, weil ohnehin alle erfahren hatten, dass blinde Passagiere mit an Bord gewesen waren. Da war es allemal besser gewesen, sich die Gerüchte nicht über den Kopf wachsen zu lassen. Zwar hatten sich Matrosen und Soldaten anfangs das Maul über den Zwerg und die Indianerin zerrissen, doch die Aufregung hatte sich rasch gelegt. Man gewöhnt sich an das, was einem vor Augen steht.

»Ihr schaut, als hättet Ihr Sehnsucht nach diesem Land«, sagte Narses.

»Warum sollte ich das nicht haben?«, entgegnete Federmann, ohne den Blick vom Horizont zu nehmen, als würde dadurch das Land dahinter schneller emporsteigen.

»Man sollte sich nur nach Dingen sehnen, die man kennt. Alles andere sollte man fürchten. Wer weiß schon, was Euch erwartet.«

Überrascht sah Federmann den Zwerg an. »Ich hatte Euch nicht für einen Pessimisten gehalten, Narses.«

»Wer wie ich vom Herrn mit einer Körpergröße geschlagen wurde, die einen der Lächerlichkeit preisgibt, kann nicht zum Optimisten werden. Jeder Jahrmarkt, den wir besuchten, jede Stadt, in die wir einfuhren, jeder Halt, den wir einlegten, hielt für uns die Knute der Überraschung parat. Die Menschen reagierten auf uns immer mit der gleichen Mischung aus Abscheu und Neugier. Sie wollten uns sehen und verachteten und vertrieben uns schließlich. Das wird in dieser Neuen Welt nicht anders sein, da mache ich mir keine Illusionen. Es ist eine Binsenweisheit, dass das Neue nicht unbedingt das Bessere ist. Nur Schwache im Geist glauben anderes.«

»So hofft Ihr auf nichts, Narses?«

»Ich hoffe nichts, befürchte aber alles. Und wenn Ihr intelligent seid, mein Freund, dann gewöhnt Ihr Euch besser daran, dasselbe zu tun. Solange wir hier auf diesem Schiff eingepfercht sind, werden alle friedlich sein. Man muss ein Abkommen schließen, wenn man dem andern auf den Zehen steht, Federmann. Sonst können wir nicht zusammenleben. Lasst uns zum Horizont blicken, wenn wir ein Gefühl von Weite und Freiheit erleben wollen. In der Zwischenzeit beißen wir die Zähne zusammen und lassen sie allenfalls knirschen.« Narses lachte. »Selbst ein Zwerg wie ich darf auf Milde und Rücksicht hoffen.«

Federmann sog den Geruch des Meeres tief ein. »Ihr übertreibt, Narses.«

»Ich übertreibe nicht, ich weiß es. Sobald sie festen Boden unter den Füßen haben, werden die schnurrenden Kater wieder zu den Raubtieren, die sie vorher waren. Denkt daran.« Wie um seine Worte zu besiegeln, schlug der Zwerg mit der flachen Hand auf das Holz der Reling und ging. Federmann ließ den Horizont nicht aus den Augen. Dort hinten lag mehr, als er sich im Augenblick eingestehen wollte – und Narses hatte recht. Man musste den Blick auf den Weg richten, wenn man den Horizont erreichen wollte, denn der entfernte sich mit jedem Schritt.

Dritter Teil

der Indianischen Historia

Der Weg in die Hölle

»Denn bisweilen wünschen die Menschen
etwas zu sehen, was sie vorher niemals erblickt haben …«

Francisco de Hollanda, 1548

1. KAPITEL Venezuela, März 1530

Das würde sie Blauauge niemals verzeihen!

Mayana hob den Kopf und schnupperte. Es roch nach Land. Es roch nach Regen, der als Dampf aus den Wäldern aufstieg. Es roch nach Grün und Menschen, nach Geschäftigkeit und Leben. Es roch nach der ewigen Fäulnis ihrer Weltgegend.

Mayana zerrte an den Ketten. Sie hatte nicht vorgehabt, Blauauge zu verlassen. Solange er das Amulett um den Hals hängen hatte, wäre sie bei ihm geblieben.

Allerdings hatte sie auf der Reise sehr wohl verstanden, dass diese goldene Scheibe für ihn nichts weiter war als eine Landkarte.

Kaum war der Ruf erschallt, Land sei zu sehen, kaum waren das Trampeln der Füße und das Rufen an Deck verstummt, war Blauauge bei ihr erschienen. Er war in ihre Kajüte gestürmt wie ein Unwetter, hatte sie zu Boden geworfen und ihr Handfesseln angelegt.

»Damit du nicht auf dumme Gedanken kommst und an Land schwimmst!«, hatte er verkündet, als ob es für diese Maßnahme eine Erklärung gebraucht hätte.

Blauauge misstraute ihr – und er wollte ein Unterpfand haben, ein Unterpfand für seine Goldgier. Sie ahnte es. Allen Männern, die an dieser Küste anlandeten, stand die Gier im Gesicht, der Blick des Goldes. Blauauge war da keine Ausnahme, sosehr sie es gehofft hatte.

Mayana schloss die Augen und sah die unzähligen Männer und Frauen vor sich, die, in Kolonnen aufgereiht, mit dem Gepäck der Herren beladen ins Dickicht des Dschungels wankten, um nie wiederzukehren. Hunderten und Aberhunderten ihres Volkes hatte man Eisenringe um den Hals gelegt und sie mit Ketten aneinandergehängt. Wenn einer fiel, fielen vier oder fünf oder gar sechs von ihnen. Wer nicht mehr weiterkonnte, dem wurde der Eisenring erspart. Man schlug ihm den Kopf ab, damit er die anderen nicht störte.

All das taten sie, weil ihnen das Gold wichtiger war als der Mensch.
Sie berührte den Eisenring, der um ihren Hals lag und dessen rostige Härte ihr bereits die Haut über den Schultern aufzuscheuern begann. Sie war zu einem Tier verkommen, dem man die Freiheit genommen hatte, dorthin zu gehen, wohin es von Natur aus gezogen wurde.
Die Handfesseln mit ihren Schellen klirrten leise. Ein neuer Schmuck, der sie zierte, seit sie in das Land gekommen war, das sie Heimat nannte.

Neu-Augsburg, der Name brannte in Federmanns Innerem, wie seine Augen brannten, die, vom Salzwasser entzündet, die schäbigen, auf Stelzen gebauten Holzhütten in halber Uferhöhe entdeckten.
»Wie lange waren wir unterwegs?«, krächzte er.
»Zu lange, mein Freund«, gab Bertram zurück, der beim Anblick des Festlandes offensichtlich mit seinen Erinnerungen an seine Zeit in Neu-Augsburg zu kämpfen hatte. »Ich hätte nie gedacht, je wieder hierher zurückzukehren.« Seine Lippen zitterten, und er musste sich an der Reling festhalten. »Elf Wochen haben wir bis Santo Domingo gebraucht, unsere Erholungspause dort hat etwa zwei Wochen gedauert, und dann sind wir, da der Wind so ungünstig stand, noch weitere zehn bis Neu-Augsburg gesegelt.«
»Dieser verfluchte Wind und diese gottverdammte Strömung, die uns abgetrieben hat! Dass wir deshalb noch einmal nach Hispanola zurückkehren und einen neuen Anlauf nehmen mussten, hat uns wertvolle Zeit gekostet«, knurrte Federmann.
»Als hätte das Schicksal nicht gewollt, dass ich das Land noch einmal betrete«, murmelte Bertram. Der Ulmer sah, wie sich Schweißperlen auf der Stirn seines Freundes bildeten.
Federmann atmete durch, als der Pater neben ihn trat. »Seht Euch vor. Bislang wart Ihr der Feldhauptmann. Jetzt betretet Ihr spanisches Gebiet.«

»Ich betrete das Land meiner Herren, der Welser«, antwortete Federmann. »Nicht Spanien!«
Über dem mit üppigem Grün bewachsenen Uferhang ragten weiße Kuppen von Sanddünen wie Mönchsschädel empor.
»Was sind das für weiße … Berge?«, fragte Triebl, der Führer der Bergleute. Auch er war aus dem Bauch des Schiffs geklettert. Blass war er, wie alle, die sich die meiste Zeit unter Deck aufgehalten hatten, blass und dünn, mit rotgeränderten Augen.
»Sie sind das Wahrzeichen Neu-Augsburgs«, sagte Bertram, der seine Augen mit der Hand beschirmte. »Es sind Sanddünen im Hinterland. Dahinter beginnt das Gebiet der Indios.«
»Sand?« Triebl spuckte auf das Wasser hinaus. »Wo Sand ist, gibt es keine Stollen, kein Gold, kein Silber. Wo Sand ist, gibt es nur den Tod.«
»Ihr übertreibt«, mischte sich der Pater besänftigend ein.
»Und Ihr habt keine Ahnung«, blaffte Triebl zurück. Er lehnte sich über die Brüstung und starrte auf die Küste, als sei ihm das alles nicht geheuer.
Bertram beugte sich zu Federmann vor und hauchte beinahe unhörbar: »Weiter dahinten muss dieses Eldorado liegen. Die goldene Stadt des goldenen Königs. Wir sollten uns rasch umhören und umsehen.«
Federmann nickte und sinnierte vor sich hin. Die Dünenglatzen, die über dem Grün spiegelten, schienen ein wenig von diesem Traum aufzunehmen, denn sie flirrten wie pures Gold in der Hitze des Mittags.
»Ausladen!«, befahl Federmann schließlich. Er sah niemanden an, wusste jedoch, dass sein Befehl weitergereicht wurde und auf Ohren traf, die gehorchten.
Das Stampfen der Pferde, die sie in Santo Domingo aufgenommen hatten, hatte ihn über Wochen beinahe verrückt gemacht. Er winkte einen der Matrosen heran, deutete auf die Gig, ihr leichtes, mit Rudern und Segeln ausgestattetes Beiboot, und zeigte ihm an, dass er an Land gehen wollte. Er konnte nicht glauben, dass

sie endlich an ihrem Bestimmungsort angelangt waren, nachdem sie so vielen Widrigkeiten ausgesetzt gewesen waren.
Während das Beiboot klargemacht wurde, suchte er mit den Augen den Strand nach Süden hin ab, ob er Almaviva entdeckte.
Als sie erstmals die Küste Klein-Venedigs erreicht hatten, hatte er Almaviva zusammen mit einigen Soldaten und den Pferden zu Fuß nach Neu-Augsburg vorausgeschickt, falls sie mit dem Schiff wieder hätten umkehren müssen. Es hätte den Tieren nur geschadet. So hatte er es dem Spanier zumindest verkauft. Murrend hatte sich Almaviva dem Befehl gefügt.
Der Steuermann, der seit ihrem Abenteuer auf der Insel Lanzarote auf seiner Seite stand, hatte Federmann darin bestärkt, dass Almaviva die Bewegung guttun würde. Er hatte Federmann versichert, schneller in Coro zu sein als Almaviva mit seinen Pferden. So konnte sich der Ulmer einen Vorsprung verschaffen und die Dinge in Neu-Augsburg in seinem Sinne ordnen, bevor der Spanier eintraf.
Offenbar war er tatsächlich zuerst angekommen, vor Almaviva. Sein Plan erfüllte sich. Während er in der Welser-Kapitale die organisatorischen Dinge erledigte, hielt er den spanischen Granden davon fern. Allerdings musste er sich beeilen. Almaviva konnte jeden Tag hier auftauchen und ihm in die Quere kommen.

Federmann kehrte in seine Kajüte zurück, in der Mayana auf dem Bett saß.
Sie funkelte ihn an, streckte ihm ihre Arme entgegen und reckte den Hals, sagte jedoch kein Wort. Die Ketten klirrten.
Federmann hatte befürchtet, sie würde von Bord springen, an Land schwimmen und für immer aus seinen Augen verschwinden, jetzt, da sie in ihrer Heimat war. Doch er brauchte sie noch.
»Komm mit!«, befahl er ihr, und als sie sich weigerte, nahm er einfach eine der Ketten in die Hand und zerrte sie hinter sich her.
Die Matrosen und Soldaten, denen sie auf Deck begegneten, wichen vor ihnen zurück. Niemand hatte die Frau in den letzten Mo-

naten zu Gesicht bekommen, doch hatte sich das Gerücht verbreitet, ein menschenfressendes Wesen würde sich ihre Kameraden holen, von denen fünf spurlos von Bord verschwunden waren.

Als Mayana von Federmann über das Deck zur Gig geschleppt wurde, wurde die Fama zur Gewissheit. Sie wehrte sich, biss und keifte und zeigte ein Gebiss, dessen Eckzähne nadelspitz zugefeilt waren.

Das Boot war abfahrbereit, und Federmann stieg das Fallreep hinab. Mayana nahm er wie einen Sack auf die Schulter. Das Risiko, sie dadurch zu verlieren, dass sie einfach ins Wasser sprang und vom Eisen in die Tiefe gezogen wurde, war ihm zu groß – Bertram hatte von den Unglückseligen erzählt, die darin ihre letzte Möglichkeit sahen, der Folter zu entgehen.

Bertram kletterte hinter ihnen ins Boot. Auch Georg, der Junge, folgte ihnen.

Die vier Ruderer, die jeweils auf einer Bank saßen, legten sich in die Riemen, und sie schossen auf das Ufer zu. Mayana kauerte sich auf den Boden des Bootes. Sie würdigte ihn keines Blickes. Um zu verhindern, dass sie sich nicht aus der Gig warf und wie ein Stein unterging, hielt der Ulmer die Kette einmal um das Handgelenk geschlungen. Er sah einen Teil der Karte auf ihrem Rücken durch das dünne Leinen scheinen und fühlte die Kühle des Amuletts auf seiner Brust. Hier würde er die beiden Teile ganz zusammenfügen, und er würde endlich verstehen, was die einzelnen Symbole zu bedeuten hatten. Die goldene Stadt harrte der Entdeckung durch ihn und seine Männer.

Federmann schirmte die Augen gegen die grelle Sonne ab. Je näher sie dem Festland kamen, desto mehr Menschen begannen den Uferhügel hinabzulaufen und sich am Strand zu versammeln. Neben halbnackten Indios erkannte Federmann auch Soldaten mit Helmen und Eisenpanzern, die jedoch gänzlich verrostet schienen. Er beneidete die Männer nicht, die hier in dieser schweren Luft, die vom Seewind kaum gekühlt wurde, Dienst im Harnisch tun mussten.

Das Ruderboot stieß mit kräftigen Schlägen in die anrollende See. Zwar milderte ein natürlicher Hügelbogen die Wellenkämme etwas ab, und eine Art Strudel verringerte die Strömung, doch zerrte die Gewalt des Wassers heftig an der Gig. Sie musste gegen die langgezogenen Wellen und die tückische Strömung lavieren, und das Sitzen in dem schmalen Boot war kräftezehrend. Die Ruderer schwitzten nach kurzer Zeit, sodass ihnen das Wasser schwarze Flecken auf Brust und Rücken der Kleidung zeichnete und ihre Haare nass waren wie nach einem Bad in der See.

Mayana hatte Tayento sofort entdeckt. Er stand am Ufersaum und war gerade so weit aus dem Schatten getreten, dass ein wissender Blick ihn ausmachen konnte. Ihr Herz schlug für einige Momente einen doppelten Schlag. Er hatte also sein Versprechen wahr gemacht. Tayento hatte länger als einen Sonnendurchlauf auf sie gewartet.

Sein Aussehen hob ihn von den zerlumpten und mageren Gestalten ab, die am Ufer ihrer harrten. Er war nicht in die verrottenden Stoffe gehüllt wie der Rest der Wartenden. Bis auf einen Schurz aus Palmfasern, der sein Geschlecht bedeckte, war er nackt. Auf dem Kopf trug er eine Art Band, in das bunte Vogelfedern gesteckt waren. Seine bronzene Haut war bemalt mit weißen, blauen und roten Streifen, die in der Sonne leuchteten, aber bereits zu bröckeln begannen. In der rechten Hand hielt er ein Blasrohr, das ihn um die halbe Körperlänge überragte, in der linken einen Bogen. Die Pfeile dafür hielt er in derselben Hand, als passten sie nicht in den Köcher aus Pflanzenfasern, den er sich umgehängt hatte – sie waren beinahe so lang wie er. Doch Mayana wusste es besser. Bevor einer der Hellhäutigen auch nur darüber hätte nachdenken können, warum Tayento die Pfeile in der Hand hielt, wäre er von einem durchbohrt worden. Sie aufzulegen und abzuschießen war eine einzige fließende Bewegung. Tayento stand nicht nur und beobachtete das anlandende Schiff, er war alarmiert und bereit zu

töten – was auch die Narben auf der linken Bauchseite und am Oberschenkel vermuten ließen.
Als Mayana sich auf die Knie niederließ, sah sie, wie Tayento auf die Gig starrte, die sich pfeilschnell dem Ufer näherte. Sie war sich sicher, dass er sie sofort erkannt hatte, denn als sie von einer der Wogen, die den Strand hinaufrollten, an Land gesetzt wurden, war der Mann verschwunden.
Keinen Augenblick hatte sie Tayento vergessen. Ihn und sein Versprechen, das der Schamane gegeben hatte, bevor Joaquin sie in eine andere Welt verschleppt hatte. Sie ließ sich aus dem Boot zerren, ließ sich auf die Beine stellen und von Federmann vor sich herstoßen, als sei sie seine Sklavin. Dabei hatte sie ihm vertraut, dass er sie sicher hierherbrachte. Tayento, der sich nicht dem Diktat der Eroberer gebeugt, der den Bekehrungsversuchen der Missionare widerstanden hatte, gab ihrer Seele Hoffnung.

Etwas verwundert betrachtete Federmann die Menschenansammlung. Hätte er es nicht besser gewusst, wäre er der Meinung gewesen, einen Haufen Bettler vor sich zu haben, wie sie sich vor dem Ulmer Münster tagtäglich versammelten, um ihre Almosen aus den Händen der wohlhabenden Stadtbürger entgegenzunehmen. Mehr Lumpen an einem Ort versammelt hatte er noch nie gesehen.
Er sprang an Land und überließ Bertram die Aufsicht über Mayana.
»Wo ist der Herr über Neu-Augsburg?«, rief er in die Menge hinein, die ihnen stumm und erwartungsvoll entgegenblickte.
Die Gesichter waren wahre Fratzen: Blutunterlaufene und fiebrige Augen sahen sie an, andere starrten mit trüben, grauen Pupillen ins Leere, wieder andere besaßen Gesichter, die so von den Blattern entstellt waren, dass sie kaum mehr als menschlich durchgehen konnten. Selbst die im Harnisch steckenden Soldaten waren ein Häuflein trauriger Kumpane, denen Finger fehlten und deren Gliedmaßen lahm oder verletzt waren.

Aus dieser Gruppe schälte sich eine Gestalt, die mit ihrem beinahe grauen Bart und dem bis oben geschlossenen, rötlich verrosteten Brustharnisch etwas gepflegter aussah als der Rest. Zumindest fehlte dem Mann weder ein Auge, noch waren seine Gliedmaßen verstümmelt. Er wirkte wie ein Mensch.
»Wer will das wissen?«, fragte er zurück.
»Ich, Nicolaus Federmann, Feldhauptmann in den Diensten des Micer Bartholomäus Welser, Herr über die Besitzungen Klein-Venedigs und Oberhaupt des Handelshauses Welser-Ehinger.«
Das Gegenüber des Ulmers nickte bedächtig.
»Ambrosius Ehinger ist gerade auf … Fahrt ins Hinterland. Ihr müsst also mit mir vorliebnehmen.«
»Und wer seid Ihr?«, fragte Federmann bereits etwas ärgerlich. Schließlich hatte er eine andere Begrüßung erwartet.
»Ich? Louis Sarmiento. Ich bin der Adelantado Coros, der Vertreter des Gouverneurs Ambrosius Ehinger während dessen Abwesenheit und«, hier ließ er eine bedeutungsschwere Pause entstehen, »Vertreter seiner allerhöchsten katholischen Majestät, Kaiser Karl.«
Die beiden Männer standen sich abwartend gegenüber und musterten sich kalt. Jeder von ihnen wusste, was die Ankunft des neuen Feldhauptmanns und die Abwesenheit des Gouverneurs für sie beide bedeutete: ein Ungleichgewicht in der Vorherrschaft in dieser Gegend. Sie würden sich um die Macht streiten müssen, würden klären müssen, ob Spanier oder Welser das Sagen hatten. Das würde nicht ohne Auseinandersetzungen ablaufen, womöglich nicht ohne handfesten Streit. Und in den Augen des jeweils anderen lasen die Kontrahenten, dass er es genau darauf ankommen lassen würde.
Schließlich durchbrach Federmann das unangenehme Schweigen, trat einen Schritt vor, streckte die Hand aus und nötigte so Sarmiento, es ihm gleichzutun.
»Vielen Dank für die herzliche Begrüßung!«, rief Federmann mehr in die Menge als an Sarmiento gewandt.

»Willkommen in Coro«, sagte dieser, ohne Federmann aus den Augen zu lassen.
»Ich freue mich, endlich in Neu-Augsburg angelangt zu sein«, antwortete der Ulmer.
Er bemerkte das kurze Zucken in den Gesichtszügen seines Gegenübers, als er den Welser'schen Namen der Ansiedlung benutzte. Sarmiento, dachte er, wird sich daran gewöhnen müssen.
»Wir haben Bergleute an Bord, zusammen mit ihren Familien. Ich habe einen Schock Soldaten auf dem Landweg hierher beordert, unter Führung von Raúl de Almaviva. Und ich brauche für meine eigenen Männer Quartier.«
Sarmiento nickte und schmunzelte, als amüsiere ihn das alles sehr. Dann bat er Federmann, ihm zu folgen. Der packte Mayana an der Schulter und stieß sie vor sich her.
Sie stiegen das flache Ufer empor, tauchten in einen lichten Wald ein, der von Pfaden durchzogen war. Bertram lief hinter ihnen drein, Georg auch. Die Ruderer kehrten zur *Santa Cruz* zurück, um weitere Männer herzuschaffen und die Ladung zu löschen.
Als sie sich durch den Palmenhain schlängelten und er Mayana mit der Hand an der Schulter dirigierte, glaubte Federmann einen der Indios zu sehen, wie er sie – im Gegensatz zu seinen Landsleuten und den abgerissenen Europäern – stolz und prächtig bemalt beobachtete. Aber er musste sich täuschen, denn als er einen zweiten Blick auf die Gestalt werfen wollte, war sie verschwunden. Der Ulmer vermutete, dass die üppige Natur seinen Augen, die nur an die Eintönigkeit des Meeres gewöhnt waren, etwas vorgaukelte.
Knapp sechshundert Fuß landeinwärts trafen sie auf die ersten Hütten. Es waren auf Stelzen gebaute Häuser, vielleicht zwanzig an der Zahl. Die meisten waren derart vernachlässigt, dass die Feuchtigkeit sich in die Hölzer hatte fressen können, und manche waren so windschief, dass man jeden Augenblick damit rechnen musste, dass sie einstürzten.
Aus allen Hütten wurden ihnen Köpfe entgegengestreckt.

Das Klirren der Ketten an Mayanas Hals und Armen hatte sie bis hierher begleitet, aber dem Ulmer war es nicht weiter aufgefallen. Doch als er jetzt die Blicke der Bewohner zu deuten suchte, glaubte Federmann zu bemerken, dass die meisten Indios nicht an ihm, sondern an Mayana und deren Ketten interessiert waren. Sie fuhren sich immer wieder an den Hals, als hätten sie selbst einen Metallring darumliegen, steckten die Köpfe zusammen und tuschelten. Mayana, die vor ihm hertrottete, hielt den Blick gesenkt und gab keine Antwort, wenn sie angerufen wurde. Langsam wurde Federmann bewusst, dass Mayanas Metallketten das Zeichen der Sklaverei waren – das Zeichen der brutalen Unterwerfung des Menschen unter die Gewalt der Eroberer.

Sarmiento riss ihn aus seinen Gedanken. Mit ausgestrecktem Arm wies er auf die Ansiedlung. »Coro!«, sagte er nur.

Federmann blieb angesichts des spanischen Namens gelassen. »Wo ist der Sitz des Gouverneurs von Neu-Augsburg?«

»Ah, Ihr meint unsere Verwaltung. Bitte folgt mir.« Sarmiento lächelte schief und winkte ihnen zu, ihm zu folgen.

Sie liefen noch einmal so lange durch den immer lichter werdenden Palmenwald, bis sie vor einem Gebäude standen, das ebenso baufällig wirkte wie die Hütten, aber doppelt so groß war. Ein Dach besaß es nicht mehr. Die Palmwedel, mit denen es gedeckt worden war, hatte offenbar ein Sturm abgerissen – und sie waren nicht erneuert worden.

»Was ist das?«, fragte Federmann ungläubig und drehte sich langsam zu Sarmiento um.

»Der Gouverneurspalast von Micer Ehinger!«, sagte Sarmiento spöttisch.

Federmann stand mit offenem Mund da.

Er hatte zwar keinen Empfang mit Schalmeien und Tänzerinnen erwartet, aber das hier verschlug ihm die Sprache.

Tayento begleitete sie. Mayana spürte seine Anwesenheit. Sie wusste, dass er mit ihr sprechen würde, sobald sich eine Gelegenheit dafür bot. Blauauge und seine blinden Begleiter ahnten nicht einmal, dass sie manchmal so nahe an ihm vorüberkamen, dass er sie mit dem Speer hätte töten können. Seine farbige Bemalung verschmolz mit den Lichtreflexen des Waldes und machte ihn beinahe unsichtbar. Für Mayana jedoch war er gegenwärtig.

Tayento hatte wie sie die Massaker der Goldsucher überlebt. Als er ihr bei Francisco de Ulate begegnet war, schwor er, sie vor allem Unbill zu beschützen. Das war schön gesagt, doch unmöglich, denn um sie wirklich beschützen zu können, verstand er die Beweggründe der Goldsucher zu wenig. Dennoch war er ihr Schutz und Trost und gab ihr eine neue Familie.

Als Pater Ulate mit ihr nach Coro ging, war Tayento mit dabei, und als sie schließlich Joaquin versprochen wurde, begleitete er sie heimlich bis zum Schiff – und kurz bevor sie ablegten, schwor er ihr, auf sie zu warten. Er gab ihr den Auftrag, das Amulett zu begleiten, damit sie wiederkehren konnte. Freiwillig war sie Joaquin gefolgt. In Ketten kam sie zurück.

Wütend zerrte sie an ihrem Gefängnis, das sie um den Hals trug, und verfluchte Blauauge. Sie konnte seine Ungeduld riechen, wusste, wie sehr er darauf aus war aufzubrechen, um die Karte zu studieren. Sie ahnte, wie sehr ihn der Drang nach Gold innerlich auffraß, und hoffte, es würde schnell gehen. Denn eines wusste sie: Sobald er den Fuß aus diesem Neu-Augsburg hinaussetzte, waren seine Tage gezählt.

»Hol mir die Bergleute und meine Männer. Auch eine Anzahl Soldaten!« Federmann blaffte seine Befehle hinaus. Georg rannte, sodass er beinahe stolperte.

»Gebt mir eine Handvoll Indios, die sich auf das Decken von Dächern verstehen, Micer Sarmiento. Auch brauche ich Männer, die hier Holzhütten errichten und dafür Palmenstämme roden und herbeischaffen. Ich benötige vorerst kleine Unterkünfte für meine Mannschaften, sofern sie nicht an Bord bleiben.«

Dann ließ er den angeblichen Adelantado stehen und wandte sich an Bertram. »Kette Mayana an einen der Stämme, Freund. Dann brauche ich verlässliche Männer, die an die Kanonen gehen, sie laden und auf diesen Fleck hier richten, damit alles ohne Verzögerung seinen Gang geht.«

Er hatte nicht leise gesprochen, sondern gerade so laut, dass Sarmiento hören konnte, was er sagte. Aus den Augenwinkeln heraus beobachtete Federmann, wie Sarmiento zusammenzuckte, als er hörte, was der Ulmer vorhatte. »Ach, eines noch«, er fasste den Adelantado, der sich zum Gehen wandte, am Arm. »Wo wohnt Ihr, Micer Sarmiento?«

»Im spanischen Teil Coros«, kam die zögerliche Antwort.

»Hola«, entfuhr es Federmann. »Ihr wollt mir diesen Teil der ... Stadt doch nicht vorenthalten?«

Sarmiento biss sich auf die Lippe und gab schließlich nach. »Hinter diesem Anstieg hier. Wir Spanier sind gerne unter uns.«

»Oh«, gab Federmann höflich zu. »Ich glaube das sofort.« Etwas unschlüssig bohrte er mit dem Schuh in dem sandigen Boden. »Sagt, sind auch Spanier mit Micer Ehinger mitgezogen?«

»Natürlich! Warum fragt Ihr? Die Krone verbietet ein eigenmächtiges Handeln um der Goldsuche willen. Die Welser sollen das Land erschließen, nicht ...«

»Dann werden wohl einige der Gebäude leer stehen, wenn ich mich nicht irre«, bohrte Federmann weiter.

Sarmiento räusperte sich. Das Gespräch nahm einen Verlauf, der ihm nicht recht war. »Ihr könnt nicht ...«

»Was kann ich nicht, Micer Sarmiento? Die Häuser mit meinen Männern belegen, weil sie sonst leer stünden? Euch daran erinnern, dass Ihr mir Gehorsam schuldig seid, egal wessen Vertreter Ihr hier zu sein glaubt? Euch an Eure heilige Pflicht der Gastfreundschaft erinnern, die selbst dem ungehobeltsten Hidalgo eine Ehre ist?«

Sarmiento begann sich aufzublasen und rang nach Worten. Doch da platzte Georg dazwischen.

»Federmann, acht Mann kommen hierher. Die Kanonen werden geladen und die ersten Kisten an Land gebracht.«
»Wunderbar, Junge. Bring Mayana etwas zu trinken und zu essen, und Ihr kommt mit mir, Micer Sarmiento.«

Raúl de Almaviva erreichte mit den Pferden die Siedlung drei Tage später. Er selbst hing nur noch in seinem Sattel, wirkte erschöpft und müde. Außerdem hatte er zwei Mann verloren, die den Strapazen nicht gewachsen gewesen waren. Der lange Marsch hatte seinen Tribut gefordert.
Almaviva zeigte Anzeichen von Fieber und lag die ersten Tage nur in einer der Hütten. Erst eine ganze Weile nach seiner Ankunft konnte er aufstehen und war wieder ansprechbar. Doch die tiefen Ringe unter seinen Augen, eine erschreckende Magerkeit und seine schleppende Art zu sprechen zeugten von einer ernsten Erkrankung.
Federmann und Almaviva trafen vor dem Verwaltungsbau zusammen. Die Einheimischen, die der Ulmer Feldhauptmann gedungen hatte, waren gerade dabei, das Dach notdürftig zu flicken.
»Don Raúl, Ihr seht nicht aus, als würde Euch das Klima guttun«, begrüßte er den spanischen Granden.
»Dieses Land frisst die Menschen. Die Wahrheit ist, dass wir nicht hierher gehören.«
»Das würde Euer Herr, der Kaiser, gewiss nur ungern hören.«
Almaviva zog voller Unmut Luft durch die Nase ein. »Er war nie hier, unser Kaiser. Er kennt das Land nicht. Es ist nicht heiß wie Spanien. An Trockenheit und Hitze könnte man sich gewöhnen. Es ist … wie soll ich sagen? … tödlich.«
»Ist das Leben nicht überhaupt tödlich?«, gab Federmann zurück.
»Dieses Land frisst uns von innen auf. Habt Ihr schon einmal diese großen Wespen gesehen? Sie haben einen Stachel, der so lang ist wie das Tier selbst. Die Wespe fängt eine Tarantel und senkt den Stachel in sie hinein. Das Tier stirbt nicht. Es ist nur gelähmt. Jetzt aber legt die Wespe Eier ab, und sobald die Larven

geschlüpft sind, fressen sie das immer noch lebende Tier von innen heraus auf. So fühle ich mich.«
Die beiden Männer standen sich eine ganze Zeit stumm gegenüber.
»Woran denkt Ihr, Federmann?«, fragte der Spanier nach einer Weile.
Federmann lachte verhalten. »Ist das nicht eine Frage, die man nie stellen sollte? Was wollt Ihr hören? Die Lüge, die ich mir eben ausdenke, während ich mit Euch herumscharwenzle, oder die Wahrheit, die Ihr womöglich nicht ertragen könntet?«
Almavivas Gesicht begann sich zu einer Fratze zu verziehen. »Ihr seid schlagfertig, Federmann. Am besten erzählt Ihr mir von beidem.«
Federmann setzte sich auf die Stufen vor der Veranda und bedeutete dem Granden, es ihm gleichzutun. »Woran denkt *Ihr*, Almaviva?«
»Daran Euch zu beseitigen, das Mädchen an mich zu bringen und schließlich mit mehr Gold, als meine Männer und ich tragen können, aus dieser Weltgegend zu verschwinden.«
»Ihr seid wenigstens ehrlich«, erwiderte Federmann.
»Oh, mein Lieber, Ihr wisst nicht, ob das die Wahrheit war oder nur eine simple Lüge. In der Ungewissheit muss ich Euch zurücklassen.« Sie saßen nebeneinander. Wenn Federmann nicht mit Bestimmtheit gewusst hätte, dass der Spanier seinen Freund Joachim erstochen hatte, hätte er ihn gar nicht mal so unsympathisch gefunden. »Habt Ihr Bekanntschaft mit Sarmiento gemacht?«, wollte er von Almaviva wissen.
»Natürlich. Man stolpert ja regelrecht über ihn«, brummte der Grande.
»Solange er glaubt, er sei der von Ehinger eingesetzte Statthalter dieses Hüttendorfes, wird keiner Eurer Wünsche in Erfüllung gehen.«
Almaviva sah auf, als habe der Ulmer ihm ein Komplott vorgeschlagen. »Das ist Hochverrat! Sollte das publik werden, müsst

Ihr mit der Todesstrafe rechnen, zumindest jedoch mit jahrelanger Inhaftierung.«

Der Palmenwald war ein Feuerwerk aus Farben, Lichtreflexen und Bewegungen, die durch den Seewind verursacht wurden. Alles flimmerte und glitzerte, und die Farben flossen ineinander, sodass die Vielfalt der Licht- und Farbpunkte das Auge blendete und die einzelne Form verschwimmen ließ. Es war, als blicke man auf die bunten Flügel eines Schmetterlings, dessen Zeichnung sich aus verwirrend vielen einzelnen Teilen zusammensetzte.
Mayana kniff die Augen zusammen, sodass der Hintergrund zu einer einzigen Masse wurde – und tatsächlich schälte sich aus der bunten Vielfalt eine einzige Gestalt heraus: Tayento.
Georg saß vor ihr und kaute an einem Grashalm herum. Mit einem Stecken malte er die Umrisse der *Santa Cruz* in den sandigen Boden vor sich. Er fühlte sich unwohl – ärgerte sich, weil er hierbleiben musste, und schämte sich, weil er sie zu bewachen hatte. Mit Georg war sie immer gut ausgekommen. Der Schweiß rann ihm den Nacken hinab und färbte das Hemd dunkel.
»Traurig?«, fragte sie ihn.
Georg hob überrascht den Kopf und sah sie an. Dann presste er die Lippen aufeinander und nickte.
»Deswegen?«, hakte sie nach und hob die Arme. Die Kettenglieder klirrten.
Georg starrte die Ketten an, als sehe er sie zum ersten Mal. Er sagte nichts, senkte nur den Kopf.
»Nicht traurig. Wird besser!«, sagte sie aufmunternd. »Du mir helfen. Irgendwann.« Sie lächelte Georg an, doch der senkte den Kopf nur tiefer.
Sie wusste, dass er es tun würde. Nicht jetzt, nicht bevor sie losgezogen waren, aber auf dem Weg, irgendwo auf einem der Dschungelpfade, würde er ihr helfen, sich der Ketten zu entledigen. Zu stark war die Erinnerung an das, was er selbst erlebt hatte.

Die Bewegung war so unauffällig gewesen, dass sie sie beinahe übersehen hätte. Der Aufenthalt in dieser anderen Welt hatte sie nachlässig gemacht. Das konnte hier in ihrer Heimat den schnellen Tod bedeuten. Wieder kniff sie die Augen zusammen und konnte erkennen, wie Tayento, der die ganze Zeit über regungslos dagestanden und sie beobachtet hatte, einen Pfeil auflegte.

»Still«, flüsterte Mayana nur. »Nicht bewegen!«

Sie konnte zuerst nicht sehen, was Tayento erspäht hatte. Doch er lieh ihr seine Augen – und da wusste sie, woher Unheil drohte.

Der Pfeil schnellte vom Bogen, sauste zwischen das ausgestreckte und das angewinkelte Bein Georgs und bohrte sich in den Boden.

Georg saß da, als sei er aus Stein. Sein Mund öffnete sich, und er hätte wohl am liebsten angefangen zu schreien, doch er brachte keinen Ton heraus.

Vor dem spiegelnden Hintergrund des offenen Waldes stand Tayento und lächelte. Georg kniff die Augen zusammen und starrte zum Waldrand, um nach dem Schützen zu suchen. Mayana zog den Pfeil am Schaft zwischen den Beinen Georgs hervor.

Tayento flüsterte ihr zwei, drei Sätze zu, rasch, leise, die nur sie verstehen konnte.

»Krieger dort dir Leben gerettet«, sagte sie zu Georg und deutete mit dem Kinn zum Waldrand. Doch Georg schüttelte nur den Kopf, weil er nichts verstand und wie erstarrt war.

»Schwarzer Skorpion schon Stachel erhoben. Gift nicht tödlich, aber dadurch Fieber. Du krank, dann bald tot.«

Am Pfeil hing tatsächlich ein unterarmlanger tiefschwarzer Skorpion, der noch lebte und immer wieder mit seinem Stachel auf den Pfeilschaft einstach.

»Du dich hüten vor Wald«, sagte Mayana dem Jungen, und in ihren Ohren klangen diese Worte, die Tayento ihr zugeflüstert hatte, wie ein Schimpfen. Doch sie waren nicht so gemeint gewesen, sondern sollten sie nur warnen, bevor der Wald sie verschluckte.

Mayana packte den durchbohrten Skorpion so am hinteren Schwanzende, dass sie der Stachel nicht erreichen konnte, dann zog sie das Tier von dem Pfeil und ließ es vor Georgs Füße fallen. Georg zuckte zurück, doch Mayana schüttelte nur den Kopf.

»Dort«, sagte sie und deutete zum Waldrand. Tayento hatte sich umgedreht und war schon nicht mehr vom Dickicht zu unterscheiden.

»Was war dort?«, fragte Georg endlich und sah Mayana mit großen Augen an.

»Großer Geist meiner Heimat«, sagte sie nur. Ihre Augen konnten den Schamanen verfolgen. Sie sah seine Bewegungen, die so geschmeidig waren wie die der Echsen, die sich durchs Unterholz schoben.

2. KAPITEL

Federmann beschlagnahmte die Hälfte der spanischen Siedlung, wobei er sich wenig daran störte, dass Sarmiento sich mit wütenden Protesten und Drohungen, er werde alles beim Rat in Santo Domingo melden, gegen die Einquartierungen wehrte. Sie bezogen die von den spanischen Expeditionsteilnehmern verlassenen Häuser hinter der Hügelkuppe im spanischen Viertel.

Federmann ließ das Verwaltungsgebäude wiederherstellen. Alles ging rasch von der Hand. Doch im Allgemeinen war alles heruntergekommen und baufällig, was ihn sprachlos machte. Dies war keine aufblühende Handelsstadt, wie er es sich in seinen Träumen vorgestellt hatte, es war ein verlorenes Nest, das von der Natur langsam zurückerobert wurde, weil niemand ein Interesse daran hatte, es zu beleben. Die Spanier und die Welser-Kolonialisten gönnten sich gegenseitig keine Erfolge.

Außerdem fehlte es an Männern. Sie waren mit Ambrosius Ehinger in den Dschungel gezogen und würden auch erst mit ihm wieder zurückkommen, wenn sie überhaupt noch lebten. Die zurückgelassenen Frauen und Kinder fristeten ein karges Dasein in den Hütten. Zur Bewachung hatte man Krüppel und Alte dagelassen, und es gab mehr Huren als Männer.

Was Federmann allerdings schmunzeln ließ, war die Neugier, mit der die Zurückgelassenen die Neuankömmlinge musterten. Er ahnte, dass in den nächsten Nächten nur wenige würden alleine schlafen müssen. Matrosen und Bergleute, sofern sie nicht verheiratet waren, trösteten sich denn auch mit den Dörflerinnen nach ihrer Art. Federmann ließ ihnen ihren Willen. Wenn sie erst einmal auf Goldfahrt waren, würden sie Wochen hindurch keine Frauen mehr sehen.

Fra Enrico, der Dominikaner, dachte da anders.

Eines Tages trafen Federmann und der Mönch auf dem Weg zur Kirche auf Rodriguez, den Steuermann. Der Matrose trat aus

einem der Häuser des Dorfes, die sich unter der Sonne Neu-Augsburgs duckten, sichtlich zufrieden und erleichtert. In ein Streitgespräch mit Fra Enrico vertieft, hätte Federmann ihn gar nicht bemerkt, wenn ihn nicht aus dem Fenster eine helle Stimme verabschiedet und er der Frau zugewinkt hätte.
Fra Enrico blieb stehen, starrte den Steuermann an, als käme der aus einer anderen Welt, als müsse er sich erst darauf besinnen, welche Wesen zu den Menschen und welche zu den Tieren zu zählen seien. Ungeachtet der Neugier des Priesters strich sich der Matrose Hemd und Hose glatt, fuhr sich mit den Fingern durchs Haar, wischte sich den Mund und spuckte hinter sich, bevor er seine Hände in die Taschen steckte und fröhlich pfeifend die Gasse hinunterschritt.
Fra Enrico sagte nichts, starrte nur und verzog das Gesicht zu einem hässlichen Grinsen. Was dieses zu bedeuten hatte, sollte Federmann erst eine Stunde später erfahren.
Das Abendmahl wurde ausgeteilt. Die Männer hatten eine Strafpredigt über die Wollust über sich ergehen lassen müssen, in der ihnen die Höllenqualen farbig geschildert worden waren. Jetzt schritt der Dominikaner die Reihe ab, bot jedem den Leib Christi, den die Matrosen mit einer Inbrunst zu sich nahmen, die mehr war als nur der Glaube an die verwandelte Hostie. Es war der Aberglaube, die Seele damit zu retten, trotz aller Widrigkeiten und Verfehlungen. Nur Rodriguez ließ der Pater aus. Er hatte zuvor noch einem Griechen das Brot auf die Zunge gelegt, sah dann den Steuermann an, flüsterte ihm etwas zu, was diesen erblassen ließ, und schritt dann weiter zum Nächsten in der Reihe.
Ein Raunen ging durch die Menge der Matrosen. Einer flüsterte dem anderen die unerhörte Begebenheit ins Ohr. Man begann, von dem so Gezeichneten abzurücken, ihn wie einen Aussätzigen zu behandeln, und der Dominikaner sah, am Ende der Reihe angekommen und eine der Hostien noch in der Hand, triumphierend zu Rodriguez hinüber, der auf der Büßerbank kniete, verstört und blass, und nicht wusste, wie es gekommen war, dass

dieser herrliche Tag, der für ihn so freudenvoll begonnen hatte, in solcher Düsternis endete.
Mayana, die der Messe beigewohnt hatte, ließ die Ketten klirren und zischte Federmann zu: »Sagen Gott nicht: ›Liebe Nächsten‹? Sagen nicht: Sünder willkommen? Sagen nicht: Himmel offen für Sünder?«
Federmann blieb stumm.
»Warum Gott nötig? Liebe für Nächsten selbstverständlich ohne Gott!«
Eine Antwort darauf fiel ihm nicht ein, und je länger er das Treiben dieser Welt betrachtete, desto schwerer fiel es ihm, an eine Antwort zu glauben.

Seitens der Indios schlug ihnen überall nur Feindseligkeit entgegen. Die Indianer sollten aus den umliegenden Dörfern Lebensmittel in die Stadt schaffen, doch gab es kaum Handel, und die Menschen in Coro hungerten. Sarmiento organisierte einmal pro Woche eine Expedition in die nähere Umgebung, um zu plündern, was wiederum dazu führte, dass sich die Einheimischen tiefer ins Hinterland zurückzogen. Da der Adelantado ihnen nichts von den mitgebrachten Nahrungsmitteln abgab, blieb Federmann nichts anderes übrig, als sich eine eigene Mannschaft zusammenzustellen und loszuziehen.
Es war ihm nicht unrecht, denn so konnte er sich auf etwas konzentrieren, das er tun wollte, seit er einen Fuß auf die *Santa Cruz* gesetzt hatte: Erkundigungen einziehen über das Goldland. Nur die Indios konnten wissen, wo es lag. Sie waren mit den Geschichten, den Mythen hier vertraut. An sie musste er sich halten. Also suchte er die Weisen, die Erzähler, die Schamanen auf.
Die Bergleute hatten sich abgesondert und in der Nähe des Verwaltungsgebäudes Hütten errichtet. Die Soldaten waren im spanischen Viertel einquartiert worden, obwohl Federmann darauf achtete, dass sie sich Woche für Woche mehr eigene Hütten bauten. Mayana lebte bei ihm im Verwaltungsbau.

Die Hitze war unerträglich, und mit jedem Tag schien sie zuzunehmen. Die Luft war so schwül und feucht, dass Federmann das beklemmende Gefühl hatte, Wasser einatmen zu müssen. Nachts kühlte es nicht mehr ab. Selbst der Seewind fühlte sich auf der Haut an, als würde jemand mit einem heißen Tuch darüberfahren.

»Seit wir angekommen sind, hast du kein Wort mehr gesagt!«, sprach Federmann Mayana an.

Er hatte sie an einer Säule im Verwaltungsgebäude anketten lassen. Doch die Fesseln verschafften ihr ausreichend Bewegungsfreiheit – sie reichten bis hinaus auf die Veranda. Federmann saß in einem Rohrstuhl. Mayana kauerte in der Nähe der Mittelsäule. Vor der Tür strahlte die Sonne so hell, dass sie den Augen schadete.

Mayana hob nicht einmal den Kopf.

»Warum trägst du kein Kleid oder einen Überwurf? Die Männer, die hierherkommen, begaffen dich wie die Huren draußen auf dem Markt.«

Wieder keine Reaktion. Sie schien ihn noch nicht einmal gehört zu haben.

Federmann stand auf. Selbst diese einfache Bewegung ließ Ströme von Schweiß fließen. Er war nicht für dieses Klima geschaffen.

Er trat direkt vor Mayana hin. »Wenn du nicht redest, überlasse ich dich dem Granden. Soll sich Almaviva mit dir herumschlagen.«

Erstmals hob Mayana den Blick. Sie sah ihm in die Augen, und Federmann konnte darin lesen, dass sie wusste, dass er das nicht tun würde. Wütend griff der Ulmer nach der Kette und riss Mayana zu Boden. Er legte sie auf den Bauch und drückte ihr ein Knie in den Rücken. Dann nahm er seine Goldscheibe von der Brust und legte sie auf Mayanas Rücken. »Wenn du mir das Geheimnis dieser Karte nicht freiwillig preisgibst, dann werde ich es aus dir herausprügeln, glaub mir!«

Er drehte und wendete die Scheibe, doch er fand keinen Sinn darin. Hatte er früher geglaubt, die einander verbindenden Linien zeigten Bergrücken oder Flussläufe, musste er sich jetzt eingestehen, rein gar nichts über sie zu wissen. Wenn er die Karte richtig interpretierte, müsste mitten durch Neu-Augsburg eine dieser Linien laufen. Doch es gab hier keinen Fluss, keine Grenze, buchstäblich nichts, was auf eine mögliche Bedeutung dieser Linie hinwies. Dabei stand, in winziger Schrift eingraviert, eindeutig *Coro* auf der Scheibe.

Selbst Mayana würde ihn nicht daran hindern, endlich eine Lösung zu finden. Sie versuchte sich zu wehren, doch er drückte sie mit dem Gewicht seines Körpers nieder – und schließlich gab sie den Widerstand auf.

Ob Fra Enrico etwas über die Symbole wusste, hatte er noch nicht in Erfahrung gebracht. Schließlich hatten er und Ulate in diesem Kloster Saint-Dié-des-Vosges gelebt und gearbeitet, in dem auch der Kartograf Waldseemüller tätig gewesen war. Vielleicht konnte der Pater die Symbole daher deuten. Doch er traute sich nicht, ihn zu fragen – womöglich wäre Fra Enrico sonst auf eigene Faust losgezogen, mit Mayana und ohne ihn.

Die Hütten hatten auf zwei Seiten offene Wände, die nur mit Strohmatten verhängt waren. Das genügte, um kleineres Getier abzuhalten, und außerdem konnte hin und wieder eine kühle Brise hereinwehen. Federmann war so sehr damit beschäftigt, das Mädchen zu Boden zu drücken und die Scheibe zurechtzulegen, dass er die Veränderung, die der Luftzug jetzt mit in die Hütte gebracht hatte, nicht bemerkte. Erst nach einer Weile spürte er jemanden im Rücken. Blitzartig drehte er sich um.

Hinter ihm stand ein Mann, so groß wie Georg, schmächtig, mager geradezu. Er war von Kopf bis Fuß farbig bemalt, und diese Bemalung wirkte geradezu lächerlich. Durchaus ernsthaft wirkte allerdings der Bogen, den er in der Hand hielt. Er hatte ihn gespannt und einen Pfeil aufgelegt. Der Pfeil zeigte direkt auf ihn. Mit tiefer, erregter Stimme schien er Federmann etwas zu befehlen.

Verblüfft starrte der Ulmer auf die Pfeilspitze, bis er verstand, dass sie direkt auf sein rechtes Auge gerichtet war. »Was sagt er?«, keuchte er. Er ließ Mayana los, griff, ohne hinzusehen, nach der Scheibe und hängte sie sich wieder um. Dann stand er langsam auf und trat einen Schritt zurück. Die Pfeilspitze folgte ihm.

Der Einheimische, dessen Auftritt zwar wirkte wie der eines Harlekin, der jedoch keineswegs den Auftritten der Figuren in der Comedia dell'Arte entsprach, bellte ihn weiter an.

»Herrgott, was sagt er?«, schrie Federmann Mayana an.

»Er dich töten!«, hörte er sie sagen.

Das Blut rauschte in seinen Ohren. Er hatte seinen Säbel abgegürtet. Das Gehänge lag neben dem Stuhl. Selbst wenn er schnell wäre wie eine Fledermaus – er wäre tot, bevor er auch nur den Korb des Schwerts in Händen hielte.

»Verflucht. Warum will er mich töten?«

Jetzt lachte Mayana verhalten. Sie hatte sich mittlerweile aufgesetzt. »Er ... mein Geist! Er wachen. Jeden töten.« Sie zögerte, lachte wieder und setzte leise hinzu: »Dich töten!« Sie sagte noch zwei Sätze in einer fremden Sprache, von denen Federmann nur vermuten konnte, was sie bedeuteten.

Der Einheimische zeigte keine Reaktion. Langsam senkte sich der Bogen, und der Pfeil zeigte direkt auf Federmanns Herz.

»Nicolaus? Bist du da? Wir müssen mit dir reden! Es sind Schiffe angekommen. Drei Welser-Schiffe aus Sevilla.«

Die Stimme drang von draußen in den Raum, und dann betraten Bertram, der Pater, Georg und Hemmler die Veranda. Die Männer kamen gerade im richtigen Moment. Als Federmann, der sich instinktiv nach den anderen umgeschaut hatte, seinen Blick wieder auf den Bogenschützen richten wollte ... war der verschwunden. Er hatte sich aufgelöst. Federmann hatte keine Bewegung gesehen. Mehr noch als das Auftauchen des Mannes ließ ihn dessen Verschwinden schaudern.

»Wer war das?«, fragte er Mayana.

»Mein Geist«, wiederholte sie so leise, dass die hereintrampelnden Männer sie nicht verstehen konnten. »Er dich töten!«

»Dein Geist, so ein Unsinn!«, wetterte Federmann. »Erzähl das einem anderen.« Er wollte weder diesen Gedanken noch die Furcht, die sich davon nährte, vor sich selbst zulassen.
»Nicolaus. Wir müssen reden.« Bertram kam auf ihn zu. »Herrgott, wie siehst du aus, Kerl? Bist du einem Gespenst begegnet?«
Diese Frage ließ Federmann ein wenig gezwungen lachen. Wie war es dem »Geist« gelungen, in sein Haus einzudringen, ohne dass er mitbekommen hatte, wie er sich bewegte? Federmann lief unruhig auf und ab, als denke er nach, tatsächlich aber untersuchte er die Strohwände. Diese waren jedoch stark geflochten und dicht. Niemand konnte durch sie hindurchgehen, geräuschlos schon gar nicht. Die Matten, die die Hinterseite abschlossen, waren zwar, um Luft hindurchzulassen, nicht ganz so dicht wie die der anderen Seiten geflochten, aber auch sie konnte man nicht einfach durchdringen. Zudem waren sie mit Lederriemen an den festen Matten der Wände angebunden und miteinander verschnürt.
Der Mann musste entweder geflogen und durch die Lücke zwischen dem Ende der Matten und der Giebelschräge gekommen sein – oder Mayana behielt tatsächlich recht, und er war wirklich ein Geist.
»Nicolaus, hör zu. Es ist Hans Seissenhoffer, der Welser-Beauftragte. Direkt aus Sevilla. Er hat eine Vollmacht bei sich. Er wird Ambrosius Ehinger als Gobernador, als Gouverneur von Klein-Venedig ersetzen.«
»Das verändert alles, verflucht!« Federmann schlug mit der Faust in seine offene Hand.
»Zumindest beendet er die Herrschaft dieses … dieses spanischen … Hidalgo!«, setzte Bertram hinzu.
»Er beendet aber auch unsere Suche, Bertram.« Federmann seufzte und griff sich an die Brust. Kühl klebte der Goldstein dort auf seiner schweißnassen Haut.

Mayana spürte die Veränderung in Blauauges Verhalten. Die Wochen des Wartens zermürbten ihn. Das Frühjahr zog ereignislos dahin und lag mit seiner Hitze schwer auf den Gemütern. Hatte er gehofft, sich gegen Sarmiento durchzusetzen und zumindest im Laufe der Zeit die Statthalterschaft in Neu-Augsburg zu übernehmen, war diese Hoffnung mit einem Mal zerschlagen. Die Wut nahm zu, ebenso seine Unbeherrschtheit. Oft schlug er unverhofft mit der Faust auf den Tisch oder riss an Mayanas Ketten, wenn sie ihn bedienen sollte.

»Drei Schiffe sind es, und Hans Seissenhoffer ist nicht mehr der Gesündeste«, hatte Bertram berichtet. »Er kommt direkt aus Sevilla.«

Sie kannte den Mann nicht, der aus Blauauges Heimat gekommen war, und würde ihm auch nicht begegnen. Doch sie hörte von ihm. Georg war ihr Ohr und brachte ihr die Nachrichten von draußen. Wenn Blauauge fort war, schlich er zu ihr ins Haus und berichtete von den Ereignissen in Coro.

Die Einheimischen nannten den Neuankömmling Rotbart. Rotbart war krank. Nicht krank vom Meer wie viele, die hier ankamen, sondern besessen von einem der Dämonen, die die Hellgesichter aus ihrer eigenen Heimat hierher brachten. Er spuckte kein Blut und wurde nicht von Fieberschauern geschüttelt. In ihm gärte die Goldgier und trieb ihn um wie einen Ungeist. Das war keine gute Voraussetzung für die Statthalterschaft in diesen Breiten.

»Zumindest ist Seissenhoffer gegenüber Sarmiento legitimiert. Er hat einen Gouverneursbrief des Indienrats aus Sevilla dabei«, erklärte Blauauge, als er von einer Besprechung zurückkam – doch sein unruhiges Auf und Ab zeigte Mayana, dass Blauauge ganz und gar nicht beruhigt über diese Tatsache war. Halbe Abende lang trieb es ihn von einer Seite des Hauses auf die andere. Dabei murmelte er vor sich hin, als rede er mit sich selbst – und er begann wie Joaquin zu trinken. Wenn auch in Maßen.

Regelmäßig befahl Blauauge ihr, sich auf den Bauch zu legen, damit er die Karte auf ihrem Rücken studieren konnte. Stundenlang überlegte er, was die Zeichen auf der Scheibe bedeuten konnten, fand jedoch einfach keine sinnvolle Erklärung. Seine

Flüche endeten in immer heftigeren Ausbrüchen. Hatte er sie auf dem Schiff noch zärtlich behandelt und geschworen, dass niemand sie je wieder erniedrigen würde, so ließ Blauauge seiner Wut nun immer öfter freien Lauf, indem er gewaltsam in sie eindrang. Hätte sie sich gewehrt, hätte er sie geschlagen. Sie ließ es über sich ergehen wie die regelmäßigen Schauer, die die Regenzeit einläuteten.

Mayana spürte die Unruhe in der Siedlung beinahe körperlich. Die Bergmänner, die erwartet hatten, Gestein vorzufinden, um Stollen graben und Gold oder Silber oder zumindest Kohle fördern zu können, waren zur Untätigkeit verdammt. Federmann wollte aufbrechen – je eher, desto besser –, doch er hätte die Verträge mit seinen Herren gebrochen, wenn er einfach losgezogen wäre. Außerdem hätte er die Herrschaft in Neu-Augsburg Sarmiento überlassen – und dem Adelantado wollte er weiß Gott keinen Gefallen tun. Nur sie selbst war gelassen, obwohl Blauauge die beste Zeit, die Trockenzeit des Landes, verstreichen ließ. Sie würde ihn selbst während der Regenzeit begleiten, wenn der Sommer in einigen Wochen anbrach, wenn es jeden Tag mehr regnete, wenn die Wege kaum mehr begehbar waren. Aber das wusste Blauauge nicht, und sie würde es ihm auch nicht sagen. Bis dahin durfte er sie in seinen Wutausbrüchen auf den Boden werfen und ihr das Metallstück in den Rücken drücken. Er würde niemals herausfinden, wie es zu benutzen war.

Zeit war alles, was sie momentan besaß, Zeit im Überfluss. Geduld war ihr Mittel der Wahl. Geduld war die Tugend der Jäger. Geduld war den Frauen gegeben, die neun Monde auf ihren Nachwuchs zu warten hatten. Geduld war das Zauberwort in dieser Welt, im Dschungel. Mit Geduld schoben sich die riesigen Bäume ins Licht, mit Geduld holte sich der Jaguar seine Beute, mit Geduld verschlang die Anakonda selbst die größte Beute. Sie würde Geduld aufbringen müssen, denn allein würde sie niemals den Weg zu Francesco de Ulate schaffen.

»Soll ich dir nicht die Fesseln lösen?«, fragte Tayento, der neben ihr hockte, die Waffen griffbereit, und sie ansah.
Seit sie wieder Land betreten hatte, seit sie ihre Heimat unter den Füßen spürte, hatte sie alles abgelegt, was sie an die andere Welt über dem großen Wasser erinnerte. Sie war wieder zu dem geworden, was sie einmal gewesen war.
»Nein, mein Freund. Die Zeit hat sich noch nicht beruhigt. Lass noch eine Weile vergehen.«
Das war leicht gesagt, denn die eisernen Kettenglieder, vor allem der Ring um den Hals, begannen zu rosten und hinterließen Aufschürfungen. Wenn Blauauge an den Eisen riss, schabte er ihr ganze Hautstücke vom Leib, deren Wunden sich entzünden und den baldigen Tod bedeuten konnten. »Noch nicht. Aber bald.«
Schiffe waren gekommen und hatten neue Mannschaften an Land gespuckt. Blauauge war nervös. Sein Drang, endlich aufzubrechen, schien seinen Leib geradezu bersten zu lassen vor Tatkraft – und doch war er zur Tatenlosigkeit verdammt. Und das machte ihn krank.
Tayento stand auf und horchte in den Dschungel hinein. Mayana hatte kein Geräusch vernommen, aber sie wunderte sich nicht. Tayento war nicht nur ein Jäger mit einem feineren Gehör als ihres, er war auch ein Schamane. Was er nicht hörte, das spürte er an den Schwingungen, die alle Veränderungen dem Urwald mitteilten. Mit diesen Schwingungen war er verbunden. Tayento wusste Veränderungen vorherzusagen, so sicher, als habe er sie selbst gesehen.
»Heute kann ich dich noch mitnehmen. Morgen möglicherweise auch noch. Übermorgen ist es zu spät, vielleicht auch für dich, denn der Gobernador kehrt zurück.«
»Welcher Gobernador?« Mayana verstand zuerst nicht. »Seissenhoffer? Federmann? Sarmiento?«
»Micer Ehinger«, sagte er und senkte die Stimme, »der Grausame!«
Mayana wusste, was er meinte. Ambrosius Ehinger war ein Bru-

der des Welser-Faktors aus Sevilla. Wenn sie es recht behalten hatte, dann hatte er mehrere Jahre in Santo Domingo auf Hispaniola die Geschäfte der Welser'schen Unternehmung geführt, bis er hier zum Statthalter ernannt worden war. Doch er war der Gier des Goldes verfallen. So schlimm wie keiner vor ihm. Er organisierte Feldzüge von größter Grausamkeit. Wenn er ein Dorf überfiel, ließ er die Dorfvorsteher, die Kaziken, an den Beinen aufhängen und ihnen die Haut in Streifen vom Leib schneiden, damit sie ihm verrieten, wo das Dorf seine Goldschätze versteckt hatte. Oftmals verbrannte er ein ganzes Dorf mit Männern, Frauen und Kindern, wenn er glaubte, sich dadurch Respekt zu verschaffen. Er war ein Teufel, in dessen blutunterlaufenen Augen zu lesen war, dass er nur noch an Gold dachte. Ukatscha, der schwarze Dämon der Gier, hatte sich in ihm eingenistet und fraß ihn von innen auf.

»Nimm mich mit«, bat sie plötzlich. Sie wollte Ambrosius Ehinger nicht begegnen.

Als sie Tayento ansah, loderte in seinem Blick derselbe Hass, der in ihren Gedanken brannte. Sie beide waren die Einzigen, die das Massaker damals überlebt hatten, das ihr Dorf zerstört, Mayanas gesamte Familie in den Tod gerissen hatte. Das Massaker, das der Schlächter Ambrosius Ehinger damals begangen hatte.

»Er ist unsterblich. Nur ein Dämon kann einen Dämon besiegen!«, sagte Tayento. Er zeigte ihr vier Finger einer Hand – und Mayana wusste Bescheid. Mindestens viermal hatte der Krieger und Schamane versucht, den Statthalter von Coro zu ermorden. Jeder Pfeil, den er losgeschickt hatte, hatte den Mann verfehlt – und Tayentos Pfeile verfehlten sonst niemals ein Ziel.

»Ich hole dich«, sagte er noch, dann war er verschwunden. Er kam und ging wie der Wind, der durch die geflochtenen Wände wehte, lautlos, ohne dass man seiner gewahr wurde.

3. KAPITEL

Federmanns Männer, allen voran Hemmler, hatten den Mann nach mehreren Wochen gut eine halbe Tagesreise von Neu-Augsburg entfernt aufgespürt. Wie alt der Mann tatsächlich war, vermochte niemand genau zu sagen. Er konnte ebenso gut fünfzig wie hundert Lenze zählen.

Seine Augen waren schmale Schlitze, in denen gelbliche Augäpfel staken, deren Ränder entzündet waren. Das Gesicht war von Falten durchzogen, und die Haut seiner Oberarme und Oberschenkel hing schlaff und wie unnütz an den Knochen – doch er saß aufrecht und beweglich vor ihnen auf einer Matte aus geflochtenen Rindenstreifen.

Im Hintergrund der Hütte kauerte ein weiterer Einheimischer. Hemmler hatte ihn eingefangen. Jetzt zielte Federmann mit einer geladenen Pistole auf ihn. Die Arme waren dem Kerl auf den Rücken gebunden und mit den Beinen verschnürt worden. Er lag verpackt wie ein Warenballen in der Ecke. Es war entweder der Sohn oder der Schwiegersohn des Kaziken. Über Mayana hatte er ihm mitteilen lassen, dass er ihn freilassen würde, wenn er erführe, was er wissen wollte. Stumm saßen sie einander eine Zeit lang gegenüber. Der Dorfhäuptling auf seiner Matte, Federmann auf einem niederen Holzstuhl, damit er nicht auf der Erde hocken musste. Sie schätzten sich gegenseitig ab. Schließlich reichte der Ulmer dem Alten ein billiges Messer als Geschenk. Dieser nahm es kopfnickend entgegen, betrachtete es, ohne wirklich neugierig zu sein, und steckte es wie selbstverständlich in seinen Bauchriemen, das einzige Kleidungsstück, das er trug.

»Mayana, setz dich neben mich. Kannst du ihn verstehen?«

Mayana hatte er auf diese kleine Expedition mitgenommen, weil er sie als Dolmetscherin brauchte; von Sarmientos Leuten wollte ihm niemand übersetzen. Mayana gehorchte. Sie legte es nicht mehr darauf an, an der Kette aus ihrer Ecke gezerrt zu werden. Sie tat stets, was er von ihr verlangte.

»Frag ihn, ob er weiß, woher diese Gegenstände stammen«, sagte Federmann. »Frag ihn, woher er das Gold nimmt.«
Er legte drei Figuren, die sie im Dorf gefunden hatten, vor dem Mann auf den Boden. Sie waren kaum fingergroß, jedoch aus purem Gold und von einem angenehmen Gewicht.
Mayana sprach den Alten an, und der wiegte zuerst den Kopf, als müsse er sich überlegen, was er sagen sollte.
»Er soll mir meine Fragen beantworten, verdammt«, drängte Federmann.
Draußen rauschte ein Regenschauer nieder und trommelte energisch auf das Dach der Hütte. Sofort war die Luft so feucht, dass man das Wasser auf den Lippen spürte.
So wie der Regenschauer prasselte jetzt eine ganze Flut von Worten auf Mayana ein, die den Blick senkte und kein Wort davon wiedergab.
»Ich habe dich mitgenommen, damit du mir übersetzt!«, blaffte Federmann sie an.
»Er nicht wissen, was sagen.« Mayana brauchte nur diese fünf Wörter für die ganze Suada von Sätzen, die der Alte von sich gegeben hatte.
»Du sollst übersetzen, nicht abkürzen«, fluchte Federmann. »Sag mir«, er sprach langsam und betonte Wort für Wort, »was er *sagt*, nicht, was er meint!«
Der Ulmer spürte, wie er langsam die Geduld verlor. Dabei war ihm bewusst, dass es seine eigene Unzulänglichkeit war, die ihn verärgerte. Kein Wort verstand er von dem, was der Kazike von sich gab. Er war auf die Übersetzung angewiesen – und deren Wahrheitsgehalt konnte er nicht überprüfen. Ja, er konnte sich nicht einmal auf Mayana als Übersetzerin verlassen.
Da öffnete sich Mayanas Mund, und tonlos, als erwarte sie eine Strafe, erzählte sie ihm, was der Alte gesagt hatte.
»Er sagen, dir nicht gehören Figuren. Du sie gestohlen. Er dich dafür in Wald wünschen. Götter von Dschungel dir Würmer in Haut stecken. Würmer Inneres auffressen und lachen. Du sollen …«

»Es genügt!«, fuhr der Feldhauptmann dazwischen und sprang auf. Er sah die Blicke, die beide miteinander tauschten. Ihm war die Lage, in der er sich befand, durchaus bewusst. Von Mayana abhängig zu sein gefiel ihm ebenso wenig wie die Tatsache, dass der Alte ihn offenbar nicht mochte. Dennoch durfte er sich nicht von den beiden vorführen lassen.

»Hemmler!«, schrie er nach draußen. »Bring einen der Kerle rein. Möglichst einen mit Bemalung.«

Federmann setzte sich wieder, dann zog er sein Schwert aus der Scheide. »Übersetz!«, befahl er Mayana barsch. Dann wandte er sich an den Kaziken. »Sieh her, Alter! Du kannst mich beschimpfen, das trifft mich nicht. Aber du sollst auf meine Fragen antworten. Auf jede Frage, die du nicht beantwortest, werde ich folgendermaßen reagieren.«

Federmann stand auf. Hemmler hatte einen der Krieger ins Hütteninnere gestoßen. Der Regen hatte die rote Erde, mit der er bemalt war, beinahe weggewaschen. Der Mann stand aufrecht da, mit auf den Rücken gebundenen Armen. An den Ellenbogen waren sie verschnürt, was die Brust überdehnte und spannte. Mit einer einzigen gleitenden Bewegung hob Federmann sein Schwert und stieß dem Mann die Klinge von unten durch das Zwerchfell ins Herz. Man hörte die Haut reißen und die Luft in den Lungenraum strömen. Der Mann sah ihn überrascht an und stand noch kurze Zeit aufrecht da. Nur langsam schien er zu begreifen, dass er sterben würde. Schließlich sackte er wortlos in sich zusammen.

Ungerührt hatte der Kazike der Demonstration zugesehen. Nur Mayana war blass geworden und zitterte.

Federmann wischte die Klinge am Schurz des Kriegers ab. »Hemmler, bring ihn raus«, befahl er erneut, und zwei Mann seiner Truppe schleppten den Sterbenden nach draußen.

Der Ulmer deutete in die Ecke, wo das verschnürte Stück Mensch lag und nach Atem rang.

»Er ist der Nächste!«, sagte er ruhig. »Also, woher stammen die

Figuren?« Mayana musste diese Frage nicht mehr übersetzen. Der Alte hatte ihn auch so verstanden.

Der Kazike betrachtete Federmann aus seinen wässrig eitrigen Augen und begann sogleich zu reden. Er sprach ruhig, als sei nichts geschehen. Dabei deutete er nach Süden und schüttelte die Hand, was wohl so viel bedeutete wie: »Weit dahinter, hinter den Bergen, weiter im Süden.« Der Ulmer betrachtete jede Geste, jedes Mienenspiel, weil er glaubte, darin Lüge oder Trug zu entdecken, doch der Alte erzählte so ungerührt, als wolle er ihm erklären, dass der Regen vor der blattgedeckten Rundhütte bald nachlassen würde.

Endlich begann Mayana zu übersetzen, und Federmann saugte die Worte begierig in sich auf.

»Weit im Süden«, gab Mayana die Erzählung des Kaziken wieder, »gibt es Volk, großes Volk. Große Stadt. Viele Menschen. Händler. Leben an großem Meer. Südmeer. So weit das Meer, niemand kennt Ende. Dort früher graben gelben Stein aus Erde. Sie uns geben kleine gelbe Steine für Essen und Muschelschalen und Körbe. Wir geben viele Körbe, viel Muschelschalen, viel Essen für kleine Figur. Wir machen daraus Geisterfamlie: Geistermann und Geisterfrau. Nur zu zweit friedlich. Wenn getrennt, böse.«

»Er soll den Weg aufzeichnen!«, flüsterte Federmann heiser, und Mayana übersetzte bereitwillig.

Was der Alte da erzählte, hatte er von Mayana schon gehört. Sie hatte offenbar die Wahrheit gesprochen, und dieser Ulate hatte vermutlich den Weg gefunden. Jetzt galt es Ulate zu finden oder selbst den Weg zu diesem Goldparadies zu entdecken.

Der Kazike unterbrach seine Erzählung, legte den Kopf schief und redete eindringlich auf Federmann ein.

»Zu gefährlich, er sagen«, übersetzte Mayana holprig. »Viele Feinde. Viele Stämme. Langer Weg.«

»Er soll mich nicht warnen, er soll mir den Weg aufmalen, verdammt!«, knurrte Federmann.

Der Kazike zog das Messer aus dem Gürtel, das ihm Federmann

geschenkt hatte, glättete und säuberte damit den Lehmboden und ritzte dann eine Zeichnung ein, die Federmann den Schweiß auf den Rücken trieb. Sie glich der Zeichnung auf seiner Goldscheibe.

Er musste mehrmals schlucken, und in seinen Ohren rauschte es wie der Regen draußen vor der Rundhütte.

Der Mann vor ihr war ein Erzähler. Die Dorfgemeinschaft hatte ihn ausgewählt, weil er reden konnte, weil er in der Lage war, Geschichten zu erzählen, weil er erfinden konnte.

Nur kurz wechselten sie und der Schamane vor ihr einen Blick, und sie wusste, dass Blauauge erfahren würde, was er wissen wollte.

»Was will es von mir, dieses Blassgesicht?«, fragte sie der Alte. »Soll ich ihm Lügen erzählen, oder glaubt er meinen Wahrheiten?«

Mayana blickte zu Boden. »Er glaubt an nichts, außer an Gold, Vater.«

Sie nannte ihn Vater, weil sein Alter so ehrwürdig war, dass er der Vater dieses gesamten Stammes hätte sein können. Es war eine Ehrbezeichnung, die der Alte kopfnickend entgegennahm.

Offenbar hatte er Erfahrung mit dieser Art Menschen, denn er murmelte etwas wie »Sie werden noch die Sonne schmelzen in ihrer Gier« vor sich hin.

Dann begann er davon zu erzählen, dass er zwar gehört hätte, das Gold käme aus den Hochlanden im Norden, er diese jedoch selbst niemals zu Gesicht bekommen habe. Auch habe er von einem Kaziken vernommen, der sich ganz mit Goldstaub bepudern lasse, um ihn sich dann durch einen Sprung in den See abzuwaschen, den Parime-See, der auch irgendwo im Norden liege.

»Das wird Blauauge nicht gefallen. Er will Wege wissen. Er wird wie Ambrosius Ehinger aufbrechen wollen. Du musst ihm ein genaues Ziel nennen. Er glaubt zudem nicht an die Geschichten aus dem Norden. Er hat vom Südmeer gehört.«

Der Alte murmelte vor sich hin. »Wenn ich ihn losschicke und er nicht zurückkehrt, werden andere folgen. Jedes Gerücht, das wir in die Welt setzen, bleibt in der Welt und breitet sich aus wie ein Geschwür. Wir können es nicht wieder zurücknehmen. Unsere Welt ist nicht so beschaffen, dass man die Dinge nachprüfen könnte. Was die Wälder verbergen, ob es nun Gerüchte sind oder Menschen, geben sie nur ungern wieder frei.«

Mayana wusste um diesen Umstand. Viele Generationen waren im Wald verschwunden. Auch das sagenhafte Volk, das das Hochland bewohnt und dort vor unzähligen Generationen gelebt haben sollte, war im Wald versunken und vom Blattgrün und von den Wurzeln bedeckt worden. Vereinzelt erzählten Jäger von Bauwerken aus Stein, von Lagerplätzen oder Steinkreisen, auf die sie inmitten der Wildnis gestoßen waren, ohne sie deuten zu können. Andere berichteten von Begegnungen mit den Menschen, offenbar den letzten Nachkommen des geheimnisvollen Volks, das mit kleinen Sonnensteinen Nahrungsmittel bezahlte. Kaum jemand hatte jedoch je deren Jagdgebiet betreten. Es blieben Gerüchte, wie sie die langen Abende an den Feuern der Lager hervorbrachten.

Der Wald gab frei, und der Wald verbarg.

Was ihr Herr über die goldenen Figuren wissen wolle, könne er ihm nicht sagen, betonte der Alte, weil er nichts davon wisse. Er könne nur Geschichten erzählen.

Mayana übersetzte, was ihr einfiel. Und daher erzählte sie, was sie selbst von ihrem Schamanen gehört hatte.

Oftmals, begann sie Federmann gegenüber zu erklären, besitze ein Stamm diese Figuren aus Gold seit hundert oder zweihundert Sonnendurchgängen, und niemand könne mehr sagen, woher genau sie stammten. Waren sie eingetauscht worden, waren es Geschenke gewesen, waren es Beutestücke? Wer wollte das noch wissen. Sie waren in den Besitz des Stammes gelangt und wurden schon von Schamane zu Schamane weitergegeben, lange bevor das Gedächtnis des Stammes einsetzte.

»Die Wünsche deines Herrn sind übergroß«, sagte der Alte. »Wenn er die Sonnensteine liebt, an ihnen hängt und sie begehrt, bringt es ihm in diesem Leben nur Jammer und Unglück ein.«

»Er besitzt diese Einsicht des Alters nicht, Vater«, antwortete sie ihm.

»Dann muss er lernen. Schick ihn hinein in den ewigen Wald. Soll er dort laufen und suchen. Vielleicht zeigt ihm der Wald ein Geheimnis, das ihn zufriedenstellt.«

Und Mayana legte ihre eigenen Wünsche in den Bericht, den sie Federmann lieferte. Sie wollte Ulate wiedersehen. Deshalb musste sie nach Süden.

Im Süden, so übersetzte sie scheinbar, über den Bergen, die Pässe hinauf, die kein Mensch des Waldes überwinden könne, dort läge das Geheimnis, verborgen von der Zeit.

Der Alte nickte, als sie ihm die Geschichte weitererzählte, die Blauauge von ihr hörte, und bestärkte sie darin weiterzumachen. Sie könne ihm ja von den Steinkreisen erzählen, ermunterte sie der Schamane, von den Stätten der Sagen, an denen die Menschen gelebt hätten, die den Sonnenstein noch ergraben hätten.

»Er wird im Dschungel den Tod finden, Vater.«

»Auch das ist ein Geschenk. Mancher erleidet ihn nur. Andere jedoch erfahren ihn als ein Mysterium. Einzugehen in die Welt des blutenden Mondes ist nicht jedem vergönnt.«

Sie hätte sich gerne mit dem Alten weiter besprochen, hätte gern übersetzt, was er wirklich zu sagen hatte, doch Blauauge wollte nur eines wissen: Woher das Gold kam.

Und dafür tötete er.

»Wem das Leben nicht heilig ist, der spielt mit den Geistern des Waldes. Selbst der Jaguar respektiert das Leben. Sein Tod, Tochter«, sagte der Alte und blickte auf den toten Krieger vor der Hütte, »führt die Bleichhaut ins Verderben. Geh dieser goldgierigen Schlange aus dem Weg. Er wird auch dich töten«, betonte er, »wenn du ihm nicht erzählst, was er hören will. Denn das ist es, was der Unerfahrene am meisten liebt. Seine eigene Geschichte. Sie ist ihm vertraut.«

Und so erzählte Mayana Blauauge weiterhin Geschichten, die des Schamanen und ihre eigenen, damit er nach Süden gehen würde, zu Ulate. Und sie teilte dem Alten mit, was sie an die Weißhaut weitergab, was der Schamane mit einem zufriedenen Kopfnicken beantwortete. Blauauge – das bemerkte sie – nahm dies als Bestätigung, dass ihre Übersetzungen der Wahrheit entsprachen.
Mayana begann also vom Südmeer zu berichten. Sie flocht die Geschichten, die sie von Bertram und den anderen gehört hatte, in ihre Erzählung ein und schuf daraus eine neue, eine andere Geschichte, die sie mit den Berichten ihres Volkes über die geheimnisvollen Waldmenschen schmückte. Und all dies verfolgte nur das einzige Ziel, Blauauge nach Süden zu locken, dorthin, wo Ulate hoffentlich noch lebte.

Spitze Schreie gellten durch die Siedlung, und von überall her liefen die Menschen zusammen. Zuerst wusste Federmann nicht, was geschehen war. Er rannte wie alle auf die Straße und folgte dem Lärm, der ihn zum Marktplatz führte. Dort versammelten sich die wenigen Männer. Am Rand des Platzes kauerten Frauen und Mädchen. Kinder liefen kreuz und quer und spielten Fangen. Sie alle schwatzten und riefen durcheinander. Zwischen zwei Gebäuden, die den Versammlungsort Neu-Augsburgs von dem rückwärtigen Wald trennten, glaubte Federmann die geisterhaft bunte Bemalung seines ungebetenen Besuchers zu erkennen, doch ein leichtes Blinzeln ließ den Eindruck verblassen. Nichts war dort zu sehen als das buntfarbene Gewirr der Wildnis.
Etwas ratlos und verwirrt stand er inmitten von Soldaten und Bergleuten.
»Wisst Ihr, was hier vor sich geht, Federmann?« Triebl war an ihn herangetreten und fasste ihn am Arm.
Sie hatten sich kaum mehr etwas zu sagen, der Führer der Bergleute und er. Von daher verwunderte Federmann die Frage. Sie hatten sich lange nicht gesehen, gingen sich aus dem Weg.
»Nein. Wisst Ihr es?«

Der Bergmann schüttelte den Kopf.
»Wie ein Bienenschwarm«, fluchte der Ulmer, den die Unruhe ansteckte. Es kribbelte ihn am Körper, als würden ihm Ameisen die Beine hochlaufen. »Wenn ich sie nur verstehen könnte.«
»Dort kommt Sarmiento. Fragt ihn.« Triebl deutete auf den Adelantado, der mit düsterer Miene und auf dem Rücken verschränkten Armen die Straße herunterstolzierte. Er hatte die Zeichen der Statthalterwürde angelegt, eine samtene Schaube und eine Amtskette.
»Pfau!«, zischte Federmann.
»Neid ist eine der sieben Todsünden, mein Sohn.« Auch der Pater hatte sich eingefunden. Die Mönche hatten am Rande der Siedlung ein kleines Kloster übernommen und waren dabei, es auszubessern und durch neue Gebäude zu erweitern. Anfänglich hatten alle Geistlichen in einem einzigen Raum gewohnt. Acht Wochen später deckten sie das Dach der Kirche mit angeschlossener Sakristei und bezogen ein Konventsgebäude mit Einzelzellen.
»Was wisst Ihr über den Auflauf, Pater?«
»So viel wie Ihr, Federmann.« Er betrachtete ihn von der Seite. »Ihr seid ein Ungeduldiger. Das vergiftet Euch die Galle, glaubt mir.« Er hob den Kopf und ließ seinen Blick über die Menschenmenge gleiten. »Keine Einheimischen«, murmelte er. »Ist Euch das auch schon aufgefallen? Nur Spanier und wir.«
Verblüfft musterte Federmann die Siedlungsbewohner. Tatsächlich war kein Caquieto, wie sich die Einheimischen selbst nannten, zu sehen.
Als Letzter fand sich Bertram ein. Seine Miene war verschlossen.
»Du würdest nicht so finster dreinschauen, wenn es nicht schlechte Nachrichten gäbe, mein Freund«, begann Federmann. Er ließ die Umgebung nicht mehr aus den Augen. Mittlerweile verfluchte er den Umstand, keine Waffen angelegt zu haben. Wieder war er in eine Situation geraten, die er nicht einschätzen konnte, wieder lag sein Rapier außer Reichweite. »Sprich!«, forderte er Bertram auf.

»Ehinger zieht ein!«
Federmann stutzte und musste zuerst überlegen, wer damit gemeint war.
»Ehinger? Du meinst den Gouverneur?«
Bertram nickte. »Kein Spaß, mein Freund. Der Vater aller Grausamkeiten. Nichts und niemand ist ihm heilig – und mir wäre es ganz recht gewesen, wenn er im Dschungel verfault wäre.«
»Ts, ts, ts!«, mischte sich der spanische Adelantado ein. »Lasst ihn das nicht hören. Er hat Männern schon wegen geringerer Nachrede die Eier schleifen lassen.« Der Spanier huschte an ihnen vorbei und berührte sie mit seiner für diese Hitze und die Feuchtigkeit, die in allem hing und alles vermodern ließ, viel zu schweren Amtsschaube. Er trug sie, weil Seissenhoffer zu schwach war und Federmann sich nicht mit ihm darüber streiten wollte, wer jetzt den neuen Gobernador vertrat.
»Soll Euch das Samtmäntelchen vom Leib faulen!«, zischte ihm Federmann hinterher.
»Ach, Federmann, ich befürchte, Ihr werdet es Euch mit Eurer ewigen Seligkeit verscherzen. Wieder eine Todsünde«, seufzte Fra Enrico.
»Ihr habt den Gobernador nicht kennengelernt wie ich«, warf Bertram ein. Er zog Federmann beiseite. »Du musst Mayana fortbringen. Wenn Micer Ehinger erfährt, dass sie hier ist und eine Karte auf ihren Rücken tätowiert wurde, die womöglich das Goldland zeigt, wirst du sie lebend nicht wiedersehen.«
Überrascht hob der Ulmer den Kopf. »Das sagst du mir jetzt?«
»Alle haben gedacht, der Welser-Beauftragte sei im Dschungel verschollen«, entgegnete Bertram.
Federmann musste zugeben, selbst schon daran gedacht zu haben. Er nickte. »Als wir Ende März hier eingetroffen sind, war er bereits ein halbes Jahr unterwegs, und jetzt haben wir Anfang Mai. Das bedeutet, er war acht Monate im Dschungel. Dass Gerüchte über seinen Tod entstanden sind, wundert mich nicht, Bertram.«

»Sie sind aus der Welt geschafft, mein Freund«, antwortete Bertram gequält.
»Woher wissen alle, dass er kommt? Ich sehe und höre nichts«, sagte Federmann.
Bertram grinste. »Du wirst bald feststellen, dass die Indios hier über einen sechsten Sinn verfügen. Sie halten die Nase in den Wind und spüren, wann er sich drehen wird. Mit Joachim war ich einmal unterwegs, und unser Führer hat sich immer, noch bevor ihm der Rauch des Lagerfeuers ins Gesicht wehte, umgesetzt. Er wusste es, bevor es geschah! Das war höchst erstaunlich. Sie sind mit diesem Klima, mit diesem Wald verwachsen. Manchmal glaube ich, sie sind wie die Bäume mit Wurzeln an diesen Wald gefesselt.«

Mayana lauschte in den Lärm der Ankunft hinein. Sie fürchtete Micer Ehinger. Joaquins Flucht in seine Heimat hatte mit diesem Mann zu tun.
Die Ankunft des Konquistadors war ein aufsehenerregendes Ereignis. Obwohl sie nichts sah, sondern nur hörte, wusste sie, wie alles ablaufen würde. Die Bewohner würden ihm vom Marktplatz aus entgegenziehen. Vor der Stadt würde es ein großes Begrüßungsfest geben, eine Messe würde gelesen werden, während alle ungeduldig darauf warteten, in den Ort einziehen zu können. Gegen Abend schließlich käme man endlich auf dem Marktplatz zusammen. Dort würden sich die Helden des achtmonatigen Zuges erneut versammeln, wie zerlumpt und krank sie auch waren. Die Träger würden auf den Platz hinaustreten und ihre Lasten absetzen, doch in der Mitte würde eine freie Fläche bleiben. Dort hinein würde Ambrosius Ehinger die Gegenstände bringen lassen, deretwegen er die Reise angetreten hatte: Goldschmuck, Goldbecher, Goldreifen … Die Barriere aus Lasten sollte die Menschen daran hindern, zuzugreifen und sich selbst zu bedienen.
Sie spürte Tayentos Anwesenheit, bevor er sich durch eine Lücke in der Flechtwand schob. Er sah sie aus dunklen Augen an. »Der Schlächter ist gekommen.«

Mayana spürte das Kribbeln, das diese Nachricht in ihr auslöste. »Er ist jedoch krank. Die Schiffe des Rotbärtigen liegen noch vor Anker. Mit ihm könnte er nach Santo Domingo reisen und sich erholen. Doch die Krankheit macht ihn unberechenbar.«
Tayento hielt eine Zange in der Hand. Mit ihr wurden normalerweise Nieten aus Kettengliedern entfernt. Mayana zögerte, ob sie es tun sollte, und fragte sich, welche Konsequenzen sie zu erwarten hatte. Doch der Gobernador würde von ihr hören. Er würde wissen, dass sie zurückgekommen war. Von Almaviva würde er zwangsläufig erfahren, dass sein gehorsamer Scherge Almaviva sie wieder in ihre Heimat zurückgescheucht hatte. Er würde kommen und sie mit sich nehmen, egal wie stark Federmann sich dagegen sträubte. Damit dies nicht geschah, musste sie fliehen.
Einem spontanen Entschluss folgend, hielt sie Tayento die Kettenglieder an ihren Händen entgegen. Er setzte die Zange an und stemmte sich mit aller Kraft dagegen. Die erste Niete sprang durch die Luft und schlug in das Wandgeflecht. Auch die Niete im Halsring ließ sich nach wiederholter Anstrengung ziehen.
Als sie das Gewicht der Ketten nicht mehr spürte, hatte Mayana das Gefühl zu wachsen, über das Haus hinaus und bis hinauf in die Wipfel der Palmen.
Tayento streckte ihr die Hand entgegen, doch Mayana schüttelte nur den Kopf. Da zog er aus seinem Köcher zwei Pfeile für das Blasrohr. Er reichte sie ihr und neigte den Kopf.
Mayana fühlte sich wie zerrissen. Noch rief sie der Wald nicht, aber die Welt, zu der Joaquin gehört hatte, hatte sie bereits ausgespuckt. Sie schwebte irgendwo dazwischen.
Sie betrachtete die beiden Pfeile, deren Spitzen schwarz waren vom Gift, in das sie getaucht worden waren. Sie wickelte die Spitzen in ein Stück des Leders, das sie als Schmuckgürtel um den Bauch trug und dessen Latz ihre Scham verdeckte. Wenn Blauauge sie noch einmal berühren sollte, würde sie ihn töten.

Federmann sammelte Informationen. Jeden Tag brachten Hemmler oder Triebl einheimische Männer zu ihm, die angeblich etwas über den Weg zum Gold wussten. Er hatte eine Karte vor sich ausgebreitet und trug jeden noch so kleinen Hinweis darauf ein. Mayana saß neben ihm. Sie übersetzte.

Sie bemitleidete ihn wegen dieser Sammelwut, denn sie füllte seinen Tag aus, und selbst in der Nacht warf er sich unruhig hin und her und murmelte Namen und Begriffe vor sich hin.

Er fragte die eingeschüchterten Männer detailliert aus. Er ließ sich erzählen, wo ihre Kultur ihre Wurzeln hatte, nahm begierig die Berichte von großen Reisen auf, die von manchen ihrer Vorfahren unternommen worden waren.

Und Mayana musste all die wirren und gestotterten Geschichten verständlich wiedergeben.

»Sieh her«, sagte Federmann und deutete auf die Karte, »hier hinter dem Gebirgszug muss es liegen, das Land, aus dem das Gold kommt. Irgendwo dort im Süden befindet sich ein gewaltiges Meer, eine Wasserfläche so groß, dass eines Menschen Auge ihr gegenüberliegendes Ufer nicht sehen kann. Es ist das Südmeer, von dem alle berichten, auch wenn noch keines Mannes Fuß sein anderes Ufer je betreten hat. Im Vertrag meiner Herren, der Welser, mit dem spanischen König ist es die Grenze Klein-Venedigs. Geht man jedoch das Ufer des Südmeeres entlang nach Westen, wird man auf eine Stadt stoßen.«

Mehrmals musste Mayana sich über diese Stadt bei den Einheimischen erkundigen, und immer wieder berichteten sie, dass sie von den großen Geistern der Vergangenheit erbaut worden sei.

»Mit goldenen Toren, so erzählt man bei uns«, sagten die Männer. »Mit schimmernden Dächern aus goldenen Ziegeln.«

Der Ulmer lauschte den Erzählungen und wunderte sich, dass von Ziegeln die Rede war, schließlich kannten die Indios nur Blätterdächer, aber gerade diese Aussage überzeugte ihn. Denn wie hätten sich die Männer etwas ausdenken können, das sie gar nicht kannten?

Die fantastischen Schilderungen wurden mit jedem Tag glanzvoller – ein unermesslicher Reichtum schien hinter den Hügeln und Pässen auf ihn zu warten.
Jeder Mann, der ihm von der Goldenen Stadt, vom Goldenen Kaziken oder auch nur von der Herkunft des Goldes, das sie dann und wann zu Gesicht bekamen, erzählte, erhielt ein Messer oder bunte Glasperlen, Stoffe oder ein Beil, Lanzenspitzen oder ähnliche Geschenke, sodass die Männer nach einer Woche nicht mehr gezwungen werden mussten herzukommen, sondern dies freiwillig taten.
»Woher du wissen, ob das, was Männer sagen, stimmt?«, fragte Mayana ihn eines Tages.
»Ich weiß es natürlich nicht. Aber die Ähnlichkeit der Berichte sagt mir, dass es einen wahren Kern geben muss: die Goldene Stadt oder den Goldenen Kaziken.«
Mayana nickte. Blauauge hatte recht. Sie ähnelten sich stark, diese Erzählungen.
Am Abend musste Mayana sich im Licht der Kerze auf den Bauch legen, und Blauauge verglich die Zeichen auf ihrem Rücken mit den von ihm auf der Karte eingetragenen Hinweisen der Einheimischen. Manchmal zitterte er vor Erregung, wenn er das Gefühl hatte, dass er Verbindungen entdeckte; manchmal war er wütend, weil sich die Zeichen einfach nicht erschlossen oder ihn vor ein Rätsel stellten, dessen Lösung so weit entfernt war und doch so naheliegend zu sein schien.
Ihren Körper nahm er dabei wie selbstverständlich in Anspruch – und sie ließ es geschehen, ohne ihn zu töten.

Federmann, Bertram, Georg, Hemmler und Triebl saßen um einen Tisch.
»Micer Ehinger fiebert inzwischen jeden vierten Tag, Nicolaus«, berichtete Bertram.
»Die Familien haben Hunger«, brummte Triebl. »Seit der Kerl wieder zurück ist, haben wir zwar keine Scherereien mehr mit

diesem Sarmiento, aber auch nichts mehr zu beißen. Und die Indios sind wie vom Erdboden verschluckt. Als habe diese sandige und sumpfige Gegend sie aufgefressen.«

Federmann wusste, warum die Einheimischen sich nicht blicken ließen.

Er sah in die eine Ecke des Raumes. Dort hockte wie unbeteiligt Mayana. Vor vier Wochen hatte er sie entdeckt, ohne Ketten, ohne Fesseln. Sie war nicht davongelaufen, sondern hatte nur stumm dagesessen wie ein Vorwurf und auf ihn gewartet. Nur eine Warnung hatte sie ausgesprochen: »Bring ihn niemals hierher!«

Federmann hatte sofort gewusst, von wem sie sprach: Ambrosius Ehinger. Und er ahnte, warum sie es sagte.

Bereits in der ersten Woche hatte es Tote gegeben. Micer Ehinger war am Tag nach einem Fieberanfall auf Nahrungsbeschaffung ausgeritten. Zwar hatte er sich kaum auf dem Pferd halten können, doch wehrlose Menschen zu überfallen, war für ihn keine Anstrengung, auf die man der Krankheit wegen verzichtete.

Sie waren im nahe gelegenen Dorf Jirihara gewesen, hatten dort die Mais- und Getreidevorräte geplündert, die Schweine weggetrieben, und Micer Ehingers Männer hatten ein halbes Dutzend Indiofrauen geschändet. Wer sich zur Wehr setzte, wurde getötet. Nur die Häuser hatten sie nicht angezündet. »Damit die Armen nicht frieren«, hatte Micer Ehinger fröhlich ausgerufen und ihnen den Satz »Seid eurem Gobernador dankbar!« hinterhergeschickt.

Zum Abschluss hatte er zehn junge Männer und Frauen in Eisen schlagen lassen und als Sklaven mit zurückgeführt. Federmanns Einwand, er vertriebe damit die Einheimischen, hatte er zurückgewiesen. Man dürfe mit diesem arbeitsscheuen Gesindel nicht allzu rücksichtsvoll umspringen, sonst würde es gar nichts leisten. Auf Federmanns Frage, warum er so viele mitschleppe, wo er doch nur einen oder zwei brauche, hatte der Gobernador nur geantwortet, dass er sie regelrecht verbrauche. Dabei hätten die Frauen noch das bessere Los getroffen, denn sie sei er bald leid.

Die Männer jedoch seien Arbeit nicht gewöhnt und krepierten bei der geringsten Belastung.
Nur die Fieberschübe des Statthalters verhinderten noch Schlimmeres. Zuerst dauerten sie nur einen Tag, und er erholte sich rasch, dann hielten sie länger an, und schließlich konnte er das Bett gar nicht mehr verlassen.
»Wir müssen uns überlegen, was zu tun ist, wenn er stirbt. Selbst ein Ross könnte solche Qualen nicht lang ertragen.« Bertram versuchte, die Männer gegen den Statthalter einzunehmen.
»Nun mal langsam, Bertram. Zuerst müssen wir ihm klarmachen, dass er sich kurieren lassen muss. Das kann er nur auf Hispaniola. Das Klima ist dort nicht so heiß und feucht. Das wird er zwar selber wissen – aber manchmal muss man jemanden mit der Nase darauf stoßen«, sagte Federmann.
»Micer Seissenhoffer ist auch wieder zurück nach Santo Domingo«, ergänzte Bertram.
»Seissenhoffer hätte nie herkommen dürfen. Er war zu schwach für das Klima«, knurrte Hemmler. »Der Kerl war in den letzten Monaten so weit abgemagert, dass es aussah, als hätte er keinen Schatten mehr.«
Sie schwiegen alle betreten – niemand wollte das aussprechen, was alle dachten.
Sie waren schon dabei, die Runde aufzulösen, als sich Mayana aus der Ecke erhob und zu ihnen trat. Das hatte sie nie wieder getan, seit sie sich von den Ketten befreit hatte. Jetzt schaute sie von einem zum anderen und lächelte sie an. Dann öffnete sie ihre rechte Hand – und Federmann wurde erst jetzt gewahr, dass diese bis jetzt zur Faust geballt gewesen war. Ein kleiner Gegenstand, der gerade so groß war, dass er in ihre Handinnenfläche passte, fiel heraus und landete auf dem Tisch. Es war ein Götterkopf aus reinem Gold.
Die Runde starrte auf das Kunstwerk.
»Wo hast du das her?«, fragte Federmann.
Mayana sah ihn triumphierend an, dann spitzte sie die Lippen

und … für einen Augenblick glaubte er, sie würde ihm, dem Feldhauptmann, ins Gesicht spucken, doch dann besann sie sich und sagte nur: »Eldorado!«

Hemmler und Federmann griffen gleichzeitig nach dem Schmuckstück.

Nur Bertram ließ es merkwürdig kalt. Er sah es sich nicht einmal genauer an. »Was willst du damit?«, fragte er nur ruhig.

»Blauauge werden Statthalter. Dann …«

Federmann, der am schnellsten gewesen war und den Götterkopf jetzt in der Hand hielt, fuhr auf.

»Sie hat recht. Wir müssen ihn schnellstens dazu bringen, nach Hispaniola zu fahren, um sich dort von Ärzten behandeln zu lassen. In der Zwischenzeit braucht er einen Adelantado. Er wird mich erwählen.«

Er hielt den goldenen Kopf ins Licht der schwachen Strahlen, die die Sonne ins Hausinnere warf.

Wenn es Tage gab, an denen Entscheidungen ans Licht der Welt drängten, dann war heute ein solcher Tag. Wenn sie noch länger hier herumsaßen, würden sie sich nur in Streitigkeiten und Rangeleien verzetteln.

Er blickte Mayana nach, die sich wieder in die Ecke des Hauses verzog, aus der sie nur herauskam, wenn gegessen wurde oder sie ihre Notdurft verrichtete.

Warum hatte sie das eben getan?

»Woher hast du das Gold?«, rief er ihr nach.

Mayana blieb kurz stehen. Sie blickte über die Schulter, ohne ihre Position zu verändern oder ihn gar anzuschauen.

»Gold liegen herum! Nur auflesen!«, sagte sie, und unwillkürlich begannen die Männer umherzublicken und durch die Ritzen des Hauses auf den Boden darunter zu spähen.

Offenbar amüsierte sie das, jedenfalls begann sie lauthals zu lachen und hörte so lange nicht damit auf, bis sie ihre Ecke erreicht hatte und sich dort niederkauerte.

4. KAPITEL

Federmann stellte sich in den Stegreifen seines Sattels auf und versuchte, den Tross zu überblicken. Ein unüberschaubares, ameisenartiges Gewimmel bot sich ihm – sein Trupp sammelte sich. Etwa zweihundertfünfzig Menschen brachen auf. Die Menge mutete an wie ein lebendes Wesen, das sich aus einzelnen Teilen zusammenfügte. Hundertvierzehn Fußsoldaten hatte er dabei sowie sechzehn Reiter, ihn selbst eingeschlossen, und einhundert Träger aus den umgebenden Dörfern. Auf ihren Schultern verteilte er das Gepäck, das für den Marsch notwendig war. Neben Almaviva, der sich ihm aufgedrängt hatte, begleiteten ihn außerdem der Pater, der sofort zu dieser Konquista bereit gewesen war, mit weiteren sechs Dominikanern und Triebl mit einem Dutzend Männern. Damit sie beschäftigt seien, hatte der Führer der Bergmänner getönt. Außerdem, so Triebls Argument, sei er der Einzige, der echtes Gold von Katzengold zu unterscheiden wisse. Mayana hingegen hatte Federmann dazu verpflichtet mitzukommen.

Das unmittelbar um Neu-Augsburg herum lebende Volk der Caquietos war am schwierigsten zu überreden gewesen, sich ihnen als Träger anzuschließen. Ihre Erfahrungen mit Micer Ehinger hatten sie gezeichnet. Eine regelrechte Menschenjagd hatte Federmann deshalb veranstalten müssen – und nur Halsringe und Ketten hatten sie schließlich gefügig gemacht.

Sie sammelten sich außerhalb von Neu-Augsburg, damit die spanischen Spitzel, allen voran Sarmiento, keinen genauen Einblick in ihr Vorhaben erhielten.

Nachdem Micer Ehinger tatsächlich nach Santo Domingo abgesegelt war, hatte Federmann alles darangesetzt, selbst zu seiner ersten Goldfahrt aufzubrechen. Sein Entschluss, nach Süden zu gehen, stand fest.

»Wohin bewegt Ihr Euch?« Fra Enrico da Silva ritt an Federmann heran.

»Warum interessiert Euch das?«, fragte Federmann.

»Ihr wisst sehr wohl, warum. Ich muss Ulate finden.«

»So«, antwortete Federmann und versuchte, möglichst unbeteiligt zu wirken. »Wisst Ihr denn, wohin wir uns wenden müssen?«

»Nach Süden und in die Berge.«

»Berge? Im Süden? Wir werden nach Süden ziehen, und wenn uns zufällig Francesco de Ulate begegnet, werden wir ihn aufsuchen, Fra Enrico.«

»Nun, ich hoffe, Ihr tut das nicht nur des Goldes wegen, Federmann.«

Federmann grinste. »Wo denkt Ihr hin, Pater. Mein Sinnen und Trachten ist ganz auf die christliche Nächstenliebe gerichtet.«

Es dauerte eine gute Stunde, bis der Letzte des Trosses sein Gepäck geschultert hatte und losgelaufen war.

Federmann saß still auf seinem Ross und betrachtete den langsam vorwärtskriechenden Zug. Wie eine träge Riesenschlange bewegte sich der Wurm aus Menschenleibern, gemächlich, aber nicht ungefährlich. Sie war auf Beute aus.

Zwei Tage hatte es gedauert, bis er die Männer eingeteilt hatte, bis von ihm geeignete Unterhauptleute und Verantwortliche für Wasser und Nahrungsmittel, fürs Kochen und Holzsammeln ernannt worden waren. Er hatte Wachen benannt, hatte einen Flankenschutz organisiert und angeordnet, in welche Richtung zu marschieren war – nach Süden.

Federmann setzte sich an den Schluss des Zuges. Die ersten Tage würden sie einen alten Pfad benutzen und durch einen lichten Wald laufen. Sie würden Wasser im Überfluss haben und in den kleinen Dörfern am Wegrand ihre Nahrungsmittel auffüllen können.

Nur der Pfad verursachte von Beginn an Schwierigkeiten, da er anstieg und schmal war und sich am Rande kleinerer Wasserläufe entlangschlängelte, was die Sicherung der Flanken unmöglich machte. Die erste Woche würden sie durch ein Land ziehen, das mit den Caquietos verfeindet und zuvor angeblich noch niemals von Kolonisten betreten worden war, das Land der Xidehara. Allerdings hatten sich in den letzten Jahren spanische Sklavenjäger weit abseits der bekannten Routen in den dichten Wäldern herumgetrieben.

Mayana hatte er in seine Nähe befohlen. Er ließ sie nicht mehr aus den Augen. Am liebsten hätte er sie mit einer Kette an sein Pferd gebunden, doch wagte er es nicht, sie derart zu zwingen. Jetzt lief sie neben ihm her.

Es ging beständig bergan. Jeder Schritt, den sie zurücklegten, lag höher als der vorhergehende. So schraubten sie sich Stück für Stück den Fuß des Gebirges hinauf und drangen in die Berge ein. Im Laufe des ersten Tages brachten sie eine ordentliche Strecke hinter sich und erreichten gegen Abend eine erste Ansiedlung. Federmann hatte Dolmetscher vorausgeschickt, und so wurden sie vom Kaziken, dem Herrn des Dorfes, samt aller seiner Untertanen empfangen.

Bertram, den Federmann ebenfalls vorweggeschickt hatte, erwartete ihn am Dorfeingang, misstrauisch und mit gezückter Waffe.

»Die Begrüßung ist wenig herzlich, jedoch respektvoll, Nicolaus«, begrüßte er ihn. »Sie warten mit Geschenken auf.«

Federmann nickte, verließ aber das Pferd nicht, obwohl die Brünne, die er trug, seit dem Morgengrauen scheuerte und ihm eine offene Stelle unter der Achsel beschert hatte.

Der Kazike hatte sich mit einem Kopfputz aus Federn geschmückt. Sein Körper war rot bemalt und mit schwarzen Linien überzogen, die durch das Spiel der Muskeln gedehnt oder verkürzt wurden. Ins Gesicht hatte man ihm weiße Punkte gemalt.

So erwartete er die Reiter. Federmann konnte erkennen, dass sich der Kazike vor den berittenen Menschwesen fürchtete. Offenbar hatte er bis dahin noch keinen Reiter gesehen. Dennoch reichte ihm der Kazike eine Schale und eine kleine Figur aus Gold, die kaum handtellergroß war.

Vom Sattel herab nahm der Ulmer die Goldgegenstände entgegen.

Er betrachtete sie neugierig, drehte sie in den Händen und drängte Mayana: »Frag, ob sie selbst Minen betreiben.«
Mayana rief nach dem Dolmetscher, den sie aus Neu-Augsburg hierher mitgenommen hatten. Er beherrschte als Caquieto auch die Sprache der Xideharas. Sie selbst hatte Federmann gegenüber behauptet, nur den Dialekt der um Neu-Augsburg lebenden Caquietos zu verstehen. Tatsächlich kontrollieren konnte er das nicht und musste ihr deshalb glauben. Sie beherrschte allerdings das Spanische und konnte sich auf Deutsch sehr gut verständigen. Das gestaltete ihr Vorgehen kompliziert und würde es in Zukunft noch schwieriger machen. Jedes Volk verstand nur seine unmittelbaren Nachbarn. Irgendwann, hatte Mayana ihm prophezeit, würde er über vier, fünf oder gar sechs Dolmetscher mit den Kaziken reden müssen, bis der letzte in der Kette das Gesagte in ihrem Dialekt an Mayana und sie dies dann an Federmann weitergeben konnte.
Zwei kurze Sätze flogen zwischen dem Dolmetscher und Mayana hin und her, nachdem der den Kaziken befragt hatte, dann wusste sie Bescheid. »Nein, Herr«, antwortete Mayana prompt. »Gold nicht von ihnen.«
Federmann wog die kleine Schale und die Figur in Händen. Nur eine Figur? Traten ihre Götter nicht paarweise auf? Bedeutete eine einzige Figur nicht Unglück und Verfolgung für denjenigen, der sie besaß, weil das Gegenstück dazu fehlte?
»Wo ist die zweite Figur?«, herrschte er Mayana an, die die Frage sofort an den Dolmetscher weitergab. Offenbar wusste sie, was hier gespielt wurde.
Der Kazike zuckte mit den Schultern. Er wisse zwar, wo die zweite Figur sei, könne sie aber nicht beschaffen, da sie ihm beim letzten Überfall der Ayamanes abgenommen worden sei. Wenn der Pferdemensch – damit meine er wohl Federmann, ergänzte Mayana – jedoch ins Land der Zwerge, der Ayamanes, weiterreisen würde, fände er dort wohl das weibliche Gegenstück, das ihnen dieses kriegerische Volk, mit dem sie seit Jahren in Fehde lägen, sicher aushändigen würde.

Der Ulmer hätte über diesen plumpen Versuch, ihn für die Zwecke der Xidehara einzuspannen, am liebsten gelacht. Er blickte jedoch nur finster um sich, als sich unter seinen Trägern bei der Erwähnung des Nachbarvolkes Unruhe verbreitete. Er wollte nicht schon zu Beginn seiner Reise auf die Peitsche zurückgreifen müssen, um den Tross vorwärtszutreiben.
So ließ Federmann außerhalb des Dorfplatzes zunächst ein Lager herrichten, quartierte dort seine Männer ein, stellte Wachen auf und durchsuchte das Dorf nach Nahrungsmitteln. Alles, was essbar war, wurde im Namen seiner kaiserlichen Majestät Karls V. requiriert.
In der Nacht fand Federmann keine Ruhe. Die beklemmende Stille störte ihn, und er trat vor das Zelt und lauschte in den Hangwald hinaus. Kein Geräusch war zu hören. Nur entfernt knackten Zweige oder schrien Vögel in Todesangst.
»Was ist los?«, fragte er Mayana, die neben ihn getreten war und ebenfalls horchte.
»Befragen Geister«, sagte sie nur und deutete hinüber auf einen Hügel in der Nähe. Man konnte deutlich eine gegen den Himmel aufsteigende Rauchwolke erkennen.
»Welche Geister?« Federmann roch den Holzbrand, der scharf in die Nase stieg.
Mayana breitete die Arme aus. »Jaguar und Anakonda. Ahnen und Affen.«
»Was wollen sie von ihnen wissen?« Federmann verspürte ein Bedürfnis, zu dem Platz hinüberzugehen, doch er wagte es nicht. Die Nacht war unberechenbar, und der Weg dorthin sicherlich mit Fallen gespickt. Selbst tagsüber würde er nicht einfach zu erreichen sein, geschweige denn nachts.
»Wollen wissen, ob böse oder gute Geister.«
Federmann blickte zu der schmalen Rauchsäule hinüber. Warum stellte sich diese Frage, wo sie doch im Namen seiner allerchristlichsten Majestät unterwegs waren?
Er setzte sich mit dem Rücken gegen einen Stein. Mayana kau-

erte neben ihm. Sie sagten nichts, sondern betrachteten nur den Sternenhimmel und die Schwärze einer mondlosen Nacht und schliefen irgendwann ein.

Als Federmann erwachte, hellte die Sonne gerade die ersten Gipfel hinter ihnen auf. Die Flanke lag noch im Nachtschatten. Mayana hatte sich auf den Boden gekauert und einen Arm unter das Gesicht geschoben.

Dieser Morgen würde einige Veränderungen für die Xidehara mit sich bringen – denn Federmann würde von ihnen verlangen, sich seinem Tross anzuschließen. Bereits gestern, als sie das Dorf erreicht hatten, hatte er die Furcht in ihren Augen gesehen. Sklavenjagden reichten offenbar bereits bis hierher – der Kazike hatte berichtet, dass das nächste Dorf, das sie durchqueren würden, ausgestorben sei. Keinen Menschen würden sie dort antreffen, weil die Menschenfischer der spanischen Krone, die Sklavenjäger, es leergefischt hätten. Vor einer Woche erst seien sie das Gebirge entlangziehend durch die Dörfer gekommen.

Federmann störte die Tatsache, dass sie sich kaum mit den Einheimischen austauschen konnten. Jedes Volk besaß seine eigene Sprache oder zumindest einen eigenen, ausgeprägten Dialekt. Für jede Sprache brauchten sie Sprachkundige, die mindestens zwei der Mundarten beherrschten, was so einfach nicht war. Also würden sie solche Dolmetscher jeweils von einem Gebiet mit ins nächste nehmen müssen. Zur Not mit Zwang, wenn sie sich ihm nicht freiwillig anschlossen.

Federmann erhob sich, und sein Pfiff weckte die Wachen. Kurze Zeit später standen zehn Soldaten um ihn herum, die verschlafenen Gesichter in die Kühle des Windes haltend.

»Sind die Dorfbewohner noch da?«

»Ja, Herr«, antwortete ein Jüngerer. »Ich höre sie atmen und die Hängematten quietschen.«

»Gut, dann treibt sie aus den Hängematten. Ich brauche hundertfünfzig Träger. Wenn sie beisammen sind, schickt die Caquietos nach Hause.«

Auch Mayana rappelte sich auf. »Was du tun?«

»Das Notwendige«, erwiderte der Ulmer. Ihm knurrte der Magen, und er suchte im Gepäck hinter sich nach einem der Fladen, die sie gestern aus einer der Hütten geholt hatten. Eine geschmacklose Art von Brot, die jedoch den Hunger bestens stillte. Er aß rasch und im Stehen.

Keine halbe Stunde später herrschten Lärm und ein Geschrei, das alles Jagdwild im Umfeld von zehn Meilen verscheuchen würde. Die Soldaten warfen die Männer aus den Hängematten, trieben sie aus den Rundhütten und auf dem Dorfplatz zusammen.

Der Dorfälteste kam zeternd auf Federmann zu und deutete immer wieder hinter sich. Der Hauptmann packte den Kaziken am Arm und zog ihn mit sich, ebenso Mayana und einen der Dolmetscher.

»Wir brauchen Träger für die nächsten Tage!«, erklärte Federmann dem Kaziken. »Als Statthalter seiner Majestät nehme ich mir die Freiheit und suche mir die besten Träger aus.«

Federmann schritt durch die verängstigte Menge und pickte sich die kräftigsten Männer heraus. Trotz der Größe des Dorfes kamen am Ende nicht genügend zusammen. Die meisten Dorfbewohner waren zu klein, zu schmächtig. Deshalb ließ er auch nach den Frauen schicken und suchte sich ein paar heraus. Erst als die neuen Träger separiert waren und die Caquietos die Lasten zu einer Linie aufgereiht hatten, beruhigte sich der Lärm.

»Sag ihnen, dass wir sie laufen lassen, sobald wir das Gebiet der Ayamanes erreicht und dort neue Träger gefunden haben. Nur den Dolmetscher der Caquietos müssen wir behalten. Er beherrscht die Sprache der Xideharas.«

Kaum hatte Mayana die Nachricht weitergegeben, erhoben sich erneut Geschrei und Klagen.

»Sie befürchten, von den Ayamanes gefressen zu werden«, sagte Mayana.

Federmann musste lachen. »An keinem von ihnen ist so viel dran, dass es sich lohnen würde.«

Der Ulmer beobachtete noch, wie die Caquietos davonrannten, als sei der Teufel hinter ihnen her; dann marschierte der Tross los. Die unter dem Gewicht des Plunders stöhnenden Einheimischen kamen nur langsam voran. Begleitet wurden sie die erste Stunde von Familienangehörigen, vor allem Frauen, die sich weinend an ihre Männer klammerten. Almaviva ließ sie mit Federmanns Zustimmung immer wieder vertreiben.
Sie zogen durch eine trostlose Gegend, deren Reichtum vor allem in einem hellen, bröseligen Stein bestand. Überall sah man abgeholzte Haine und niedergebrannte Dickichte.
Gegen Mittag erreichten sie ein Dorf, über dem der Geruch halbverwester Leichen lag – offenbar jenes, von dem der Kazike berichtet hatte.
»Wie es scheint, hatten sie tatsächlich Besuch von den Spaniern!« Federmann sah auf das trostlose Bild.
»Sklavenjäger!«, sagte Hemmler, der vorausgeritten war und am Eingang zu der Ansiedlung auf Federmann wartete. »Sie haben hier gründlich geplündert.«
Diejenigen, die nicht zu Sklaven gemacht worden waren, hatten die Marodeure loszuwerden versucht, indem sie sie in die Rundhütten gesperrt und diese angezündet hatten. Ein aufgeregtes Murmeln erhob sich unter den Trägern im Tross, die bei dem Anblick offenbar an ihr eigenes Schicksal dachten.
Federmann trieb die Männer in raschem Tempo durch die Siedlung.
»Jaguar dagegen Freund von Menschen. Er töten, was brauchen, nicht morden«, stolperte es Mayana über die Lippen, als sie zu Federmann aufschloss. Sie spuckte vor dem Dominikaner, der sich ebenfalls in der Nähe des Feldhauptmanns aufhielt, auf den Boden.
Der Anstieg gab den Blick auf eine sich bis zum Horizont hinziehende Bergkette über ihnen frei. Bis in die Hochlagen hinauf waren die Berge bewaldet. Nur im unteren Bereich, den sie gerade durchquerten, herrschte eine merkwürdige Trockenheit.

Federmann winkte an einer Stelle, die sich gut überschauen ließ, Triebl zu sich heran. In den wenigen Tagen war auch diesem ein dichter Bart gewachsen. Niemand rasierte sich mehr, aus Furcht vor den Entzündungen, die von kleinen Messerschnitten ausgelöst werden konnten. Trotz des Bartes konnte man sehen, wie mager der Führer der Bergleute geworden war.

»Was sagt Ihr zu diesem Gebirge, Meister Triebl?«, fragte der Ulmer.

»Taubes Gestein. Kein Ort, an dem Gold zu finden wäre. Vielleicht Kupfer oder gar Zink, wenn Euch das Glück hold ist. Aber sicherlich kein Gold.« Triebl blickte mürrisch in die Runde, dann stieg er vom Pferd, nahm eine Handvoll Gestein und ließ es durch seine Finger rinnen. »Mürbe wie Kuchen. Vielleicht findet Ihr Diamanten, wenn Ihr Euch bemüht. Aber wetten wollte ich nicht darauf. Ihr verschwendet Eure Zeit hier oben, Federmann. Die Männer mühen sich umsonst ab.«

»Umsonst, Triebl, ist der Tod. Und er kostet uns zumindest das Leben!«, gab Federmann spöttisch zurück. Dann gab er seinem Pferd die Sporen und ließ den Bergmann stehen.

5. KAPITEL

Schon seit zwei Sonnenumläufen marschierten sie jetzt durch das Gebiet des Zwergenvolks, der Ayamanes, und es erschien Mayana wie trostloses Niemandsland: kein Weg, kein Dorf, kein Mensch. Mayana spürte die Leere wie einen andauernden körperlichen Schmerz. Da der Anstieg zu den Hochflächen trocken war und es an Wasser mangelte, hatte Blauauge sie erneut in aller Frühe aufgescheucht. In der kühlen und feuchten Morgenluft ließ es sich besser laufen als in der trockenen Mittagshitze. Sie stolperten mehr durch das menschenleere Gebiet, als dass sie marschierten.

Federmann hatte sich diesmal an die Spitze des Trosses gesetzt – und sie war ihm gefolgt. Der Durst brannte in ihrer Kehle, und niemand wusste, wann sie die nächste Wasserstelle erreichten. Er hatte zwei Reiter zu einer Hügelkuppe vorausgeschickt, um zu erkunden, wie es dahinter weiterging. Plötzlich hob einer der Berittenen die Hand.

Blauauge ließ den Tross halten und winkte seine Reiter, die von ihrem Erkundungsritt zurückkamen, zu sich.

Im Galopp kam Hemmler angeprescht und hätte Mayana beinahe umgeritten, wenn sie nicht beiseitegesprungen wäre. »Ein Dorf. Vielleicht sechs Hütten oder acht. Man könnte es umgehen und von beiden Seiten umzingeln. Die Bewohner schlafen noch!«

Federmann nahm den Bericht ruhig entgegen, dann dachte er kurz nach. »Triebl, dann brauche ich Eure Leute.« Blauauges Anweisungen erfolgten präzise und rasch. »Acht Mann zu Fuß, ebenso acht Soldaten in Harnisch und Waffen. Ihr umgeht das Dorf und versteckt euch im Halbkreis dahinter. Die Pferde preschen von vorne heran. Sie sind zu laut und würden uns vermutlich verraten, wenn ich sie euch mitgeben würde. Wenn die Pferde angaloppiert kommen, zeigt ihr euch. Die Menschen dürfen nicht in die Berge fliehen. Lieber erschlagt ihr sie, als dass sie die Dörfer vor uns warnen. In einer halben Stunde

brechen wir von hier auf und scheuchen sie aus ihren Hängematten!«
Mayana beobachtete, wie die Soldaten und Bergleute sich in zwei Gruppen aufteilten und links und rechts im Eilschritt wegliefen. Schließlich verschwanden sie hinter der Hügelkuppe.
»Mayana, du holst dir die Dolmetscher, den Caquetio und einen der Xideharas, der die Sprache der Ayamanes versteht. Ihr habt die Aufgabe, die Dorfbewohner zu beruhigen. Versprecht ihnen Geschenke: Beile und Glasperlen«, befahl ihr Blauauge.
»Ist das Eure Art, Euch des Wohlwollens der Eingeborenen zu versichern, Feldhauptmann?«, unterbrach ihn Fra Enrico.
»Ihr versteht nichts, Pater. Wenn ich sie laufen lasse, werden wir auf unserem Weg keinen Menschen, keinen Fladen zu essen, keine Unterkunft und womöglich auch kein Wasser mehr finden. Ihr dürft uns diese Dinge gerne ... herbeten, wenn es Euch gelingt. Ansonsten haltet Euch heraus aus meinen Angelegenheiten.«
Brüsk wandte sich Blauauge ab und ließ den verdutzten Dominikaner stehen. Er stieg vom Pferd, steckte einen Stab in den sandigen Boden und wartete – anhand des Schattenlaufs bestimmte er die halbe Stunde, die er seinen Männern gegeben hatte.
»Aufsitzen!«, befahl er plötzlich. Die sechzehn Reiter, er selbst eingeschlossen, schwangen sich in die Sättel und preschten los. Mayana jagte ihnen zu Fuß hinterher und erreichte die Kuppe des Hügels, als unten das Unwetter über die Ayamanes hereinbrach. Mit Kriegsgeschrei donnerten die Reiter auf das Dorf zu. Die ersten Männer stürzten aus den Hütten und zu den Waffen. Doch bevor sie auch nur begriffen, was geschehen war, wurden sie von den flachen Schwertseiten der Reiter niedergestreckt. Andere brachen durch die rückwärtigen Wände der Hütten, was Mayana an ihre eigene Situation vor Jahren erinnerte und am ganzen Körper zittern ließ. Niemand entkam dem Überfall. Wer sich wehrte, wurde niedergeschlagen oder niedergestochen. Mayana zählte mindestens vier Tote. In einem fort galoppierten die Reiter um die verängstigten und heulenden Menschen.

Mayana beeilte sich, mit den beiden Dolmetschern zu der Ansiedlung zu kommen. Beruhigend brüllte sie in das Gewühl hinein, doch es dauerte mindestens eine weitere halbe Stunde, bis der letzte Dorfbewohner stillhielt und sich auf die Erde gesetzt hatte. Alle waren bedeckt vom Dreck, den die Pferde aufgewirbelt hatten. Sie fühlte sich wie einer ihrer Ahnen, der sich aus dem Totenreich hierher begeben hatte, um den Ayamanes beizustehen.
Die Dorfbewohner wagten es nicht, den Reitern in die Augen zu sehen, und Mayana brauchte eine ganze Weile, bis sie begriff, dass diese bedauernswerten Geschöpfe noch nie in ihrem Leben einen hellhäutigen Menschen – und schon gar keinen bärtigen oder berittenen – gesehen hatten. Wie Götter waren die Reisenden aus dem Nichts aufgetaucht, und viele glaubten daran, dass sie in die jenseitige Welt, die für sie hinter der sichtbaren lag, mitgenommen werden würden.
In Federmanns Auftrag verteilte sie Glasperlen und übergab dem Kaziken des Dorfes ein Eisenbeil. Sie nahmen die Geschenke vorsichtig und misstrauisch entgegen, glaubten zuerst, die Berührung würde sie verzaubern und sie aus der diesseitigen Welt hinwegführen. Erst als Mayana den Männern und Frauen gut zuredete und ihnen beim Betasten der Schmuckperlen und des Werkzeugs die Hand führte, ließen sie sich langsam überzeugen.
Schlussendlich hatten die Menschen ihre Scheu vor den Weißgesichtern verloren. Sie warfen sich vor ihnen auf den Boden und krochen im Staub, was bei den Soldaten zu übermütigen Scherzen führte. So zielte einer der Männer mit seinem Urinstrahl auf einen der Krieger, der diesen wortlos und demütig auf sich niederregnen ließ.
Blauauge unterband solche üblen Scherze zwar sofort, musste aber ebenfalls herzhaft lachen.
Auch die Pferde sahen die Dorfbewohner als göttliche Wesen an. Der Kazike bestand sogar darauf, mit einem der Tiere zu reden und es zu bitten, ihnen nichts anzutun. Sie unterschieden auch nicht zwischen den Reitern und den Tieren; und als Mayana Blau-

auge davon erzählte, befahl er, dass keiner der Reiter in Sichtweite der Ayamanes absteigen solle. Er selbst ritt mit seinem Tier hinter den Hügel und führte es am Zügel ins Dorf zurück.
Bis Mittag war eine freundschaftliche Atmosphäre entstanden, jedenfalls glaubte Federmann das. Die Toten wurden beiseitegeschafft, und die Bergleute halfen, sie zu begraben. Für jeden toten Krieger erhielt der Kazike ein weiteres Beil aus Eisen, das er begutachtete und als würdiges Geschenk empfand.
Federmann nahm an allen Verhandlungen teil und achtete darauf, nicht zu viel wegzugeben, die Verluste an Menschenleben jedoch auszugleichen. Dafür bedankte sich der Kazike mit Gegenständen aus Gold, die er Mayana vorsetzte und die diese wiederum an den Feldhauptmann weiterreichte. Federmann winkte Triebl herbei, der sich die Figuren genauer ansehen sollte.
Er wog sie in der Hand und ritzte mit dem Fingernagel Kerben in das Gold. »Sie sind größer und schwerer als die Figuren, die wir bisher gesehen haben.«
»Gut zu hören«, murmelte Blauauge. »Das bedeutet, dass dieses Zwergvolk nahe an der Quelle des Goldes leben muss. Sie erhalten offenbar leichter Nachschub als die anderen.« Er gab Mayana zu verstehen, sie solle über die Dolmetscher nachfragen, wo das Gold herstamme.
Mayana wunderte sich darüber, wie ihre Frage, die aus wenigen kurzen Sätzen bestand, mit jedem Dolmetscher an Umfang zunahm. Schließlich deutete der Kazike mit der Hand nach Süden und winkte über die Bergkette hinaus, die über ihnen aufragte.
Blauauge wartete die Antwort nicht ab. »Sag ihnen, dass wir unsere Träger vom Stamm der Xidehara wieder zurückschicken, wenn wir von ihnen welche erhalten, die uns zur nächsten Ansiedlung bringen. Damit sie sehen, wie gut wir unsere Freunde behandeln.«
Wusste Blauauge, was er den Dorfbewohnern mit der Jagd auf ihre Angehörigen antat? Glaubte er wirklich, er könne sich so ihrer Freundschaft versichern?

Offenbar war er von seiner Vorgehensweise überzeugt, denn er hielt Mayana immer in seiner Nähe und saß den ganzen Tag mit dem Kaziken zusammen, ließ sich die Gegend erklären, notierte sich wichtige Flüsse, Wasserstellen und Dörfer in seine Kladde, in die er täglich seine Erfahrungen und Beobachtungen eintrug.

Almaviva, der diese Aufzeichnungen misstrauisch verfolgte, hatte Mühe, seine eigenen Leute davor zurückzuhalten, sich Frauen zu nehmen – und mehr als einmal kam es zum Streit zwischen ihm und Blauauge, weil dieser vom Geschrei einer um Hilfe Rufenden aufgescheucht wurde. »Wenn Ihr Eure Männer nicht besser unter Kontrolle habt«, drohte Federmann dem Granden, »lasse ich den Kerlen ihr bestes Stück in einen Holzblock spannen.«

Die Zeit verging recht schnell, während sie die neuen Träger aussuchten und sich Nahrungsmittel für den folgenden Tag beschafften.

Noch bevor die Sonne ihren Weg hinter den Horizont antrat, hatte Pater Enrico da Silva durch seine Mönche ein Holzkreuz errichten lassen und befahl zur Messe.

Federmann hatte nichts dagegen, dass die Indios missioniert wurden, schließlich waren sie Untertanen Ihrer Majestät, und eine Lektion im Glauben schadete schließlich nicht.

»Lasst sie zu Christen werden, dann entgehen sie den Sklavenjägern!«, betonte der Pater. »Ihr habt ja gesehen, wie grausam sie vorgehen. Einen Christen werden sie in Ruhe lassen!«

»In welcher Sprache wollt Ihr den Heidenmenschen denn das Evangelium verkünden, Fra Enrico?«, erkundigte sich Federmann belustigt.

»In der universellen Sprache des Herrn natürlich, auf Latein.«

Glaubte der Ulmer zuerst an einen Scherz und begann zu lachen, räusperte er sich nur, als er Enrico da Silvas Ernsthaftigkeit bemerkte.

Mayana sah, wie Blauauge sich am Rand der Gottesdienstgemeinde auf einen Felsen setzte und das Treiben beobachtete.

Seine Kladde hielt er in der Hand, und mit der Zunge benetzte er den Bleistift, um seine Beobachtungen festzuhalten.
Mit Almavivas Hilfe ließ Fra Enrico die Bewohner des Dorfes zusammentreiben. Bald standen an die achtzig Menschen vor dem Zeichen des Kreuzes und dem improvisierten Altartisch. Sie blickten scheu von den Holzbalken zum Pater und vom Pater zu den Holzbalken. Mayana wollte sich abseits halten, wurde jedoch von Almaviva ebenfalls in die Menge gestoßen.
»Es wird ein Erlebnis werden, meine Schöne!«, feixte der Grande. »Du gehörst doch zu dieser Gesellschaft, oder täusche ich mich?«
Die Dominikaner hatten sich unter die Männer und Frauen gemischt und hielten ihre unterarmlangen Kreuze, die sie sonst um den Hals trugen, wie Keulen oder Schwerter in der Hand.
Der Pater begann mit seiner Messe. Seine kräftige Stimme schallte über die Köpfe hinweg und ließ die Einheimischen zusammenzucken. Die Dominikaner stimmten in das Gebet ein und sangen aus Leibeskräften mit. Die Indianer hingegen verstanden nichts von dem, was der Pater da vorbetete oder praktizierte. Und weil sie wie die unverständigen Heiden gafften, fuhren schon beim ersten Kniefall die Kreuze der Dominikaner auf sie hernieder – die »Hunde des Herrn« prügelten den Dorfbewohnern mit ihren Kreuzen den Ablauf der christlichen Messe ein. Mayana duckte sich unwillkürlich und drängte sich zwischen die Leiber. Das »Paternoster« klang aus den Mündern der Unwissenden wie eine Verhöhnung, worauf es wieder Hiebe hagelte, und selbst beim Schlusssegen, der mit geneigten Köpfen entgegengenommen werden musste, prügelten die Mönche auf die Dorfbewohner ein. Mayana entkam den Attacken der Missionare nur dadurch, dass sie sich irgendwann zu Boden warf. Gleichzeitig umstanden Almavivas Männer die Gemeinde und verhinderten die Ausbruchsversuche der Zurechtgepeitschten.
In einer der Kirchen auf ihrem Weg mit Joaquin nach Augsburg hatte Mayana ein Bildnis gesehen, auf dem eine Frau ein Tuch in der Hand hielt, auf dem das Gesicht eines bärtigen Mannes

zu sehen gewesen war. Joaquin hatte ihr vom Ursprung des Bildes erzählt: dass die Heilige Veronika es dem Gottessohn Jesus Christus gegeben habe, damit dieser sich das Blut seiner Folterung vom Gesicht habe tupfen können. Zu gerne hätte Mayana ein solches Tuch ausgegeben, um die blutüberströmten Gesichter der Leidenden und Märtyrer darin einfangen zu können.

Den gesamten Gottesdienst über konnte sie Blauauges Gesichtszüge beobachten, die von den ersten Nachtfeuern angestrahlt wurden. Sie sah, wie er zusammenzuckte, wenn wieder der Befehl über die Menge hinweggebellt wurde, sie solle sich niederknien, und die Dorfbewohner zu langsam oder gar nicht reagierten. Dennoch unternahm er nichts und ließ den Pater gewähren.

Zuletzt durften die Gepeinigten den Platz verlassen – und Mayana stellte fest, dass viele sofort Zuflucht im Dschungel suchten und nicht in ihre Hütten zurückkehrten. Auch Blauauge schien das bemerkt zu haben, denn mit dem letzten Gesang erhob er sich, trat an den Pater heran und nahm ihn unauffällig beiseite.

Mayana schlich hinter ihm her. Sie musste wissen, was er zu sagen hatte.

»Fra Enrico, auf ein Wort.«

Der Pater, schweißüberströmt von seiner Arbeit, nahm gerade die Stola ab. »Hat Euch meine Predigt nicht zugesagt, Federmann, weil Ihr mich so eilig sprechen wollt?«

Blauauge schüttelte den Kopf. Er hatte Mayana offensichtlich bemerkt, denn er fuhr sich über den Mund, eine Geste der Verlegenheit, die er manchmal machte. »Oh nein, ich habe nicht recht auf sie geachtet. Verzeiht. Mein Latein ist nicht … das beste.« Er räusperte sich. »Kann es sein, Pater, dass diese Menschen, ob sie nun zum christlichen Glauben übergetreten sind oder nicht, Untertanen Seiner Majestät des Kaisers sind?«

»Sie sind es, Federmann. Zweifellos. Bartholomé de Las Casas, der Dominikaner aus Santo Domingo, der auch in Klein-Venedig segensreich gewirkt hat, hat sich diesbezüglich bereits eingehend geäußert und festgestellt …«

»Lasst das gelehrte Geschwätz, Fra Enrico«, unterbrach der Ulmer den Pater. »Nun, dann gebührt ihnen ein wenig Respekt, nicht wahr?« Federmann fasste den Pater am Arm und führte ihn noch ein Stück weit abseits der Menschen.

Mayana versteckte sich nicht, sondern stand nur einige Armlängen von den beiden entfernt. Blauauge hatte die Stimme etwas gehoben, offenbar damit sie verstehen konnte, was er sagte.

»Wie meint Ihr das? Habe ich es an Respekt vermissen lassen?« Der Pater wirkte plötzlich nervös.

Blauauge packte den Geistlichen fester und zog ihn näher zu sich heran. »Nun, Fra Enrico, wir haben noch einige Tage Weg vor uns. Ich gehe davon aus, dass wir auf die Unterstützung der Bewohner dieser Landstriche angewiesen sind. Also wünsche ich, dass man sie respektvoll behandelt, denn nur sie können uns Träger stellen und uns dorthin führen, wo Wasser und Nahrung zu finden ist. Oder wollt Ihr Eure ... Gegenstände und Ausrüstungen selber tragen?«

»Aber nicht doch, ich ...«, versuchte sich der Pater zu rechtfertigen.

Federmann hielt ihn unerbittlich im Griff. Seine Stimme klang ruhig und klar. »Solltet Ihr auch nur einen von ihnen je wieder mit dem heiligen Kreuz schlagen lassen«, flüsterte er so freundlich, wie es ihm möglich war, und gerade so nahe am Ohr des Dominikaners, dass Mayana noch verstehen konnte, was er sagte, »dann lasse ich Euch – mit aller christlichen Nächstenliebe, zu der ich fähig bin – an ein solches nageln. Habt Ihr mich verstanden?«

Der Pater atmete scharf aus und schien in sich zusammenzusinken.

Blauauge ließ ihn gehen. Der Pater stieß gegen Mayana, murmelte eine Art Entschuldigung und verschwand in Richtung des Feuers.

»Zu spät, Blauauge«, flüsterte Mayana und machte ebenfalls kehrt.

6. KAPITEL

Federmann verfluchte den Pater in die tiefsten Höllenschlünde und wünschte ihm neben Pest und Pocken auch Unfruchtbarkeit und Impotenz an den Hals, obwohl er einsah, dass dies dem Geistlichen womöglich allzu willkommen gewesen wäre.

Das nächste Dorf, auf das sie trafen, war wie ausgestorben. Zwar fanden sie noch warme, manchmal brennende Feuerstellen vor, doch die Bewohner hatten sich in die Berge zurückgezogen. Auf den glitschigen und stark bewaldeten Hängen waren sie unmöglich zu verfolgen.

Im zweiten Dorf, das wie ausgestorben vor ihnen lag, holte Federmann den Pater an seine Seite. »Kein Gold, keine Nahrungsmittel, Fra Enrico! Ihr und Eure Männer seid das Fasten gewohnt und werdet als Erste damit beginnen. Außerdem sollte ich das Kreuz aus Gold auf Eurer Brust mit in den Sack der Geschenke stecken, mit denen wir diesen Zug bezahlen werden. Meine und Eure Herren, die Welser, werden sich fragen, warum die Ausbeute so gering ist. Ich hoffe, Euch ist bewusst geworden, was Ihr angerichtet habt!«

Der Pater sagte nichts dazu, in seinen Augen glomm jedoch der Hass wieder auf, den Federmann schon bei ihrer ersten Begegnung im Kloster gespürt hatte.

Federmann ließ die Dominikaner kurzerhand als Flankenschutz gehen, um ihnen klarzumachen, dass sie auf den Passübergängen und Hohlwegen, die sie zu passieren hatten, leicht Opfer von Überfällen werden konnten, was eine gewisse Freundschaft mit diesen »wilden Heiden« wert war.

»Ihr seid Männer Gottes. Euch wird schon nichts widerfahren!«, argumentierte er und versprach Fra Enrico ein schönes Tedeum, sollte er sein Leben für die Gemeinschaft geben.

Der Ulmer ließ aus den menschenleeren Siedlungen alle Nahrungsmittel mitnehmen, legte dafür jedoch Eisenbeile und

Schmuckperlen als Bezahlung aus. »Sie sollen mich nicht Dieb nennen«, murmelte er.

Mais, Jucca und Bataten, Knollen, die weich wurden, wenn man sie kochte, gab es reichlich, auch Früchte aller Art, sodass sie nicht allzu sehr hungern mussten. Für ihre Trossgröße war es dennoch zu wenig.

Trotz der Geschenke fand Federmann keinen weiteren Kontakt zu den Einheimischen. Manchmal sahen sie von ferne Krieger, die den Tross beobachteten. Doch das Zwergenvolk der Ayamanen wagte sich nicht näher als bis auf Pfeilschusslänge heran.

In einem der verlassenen Dörfer ließ Federmann rasten und den Plunder neu verteilen. Sie standen kurz vor einem Passübergang. Über ihnen stieg ein Hügel an, den es zuerst zu erkunden galt, bevor sie an ihm vorbei weiterzogen. Schließlich war er eine gute Stelle für einen Überfall. Den Dominikanern sollte ausreichend Zeit gewährt werden, die Umgebung und ihre Gefahren zu erkunden.

Der Ulmer wartete, bis Mayana das Lager erreichte. Sie war bei den Trägern zurückgeblieben, um von ihnen etwas über die Zwerge zu erfahren. In den letzten Tagen hatte sie sich von ihm zurückgezogen, und er befürchtete bereits, sie könne eine Gelegenheit nutzen, um sich heimlich davonzumachen. Gleichwohl war ihm jedoch bewusst, dass sie sich davor hüten würde, solange sie durch Feindesland zogen. Sie kam auf ihn zu, nur in der Tracht ihrer Heimat: ein sackartiger Überwurf, in den längs bunte Rindenschnüre eingenäht waren. Darunter war sie nackt bis auf einen Schamlatz. Im Gürtel steckten drei Pfeile, von denen die Soldaten behaupteten, sie seien mit Gift getränkt. Er winkte sie zu sich heran.

»Ich habe nachgedacht«, begann Federmann und führte Mayana zu einer der Rundhütten. »Sind wir überhaupt auf dem richtigen Weg?«

Mayana trat ins Halbdunkel der Hütte. Sie zuckte mit den Schultern. »Nicht wissen«, sagte sie nur.

Im Zentrum der Hütte glommen die Reste eines Feuers. Der Rauch zog nicht durch die Decke ab, sondern durch die Türöffnung. Sie mussten sich also bücken, um nicht zu ersticken. Dafür piesackte sie kein Ungeziefer. Die Mücken mieden den Rauch.

»Müsstest du dich nicht auskennen, wenn wir auf dieser Strecke Ulate begegnen sollen? Du bist doch bei ihm gewesen!«

»Ulate. Ja. Ich ihn kennen!«, bestätigte Mayana.

Federmann hatte das Gefühl, als verschweige sie ihm etwas. Natürlich musste sie den Weg kennen, musste die Strecke schon einmal abgelaufen sein, zusammen mit Ulate.

»Gibt es noch einen anderen Weg dorthin?«, fragte der Ulmer. »Du kannst nach Coro unmöglich diese Strecke gezogen sein, sonst würden die Zwerge hier Weißgesichter und Bärtige wie mich kennen.«

Ihre abweisende Art machte ihm zu schaffen. Seit dieser farbige Geist ihr die Fesseln gelöst hatte, hatte Federmann selbst es nicht mehr gewagt, Mayana in Ketten zu legen. Noch war sie ihm nicht davongelaufen, doch er wusste sehr wohl: Sobald sie in eine bekannte Gegend kommen würden, würde er sie verlieren.

»Zieh dich aus!«, befahl er.

Mayana blickte ihm ins Gesicht und musterte ihn dann von oben bis unten. Sie sagte kein Wort und rührte sich nicht.

Als der Ulmer die Hand hob und versuchte, ihr das Sackgewand von den Schultern zu streifen, versteifte sie sich. Ihre Hand zuckte zu den Pfeilen in ihrem Gürtel.

»Nicht anrühren!«, sagte sie gepresst.

Federmann zuckte erschrocken zurück. »Was soll das? Ich will die Karte mit der Strecke vergleichen, die wir bisher zurückgelegt haben.«

Mayana rückte dicht an Federmann heran und hielt plötzlich einen der Pfeile in der Hand. »Nicht berühren. Gift! Du schneller tot, als denken, du tot!«, fauchte sie ihn an. »Mayana zu Hause. Mayana wieder frei.«

Sie erhob sich und ging an ihm vorbei hinaus auf den Platz vor der Rundhütte.
Federmann musste husten. Er hatte sich vor Überraschung aufgerichtet und einen ganzen Atemzug Rauch inhaliert.
»Ist die Frau etwas spröde, Feldhauptmann?«, fragte jemand kichernd, als er aus der Hütte trat.
»Ihr könnt Euch Eure Bemerkungen sparen, Almaviva«, erwiderte der Ulmer.
»Solche Frauen muss man zwingen. Packt sie, werft sie zu Boden. Sie müssen spüren, wer der Herr ist und wer zu gehorchen hat. Sonst wachsen sie einem Mann über den Kopf, Federmann.«
Federmann, erneut von einem Hustenanfall geschüttelt, musste sich am Türbalken festhalten. »Wenn Ihr sie auch nur anrührt, Almaviva, habt Ihr keinen Kopf mehr, über den sie Euch wachsen könnte.«
»Droht Ihr mir? Mir?« Die Hand des Granden fuhr an den Korbgriff seiner Waffe.
»Oh, ich drohe Euch nicht, ich warne Euch nur, denn Ihr werdet es nicht spüren, wenn mein Schwert Euch tötet.«
Sie maßen sich mit Blicken. Um Almavivas Mundwinkel spielte ein schlecht verborgener Hass auf den Feldhauptmann und Anführer, doch dann drehte er sich um und ging Mayana hinterher, die sich wieder zu den Trägern der Ayamanes und den Dolmetschern gesellte.
Plötzlich durchbrach ein Hornruf die Stille. Die Soldaten liefen auf dem Dorfplatz zusammen, zückten die Schwerter und stellten die Lanzen auf. Ein Geschrei folgte dem Signal, und Federmanns Blick wurde auf den Hügel gelenkt, an dem sie vorbeigezogen wären, wenn sie nicht Rast gemacht hätten.
Eine unübersehbare Menge einheimischer Ayamanes hatte sich dort versammelt, blies in Muschelhörner und vollführte ein Geschrei, als würde dieses bereits einen Sieg über die Eindringlinge in ihr Stammesgebiet bewirken.
»Mindestens sechshundert Krieger, wenn nicht mehr«, knurrte

Hemmler neben Federmann. »Sie werden uns überrennen.« Er fuhr sich mit der Hand über sein mageres Gesicht. Seine Haut wurde mit jedem Tag, den sie zurücklegten, gelber.

»Nicolaus!« Bertram lief auf ihn zu. »Du musst verhindern, dass dieser Verrückte die Büchsen abfeuert. Die Kerle da oben sind harmlos. Es ist nur ihre Art, sich ... sich zu präsentieren.«

»Was meinst du?«, fragte Federmann, der nicht ganz verstand, worauf Bertram hinauswollte.

Doch da stand Mayana plötzlich neben ihm, packte ihn am Ärmel und zog ihn an den Rand des Platzes. Almaviva hatte vier Donnerbüchsen aufstellen lassen. Drei Mann waren nötig, um die gewaltigen Feuerwaffen zu bedienen.

»Was macht Ihr da?«, fuhr Federmann dazwischen, der endlich begriff.

»Den Kerlen Mores lehren!«, kam es zurück.

»Legt an!«, befahl der Spanier.

»Wer abdrückt, den lasse ich am nächsten Baum aufknüpfen!« Federmann zog seinerseits das Schwert und richtete die Spitze auf Almaviva.

»Ihr wagt es nicht!«, presste der hervor.

»Probiert es aus!«, schnaubte Federmann.

Er stand eine ganze Weile da und überlegte, was geschehen würde, stäche er zu. Er kam zu dem Schluss, dass er seine Autorität nur wahrte, wenn er entschlossen handelte.

»Donnerbüchsen absetzen. Entladen!«, gab der Spanier endlich nach. Seine Stimme klang schneidend.

Federmann atmete tief durch, ohne dies zu zeigen. Offenbar war auch Almaviva bewusst geworden, dass er tatsächlich zugestochen hätte.

»Ihr müsst mit den Folgen leben. Seht, was passiert!« Triumphierend deutete der Spanier auf den Hagel von Pfeilen und Wurflanzen, der auf sie niederprasselte. Erstaunlicherweise erreichte keines der Geschosse den Dorfplatz. Sie fielen alle zuvor nieder und verletzten niemanden. Das Geschrei auf dem Hügel nahm

weiter zu. Gut hundert wagemutige Ayamanes liefen ein Stück den Hügel hinab und schleuderten ihre Speere in ihre Richtung, doch auch diese erreichten ihr Ziel nicht.
»Was tun sie da?«, fragte Federmann mehr sich selbst als jemand anderen.
»So sie kämpfen!«, sagte Mayana. Sie stand noch immer neben ihm. »Nur drohen. Niemanden verletzen.«
»Aber sie verbrauchen doch ihre Munition!«, warf Hemmler ein.
»Sie wieder holen.«
»Du glaubst, sie werden ihre Pfeile und Speere einsammeln, wenn sie alles verschossen haben?« Federmann amüsierte der Gedanke.
»Ja, kommen Hügel herunter, alles holen, steigen Hügel hinauf, schreien, blasen Horn, werfen Speere.«
Mayana erzählte dies alles mit einem Ernst in der Stimme, der den Ulmer überraschte, und es brachte ihn auf eine Idee: »Hemmler, Bertram, Georg, schnappt euch drei Mann in Harnisch, sammelt die Pfeile und Speere ein und bringt sie hierher auf den Dorfplatz.«
Die Männer waren nicht begeistert, befolgten jedoch Federmanns Befehl. Drei stark Gepanzerte näherten sich dem Fuß des Hügels und sammelten die Waffen zusammen. Hin und wieder prallte ein Pfeil oder eine Lanze von ihren Brustpanzern ab, was die Ayamanes in helle Aufregung versetzte.
Der Pater, der sich ebenfalls zu Federmann gesellt hatte, deutete auf den Hügel hinauf. »Sie schlagen die Hände über dem Kopf zusammen, als könnten sie nicht verstehen, was hier geschieht.«
»Sie können so vieles nicht verstehen«, sagte Federmann. »Ihr könnt mir dabei helfen, die Waffen zu bündeln. Wir werden sie noch als Gastgeschenke benötigen. Langsam gehen uns die Perlen aus. Außerdem können wir unsere eigenen Leute damit bewaffnen.«
»Glauben, Weißgesichter unverwundbar!«, mischte sich Mayana wieder ein.

»Unverwundbar. Nun, dann lassen wir sie in diesem Glauben.« Federmann wandte sich an Almaviva, der mit finsterer Miene zusah, wie seine Leute die Waffen zusammentrugen.
»Lasst zwanzig Eurer Männer rüsten. Sie sollen den Hügel nehmen. Aber kein Blutvergießen, habt Ihr gehört. Für jeden unnötigen Toten aufseiten der Einheimischen lasse ich Euch ein Fingerglied entfernen.«
Almaviva zischte einen Fluch in Federmanns Richtung, den dieser einfach überhörte. »Und für Tote auf unserer Seite, lasst Ihr da Dankgottesdienste ausrichten?«, rief ihm der Spanier zu.
»Nein, ich beteilige die Hinterbliebenen an Eurem Goldanteil, Hauptmann.« Damit ließ er den Granden stehen.
Als Almaviva die Soldaten versammelt hatte, wandte Federmann sich an sie: »Männer! Ihr müsst uns den Hügel besetzen. Alles Gold, das wir im Dorf finden, gehört euch.«
Ein Jubelschrei ging durch die Menge. Im Nu traten mehr als fünfzehn Mann an und marschierten im Gleichschritt, mit vorgereckten Hellebarden und gemeinsam ausgestoßenen Kampfschreien auf die Hügelkuppe zu.
Mit Genugtuung sah Federmann, dass sein forsches Auftreten Wirkung zeigte. Die Männer folgten ihm, nicht Almaviva.
Kurze Zeit später war Mayana den Hügel hinaufgestiegen und blickte hinab auf die Ebene vor ihnen. Ihr standen die Tränen in den Augen. Mehrmals musste sie diese mit dem Handrücken wegwischen, bevor sie etwas sehen konnte. Die Ayamanes hatten sich vertreiben lassen. Als die Männer mit ihren Panzerungen den Hügel hinauf vorgerückt waren, waren sie in heller Aufregung geflohen.
Jetzt konnte man von hier oben sehen, dass die fruchtbare Ebene von gut dreißig Dörfern besiedelt war. Die drei nächstgelegenen standen in Flammen.
»Warum tun die Ayamanes das?«, fragte Bertram. Er war mit Mayana hochgestiegen, um sich einen Überblick zu verschaffen.
»Sie uns aushungern«, sagte sie. Diesen Weg würden sie nicht

mehr zurückkommen können. Noch hatte der Tross nicht bemerkt, dass auch hinter ihnen die Dörfer niedergebrannt wurden, sobald sie sie verlassen hatten. Die Indios wussten sehr genau, dass eine große Gruppe wie die ihre nicht jeden beliebigen Gebirgspfad nehmen konnte. Sie lockten sie immer tiefer ins Gebirge hinein. Irgendwann würden sie auf einem ähnlichen, wenn nicht sogar demselben Weg zurückmüssen, und dann würden sie nur auf verbrannte Erde stoßen und schlicht verhungern.

Wie sehr jedes Dorf, das in Flammen aufging, auch für die Bewohner Leid und Hunger bedeutete, ahnte wohl nur sie selbst.

Mayana suchte am Ende des Tals nach Anzeichen eines Flusses. Irgendwann mussten sie an einen der reißenden Ströme aus dem Hochland kommen. Dahinter ... am gegenüberliegenden Ufer würde sie ihre Freiheit erwarten. Sie hoffte inständig, bis dorthin zu kommen. Doch das ungeschickte Verhalten der Weißgesichter sowie Blauauges Führung ließen mit jedem Tag die Hoffnung geringer werden.

Ein Nachtvogel rief mit einem dunklen Schrei, und Mayana zuckte kurz zusammen, entspannte sich jedoch im nächsten Augenblick. Eulen waren am Tag stumm. So rief nur ein Mensch, und Mayana kannte nur einen Menschen, der es gewagt hätte, tagsüber eine Eule heraufzubeschwören. Sie drehte sich unauffällig herum.

Doch Bertram spürte sofort, dass etwas nicht stimmte. »Was hast du?«, fragte er, und sein Körper spannte sich. Mit einer Hand auf der Schulter drückte er sie zu Boden. »Du spürst eine Gefahr, nicht wahr? Was ist los?«

Mayana schüttelte seine Hand ab, obwohl sie seine Besorgnis rührend fand. Schon während der langen Reise durch Spanien und über das große Wasser hatte sie immer öfter bemerkt, dass Bertram ein einfühlsamer Mensch war, der Abstand hielt, wenn es um Mord und Totschlag ging, der versuchte zu erspüren, was andere dachten, der sich um andere kümmerte. Ihn konnte sie nicht belügen. Früher oder später würde er ohnehin bemerken, wer ihnen folgte.

»Nur Schamane«, sagte sie und deutete auf eine Gestalt, die unweit von ihnen aus einem kleinen Hain getreten war.
Ja, da war er. Sie hatte ihn bereits vermisst und geglaubt, er habe womöglich die Reise nicht überlebt und sei von ihnen abgehängt oder von den Bewohnern der Gegenden, durch die sie gezogen waren, getötet worden. Doch sie hätte es besser wissen müssen. Ein Schamane wie Tayento brauchte keine Sprache. Seine Sprache war der Zugang zu den Geistern. Wenn er diese beschwor, würde er überall freundlich aufgenommen werden.
»Wo? Ich sehe nichts«, sagte Bertram, doch Mayana konnte ihm nicht weiterhelfen, denn Tayento war bereits wieder in den farbigen Hintergrund der Vegetation eingetaucht und unsichtbar für diejenigen, die nicht zu sehen gelernt hatten.
»Du glaubst, die schicken jemanden, der mit uns verhandelt?«, fragte Bertram.
Mayana erstaunte immer wieder, mit welcher Überzeugung die Weißgesichter nur an das Nächstliegende dachten. Sie waren nicht in der Lage, über die Dinge hinauszublicken. Kurzsichtig war ihre Art zu leben und ihre Art zu denken.
Sie wollte im Moment aber keine Gedanken an Bertram oder den Tross verschwenden. Sie wusste jetzt, dass Tayento in der Nähe war und dass er versuchen würde, sie durch das Zwergenland zu begleiten.
Die plötzliche Ruhe, die sie umgab, ließ Mayana nervös werden. Bertram und sie trugen keine Brustharnische aus Metall. Pfeile konnten sie töten.
Und dann war es geschehen: Sie waren von dem Stamm umringt, bevor sie sich umdrehen konnten. Mayana schauderte. Wie sehr hatte der Aufenthalt in der anderen Welt sie doch von ihrer eigenen entfremdet. Keinen Schritt, kein Rascheln oder das Brechen eines Zweiges hatte sie vernommen. Als wären sie aus dem Nichts gekommen, standen Frauen, Männer und Kinder vor ihnen, fünfzig, sechzig an der Zahl, und noch immer quollen welche aus einem Spalt, der von einem Busch verdeckt wurde und offenbar

einen Weg verbarg, der den Hügelhang hinablief und von oben nicht eingesehen werden konnte.

»Ruhig!«, sagte sie leise. »Alle unbewaffnet.«

»Verflucht, ja«, bestätigte Bertram. »Was hat das zu bedeuten? Wollen sie uns erwürgen?«

»Nein, friedlich. Wollen Frieden!«, flüsterte Mayana.

Aus der Menge der Menschen, die da vor ihnen standen und die alle um einen Kopf kleiner waren als Mayana, schälte sich ein alter Mann, dessen Haar bereits weiß und dessen linkes Auge trüb war. Er war mit rotem Ocker bemalt, und auf seinem Kopf saß eine Art Krone aus weißen Federn. Begleitet wurde er von vier Männern, die ebenso bemalt waren wie er und Blumen und Federn im Haar trugen. Der Alte lief ihnen einen Schritt voraus.

Er sprach Mayana in einer Sprache an, die sie tatsächlich nicht verstand. Sie zuckte bedauernd mit den Schultern und antwortete in ihrer Sprache, die der Kazike ebenso wenig verstand.

Wie von Geisterhand stand plötzlich Tayento zwischen ihnen. Sein mit roter Erde bemalter Körper glänzte, die blauen und grünen Farben leuchteten vor dem fahlen Graubraun eines Felsens. Der Kazike schien keineswegs überrascht, den Schamanen zu sehen, während Bertram ein kurzes »Oh!« ausstieß. »Das ist er also«, sagte er.

Der Kazike sagte wieder etwas und legte einen Gegenstand auf den Boden. Es war eine der Wurzeln, die Blauauge Bataten nannte. Daneben legte er etwas anderes, das Mayana stutzen ließ.

Tayento antwortete etwas, woraufhin der Kazike nickte.

Der Schamane bückte sich, hob die beiden Gegenstände auf und wandte sich endlich an Mayana. »Sie gewähren euch einen freien Durchzug, wenn ihr sie in Ruhe lasst. Noch ein toter Mann, und sie vernichten euch.«

Bevor Mayana Bertram am Arm fassen konnte, mischte der sich ein. »Was sagen sie? Was will der Kazike?«

Doch Mayana hieß ihn, still zu sein. »Ich verhandeln. Dann Blauauge holen und sagen.«

Im Lager unten wurde es unruhig. Offenbar hatten Soldaten die Ansammlung von Menschen entdeckt.

»Bis zum Fluss geben sie euch Nahrungsmittel«, setzte Tayento noch hinzu.

Bevor Mayana sich bei ihm bedanken konnte, war Tayento auch schon wieder verschwunden.

»Was war das für ein besonderer Heiliger?«, fragte Bertram. »Kann der sich unsichtbar machen?«

»Ja!«, sagte Mayana – und was Bertram als Scherz gemeint hatte, meinte sie völlig ernst.

Die Menschenmenge löste sich langsam auf. Nur der Kazike blieb mit den vier Würdenträgern zurück.

Während Mayana noch überlegte, ob sie Blauauge holen lassen sollte, und sich der Kazike umringt von seinen Männern auf den nackten Boden niederließ, hörte sie den Ulmer schon hinter sich schimpfen und seine Soldaten zurechtweisen.

»Was soll das?«, begrüßte er Mayana unfreundlich. »Willst du jetzt sogar verhandeln? Das hätte noch nicht einmal Almaviva gewagt, und der kennt keinerlei Skrupel.«

Mayana reichte ihm wortlos die beiden Gegenstände.

Federmann legte den Kopf schief, weil er nicht recht wusste, was er mit diesen Dingen anstellen sollte.

»Was soll ich mit dieser vertrockneten Knolle? Und was zur Hölle ist das?«

Mayana wusste auch nur auf die erste Frage eine plausible Antwort.

»Geschenk. Sie uns geben Nahrung. Wir nicht töten Ayamanes!«

Im Hintergrund hörte sie ein Schnauben. Almaviva, der Blauauge offenbar gefolgt war, machte seinem Unmut Luft.

»Lasst Euch auf keinen Kuhhandel ein, Federmann!«, stichelte er. »Seht in ihre Augen - wie viel Falschheit und Bosheit daraus hervorbricht. Sie werden uns abschlachten, schneller, als wir die Augendeckel zu schließen vermögen. Dem können wir nur entgegenwirken, wenn wir schneller sind. Brennt die Hüttendörfer nieder und verbrennt darin am besten gleich die Einwohner mit.«

»Haltet Euer vorlautes Grandenmaul!«, rief Federmann und wandte sich wieder an Mayana. »Wer sagt mir, dass sie friedlich sind und mit uns Frieden schließen wollen?«

Lange fand Mayana darauf keine Erwiderung, bis ihr einfiel, dass es noch ein weiter Weg war, bis sie dorthin kommen würden, wohin sie dieser Weg hoffentlich führte.

»Niemand!«, war die einzige Antwort, die ihr sinnvoll erschien.

7. KAPITEL

Es war ein Gebetbuch, ein Vademecum, ein Tagebuch, wie man es üblicherweise auf weiten Reisen mit sich führte. Die Feuchtigkeit und die drei oder vier Jahre, die es in den Händen der Ayamanes gewesen war, hatten es zu einem einzigen Klumpen zusammenbacken lassen.

Federmann schnitt die Lederriemen auf, mit denen es verschnürt war, und versuchte die Seiten mit dem Messer voneinander zu trennen. Das gelang leidlich.

»Sie hatten also doch Kontakt mit Weißgesichtern«, murmelte der Ulmer.

Die Schrift hatte unter der Feuchtigkeit gelitten, und die Tinte war oft bis zur Unleserlichkeit zerlaufen. Manche Seiten klebten derart stark aneinander, dass sie nicht mehr zu trennen waren. Doch die eine oder andere Seite gab den Blick auf ein Tagebuch frei, das von einem Soldaten stammte, vielleicht aber auch von einem Missionar. Nervös blätterte Federmann darin.

Er sah Mayana an, die ihm gegenübersaß und ihn beobachtete.

»Wer hat dir das gegeben?«

»Kazike!«, sagte sie nur, doch Federmann wusste sofort, wen sie damit meinte.

Nachdem die Truppe den Hügel erklommen und das Dorf erobert hatte, waren sie rasch mit den Einheimischen ins Gespräch gekommen und hatten festgestellt, dass sie ihnen tatsächlich wohlwollend gesinnt waren. Zwar brauchten sie mehrere Dolmetscher, um den Kaziken zu verstehen, doch Mayana führte die Männer sicher. Einen halben Tag waren sie hinter dem Dorfältesten und seinen Würdenträgern hermarschiert und hatten dann in einem kleinen Pueblo im Tal ihr Nachtlager aufgeschlagen.

Federmann hatte ein eigenes Rundhaus erhalten – und Mayana war ihm dorthin gefolgt. Erst in der Hütte hatte sie ihm das Büchlein überreicht.

Federmann blätterte in dem Buch und versuchte, die Schrift zu entziffern. Der Mann hatte mit allen möglichen Federn geschrieben. Meist mit ungeeigneten Holzstäben oder Schilfrohren, sodass die Buchstaben undeutlich waren. Außerdem schien er nicht geübt zu sein. Doch irgendetwas musste ihn dazu veranlasst haben, trotz seiner minderen Begabung diese Aufzeichnungen zu führen. Federmann verglich die Anmerkungen des Fremden mit seinen eigenen Versuchen, diese Reise schriftlich festzuhalten. Der Mann war kein Spanier gewesen, so viel stand fest, sondern ein Deutscher. Er schrieb jedenfalls in deutscher Sprache. Zudem hatte er Zeichnungen angefertigt.

Und diese Zeichnungen waren es, die den Ulmer unruhig werden ließen. Immer wieder kehrte er in der Kladde zu einer Seite mit einem Bild zurück, das ihn faszinierte. Vorsichtig hielt er sie aufgeschlagen. Die Zeichnung zeigte, von der Feuchtigkeit etwas verwischt, steinerne Mauern. Die Tinte war so aufgetragen, dass sie ausfranste – und es wirkte nicht so, als sei dies eine Folge der langen Lagerung, sondern so gewollt. Als würden die Mauern glänzen, ja geradezu strahlen. Als würden sie das Sonnenlicht reflektieren, das auf sie schien. Das aber konnte nur bedeuten, dass diese Mauern aus einem Material bestanden, das Sonnenstrahlen zurückwarf. Und hier im Dschungel gab es nur ein Material mit dieser Eigenschaft: Gold.

Die Darstellung deckte sich mit dem, was er gehört hatte: Mitten im Regenwald der Tiefebene, weit im Süden, sollte sich diese Stadt befinden. Dort sollte es goldene Stadtmauern geben.

Und noch eine Seite in dem Buch beschäftigte ihn. Er entdeckte eine Art Plan, der ihm bekannt vorkam. Rasch zog er unter seinem Brustharnisch den Goldanhänger hervor. Die Darstellungen der Linien und Verzweigungen ähnelten einander beinahe wie ein Ei dem anderen.

Federmann konnte nicht mehr ruhig sitzen. Er musste aufstehen, er musste laufen.

»Zieh dich aus!«, sagte er zu Mayana und setzte dann freundlicher hinzu: »Bitte!«

Als sie zögerte, versuchte er sein Begehren klarer zu formulieren. »Ich will nur die Zeichnung hier mit der Karte vergleichen, die auf deinem Rücken aufgemalt ist.« Seine Stimme klang ungewollt flehend. Im Moment wollte er kein Geschrei, er wollte keinen Zwang, er wollte nur überprüfen, ob das, was er dachte, auch der Wirklichkeit entsprach.
Mayana schob ihren sackartigen Überwurf über den Kopf und beugte sich nach vorn. Federmanns Blick fiel auf die festen Brüste, und er fühlte, wie sich der Wunsch, die Rückenzeichnung zu sehen, mit der Gier, Mayana zu besitzen, vermischte. Doch er atmete zweimal tief durch und verwarf den Gedanken, sie zu überwältigen.
Federmann nahm das Tagebuch in die Hand, holte die Goldscheibe unter seinem Harnisch hervor und versuchte, beides mit der Zeichnung auf dem Rücken der jungen Frau in Einklang zu bringen. Es gelang ihm nicht. Hatte er auf der *Santa Cruz* noch geglaubt, Scheibe und Zeichnung auf dem Rücken hätten miteinander zu tun, würden ineinandergreifen, musste er sich jetzt eingestehen, dass sie nichts miteinander gemein hatten.
Er streichelte Mayanas Rücken, ließ seine schwielige Hand über ihre Seite gleiten, spürte mit den Fingerkuppen den sich rundenden Brustansätzen nach – und riss sich von ihrem Körper los.
»Bring mich zu dem Kaziken!«, befahl er und bemerkte dabei seine raue, hungrige Stimme. Mayana nickte.
»Warte!«, befahl der Ulmer noch. Er lud zuerst seine Pistole und steckte sie sich in den Gürtel. Seit er außerhalb Neu-Augsburgs war, verließ er sein Zelt nicht mehr ohne geladene Pistole. Schließlich konnte man nie wissen, was einem widerfuhr – und er hatte sich geschworen, seine eigene Haut so teuer wie möglich zu verkaufen.
Die Einheimischen erwarteten ihn bereits in der Dorfmitte. Man hatte ein Feuer entzündet. Bertram, Triebl und Hemmler, Georg und Almaviva hatten sich ebenfalls dort eingefunden und ließen eine der unter den Indios üblichen Pfeifen kreisen. In einem Topf

über der Feuerstelle kochte eine Art Suppe, deren Duft zu ihnen herüberdrang.
Sie würden gemeinsam essen, doch zuerst musste Federmann wissen, woher das Buch stammte.
»Wer hat dir das Buch gegeben?«, fragte er, bevor er sich setzte. Hinter ihm standen die Dolmetscher.
Mayana reichte die Frage an die Dolmetscher weiter, und diese stellten sie schließlich dem Kaziken, der ihnen gegenübersaß. Dessen schwarze Augen wirkten wie riesige Pupillen in dem rot bemalten Gesicht. Der Kazike nickte, sagte zwei Sätze und hob vier Finger einer Hand.
»Mann. War krank. Vier Sonnenläufe her«, übersetzte Mayana holprig, als die Antwort sie wieder erreicht hatte.
Der fremde Weißgesichtige sei in voller Rüstung hier eingetroffen, berichtete Mayana weiter, immer gleichzeitig redend und dem letzten Dolmetscher lauschend, übersät mit roten Pusteln und stinkenden Wunden, die Löcher in seine Haut gefressen hätten. Das Dorf habe ihn gepflegt, und zum Dank habe er ihnen eine Krankheit aufgehalst, die Dorfbewohner Viroles nennen würden. Die Hälfte der Bevölkerung sei daran gestorben, was schrecklich gewesen sei. Die Menschen seien regelrecht verfault, letztlich auch der Fremde.
»Vermutlich die Pocken!«, murmelte Federmann. »Sie kennen keine Pocken.« Wenn er die Lider schloss, konnte er das unbarmherzige Wüten dieser Krankheit vor Augen sehen: Die Menschen verfaulten bei lebendigem Leib. Er wusste aus Erzählungen, dass besonders unter den Einheimischen die Pocken wüteten und nichts und niemanden verschonten.
»Und woher stammt nun das Buch?«
Den Lederstein habe der Fremde ihm, dem Kaziken, überreicht, damit er ihn weitergebe, wenn Weißgesichter wie er hier auftauchten, übersetzte Mayana. Federmann musste sich beherrschen, damit er den Zwerg vor sich nicht vor Ungeduld schüttelte und damit ihre Weiterreise verdarb.

Bei seinen Begleitern bemerkte er jedoch, wie sie zunehmend unruhiger wurden, wie sie hinter vorgehaltener Hand miteinander flüsterten. Auch wenn sie nicht wussten, worum es im Detail ging, verstanden sie doch die Antworten, die Mayana gab, und reimten sich den Inhalt des Gesprächs zusammen.
»Von woher kam der Fremde?«, fragte der Feldhauptmann.
Der Kazike drehte sich um und deutete nach Süden.
Hinter dem Fluss, hinter der großen Ebene liege der Ort, von dem er aufgebrochen sei. Außerdem, so der Kazike, und hier senkte er seine Stimme und lehnte sich zu Federmann herüber, habe er noch ein weiteres Geschenk mitgebracht. Das könne er ihm aber nicht einfach in die Hand drücken, das müsse er ihm übergeben, wenn von seinen Leuten niemand zugegen sei. Ob er mit ihm mitkommen wolle?
Federmann stutzte, als Mayana ihm dies ebenfalls im Flüsterton übersetzte. Wollte der Kazike ihn in eine Falle locken? Selbst die Mienen der Dolmetscher wirkten besorgt.
»Sag ihm, dass ich keine Geheimnisse vor meinen Leuten habe!«, herrschte er Mayana an. Er sagte es so laut, dass es auch seine Männer hören konnten.
Hinter ihm entstand zustimmendes Gemurmel.
Der Kazike lauschte auf die Übersetzung, sagte zwei Sätze mit Blick auf Federmann, dann schüttelte er den Kopf, als könne er nicht verstehen, warum sich der Häuptling der Weißgesichter weigerte. Schließlich wandte er sich an seine Männer, die ihn an etwas zu hindern versuchten, ihn zu bedrängen schienen.
»Er dir zeigen!«, sagte Mayana.
»Bevor er es mir zeigt, eine letzte Frage«, unterbrach Federmann die entstehende Unruhe.
Mayana rief etwas in das Stimmengewirr. Plötzlich kehrte Stille ein. »Jetzt fragen!«, flüsterte sie.
»Der … Fremde … hat es bis in dieses Pueblo geschafft?« Federmann deutete mit dem Zeigefinger zuerst auf die Kladde und dann auf den Boden.

Der Kazike verstand sofort. Er nickte, bevor Mayana auch nur ein Wort übersetzt hatte.
»Er ist auch hier gestorben?«, bohrte Federmann weiter.
Wieder nickte der Kazike – diesmal hatte er abgewartet, bis Mayana die Frage weitergegeben hatte. Aus den fünf Wörtern waren bei der Übertragung mindestens zehn Sätze geworden, bei der nächsten Staffel verstrich sogar noch mehr Zeit. Federmann runzelte die Stirn. Was Mayana dem Dorfältesten wohl erzählte – was musste sie wohl derart umschreiben oder mit Inhalten füllen? »Wo liegt er begraben?«, fragte er schließlich.
Der Kazike war wie versteinert, als er antwortete. Er sagte etwas, ohne auch nur einen Finger zu bewegen, und wies Mayana und die Dolmetscher dann an, das Gesagte zu übersetzen. Auch der Kazike brauchte mindestens sechs oder sieben Sätze und eine weitreichende Gestik, doch bei Federmann kam nur eine kurze Aussage an.
»Er nicht begraben«, sagte sie nur und blickte zu Boden.
Federmann bohrte nach. Was das heiße, was das zu bedeuten habe?
Mayana sah nur weiter verlegen zu Boden.
Der Kazike musterte den Ulmer ungerührt und mit einem Blick, der ihm durch und durch ging.
»Begraben sie ihre Toten nicht?«, wollte Federmann wissen, und als Mayana nicht übersetzte, stieß er sie an und fasste sie an der Schulter. »Übersetz. Sofort.« Auch die Dolmetscher bedachte er mit grimmigem Blick, doch die zuckten nur mit den Schultern. Wenn Mayana sich weigerte, hatten sie nichts zu tun.
»Stellt Euch nicht so dumm, Federmann«, ertönte eine Stimme in seinem Rücken: Almaviva. »Warum sollten sie ihn begraben? Wenn er die Pocken überlebt hat, war er ein starker Mann – und als Weißgesicht immer auch ein Feind. Die Zwerge hier fressen ihre Feinde auf!«
Für einen Augenblick verschlug es Federmann die Sprache. Kannibalen? Was immer geschehen sein mochte, dass der Europäer

zu einem Feind der Ayamanes geworden war und sie ihn zwar gepflegt, aber kurz darauf getötet hatten, rechtfertigte noch lange nicht, ihn zu verspeisen. Kannibalen … Auf den Gedanken war er noch nicht gekommen. Natürlich, die Ayamanes waren Kannibalen!
»Haben recht!«, sagte Mayana und hob den Kopf. »Sie Mann gegessen. Bringen Kraft. Viroles dann verschwunden.«
»Sie … sie haben ihn … gesund gepflegt und dann …« Federmann hielt es nicht auf seinem Platz. Er fuhr hoch, stieß mit dem Stiefel in die Flammen der Feuerstelle, sodass die Funken stoben. Der Kazike rührte sich nicht, obwohl ihm das Sprühfeuer die Haut versengte. »Verflucht, sie sind elende Menschenfresser?«, brüllte er. Niemand außer dem Feldhauptmann rührte sich von der Stelle. Wie ein Tiger im Käfig lief er auf und ab, raufte sich die Haare, dann stürzte er mit verzerrtem Gesicht auf den Kaziken zu, der ihn ungerührt beobachtete, packte ihn an den Schultern und riss ihn hoch.
»Nein, Blauauge! Er sonst Freundschaft ablehnen!«, warnte ihn Mayana.
So weit hatte sich Federmann in der Gewalt, dass er verstand, was Mayana ihm sagen wollte. Behutsam stellte er den Indio zurück auf die Beine.
»Wo sind dann seine Knochen? Sie haben doch die Knochen sicherlich begraben.«
Mayana schüttelte den Kopf. Für die Erklärung brauchte sie offenbar nicht beim Kaziken nachzufragen. »Knochen in Feuer gebrannt, gemahlen, getrunken.«
Dem Ulmer wurde übel. Der gesamte Mageninhalt kam ihm hoch. Sogar die Knochen fraßen diese Tiere. Wieder trieb es ihn um das Feuer herum. »Warum tun sie das? Warum fressen sie Menschen? Warum belassen sie es nicht bei den Tieren, die sie fangen?«
»Nicht wissen«, sagte Mayana. »Immer so machen. Immer und immer.«

»Immer und immer«, wiederholte Federmann. Dann atmete er tief ein. »Damit ist jetzt Schluss. Endgültig Schluss. Sie werden von Fra Enrico getauft. Sie werden zu Christenmenschen. Sie sind schließlich Untertanen Seiner Kaiserlichen Majestät, und die verbietet das Verzehren von Menschen.« Die letzten Worte sprach er feierlich. Dann setzte er drohend hinzu: »Bei Todesstrafe!«

Mayana übersetzte langsam, und selbst die Dolmetscher blieben erkennbar vorsichtig bei der Weiterleitung dessen, was Federmann gesagt hatte. Der Kazike schien nicht recht zu begreifen, was Federmann da sagte. Er schüttelte den Kopf, sagte etwas, dann schüttelte er erneut den Kopf, als Mayana ihm wiederum Federmanns Worte erklärte.

»Will er nicht hören?«, fragte Federmann nach. »Weigert er sich?« Zuletzt schrie er die Frage regelrecht: »Weigert er sich?«

Federmann packte einen der Würdenträger neben sich an seinem Haarschopf – der trug die Haare gerade so lang, dass er sie noch packen konnte.

»Frag ihn, ob er weiter Menschen fressen wird. Frag ihn!«, brüllte er Mayana an. Die wimmerte nur verängstigt und brachte keinen Ton heraus.

»Frag ihn endlich«, wütete Federmann, dem die Szene wie ein Höllentanz erschien. Das Feuer glühte vor sich hin. Die rotbemalten Ayamanes saßen auf der einen Seite der Feuerstelle, die Weißen auf der anderen. Beide Gruppen wirkten, als würden sie sich eben auf die Walpurgisnacht vorbereiten und den Auftritt des Gott sei bei uns erwarten.

Mayana, die wie eine Hexenmutter vermittelnd inmitten der Gruppe hockte und die Dolmetscher um sich geschart hatte, stieß Worte aus, die sich wie das Heulen von Satanskreaturen anhörten. Schließlich hatte er sich gezeigt, der Satan, in Form des Kannibalismus.

Der Krieger, den Federmann noch immer gepackt hielt, sagte etwas und schüttelte dabei den Kopf so heftig, dass Federmann beinahe losgelassen hätte. »Was sagt er? Sagt er Nein, oder sagt er: ›Ich mache weiter‹?«

»Er machen weiter«, murmelte Mayana.

»Was hast du gesagt?«, schrie der Ulmer sie an. »Er macht weiter?«

»Ja, Blauauge, er weiter essen Menschen«, Mayanas Stimme war nur noch ein Hauchen. »Er stark. Feinde ihn stark machen.«

»Oh nein, er wird nie wieder einen Menschen fressen!«, schrie Federmann. »Nie wieder!«

Der Feldhauptmann zog seine Pistole, die er geladen im Gürtel mit sich führte, setzte den Lauf an den Kopf des Mannes und drückte ab. Die Wucht der Explosion riss den Körper beiseite, und Federmann hielt nur noch ein Büschel Haare in der Hand, an dem ein Stück Schädeldecke hing. Der Körper fiel ihm vor die Füße.

Mayana schrie auf und rannte davon. Die Männer um den Kaziken standen alle auf und wandten sich zur Flucht. Allein der Kazike blieb sitzen, als sei nichts gewesen.

Federmann betrachtete das Haarbüschel. Der Knall hatte ihn wieder zur Vernunft gebracht.

»Verdammt«, fluchte er und schaute um sich. Das Entsetzen in den Augen seiner Männer sprang ihn regelrecht an.

Nur eine Person klatschte langsam und provozierend Beifall. »Ihr habt eben unser Todesurteil unterzeichnet, Gobernador. Außerdem glaube ich kaum, dass wir das zu Gesicht bekommen werden, was uns der Alte noch hatte zeigen wollen.«

Langsam drehte sich Federmann zu Almaviva um, der höhnisch lächelnd hinter ihm stand. Federmann, der noch immer das Haarbüschel in der Hand hielt, ließ es fallen, hob die Pistole und zielte auf den spanischen Granden. Das spöttische Grinsen in dessen Gesicht verschwand, und er wurde blass. Dann ließ Federmann den Abzugshahn schnellen – doch kein Schuss fiel mehr. Die Pistole klickte nur.

»Sie hätte ebenso gut geladen sein können, Almaviva!«

8. KAPITEL

Eine Woche später standen sie vor dem Tocuyo, wie die Ayamanes den Fluss nannten. Schäumende braune Fluten strömten durch das Flussbett, das von steil abfallenden Ufern mit hohen Bäumen und Buschwerk gesäumt wurde. Es war ein gewaltiges Wasser am Beginn der Regenzeit, urtümlich wie die Landschaft, wild wie die Menschen, die an seinen Ufern wohnten. Ein feiner Wasserfilm bestäubte die Pflanzen in der Umgebung und machte die Wege glitschig. Die Strömung war zu stark, um sie zu durchqueren, und es fand sich keine Furt. Wenn sie übersetzen wollten, mussten sie schwimmen oder mit Flößen das andere Ufer zu erreichen suchen.
Fluchend stand der Feldhauptmann eine halbe Stunde lang vor den reißenden Wassermassen, die wie ein lebender Organismus wirkten. Manchmal hatte Mayana das Gefühl, als wolle Blauauge sich in diese Wogen hineinstürzen, um sie zu zähmen.
Sie bemerkte die Unruhe, die sich Blauauges zusehends bemächtigte und mit der er sie schließlich vorwärtstrieb, flussabwärts, auf der Suche nach einer Furt.
So war er: Wenn er den Fluss nicht zwingen konnte, zwang er seine Männer. Offenbar vermochte niemand, sich ihm zu widersetzen. Nicht einmal Almaviva. Mit Grausen dachte Mayana an den Abend vor einer Woche zurück.
Nach der Exekution hatte er dem Kaziken noch das zweite Geschenk abgerungen, obwohl Mayana ihn gebeten hatte, es nicht zu tun. Natürlich hatte der Ulmer darauf gehofft, Gold oder Silber zu erhalten, kleine Götterfiguren, Becher, Schalen oder sonstigen edelmetallischen Plunder. Doch weit gefehlt. Der Kazike wollte ihm ein Amulett geben, angeblich ein Glücksamulett – das aber nicht aus einem edlen Metall bestand. Es sollte ihm die Kraft geben, den Dschungel zu bezwingen und dem Dämon der Krankheit zu widerstehen. Weil es jedoch das persönliche Amulett des Kaziken war, wollte er es nicht vor aller Augen weitergeben.

Noch lange hatte Federmann mit dem Kaziken und mit Mayana und den Dolmetschern neben dem Toten am Feuer gesessen und mit dem Kaziken gerungen. Jeder hatte dem anderen in holprigen Worten seine Vorstellungen von Freundschaft und Herrschaft zu erklären versucht. Blauauge hatte dem Dorfältesten erzählt, wie ein Kaisertum funktionierte und welche Aufgaben auf Karl V. zukamen, was er tat und wie man sich die Oberherrschaft dieses Monarchen vorzustellen hatte. Irgendwann war ihm wohl bewusst geworden, dass der Kazike ihn niemals verstehen würde, weil er nur Dörfer kannte, allerhöchstens noch in Stammesbegriffen zu denken vermochte.
Ebenso erging es Blauauge, der kein Wort davon begriff, was der Kazike meinte, wenn er ihm durch den Mund der Dolmetscher sagte, dass man sich auf seinen Jagdbruder blind verlassen können musste und dass man ohne echtes Vertrauen zwischen den Bäumen und den Tieren im Dschungel auf sich allein gestellt und dem Tod geweiht war.
So waren sie übereingekommen, dass unterschiedliche Orte unterschiedliche Lebensweisen hervorbringen – und just in diesem Moment hatte Blauauge wieder von seinem Geschenk angefangen; er erwartete mehr als ein wertloses Amulett.
Der Kazike hatte ihm nach langem Drängen und langer Verhandlung, die sie umständlich mit den Übersetzern am Feuer führten, sein Glücksamulett schließlich ausgehändigt: einen Kopf, einen Schrumpfkopf.
Zuerst war Federmann der Meinung gewesen, er hielte einen Affenkopf in Händen, doch Mayana und die Dolmetscher, die vor Ehrfurcht zurückgewichen waren, hatten ihn aufgeklärt. »Das der Fremde!«, sagte sie ihm.
Lange hatte Federmann den beinahe schwarz gefärbten Schädel betrachtet, über dessen Steinfüllung sich die Haut wie trockenes Papier spannte. Die Knochen waren entfernt worden, den Mund hatte man vernäht.
»Damit Rachegeist drinbleibt!«, verriet Mayana ihm und erzählte

dann, wie die Haut über dem Feuer getrocknet und geräuchert wurde, was dem Kopf die schwarze Farbe verlieh.
»Seine Haare sind immer noch blond«, murmelte Blauauge.
Mayana hatte noch bemerkt, wie ihm schlecht geworden war und er sich weggedreht hatte. Dann war es aus ihm herausgebrochen. Er hatte sich mitten in die Flammen hinein übergeben.
»Lebenskraft der Toten bei Träger!«, übersetzte sie noch die Worte des Kaziken, die ihr durch die Dolmetscher zugingen, bevor dieser ging und die Truppe um Federmann zurückließ. Sie hatte den Schrumpfkopf in der Hand gehalten und ihn hin und her pendeln lassen.
Federmann hatte es abgelehnt, den Kopf zu nehmen, also hatte sie ihn an die Tür ihrer Hütte gehängt, und am nächsten Tag war er verschwunden, worüber Federmann erleichtert gewesen war. Mayana ahnte, wer ihn an sich genommen hatte: Tayento.
Am nächsten Tag waren sie noch vor Sonnenaufgang aufgebrochen. Zwar hatte Blauauge vorgehabt, die Xidehara zu entlassen und durch Ayamanes zu ersetzen, doch durch deren Zwergenhaftigkeit wären sie ihnen keine sinnvolle Hilfe gewesen. Er hätte doppelt so viele Träger gebraucht, die er jedoch nicht bekommen hätte. Hinzu kam, dass sich tagsüber sowieso kein Stammesmitglied sehen ließ, weder Mann noch Frau.
Erst gegen Abend war der Kazike zurückgekommen. Umringt von seinen Würdenträgern, die diesmal bewaffnet gewesen waren, hatte er einen gebührenden Abstand gehalten, doch offensichtlich hatte er sich dazu entschlossen, den Tross zu begleiten. An Nahrungsmitteln mangelte es dem Tross nicht – und Blauauge ließ nach jedem Aufenthalt in einem der verlassenen Dörfer einen Teil der erbeuteten Waffen als eine Art Bezahlung zurück. Ein rauschendes Toben, das die Luft erfüllte, hatte eine Woche später das Ende des Territoriums der Ayamanes angekündigt. Schließlich hatten sie den Fluss erreicht, den Tocuyo, dessen Wasser zu sehen Mayana sehnlichst herbeigewünscht hatte. Dahinter lag das Hochtal, von dem aus sie vor zwei Jahren aufgebro-

chen war. Vielleicht noch zwei Wochen oder drei, dann würden sie am Ziel sein.

Doch zuerst galt es, den Tocuyo zu überqueren.

Federmann versuchte zuerst – auf der Suche nach einer geeigneten Furt – flussabwärts zu marschieren, doch der Fluss erwies sich weithin als zu tief und zu reißend. Dann mühten sie sich flussaufwärts durch das Dickicht des Ufersaums, immer mit der Hast und Ungeduld, die Federmanns Stimmung widerspiegelten.

Die Papageien und Affen in den Bäumen schienen sich über ihre Lage zu freuen, denn sie vollführten ein seltenes Spektakel, schrien und krakeelten, dass es in den Ohren dröhnte. Schließlich war es selbst dem Feldhauptmann zu viel. Er befahl seinem Tross zu rasten und suchte nach einer anderen Möglichkeit, ans gegenüberliegende Ufer zu gelangen.

»Könnt Ihr schwimmen, Almaviva?«, erkundigte sich Blauauge beim Hauptmann der Truppe, als dieser neben ihn trat und auf die braunen Wassermassen starrte. »Wenn Ihr beim Überqueren eines Flusses ein ebenso großes Maul habt wie beim Streuen von Zwietracht, kritisiere ich Eure gehässigen Bemerkungen in Zukunft nicht mehr.«

Der Spanier trat entgeistert einen Schritt zurück.

»So schwer ist das nicht«, sagte Federmann spöttisch. »Ihr bindet Euch ein Seil um den Leib, legt Euch auf eines der Schilde Eurer Fußtruppe und lasst Euch – während Eure Männer das Seil festhalten – nach drüben schwemmen. Dort angelangt, lauft ihr das Ufer hoch, befestigt direkt gegenüber das Seil, und schon können wir übersetzen.«

Ob der Ulmer dabei an seine Kindheit dachte, von der er Mayana auf der Überfahrt oft erzählt hatte? Von den Flößern auf der Donau bei Ulm? Von den Abenteuern der beiden Jungen, von Blauauge und Joaquin? Von den Gefahren der Strömungen, Strudel und Wasserwalzen?

Selbst der Kazike, der sie als Einziger bis hierher begleitet hatte, kannte nur eine Methode: warten, bis die Wasser zurückgingen.

»In drei Monden Wasser nur so tief!«, ließ er übersetzen und zeigte bis zu seinen Knien.
»Wir haben keine drei Monate Zeit«, knurrte Blauauge.
Mayana übersetzte diese Antwort nicht, sondern bedankte sich für den Rat.
Sie standen beinahe den Durchgang eines Stundenglases am felsigen Ufer und stierten nach drüben, ohne einen passenden Entschluss zu fassen. Endlich drängte sich einer der Jüngsten vor.
»Lasst mich gehen, Herr!«, schlug Georg vor.
Blauauge hatte den Jungen beinahe vergessen. War er bei der Abreise noch aufgefallen, weil er zwei Köpfe kleiner gewesen war als der Rest der Truppe, so galt selbst er jetzt in diesem Zwergenland beinahe als Riese.
»Du bist ein waghalsiger Kerl!«, erwiderte Blauauge verblüfft.
Mayana hörte einen gewissen Zweifel in der Stimme des Ulmers. Schließlich hatte Georg einen gebrochenen Arm gehabt, der im letzten Jahr nicht so recht heilen wollte und immer noch Schwierigkeiten machte, auch wenn die Knochen mittlerweile wieder zusammengewachsen waren.
Als ihn Georg provozierend ansah, gab Blauauge schließlich nach.
»Schneidet Euch ein Stück von seinem Mut ab, Almaviva. Ihr könntet es dringend brauchen.« Damit ließ er Almaviva stehen und machte sich daran, die Überquerung des Tocuyo zu organisieren. Bertram wurde mit in die Planung eingebunden. Sie sammelten die Holzschilde der Fußtruppe ein und befestigten sie mit Seilen an Querstangen, die sie aus dem Uferbewuchs schnitten. Während das Gros des Trosses damit beschäftigt war, ein ausreichend großes Floß herzustellen, musste sich Georg auf ein einzelnes schwankendes Schild legen. Schild und Junge wurden durch jeweils ein Seil gesichert, das später zugleich das Führungsseil werden sollte. Bertram hatte mittlerweile einen ausreichend starken Stamm entdeckt, an dem das Seil befestigt werden konnte.

Fra Enrico und die Dominikaner hielten eine kurze Messe ab, die allen den Segen für das gewagte Unternehmen gab, und traten dann ans Ufer, um für Georg zu beten. Lauthals sangen sie getragene mehrstimmige Choräle. Die Waldfront gegenüber warf die Weisen zurück, sodass der Eindruck entstand, es sängen dreißig oder vierzig Mann. Ungeachtet der Bitt- und Dankgebete wurde Georg zum Ufer geleitet.

Er entledigte sich aller Kleidung, wurde sodann ins Wasser gelassen und musste versuchen, auf die andere Wasserseite hinüberzurudern, während eine Zehnerschaft das Seil hielt und langsam Leine zugab. Georg tanzte wie ein Korken auf dem rasch fließenden Wasser. Dabei war es nicht das Wasser selbst, das den Tocuyo gefährlich machte. Gefährlich waren die Gegenstände, die der Fluss aus dem Uferbewuchs gerissen hatte und mit sich führte: Baumstämme, Äste, ganze Bäume, tote Tiere.

Nur langsam trug die Strömung Georg dem anderen Ufer zu. Er paddelte wie wild mit den Händen und versuchte, wie ein Schiff gegen die Strömung zu kreuzen, was ihm leidlich gelang. Einmal hatte er bereits den überhängenden Zweig eines Baumes der gegenüberliegenden Seite erreicht, als sich das Seil in vorübertreibendem Astwerk verfing und ihn zurück in die Strommitte zog. Mit aller Gewalt versuchte der Junge, das Tau zu lösen, doch es hatte sich so mit dem Gestrüpp verheddert, dass sein Schild unter Wasser gedrückt wurde und er in die Strudel zu geraten drohte. Georg hängte sich an das Astgewirr und versuchte, mit seinem Schild darum herum zu manövrieren, doch die Strömung war zu stark; es gelang ihm nicht. Den Schild loszulassen kam einem Selbstmord gleich – und doch musste Georg abspringen, denn sonst wäre er unter das Astwerk gedrückt worden. Bevor er sich in dem Wirrwarr aus Blättern und Zweigen verlor und womöglich verhakte, ließ er los und entfernte sich von der gefährlichen Falle. Der Schild tanzte wie eine Gig in den Fluten, und Georg griff sofort wieder danach.

Ein gutes halbes Stundenglas lang kämpfte der Junge mit dem

Wasser, bis er endlich das gegenüberliegende Ufer erreichte. Er war blau gefroren und mit den Kräften völlig am Ende; es gelang ihm kaum, die Uferböschung zu erklimmen. Dort musste er sich erst einmal ins Unterholz legen und ausruhen.
Doch das Seil zog und zerrte in der Strömung, und jedes weitere Treibgut konnte es mit sich reißen, sodass Georgs Opfer umsonst gewesen wäre. Blauauge schrie aus Leibeskräften, und Georg erhob sich tatsächlich, schleppte sich bis zu einem geeigneten Stamm, den sie zuvor schon ausgespäht hatten, schlang das Seil darum und knotete es fest.
Mit einer gemeinsamen Anstrengung spannten die Mannschaften auf der anderen Seite das Tau. Schließlich jagte Blauauge einen der Ayamanes an das Seil hinaus. Auch er hatte ein Seil um den Körper geschlungen.
Man hatte eine Laufschlinge an das gespannte Tau geknotet, und der Indio brachte jetzt das zweite Seilende auf die andere Seite. So konnte das mittlerweile fertiggestellte Floss gefahrlos an die Seilschlinge gehängt und mit den Seilenden von beiden Seiten hin und her gezogen werden. Dennoch dauerte das Übersetzen den gesamten Abend an. Die Pferde wurden ins Wasser gescheucht und mussten, am Zügel gehalten, schwimmen, während gleichzeitig auf dem schwachen und sich windenden Floß Gepäck und Menschen hin und her gezogen wurden, in der beständigen Furcht, Treibgut könne das Floss und seine Mannschaften in den Tod reißen. Die Männer lagen auf den Schilden und klammerten sich an die Querstangen.
Während die Letzten sich über das reißende Wasser mühten, schlug der Tross am Ufer das Nachtlager auf.
Die Dominikaner, die sich gemeinsam auf das Floß begeben und unbeschadet das gegenüberliegende Ufer erreicht hatten, knieten sich nieder und begleiteten jede Fuhre mit ihren Kantaten. Die Ayamanes blickten scheu auf die heiligen Männer, deren Stimmen sich so entschieden vom Kreischen, Heulen und Schreien in der Tierwelt unterschieden. Beinahe andächtig lauschten sie und

mussten von den Soldaten immer wieder mit Knütteln angetrieben werden.
Lagerfeuer wurden entzündet, und in den mitgeführten Netzen zappelten Fische für den gesamten Tross.
Mayana gehörte zu den Letzten, die sich über den Fluss wagten. Sie schlitterte das bereits glitschige Ufer hinunter und hätte beinahe das Floß verfehlt, wenn nicht der Hauptmann der Soldaten zugegriffen hätte.
»Na, mein Kind«, säuselte Almaviva. »Wenn ich dich loslasse, kann ich mir deine Haut holen!«
Er warf sie auf das Gefährt. Zwei weitere Männer stiegen zu, unter anderem Bertram, der sich sofort zwischen sie und Almaviva stellte.
»Hat er dir etwas getan?«, fragte er flüsternd.
Mayana verneinte kopfschüttelnd. Sie legten sich flach auf das Holzfloß, das unter ihrem Gewicht bedenklich wankte.
»He, leg dich hin!«, wurde Bertram aufgefordert.
»Habt Ihr schon bemerkt, dass sich mindestens die Hälfte der Wilden in die Büsche geschlagen hat?«, fragte Almaviva Bertram.
Mayana hatte es beobachtet. Das bedeutete, dass sie nicht über genügend Träger verfügten. »Sie Furcht!«, sagte sie. »Fremdes Land. Nicht friedliche Ayamanes.«
»Das kann ja heiter werden«, schnaufte Bertram, während er sich an die Stangen klammerte, die das schwankende Gefährt zusammenhielten.
Ein weiterer Umstand machte Mayana Sorgen. Tayento konnte nicht mit ihnen übersetzen, also musste er zwangsläufig zurückbleiben. Das bedeutete aber, dass ihr ein wichtiger Schutz fehlte.
Kaum hatte sie das gedacht, entstand eine Unruhe auf dem Floß. Almaviva schrie etwas über die Schulter, und plötzlich zogen die Männer am anderen Ufer noch stärker.
»Verfluchte Hunde!«, schrie Almaviva und wäre zu gerne aufgesprungen, doch die schwankende Oberfläche des Floßes machte das Stehen unmöglich.

Mayana sah zuerst das schlaff ins Wasser gefallene Zugseil hinter sich. Dann erkannte sie Krieger der Ayamanes, die mit den als Geschenke verteilten Beilen auf das Haltetau eindroschen. Einzelne Fasern hatten sich bereits gelöst. Wenn sie es schafften, das Reep zu durchschlagen, bevor das Floß in Ufernähe war, würden die Männer darauf von der Strömung mitgerissen werden.
Mayana kniete sich hin und schrie den Männern zu, sie sollten es lassen, doch diese hoben nicht einmal die Köpfe. Und dann riss das Führungsseil mit einem pfeifenden Geräusch und klatschte ins Wasser. Das Floß wurde von der Strömung erfasst und halb gedreht, da die Männer am anderen Ufer das Zugseil weiter hielten. Das provisorische Wasserfahrzeug bäumte sich gegen die Strömung, und Mayana fiel nach vorn. Durch die Drehung des Floßes verwand sich die Konstruktion, und einige der Seile, die Schilde und Holzrippen miteinander verbanden, zerrissen knallend. Die Schildkonstruktion begann auseinanderzubrechen. Nur die restlichen Halterungen verhinderten das.
Mayana kroch zum anderen Ende, um durch ihr Gewicht das Gefährt nach unten zu drücken, doch sie verfehlte das Tau dort und griff ins Leere. Sie verlor den Halt, tauchte mit der Hand ins Wasser, rutschte bis zur Schulter in eine der aufklaffenden Lücken und wäre im Schlund zwischen den Schilden verschwunden, wenn nicht Bertram zugegriffen und sie an den Haaren aus dem Strudel gezogen hätte.
»Mädchen, was tust du?«, fauchte er.
»He, was sollte das? Das Floß …!«, schrie jemand vor ihm. Tatsächlich schlingerte das Gefährt durch die Aktion hin und her und krachte schließlich mit hoher Geschwindigkeit gegen eines der steilsten Uferstücke. Hätte Bertram Mayana nicht hochgezogen, wäre sie zwischen den Holzbohlen zerquetscht worden. Wieder verlor Mayana das Gleichgewicht und fiel über Bertram hinweg ins Wasser. Diesmal half ihr niemand. Sie wurde vom Sog erfasst und sofort von dem Floß weggetragen.
Zuerst drückte die Strömung sie ans Ufer. Mayana versuchte,

sich an der glitschigen Uferwand aus rotem Lehm festzuhalten, doch sie rutschte ab und sackte damit tiefer in den Fluss hinein. Sie spürte, wie eine mächtige Kraft an ihren Beinen zerrte, mit denen sie wie wild gegen den Strom anstrampelte. Doch sie verlor – das Wasser holte sie sich. Vergeblich versuchte sie die über ihr vorüberziehenden Äste und Sträucher zu greifen, aber sie verfehlte sie immer wieder, und so entfernte sie sich langsam vom Ufer. Eine letzte Rettung bot der herabhängende Ast eines schief in der Uferwand stehenden Baumes, der in den Fluss hineinragte. Vor ihr schäumte das Wasser um aus dem Flussbett ragende Felsen. Wenn sie dort dazwischengeriet, würde sie unweigerlich zerschmettert. Mayana strampelte mit den Beinen und stemmte sich so mit aller Kraft aus dem Wasser. Ihr Arm schnellte nach oben – und um die Breite einer Hand verfehlte sie den Ast.

Es war ein Augenblick der Hoffnungslosigkeit, der sie traf wie der Schlag einer Faust. Wenige Fingerbreit hatten zwischen Leben und Tod entschieden – und sie hatte verloren. Der Fluss würde sie sich holen. Sie würde hineingerissen in eine nicht mehr überschaubare und kontrollierbare Zukunft und musste sich ihr überlassen wie das Treibgut, das an ihr vorüberschoss und sich widerstandslos gegen die Felsen werfen ließ.

Kraftlos sackte sie zurück und wollte sich dem Toben des Flusses überlassen, als aus dem Astwerk über ihr ein Arm herabschnellte und ihre Hand ergriff. Ein Ruck ging durch ihren Körper, und sie hatte das Gefühl, als würde ihr der Arm ausgerissen. Mit einem Schwung wurde sie nach oben gerissen und auf den freiliegenden Ast gehievt. Mit letzter Kraft hielt sie sich an diesem fest.

Mit einem Blick hatte sie ihren Retter erkannt, konnte allerdings ihren Augen kaum trauen. Wie war das möglich? Tayento lag bäuchlings auf dem Ast und grinste sie an. Woher kam er so plötzlich? Wie war er über den Fluss gelangt?

Als ob er ihre Gedanken errate, zeigte er auf die Federn, die er sich mit Gummiharz an die Schultern geklebt hatte. Konnte sich der Schamane wirklich in einen Vogel verwandeln, wenn er dies wollte? War das Rufen des Nachtvogels, das sie schon mehrmals vernommen hatte, sein Ruf, wenn er sich verwandelt hatte? So viel war möglich unter dem Blätterdach des Waldes, und wenn man die Augen schloss, sogar alles.

Mayana schloss die Augen vor Erschöpfung, froh darüber, dass der Schamane den Fluss überquert hatte und nicht hinter ihnen zurückgeblieben war. Wäre das der Fall gewesen, hätte sie jetzt den Wellen des unteren Flusslaufs als Spielball gedient. Mayana öffnete die Augen wieder und wollte etwas sagen, doch der Schamane legte nur den Finger an seinen Mund. Dann hielt er ihr den Schrumpfkopf entgegen, den der Kazike Blauauge übergeben hatte, erhob sich und lief, als sei er der feste Boden, den Ast entlang bis zum Stamm. Mayana starrte den Kopf an, der an ihrer Hand hing und pendelte. Tayento wollte offenbar, dass Blauauge Kraft behielt beim Marsch durch den Dschungel. Er wollte, dass Blauauge überlebte.

Mayana vernahm den Lärm, der Tayento vertrieben hatte: Männer des Trosses, sicherlich war Blauauge darunter, brachen durchs Unterholz und suchten nach ihr. Keiner der Ayamanes begleitete die Männer.

Blauauge war einer der Ersten, die in ihre Nähe kamen, aber er entdeckte sie nicht. Mayana wollte ihn rufen, doch obwohl sie vor Nässe triefte, war ihr Mund wie ausgetrocknet. Vermutlich hatte sie die ganze Zeit geschrien, ohne es selbst bemerkt zu haben. Jedenfalls konnte sie sich nicht daran erinnern.

»Hier!«, rief sie noch einmal mit vermehrter Anstrengung, und schließlich wanderten die Blicke der Männer den Ast hinauf.

»Bist du geflogen?«, scherzte Blauauge, der sie verwundert ansah. »Wie kommst du dort hinauf?«

Mayana konnte nur mit den Schultern zucken, brachte aber keine Antwort zustande. Sie konnte schließlich nicht sagen, dass sie von einem der Waldgeister gerettet worden war.

Bertram und Georg waren es, die den Stamm hinaufkletterten und versuchten, sie zu erreichen. Dies gelang ihnen nur mit viel

Mühe, denn der Ast war feucht und glitschig, und Georg, der ihr ein Seil brachte, rutschte mehrmals beinahe aus und drohte, ins Wasser zu fallen.

Mayana fühlte sich so schwach, dass es ihr unmöglich war, den Ast entlangzuklettern. Sie band sich das Tau um die Hüfte und ließ sich einfach ins Wasser fallen. Dabei bemühte sie sich mit letzter Kraft, den Schrumpfkopf über ihren Kopf zu halten, damit er nicht nass wurde. Blauauge musste ihn unbedingt nehmen. Der starke Geist würde Blauauge vor dem Dschungel bewahren.

Kurz darauf zogen die Männer sie an Land.

»Komm, ich bringe dich zum Nachtlager«, sagte Blauauge. Als er den Schrumpfkopf in ihrer Hand entdeckte, stutzte er. »Was soll dieses abergläubische Zeug hier? Ich will das nicht«, blaffte er Mayana an.

Doch die hielt ihm den Kopf entgegen. Man durfte die Dämonen des Waldes nicht beleidigen. Selbst Blauauge, der durch seinen Gott geschützt war, durfte es nicht.

Doch Blauauge entriss ihn ihr mit Ekel in der Miene und warf ihn in hohem Bogen ins Wasser. Mayana konnte sich nicht dagegen wehren, noch nicht einmal protestieren. Sie fühlte sich wie zerschlagen. Als habe sie keine Knochen mehr im Leib, sondern bestünde nur noch aus Muskeln und Sehnen.

Blauauge kümmerte sich nicht darum, packte sie und legte sie sich einfach wie einen Sack Mehl über die Schulter. Er trug sie zum Lagerplatz in der Nähe des Flusses. Es war eine kleine Lichtung mit Blick auf die dahinschießenden Wasser des Tocuyo und das jenseitige Ufer. Es war weit genug entfernt, um sie vor Pfeilschüssen oder Speerwürfen zu schützen, obwohl sich der Ulmer vor einem Angriff der zurückgebliebenen Ayamanes nicht fürchtete. Hinter ihnen ragte ein kleiner, mit Bäumen bestandener Hügel auf. Die Äste reichten bis zum Boden und bildeten eine Art grüne Wand.

Mayana fror erbärmlich. Das Wasser des Gebirgsflusses war eisig gewesen. Sie zitterte und rückte näher an das Feuer, das vor dem Zelt des Feldhauptmanns entfacht worden war.

»Es ist noch einmal gut gegangen«, sagte er. »Wie geht es dir?«

Mayana kauerte sich zusammen. Man hatte ihr eine der wenigen Wolldecken gegeben, die sie mitführten. Sie würde sich eine Zeitlang darin wärmen, doch die Decke war voller Ungeziefer und stank bereits erbärmlich nach Schimmel und Verfall. Selbst Blauauge schien dies aufzufallen. Er rümpfte die Nase, sagte aber nichts weiter dazu.

Er rückte zu ihr, legte den Arm um sie und drückte sie an sich.

»Ich dachte schon, ich hätte dich verloren, als du ins Wasser gerutscht bist«, sagte er. Sie blieb stumm. »Diese Welt birgt Gefahren, von denen wir in unserer Heimat keine Vorstellungen haben. Alles ist so fremd und weit entfernt und unwirklich.«

Mayana war auf der Hut. Sie hatte längst begriffen, wie sich diese Freundlichkeiten entwickelten. Federmann hatte ihr lange nicht mehr beigewohnt, und in seiner wärmenden Geste lag zugleich ein Verlangen nach ihr, was sie zurückzucken ließ. Andererseits war er ihr zu Hilfe gekommen, hatte sie gesucht, hatte sie zurückgeholt. Er hätte sie auch auf dem Ast liegen lassen können.

Dieses Gefühl wärmte, und sie legte ihren Kopf an Blauauges Schulter. Sie wusste sehr wohl, welches Zeichen sie damit gab, wusste, dass sie seinen Annäherungen keinen Widerstand entgegensetzen würde.

So saßen sie und blickten auf das Ufer hinüber, das rasch in der hereinbrechenden Dämmerung versank und sich auflöste. Aus dem dunklen Grün, das sich aus einzelnen Flecken zusammensetzte, wurde eine einheitliche Wand, wie die Tapeten aus Stoff es waren, die sie kennengelernt hatte. Bald umfing sie Schwärze, die das Auge zurückwarf auf die wenigen Fuß, die vom Lagerfeuer beleuchtet wurden. Zurück blieben das Knacken des Holzfeuers, das Geräusch des Wassers und ein Vibrieren, das von den Wassermassen ausgelöst wurde, die sich gewaltig durch das Flussbett zwängten. Darüber wob der Wald eine Decke aus Geräuschen, der die Dominikaner einen Kettfaden zugaben, indem sie ein Dankgebet hersagten und anschließend in einen Choral verfielen, den sie lange dreistimmig über den Tocuyo hinwegtönen ließen.

Blauauge beugte sich über sie und bedeckte ihren Hals und die Wangen mit Küssen. Er schälte sie aus der Decke wie eine reife Frucht und begann, ihre Weiblichkeit zu berühren. Sie streckte sich ihm entgegen und umfing ihn, als er sich auf sie legte. Sie fühlte nichts, doch war sie ihm dankbar, sie nicht zurückgelassen zu haben.

Mayana schlief ein, als Blauauge noch auf ihr lag. Jedenfalls konnte sie sich später nicht erinnern, ihn stöhnen gehört zu haben. Als sie die Augen öffnete, blickte sie hinauf zu einem Dach aus Sternen, das sich schon dem Morgen zugedreht hatte.

Irgendetwas hatte sie geweckt. Es war mehr ein Gefühl, als dass sie sicher sein konnte. Sie spürte ihrer Umgebung nach, streckte ihre Sinne aus in der Finsternis und stöberte im Dunkeln. Das Feuer war niedergebrannt und glomm nur noch vor sich hin. Neben ihr lag Blauauge und schnarchte. Es war ein friedliches und beruhigendes Geräusch – und es war das einzige, das sie hörte. Kein Vogel, kein Jaguar, kein Affe war zu hören. Selbst das sonst übliche Geräusch von den Bäumen fallender Früchte vermisste sie. Es war, als hielte der Dschungel den Atem an und wartete auf etwas Ungeheuerliches.

Langsam erhob sich Mayana und setzte sich auf. Ihre Hände berührten dabei einen Gegenstand, den ihr jemand in die Hand gelegt hatte: den Glücksbringer, den Schrumpfkopf. Sofort war Mayana gewarnt. Tayento hatte ihn offenbar aus dem Fluss gefischt und ihn ihr wieder hingelegt – er sorgte sich um sie. Sie stützte sich am Boden ab – und jetzt spürte sie erstmals etwas Ungewöhnliches: Das Vibrieren hatte zugenommen. Der Uferboden zitterte unmerklich stärker, und mit einem Mal vernahm sie auch ein anderes Geräusch – jenes, das die ganze Zeit über da gewesen war und daher vom Gehör ausgeblendet wurde: Das Rauschen des Wassers hatte zugenommen. In weiter Ferne krachte plötzlich ein Ast, ein Brausen schwoll an. Offenbar wurde etwas in den Fluss gerissen. Sie hörte ein Gluckern, als sei in unmittelbarer Nähe eine neue Quelle aufgebrochen. Dann fühlte sie es: Ihre Zehen lagen im Nassen – und das Wasser stieg. Stieg rasch. Sie griff hinüber zu Blauauge, rüttelte ihn, doch er rührte sich nicht. Mayana zog die Beine hoch. Sie schüttelte Blauauge stärker, versuchte, ihn mit Gewalt zu wecken, indem sie auf seine Arme und die Brust trommelte.

Er brummte verärgert, richtete sich auf und patschte mit einer Hand ins Wasser.

»Verflucht!«, schrie er erschrocken.

Mayana sah ihn in der Dunkelheit nicht. Aber sie fasste seinen Arm und hielt sich daran fest. »Wasser steigen!«, verkündete sie. Da zischte bereits die Glut des Feuers und erlosch. »Rasch steigen!«, setzte sie hinzu.

Sie spürte, wie Blauauge neben ihr aufsprang. Sie tat es ihm sofort gleich. Und jetzt hörten sie beide deutlich den entfesselten Fluss, wie er sich über die Böschung hinaus und in den Wald hineinfraß, wie er das Blättergrün verschlang und mit sich riss. Eine Kraft lag in diesem Brausen, wie sie sie noch niemals gespürt hatte.

»Aufwachen. Der Fluss steigt!«, brüllte Blauauge über das Lager hinweg. Sie vernahm, wie die Schlafenden im Finstern hochschreckten, wie sie zuerst Orientierung suchten, bis sie begriffen, was geschah. »Nehmt mit, was ihr greifen könnt, und rauf auf den Hügel!« Sie spürte, wie der Ulmer nach ihrem Arm griff. Dann zog er sie zu sich hin. »Kannst du mich zum Gold führen?« Er musste bereits lauter sprechen, um das Rauschen des Wassers in dem knackenden Unterholz zu übertönen. Er stellte sie neben sich und erwartete von ihr, dass sie ihn führte.

Mayana wusste zuerst nicht recht, was er damit meinte, doch dann wurde ihr bewusst, dass Blauauge von der Kiste sprach, die ein Maultier trug, das immer in seiner Nähe lief. Darin befanden sich alle Goldgeschenke, die er auf ihrem Weg von den Kaziken bekommen oder ihnen abgepresst hatte.

»Komm!«, sagte sie nur und zerrte ihn vorwärts; keinen Gedanken verschwendete sie an die Kiste mit den Schätzen. Sie musste die Stelle, an der es den Hügel hinaufging, nicht erst suchen. Bevor sie eingeschlafen war, hatte sich die Umgebung des Lagerplatzes in ihr Gedächtnis eingebrannt. Selbst wenn man sie mehrmals um ihre eigene Achse gedreht hätte, hätte sie gewusst, wohin sie sich wenden musste. Wer sich im Dschungel verlief, wurde nicht wiedergefunden. Die Wälder waren ein stilles Gefängnis, das niemanden mehr entließ, der sich darin verlor.

Plötzlich wieherten die Pferde. In das Zischen verschiedener niedergebrannter Feuer mischte sich das Geschrei der Ayamanes und der Soldaten. Die Indios riefen einander zu, dass sie in die Bäume müssten. Sie wussten, dass der Fluss weiter steigen würde – wenn es zu dieser Jahreszeit in den Bergen regnete, war mit einer rasch steigenden Überflutung von mehreren Mannshöhen zu rechnen. Das trieb Mayana an, weiter hinaufzusteigen.

Es dauerte eine Weile, bis Blauauge begriff, dass sie ihn getäuscht hatte: Sie suchten nicht nach der Kiste mit dem Gold, sondern stiegen nur hügelan. Abrupt blieb er stehen.

»Mistweib!«, fluchte er. »Wo führst du mich hin?«

»Wo sicher!«, sagte Mayana nur. Sie ließ Blauauge los, und er stand im Finstern. Mayana spürte die Bäume in ihrer Nähe. »Geradeaus Baum. Du hinauf!«, riet sie ihm und kletterte selbst ins Astwerk. Sie wusste nicht, ob Blauauge ihr folgte. Jetzt war er für sich selbst verantwortlich.

Sie horchte auf die Stimmen der Männer, die durch das bereits knietiefe Wasser wateten, hörte Befehle, die zur Rettung der Waffen und Pferde aufforderten, roch das rasch dahinströmende Nass, das um den Hügel herumspülte und alles mit sich riss, was nicht festgebunden war. Pferde stampften und wieherten und schnaubten vor Angst. Männer brüllten und wurden weggespült. Kisten krachten gegen Bäume und zersplitterten. Es war ihr, als höre sie Pater Enrico da Silva von der Apokalypse predigen, die das Ende aller Zeiten beschwor, und mit seinen Gesten selbst denen Angst einflößen, die ihn nicht verstanden. Als die Dominikaner dann mit ihren Gesängen in das Wüten des Wassers einstimmten und ein »Dies Irae« sangen, wusste sie, dass sie einem Gott anhingen, dem sie niemals würde dienen können.

Sie rührte sich nicht auf ihrem Ast und hoffte nur, dass sie Blauauge weit genug den Hügel hinaufgeführt hatte.

Der Tag zwinkerte nur kurz verschlafen, dann öffnete er rasch die Lider und gab den Blick frei auf eine Wasserwelt. Der Ufersaum, an dem sie ihr Lager errichtet hatten, war nicht mehr zu sehen – der Fluss war mindestens doppelt mannshoch gestiegen. Überall hockten verängstigte Männer im Geäst. Und noch eines hatten sie gemeinsam. Wer seinen Harnisch und seine Unterkleidung abgelegt hatte, um diese nach etlichen Tagen am Ufer zum ersten Mal wieder zu waschen, saß jetzt nackt im Laubwerk. Kleidung und Schutz waren weggeschwemmt worden.

»Hemmler?«, rief Federmann über einige Entfernung hinweg. »Georg? Mayana?«

»Dass Ihr nicht nach *mir* verlangt, ist durchaus verständlich«, bellte Almaviva neben ihr. Auch er hatte sich ins Astwerk des Baumes gerettet. »Ihr solltet Euch fragen, ob damit unsere Reise schon zu Ende ist, bevor sie überhaupt angefangen hat. Ohne Ausrüstung werden wir nicht weit kommen …«

»Ihr habt recht«, sagte Federmann gelassen, obwohl seine Nerven zum Zerreißen gespannt waren. »Wir müssen sehen, was noch zu retten ist. Ich darf Euch also bitten: Lasst Euch ins Wasser und sucht nach unserem Gepäck! Das ist ein Befehl, Almaviva!«

9. KAPITEL

»Wo ist das Gold?«, herrschte Federmann den Hauptmann der Spanier an. »Sucht das Gold!«
Ihre Blöße wurde durch den Fluss bedeckt. Beide standen sie bis zu den Hüften in dem schnell dahinströmenden Wasser, dessen schmutzig braune Farbe wie eine Decke wirkte, die sie sich um die Lenden gewickelt hatten.
Federmann hatte nur sein Schwert und das Amulett umhängen. Von ihm trennte er sich niemals.
»Wir brauchen Nahrungsmittel, kein Gold!«, erwiderte Almaviva, wobei er fortwährend das Goldamulett anstarrte. »Ich lasse nach den Vorräten suchen. Sucht Euer Gold gefälligst selbst!«
»Wollt Ihr mir widersprechen? Wollt Ihr Euch meinem Befehl widersetzen?« Federmanns Fragen klangen gefährlich ruhig. Er legte dabei seine Hand an den Korb seines Schwerts.
»Ihr habt den Lagerplatz ausgesucht, Federmann!«, antwortete Almaviva und stemmte die Hände in die Hüften. »Wäre es nach mir gegangen, hätten wir uns mindestens eine Meile weit vom Wasser entfernt.«
»Was auch nichts genützt hätte. Seht Euch das Wasser an. Es hat einen regelrechten See gebildet. Mitten im Wald stünden wir jetzt genauso im Wasser wie hier.«
»Aber es hätte uns die Vorräte nicht weggeschwemmt. Denn die Strömung ist nur hier so gewaltig, dass sie Pferde und Männer mit sich reißt.«
»Unterstellt Ihr mir einen Fehler, Spanier?«, zischte der Ulmer.
»Fehler? Wenn Ihr Euch nicht mit diesem … diesem Weibsstück abgeben würdet, kämen wir besser voran, würden uns nicht bei den Wilden hier anbiedern und hätten Nahrung und Hilfe im Überfluss. Wenn Ihr nicht einem Hirngespinst nachjagen würdet …« Er deutete auf das Schmuckstück, das um Federmanns Hals hing, beendete aber den Satz vorsichtshalber nicht. »So fehlen uns die meisten dieser Kerle, weil sie sich in die Wälder auf-

gemacht haben, weil sie vor Euch und Eurem Ziel davonlaufen. Aber es ist nicht meine Goldfahrt. Es ist die Eure. Also werden Euch die Fehler aufgerechnet werden.«
Federmann zog sein Schwert, und die Spitze zeigte auf Almavivas Hals. »Seid froh, dass Ihr unbewaffnet seid, sonst würde ich Euch auf der Stelle niederstechen. Ihr habt meinen Befehlen zu gehorchen. Ich bin der Gobernador, ich bin der Feldhauptmann. Ich führe diesen Zug – und Ihr seid nur meine rechte Hand. Aber die kann ich abschlagen, wenn ich will. Wenn Ihr jetzt nicht augenblicklich abtaucht und am Grund dieses Wassers nach der Kiste mit dem Gold sucht, werde ich Euch auf der Stelle wegen der Verweigerung eines Befehls exekutieren. Habt Ihr mich verstanden?«
Almaviva schien äußerlich ruhig. Nur seine Lippen knetete er zwischen den Zähnen. Sie standen einander gegenüber und musterten sich, und der Hauptmann wusste, dass Federmann es ernst meinte.
Schließlich nickte er und blickte sich um. »Ich muss zuerst sehen, wo das Lager aufgeschlagen war, dann erst kann ich Vermutungen über den Verbleib der Kiste anstellen.«
»Bemüht Euch«, zischte Federmann und ließ das Schwert sinken. Seine Schneide teilte das Wasser, und es bildeten sich zwei kleine, auseinanderstrebende Wellen.
Dann drehte er sich um und watete durch die Strömung wieder auf den Hügel hinauf ins Trockene.
Die Flutwelle hatte zwei ihrer wertvollen Pferde mitgerissen und einige der Ayamanes – wie viele, wusste er nicht. Auch drei der Soldaten fehlten, und Triebl hatte ihm mitgeteilt, sie hätten einen der Bergleute ertrunken in einem Busch gefunden.
Federmann empfahl ihnen eine stille Beisetzung, die die Einheimischen nicht mitbekamen. »Wir dürfen unseren Vorteil, für unsterblich gehalten zu werden, nicht mutwillig verspielen!«, argumentierte er.
So schnell das Wasser gestiegen war, so schnell zog es sich wieder

zurück. Mayana hatte ihm erklärt, dass irgendwo in den Bergen oberhalb ihres Rastplatzes ein Unwetter niedergegangen war, das die Fluten hatte ansteigen lassen. So jedenfalls wussten es die Wilden.

Mayana begrüßte ihn mit einer undurchdringlichen Miene, aber mit seiner Kleidung über dem Arm. »Haben gefunden«, sagte sie nur.

Das Hemd war klitschnass, ebenso das Filzwams, das schwer wie ein Kettenhemd war. Sie hatte auch den Harnisch entdeckt. Ihn brauchte er noch nicht, obwohl er sich gerne etwas übergezogen hätte. Die Nacktheit untergrub seine Autorität.

Auch Mayana hatte er noch ein Gefecht zu liefern. Sie hatte ihn den Hügel hinauf und nicht zu der Goldkiste geführt und sich damit seinem ausdrücklichen Befehl widersetzt. Darauf stand die Todesstrafe. Für einen kurzen Augenblick überlegte er, wie nützlich sie ihm für die folgende Zeit noch war oder ob er sie beseitigen sollte. Er hatte verstanden, dass die Zeichnung auf ihrem Rücken offenbar doch nichts mit dem Amulett zu tun hatte, dass er sich getäuscht hatte oder sich hatte täuschen lassen – und irgendwann musste man sich von Altlasten befreien.

»Danke«, antwortete er. »Häng die Sachen an eine Liane.« Es würde einen ganzen Tag dauern, bis alles wieder trocken war.

Mayana gehorchte dem Befehl, drehte sich wortlos um und begann, die nassen Kleidungsstücke an eine Luftwurzel zu hängen, die sich quer von einem Baum zum anderen zog. Sie war ebenfalls ohne Bekleidung, da er sie letzte Nacht besessen hatte.

So hatte Federmann die Gelegenheit, sie ausgiebig zu betrachten. Die Oberschenkel bildeten eine kleine Lücke auf Höhe der Scham, durch die das Morgenlicht schimmerte, das ihre dunklen Haare hell leuchten ließ, wann immer sie sich auf die Zehenspitzen stellen musste.

Abrupt drehte sich Federmann um. Er hatte anderes zu tun, als sich am Körper einer Wilden sattzusehen. Seine Männer brauchten eine Linie, jemanden, der ihnen sagte, was zu tun sei.

Trotz seiner Nacktheit machte er sich auf den Weg und trieb die Männer an, nach der verschwundenen Ausrüstung zu suchen, den Plunder wieder zusammenzutragen und zu trocknen, soweit dies möglich war.
Der Lagerplatz war mit einer tiefen Schicht sandigen Schlamms bedeckt, unter dem alles verschwunden war. Mit Stöcken gruben die noch bei ihnen gebliebenen Ayamanes nach Kleidung und Brustpanzern, Pferdegeschirr und Waffen.
Den ganzen Tag über summte das Lager wie ein Bienenstock. Federmanns eher finstere Miene hellte sich auf, als vier von Almavivas Männern die Kiste mit den Goldgeschenken anschleppten. Sie war so schwer gewesen, dass sie nur wenige Fuß weit mitgeschwemmt worden und dann im Schlick versunken war.
Selbst die beiden Pferde fanden sie stromabwärts im Wasser stehend, und zwei der drei Soldaten, die weggeschwemmt worden waren und die sie schon für tot gehalten hatten, standen plötzlich völlig erschöpft und verschlammt vor ihnen, als habe der Wald sie wieder ausgespuckt.
»Dem Herrn sei's gedankt!«, murmelte Federmann, als er sie sah. Die Männer umringten sie, und die beiden, noch ganz verwirrt, erzählten einem erstaunt gaffenden und lauschenden Publikum von ihrer wundersamen Rettung – von einem bunten Vogel nämlich, der vor ihnen hergeflogen sei und dem sie gefolgt seien. Das Tier habe sich immer wieder nach ihnen umgesehen, auf sie gewartet und sie schließlich ohne Umweg hierhergeführt. Die beiden behaupteten, dass der Vogel mit ihnen gesprochen habe, und viele sahen sich erschrocken um, als die Blicke der zwei wie auf Kommando ins Astwerk eines der Bäume wanderten.
»Dort«, schrien sie und deuteten auf den Waldsaum, »dort sitzt er!« Sie gebärdeten sich wie besessen, weil sie den Beweis für ihre Erzählung entdeckt zu haben glaubten.
Ängstlich murmelnd schauten die Soldaten und Bergleute hoch, doch dort saß weder ein Vogel noch ein Mensch. Nur das durch die Fluten verschmutzte Grün der Blätter bewegte sich im Wind,

der jetzt am Abend kräftig durch das Tal wehte und selbst ihren kleinen Flecken etwas erfrischte.
Federmann hörte sich das stumm an. Zwar schaute auch er hinauf ins Astwerk, aber er entdeckte nichts. Der Wald, dieser Marsch, die Strapazen veränderten seine Männer. Als würde ihre Seele von diesem Dschungel getränkt, begannen sie zu fantasieren. Doch er erinnerte sich auch an diese Figur, von der Mayana behauptet hatte, sie sei ein Schamane. Ihr hatten Vogelfedern auf den Schulterblättern geklebt.
Almaviva verspottete die kindlichen Wundergeschichten der Soldaten, doch die beiden blieben bei ihren Erzählungen. Allerdings wurden sie schon bald immer kleinlauter und verstummten schließlich ganz.
Kurze Zeit später ließ Federmann von trockenen Bäumen Holz abschlagen, und so gelang es ihnen, Feuer zu machen.
»Wir werden einen weiteren Tag hier rasten müssen«, sagte er zu Bertram, der zu ihm herübergekommen war. Er hatte sich um Mayana gekümmert, die zusammengekauert und verstört in der Nähe ihres Kletterbaumes saß und kaum ansprechbar war.
»Sie finden noch immer Plunder und Trossgepäck«, antwortete Bertram und erkundigte sich, ob zwischen Federmann und Mayana etwas vorgefallen sei – sie wirke sehr verstört.
»Blödsinn!«, murmelte Federmann. »Ich wollte nur, dass sie mich zur Goldkiste führt – und sie ist stattdessen den Hügel hinaufgerannt.«
Bertram nickte nur und wandte sich wieder dem Lager zu. Er ließ den Feldhauptmann stehen, als habe er alles erfahren, was er wissen wollte.
Die Nacht fiel wie ein Vorhang über die Truppe, rasch und unerbittlich. Noch vor einem Lidschlag standen sie im Hellen, jetzt bewegten sie sich im Dunkeln. Federmann faszinierte dieses Überfallartige der Tropennacht. Sie kam, als würde man der Welt einen Sack über den Kopf stülpen, geradezu gewalttätig und übergangslos hart. Man spürte, dass jetzt, im Finsteren, die Angst der

Männer vor dem Ungeheuer, das sich in einen Vogel verwandeln konnte, allgegenwärtig wurde.

»Sammelt alle Männer um die Feuer. An jedem Feuer sollen zwei Männer Wache halten und den Fluss im Auge … oder besser im Ohr behalten. Ansonsten legt euch etwas hin. Wir ziehen morgen weiter«, befahl Federmann den Soldaten. Ob sie das wirklich konnten, würde sich herausstellen. Es hing davon ob, wie viele Ayamanes sich im Schutz der Dämmerung erneut in die Büsche schlagen würden. »Schießt auf alles, was sich bewegt«, setzte Federmann seufzend hinzu.

Er suchte nach Mayana. Den ganzen Tag über hatte er sie bewusst übersehen. Sie hatte seinen Befehl missachtet – dafür hatte sie ihm vermutlich das Leben gerettet. Dennoch durfte er es nicht dulden, wenn die Menschen, mit denen er durch die Wildnis zog, eigenmächtig handelten, wenn sie nur für sich selbst dachten statt für die Truppe. Mit dem Einbruch der Nacht hatte er sie aus den Augen verloren.

»Verflucht«, murmelte er, weil er in dieser gottverdammten Finsternis nicht einmal die Hand vor Augen sehen konnte. Warum musste in diesem Weltteil die Nacht sein wie ausgegossene Tinte? Er wagte es nicht, nach Mayana zu rufen. Er fürchtete den Spott des Hauptmanns der Soldaten.

Die Lagerfeuer brannten höher als gestern, obwohl das Holz feucht war und stark rauchte. Er fühlte die Furcht der Menschen beinahe körperlich. Wie lange würden sie ihm noch folgen? Noch hatten sich ihnen weder Krankheit noch Hunger in den Weg gestellt. Auch die Einwohner der Landstriche waren weitgehend friedlich geblieben. Was, wenn sich die Stimmung änderte? Was, wenn sie keine Nahrung mehr fanden oder tagtäglich mit dem Tod durch Pfeile zu rechnen hatten?

Ein weiterer Gedanke quälte ihn, seit er von Neu-Augsburg losgeritten war: Hatten sie die richtige Himmelsrichtung eingeschlagen? War der Weg nach Süden der Weg ins Goldland? Er hätte

Mayana befragen können. Heute. Nach diesem Unglück war sie womöglich zugänglicher.
Federmann blieb außerhalb des Feuerscheins stehen und suchte die einzelnen Lager ab. Soldaten saßen bei Soldaten. Die Bergleute hatten zwei Feuer entfacht. Die Ayamanes saßen um etwa zehn weitere herum. Seine eigenen Männer, die die Flussschwemme überlebt hatten, hockten ebenfalls um ein eigenes Lagerfeuer.
Mayana fand er nirgends. Vermutlich saß sie wie er im Dunkeln, betrachtete die Szenerie und dachte über sich und die Menschen um sie herum nach. Sie war grüblerisch wie er, konnte wie er eine ganze Sanduhr hindurch regungslos dasitzen und ihre Umgebung betrachten, und das, was sie sah, ging wie bei ihm tief ins Herz hinein.
Mayana! Ob sie wusste, wohin sie sich wenden mussten? Warum machte sie sich so rar? Warum verhielt sie sich so ängstlich?
So stand Federmann, ließ den Blick über die Nachtfeuer wandern und seine Gedanken mit den hochprasselnden Funken über die Köpfe hinwegstieben. Die Funken waren wie das Leben: Manche tanzten wild in der Luft und erloschen plötzlich und unverhofft, während sie vom warmen Strom der Glutnester in den Himmel geschleudert wurden. Andere schwebten zu Boden und glommen im feuchten Matsch noch einen Augenblick nach. Federmann wusste nicht, welche Funken er für die Glücklicheren halten sollte: Die, die auf dem Weg nach oben verglommen, oder die, die auf den Boden stürzten und verloschen? Beiden war dasselbe Schicksal beschieden. Hier in diesem Wasserland konnte keiner der Funken ein länger brennendes Feuer entfachen.
Federmann versuchte, besonders hoch fliegende Funken zu erhaschen – und bemerkte zwischen zwei der Feuerstellen einen Schatten. Zuerst glaubte er, sich getäuscht zu haben, denn wenn er den Blick direkt auf die Stelle richtete, sah er nichts. Sobald er jedoch ein wenig daran vorbeisah, schälte sich aus dem nächtlichen Schwarz ein Schemen, der noch dunkler, noch undurch-

sichtiger war, als es die Nacht selbst je sein konnte. Das Wesen stand nur da und rührte sich nicht.

Nur langsam wurde Federmann bewusst, dass es ihn ebenfalls bemerkt hatte und ansah. Ein leichter Schauer lief ihm über den Rücken, denn dieser Schemen konnte keine seiner Wachen sein, die er postiert hatte.

Langsam ging er einige Schritte vorwärts, doch die Gestalt wurde nicht deutlicher. Da er nun jedoch wusste, wohin er schauen musste, schälten sich die Konturen schärfer aus dem Nichts. Es war eindeutig ein Mensch, erheblich kleiner als er und ... Federmann glaubte zuerst nicht, was er sah, doch es blieb kein Zweifel ... mit Federn auf den Schulterblättern. Da dieses Wesen nur regungslos dastand und keinen Versuch unternahm, die am Feuer Sitzenden anzugreifen, hielt der Ulmer es für ungefährlich. Vielleicht verspürte es dasselbe Bedürfnis, mit jemandem zu reden, wie er selbst.

Gab es ihn also wirklich? Hatten die beiden verstörten Kämpen also doch nicht fantasiert? Warum beunruhigte ihn diese Entdeckung? Weil es nicht sein durfte, dass sich ein Mensch in einen Vogel verwandelte, um andere zu retten?

In seiner eigenen Welt gab es Engel, die aussahen wie Vögel, und einen Teufel, der aussah wie ein Auerochse. Warum sollte es in dieser von Gott verlassenen Gegend keine Vogelmenschen geben? Dennoch musste er Gewissheit haben. Er pfiff kurz und so leise, dass keiner der Männer an den Feuern auch nur den Kopf hob. Aus den Augenwinkeln bemerkte Federmann jedoch, wie sich Hemmler langsam vom Feuer wegschob und in die Finsternis dahinter eintauchte. Jetzt musste er nur warten, bis Hemmler den Schatten gefasst hatte.

Federmann rechnete so sicher damit, dass er gar nicht bemerkte, wie der Schemen in die tintene Schwärze hinter sich glitt und aus seinem Gesichtsfeld verschwand. Als Hemmler an der Stelle auftauchte, an der der Vogelmensch gestanden hatte, war dieser bereits verschwunden.

Der Schrei einer Nachteule hallte über den Lagerplatz hinweg, und ein zweiter und dritter verrieten ihm, dass sich der Vogel in die Lüfte erhoben hatte und die Uferlichtung verließ.
Er hatte den Vogelmenschen unterschätzt. Dabei hätte er gern mit ihm geredet, ihn über die Stadt aus Gold ausgefragt. Konnte das Wesen nicht fliegen? Hätte es ihm nicht berichten können, wohin sie sich hätten wenden sollen?
Federmann trat in den Lichtschein des Feuers. Hemmler kam auf ihn zu. »Was war das?«, fragte er ihn leise. »Ich habe nur noch jemanden weghuschen gehört – und das …« Hemmler hob den Arm und zeigte Federmann einen Ritz in der Haut, als sei ihm jemand mit einem Messer leicht über den Arm gefahren.
»Es war der Vogelmensch!«, flüsterte Federmann und beugte dabei den Kopf nach vorn, damit ihn keiner hörte.
Hemmler schluckte lautstark. »Ist er noch hier?«
»Nein«, antwortete Federmann. »Er hat mein Manöver durchschaut, bevor du an Ort und Stelle warst.«
»Was wollte er?«, bohrte Hemmler nach.
»Ich weiß es nicht. Vermutlich nichts«, sagte Federmann, doch er glaubte nicht recht daran. Der Vogelmensch war nicht einfach nur so gekommen. Doch was genau er gewollt haben könnte, das würde er erst erfahren, wenn die Sonne diesen trostlosen Uferflecken wieder beschien. Mayana!, dachte er flüchtig. Warum zeigst du dich nicht?
Langsam ließ er sich bei seinen Männern nieder und verwickelte Bertram in ein Gespräch. Als dieser ihm bestätigte, Mayana nach dem Untergang der Sonne nicht mehr gesehen zu haben, keimte in ihm ein fürchterlicher Verdacht.

10. KAPITEL

Er führte sie durch den Wald, als fiele Tageslicht durchs Blätterdach.

Mayana hatte am Rand der Lichtung gewartet, bis der Mond aufgegangen war, und in seinem Schein lief sie den Pfad entlang. Ihr war klar geworden, dass sie Blauauge zurücklassen und sich allein auf die Suche nach Ulate begeben musste. Sie wollte den alten Missionar allein treffen.

Außerdem hätte sie den Tross des Ulmers schon längst verlassen sollen. Sie wollte nicht mehr Blauauges Launen ausgesetzt sein. Dabei waren sie sich doch auf ihrer langen Reise durch Spanien und über den Großen Golf so nahe gekommen. Seine Rücksicht, seine zarten Versuche, sich ihr zu nähern, sein Werben um sie und letztlich seine Zärtlichkeit hatten in ihr ein Gefühl geweckt, wie sie es noch niemals zuvor verspürt hatte. Es hatte Tage gegeben, da hätte sie ihn am liebsten nicht mehr losgelassen, so nahe hatte sie sich ihm gefühlt. Noch nie hatte ihr ein Mann mehr bedeutet als Blauauge.

Doch dann hatte er sich verändert, schleichend zwar, aber stetig. Das Gold hatte einen immer größeren Platz in seinem Herzen eingenommen und das Menschliche daraus verdrängt. Mit jeder Meile, die sie sich ihrer Heimat genähert, mit jedem Monat, den sie in Coro verbracht hatten, verschwand immer mehr von dem, was sie angezogen hatte – es war der Gier nach Gold gewichen. Der Weg, den sie jetzt beschritt, war ihre einzig mögliche Reaktion auf diese Veränderung. Blauauge hatte sich selbst zurückgelassen, jetzt ließ sie ihn zurück.

Die mondhelle Nacht verwandelte den Wald und seine Lebewesen in unscharfe Schemen, in huschende Schatten, die nicht zu fassen waren. Sie ließ sich nicht beirren, stolperte und lief weiter, bis sie die lärmende Trossmeute gänzlich hinter sich gelassen hatte. Stille umfing sie wie eine Vertraute.

Tayento war schnell, viel schneller als sie. Er war immer drei, vier

Schritte voraus, sodass sie ihn gerade noch sehen und ihm folgen konnte. Der Schamane blickte nicht zurück, nahm keinerlei Rücksicht auf sie und erwartete, dass sie sich ebenso geschickt durch den Dschungel wand wie er. Nach gut einer Stunde kamen Mayana Zweifel, ob er überhaupt wusste, dass sie hinter ihm herlief. Sie war es nicht mehr gewöhnt, in diesem leichten Schritt durch den Wald zu laufen, der kein Rennen, aber auch kein Gehen war, sondern der schnelle Jagdschritt ihrer Landsleute. Tayento hatte die ganze Zeit über in den Wäldern gelebt, und sie war zu einem anderen Leben aufgebrochen. Sie konnte nicht mit ihm mithalten, blieb immer wieder zurück und kämpfte gegen ihre brennenden Lungen. Die Zeit dehnte sich endlos. Ihr taten die Beine weh, und langsam wurde ihr schwindelig. Auch ließ die Kraft des Mondlichts nach, und immer öfter stolperte sie. Irgendwann blieb sie stehen, völlig kraftlos und außer Atem.
Doch der Schamane war nicht mehr zu sehen. Er war einfach weitergelaufen.
Sie stand an die Wurzel eines der Bäume gelehnt und versuchte, leise zu atmen, damit sie drohende Gefahren hören konnte. Es war keine Angst, die sie fühlte. Angst war gleichbedeutend mit dem Tod. Es war eine gespannte Aufmerksamkeit, die ihr der Wald abrang. Er berührte sie mit seiner väterlichen Hand am Rücken und flüsterte ihr zu, wachsam zu sein, denn die Finsternis barg den unsichtbaren Tod.
Überall raschelte es, und von überall her kamen schleichende Schritte aus dem Wald auf sie zu, als sei die Dunkelheit neugierig geworden.
Mayana erinnerte sich an eine frühere Begegnung in einem der Wälder. Eine Begegnung, wie sie einem Menschen nur einmal in seinem Leben widerfährt.
Sie war um ihr Leben gelaufen, weil die Männer, die Jagd auf sie und ihre Familie machten, nicht nur das Dorf, sondern auch die Büsche rundum angezündet hatten. Flammenwände loderten um sie her und scheuchten alle Bewohner zur einzig verbliebe-

nen Lücke in diesem Inferno. Dort, das wusste sie, warteten die Sklavenjäger. Ihren ganzen Mut hatte sie zusammengenommen, hatte eine der noch feuchten Matten aus Bananenblätterstreifen ergriffen, sich um den Körper gebunden und war losgerannt.
Sie hatte alles durchbrochen, die Wand des Hauses, die Feuerwand, die Wand aus Sklavenjägern, deren Hände nach ihr griffen. Sie war einfach geradeaus gelaufen, ohne zu wissen, wohin sie sollte.
Schließlich war sie stehen geblieben, nicht weil sie musste, sondern weil ein Gefühl ihr sagte, sie solle es tun. Auch damals war es finster gewesen und still, und ein Mond hatte am Himmel gestanden, so groß und hell, als wolle er auf die Erde stürzen.
So hatte sie stocksteif dagestanden auf einem der Tapirpfade, die wie ein Labyrinth die Wälder des Regens durchzogen, und hatte sich gefragt, warum sie angehalten hatte.
Ihre Sinne hatten die lichte Dunkelheit durchdrungen, hatten sie nach fremden Lebewesen und Gefahren abgesucht und waren zu dem Schluss gekommen, sie rieche nichts, sehe nichts, höre nichts, was sie gefährden könne. Damals hatte sie daran geglaubt, alle Bedrohung zu erfühlen.
Schließlich wollte sie einem Drang nachgeben und einen Schritt vorwärtsgehen, als aus dem Dickicht schräg vor ihr ein leises Knacken zu hören war. Die Welt des Dschungels war voller Knackgeräusche, voller leiser Bewegungen, voller heimlicher Schleich- und Schablaute. Doch dieser Klang war einzigartig. Sie verharrte in Unbeweglichkeit – und aus dem Unterholz trat langsam und mit der Grazie einer Göttin eine Katze, schwarz wie der Neumond, leise wie der Schlafatem und elegant wie der Flug der Nachteule: ein Jaguar. Er blieb mitten auf dem Tapirpfad stehen und wandte ihr den Kopf zu. Seine grünen Augen musterten sie, und er erkannte sofort die Beute in ihr. Seine Nase stellte sich gegen den Wind. Er sog ihren Duft ein, der vermischt war mit dem Rauch des Feuers. Seine Lefzen verzogen sich, als grinse er schadenfroh, da sich sein Abendessen

so charmant selbst präsentierte. Sie musterten einander lange, ohne sich zu bewegen. Mayana dachte daran, dass ihr an diesem Tag alles gelungen war, wirklich alles. Sollte sie sich das dadurch zunichtemachen lassen, dass ein Jaguar sie jetzt mit dem Hieb seiner Pranke totschlug?

Ihr Herz schlug plötzlich rasend und – sie trat einen Schritt vor, öffnete den Mund und schrie, wie nur Kinder schreien können, mit einem hohen, schrillen, durchdringenden Ton, der ihr selbst durch Mark und Bein ging und dem Jaguar wohl die Ohren zerriss. Der fuhr zurück – und mit der Geschwindigkeit eines Blitzes jagte er in das Gestrüpp hinein und verschwand lautlos aus ihrem Blick. Erschöpft blieb sie zurück, noch immer das Trommeln ihres Herzschlags als Brausen im Ohr.

Wer je den Jaguar besiegt habe, lautete ein Sprichwort ihres Stammes, der dürfe erhobenen Hauptes durch die Nacht laufen, ihm drohe von den Geistern des Waldes keine Gefahr mehr.

Ganz so sicher fühlte sie sich jetzt jedoch nicht.

Die zunehmende Finsternis war wie eine Fessel, die sie unbeweglich machte und einschränkte. Der Mensch war ein Lichtwesen und nicht für die Nacht geschaffen. Tayento musste irgendwann bemerken, dass sie nicht mehr hinter ihm lief. Dann würde er zurückkommen und sie holen. Also blieb sie, wo sie war. Wieder kam ihr eine uralte Regel der Waldmenschen in den Sinn: Wer sich verirrt hatte, musste entweder alleine zurückfinden, was ihn das Leben kosten konnte, oder er blieb, wo er war, und ließ sich finden. Das schränkte die Zahl der Orte ein, an denen gesucht werden musste, und erhöhte die Chance der Suchenden, den Verirrten zu finden.

Je länger sie wartete, desto schwächer wurde ihre Hoffnung, und als diese beinahe ganz geschwunden war, so wie das Licht des Mondes, zwang Mayana sich weiterzugehen. Sie folgte ihrem Gehör, horchte auf das leise Kratzen und Schaben ringsum, auf das Rascheln ihrer eigenen Bewegungen – und gewann mit jedem Schritt mehr Sicherheit.

Der Weg stieg an. Neben ihr begann ein Bach zu rauschen und überdeckte bald alle anderen Geräusche. Der Pfad verengte sich, und ihr Aufstieg wurde beschwerlicher. Mayana dachte daran, welche Mühe es Blauauge bereiten würde, hier seine Pferde durchzuführen. Es war nun vollkommen finster, da die enge Schlucht alles Licht schluckte. Mayana tappte wie blind vorwärts und dachte daran, dass sie schneller sein musste als Blauauges Truppe, wenn sie ihm entkommen wollte. Trotz der Unwegsamkeiten waren die Pferde allemal schneller als sie.
Plötzlich hielt sie inne. Der Lärm, den das Wasser verursachte, verlor sich in der Weite – die enge Schlucht hatte sich zu einer breiten Talsohle ausgedehnt. Sie blickte nach oben und konnte Sterne sehen, diese Glühwürmchendecke am Himmel, die nachts die Welt bedeckte. Sie sog die Luft ein und stellte fest, dass dort Menschen lebten: Sie war auf das nächste Dorf getroffen.
Mayana hockte sich nieder und lauschte.
Sie war nicht allein. Ihr Herz machte einen Sprung. Hatte Tayento sie hier erwartet?
Sie schloss die Augen und versuchte, die Bewegungen in sich aufzunehmen – das Leben vibrierte und schickte seine Schwingungen aus, die die Waldmenschen ebenso wahrnahmen wie den Atem oder die Wärme einer Hand. Sie musste sich nur bereithalten, musste sich öffnen für das Pulsieren der Umgebung.
Vielleicht einen halben Pfeilschuss entfernt erspürte sie das regelmäßige Auf und Ab, das von einem Lebewesen ausging. Doch plötzlich fröstelte sie, weil es nicht Tayento war, der dort stand und zu ihr herübersah.
Vermutlich hatte das Wesen sie ebenso gespürt wie sie es, nur wusste es nichts mit ihr anzufangen, was es für sie gefährlich machte. War es ein Jaguar? Ein Mensch? Eine Schlange? Sie wusste es nicht, musste es jedoch erfahren, bevor sie einen Schritt in dieses Tal hinein wagte.
Sie rührte sich nicht von der Stelle und überlegte, was sie tun sollte, wenn es sich – was wahrscheinlich war – um einen der

Wächter des Dorfes handelte, der den Eingang zum Tal bewachte. Sie würde ihn vor dem Tross warnen müssen und musste ihn fragen, ob der Weiße Gott noch immer im Hochtal residierte.
Sie hörte das Zischen nicht bewusst, sondern als Warnung ihrer Nervenspitzen, und ließ sich einfach fallen. Ein Pfeil glitt um Haaresbreite an ihr vorüber. Sie spürte die Federn des zitternden Schaftendes auf ihrer Haut. Ihr Gegenüber war demnach tatsächlich ein Wächter. Ein Jaguar wäre ihr lieber gewesen, denn ihm gegenüber hätte sie gewusst, wie sie sich verhalten sollte.
Mayana blieb liegen. Einen zweiten Pfeil wollte sie nicht heraufbeschwören. Unendlich langsam legte sie sich auf den Bauch, damit sie davonlaufen konnte, wenn er nachsehen kam, ob er getroffen hatte.
Und er kam. Geduckt schlich der Wächter heran. Sie konnte ihn hören, spürte die Erschütterungen im Boden. Nur auf ihr Gehör und den Geruchsinn angewiesen, versuchte sie sich vorzustellen, wo er sich befand, wie nahe er gekommen war und wann sie reagieren musste. Er hatte vermutlich einen Pfeil auf die Sehne gelegt. Wenn sie auch nur zitterte, weil es ihr zu kalt wurde, würde er schießen. Schneller schießen, als sie denken konnte. Davon hing bei einem Jäger oft ab, ob er überlebte oder starb.
Wie also konnte sie ihn davon überzeugen, dass er sie nicht töten musste, dass sie ihm helfen wollte, dass sie in friedlicher Absicht kam? Wäre Tayento jetzt bei ihr gewesen – er hätte gewusst, was zu tun war. Vermutlich war ihm nicht in den Sinn gekommen, dass dieser eine Wächter Mayana Probleme bereiten könnte. Womöglich wartete er im Dorf auf sie, saß mit dem Kaziken ums Feuer und wunderte sich darüber, wo sie blieb.

11. KAPITEL

Federmann ließ aufbrechen. Mayana war tatsächlich verschwunden. Waren sie so nahe am Ziel, dass sie sich aus dem Staub machte?
Er rief den Kaziken herbei und beauftragte ihn, nach den Spuren des Mädchens suchen zu lassen. Sie konnte ja unmöglich geflogen sein. Und dass die Zwerge hier die Zeichen des Waldes deuten konnten, hatte er mittlerweile erfahren.
Sie setzten sich eben in Bewegung, die einheimischen Träger schwer mit dem Plunder beladen, den sie aus dem Wasser hatten retten können, als die beiden Spurenleser zurückkamen und auf eine Lücke im Wald deuteten. »Dort hinein«, drängten sie.
»Sollen wir ihnen Glauben schenken, Freund?«, fragte Bertram Federmann. »Sie können uns auch in einen Hinterhalt führen. Viele sind geflohen und passen uns vielleicht ab.«
Federmann nickte. Daran hatte er auch schon gedacht. Da das Gelände anstieg, konnten sie in eine Schlucht geraten und wären dann von oben durch Steine und Pfeile leicht zu überwältigen. Dennoch war Mayana dort hineingegangen. Er würde ihrem Weg folgen, schließlich wusste er, wohin das Mädchen wollte – zu Ulate. Den Mann musste er ebenfalls kennenlernen.
Almaviva murrte, aber Federmann sagte darauf nur, dass der Spanier ja zurückkehren könne, wenn er wolle. Er selbst jedenfalls würde nach Eldorado gehen oder zumindest bis zum Südmeer.
Hinter einer bewaffneten Vorhut von vier Männern ließ er die Dominikaner gehen. Sie stimmten einen Choral an, und während sie vor ihm im Wald verschwanden, verlor sich auch ihr Gesang. Direkt dahinter marschierten die Soldaten mit Almaviva, dann folgten die mit eisernen Halsketten zu Vierergruppen zusammengeschlossenen Träger und schließlich Federmann selbst mit seinen Männern und den Bergleuten.
Federmann ließ sich Zeit, hoffte, dass Mayana doch noch aus

dem Unterholz treten und sich ihnen anschließen würde. Nichts dergleichen geschah, und sie schlängelten sich hinter dem Kopf des Trosses her durch das Auendickicht.
Der Ulmer versuchte sich zu erinnern, was Mayana von diesem Ulate erzählt hatte, was er von ihr über das Goldland erfahren hatte – und vermutete, Mayanas Ziel sei dieser Geistliche.
Er trieb die Träger vor ihm an. Sie wankten unter der Last des Plunders. Ihr Tross hätte zweimal so viele Männer nötig gehabt, vielleicht dreimal so viele, denn diese Zwergwüchsigen waren viel zu schwach.
Das Gelände stieg an, der Weg wurde schmaler und endete in einer Schlucht, und Federmann musste absteigen und sein Tier führen. Er beobachtete die Höhen über ihnen, doch es fand sich kein Hinweis auf eine Falle.
Die Luft verbesserte sich langsam. Der fieberschwangere Geruch des Flussgrunds wich einem frischen Atem, die feuchte Schwüle einer trockeneren Frische. Endlich weitete sich die Schlucht und erwies sich als Zugang zu einem weiten Tal. Rauchsäulen verrieten, dass dort mindestens ein Pueblo stand, dass hier Menschen lebten. Träger, Nahrung, Ruhe, dachte Federmann.
Als er den Talgrund betrat, erwartete ihn Bertram. »Sie war hier«, empfing er ihn. Er deutete auf eine Felswand, die um die neunhundert Fuß hoch war und wirkte, als würde sie den Talboden durchstoßen und darunter weiterlaufen.
»Was ist das?«, fragte der Ulmer plötzlich. Doch er sah es, sobald er aufs Pferd gestiegen war.
Hinter einem der Büsche lag eine Leiche. Noch fast ein Junge, mit zierlichem Körperbau und nichts bekleidet als einer Schnur um den Bauch. Ein abgebrochener Pfeil steckte in seiner Wade.
»Der Pfeil ist vergiftet. Er hat den Tod vermutlich nicht mal gespürt«, erklärte Bertram.
»Das soll sie gewesen sein?« Federmann war unschlüssig.
»Sie hat nur ihr Leben verteidigt, sagen die Spurenleser. Sie ist mit dem Pfeil beschossen worden, doch der Wächter hat sie ver-

fehlt. Offenbar wusste sie, wo er kauerte, hat sich den Pfeil gegriffen und den Wächter damit getötet.«

Federmann nickte nur und schaute dann das Tal entlang. Hier war sie also durchgekommen. Wenn sie zu dem Pueblo gelangte, dann …

»Weiter!«, befahl er energisch und preschte an die Spitze des Zuges, der sich in das Tal hineinschob.

»Feuer!«, rief es ihm entgegen. Alle Augen richteten sich auf den Horizont. Was wie Rauchsäulen von Feuerstellen ausgesehen hatte, waren bei näherem Betrachten brennende Hütten.

»Vier Mann voraus!«, schrie Federmann. »Rettet an Nahrungsmitteln, was möglich ist. Fangt mir einen der Kerle. Lebend!«

Almaviva spielte mit. Er wusste, dass sein Leben vom Überleben aller abhing. Vier Mann lösten sich aus dem Zug und preschten im Galopp das Tal hinauf. Alle waren durch Harnische geschützt, trugen Bein- und Armschienen, Halsbergen und spanische Halbhelme.

Als der Tross das Pueblo erreichte, hatten die Männer nichts weiter als zwei Säcke Mais retten können.

»Das Dorf brennt seit heute Morgen«, sagte einer der Reiter und deutete auf die bis zu den Stümpfen niedergebrannten Stützbalken.

Federmann fluchte innerlich, denn das bedeutete, Mayana hatte die Bewohner gewarnt, und wie um das zu bestätigen, deutete derselbe Soldat auf eine weitere Rauchsäule über dem lichten Wald.

»Dort brennt noch ein Dorf, und weiter hinten ein drittes.«

»Sechs Mann vor. Ein viertes Dorf brennt nicht!«, befahl er barsch. »Holt mir den Kaziken – und wenn er dafür auf ein Kreuz genagelt werden muss!«

Diesmal ritt Almaviva mit. In gestrecktem Galopp schossen sie durch die vereinzelt stehenden Bäume.

Federmann sah ihnen hinterher und ließ den Trosskopf langsam hinter den Reitern herziehen. Spätestens am Abend mussten sie sich in einem intakten Dorf einquartieren.

Das Tal war fruchtbar. Federmann entdeckte geordnete Felder mit jenen Maispflanzen, die die spanischen Eroberer aus der Neuen Welt mitgebracht hatten und die er auf ihrer Reise durch Spanien kennengelernt hatte. Er befahl, die Pferde dort hineinzuführen und sie fressen zu lassen. Die Bergleute und Träger schickte er nach einer kurzen Rast weiter, begleitet von den Dominikanern und einigen Fußsoldaten.

Er selbst schaute sich den Maisanbau an, roch an den Stauden, befühlte die Kolbenfrüchte. Die Pferde waren ganz wild danach – gierig rissen sie sie von den Stauden. Die Pflanzen wirkten, als seien sie reif und müssten nur noch geerntet werden. Er winkte Männer heran und sagte ihnen, sie sollten so viele dieser Kolben einsammeln wie möglich und den Pferden aufbürden. Die Männer verteilten sich über das Feld und begannen es abzuernten.

Ein Windstoß jagte über das Feld und rauschte im Ohr wie das Wasser des über die Ufer getretenen Flusses. Der Schrei wäre darin beinahe untergegangen.

Federmann hob kurz den Kopf und erblickte einen seiner Männer, der über die Pflanzen hinwegschaute. Ein meterlanger Pfeil ragte aus seinem Hals. Sofort duckte sich der Ulmer und rannte in Richtung des Soldaten. Wie ein Bulle brach er durch das Feld, walzte die Halme nieder. Als er die Stelle erreicht hatte, lag der Mann bereits auf dem Boden. Mit aufgerissenen Augen blickte er ihn an, als könne er das alles nicht fassen, blickte durch Federmann hindurch, direkt in den Himmel. Der Mann röchelte nicht einmal mehr.

Federmann zog den Pfeil aus dem Toten heraus. Die Spitze war braun verfärbt. Sie war also vergiftet gewesen. Diese Teufel besaßen nicht nur eine schwarze Seele, sie mordeten auch mit unlauteren Mitteln: Gift statt Zweikampf.

»Raus aus dem Feld!«, rief er. »Pferde und Männer raus aus dem Feld!«

Die Leute sammelten sich vor dem Feld. Mit einem Wink befahl er, aufzusitzen und die Maisschonung zu umrunden.

»Auf jeder Seite zwei Mann! Zieht die Degen!«, setzte er hinzu, dann ritt er zu dem Pueblo zurück, hielt einen trockenen Ast ins Feuer, entzündete ihn, sprengte zurück zu dem Feld und warf ihn hinein. Sofort begannen die trockenen Pflanzen knisternd zu brennen, und die Flammen schlugen rasch mannshoch aus dem Kraut.

Die Hitze trieb die Pferde zurück, doch nichts geschah.

»Er muss herauskommen! Achtung!«, schrie der Feldhauptmann – und tatsächlich brach vor ihm ein rußgeschwärzter Körper aus dem Dickicht. Ein Kind beinahe, das an ihm vorüber wollte. Der Ulmer holte aus und erwischte den Knaben am Rücken. Ein Hieb schnitt ihm die Muskeln am Rücken entzwei. Sein Oberkörper verlor die Stabilität, taumelte, und der Kindmann stürzte.

Federmann sprang aus dem Sattel und beugte sich über den Körper.

Der Kerl lebte noch. Es war kein Kind, sondern ein kleiner Erwachsener, noch kleiner als die ohnehin schon zwergwüchsigen Ayamanes. Er zog sein Schwert und erlöste den Gnom, der ansonsten verblutet wäre, mit einem Stich ins Herz.

Er hält keinen Bogen in Händen, dachte er noch, als ihn ein Schlag in den Rücken traf. Zuerst glaubte er an eine Hiebwaffe. Er fuhr herum und teilte mit seinem Schwert einen Rundschlag aus, doch da stand niemand. Dafür sah er den Pfeil. Er war an seinem Harnisch abgeprallt und am Boden gelandet. Federmann sprang einen Schritt zurück, duckte sich und spähte zum Feld hinüber, über dem Rauch aufstieg und Flammen emporschlugen wie ein Menetekel.

Am Rand des Feldes stand ein Krieger, klein wie ein Zehnjähriger, hielt einen Bogen in der Hand und hatte einen weiteren Pfeil aufgelegt. Federmann sah ihn ziehen und schießen. Wieder traf er nur seinen Panzer. Der Pfeil prallte erneut ab, diesmal an der Brust, und verschwand im Gras.

Der Einheimische hatte bereits den nächsten Pfeil aufgelegt. Federmann und er schauten sich an. Er wusste nicht recht, was er sah, was er sehen sollte. Das Gesicht des Kriegers war rot und schwarz bemalt. Dem Körper waren zudem Zeichen aufgemalt worden, auch sie in Schwarz, allerdings mit weißen Konturen. Der Mann sah aus wie der Leibhaftige mit großen, wütenden Augen.

Hinter ihm loderte es hochrot in den Himmel. Da bewegte sich der Mann rückwärts. Langsam ging er geradewegs in die Flammen. Der Ulmer erkannte noch, wie die Hitze dem Mann die Haut vom Körper schmorte, wie sie in schwarzen Fetzen abging und in Flocken aufwehte. Doch er hörte keinen Schrei, keine Klagen. Dann verschwand der Indio im Flammenmeer, als werde er von ihm geborgen. Federmann wunderte sich darüber. War der Kerl unverwundbar, oder hatte er sich selbst dem Feuer übergeben? Er spähte in den Flammen nach dem Kerl, doch da war nur noch die mannshohe Flammenwand.

Als er sich umdrehte und weggehen wollte, fühlte er einen Stich im hinteren rechten Oberschenkel. Ungläubig schaute Federmann sich um. Ein brennender Pfeil steckte darin. Zuerst begriff der Ulmer nicht, dann wusste er: der letzte Pfeil. Es war der letzte Pfeil des Kriegers gewesen. Die Spitze hatte die lederne Rückseite der Beinschiene durchschlagen. Mit einem raschen Hieb seines Schwerts schnitt er ihn ab, bevor er vor Schmerzen in die Knie ging.

Vor seinem inneren Auge tauchte der leere Blick des toten Soldaten auf. So würde er enden. Federmann wusste, er hatte nur noch Augenblicke zu leben. Zwei Atemzüge, vielleicht drei.

Dann sah er die goldenen Mauern Eldorados aus dem Grün des Dschungels emporragen. Von einem Hügel aus blickte er auf sie herab. Dahinter verlor sich der Blick in der unendlichen Ferne eines uferlosen Ozeans: das Südmeer! Riesige silberne Tore waren in die Mauern eingelassen, standen offen und hießen den Besucher willkommen. Er hatte es geschafft, hatte sein Ziel erreicht. Doch je näher er mit seinen Mannen den Toren kam, je deutlicher sich die Stadt aus dem Frühdunst schälte, den das Südmeer über die Umgebung legte, desto schneller schlossen sich die Tore, bis sie ihm den Zugang zur Stadt verwehrten. Unterhalb der Mauern, die so leblos, so unbewohnt wirkten, hielt er inne. Mit einer Hand berührte er die glatte Oberfläche der goldenen Stadtmauer, ritt zum Tor und schlug dagegen, doch außer einem hohlen Widerhall rührte sich nichts. Den letzten, den entscheidenden Schritt konnte er nicht tun.

Ein brennender Schmerz holte ihn in das Tal zurück. Sie hatten ihn auf den Bauch gedreht. Er fühlte einen Zug am Oberschenkel, dann Wärme, als würde Urin seine Beine hinabrieseln, doch es war sein Blut.

»Glück gehabt!«, hörte er die Stimme Bertrams wie durch einen Nebel. »Verdammtes Glück gehabt.«

Langsam wurde Federmanns Blick klarer. Der Schmerz war nunmehr ein dumpfes Pochen.

Seine Männern umstanden ihn, die Pferde als Deckung benutzend.

»Nur ins Fleisch eingedrungen. Keine Sehnen, kein Blutgefäß durchschnitten.« Bertram hatte den Pfeil aus Federmanns Bein herausgezogen und betrachtete ihn sich jetzt interessiert. »Und der Pfeil nur für Steckschüsse gemacht. Kein Widerhaken.«

»Gift!«, stöhnte der Ulmer. Ihm war schwindelig. Als er sich aufsetzen wollte, begann sich alles um ihn herum zu drehen.

»Der Pfeil hat gebrannt. Vermutlich ist das Gift verbrannt, wenn der Pfeil überhaupt vergiftet war.«

Die Hitze des Maisfelds brannte auf dem Gesicht.

Triebl und Bertram standen um ihn herum. Hemmler half ihm, sich aufzurichten. Er musste stehen, unbedingt stehen. Georg bot ihm seine Schulter an, auf die er sich stützte.

»Du musst mir die Wunde verbinden, Bertram. Und dann weiter. Der Krieger hat sich selbst eingeäschert.«

»Erstaunlich, nicht?«, sagte Bertram. Bewunderung lag in seiner Stimme.

»Oder dumm!«, konterte Federmann.

Er versuchte sich zu drehen, wollte die Wunde sehen. Jetzt, wo der Pfeil nicht mehr in seinem Oberschenkel steckte, fühlte er sich besser – und dennoch unendlich schwach.
Hemmler kam mit einem Stück Leinen aus seiner Satteltasche, in das er Speck und Brot eingewickelt hatte. Die Beinschiene wurde aufgeschnallt, angehoben und die Wunde mit dem speckigen Leinenfetzen verbunden. Dann wurde der Schutz wieder festgezurrt.
»Zu den Pferden«, rief Federmann seinen Begleitern zu. Allein hier zurückzubleiben, war zu gefährlich.
Sie gaben den Gäulen die Sporen und trabten los.

12. KAPITEL

Es hieß, er sei tot. Dann wieder, er lebe noch, sei aber schwer erkrankt, und schließlich, er lebe zwar, ringe jedoch mit dem Tode. In jeder Hütte erfuhr sie eine andere Version über den Gesundheitszustand des Weißen Schamanen. Alle waren sich jedoch darin einig, dass sie sich beeilen müsse, wenn sie ihn noch antreffen wolle, und dass sie vermutlich schon zu spät komme.

Mayana lief in dem leichten Trab, den die Jäger ihres Stammes seit urdenklichen Zeiten benutzten, weite Strecken. Zwar schränkte die Krankheit, die sie so lange im Würgegriff gehalten hatte, ihre Ausdauer ein, und die Tatsache, ein Jahr in der Welt hinter dem Wasser gelebt zu haben, zeigte ihr, wie weich sie geworden war, doch noch immer konnte sie stundenlang laufen.

Wie von Geisterhand schienen die Einwohner der Dörfer, in die sie kam, immer schon von ihrer Ankunft zu wissen. Sie kannten ihr Anliegen und verpflegten sie. Mayana riet den Stämmen, sich von den Hellhäutigen fernzuhalten und ihre Dörfer eher niederzubrennen, als sich in die Sklaverei pressen zu lassen oder Hungers zu sterben, wenn der Tross alle Lebensmittel für sich beansprucht und mitgenommen hätte. Man könne sich allerdings auch freikaufen. Mit Gold. Viel Gold.

So durchquerte sie, ohne aufgehalten zu werden, das Gebiet der Ayamanes und wechselte in das der Cayones.

Hier war sie erstmals sicher. Sie verstand die Sprache. Man kannte sie. Wusste um ihre Aufgabe und führte sie zum Bergwald. Die Gegend wurde vertraut: die dunkelstämmigen Baumgruppen, die gelb blühenden Bodendecker, die beinahe weiße Erde. Sie atmete ihre Herkunft, ihre Heimat ein. Sogar ihre Haut schien sich wohlzufühlen in dieser Höhe, mit dieser Feuchtigkeit. Sie fühlte sich glatter an, weniger trocken, und die Poren schienen sich zu öffnen.

Federmann ließ die Arkebusen laden. Es war eine große Ansammlung von Menschen, die ihnen da über einen Hügel hinweg entgegenkam. Die schiere Menge hätte sie überwältigen können.
»Das war's, Nicolaus!«, murmelte Bertram. »Wenn auch nur jeder Zweite einen Pfeil abschießt, verrecken wir wie die Hunde. Sie können gar nicht anders, als uns zu treffen.«
Federmann fluchte vor sich hin. Er hätte vor vier Tagen nicht Almaviva vorausschicken sollen. Der Grande hatte einfach ein Dorf umzingelt, die Häuser niedergebrannt und den Kaziken halbtot geschlagen und gefangen genommen. Dass er dabei noch gut dreißig der hier ansässigen Xaguas erschlagen und verbrannt hatte, hatte er billigend in Kauf genommen. Dann hatte er es auch noch versäumt, den Schwerverletzten zu bewachen – am Morgen, nachdem sie wieder zusammengetroffen waren, hatte sich der Kazike aus dem Zelt geschlichen und war verschwunden. Jetzt mussten sie für Almavivas Unbedachtheit bezahlen; seither zischten immer wieder unvorhersehbar Pfeile aus dem Dickicht, wenn sie vorüberritten. Gott sei Dank waren sie nicht giftig.
Federmann saß steif im Sattel. Die Wunde hatte sich entzündet. Wenn sie für heute einen ruhigen Rastplatz fanden, musste Bertram sie ihm unbedingt ausbrennen. Wundbrand war in der Neuen Welt ein Todesurteil; in diesem Klima konnte aber auch schon eine Entzündung reichen. Federmann schwankte etwas.
»Geht es dir gut, Nicolaus?« Bertram war besorgt.
»Hauptmann!«, brüllte der Ulmer nach hinten. Almaviva hatte sofort verstanden und preschte heran. »Ihr reitet an vorderster Front! Die Dominikaner dürfen sich dieses Mal ausruhen.«
»Aber ...«, versuchte der Hauptmann zu widersprechen.
»Solltet Ihr Euch umdrehen oder nach links und rechts ausweichen, nehme ich das als Fahnenflucht und lasse Euch niederschießen«, zischte Federmann.
Raúl de Almaviva rief weitere Reiter und zwanzig Fußsoldaten nach vorne. Federmann betrachtete seine Truppe. Wie abgerissen sie waren! Die Woche nach der Flut hatte ihnen allen Mut ge-

nommen. Sie waren hungrig, sie hatten Durst, und – was schlimmer wog – sie hatten den Glauben an ihr Ziel verloren. Wenn die Meute dort vorne angriff, konnte es sein, dass zuletzt auch ihr Glauben an seine Führung schwand.

Die Soldaten stellten sich zu einer Formation auf. Die Fußsoldaten in der Mitte, dann folgten die Arkebusen. Die beiden Männer, die die Donnerbüchsen handhabten, waren zwar kaum mehr in der Lage, die Waffen zu schleppen, aber auf deren Wirkung wollte niemand in der Truppe verzichten. An den Rändern des Trosses tänzelten die Pferde. Aus der Menge der Hunderten vor ihnen löste sich jetzt eine Gruppe von etwa zwanzig Personen. Sie kamen ihnen entgegen und hielten Gegenstände in der Hand. Federmann sah, wie sich die Lunte an einer der Donnerbüchsen langsam senkte. Wenn der glimmende Docht die Pfanne berührte, würden die Höllenteufel zu brüllen beginnen.

»Nicht schießen!«, schrie Federmann. »Sie wollen verhandeln!« Er hoffte, dass das der Wahrheit entsprach, denn die Männer, die ihnen da entgegenkamen, waren bemalt, als befänden sie sich im Krieg. Rote und weiße Streifen, schwarze Stirn- und Armbänder, ockerfarbene Zacken und Kreise schmückten die Körper.

Federmann drängte seinen Gaul durch die Mannschaft und ließ ihn an die Spitze tänzeln. »Bertram, Hemmler!«, sagte er nur. Almaviva ließ er bewusst stehen – er musste begreifen, wer hier das Sagen hatte. Die zwei Reiter schlossen sich ihm an. Sie ritten der Delegation entgegen, die sich mitten auf dem Feld, etwa auf halbem Weg zwischen ihnen und der Streitmacht der Wilden, niedergelassen hatte.

»Sie haben Gold mitgebracht«, flüsterte Bertram und deutete mit dem Kinn kurz in Richtung der bunt bemalten Gruppe.

»Lass die Dolmetscher holen«, sagte Federmann heiser. »Ich will wissen, woher sie es haben!«

Hemmler preschte zurück, rief den Trägern etwas zu, und zwei Gruppen von je vier mit einer Eisenkette verbundenen Trägern ließen den Trossplunder fallen und trabten auf sie zu.

Federmann ritt bis zu der Gruppe der Wilden heran. Der Kazike in der Mitte starrte das Pferd an, als sei es der Ansprechpartner. Wie so viele der Wilden, die sie bisher getroffen hatten, dachte anscheinend auch er, dass Pferd und Reiter eine Person seien, eine Art Gott. Federmann ließ das Pferd eine Kopfverbeugung machen, die der Kazike würdevoll beantwortete. Dann begann dieser zu sprechen, senkte den Kopf, hob eines der goldenen Gefäße, die er mitgebracht hatte, in die Höhe und verharrte so.

»Was hat er gesagt, verflucht?«, zischte Federmann. »Warum dauert es so lange?«

Die Weitergabe der Antworten lief über vier Personen. Schließlich wandte sich der letzte der Träger, der etwas Spanisch beherrschte, an Federmann.

»Sag es dem Gaul ins Ohr, aber so laut, dass wir etwas verstehen!«, befahl der Feldhauptmann.

Gehorsam richtete der Dolmetscher seine Worte an das Pferd. Wie der Ulmer richtig vermutet hatte, spitzte das Tier die Ohren.

»Gott auf vier Beinen. Wir wünschen Frieden, nicht Krieg. Nimm diese Geschenke an. Sie sollen dich beruhigen und deinen Zorn mildern. Lass unser Volk in Frieden leben.«

»Wir nehmen an!«, sagte Federmann und ließ das Tier wieder nicken. Dann zog er am Zügel, der Kopf seines Pferdes richtete sich auf, und es ließ ein ärgerliches Wiehern hören. Federmann verzog das Gesicht. Die Pfeilwunde brannte, wenn er den Muskel anspannte. »Sag ihnen, es akzeptiert die Geschenke. Sie seien aber etwas gering ausgefallen. Ob sie noch mehr hätten?«

Bertram trieb sein Pferd neben das des Ulmers. »Nicolaus, übertreib es nicht. Sie dürfen deine Gier nicht bemerken, sonst werden sie misstrauisch.«

Federmann beobachtete, wie der Dolmetscher das Gefäß entgegennahm. Dann reichte er es zu ihm hoch. Nur mit einiger Mühe konnte er es entgegennehmen, weil auch das Beugen des Oberkörpers Schmerzen in seinem Bein hervorrief. Er fühlte, wie Blut aus der Wunde sickerte und seine Wade hinablief.

Die Schale war schwer und bestand offenbar aus massivem Gold. Sie war mit einem groben Werkzeug getrieben worden und an der Außenseite verziert. Die feinen Ritzungen hatte man mit dunkler Farbe, vielleicht aber auch nur mit Erde, gefüllt, sodass sie sich auf dem gelben Metall deutlich abzeichneten. Federmann stockte der Atem, als er die Schale betrachtete. Das Motiv zeigte eine Stadtmauer aus riesigen Quadern, die so eng gefügt waren, dass sie wie eine einzige Form wirkten – und dahinter öffnete sich eine weite Landschaft aus Wasser. Es bestand kein Zweifel. Das Motiv war das seines Traums: Eldorado, wie es am Gestade des Südmeers lag.

»Sammelt die anderen Geschenke ein!«, herrschte Federmann die Dolmetscher an. »Gebt mir die Gegenstände, auf denen Zeichnungen zu sehen sind.«

Die acht Männer sammelten alles an Gold ein, dessen sie habhaft wurden. Sie rissen den Wilden die Kleinodien aus der Hand, doch keine Schale, kein Becher, keine Figurine zeigte irgendeinen Hinweis.

Federmann hielt die Schale mit der Mauerzeichnung in der Hand. »Wo hast du die her?« Er ließ mit einem Ruck am Zügel das Pferd ärgerlich den Kopf schütteln. »Sag schon, woher hast du sie?«

Auch der Kazike hatte das Spiel der Dolmetscher verfolgt. Jetzt fiel sein Blick auf den rechten Oberschenkel des Ulmers – selbst durch die einzelnen Nieten tropfte das Blut. Federmann beobachtete die Miene des Kaziken und glaubte dessen Erstaunen zu sehen.

Doch Federmann konnte darauf keine Rücksicht nehmen, zu aufmerksam verfolgte er wieder die Kette der Dolmetscher, die seine Frage weitergab.

»Warum musste Babel diesen Turm bauen, an dessen Verwirklichung unsere gemeinsame Sprache zerbrochen ist?«, brummte Federmann. »Was weiß ich schon, was die Kerle hier diesem Wilden wirklich sagten?«

»Womöglich tauschen sie Küchenrezepte aus und überlegen sich, in welchem Sud wir am besten schmecken«, scherzte Bertram.

»Aber ist es nicht egal, was sie sagen? Verstehen wir uns nicht auch ständig falsch, obwohl oder vielleicht gerade *weil* wir glauben, dieselbe Sprache zu sprechen?«
Der Kazike bellte etwas in seiner Sprache zu Federmanns Pferd, dann stand er auf, stellte sich mit dem Gesicht nach Süden, deutete mit der Hand in die Richtung, in die sie ohnehin ziehen würden, und begann zu erzählen.
»Was sagt er? Schnell! Ich will wissen, was er erzählt!«, forderte Federmann.
Doch es dauerte, bis die Worte die einzelnen Ohren und Münder durchlaufen hatten – und zuletzt blieb vom Palaver des Kaziken eine einzige kurze Erläuterung übrig: »Weiter im Süden, hinter Hügel, liegt Hochland und dahinter das Südmeer. Von dort Schale mit Bildern.«
Federmann lachte, lachte laut und erleichtert. »Habt Ihr das gehört? Ein Hochland und dahinter das Südmeer und Eldorado. Es ist also doch keine Person, kein König, sondern eine Stadt, ein Königreich! Wir brauchen Nahrungsmittel und Träger, dann werden wir weiterziehen! Sag es ihm. Je schneller wir aufbrechen können, desto schneller ist er uns los.«
Er wartete die Antwort des Kaziken nicht mehr ab, sondern ließ sein Pferd steigen und riss es herum. Erschrocken wichen der Kazike und die Männer um ihn herum zurück. Über die Schulter rief Federmann dem Dolmetscher zu, er solle dem Kaziken sagen, er werde seine Träger freilassen und nach Hause schicken, wenn er neue von ihm erhalte. Auch diese dürften zurückkehren, sobald er einen neuen Stamm gefunden und dort Träger erhalten habe.

In einem der Dörfer, in denen sie freundlich aufgenommen worden war, wollte der Kazike nichts davon wissen, sein Dorf niederzubrennen.
»Wir sind viele. Wir sind stark. Wir fürchten niemanden, auch keinen Hellhäutigen.«
»Ihr solltet ihn aber fürchten«, sagte sie traurig.

Mayana nahm die Schale aus Sonnenstein in die Hand, aus der sie bewirtet worden war.
»Wenn ihr nicht fliehen wollt, legt eure Waffen weg und gebt ihm Sonnensteine. Viele Sonnensteine, die von ihnen Gold genannt werden.« Sie begann mithilfe eines Metallstifts, den sie auf dem Schiff aus Blauauges Truhe genommen hatte, eine Zeichnung in die Außenfläche der Schale zu ritzen. Nicht tief, nicht sonderlich gelungen, doch zeigte es etwas, was der Ulmer sehen wollte.
»Gib das Blauauge!«, sagte sie nur, als sie fertig war. »Es wird ihn besänftigen.«
Der Kazike besah sich das Bild, das Mayana eingeritzt hatte. Er rieb seinen Daumen mit Ruß ein, spuckte kurz darauf und fuhr über die Zeichnung. Damit machte er das Bild sichtbar.
»Was soll es zeigen?«, fragte er.
»Das große Dorf am Südmeer. Die Hellhäutigen nennen es Eldorado. Sie suchen diesen Ort, deshalb kommen sie zu uns, deshalb ziehen sie durch die Stammesgebiete.«
»Ist auch der weiße Schamane deshalb hierhergekommen?«, fragte der Kazike.
Mayana schüttelte den Kopf. »Nein, er hat etwas anderes gesucht – und es gefunden.« Sie zögerte zu fragen, ob Ulate noch lebte. »Es nützt uns und vielen anderen.« Sie räusperte sich, weil sie noch eine Frage auf dem Herzen hatte. »Hast du, Vater, Tayento gesehen? Ist er hier durchgekommen?«
Überrascht sah der Kazike sie an. »Du sprichst seinen Namen aus? Tayento? Der Tayento?!«
»Nun, ja. Der Tayento«, Mayana wunderte sich über sein Erstaunen.
»Er ist tot. Erschlagen von Hellhäutigen, auf dem Weg zurück von der Küste im Norden.«
Mayana hob verblüfft den Kopf. Sie hatte eben von einem Maisfladen abbrechen wollen, jetzt hielt sie inne. Tayento tot? Erschlagen, als er sich von ihr getrennt hatte und zu Ulate zurückgehen wollte? »Das ist unmöglich. Er hat mich hierher geführt.«

»Der Wald ist voller Geister, mein Kind, das weißt du. Er hatte ein besonderes Auge auf dich. Du warst ihm wie eine Tochter. Sein Brustschild hat er dir mitgegeben, weil es dich in der Welt draußen beschützen sollte – nur ihn konnte es nicht mehr vor dem Tod bewahren. Du musst dich irren, mein Kind. Tayento ist vor nicht ganz einem Jahr bei einer Sklavenjagd ums Leben gekommen, als er von diesem Ort der Weißhäutigen am Meer im Norden zurückgekehrt ist.«
Mayana saß da wie versteinert. Sie hatte ihn doch gesehen. Sie hatte mit Tayento gesprochen. Er hatte sie in Coro erwartet, hatte Georg vor dem Skorpion und sie vor dem Ertrinken gerettet. Er hatte sie durch den Wald geführt – und all das sollte sie sich nur vorgestellt haben?
Wie in Trance stand sie auf und verließ das Haus. Sie stellte sich unter das Sternenzelt und blickte nach oben. In weniger als einer Woche war sie am Ziel. Sie würde dem Pater wiederbegegnen. Sie würde ihm danken können. Doch sie konnte nicht fassen, dass Tayento, der ihr all das ermöglicht hatte, seit sie den Boden ihrer Heimat wieder betreten hatte, nicht mehr leben sollte.
Mayana senkte den Blick herab von den Sternen zum Waldsaum hinüber. Und dort stand er. Dort hinten, im Zwielicht zwischen dem Wald und der Lichtung, stand der Schamane. »Tayento!«, flüsterte Mayana. Er war es. Für sie gab es keine Zweifel. Tayento war nicht tot. Er würde niemals sterben.
Mit langsamen Schritten ging sie auf ihn zu, und der Schamane wich nicht zurück.
War er ihr gefolgt, oder war er ihr vorausgeeilt?

Die Träger waren Zwerge wie die Ayamanes es gewesen waren; klein und zart von Körperbau, was ihre Lage nur verschlimmerte. Wo sie zuvor einen Träger benötigt hatten, schleppten jetzt zwei von ihnen den Trossplunder, wodurch sich der Zug verlängerte. Dreihundert Träger statt einhundertfünfzig. Männer wie Frauen. Manchmal sogar Kinder. Noch mehr Mäuler zum Durchfüttern.

Und die Geschwindigkeit verringerte sich weiter – sie waren länger unterwegs.
Nicht nur die Pferde erschöpfte der Marsch, sondern auch die Männer.
Federmann fühlte, wie sein Bein langsam zu pulsieren begann – er hatte sich eine Entzündung geholt. Außerdem scheuerte wie bei den anderen sein Harnisch. Am Bauch und an den Oberschenkeln war die Haut bis ins Fleisch hinein wundgescheuert. Fliegen umschwirrten sie und labten sich an dem Blut, das in die Kleidung sickerte. Die Wunden waren gelb vor Eiter.
Doch die Harnische abzulegen getraute sich niemand.
Als sie mittags rasteten, musste Federmann sich aus dem Sattel heben lassen. Sie taten das hinter einer Baumgruppe, damit die Indios, die davor lagerten und von den Fußtruppen bewacht wurden, nicht mitbekamen, dass sie die Gäule nur ritten, sonst aber Menschen waren. Federmann dachte an die Sagen von den Kentauren, den Doppelwesen aus Mensch und Tier. Konnte es nicht sein, dass die Menschen, die erstmals auf Reiter trafen, glaubten, sie seien Tiermenschen begegnet, wie es ihnen hier in dieser Wildnis widerfuhr?
»Immer sachte, Bertram, Hemmler!«, fluchte der Ulmer, als sie ihn auf den Boden legten. Bertram nahm die Beinschienen ab und rollte den Stoffschutz hoch. Er pfiff durch die Zähne.
»Das Gift ist durch das Feuer wohl zerstört worden, aber der Pfeil selbst hat ganze Arbeit geleistet. Ich muss dir die Stelle ausbrennen. Doch zuerst muss ich nachsehen, ob noch Reste der Pfeilspitze in der Wunde stecken.«
Federmann lehnte mit dem Kopf auf einem Stück Wurzel. Über ihm öffnete sich eine Baumkrone. Der Stamm des Riesen war beinahe weiß und glatt und sanft wie ein Rosenblatt. Der Baum faltete sich auf halber Höhe auseinander wie eine sich öffnende Hand, als erbete er den Segen des Himmels.
»Tu, was du nicht lassen kannst«, stöhnte Federmann.
Was verursachte in dieser Welt diesen engen Zusammenhang

zwischen Schönheit und Tod? Warum konnte hier das eine sein, während das andere sich so dicht daneben befand, dass man seine Nähe spürte?

Federmann fühlte einen bohrenden Schmerz, der ihm kurz die Luft und die Farben und Formen vor seinen Augen nahm. Für einen kurzen Moment wurde die Welt schwarz-weiß.

»Ich kann nichts finden. Du hast Glück, mein Freund. Mach die Augen zu. Den letzten Schnaps hat das verfluchte Hochwasser mitgenommen und selber gesoffen.« Bertram atmete tief ein. Dann zog er sein Messer. »Ich muss es glühen lassen. Warte so lange.«

»Wo, glaubst du, soll ich hingehen? Ich kann noch nicht einmal mehr aufstehen, um zu pieseln!«

Georg brachte ihm Maisfladen, die er gierig hinunterschlang. Selbst Fra Enrico tauchte auf und schlich um sein Lager herum. Schließlich winkte ihn Federmann zu sich. »Habt Ihr nicht irgendwann etwas von diesem Mönch gefaselt? Diesem Ulate?«

»Herr«, antwortete der Pater, »wir sollten rasch weitergehen und Ulate suchen. So weit kann es nicht mehr sein.«

»Woher wollt Ihr das wissen?«

»Er hatte uns eine Botschaft zukommen lassen – und seine Salbe. Ein Handelsmann der Welser hatte sie bei uns abgegeben und uns berichtet. Ein gewisser Joachim Kramer. Er besaß jedoch keine Unterlagen mehr. Die spanischen Steuereintreiber in Sanlúcar hätten ihm alles abgenommen, sagte er. Er hatte nur noch einige Salbentiegel, die er an den Einfuhrbeamten vorbeigeschmuggelt hatte …«

Der Ulmer lachte überrascht. So weit hatte er in den Dschungel von Neu-Venedig hineinreiten müssen, um endlich Joachims ganze Geschichte zu erfahren.

»Nach Süden! So lautete die Parole, die er uns ausgegeben hatte, sodass ich nichts dagegen hatte, als Ihr in diese Richtung aufgebrochen seid. Die Salbe, die er noch gebracht hat, übergab er mit den Worten, Ulate habe wohl auch eine Karte hinterlassen, anhand der er zu finden sei. Doch die Karte ist niemals aufgetaucht.

Mein Orden hat zwar bei den Steuereintreibern in Sanlúcar und Sevilla nachforschen lassen, konnte aber nichts finden.«

Federmann grinste. »Ihr habt einen Narren an diesem Ulate gefressen.«

»Er könnte Euch vermutlich helfen, wenn Ihr ihn rechtzeitig aufsucht. Das hat er nämlich gesucht: ein Mittel gegen solche Pfeil- und Schwertwunden.«

Federmann schüttelte den Kopf. »Er war in Eldorado. Er hat nach Gold gesucht.«

Jetzt musste der Pater schmunzeln. »Nein, mein Freund. Er hatte völlig andere Interessen. Gold hat ihn niemals interessiert. Sein ›anderes Gold‹ war diese Salbe, von der uns Kramer berichtet hat. Wir hatten eine Probe erhalten – und ich sage Euch: Sie hat Wunder bewirkt.«

Federmann spuckte ins Gras. »Aberglaube!«, murmelte er abfällig.

Bertram kam zurück, sein glühendes Messer in der Hand. »Ihr solltet für Federmann beten.« Er kniete sich neben den Ulmer und hielt das glühende Stück Eisen an Federmanns Oberschenkelwunde.

Der Feldhauptmann schrie auf vor Schmerz. »Genug! Wir suchen den Mönch!«

Bertram blickte Federmann durchdringend an. Auf seine Gesichtszüge legte sich eine Ernsthaftigkeit, die schon zu Jugendzeiten nichts Gutes zu bedeuten hatte. »Ich will, dass du die Begegnung noch erlebst, mein Freund. Die Behandlung mit dem Messer wird dich aus der Bahn werfen, aber nur kurz.«

Zuerst begriff Federmann nicht, doch dann umso schneller, als der Schmerz durch seinen Körper schoss. Das glühende Eisen fuhr in die Wunde und versengte die gezackten Wundränder und das bereits verdorbene Fleisch rundum.

Er wollte schreien, doch sein Bewusstsein ließ das nicht mehr zu. Das Messer vollführte eine letzte Drehung, da drehten sich Federmanns Augen bereits nach innen.

13. KAPITEL

Tayento führte Mayana einen schmalen Weg entlang, der mit flachen Steinen gepflastert war, dort, wo nicht der blanke Fels an die Oberfläche trat. Ringsum ragten mittelhohe Bäume von knorrigem Wuchs in die Höhe. Der Pfad schlängelte sich zwischen ihnen hindurch und führte langsam höher.

»Warum hast du nicht auf mich gewartet?«, fragte sie.

Er drehte sich kurz zu ihr um, ohne im Schritt langsamer zu werden, und verzog den Mund zu einem Lächeln.

»Beinahe hätte mich dieses ... dieses Milchgesicht umgebracht. Ein wenig von deinen Zauberkräften hätte ich brauchen können.«

Tayento reagierte überhaupt nicht, sondern zog sie wie mit einem unsichtbaren Strick hinter sich her.

Bald passierten sie zwei Posten, schweigsame Männer, die links und rechts von ihnen im Unterholz kauerten, Pfeil und Bogen in Händen. Sie schienen sich nicht um Mayana zu kümmern, als gehöre sie hierher und betrete nicht heiligen Boden. Kurze Zeit später trafen sie wieder auf Männer mit Waffen, die diesmal wenigstens aufschauten, als Mayana und Tayento zwischen ihnen hindurchgingen.

Mayana wusste, wohin der Schamane sie brachte. Nur war vor Jahren alles weniger feierlich und weniger geheimnisvoll gewesen. Und jetzt, beinahe einen Mondumlauf nachdem er sie aus dem Wasser gerettet hatte, würde sie den Ort erneut betreten.

Einige Zeit später traten weitere vier Posten auf eine Lichtung hinaus. Den Eingang bildete das Wurzelwerk einer Würgefeige, deren Innerstes bereits abgestorben und weggefault war. Die dem Eingang gegenüberliegende Seite bildete eine Felswand, die steil emporragte und leicht nach vorn geneigt war, sodass sie etwas Schutz bot. Sie verlor sich nach oben im Blättergewirr des Waldes. An die Wand schmiegte sich eine aus Holz gebaute Hütte, schwarz vor Nässe und Alter. Eine Gruppe von Männern mit kriegerischer Bemalung wartete davor und unterhielt sich flüsternd. Auf der Lichtung stand ein Pfahl. Sie kannte ihn gut. Es war der Kalenderpfahl, in den Ulate jeden Morgen mit dem Messer eine Kerbe eingeschnitzt hatte, um die Zeit seiner Anwesenheit festzuhalten.

Links neben der Tür stand eine Art Tisch mit zu hohen Beinen. Darauf lagen Stücke von Fleisch, Honigwaben und Früchte in allen Farben. Es waren Opfergaben, Dankgeschenke. So weit war es also gegangen. Hatte der Mönch doch recht behalten.

Als die Krieger Mayana gewahrten, bildeten sie eine Gasse und ließen sie durch. Ruhige Blicke folgten ihr, Blicke, deren Traurigkeit ihre Schritte beschwerte.

Mayana zögerte, als sie die Schwelle der Hütte betrat. Alles war schon so lange her – und damals hatte es keine Eingeborenen gegeben, die vor dem Haus warteten, keine Wächter, keine Verehrung. Nur der Lärm der Tiere um sie herum war der gleiche geblieben. Papageien schrien sich die Seele aus dem Leib, Affen brüllten. Selbst die Insekten, die mit ihrem Schwirren einen ausdauernden hohen Grundton erzeugten, schienen in dem Talkessel lauter zu zirpen als außerhalb.

Die Tür war ein Fellvorhang, den sie mit einer Hand beiseiteschob. Im Inneren war es dunkel, und es roch nach dem langen Aufenthalt eines von Krankheit gezeichneten Menschen. Mayana stand lange in der Tür und wagte nicht weiterzugehen. Jetzt, wo sie so weit gekommen war, wo sie ihm wieder gegenüberstand, fühlte sie eine Befangenheit, die sie niemals zuvor gespürt hatte. Als habe sie Unrecht damit getan, den Mönch wieder zu suchen.

»Komm herein, mein Kind!«, hörte sie plötzlich jemanden sagen. Die Stimme klang heiser und rasselnd.

Mayana betrat die aus einem einzigen Raum bestehende Hütte. Ihre Augen brauchten eine Zeit, bis sie sich an das Dämmerlicht gewöhnt hatten. Links von der Tür hing eine breite Hängematte, die leicht schaukelte.

»Ich hätte nicht gedacht, dich je wiederzusehen«, krächzte die Stimme in Mayanas Sprache.

Sie war so schwach, dass sie die Worte mehr erraten musste, als dass sie sie hörte. »Du bist krank?«

»Ich bin alt. Und das Klima hier lässt mich noch schneller altern, mein Kind«, sagte der Mann in der Hängematte.

War es richtig gewesen, zu ihm zurückzukehren? Hätte sie sich nicht besser an Blauauge halten und versuchen sollen, mit ihm ein Leben weitab dieser feuchten Gegend zu führen?

»Deine Salbe. Hilft sie nicht mehr?«, fragte sie bestürzt, als sie sah, wie mager das Gesicht war, in das sie blickte.

»Ach Kind«, flüsterte der Mönch und winkte sie mühsam zu sich heran, »gegen das Alter hat es noch niemals eine Salbe gegeben. Ich kann Wunden heilen. Ich kann verhindern, dass man Gliedmaßen abtrennen muss. Ich kann Entzündungen lindern, aber ich kann keine Wunder vollbringen. Das ist allein dem Herrn, unserem Gott, vorbehalten.«

Das Reden erschöpfte den Mönch, und er schloss die Augen. Mayana trat näher heran.

Pater Franciscos Augen lagen, wenn die Lider sie bedeckten, wie helle Murmeln in den Höhlen. Der ganze Mensch war so abgemagert, dass Mayana die Adern unter der Haut - Linien und Erhebungen – sehen konnte.

Nur langsam wagte sie sich noch näher heran. Der Mensch, der dort vor ihr sanft in der Hängematte schaukelte, war nur noch ein Schatten des tatkräftigen Mönchs, den sie kennengelernt hatte.

Sie war den Sklavenjägern entsprungen, hatte die Flammenwand durchquert und war in den Dschungel eingetaucht. Damit war sie den Sklavenjägern aber noch nicht gänzlich entkommen. Die hatten sich ein besonders perfides System ausgedacht: Ihre Träger waren nämlich nicht ausschließlich an die Ketten geschmiedet; sie hatten manchen von ihnen die Freiheit gelassen, allerdings unter der Bedingung, dass sie jagen und Verbindung mit ihren Dörfern halten mussten. Als Jäger bekamen sie immer zuerst etwas zu essen. So gewöhnten sie sich daran, ausreichend Jagdwild zu fangen, ohne davonzulaufen. Nur dass das Jagdwild der Sklavenjäger junge Einheimische waren, Männer ebenso wie Frauen. Diese mussten also vor Jägern hiesiger Xaguas fliehen – und das erwies sich für viele als ihr Untergang. Die Jäger waren geschickt – und die vor Angst und Panik kopflos Fliehenden eine leichte Beute.

Nur Mayana hatte niemand gefangen. Sie hatte von ihrem Vater gelernt, wie ein Jäger zu denken und zu handeln.

Dennoch hätte sie sich beinahe in einer der geschickt gestellten Fallen der Xaguas verfangen – wenn nicht der Jaguar gewesen wäre. Der schwarze Jaguar war ihr Tier. Sie fürchtete ihn nicht, aber seit dem Tag, an dem er ihren Verfolger vom Baum herab angesprungen und mit einem Biss getötet hatte, liebte sie ihn geradezu. Sie wusste, der Gott des Waldes würde sie beschützen.

Der Mönch öffnete die Augen. Sie sah sich nach einem Gefäß mit Wasser um, damit sie es dem Kranken mit den Fingerspitzen auf Stirn und Mund träufeln konnte.

»Tayento hat mich hergeführt, Pater Ulate«, sagte Mayana leise. »Er wusste, dass ich zurückkomme.«

»Tayento?«, fragte der Pater. »Wo ist Tayento? Er ist nicht mit mir zurückgegangen. Er wollte …«, der Pater stöhnte vor Anstrengung, »er wollte auf dich warten.«

Überrascht sah sie sich um. An Tayento hatte sie nicht mehr gedacht, seit sie die Lichtung unter dem Felsvorsprung betreten hatte. Wo war er geblieben? Mayana musterte den kleinen Raum. Tayento stand in der Ecke und nickte ihr aufmunternd zu.

»Dort steht er.« Mayana deutete in seine Richtung.

Der Mönch hob noch nicht einmal den Kopf. Stattdessen betrachtete er sie aufmerksam. »Was haben sie mit dir gemacht, mein Kind?«, fragte er unvermittelt.

Überrascht wandte sie sich wieder dem Pater zu. Sie hatte versucht, Tayento dazu zu bewegen, näher zu kommen. Doch der Schamane rührte sich nicht, stand nur unbewegt da und sah Mayana unverwandt ins Gesicht.

»Warum? Wie meinst du das, Weißer Schamane?«
Zuerst blieb der Pater stumm und schien nach Worten zu ringen, vielleicht rang er aber auch nur nach Atem. Schwer sog er die Luft ein. Schließlich griff er mit seiner knochigen Hand nach ihrem Unterarm. Mayana erschrak und wollte ihren Arm schon zurückziehen – die Hand des Mönchs war eiskalt, als sei alles Leben aus ihr gewichen.
»Bist du es nicht mehr gewöhnt, dass dich Menschen aus Fleisch und Blut berühren, Kind? Dein Tayento dort in der Ecke – das ist ein Hirngespinst. Dort steht niemand.«
Mayana drehte sich nach dem Schamanen um. Der zuckte mit den Schultern. Sie betrachtete ihn genau. Nichts fiel ihr an ihm auf, was sie nicht kannte ... allerdings wunderte es sie, dass er immer dieselbe Bemalung trug. Die Bemalung war eigentlich abhängig von den Erden und Pflanzensäften, die es gab.
Er zwinkerte ihr zu, lächelte und begann langsam zu verschwimmen, als löse er sich auf. Erstaunt blickte sie ihn an. Schließlich war nichts mehr von dem Schamanen übrig.
»Tayento!«, flüsterte Mayana. Ein Hirngespinst. Das konnte doch nicht sein.
»Du trägst ... sein Amulett ... nicht mehr?« Der alte Mann stöhnte unter seiner Kurzatmigkeit. »Hast du es ... verloren?«

Federmann ließ die Kaziken aushorchen – und erfuhr von Mayana. »Die Priesterin« wurde sie genannt. Er hörte von ihr, wie sie durch die Wälder der Xaguas gestreift war, als suche sie nach etwas. Mehr bekamen die Dolmetscher nicht aus den Dorfvorstehern heraus – sie verrieten nicht, was die »Priesterin« gesucht haben könnte.
»Francisco de Ulate!«, mischte sich Pater Enrico ein. »Sie sucht ihn, wie wir ihn suchen.«
Mit Hemmler, Bertram, Pater Enrico und Almaviva ritt Federmann voraus, und der Tross hastete stolpernd hinter ihnen her. Der Ulmer überließ nichts mehr dem Zufall. Ihn beschlich das

Gefühl, das Goldland könne nicht allzu weit entfernt sein, denn die Indios hatten immer mehr Kleinodien bei sich: Sie trugen immer häufiger Schmuck aus dem gelben Metall, Nasenringe, Ohrringe, Armreife oder auch nur Nadeln, die sie sich durch Brustwarzen und Wangen gebohrt hatten. Systematisch plünderte er die Einheimischen aus, erpresste Goldschalen und Ringe, Armreife und Ohrgehänge sowie Götterfiguren, indem er die Kaziken bedrängte, die Arkebusiere schießen ließ und so manchen Widerspenstigen in Halseisen legte und ihm Trossplunder aufhalste. Er vermied es allerdings zu töten. Die Einheimischen sollten ihn fürchten, nicht hassen, denn der Zustand seiner Leute wurde schlimmer. Und auch sein eigener Zustand machte ihm Sorgen. Er fühlte ein leichtes Fieber, und die Oberschenkelwunde durfte er nicht einmal berühren, sonst betäubte ihn der Schmerz.

Ihm war, als wiege das Amulett an seinem Hals mit jedem Tag schwerer, als suche es seinen eigenen Weg und ziehe ihn hinter Mayana her. Nachts, wenn er auf dem Rücken lag und das Gewicht des Goldes auf seine Brust drückte, glaubte er, Atemnot zu bekommen, und legte sich auf die Seite. Machte diese Eigenschaft des Amuletts es so wertvoll? Er würde Mayana fragen müssen, doch die war ihnen immer eine Tagesreise oder zwei voraus. Sie schlug Haken. Nur mit der allergrößten Mühe gelang es den Fährtenlesern, der Indiofrau zu folgen.

Mayanas Flucht führte sie zu einem Gebirgsriegel, der sich immer höher vor ihnen aufschob, und dort zu einem Tal, das von den Einheimischen als Durchgang zu einem noch höher gelegenen Hochland beschrieben wurde.

Immer wieder versuchte Federmann sich die Zeichnungen auf Mayanas Rücken ins Gedächtnis zu rufen und mit dem Gelände zu vergleichen. Dabei dämmerte ihm, dass tatsächlich Ähnlichkeiten vorhanden waren, dass sie mit dem Tross Wege nahmen, die so oder ähnlich auf dem Rücken eingezeichnet waren, dass die Linien und Formen der Tätowierung Pfade andeuteten. Die Hinweise waren jedoch zu ungenau. Zu schnell und zu stark veränderte sich das Gelände im Dschungel und in den Hochtälern – deshalb war der Goldstein, von dem er immer noch glaubte, dass er ein wichtiger Schlüssel zu der Karte sein müsse, wohl mittlerweile wertlos.

»Warum hat sie diesen Weg genommen?«, fragte Federmann seinen Freund Bertram. Ihm hatte er die Goldwerte anvertraut. Zwei Packpferde, die Bertram hinter sich herzog, hatten sie inzwischen mit Preziosen beladen.

»Wenn sie dort hinauf ist«, sagte Bertram und deutete auf die Passhöhe, die die letzte Schwelle vor der Hochebene bildete, »wird sie wissen, warum. Wir werden es nur herausfinden, wenn wir ihr folgen.«

»Ja, folgen wir ihr«, sagte der Ulmer und trieb seinen Gaul an.

Dann setzte Regen ein. Nicht der tägliche, der sie stets gegen Nachmittag zwang, eine Ruhepause einzulegen, sondern ein Dauerregen, der auf sie niederstürzte, als wolle er sie gleichzeitig erschlagen und ersäufen. Die Feuchtigkeit der Gegend wickelte sie ein wie nasse Tücher.

In kürzester Zeit war alles durchtränkt. Bereits nach einem halben Tag begannen die Stoffeinlagen der Brustpanzerung sich aufzulösen und die Harnische zu rosten. Eine rötliche Rostsoße lief an ihnen herab und verfärbte Hosen und Schuhe.

Die Träger versanken im Schlamm, und auf den ebensten Flächen bildeten sich in kurzer Zeit Rinnsale aus Regenwasser, die zu reißenden Flüssen anschwollen.

An einer Engstelle trafen sie zum ersten Mal auf ein befestigtes Pueblo. Von einem Hügel aus kundschafteten sie die Niederlassung aus. Palisaden umgaben ein ansehnliches Dorf mit mindestens einhundertfünfzig Hütten. Dort lebten also mindestens tausend Menschen. Die schiere Zahl der Eingeborenen hätte seine kleine Schar problemlos überwältigen können. Das Pueblo bewachte offenbar den Zugang zu einem Pass und einem direkt hinter der Siedlung liegenden fruchtbaren Hochtal, das man halb einsehen konnte.

»Es ist unmöglich, sie zu überfallen, allein schon, weil der Regen es verhindert, die Palisaden anzuzünden. Man bräuchte dafür griechisches Feuer.«
Pater Enrico, der Federmann die letzten Tage mit säuerlicher Miene gefolgt war, trieb sein Pferd neben das des Feldhauptmanns.
»Wir sollten rasten«, schlug er vor. »Mit über vierhundert Mann kommen wir nicht ungesehen an diesem Pueblo vorbei. Lasst Hütten errichten.«
»Nicht ehe wir wissen, wo sich …«
»Federmann«, zischte der Pater. »Ihr werdet gar nichts mehr sehen oder hören, wenn ihr meinen Rat in den Wind schlagt.« Das Wasser lief ihm übers Gesicht, als wolle es seine Miene wie eine Kreideschrift an der Tafel abwischen. »Die Männer sind erschöpft und krank. Die Nässe, die Wärme, sie zerstören ihren Willen. Ihr selbst seht aus, als würde Euch jeden Moment der Teufel holen. Ihr braucht Ruhe und Heilung.«
Federmann blickte über die Schulter zurück auf den Tross. Alle sahen aus wie ausgeschwemmt.
»Almaviva!«, befahl Federmann den Hauptmann zu sich. »Lasst die Träger Hütten bauen und befestigt das Lager.«
Die Träger hatten die Lasten noch nicht abgesetzt, als sich in der Befestigung vor ihnen ein Tor öffnete und eine Gruppe von etwa vierzig Indios das Dorf verließ und auf sie zueilte. Sie trugen handgeflochtene Umhänge aus Stroh und Blättern, die sie vor dem Regen schützen sollten.
»Achtung, wir bekommen Besuch!«, warnte Bertram.
Almaviva ließ auf Befehl Federmanns die beiden Arkebusen laden und in Stellung bringen.
»Lasst sie uns empfangen. Aber kein Schuss ohne meinen ausdrücklichen Befehl. Habt Ihr verstanden, Almaviva?«
Der Hauptmann knurrte nur, gab jedoch gleichlautende Anweisungen an seine Männer weiter.
»Sie haben Geschenke dabei!«, zischte Bertram Federmann zu. »Gold, wenn mich meine Augen nicht täuschen.«

Obwohl Federmanns Blick fiebrig war und er mit den entzündeten Augen nicht lange auf einen Ort blicken konnte, konnte auch er das Gold erkennen. »Ich will wissen, woher sie so viel Gold haben!« Der Feldhauptmann ließ sein Pferd über die Hügelkuppe wegtraben. »Fünf Reiter mir nach«, rief er über die Schulter. »Die Arkebusen bleiben oben auf dem Hügel.«
Sofort hielt die Gruppe der Indios inne, und ein Geschnatter drang zu ihnen herauf. Federmann betrachtete das Geschehen mit Genugtuung – die Wilden bekamen es mit der Angst zu tun.
»Im Galopp um sie herum!«, befahl er und trieb seinen Gaul an. Obwohl ihm der Schweiß in Strömen unter dem Harnisch herablief und der Galopp ihm schier den Atem nahm, jagte er seine Männer auf den Pferden den Hügel hinab. Sie schmetterten den für die Welser abgeänderten Schlachtruf der Reconquista hinaus: »Santa Bartholomé!«, und ließen die Pferde, als sie die Einheimischen erreicht hatten, einen Kreis bilden.
Die Indios duckten sich, zeigten ansonsten aber keinerlei Reaktion. Der Kazike stand, den Blick geradeaus gerichtet, aufrecht und ohne ein Zeichen der Furcht an der Spitze der Delegation.
Hinter den Reitern trotteten fünfzehn Dolmetscher den Hügel hinab, eng aneinandergedrückt und vor Furcht zitternd.
Federmann ritt eine Runde um die Gruppe herum, dann zügelte er vor dem Kaziken sein Pferd. Was jetzt geschah, hatte er noch nie gesehen. Kaum waren auch die Dolmetscher herangekommen, sahen sie sowie die Reiter und Pferde auf die abschussbereiten Pfeile gespannter Bogen.
»Lasst die Waffen stecken!«, beruhigte Federmann seine Männer. »Bislang waren sie friedlich. Sie beantworten nur die Bedrohung durch uns mit einer ebensolchen.«
Der Ulmer war froh, dass der Schmerz in seinem Bein nachließ. Er spürte ihn kaum noch. Er ritt auf den Kaziken zu und ließ das Pferd eine Verbeugung machen. Doch der Mann reagierte nicht darauf. Unverwandt sah er den Ulmer an, als könne er in dessen

Gesicht lesen. Dann blickte er auf das verletzte Bein – aus Federmanns Schuh tropfte Blut.
»Verflucht, was ist mit den Kerlen?«, fragte Bertram, der Federmann dichtauf gefolgt war.
»Sie haben schon Pferde gesehen!«, sagte Federmann, der schnell begriffen hatte.
Der Kazike, ein kleiner Mann mit einem Gesicht wie ein zerknittertes Betttuch, sagte etwas, das an den Feldhauptmann gerichtet war. Da die Dolmetscher wie angewurzelt dastanden, herrschte Federmann sie an: »Wer kann das übersetzen? Rasch.«
Drei Männer traten vor, fragten den Kaziken etwas, doch der redete nicht mit ihnen. Die Männer unterhielten sich untereinander, dann begann die Übersetzungsstafette anzulaufen. Federmann beobachtete neun Männer, die an den jeweils nächsten den Satz weitergaben, den der Kazike gesagt hatte. Was aus dem Mund des letzten Dolmetschers kam, trieb den Ulmer beinahe zur Weißglut. »Die Sonne soll dir gewogen sein und unsere Ernte beschützen.«
»Herrgottssakerment!«, fluchte Federmann auf Deutsch – und als sich einer der Dolmetscher anschickte, den Fluch zu übertragen, fuhr er dazwischen. »Ihr sollt nicht den Blödsinn übersetzen, den ich von mir gebe. Ihr sollt mir helfen, das zu verstehen, was die Menschen sagen.«
»Wir beide werden es leichter haben, Señor«, sagte der Kazike plötzlich in reinem Spanisch.
»Wie? Du sprichst … die Sprache … der Spanier? Woher … ich meine … wer hat sie dir beigebracht?«
»Seid willkommen!« Der Kazike ignorierte die Frage. »Lass mich dir einige Gastgeschenke überreichen.« Er hob eine kleine Statue in die Höhe, damit alle sie sehen konnten. Dann legte er sie vor dem Pferd auf den Boden. Vor dem Ulmer lag eine der größten goldenen Statuen, die sie bislang erhalten hatten und die vermutlich ebenso massiv war wie all die anderen, die in den Körben von Bertrams Packpferden steckten. Doch es gab ein Problem: Sie

hätten von den Pferden steigen müssen, wenn sie das Geschenk entgegennehmen wollten – und das war nicht so ohne Weiteres möglich: Sie waren Götter, sie waren mit ihren Pferden verbunden.

Mayana blickte noch immer bestürzt auf den Mönch. Sie wollte ihn waschen und umbetten – er war so mager und ausgezehrt! Die Beine waren nur noch dürre Stängel. Arme und Hände hatten die Zartheit von Schilfgras. Brustkorb und Bauch wölbten sich nach innen.

»Kein schöner Anblick mehr, mein Kind«, flüsterte Ulate spöttisch, ohne die Augen zu öffnen. »Da ist sie dahin, die Kraft und Herrlichkeit.«

Mayana stiegen Tränen in die Augen. Sie erinnerte sich an den großen, dunkelhaarigen Mönch, in dessen Arme sie mitten im Dschungel gelaufen war. Er hatte sie einfach festgehalten. So schwarz gekleidet, wie er war, und mit seinen schwarzen Haaren, war sie der Überzeugung gewesen, dem schwarzen Geist des Waldes, dem Jaguar in Menschengestalt, begegnet zu sein, und hatte sich nicht gewehrt. Ulate hatte sie einfach über die Schulter geworfen wie ein Schultertuch und war mit ihr im Wald verschwunden, immer dem Schamanen nach, den sie Vater und bei seinem Namen, Tayento, nannte. Nach mehreren langen Tagen, die sie völlig willenlos und erschöpft abwechselnd auf der Schulter des Mönchs oder Tayentos liegend oder an deren Hand laufend zugebracht hatte, waren sie hier angekommen, in dieser Hütte unter dem Felsüberhang. Tayento war danach wieder verschwunden. Ulate hatte ihr zu essen gegeben, hatte sie gewaschen, ihr einen Schlafplatz zurechtgemacht und neben ihr gesessen, bis sie eingeschlafen war.

Erst langsam hatte sie begriffen, dass er nicht der Jaguar war, sondern ein Weißhäutiger, der sich hier im Dschungel aufhielt und … Was er dort tat, wusste sie nicht recht zu sagen. Er stand Tag für Tag an einem Herd, und in der Hütte brodelte es ständig in irgendwelchen Tiegeln und Schalen. Immerzu schnitt und zerkleinerte er Pflanzen und Wurzeln, kochte sie aus oder zerstampfte sie. Die Hütte roch nach den zerriebenen Überresten von Blumen und Erde.

Mayanas Bewegungen waren mechanisch. Sie rieb den Körper des Mannes ab, drehte ihn um, säuberte ihn, schlug ihn wieder in seine Decke ein, denn Ulate fror trotz der feuchten Schwüle, die sich in dem Talkessel festsetzte.

Irgendwann damals war Tayento wieder aufgetaucht. Er hatte in der Eingangstür gestanden, den Bogen so leicht und locker an der Seite wie damals, als sie ihm wiederbegegnet war. Seine Augen waren jedoch glasig und sein Mund zu einem schmalen Strich zusammengepresst. Getrocknetes Blut klebte überall an ihm.

Ulate hatte ihn hereingebeten und ihm befohlen, sich auf den Esstisch – den einzigen Tisch in der Hütte – zu legen.

Tayentos Rücken zeigte Verbrennungen, der linke Arm wies eine tiefe, in Längsrichtung verlaufende Schnittwunde auf, vermutlich von einem Schwerthieb, und ein Oberschenkel war durchbohrt worden. Auf der linken Seite hatte er einen Stich in der Magengegend. Als Mayana den Mann gesehen hatte, wusste sie sofort, dass er diese Verletzungen kaum überleben würde. Die Feuchtigkeit würde die Wunden schwären lassen.

Tayento hatte Pflanzen in den Händen gehalten, frische grüne Blätter. Er war wegen der Verletzungen zu schwach gewesen, um sie selbst zu verarbeiten, und hatte Ulate angeleitet, sie zuzubereiten. Der Mönch hatte damals nicht nachgefragt, warum er die Blätter kleinstoßen oder warum er dem grünen Brei Speichel zusetzen sollte. Er hatte mit der Arbeit begonnen und Mayana angehalten, ihm zu helfen.

Ulate hatte die Wunden des Kriegers gereinigt und vernäht und ihm zu essen gegeben. Nebenbei befolgte er die stummen Anweisungen des Indios, wie die Pflanzen zu behandeln seien.

Der Brei musste über dem Feuer leicht erhitzt werden, ohne ihn zu verkochen, tierisches Fett und der Honig wilder Bienen muss-

ten hinzugegeben und dies alles mit einem Sud aus den Zweigen eines Busches vermengt werden, bis daraus eine Art goldfarbener Balsam entstand.
Erst als der Pater damit fertig war, hatte Tayento die Augen geschlossen. Mit einer letzten Geste hatte er den Pater und Mayana darum gebeten, seine Wunden damit einzureiben.
Behutsam hatte Mayana die goldfarbene Salbe auf die Verbrennungen sowie die Schnitt- und Stichwunden gestrichen und sie nach Tayentos Willen nicht verbunden. Dann erst hatte sich der Indio seinen Schmerzen ergeben. Drei Tage lag Tayento ruhig, als sei er bewusstlos. Mayana gelang es währenddessen nur mühsam, ihm Suppe und Wasser einzuflößen. Am vierten Tag war Tayento erwacht und hatte sich aufgerichtet. Tatsächlich hatte keine der Verletzungen zu eitern begonnen. Nicht eine hatte sich entzündet – und Tayento war nach gut einer Woche wieder so weit gesundet, dass er eines Morgens die Hütte verließ und verschwand.
Als Mayana anderentags erwacht war, war die Hütte leer gewesen. Zuerst war sie erschrocken, weil sie glaubte, man habe sie ganz allein gelassen. Dann erst begriff sie, dass Ulate nur auf einer Bank vor der Hütte saß und auf die grüne Wand des Waldes starrte.
Sie wusste nicht, was der Mann vor sich hin brabbelte, aber er redete ununterbrochen, schnell, leise und in einem traurigen Tonfall, der sie dazu veranlasste, sich an den Mönch zu schmiegen und ihn mit ihrer Nähe zu trösten.
Francisco de Ulate war ein ungewöhnlicher Mensch, der Ungewöhnliches betrieb, so viel hatte sie damals verstanden. Erst allmählich war sie darauf gekommen, dass er nicht immer allein im Wald gelebt hatte, sondern mit mindestens drei Begleitern. Doch sie waren gestorben, bevor Mayana auf der Lichtung erschienen war – die Gräber befanden sich auf der Rückseite der Hütte: drei kleine Hügel, auf denen weiße und hellrote Orchideen blühten.
Vier Tage später hatte Tayento wieder vor der Hütte gestanden.

Stumm wartete er, bis der Mönch ihn ansprach. Mit Zeichensprache versuchte er sodann, sich Ulate verständlich zu machen. Wieder hielt er jene Pflanzen in der Hand, die er dem Mönch ausgehändigt hatte.

Ab diesem Zeitpunkt schien die Verständigung zu funktionieren. Interessiert betrachtete der Mönch die Pflanzen, eine gehobene Augenbraue zeigte seine Neugier.

Tayento deutete auf seine Wunden – noch rote Striche zwar, aber sie verheilten sauber – und machte eine Handbewegung, deren Bedeutung völlig klar war: Er strich mit den Pflanzen über die Wunden.

Francisco de Ulate bat Tayento in die Hütte, und dort verbrachten sie die nächsten Tage von Sonnenauf- bis Sonnenuntergang, bis in einem Tiegel ein blasses Pulver zurückgeblieben war, das der Mönch erneut mit Talg vermischte. Auch führte Tayento den Mönch in den Dschungel und zeigte ihm, wo die Gewächse vorkamen und wie man sie ernten musste. Mayana begleitete die Männer in die Wildnis, in der sie oft eine ganze Woche verbrachten. Schließlich wusste Ulate, wie er das Pulver herstellen musste.

Von diesem Tag an waren die Kaziken gekommen. Sie brachten Männer, denen ein Feind die Lanze in den Leib gestoßen hatte und die dennoch überlebt hatten. Ulate bestrich die Wunden mit Tayentos Salbe – und alle überlebten. Männer mit offenen Brüchen an Armen und Beinen, weil sie von Bäumen gefallen waren, kamen, und der Pater renkte mit Tayentos Hilfe die Knochen ein, bestrich die offenen Stellen mit Tayentos Salbe, die langsam die seine wurde, und heilte sie. Frauen kamen, die sich Fingerglieder abgeschnitten hatten, weil ihr Mann eine Trophäe mit nach Hause gebracht hatte: den Kopf eines Feindes. Damit brachten die Frauen einerseits dem Krieger ein Opfer und andererseits dem Toten, damit dieser die Familie nicht als Geist besuchte und Unglück über sie brachte. Auch diese Wunden bestrich Ulate mit seiner goldfarbenen Salbe und versorgte die Schnitte. Keine der Frauen starb.

Die Heilkunst Francisco de Ulates sprach sich herum, und jeder, der zu ihm kam, brachte ein Geschenk. Zuerst waren es Nahrungsmittel gewesen, doch diese verdarben, weil der Pater, Tayento und Mayana gar nicht so viel essen konnten. Schließlich gaben die Kaziken Gold. Gold in solchen Mengen, dass sie neben der Hütte eine Grube ausheben mussten, um es dort zu verwahren.
Francisco de Ulate machte sich offenbar nichts aus dem Gold. Er beachtete es kaum. Nur hin und wieder nahm er das eine oder andere Stück in die Hand und betrachtete es, und Mayana sah, wie er zwar die Zeichen auf den Bechern oder die Figuren selbst bewunderte, nicht aber das Metall. Eines Tages jedoch entschloss er sich überraschend, das Metall von der Hütte fortzuschaffen. Er bat über Tayento die Kaziken, ihm Träger zu stellen, und schaffte das Gold nach Coro. Mayana wollte ihn unbedingt begleiten, obwohl Tayento ihr abgeraten hatte – und lief damit direkt in ihr Unglück.

Der Dauerregen hatte sie in die Hütten getrieben. Federmann hatte das Gefühl, als seien die Tropfen in dieser Weltgegend dreimal so groß wie im alten Augsburg. Das Trommeln des Regens auf die Helme machte auf die Dauer selbst abgestumpfte Männer verrückt. Zudem fiel er so dicht, dass man Probleme hatte, die Dinge hinter der Wasserwand zu erkennen – der Regen verschluckte die Welt. Immerhin kühlte das Wasser Federmanns Wunde und wusch sie ein wenig aus. Dennoch begann sein Bein taub zu werden.
Federmann hatte wieder befohlen, hinter einem Buschwerk abzusitzen, damit die Indios nicht sehen konnten, wie sie die Pferde verließen –, und dann hatte er den Kaziken und seine Männer mit Ausnahme Almavivas humpelnd in die größte der Holzhütten am Ort geführt.
Jetzt saßen sie sich gegenüber. Federmann hatte auf die breiten Blätter einer Bananenstaude Erde auftragen und glattstreichen

lassen. Hinter ihm standen gut zehn Dolmetscher und warteten auf seine Erklärungen. Der Kazike saß ihm gegenüber und betrachtete missmutig den Schmutz, den er in die Hütte getragen hatte. Federmann dämmerte, dass seine Idee, eine Karte in Lehm zu zeichnen, nicht die beste gewesen war. Doch hier war er der Herr, nicht der Kazike.

Der Regen, der auf die mit Blättern gedeckte Hütte prasselte, gab den Takt an, in dem der Ulmer zeichnete: »Hier ist das Gebirge. Dort Neu-Augsburg.« Er fuhr mit seiner Dolchspitze über den feuchten Lehm. »Dort haben wir den Fluss überquert, und jetzt sind wir wohl hier.« Hinter ihm schnatterten und plapperten die Dolmetscher unablässig wie die Affen, um dem Kaziken Federmanns Überlegungen mitzuteilen. »Links von uns erhebt sich ein Gebirge. Aber – was ist dahinter?« Federmann achtete nicht darauf, was die Dolmetscher weitergaben, er beobachtete den Kaziken, dessen Kopf immerzu nickte und dessen Miene dennoch keineswegs freundlicher wurde. »Wo liegt das Südmeer? Wo liegt Eldorado? Kann man diesen Bergkamm hier überwinden?«

Es rauschte und gluckerte und plätscherte um sie herum, als säßen sie inmitten eines Wasserfalles. Dazu kam das beständige Wispern und Zischeln, in das sich das Getuschel der Dolmetscher verwandelte, die in mindestens vier Sprachen zu übertragen hatten. Endlich flüsterte es hinter ihm auf Spanisch: »Der Kazike haben gesehen großes Wasser.«

Gleichzeitig fuhr ein Finger des Kaziken über die Lehmfläche. Er zeichnete über die Linien Federmanns hinweg einen Weg ein, der über den Bergkamm hinausführte und dann auf eine Wasserfläche zu, die er mit raschen Strichen seiner Fingernägel andeutete. Die Übersetzung erfolgte ehrfürchtig, als wollten die Eingeborenen damit die Wichtigkeit dessen hervorheben, was sie sagten. Der Letzte flüsterte Federmann zu, die Bewegung des Kaziken nachahmend: »Dort, mitten im Wasser, dort liegen Goldland. Er haben nicht gesehen. Nur gehört. Viel gehört.«

Federmann war es, als rausche erst jetzt das Wasser richtig aus dem Himmel herab und kulminierte in einem Klatschen, sodass es durch die Blätterdeckung sprühte. Er schloss die Augen. »Habt ihr das gehört?«, fragte er Hemmler und den Pater.

Selbst Triebl stöhnte, als er begriffen hatte, was der Indio Federmann da übersetzt hatte.

»Kann er uns hinbringen? Dorthin?«, herrschte Federmann die Dolmetscher an. Heiße und kalte Schauer überfielen ihn. Das Fieber stieg, und wenn er sich nicht bald aufmachte, dann würde er das Goldland nicht mehr zu Gesicht bekommen. »Wir brauchen Träger. Mindestens dreihundert. Die Einheimischen sind so … zwergenhaft klein. Wir schicken sie in aller Freundschaft wieder zurück, sobald wir das nächste Volk getroffen haben.«

Der Regen endete so abrupt, wie er begonnen hatte. Plötzlich herrschte eine Stille, aus der das Gehör erst wieder die feineren Geräusche herausfiltern musste. Federmann griff sich verstört an die Ohrmuscheln, weil er zuerst glaubte, ihm seien die Ohren zugegangen.

Wenige Minuten später schüttelte der Kazike den Kopf, und Federmann wusste sofort, was das bedeutete: Er verweigerte ihnen die nötigen Helfer. Die Männer, die bisher den Trossplunder getragen hatten und in Halsketten gehen mussten, damit sie nicht davonliefen, ließen nun wirklich nicht darauf schließen, dass er ihre Freundschaft suchte.

Der Kazike sprang auf, doch Federmann war schneller. Bevor der Dorfhäuptling reagieren konnte, hatte er schon das Schwert gezogen und hielt den Mann damit in Schach. Und obwohl er nur auf einem Bein sicher stehen konnte, war seine Erscheinung beeindruckend genug. Er überragte den Kaziken um drei Köpfe, und mit erhobenem Schwert musste er wie ein Racheengel wirken. »Sagt ihm, er sei mein Freund«, begann Federmann. Er sprach langsam, immer mit kleinen Pausen, damit die Dolmetscher dem Kaziken alles mitteilen konnten. »Ich muss mit unserem Trossplunder über den Bergkamm, und er ist verpflichtet, mir zu helfen. Wenn ich die andere Seite erreicht habe, lasse ich alle Männer frei. Ich schwöre es beim … beim Kopf meines Pferdegottes.«

Federmann trieb die Dolmetscher an, seine Befehle weiterzugeben, obwohl er wieder einmal feststellte, dass mit jeder Sprache, in die übertragen wurde, die Sätze immer kürzer wurden, bis bei dem Kaziken nur noch zwei kurze Sprachfetzen ankamen, die sich anhörten, als würden die Männer kurz bellen.

Natürlich wusste Federmann, dass diese Art nicht zu einem dauerhaften Erfolg und noch weniger zu einer beständigen Freundschaft führen würde. Wenn er den Kaziken jedoch gehen ließ, würde der mit seinem Volk in die Wälder verschwinden, und er würde sie niemals wiedersehen.

»Wir behalten ihn hier. Hemmler, fessle ihn! Du und Georg, ihr bleibt hier und bewacht ihn.«

Seine Dolmetscher, die wie erstarrt immer noch hinter seinem Stuhl standen, fuhr er an, sie sollten dem Dorfältesten erklären, dass sie den Kaziken weder töten noch verspeisen wollten. Wenn er allerdings seine Freiheit wiedererlangen wolle, dann müsse er Träger stellen. Für drei Wochen höchstens.

Gespannt wartete Federmann auf die Reaktion der Versammlung der ältesten Krieger. Diese standen mit versteinerten Mienen um die Lehmzeichnung herum. Niemand saß mehr. Sie nickten weder mit dem Kopf, noch sagten sie etwas.

»Deifel nochamol«, fluchte Federmann auf Schwäbisch. »Die sollen endlich reagieren!«

Die Indios sagten noch immer nichts, bis der Kazike ein kurzes Wort an sie richtete. Daraufhin wandten sie sich zum Gehen.

»Lasst sie laufen!«, knurrte Federmann. »Die werden schon zur Besinnung kommen.«

Federmann musste eine ganze Zeit auf die Übersetzung dessen warten, was der Kazike zu seinen Männern gesagt hatte. Sein Spanisch-Dolmetscher wollte nicht mit der Sprache heraus. Er humpelte auf ihn zu, das Gesicht vor Schmerzen verzerrt. »Jetzt lass dich nicht so bitten. Was hat er gesagt?«

Der Dolmetscher zögerte und schluckte verlegen, weil er wohl erwartete, dass die Antwort dem Feldhauptmann nicht behagen würde.
»Lasst mich in Frieden sterben«, sagte er dann.

In einer der Schlafphasen des Mönchs, die, je schlechter es ihm ging, immer länger wurden, inspizierte Mayana die Hütte. Sie fand ein ganzes Regal voll mit Tayentos Salbe, mindestens dreißig tönerne Tiegel. Dafür gab es kaum etwas zu essen oder frische Kleidung für Ulate. Dessen Mönchskutte offenbarte mehr, als sie verbarg, derart zerschlissen und durchlöchert war sie. Alles machte einen heruntergekommenen Eindruck, sodass Mayana vermutete, der Mönch liege schon längere Zeit siech da.
Vor der Hütte gab es nichts zu sehen. Die Einheimischen, die sie zu Beginn empfangen hatten, waren verschwunden.
Links von der Hütte kämpfte sie sich zu einem Hügel durch, der an der Stelle lag, an der die Grube ausgehoben worden war. Sie war wieder bis über den Rand mit goldenen Gaben gefüllt – Ulate hatte diese anscheinend kein zweites Mal wegbringen lassen. Offenbar hatte dieser einzige Besuch in Coro ausgereicht, um seinen Widerwillen gegen die Siedler und die Goldgier der Menschen dort zu wecken.
Mayana besuchte noch die Gräber der drei Mönche, sprach ein kurzes Gebet für sie, wie Ulate es ihr beigebracht hatte, und ging dann wieder zurück in die Hütte.
Tayento beugte sich gerade über den Mönch. Er fühlte dessen Stirn und legte ihm eine Hand auf die Brust. Allerdings hatte der Indio keine der Heilpflanzen bei sich, die er sonst bei sich trug, wenn er Kranke und Verletzte besuchte, was Mayana traurig stimmte und gleichzeitig alarmierte.
»Kann man ihn nicht mehr retten?«, fragte sie leise.
Tayento sah auf und trat stumm an die Wand der Hütte zurück. Er sagte nichts, schüttelte nur leicht den Kopf.
»Ihr beide seid nicht gerade die Gesprächigsten«, stöhnte Mayana.

»Ich habe dein Amulett nicht mitgebracht, Tayento. Aber ich weiß, dass ein Mann kommen und es dir bringen wird. Du hast Blauauge bereits gesehen.« Sie stand noch immer auf der Türschwelle der Hütte und wagte nicht hineinzugehen, denn sie befürchtete, dass Tayento wieder verschwinden würde, wenn sie die Tür freigab. »Was soll ich tun? Sag's mir«, fragte sie ihn.

Sie hatte nicht ausreichend Zeit, darüber nachzudenken, ob es die Andeutung eines Lächelns war, das um seine Mundwinkel spielte, denn Ulate stöhnte auf. Es zog ihn hoch, als hinge er an einem Seil, dann drehte er sich zur Seite. Dabei kippte er über die Seite der Hängematte und fiel krachend zu Boden. Mayana stürzte in den Raum und kniete sich neben den Mönch.

»Ist dir etwas geschehen?«, fragte sie und befühlte die mageren Arme und Beine auf Knochenbrüche.

Der Krampf riss noch immer an dem mageren Körper und ließ ihn sich krümmen. Ulate stöhnte nur.

Sie drehte sich zu Tayento um, damit er ihr helfe, den Mönch wieder in seine Bettstatt zu heben, doch der Schamane war verschwunden, schnell und lautlos wie ein Waldgeist, wie die Toten den Dschungel in der Dämmerung durchstreifen. Als sie Ulate unter Aufbietung ihrer letzten Kräfte in die Hängematte zurückhob, verwünschte sie dieses Land, in dem die Männer so selbstgefällig zusahen, wie sich die Frauen am Rand der Erschöpfung abarbeiteten.

Ein Speichelfaden lief dem Mönch aus dem Mund. Mayana wischte ihn weg und versuchte dem Mönch Wasser einzuflößen. Wenn Ulate weiter so schlecht aß und trank, würde er unweigerlich verhungern. Es war ihr ohnehin nicht klar, wie er ohne Pflege so lange überlebt hatte.

Warum war Tayento fortgegangen? Warum half er dem Mönch nicht, wie dieser ihm geholfen hatte?

Mayana saß am Kopfende der Hängematte und strich Ulate über die Stirn, wischte ihm die Glatze trocken, säuberte die Mundwinkel vom Speichel.

Sie dachte an die Zeit, in der Ulate ihr Lesen und Schreiben beigebracht hatte. Er war ein geduldiger und ausdauernder Lehrer gewesen. Gelernt hatten sie beide voneinander. Sie hatte ihn den Dialekt ihres Volkes gelehrt, und er hatte ihr Spanisch und Latein beigebracht, das Spanisch, wie er es konnte, das Latein aus der Bibel.

Nebenbei hatten sie die Pflanzen, die Tayento ihnen brachte, über kleinem Feuer getrocknet, dann gemahlen und schließlich zu einem Sud ausgekocht. Danach waren die Bestandteile auf kleiner Flamme getrocknet worden, und erst das Pulver wurde dann mit dem Fett, der Salbengrundlage, vermischt.

Die Wirkung der goldfarbenen Salbe verblüffte den Pater immer wieder aufs Neue. Wenn Tayento von der Jagd zurückkam, konnte es sein, dass seine Arme voller blutiger Risse waren, weil er einem Wild durchs Dorngestrüpp hatte folgen müssen. Doch die Salbe ließ diese innerhalb eines Tages verheilen.

Tayento selbst saß oft Stunden stumm da, blickte auf seinen Unterarm und beobachtete den Heilungsvorgang. Obwohl Mayana der Meinung war, dass niemand einem Körper bei der Heilung zusehen konnte, schien er dazu in der Lage zu sein. Manchmal zeigte sich ein erstaunter und zugleich gespannter Ausdruck auf seinem Gesicht, als könne er dabei zusehen, wie sich der Körper beim Schließen der Wunde abmühte.

Die wundersame Eigenschaft der Salbe und Mayanas Wille, ihn zu begleiten, hatten in Ulate offenbar eine Überlegung reifen lassen: Der Mönch beschloss, sie, die unbedingt nach Coro mitgehen wollte, weiterzuschicken. Über das große Wasser hinweg, damit sie eine Botschaft weitergeben konnte. Tayento, der Pater und sie saßen zusammen und beratschlagten, was zu tun sei und wie sie vorgehen sollten, denn der Pater wusste, was seine Goldlieferung nach Coro auslösen musste.

Ulate stach Mayana die Karte auf ihren Rücken, die Karte und etwas anderes, über das der Pater schwieg, das sie jedoch erahnte: das Rezept seiner Salbe. Damit sollte sie vor den Prior des Klosters treten, dem Ulate angehörte. Sie ließ es geschehen, denn sie war dem Mönch etwas schuldig. Er hatte schließlich ihr Leben gerettet, nachdem die Weißgesichter ihr Dorf niedergebrannt hatten. Außerdem versprach Tayento ihr den Sonnenstein, der sie führen und zurückbringen würde. Er wurde auf Bitte Tayentos sogar als Schlüssel für ihre Rückkehr in das Karten- und Bildwerk ihres Rückens, das für die Mönche von San Pablo el Real gedacht war, einbezogen. Damals hatte sie nicht verstanden, warum dies geschehen musste, heute wusste sie, dass nur der Sonnenstein und die Karte auf ihrem Rücken zusammen die Faszination ausstrahlten, die sie hierher zurückgebracht hatte. Der Schamane hatte es offenbar geahnt: Die Karte zeigte den Weg hierher, der Sonnenstein verwies auf den Eingang in das kleine Tal, und beide zusammen ergaben, wenn man den Sonnenstein richtig einfügte und die daraus sich ergebenden Zeichen in der Reihenfolge las, die ihre Tätowierung auf dem Unterarm vorgab, eine bestimmte Buchstabenfolge: das Rezept. So war das eine ohne das andere nutzlos.

Als sie sich vom Fieber, das ihre Tätowierung ausgelöst hatte, erholt hatte und wieder stark genug gewesen war, ging Tayento mit ihr und Ulate zusammen nach Coro. Allein für das Gold hatte Francisco de Ulate siebzehn Träger anheuern müssen, die ihm die Kostbarkeiten über den weiten Weg zur Küste trugen. Daneben nahmen sich die drei Männer zum Transport der Tiegelsalbe bescheiden aus.

Alles musste so heimlich wie möglich geschehen, denn Ulate wollte nicht, dass der Goldtransport an sein Kloster bekannt wurde – sonst hätte die spanische Krone ihren Anteil gefordert, wenn nicht sogar alles für sich beansprucht. Auf einem der Welser-Schiffe wollte er das Gold über den Atlantik schaffen lassen, denn nur in den Fehlböden und doppelten Wandungen der Welser-Schiffe konnte das viele Edelmetall an den Tischen der Zählmeister in Sanlúcar vorbei an Land und ins Kloster San Pablo el Real geschafft werden. Dafür sollte ihm San Pablo el Real Mitbrüder schicken, einen Siechenmeister oder einen Bruder Botanicus.

Der Handel war alsbald abgeschlossen. Einer der Welser-Beauftragten, die damals vor Anker lagen, sagte zu, das Gold im Namen der Kirche entgegenzunehmen und nach Spanien zu bringen. Er schickte ihnen einen Vetrauten, der in seinem Namen den Transport des Goldes auf das Schiff und in das Versteck übernehmen sollte: Es war Bertram. Auch die Tiegel für das Kloster und sie selbst sollten auf dem Schiff mitfahren. Doch gerade das gab Probleme – der Kapitän weigerte sich, eine unverheiratete Frau mit an Bord zu nehmen.

Und so kehrte Ulate nicht umgehend in seine einsame Hütte im Dschungel zurück, sondern blieb in Neu-Augsburg und suchte nach einer Lösung – das heißt nach einem Ehemann für Mayana.

Mayanas Gedanken kreisten immer weiter um das Erlebte, jetzt, da sie an der Bettstatt des Mönchs saß, seine knochige Hand haltend, die sich wie dürres Gezweig anfühlte. Manchmal flatterten Ulates Augenlider, ohne dass er zu Bewusstsein kam. Er bewegte die Lippen, schien Namen und Dinge zu flüstern, doch sie konnte nichts davon verstehen.

Bertram hätte ihr als Ehemann damals schon gefallen, doch der war nicht mehr frei gewesen. Er hatte sich bereits eine Einheimische in seine Hütte geholt. Ein Interesse an ihr hatte er daher nicht besessen, auch wenn er nicht verheiratet gewesen war, und Ulate lehnte Bertram deshalb ab. Also suchte er einen anderen, der sie nach Europa mitnehmen konnte.

Dem alten Mönch lief in feinen Fäden Speichel aus dem Mund. Majana nahm einen Fetzen Stoff und wischte Ulate sauber. Dann tunkte sie den Lappen in Wasser und drückte ihn über dem Mund des Kranken aus. Die Flüssigkeit lief über die rissigen Lippen in den Mund, und Ulate schluckte sie gierig hinunter.

Was sie damals sofort begriffen hatte, war der Grund für die Tätowierung ihrer Haut. Jegliches Papier, jegliches Pergament, jegliche Baumrinde, die Ulate für seine Aufzeichnungen verwendet hätte, wäre im feuchtnassen Regenwetter gequollen, verschimmelt, zerbröselt. Nur die lebendige Haut bot die Gewähr, die Botschaft sicher ans Ziel zu bringen. Außerdem wäre alles andere aufgefallen. Man hätte die Aufzeichnungen gesucht, aber so gab es sie schlicht nicht: Ulate warf ihr ein Kleid über – und die Botschaft blieb unsichtbar. Nur auf ihren Unterarm schrieb er mit Ruß und einem Dorn einen Schlüssel zum Verständnis der Zeichen auf ihrem Rücken. Mayana sollte dem Prior, wenn sie im Kloster ankäme, ihren Rücken mit der Karte zeigen. Zusammen mit dem Schlüssel würde die Botschaft für den Abt lesbar. Doch alle Vorsichtsmaßnahmen, alle Überlegungen waren umsonst gewesen. Ulates lange Anwesenheit in Coro ließ Gerüchte entstehen; das Geheimnis blieb bald kein Geheimnis mehr. Eine solche Menge an Goldtafeln und Figuren hatte noch niemand aus dem Dschungel geholt. Die Kunde vom Eldorado, vom Goldenen, machte die Runde. Dass dabei viele verschiedene Geschichten über einen goldenen Kaziken erzählt wurden, spielte für die Abenteurer, die den Gerüchten Glauben schenkten, keine Rolle.

Auch für Joaquin nicht. Eines Morgens stand er mit Bertram und zwei weiteren Kumpanen in der Tür zu Ulates Hütte in Coro.

»Guten Morgen, Pater. Ihr habt ein Problem, und ich habe die Lösung«, begann er plump ein Gespräch, an das sich Mayana noch erinnerte, als sei es erst gestern gewesen. In seinen Augen hatte sie seine Beweggründe lesen können. Sie erzählten davon, wie sehr er als Kind unter der Armut der Eltern gelitten und jeden Strohhalm ergriffen habe, der ihn aus dieser Armut herauszöge.

Ungeniert spazierte er in die Hütte, sah sich darin um, inspizierte jeden Gegenstand, als wolle er anhand der wenigen Habseligkeiten des Einsiedlers auf die Herkunft des Goldes schließen.

»Betreibt Ihr eine eigene Mine?« Joaquin suchte die Hütte ab, während der Pater stumm auf dem Boden saß und keine seiner Fragen beantwortete. »Also nicht. Dann holt Ihr Euch das Gold! Woher? Nun sagt schon!«

Der Pater blieb stumm. Doch Joaquin gab nicht auf. Täglich tauchte er in Ulates Hütte in Coro auf. Er bedrängte ihn mit jedem Tag mehr, bis der Pater nachgab. Er versprach Joaquin die Hälfte des Goldes, wenn er sie, Mayana, nach Europa mitnähme und ins Kloster San Pablo el Real brächte. Als Ehefrau.

Zuerst hielt Joaquin dies für einen Spaß, dann dämmerte ihm, dass der Pater es tatsächlich ernst meinte – und schließlich ging ihm auf, welche Möglichkeiten sich für ihn damit verbanden. Er willigte ein, zusammen mit Bertram, seinem Kumpanen, die Aufgabe zu übernehmen. Er und Mayana hielten Hochzeit, bei der sie Ulate traute. Damit hatte Mayana die Berechtigung erworben, als Ehefrau mit aufs Schiff zu gehen – und auch Joaquin wollte, so rasch es ihm möglich war, nach Hause zurück.

Der Plan war gut ausgedacht, schlau eingefädelt und geschickt durchgeführt. Er hatte nur eine Schwachstelle: die beiden Männer – Joaquin und Bertram.

Bertram plauderte, als er zu viel von dem Feuerwasser getrunken hatte, das die Weißnasen so stark veränderte, das Geheimnis des Goldtransports an den spanischen Granden Almaviva aus, und Joaquin hatte nie vorgehabt, das Gold an das Kloster San Pablo el Real auszuhändigen. Er wollte es immer für sich behalten, das war ihr inzwischen bewusst.

Mayana strich dem Mönch über die Stirn. Ulate fieberte stark.

Sie konnte ihm nicht verübeln, dass er falschgelegen hatte, dass er sich in den beiden Männern getäuscht hatte. Ulate hatte nicht damit gerechnet, dass die Menschen schlechter waren als er. Immerzu hatte er an das Gute, an die Redlichkeit der Menschen geglaubt.

Sie stand auf und versuchte sich zu erinnern, mit welchen Kräutern Fieber gesenkt werden konnte. Unruhig lief sie in der Hütte hin und her und inspizierte die Lederbeutel, die an Fäden von der Decke hingen – zum Schutz vor Feuchtigkeit und Mäusefraß. Doch kein Geruch, keine Farbe gab Aufschluss, ließ sie das Mittel wiedererkennen.

Nervös trat Mayana vor die Tür – und erstarrte.

14. KAPITEL

Federmann schreckte hoch. Sein Bein pulsierte im Takt mit seinem Herzen und schickte ihm einen dumpfen Schmerz ins Hirn. Dämmerlicht drang durch die aus Zweigen geflochtenen Wände. Der Morgen gebar eine feuchte Hitze.

»Was ist?«, blaffte der Ulmer Bertram an, der an ihn herangetreten war. Er hatte schlecht geschlafen. Obwohl er den Harnisch ausgezogen hatte, schwitzte er, und die käsigen Ausdünstungen der aufgequollenen Haut verursachten ihm Übelkeit. Auch die Wunde eiterte und roch schwärig.

»Almaviva ist weg!«, sagte Bertram nur.

Die Nachricht riss Federmann vom Lager. Er sprang humpelnd auf die Beine und griff nach dem Schwert. »Herrgottnocheins! Allein?«

»Nein, er hat mindestens drei Dutzend Träger mitgenommen«, berichtete Bertram.

»Auch das noch. Mehr nicht?«

Bertram reagierte zuerst verlegen, dann entschloss er sich, die Wahrheit zu sagen: »Es fehlen auch dreißig Soldaten.«

Federmann pfiff durch die Zähne, dann trat er aus der Hütte, in der sie übernachtet hatten, auf eine nur einen Balken breite Art Veranda. Er musste über eine Leiter zu Boden klettern, die aus einem einzigen Stamm gefertigt war und gut sechs Fuß hinabreichte – in der Nacht eine sichere Methode, sich das Genick zu brechen, doch jetzt, mit seinem Bein, schier unmöglich: Es war so geschwollen, dass die Riemen der Metallschiene beim Hinunterklettern spannten. Außerdem fühlte es sich wieder taub an. Federmann stellte sich auf, formte mit seinen Händen einen Trichter vor dem Mund und schrie: »Almaviva!«

Als keine Antwort kam, begann er Bertram Glauben zu schenken.

»Wo ist er hin? Zurück nach Neu-Augsburg?«

Bertram, der ebenfalls die Leiter hinuntergestiegen war, zuckte

mit den Schultern. »Weitergezogen. Vermutlich. Er kann aber auch zurückgekehrt sein. Was sollen wir machen, Nicolaus?«
»Warum führt er ein Drittel der Mannschaft mit sich? Das ergibt doch keinen Sinn«, murmelte der Ulmer vor sich hin.
Bertram zuckte mit den Schultern. Sein weißblondes Haar fiel ihm strähnig über die Schultern. Er hatte es seit ihrer Abfahrt in Sanlúcar nicht mehr geschnitten.
»Hol mir einen der Dolmetscher. Am besten zwei!«, befahl er, und Bertram lief eilig über den Dorfplatz.
Federmann machte sich daran, eine seiner Pistolen zu laden. Er schüttete aus seinem Horn Pulver in den Lauf. Doch die Feuchtigkeit ließ das Pulver klebrig werden – er hoffte, dass es noch zu gebrauchen war. Dann schob er mit dem Stößel eine Ladung Papier nach, und schließlich steckte er die Kugel in den Lauf. Ein letztes Stück Papier fixierte auch diese.
Kaum war er fertig, trat einer der Dolmetscher zusammen mit Bertram an ihn heran. Der Mann wich eingeschüchtert Federmanns Blicken aus und zuckte zusammen, als er die geladene Pistole erblickte.
»Wo ist Almaviva hin?«, fragte Federmann.
Der Indio sah ihn mit großen Augen an, dann stammelte er ein paar Worte, die der Ulmer nicht verstand.
»Du sollst kein Kauderwelsch von dir geben, sondern mit mir reden!«, herrschte er ihn an. Er richtete seine Pistole auf den Kopf des Mannes, der sofort auf die Knie sank und laut zu wehklagen begann.
Der Lärm weckte die Schlafenden, und wenig später traten alle seine Leute und die Soldaten, sofern sie nicht Almaviva gefolgt waren, vor die Hütten. Erstaunt sahen sie sich um, als sie bemerkten, dass ein großer Teil der Männer fehlte.
»Wohin ist Almaviva gezogen, der Hund?«, schrie Federmann.
Der Dolmetscher wimmerte, brachte aber kein Wort mehr heraus.
Federmann spürte, wie ihn die Weigerung des Mannes in einen rasenden Zorn trieb. Schweiß stand ihm auf der Oberlippe, den

er mit der Zunge ableckte. Ein bitterer, salziger Geschmack blieb zurück. Was bildeten sich diese Indios ein, wer sie waren? Der Kazike weigerte sich, Träger zu stellen, der Dolmetscher, ihm zu antworten. Wenn es so weiterging, wären diese Wilden noch der Meinung, sie würden den Weg und die Zeit bestimmen, mit der er und seine Männer vorwärtszogen.

»Wo ist dieser Almaviva mit meinen Soldaten und meinen Trägern hin?«, brüllte Federmann erneut – und dann löste sich ein Schuss. Es riss ihm beinahe die Pistole aus der Hand, sosehr überraschte ihn der Rückstoß. Das Gesicht des Dolmetschers wurde aschfahl, bis auf einen dunklen Fleck über der Nasenwurzel, wo ein Loch klaffte. Dem Mann fehlte der hintere Schädelknochen. Er öffnete seinen Mund, als wolle er sprechen, doch Zunge und Lippen gehorchten ihm nicht mehr. Der Kopf zuckte kurz und kippte dann nach hinten, und mit ihm der gesamte Körper. Mit einem hässlichen Ton klatschte der Indio auf dem feuchten Boden auf und regte sich nicht mehr.

»Du solltest mir einen Dolmetscher bringen«, schrie Federmann erneut, »keine Leiche!« Er brüllte, weil er befürchtete, sonst in Tränen auszubrechen und zu zittern anzufangen. Er konnte sich nicht beruhigen oder den Menschen bedauern, der seiner Unvorsichtigkeit wegen das Leben verloren hatte. Im Grunde war Mayana für diesen Tod verantwortlich, weil sie sich einfach so davongeschlichen und sie damit erst in diese Misere gebracht hatte. Unruhig lief er wie ein Panther im Käfig im Kreis herum und hatte Mühe, nicht zu stürzen. Wenn dieser Almaviva abgehauen war, dann wusste er, wohin er gehen musste, dann wusste er womöglich, wo dieses Eldorado lag, dann kannte er den Weg oder hatte zumindest jemanden dabei, der sich auskannte. Er hieb mit der Faust in seine Hand. Der Tag begann höchst unerfreulich.

Wie durch einen Schleier sah Federmann, wie Bertram den nächsten Dolmetscher vor seine Füße stieß. Bertrams Gesicht war ausdruckslos. Auf seinem Harnisch erkannte Federmann Blutspritzer und weißliche Flecken – die Hirnmasse des Toten.

Mit seinem Ärmel wischte Bertram weitere Spuren aus dem Gesicht.
»Erschieß ihn ruhig, dann wissen wir wenigstens sicher, dass wir Almaviva nicht mehr finden werden«, verhöhnte er Federmann.
Der merkte, wie seine Hand zu zittern begann. Es war keine zweite Kugel im Lauf, also würde auch keine Gefahr bestehen, dem zweiten Dolmetscher das Gehirn wegzuschießen, dennoch ging der vor ihm auf die Knie, kalkweiß und mit bebender Unterlippe.
Wieder stichelte Bertram. »Mach weiter so. Wir brauchen ja nur acht bis zwölf Wochen zurück.«
Federmann sah ihn verständnislos an. Was wollte Bertram damit sagen? Acht bis zwölf Wochen zurück?
Der Ulmer hob die Hand mit der Pistole und richtete sie auf den am Boden knienden Mann. »Wo sind der Hauptmann und die Träger hin?«, fragte er ruhiger und gefasster, als er tatsächlich war.
»Sie sind …«, stotterte der Indio. »Sie sind zum … zum Herrn des Lebens.« Die Augen des Mannes waren blicklos ins Leere gerichtet, das Gesicht so weiß, als habe man es mit Kreide angemalt.
Langsam ließ Federmann die Pistole sinken. Was hatte der Mann gesagt? In seinen Ohren rauschte es, als hätten sich die Schleusen des Himmels geöffnet und würden ihre Abscheu vor seinem Frevel hinabspülen, weil ihnen keine andere Sprache zur Verfügung stand – ein göttliches Wispern und Tuscheln, das ihn aburteilte, verurteilte und schuldig sprach. Er schwitzte so sehr, dass ihm der Schweiß von der Nasenspitze tropfte. Das Bein spürte er gar nicht mehr und wagte es nicht, auf zwei Beinen zu stehen aus Angst davor, einfach wegzusacken.
Er wedelte mit der leer geschossenen Pistole vor den Augen des Indios hin und her. Er wollte eine Frage stellen, wollte wissen, wer der »Herr des Lebens« sei, doch seine Stimmbänder gehorchten ihm nicht.
Die Augen des Dolmetschers verdrehten sich, und er sank wortlos vornüber. Sein Kopf schlug in die nasse, moosgrüne Boden-

deckung, wo er liegen blieb. Stumm blickte Federmann nach unten. Er hatte den Mann nicht einmal berührt.

»Tragt ihn in die Hütte und sorgt dafür, dass er schnell zu sich kommt. Wir müssen wissen, wer dieser, dieser ›Herr des Lebens‹ ist.« Seine Stimme war nur mehr ein Krächzen.

»Federmann!«, rief da Fra Enrico hinter ihm.

Federmann drehte sich herum. Plötzlich war seine Sicht eingeschränkt – um seine Augen flimmerte es, als hätte sich ein Licht darum entzündet – sein Sehvermögen war beeinträchtigt wie nie zuvor. Er sah den Pater in einer Art ihn verklärenden Aureole stehen. Federmann schüttelte den Kopf, weil er glaubte, den Spuk damit beenden zu können. Doch der Flimmerrand in seinem Blick verschwand nicht – der Pater wirkte wie vom Himmel herabgestiegen. Das Fieber, dachte Federmann, bringt mich um.

»Federmann! Hört Ihr mich?«, fragte der Pater erneut.

»Ja, was wollt Ihr?« Federmann war froh, dem Leichnam den Rücken kehren zu können.

»Ich habe ›Herr des Lebens‹ gehört! Hat der Dolmetscher eben vom ›Herrn des Lebens‹ gesprochen?«

»Hat er«, sagte Federmann, noch immer verwirrt darüber, dass der Pater sich in eine leuchtende Sphäre hüllte. Hatte er den Geistlichen unterschätzt? Die letzten zwei Wochen hatte er sich nicht mehr um ihn und seine Belange gekümmert, sondern ihn und seine Männer behandelt wie Kanonenfutter: gut genug zum Sterben.

»Warum interessiert Euch das?«, fragte Federmann.

»Ich glaube … ich glaube, ich kenne den Mann.«

Überrascht sah Federmann dem Pater in die Augen. Er fühlte, wie ihm das Blut in die Schläfen schoss, wie sein Herz schneller schlug. Mit zwei, drei humpelnden Schritten war er bei dem Mönch. »Wollt Ihr damit sagen, dass Ihr wisst, wohin sich Almaviva begeben hat?« Er sprach langsam und lauernd.

»Das habe ich nicht gesagt. Ehrlicherweise muss ich zugeben, dass ich ebenso unbedarft bin wie Ihr, was diesen Dschungel betrifft. Nur den Mann kenne ich … vermutlich.« Der Pater hatte die Hände in den Ärmeln seiner Kutte verborgen. Obwohl sie stark löchrig war und sich an manchen Stellen sichtbar die Maden durch den Stoff fraßen, waren seine Hände nicht zu sehen.

»Wer ist es, Fra Enrico?«

»Francisco de Ulate, Federmann. Ich hatte Euch schon von ihm erzählt – er ging vor etwa vier Jahren mit einigen Glaubensbrüdern hierher. Vor eineinhalb Jahren haben wir eine Nachricht von ihm erhalten. Eine Salbe und … nun, sagen wir, ein wenig Gold, das er uns durch einen gewissen Joachim Kramer aus Ulm überbringen ließ.«

»Gold?«, stieß Federmann hervor. »Von Joachim?«

»Aber auch eine Salbe!«

»Auch Gold?!« Federmann schrie inzwischen wieder, doch der Pater blieb ruhig und stoisch vor ihm stehen.

»Vor allem diese Salbe. Ich habe Euch davon schon einmal erzählt.«

Federmann tat einen Schritt auf den Pater zu. Dann packte er ihn am Kragen und zog ihn zu sich heran. »Gold?«, zischte er den Mönch an. Der Speichel spritzte dem Geistlichen ins Gesicht. Dessen Miene verhärtete sich. »Ja. Unmengen an Gold, Federmann. So viel, dass es nicht einmal den Beamten des Königs verborgen bleiben konnte und deshalb zum Großteil an ihn abgeführt werden musste.«

»Bertram!« Federmann humpelte zu der Leiter und zog sich mühsam daran empor. Bertram hatte den zweiten Dolmetscher auf den Boden der Hütte gelegt. Er kam langsam zu sich.

»Wohin?«, sagte der Ulmer nur. »Ich muss wissen, wohin.«

»Übertreib's nicht, Nicolaus«, sagte Bertram. »Almaviva wird nicht nach Neu-Augsburg zurückgegangen sein, das weißt du so gut wie ich. Er ist dem Mädchen nach! Schick die Fährtenleser aus und lass sie nachsehen.« Er nahm den Feldhauptmann bei den Schultern und drehte ihn zum Ausgang um. »Wir brauchen Träger, wenn wir dem Kerl folgen wollen. Um den Rest kümmere ich mich.«

Widerwillig ließ sich der Ulmer aus der Hütte bugsieren. Er hatte das Gefühl, noch mehr zu schwitzen und zu fiebern. Die Hitze schien zugenommen zu haben, seit er erwacht war. Doch es würde ein trüber Tag werden. Wolken hingen beinahe zum Greifen nahe über ihren Köpfen.
Träger, spukte es in seinem Kopf herum. »Hemmler! Nimm dir fünf Pferde und zwanzig Leute. Reite voraus ins nächste Pueblo. Umzingle es und treib die Indios heraus. Wir brauchen mindestens achtzig Träger, mindestens, sonst müssen wir den Plunder zurücklassen. Vorwärts! Beeilt euch! Nimm wenn möglich auch Triebl mit. Damit er nicht unnütz herumsteht.«
Er sah den Männern nach, die im Dämmerlicht des Morgens zwischen den Bäumen verschwanden. Federmann biss sich auf die Lippen. Sie verschwanden eigentlich nicht, sie stolperten hinter den Pferden drein: Seine Männer waren erschöpft, verletzt, ausgebrannt. Keiner von ihnen war mehr in der Lage, sich selbst Gepäck aufzuladen. Sie hatten an ihrem Harnisch und den Waffen zu tragen. Es war ein trauriger Haufen, den er anführte.
Mit gesenktem Kopf, aber doch etwas ruhiger, machte er eine Runde um das Lager, auch wenn ihn das beinahe umbrachte. Dem Bein schien es gutzutun, denn langsam kehrte das Gefühl zurück. Die Spuren vom Aufbruch derjenigen, die Almaviva anführte, waren hier deutlich zu sehen. Sie wiesen in Richtung Neu-Augsburg. War der Mann tatsächlich zurückgekehrt?
Der Ulmer schickte Georg nach einem der Fährtenleser. Mit gesenktem Haupt stand dieser alsbald vor ihm. Federmann sah ihn nur an. Der Kerl bebte am ganzen Leib. Jetzt, da er den Dolmetscher erschossen hatte, fehlte ihm die Möglichkeit, sich direkt mit dem Mann zu verständigen. Stumm deutete Federmann auf die sichtbaren Aufbruchspuren des Almaviva-Trosses. Dann zuckte er wie unwissend mit den Schultern und zeigte einmal in Richtung Neu-Augsburg, dann in Richtung des Südmeers, die ihnen der Kazike gestern gezeigt hatte. Der Fährtenleser verstand sofort, dass er wissen wollte, wohin sich Almaviva tatsächlich gewandt hatte.

Vier Stunden später war Hemmler zurück und fand den gesamten Tross beim Aufbrechen vor. Er brachte über fünfzig Gefangene mit zurück, Männer wie Frauen. Ohne ein weiteres Wort zu verlieren, ließ Federmann sie aneinanderschmieden und winkte, nachdem das erledigt war, Hemmler und seinen Mannen, ihm zu folgen.

Sie rückten zusammen mit dem Tross weder in Richtung Neu-Augsburg noch in Richtung des Südmeers ab, sondern verschwanden wie Almaviva vor ihnen im rechten Winkel dazu zwischen den Bäumen. Offenbar hatte Almaviva erfahren, wo sich dieser »Herr des Lebens« aufhielt. Und der Ort lag abseits ihrer Route. Wenn es sich bei dem »Herrn des Lebens« tatsächlich um diesen Ulate handelte, wie Fra Enrico ihm erzählt hatte, dann würde er Mayana bei ihm finden – dessen war er sich sicher. Da lohnte es sich, die Suche nach dem Südmeer für kurze Zeit zurückzustellen und dem spanischen Granden zu folgen.

Von ihrem Rastplatz aus, der auf einem kleinen Hügel gelegen hatte, konnte man auf eine Rinne hinabsehen, die weit hinten am Horizont von einem Felsen abgeschlossen wurde. Federmann kam dieser Anblick – diese Rinne, diese Felsformation – die ganze Zeit so bekannt vor, dass er sicher war, sie schon einmal gesehen zu haben. Das Bild ließ ihm keine Ruhe mehr, bis es ihm wie Schuppen von den Augen fiel: Es war die Zeichnung auf Mayanas Rücken!

Bei diesem Gedanken schüttelte ihn das Fieber erneut, sodass seine Zähne aufeinanderzuschlagen begannen. Federmann zeigte Bertram den Felsen, der über die Baumwipfel ragte. »Er fällt beinahe senkrecht bis zum Waldboden ab. Du kannst sicher sein, zu seinen Füßen werden wir ein Eldorado finden.« Dann gab er seinem Pferd die Sporen und trabte an die Spitze des Zugs.

Er trieb seine Männer vorwärts. Den gefangenen Kaziken hatte er an die Halsketten zweier Träger schmieden lassen. Seine besten Fährtensucher jagten hinter Almaviva und seinen Trägern her. Sie wussten, wenn sie die Fährte verloren, waren sie selbst verloren.

Er scheuchte den Tross drei Tage lang durch den Wald und die steilen Anstiege hinauf, die zwischen ihnen und dem Felsen lagen, auch wenn es ihm die letzten Kräfte raubte und ihn auszehrte. Die Träger keuchten unter der Anstrengung, unter der Hitze und der immerwährenden Feuchtigkeit. Dennoch hatte er, aus einem unguten Gefühl heraus, die Halsbergen umlegen und die letzte verbliebene Donnerbüchse laden lassen.

Die Wollunterlagen unter seinem Harnisch begannen zu schimmeln. Schweiß und Regenwasser liefen in Strömen darunter hervor und bildeten grüne Schlieren. Die Männer litten unter den Strapazen. Wer zu Fuß ging, musste sich davor hüten, auszugleiten und die steilen Hänge hinunterzurutschen. Je höher sie kamen, desto gefährlicher wurde es. An manchen Stellen hörten sie das Wasser des Flusses unter ihnen nur mehr rauschen, sahen es jedoch nicht mehr. Die Dominikaner, die mit weißen Kutten losgezogen waren, steckten mittlerweile in graubraunen Fetzen, die sich schneller auflösten, als sie geflickt werden konnten.

Er bemerkte, wie er trotz der Eile nervös nach links und rechts spähte, ob nicht irgendwo Almaviva mit seiner halben Mannschaft im Hinterhalt lag, um ihnen aufzulauern und sie zu töten.

Triebl lenkte seinen Gaul an einer geeigneten Stelle neben ihn. »Federmann. Auf ein Wort!« Der Ulmer merkte auf. »Warum hat Almaviva den Tross verlassen?«

Federmann sah in den durch Regendunst nebligen Gebirgswald hinein, der wie eine Mauer aus Blättern und Schlingpflanzen wirkte. Niemand würde hier querfeldein spazieren können.

»Wenn ich das wüsste, Triebl, wäre ich ein Stück weiter. Ich habe leider keine Ahnung.«

»Hängt es mit dem Verschwinden Eures Schützlings zusammen?«

Daran hatte Federmann auch schon gedacht, doch er wusste es nicht mit Bestimmtheit. Ich bin ein Idiot!, schimpfte er sich, als ihm bewusst wurde, wie sehr er das Mädchen missachtet hatte. Wäre er nicht so vernagelt gewesen, würde es vermutlich jetzt noch mit ihm ziehen und ihn zu diesem Ulate führen. »Das glaube ich nicht. Almaviva hätte noch weniger als wir erfahren können, wo sie sich aufhält.«

»Und wenn er es doch erfahren hat?«

Federmann runzelte die Stirn. Triebl hatte recht: Er musste damit rechnen, nicht der Erste an den Stadttoren von Eldorado zu sein, so nah, wie sie ihnen offenbar waren. Sie mussten wachsam sein.

»Almaviva führte etwas gegen Euch im Schilde«, sagte Triebl.

Federmann nickte und blickte ihm direkt ins Gesicht. Der Mann war in den letzten Wochen um mindestens zehn Jahre gealtert. Sein ohnehin weißer Bart hatte die Farbe schmutzigen Schnees angenommen, und es schien, als wuchere Moos darin. Doch Federmann selbst mochte auch nicht in eine Pfütze sehen und darin sein Spiegelbild anschauen. Er fühlte sich zerschlagen. In ihm brannte ein unheilvolles Feuer.

»Ich muss nachdenken, Triebl. Wir können ihn nur dann aufhalten, wenn wir ihm gedanklich voraus sind.«

Brummend ließ Triebl von ihm ab und den Gaul zurückfallen.

Wenn Almaviva seine vier Armbrustschützen an einer geeigneten Stelle postierte, hatten sie keine Verteidigungsmöglichkeit. Der Spanier würde sie gemächlich auslöschen können, und die Hitze sowie die feindlichen Indios würden das Ihre dazu tun.

Sein Blick wanderte das Blätterdach hinauf und wieder hinab, er suchte zwischen den Wurzeln der Schlingpflanzen nach verräterischen Pfeilspitzen, konnte jedoch nichts entdecken. Jeder Schritt, den sie weiterkamen, machte ihn zuversichtlicher.

»Federmann!« Der Ruf des Bergmannes ließ ihn aufhorchen. Er brauchte einige Zeit, bis er aus seinen Tagträumen auftauchte.

»Federmann, hierher!«

Der Ulmer war alarmiert. Geduckt ließ er sein Pferd wenden und ritt nach hinten zu Triebl. Des Schmerzes in seinem Bein wegen wurde ihm kurzzeitig schwarz vor Augen. Er hing für einen Moment willenlos über seinem Pferd, zwang sich jedoch, sich wieder aufzurichten. Er atmete schnell und fragte Triebl, was los sei.

Der deutete mitten hinein ins Dickicht neben dem Bergpfad, den sie benutzten. Doch selbst als der Feldhauptmann direkt davorstand, sah er nichts außer einer geschlossenen Blätterwand.

»Was habt Ihr, Triebl? Warum habt Ihr mich zurückgerufen?«, blaffte er ärgerlich.

»Seht doch genau hin! Dort, an diesem Zweig!«

Federmann strengte sich an, entdeckte jedoch nichts Bemerkenswertes. »Jetzt sagt schon ...« Doch da fiel sein Blick auf etwas, das an die Wurzeln einer Würgefeige gebunden war: ein Stück Tuch, eine Art Lappen, der aussah wie ein Küchenlumpen.

Und dann sah er das Tor, den gespaltenen Stamm der Feige, der aussah wie das Zeichen auf dem Goldstein. Sie waren am Ziel.

»Absitzen!«, befahl Federmann, diesmal ohne Rücksicht darauf, ob die Indios das sehen konnten oder nicht. Sollten die Pferdegötter aus ihren Sätteln auf den Boden der Tatsachen hinuntersteigen. Er selbst trieb sein Pferd noch dichter an die Blätterwand heran und wollte den Fetzen greifen, als die ersten Geschosse einschlugen. Mit einem leisen Klingen prallten sie von den Helmen und Brustpanzern ab.

»Weg hier!«, brüllte Federmann und riss seinen Gaul herum, in dessen Leib mehrere Pfeile steckten. Doch der Pfad war zu schmal und voller Träger. Dem Ulmer und Triebl gelang es nicht, sich so weit zu entfernen, dass die Pfeile sie nicht mehr trafen. Unablässig sausten die langen Nadeln durch die Luft. Federmann war froh, seinen Männern und sich selbst trotz der schwülen Hitze und der hohen Luftfeuchtigkeit die Halsbergen befohlen zu haben – sie schützten die empfindlichsten Stellen. Es war allerdings nur eine Frage der Zeit, bis die Indios herausfanden, dass sie im Gesicht und an den Beinen am verletzlichsten waren.

Die Donnerbüchse beendete den Beschuss. Sie vernahmen Geschrei und Klagen. Zwei Indiokrieger fielen aus dem Gewirr der Lianen und Blätter. Es krachte, als die Körper zu Boden stürzten, dann war Ruhe. Überall flatterte zerfetztes Grün durch die Luft. Für einen Moment hielt der Dschungel den Atem an. Die fortwährend plappernde Welt um sie herum verfiel in eine tiefe Stille, als sei die Zeit stehen geblieben.

Mayana starrte in das grinsende Gesicht Almavivas. »Lange genug habe ich gewartet«, begrüßte er sie. Seine Pistole war auf ihre Brust gerichtet. »Ist er dort drin, der ›Herr des Lebens‹?« Er lachte höhnisch. »Hoffentlich hat er genügend Gold hergerichtet, damit wir mit ihm zufrieden sein können. Dass wir uns unter diesen Umständen wiedersehen, hätte er sicher nicht gedacht.«
Hinter ihm lagerte der Tross. Mayana suchte nach Blauauge, doch der war nicht dabei. Hatte Almaviva sich seiner entledigt? Dann hätte Almaviva sicher das Amulett an sich genommen, doch an seiner Brust sah sie es nicht hängen. Dann war er davongelaufen! Sie ließ den Blick über die Männer vor ihr schweifen. Allesamt waren sie mehr einer Gruppe Bettlern ähnlich als einer Armee von Konquistadoren.
Mayana sah, wie Almaviva mit der Pistole winkte, und machte ihm Platz. Waren sie und Joaquin nicht deshalb vor diesem Kerl geflohen, weil sie verhindern wollten, dass er hierher fand, nachdem Bertram ihm im Rausch vom Gold des Einsiedlers und der Karte auf Mayanas Rücken erzählt hatte? Und jetzt stand er doch vor Ulates Hütte. Dieser spanische Grande würde niemals begreifen, was hier geschah und warum der Sonnenstein hierher gebracht wurde. Sein Blick galt nur ihm – dem Gold und sonst nichts.
Langsam ging der Spanier an ihr vorbei und betrat die Hütte.
Tayento fehlte ihr. Er hätte jetzt gewusst, was zu tun sei; Tayento hätte sich dem Spanier in den Weg gestellt. Der Überlegenheit des Schamanen hätte Almaviva nichts entgegensetzen können.
Mayana betrat hinter Almaviva den Raum. Der stand bereits an der Hängematte, in der der Mönch lag, und forderte diesen auf, ihm den Weg nach Eldorado zu verraten, ansonsten müsse er seiner Indiofrau die Haut abziehen. Ulate sah ihn aus fiebrigen Augen verständnislos an und murmelte einige Wörter vor sich hin.

»Er nicht mehr verstehen«, sagte Mayana in dem gebrochenen Spanisch, das sie sich von Ulate und während der langen Reise durch die Alte Welt angeeignet hatte. »Er sterben. Lassen in Frieden sterben!«

Der Spanier wirbelte herum. »Dann wird mir deine Haut den Weg weisen!« Er richtete die Pistole auf sie. Sein Gesicht war vor Wut verzerrt. »Ich hätte es längst tun sollen.«

Mayana sah an ihm vorbei und entdeckte erleichtert hinter Almaviva Tayento stehen. Ein Pfeil lag bereits auf der Bogensehne, und diese war gespannt.

»Nichts verstehen!«, sagte sie selbstbewusst. »Wer nicht verstehen, müssen sterben.«

Verblüfft sah sie der Spanier an, dann gluckste ein Lachen in ihm hoch, entlud sich in einem japsenden und prustenden Kreischen und steigerte sich zu einem hysterischen Anfall, der so plötzlich abbrach, wie er begonnen hatte.

Ihm fiel die Pistole aus der Hand zu Boden. Der gespannte Hahn klackte, doch kein Schuss löste sich. Almaviva betrachtete seinen Arm. Dort, wo er eben noch die Pistole gehalten hatte, steckte ein Pfeil. Als er mit der Linken zum Schwert greifen wollte, zischte ein weiterer Pfeil durch eines der Seitenfenster, fuhr in den Griffkorb und nagelte ihm das Schwert am Körper fest. Völlig ungläubig sah Almaviva an sich herab: Die Pfeile hatten genau die Körperstellen getroffen, die nur unzureichend vom Harnisch geschützt waren.

Dann ging alles sehr schnell. Almaviva wollte vorstürzen und Mayana ergreifen, die selbst nur ahnte, was hier vor sich ging. Doch er stolperte und fiel der Länge nach auf den festgestampften Lehmboden der Hütte. Er versuchte, sich aufzurichten, aber seinem Arm fehlte die Kraft. Also kroch er vorwärts, um die Hütte zu verlassen, doch Mayana begriff, dass sie das nicht zulassen durfte. Er hätte seine Männer gegen sie aufgehetzt. Sie vertrat ihm den Weg und erntete ein Kopfnicken Tayentos, der jetzt an der hinteren Wand lehnte und die Arme vor der Brust kreuzte.

»Er hat dein Amulett noch nicht dabei. Blauauge wird kommen«, versuchte sich Mayana bei Tayento zu rechtfertigen. »Ich konnte es nicht behalten. Hab Geduld.«
Der Schamane nickte und winkte sie zu sich her, doch Mayana schüttelte den Kopf. »Was soll ich mit ihm machen?«

»Hemmler, Georg, Bertram, mir nach!« Federmann preschte los. Er zog sein Schwert und ging gegen das Dickicht an. Seine Attacken hatten Erfolg, und die anderen folgten ihm darin. Langsam legten sie eine Art Gang frei, der durch das Gestrüpp führte.
»Sie sind hier durch!«, sagte Bertram, der sich als Erster in den Laubengang wagte, der sich hinter dem gespaltenen Stamm auftat. Er deutete auf den Boden. Im rötlichen Erdreich hatten sich die Abdrücke unzähliger Füße und Pferdehufe erhalten.
»Dann folgen wir ihnen!«, sagte Federmann.
Federmann ließ die Donnerbüchse nachladen, während er sich einen Überblick verschaffte.
Vier Träger waren tot, sechs Weiße verletzt, zwei hatten Halsschüsse abbekommen und waren ebenfalls tot. Federmann winkte, worauf zwei Dominikaner die Toten wegtrugen und sie eilig verscharrten.
Krankheiten, die feuchte Hitze und Überfälle wie der hatten unter den Europäern ihren Tribut gefordert. Die Zahl seiner Männer und die von Almavivas Soldaten war stark geschrumpft – sie starben wie die Fliegen. Von den etwa vierzig Weißen, die ihn noch begleiteten, war beinahe die Hälfte nicht mehr in der Lage, selbstständig weiterzuziehen. »Lasst Tragen machen!«, befahl er. Je vier Indios würden einen Weißen tragen müssen.
»Warum um alles in der Welt haben die Indios uns angegriffen?«, fragte der Pater. Er trat neben Federmann und blickte wie dieser betreten zu Boden. Die beiden Indianer lagen in farbigem Schmuck vor ihnen. Die Schrotladung hatte ihnen die Brust zerfetzt.
»Kennt einer von euch die Männer?«

Hemmler nickte. »Ich sagte doch, dass uns etliche von den Indios entwischt sind.« Er deutete auf den jüngeren der beiden Toten. »Er ist einer der Flüchtlinge.«

Federmann schüttelte den Kopf. Er konnte unmöglich glauben, dass bloße Rache der Grund dafür war, dass die Männer sie ausgerechnet an diesem verborgenen Zugang abgepasst hatten. Sie wollten offenbar vermeiden, dass sie den Durchgang fanden.

Federmann zog umständlich das Amulett aus dem Harnisch und verglich den Wuchs des Feigenstamms mit den eingeritzten Zeichen darauf. Wenn er den Stein dabei beinahe auf den Kopf stellte, dann stimmten die Formen überein. Jemand hatte zweifellos diesen Zugang als Zeichen auf den Goldstein gekratzt.

Er steckte das Amulett zurück und ritt ein Stück in den Laubengang hinein. Der war dunkel und von wucherndem Grün überwölbt und vermittelte den Eindruck, als sei er künstlich angelegt worden und würde sorgfältig in Form gehalten.

Nachdem die Kranken und Verwundeten auf Tragen geladen worden waren, zog der Tross weiter. Die Donnerbüchse machte den Anfang, dahinter liefen die Gesunden mit gezogenen und schussbereiten Pistolen, die die Kranken in ihre Mitte nahmen. Daraufhin folgten die Träger, und ganz am Schluss reihten sich die Reiter ein. Stumm setzte der Tross seinen Weg fort. Nur die Schritte der Männer, das leise Stöhnen der Verwundeten und das den Tross begleitende Krakeelen und Schimpfen der Urwaldbewohner waren zu hören. Federmann trieb seine Männer an. Irgendwo vor ihnen musste Almaviva stecken, musste der Hauptmann seine Truppe gegen sie befehligen, und er wollte nicht wieder überrascht werden. Die Reiter mussten sich weit bis auf die Rücken ihrer Pferde hinabbeugen, bis sie nach etwa sechzig Fuß den Laubengang verließen.

Mayanas Frage an Tayento blieb unbeantwortet, denn vor der Hütte entstand plötzlich eine Unruhe. Holz klapperte an Holz, Metall an Metall. Gegenstände wurden zu Boden geschmissen.

Dann folgte ein bellender Befehl, den sie nicht verstand. Schließlich siegte ihre Neugier; sie ließ Almaviva liegen und ging nach draußen. Sowohl die Träger als auch die Soldaten knieten am Boden. Ihre Waffen lagen zu einem Haufen zusammengeworfen vor der Hütte. Um die Männer herum standen etwa zweihundert Indios vom Stamm der Cuybas, der Wächter des Ortes, allesamt mit kriegerischer Bemalung, allesamt mit Blasrohren oder Bögen ausgestattet, die sie auf die Männer richteten.

Dann trat ein Mann aus einem Dickicht nahe der Hütte. Mayana wusste, dass hier ein Pfad endete, der sich an der überhängenden Felswand entlangzog. Ohne zu zögern, betrat der Mann die Lichtung. Er würdigte die Gefangenen keines Blickes und begann in Mayanas Dialekt zu reden.

»Tochter des Schamanen. Seitdem du dem Amulett gefolgt bist, haben wir auf den ›Herrn des Lebens‹ geachtet. Jetzt bist du zurückgekehrt und findest den Meister todkrank. Wir haben alles versucht, aber er ist alt und gebrechlich geworden. Das Klima hier macht ihm sehr zu schaffen.«

Mayana kreuzte die Hände vor der Brust und verneigte sich vor dem Kaziken der Cuybas.

»Ich danke dir dafür«, antwortete sie.

»Wirst du bleiben?«, fragte der Kazike.

»Wirst du sie töten?«, fragte Mayana zurück und deutete auf die Hellhäutigen und die Träger.

»Unsere Ältesten haben beschlossen, unsere Feinde laufen zu lassen. Wir schließen die Ketten der Träger auf und jagen sie davon. Die weißen Götter aber …«

»Sag nichts, was du bereust!«, unterbrach sie den Kaziken. »Nimm den Mann aus der Hütte zum Exempel. Die anderen gib frei. Es werden mehr von ihrer Sorte kommen, als dir lieb sein wird.«

»Wirst du das Wissen deines Vaters weitergeben, wie er es an den ›Herrn des Lebens‹ weitergegeben hat?«

Bedächtig nickte Mayana. Dann schloss sie die Augen. Das würde sie. Das Wissen ihres Vaters Tayento weitergeben, auch wenn Al-

maviva oder Blauauge den wahren Wert des aus Pflanzen gewonnenen weißen Goldes nicht erkennen konnten.
Vor ihren geschlossenen Augen erschien noch einmal die Person, die sie ständig begleitet hatte – der schlanke, bronzene Körper mit den farbigen Bemalungen in Blau, Rot und Ocker, der Bogen, der schneller Pfeile verschießen konnte als eine Pistole reagierte, die Augen, die so sanft und strahlend waren, dass man sich von ihnen umarmt fühlte. Tayento winkte ihr zu. Du wirst dein Amulett bekommen, sagte sie ihm in Gedanken, doch da winkte Tayento ab und deutete auf sie. Es ist jetzt *dein* Amulett, schien er ihr sagen zu wollen. Dann drehte er sich um. Er ging langsam hinein in das rötliche Feuer der untergehenden Sonne. Mayana sah ihm so lange nach, wie sie in die Sonne blicken konnte. Dann schmerzten ihr die Augen, und bunte Flecken tanzten über die geschlossenen Lider.

Federmann zügelte kurz sein Pferd, um den Anblick in sich aufzunehmen, der sich ihm jetzt bot: Ein Felsen wuchs in einiger Entfernung senkrecht in die Höhe, ein roter Monolith, dessen Körper von grünen Pflanzen umwuchert war, als gäben sie ihm ein Kleid und bedeckten seine Scham. Überall herrschten klare Linien und Formen vor, ganz im Gegensatz zu dem sonst verwirrenden Muster ungezügelten Wucherns. Alles wirkte so friedlich und idyllisch, dass Federmann die Lust überkam, dort einige Zeit auszuruhen.
Ja, dieses Bild hatte er bereits einmal gesehen. Er war sich jetzt ganz sicher: Es glich einem Teil der Linien und Muster, die Mayana auf den Rücken gemalt waren, ein Teil der vermeintlichen Karte auf ihrem Rücken war eine Darstellung ebendieser Szenerie! Es war so klar und unverwechselbar, dass er beinahe lachen musste. Unbewusst griff er an seine Brust, doch der Harnisch verhinderte die Berührung des Amuletts. Er spürte es dennoch um seinen Hals hängen, kühl und schwer. Was bedeutete dann die Lücke, in die das Amulett zu passen schien und doch nicht passte?

Der Pfad schlängelte sich an einem Bach entlang, der aus einem Tal hinter dem Monolith zu kommen schien. Dort, wo in der Rückenmalerei die Lücke war, dort lag der Zugang zu diesem Tal. Sollte er Mayana wiederfinden, würde er die Linien auf dem Amulett mit dem Zugang und der Landschaft sowie mit der Karte auf Mayanas Rücken vergleichen, um völlige Gewissheit darüber zu haben. Wenn der Dschungel viele der Wege wieder unter dem Mantel seines üppigen Grüns verborgen hatte, den Blick auf diesen hier hatte er freigehalten.

Als Mayana die Augen wieder öffnete, waren vier Krieger der Cuybas dabei, den Hauptmann auf die Lichtung, hin zu dem Kalenderpfahl zu zerren. Sie entkleideten ihn und fesselten seine Arme. Mayana sah zum ersten Mal, wie sehr diese Hellhäutigen unter den Harnischen gelitten hatten. Der Oberkörper war mit Schwären übersät, die zum Teil eiterten. Die Indios kümmerten sich nicht darum. Sie banden die Arme an dem Pfahl hoch und ritzten den Oberkörper und die Beine mit einer Lanze, nicht fest, doch so, dass Blut in kleinen Rinnsalen über die käsige Haut lief.

Dann brachte einer der Indios eine Honigwabe, die umschwirrt war von zornigen Immen, die auf alles einstachen, was sich bewegte.

Mayana sah dem Treiben wortlos zu. Sie wusste, was geschehen würde. Man würde Almaviva mit dem Honig bestreichen, und dann würde ein weiterer Krieger kommen, der einen Nestteil von Feuerameisen in der Hand halten und diese über Almavivas Körper ausstreuen würde. Zweihundert dieser Tiere würden genügen, ihn bei lebendigem Leib in feinste Stückchen zu beißen. Zuletzt würden die Cuyba-Krieger ihm die Augen ausstechen, als Zeichen dafür, dass er sich gegen den Wald vergangen hatte.

Sie musste in die Hütte zurück – sie konnte das nicht mitansehen. Wenn sie wenigstens Mitleid empfunden hätte, doch sie verspürte nichts, nicht einmal Hass gegen den Hauptmann.

»Kind!«, rief der Uralte sie zu sich. »Kind, was wollen sie alle?«

»Sie wollen Heilung von dir«, log Mayana.
»Gib sie ihnen ... Dafür haben wir doch gearbeitet.« Francisco de Ulate sprach rasch und kurzatmig, als wisse er, dass ihm nicht mehr viel Zeit blieb. Mit einer flüchtigen Handbewegung scheuchte er sie vom Krankenbett weg und deutete mit den Augen auf das Regal mit den Tiegeln. »Nimm, so viel du brauchst.«
Dann schloss der alte Mönch die Augen, und sein Gesicht schien sich noch enger an die Knochen zu schmiegen. Für einen Moment war er der leibhaftige Tod.
Als Almavivas unmenschliche Schreie einsetzten, stand sie neben seinen Männern auf der Lichtung und behandelte ihre Wunden. Die Krieger der Cuybas waren ebenso verschwunden wie die Träger.

Kaum hatte Federmann sich wieder seinem Vorhaben gewidmet, den Verräter und Deserteur Almaviva zur Rechenschaft zu ziehen, durchschnitt ein Schrei das Tal, der so unmenschlich klang, dass die Dominikaner sofort auf die Knie fielen und zu beten begannen.
Die Soldaten waren zu erschöpft, um auszuschwärmen. Mancher ließ sich einfach dort, wo er stand, zu Boden fallen und wartete auf einen Angriff. Doch blieb alles ruhig und friedlich. Es schien, als hätten der Wald und die Luft, die Tiere und Pflanzen nichts von diesem satanischen Gebrüll mitbekommen, als drehte sich die Welt weiter und kümmerte sich nicht um die Belange der Menschen. Nicht einmal die Tiere, die sonst bei jeder Gelegenheit kurz innehielten, als müssten sie die Qualität eines Lautes bewerten, waren verstummt. Federmann, der sofort sein Schwert gezogen und Hals sowie Gesicht hinter der Berge versteckt hatte, glaubte fast, einer Täuschung erlegen zu sein, als sich weiter nichts tat.
Er scheuchte seine Männer auf, formierte aus denen, die sich einigermaßen aufrecht zu halten vermochten, eine kleine Streitmacht und rückte vorwärts.

Durch einen zweiten Dickichtwall hindurch führte der Pfad auf eine Lichtung hinaus, die unterhalb des steil aufragenden, leicht überhängenden Felsens lag. Eine Hütte schmiegte sich an den Stein, sodass sie vor Regen geschützt war. Vor ihr stand schief in den Boden gelassen ein Pfahl. Und an diesen Pfahl war etwas gebunden: ein Mensch.

»Almaviva?«, flüsterte Federmann. Der Körper des Hauptmanns war übersät mit wimmelndem Getier. Ameisen, erkannte Federmann, Tausende von Ameisen, die dem Spanier die Haut vom Gesicht fraßen, in Mund, Nase und Ohren krabbelten, mit ihren scharfen Zangen winzige Hautstücke abzwickten und wie Trophäen davontrugen.

Unter dem Überhang der Hütte lagerten die Soldaten, die mit Almaviva hierhergekommen waren. Keiner von ihnen sprang dem Hauptmann bei oder versuchte, ihn zu befreien.

Federmann kletterte aus dem Sattel und ließ sich seitlich zu Boden gleiten. Er stand auf dem linken Bein, denn sein rechter Oberschenkel war kaum noch zu gebrauchen. Er hielt sich an seinem Pferd fest und ging auf den spanischen Granden zu, der zwischen seinen Schreien leise vor sich hin stöhnte. Erst jetzt sah der Ulmer, dass die roten Ameisen ihm die Augen zerfressen hatten und sogar die Blutstropfen, die ihm aus den Wunden quollen, aufsammelten, um mit ihnen zu Boden zu krabbeln und sie in ihr Nest zu bringen.

Voller Abscheu drehte er sich weg.

»Wer hat dir das angetan?«, fragte Federmann mit zusammengebissenen Zähnen. »Wer?«

Der Grande schien ihn nicht zu hören, sondern schrie nur wieder auf die Lichtung hinaus, sodass das Echo von der hohen Wand widerhallte.

Aus dem Gürtel zog der Ulmer ein Messer und schnitt die ledernen Stricke durch, die den Spanier an den Pfahl fesselten. Almaviva sackte in sich zusammen und blieb reglos am Boden liegen.

»Wasser!«, brüllte Federmann. »Holt Wasser und schwemmt die Viecher fort!«
Keiner der Soldaten rührte sich. Sie alle hockten da und starrten Federmann an, als komme er aus einer anderen Welt.
Da tauchte auf der Schwelle zum Haus Mayana auf. Zwar hüllte das Dunkel des Inneren die Gestalt in schattenhaftes Schwarz, doch Federmann erkannte sie sofort.
»Endlich«, murmelte Federmann und humpelte auf die Hütte zu. Schweiß drang ihm aus allen Poren, und sein Kopf glühte wie ein Holzscheit. Es war, als flirre die Luft vor dem Haus und als würde jeder Schritt ihn stärker aufblähen und ihn irgendwann zerreißen.
In diesem Augenblick, als er auf Mayana zuwankte, wusste er, dass dies vielleicht sein letzter Gang war. Das Fieber hatte ihn vollständig im Griff. Die Wunde hatte sich immer mehr entzündet, und Bertram würde ihm das Bein abnehmen müssen, damit es nicht schwarz wurde. In dieser Feuchtigkeit und Hitze wäre das ein Todesurteil. Er hatte sich verausgabt, hatte den falschen Weg eingeschlagen wie der Spanier, der vor seinem Pfahl verrottete.
Schließlich hatte er das Gefühl, zu stolpern und in einen Brunnen zu fallen. Pechfarbenes Haar berührte ihn, und er hielt sich daran fest. So lang war es, dass er sich daran hochziehen konnte. Sein Gesicht brannte, als werde es in Flammen gehalten, und sein ganzer Körper schien zu schrumpfen und auszudörren.
Er dachte an Mayana und daran, wie er sie behandelt hatte. Er dachte an das Amulett, das auf seiner Brust gelegen hatte und kühlte und das auf einmal verschwunden war. Das Amulett! Er dachte an das Goldland, zu dem er unterwegs war und das er jetzt doch nicht als Erster erreichen würde, obwohl Almaviva dem Dschungel geopfert worden war. Nicht er würde die Tore zur Goldstadt aufstoßen, würde ihre mit dem edlen Metall gepflasterten Straßen betreten, sondern Bertram oder Georg oder dieser Pater, den er nicht mochte.

Mayana fing Blauauge auf und ließ ihn langsam zu Boden gleiten. Die Wunde von dem Pfeilschuss in den rechten Oberschenkel hatte sich wohl entzündet und plagte ihn. Er konnte kaum laufen, und die rötlichen Augen zeugten von hohem Fieber. Sie kniete neben ihm nieder und befühlte seine Brust. Die Haut war nicht mehr schweißnass, sondern bereits ledrig und trocken vor Hitze. Sein Puls raste. Bevor sie etwas unternehmen konnte, stand Bertram neben ihr.

»Kannst du ihm helfen?«, fragte er.

Mayana zuckte mit den Schultern. »Vielleicht zu spät! Komm.« Sie winkte ihn in die Hütte.

Bertram nickte, und Georg und er trugen den Ulmer nach drinnen.

Mayana deutete auf den Tisch. Sie legten Federmann auf die Tischplatte, und Mayana begann die Lederschleifen des Harnischs und der Bein- und Armschienen aufzuziehen. Manche waren durch die Feuchtigkeit so verquollen, dass Bertram sie zerschneiden musste.

Der Mensch, der unter der Rüstung hervorkam, war ein geschundener. Der rechte Oberschenkel war blau angelaufen und auf beinahe die doppelte Größe angeschwollen. Der restliche Körper war weiß wie Frauenmilch und voller roter Schwären und Eiterungen.

Auf der Brust des Fiebernden lag das Amulett wie ein Fremdkörper. Mayana sah es – und Bertram sah es ebenfalls. Bevor einer von ihnen zugriff, schauten sie einander in die Augen.

Mayana hatte das Gefühl, als reife in Bertram langsam die Erkenntnis, dass dieses Medaillon nicht dem gehörte, der es gerade trug. Es gehörte hierher, es gehörte Tayento. Es gehörte ihr. Sie griff danach und zog es Federmann über den Kopf.

»Sonnenstein von Menschen im Süden«, sagte Mayana. »Alt. Sehr alt. Vater vor Vater vor Vater dort gewesen. Zeigen heiligen Ort.« Dabei machte sie eine Geste in Richtung des alten Mönchs. »Nicht zeigen, wo Gold. Nicht zeigen Eldorado.«

Bertram nickte langsam. »Mir liegt nichts mehr an diesem Goldgeschwätz, Mayana.«

»Wasser«, sagte Mayana nur und reichte Bertram eine irdene Schale. Ein Wink Bertrams ließ Georg mit dem Gefäß nach draußen springen und Quellwasser holen.

Zuerst reinigte Mayana das Amulett, hängte es sich um den Hals und ließ es zwischen ihren Brüsten verschwinden. Während dieser Prozedur sah sie an der Wand hinter Ulate Tayento stehen. Er lächelte ihr zu, nickte und deutete auf das Amulett.

»Es ist das deine!«, flüsterte er lautlos, dann verschwammen seine Konturen, und der Schamane schien sich im Wind, der von der Felswand herabfiel, aufzulösen. Mayana wartete noch, bis nichts mehr von Tayento zu sehen war, dann erst begann sie, Federmanns nackten Körper zu waschen. Mit langsamen, gleichmäßigen Bewegungen streifte sie Dreck und Hautreste ab, säuberte Hautfalten und Abschürfungen. Auch das geschwollene Bein reinigte sie und wischte es trocken. Dann trat sie an das Regal, entnahm ihm einen der Tiegel und strich das Bein mit der Salbe ein. Sie drückte in die noch nicht ganz verschlossene Stichwunde des Pfeils Salbe, so viel sie konnte. Sie arbeitete ruhig und zügig, ohne ein überflüssiges Wort zu verlieren. Zwischendurch schauten der Pater und Triebl kurz in die Hütte, doch Bertram verscheuchte sie sofort.

Der Pater murrte anfänglich, da er mit Ulate reden wollte, doch Bertram ließ keine Ausnahme zu. Erst als Federmann versorgt war, stellte er seine Fragen. »Wird er gesund werden, Mayana?«

Diese zuckte erneut mit den Schultern. »Er stark. Vielleicht. Wenn Salbe hilft.«

»Der … Mönch dort … ist das Ulate?«

»Ja. Francisco de Ulate …«

»Die Indios nennen ihn ›Herrn des Lebens‹. Warum?«

»Er ihnen Leben gegeben. Hier Salben«, sie deutete hinter sich auf das Regal. »Sie Wundermittel. Wunden einreiben, verheilen. Alles gut.«

»Die Salbe also«, sagte Bertram. »Ist sie das Gold des Waldes?« Er nahm den Tiegel in die Hand, aus dem Mayana die Salbe für Federmanns Wunde entnommen hatte. »Sie riecht nach Bienenhonig und schimmert goldfarben. Das Gold des Francisco de Ulate«, murmelte er.

»Ja, Gold von Ulate!«, bestätige Mayana und lächelte schwach.

»Wie lange wird er so daliegen?«, fragte er.

»Zwei Tage. Festmachen Arme und Beine!« Sie deutete auf zwei Stricke aus Lianenfasern. Bertram half ihr, den Ulmer auf dem Tisch festzubinden.

Danach ging er hinüber zu Ulate. Mayana beobachtete ihn, doch ein Gespräch mit dem Mönch war unmöglich. Er schlief in einer tiefen Bewusstlosigkeit. Mayana betrachtete sein Gesicht. Lange würde Ulate nicht mehr leben. Jeder Atemzug war ein Kampf mit dem Tod, und auch die Färbung der Haut ließ keine Zweifel zu. Die Tage des »Herrn des Lebens« neigten sich ihrem Ende entgegen, seine Sonne sank hinter den Horizont.

»Wer hat Almaviva gefoltert?«, riss sie Bertrams Frage aus ihren Gedanken.

Mayana sah hoch. Bertram war ein ruhiger und freundlicher Mensch, selten unbesonnen oder auffahrend. Das genaue Gegenteil von Blauauge, dem sein Wesen oft selbst im Wege stand.

Sie erwiderte nichts, sondern nahm ihn am Arm und führte ihn aus der Hütte. Mit einer Handbewegung deutete sie ins Rund, und Bertram wurde blass.

Mindestens zweihundert Krieger hatten den Tross umzingelt und ihre Waffen auf Männer und Pferde gerichtet.

»Cuybas. Sie Ulate schützen – und mich«, sagte sie. Danach griff sie unter ihr Kleid und zog das Amulett hervor. Sie hielt es in die Höhe. Die Cuybas-Krieger senkten die Köpfe, und manche von ihnen knieten sogar nieder, ohne dass jedoch ihre Aufmerksamkeit nachließ.

»Es ist ein Schamanenzeichen?«, fragte Bertram.

Mayana nickte nur. »Erbe … von Vater.«

15. KAPITEL

Als Federmann langsam erwachte, fühlte er sich, als sei eine Last von ihm genommen worden. Er öffnete die Augen und erkannte, dass er auf dem Boden in einer Hütte lag. Halbdunkel umgab ihn und die unbestimmte Stille des frühen Morgens. Er versuchte sich zu erinnern, was geschehen war, konnte sich aber nur sein Pferd und die Träger ins Gedächtnis rufen.

Seit sie Neu-Augsburg verlassen hatten, hatte er sich nicht mehr so erholt gefühlt. Er wälzte sich unter der Matte hervor, die ihn zudeckte, und staunte nicht schlecht. Sein rechter Oberschenkel war zwar gelb, blau und lila verfärbt, doch er war abgeschwollen. Auch die übrigen Verletzungen, die der Harnisch hervorgerufen hatte, verheilten ohne Vereiterungen und hatten stellenweise nur noch rote Flecken auf der Haut hinterlassen.

Er setzte sich auf, was ihm nur sehr mühsam gelang, als seien seine Glieder steif geworden. Langsam kam die Erinnerung zurück: an das Fieber, die Schmerzen, den fortwährenden Regen, die Hitze.

Auch einen Traum hatte er geträumt, in dem Almaviva das Gesicht von Feuerameisen weggefressen worden war. Wie eine Anklage stieg ein zerfetztes Gesicht voller wimmelnder Tierleiber, so groß wie Daumennägel, vor seinem inneren Auge auf. Es spülte einen säuerlichen Geschmack in seinen Mund, wenn er daran dachte.

Federmann lauschte. Ein zweiter Atem war im Zimmer zu hören. Er sah sich um und entdeckte im Halbdunkel eine Hängematte, in der ein Mensch zu schlafen schien. Mayana? An Mayana erinnerte er sich auch. Sie hatte ihn hier willkommen geheißen. Aber nicht nur willkommen, sie hatte ihn auch … er griff nach dem Amulett um seinen Hals – es war verschwunden … bestohlen. Eine heiße Flut von Zorn überkam ihn, und er wollte rasch aufstehen, doch es gelang ihm nicht. Die Wunde war zwar ge-

schlossen, die Entzündung abgeflaut, aber seine Kraft war noch nicht zurückgekehrt.
Stöhnend ließ er sich wieder zurückfallen. Nur mit den Armen konnte er sich noch aufstützen. Neugierig ließ er den Blick wandern – wenn er schon nicht umhergehen konnte, wollte er sich doch wenigstens umschauen. Der Raum war an zwei Seiten mit soliden Regalen vollgestellt, in seiner Mitte stand ein Tisch, und links von der Tür hing die Hängematte. Die Person darin drehte sich und stöhnte. Doch Federmann konnte nicht erkennen, wer darin lag.
Wo um alles in der Welt befand er sich? Wo waren Hemmler und Bertram? Wo Georg, Triebl oder gar Mayana?
Neben der Hängematte stand ein Stuhl. Auf ihn robbte Federmann zu und zog sich mühsam daran hoch. Es war gar nicht so einfach, das verletzte Bein zu belasten, es bereitete ihm trotz der Heilung starke Schmerzen. Erleichtert ließ er sich auf den Stuhl fallen.
Zuerst erschrak er über die Gestalt, die dort von den Laken nur halb bedeckt wurde. Mager war der Kerl, halb verhungert.
»Na, mein Freund«, begann Federmann. »Haben sie dich hier vergessen? Oder bist du ausersehen, ein Schrumpfkopf zu Lebzeiten zu werden?«
»Weder noch«, wisperte es ihm entgegen.
Der Ulmer reckte seinen Kopf vor und betrachtete sein Gegenüber genauer. Vor ihm lag ein alter Mann, ausgemergelt, die Haut gelblich und wie aus Papier. Sie spannte sich über die Knochen und war an manchen Stellen blutig aufgesprungen. Die Lippen waren schmal, und das wenige, das von ihnen zu sehen war, war blau angelaufen, als bekomme er kaum Luft.
»Wer seid Ihr? Was tut Ihr hier?«, fragte der Ulmer erschrocken.
»Die Frage … müsste lauten: Wer seid Ihr? Und was … sucht Ihr in meiner Hütte?« Der Alte redete langsam und gequält, und das rasselnde Pfeifen seines Atems erschwerte es Federmann, die Worte zu verstehen.

»Ich bin Feldhauptmann im Dienste der Welser. Mein Name ist Nicolaus Federmann der Jüngere.«
»Und ich … bin der Waldgeist!«, erwiderte der Kranke spöttisch. Er roch nach Urin und ranzigem Fett. »Und was … wollt Ihr nun hier?«
»Franciso de Ulate treffen«, sagte der Ulmer schlicht. Er musste darauf achten, nicht vornüberzukippen, da seine Kraft kaum ausreichte, sich auf dem Stuhl zu halten.
Der Kranke in seiner Hängematte stieß einen langen Seufzer aus. Langsam öffneten sich seine Augen. Er sah Federmann an, als habe er noch nie in seinem Leben einen Menschen gesehen.
»Wenn ihr … den Mönch sehen wollt … dann habt Ihr ihn getroffen«, sagte der Mann schleppend. »Ich bin Francisco de Ulate.«
Federmann war sprachlos. Er schnappte zweimal nach Luft, bewegte seine Lippen, brachte jedoch keinen passenden Satz heraus. »Ihr seid … Ich habe Mayana kennengelernt«, sagte er nur. Doch er fasste sich rasch. Er hielt sich an der Hängematte fest und beugte sich über Ulate. »Ihr seid der Mönch … Ich meine, Ihr habt das Goldland gefunden?«
Federmann musste lange auf eine Antwort warten, da der Kranke zuerst Luft in seine Lunge pumpen musste, um die Kraft zum Sprechen zu bekommen. »Wer sagt das?«, fragte er schließlich.
»Alle sagen es. Es geht herum wie ein Lauffeuer.« Der Feldhauptmann beugte sich noch tiefer zu dem Mönch hinab. »Ich habe die Geschichte bestätigt bekommen. Von den Indios. Hinter dem Gebirge dort.« Er winkte mit seiner Hand in Richtung Tür.
»Sie lügen. Lügen … um Euch loszuwerden.« Der Mönch versuchte ein Lächeln, das sein Gesicht zu einer Fratze entstellte.
Federmann hätte den Alten gern am Kragen gepackt und nach den königlichen Gesetzen, die auch für die Pioniere in diesem Land galten, hart bestraft, weil er seinen Aufgaben nicht sorgsam nachgekommen war. Er hätte das Land nicht nur erkunden, sondern für den König erschließen müssen. Warum hatte er seine Entdeckungen, die Gerüchte und Erzählungen, das Gold – eben

einfach alles – nicht an die Welser als Stellvertreter des spanischen Königs weitergegeben, sondern sich stattdessen hierher zurückgezogen? Doch er besann sich eines Besseren. »Wo liegt die Goldene Stadt? Wo liegt Eldorado?«

Unmerklich schüttelte der Mönch den Kopf. Er hatte inzwischen die Augen wieder geschlossen. »Sie ist … hier!«

Wie elektrisiert starrte der Ulmer auf die schlecht gefugte, hölzerne Konstruktion. Wollte ihn der Mönch auf den Arm nehmen? Dies hier war nicht Eldorado! Das war eine einfache Holzhütte, wie man sie baute, wenn man eine längere Wegstrecke zurückgelegt hat und überwintern musste.

»Wo liegt Eldorado?«

Aus den Laken stach plötzlich ein dünner Arm hervor und zeigte auf das Regal an der Wand. Was wollte der Alte ihm sagen? Lagerte Gold im Regal?

Federmann beugte sich ganz dicht über den Mönch. Hätte er sich nicht an der Hängematte festgehalten, hätte er den Priester unter sich begraben. »Gold?«

»Weißes Gold!«, flüsterte der Kranke, ohne die Augen zu öffnen. »Weißes Salbengold.«

Was für ein Unsinn!, dachte Federmann. »Mich interessieren Eure Tiegel nicht!«, fuhr er ihn an. »Wo finde ich die goldene Stadt? Den Ort, wo alle diese Wilden ihre Goldschätze herhaben?«

Ulates Augen öffneten sich wieder. Sie waren von einem trüben Weiß und von dicken roten Äderchen durchzogen. Die Pupillen, die unterschiedlich weit geöffnet waren, wirkten darin wie schwarze Nagelköpfe. »Du wirst ihn nicht finden, mein Sohn!«, sagte der Mönch erstaunlich klar. »Er existiert nur in deinem Kopf.«

Federmann hieb sich, zittrig vor Schwäche, mit der Faust in die Hand. »Blödsinn!« Er wollte sich nicht so einfach abspeisen lassen. In diesem ganzen verdammten Urwald hatte er noch keine einzige Goldmine entdeckt. Da Gold aber nicht vom Himmel regnete, musste es ja von irgendwoher stammen – folglich musste es diese Goldstadt geben. Hatte nicht der letzte Kazike davon erzählt, dass hinter der Bergkette … der nächsten Bergkette … diese letzte Bergkette würde er auch noch überwinden. Dahinter … dahinter gab es das Land, das er mit all seinem Willen, mit all seinen Kräften ersehnte. Da mochte dieser Mönch leugnen, wie er wollte.

»Wart Ihr je dort?« Federmann ließ nicht locker.

»Niemals. Warum auch? Gold … heilt keine Wunden. Es ist überhaupt … zu wenig zu gebrauchen … wenn man davon … absieht, dass es … den Verstand und das Gewissen raubt.« Ulate sprach so schleppend und leise, dass der Ulmer glaubte, er gebe mühsam auswendig gelernte Worte wieder.

»Aber«, rief er ungeduldig aus, »Ihr habt gewusst, in welcher Himmelsrichtung zu suchen ist. Wenn Ihr das gewusst habt, warum seid Ihr nicht selbst hingegangen und habt Euch geholt, was Euch zusteht? Es wäre ein Leichtes gewesen!«

Die Frage hing lange im Raum, ohne dass er eine Antwort bekam.

»Ich habe mir geholt, was ich wollte«, sagte der Mönch krächzend. »Ihr braucht nur zuzugreifen!«

»Zugreifen«, sagte Federmann und lachte kurz. »Das werde ich.«

Die Dielen im Eingangsbereich knarrten. Georg stand im Gegenlicht der offenen Tür.

»Seid Ihr wach, Herr?«, fragte er.

»Komm herein, Georg. Darf ich vorstellen, das ist …«

»Francisco de Ulate. Ich weiß es, Ihr wart lange wie bewusstlos, Herr, da habe ich mich auch um den Mönch gekümmert.«

Federmann verzog das Gesicht. Jetzt wussten schon die dahergelaufenen Schiffsjungen mehr als ihre Herren. »Wie lange habe ich geschlafen?«

»Drei Tage!«

Federmann starrte Georg an. »Drei Tage, sagst du?«

»Ja, nachdem Mayana Euch mit diesem Talg, dieser goldfarbenen Salbe eingerieben hat. Ihr wart wie … abgestorben. Wir dachten schon, Ihr würdet es nicht überleben.«

Federmann erinnerte sich, dass auch er das Gefühl gehabt hatte, nicht mehr lange zu leben. Wie viele waren kurz vor ihrem Ziel gestolpert, gescheitert, hatten ihr Leben verloren, bevor der unsterbliche Ruhm für ihr Handeln und ihren Mut sie ans Ende der Zeit getragen hatte, wie es Cristóbal Colón widerfahren war. Berühmt war er für den Rest der Tage.

»Was willst du, Georg?«, riss er sich selbst aus seinen Gedanken. Er wollte sich nicht selbst bemitleiden – er war am Leben.

»Ihr müsst Euch das ansehen. Ich habe etwas gefunden ... etwas Großes.«

Misstrauisch sah Federmann Georg in die Augen. Sie glänzten. Es war jenes Glänzen, das nur ein bestimmtes Metall hervorrief, und Federmann spürte, wie eine Hitze in ihm aufstieg.

»Was hast du gefunden?«

»Herr, ich kann es nicht ... beschreiben.«

»Der Tölpel ... hat wohl den Schuttplatz für ... Gold gefunden, der hinterm Haus ... vom Dschungel überwuchert wird«, mischte sich jetzt Ulate ein. Seine brüchige Stimme durchbrach die Spannung, die im Raum herrschte. »Und jetzt ... glaubt er ... den Urgrund des Reichtums gefunden zu haben. Er ... er täuscht sich«, hauchte Ulate und wälzte sich stöhnend auf seiner Bettstatt.

»Wo? Zeig es mir, Junge. Hilf mir auf!« Federmann versuchte, auf die Beine zu kommen. Mithilfe von Georg schaffte er es schließlich, doch sein Körper fühlte sich an, als habe man ihn windelweich geprügelt. »Nach draußen, Junge. Nach draußen!«

»Fremder!«, rief ihm Ulate hinterher. »Lasst Euch nicht ... vom Glanz leiten. Er führt in die Irre. Eldorado ... das Land der goldenen Verheißung ... es liegt ...«

An Georgs Arm war Federmann zum Eingang gehumpelt. Jetzt drehte er sich rasch zu dem Mönch um. »Wo liegt es? Sprecht schon!«

Lange blieb es still im Raum, und nur das Rascheln der unsichtbaren Lebewesen, die mit dem Mönch den Raum teilten, war zu hören. Selbst sein Atem war zu flach, als dass er zu vernehmen

gewesen wäre. Schroff drehte sich Federmann um und humpelte zur Tür hinaus.
Erst jetzt reagierte Ulate. »Es liegt … in Euch. Sucht dort!«
Federmann hörte nur mehr mit halbem Ohr hin. Sollte der Narr in seinem Sterbebett vor sich hin fantasieren. Für Hirngespinste und Fantastereien hatte er seine Mönche mitgenommen. Er brauchte handfeste Beweise. Er musste sein Ziel sehen, riechen schmecken – und berühren. Obwohl ihm leicht schwindelig war, obwohl seine Knie ständig nachgaben und er nur deshalb nicht stürzte, weil Georg mittlerweile zu einem stattlichen Kerl herangewachsen war und sein Stolpern abfangen konnte, ließ er sich zu dem kleinen Hügel hinter der Hütte führen. Er war völlig von Buschwerk, Schlingpflanzen und Kraut überwuchert.
Bertram erwartete ihn dort. »Nicolaus! Schön, dass es dir wieder besser geht.«
Federmann antwortete nicht, sondern versuchte, ohne Georgs Hilfe aus der Beschreibung, die Ulate vom Goldplatz gegeben hatte, dessen Lage zu erraten. In den Bewuchs des kleinen Hügels war eine Schneise geschlagen worden. Mannsbreit. Er deutete dorthin, und Bertram bestätigte ihm seine Vorahnung.
»Es sah aus wie ein Grab, und Georg wollte wissen, wer hier begraben ist und warum er nicht bei den anderen Mönchen auf der gegenüberliegenden Seite liegt.«
Bertram erwartete offenbar eine Äußerung von Federmann, doch der schwieg. Allein das Aufrechtstehen bereitete ihm Schwierigkeiten.
»Statt eines Grabkreuzes oder Knochen hat Georg das hier gefunden.« Bertram hielt einen Gegenstand hoch, der die Größe eines Fingers hatte. Eine kleine Statue aus getriebenem Goldblech. Flach wie eine Schüssel, aber mit einer Vielzahl von Symbolen bedeckt.
»Sind Opfer. Lass liegen!« Mayana trat plötzlich neben dem Hügel aus dem Dickicht hervor. Federmann erkannte einen Pfad, der sich dahinter öffnete.

»Georg hat den Ort entdeckt, demnach gehört er uns. Wir sind diejenigen, die mit ihm verfahren dürfen, wie es uns beliebt.«
Mayana spuckte Federmann vor die Füße. In ihrem Blick lag die Abscheu vor dem wiederholenden Sünder. »Was gibt Recht«, sie schloss mit einer Handbewegung die gesamte Gruppe ein. »Sein erste Menschen hier? Ich kennen Ort lange, Ulate kennen lange, Einwohner kennen lange. Jahre wissen. Alles entdeckt. Dein Auge nicht sehen Neues. Hügel nicht herrenlos. Gehören Mönch, Kaziken, mir, nicht euch.«
»Liegt dort noch mehr von dem Zeug?«
»Mindestens so viel, wie vier Pferde tragen können!«, antwortete Bertram.
Mayana ging auf den Ulmer zu. Ihr Blick war entschlossen. »Wenn du berühren, du Dschungel nicht mehr verlassen.«
Doch Federmann stolperte vorwärts und ließ sich durch sein eigenes Gewicht weiterziehen. Georg hielt ihn nur vage aufrecht. Vor dem Buschwerk ging er auf die Knie und begann Pflanzen auszureißen. Bereits nach der zweiten Pflanze zog er mit ihren Wurzeln einen Gegenstand aus dem Boden: eine kleine Statue.
»Du nicht glauben, Blauauge?«
»Ich glaube dir sehr wohl, Mayana. Ich bin aber nach Neu-Augsburg gekommen, um Gold zu suchen – und zu finden. Wenn du mir verrätst, wo die Gegenstände herkommen, lasse ich diese hier in Frieden.« Er befreite die Figur von den Wurzeln, spuckte darauf und säuberte sie an seinem Wams. »Pures Gold«, flüsterte er.
»Flüsse führen Gold von Bergen. Wir aus Wasser nehmen.«
Federmann lächelte Mayana spöttisch an. »Sie waschen es aus. Natürlich. Dann schmelzen sie den Goldstaub ein und formen daraus diese Figuren.«
Mayana nickte.
»Es würde Jahre dauern, für diese kleine Figur eine ausreichende Menge Gold zu waschen. Nimm mich also nicht auf den Arm.«
»Ich nicht lügen, Blauauge.«

»Nicht? Es kommt mir aber so vor.«
Er begann mit der rechten Hand zu graben. Mit jedem Griff ins Erdreich zog er eine andere Figur daraus hervor. Schließlich lagen zehn um ihn herum.
»Brennt das Buschwerk nieder, und dann holt das Gold heraus. Wir nehmen es mit. Alles!«, befahl er Bertram und Georg.
Er schloss die Augen. Einerseits vor Erschöpfung, andererseits vor Zufriedenheit. Wenn der kleine Hügel auch nur zur Hälfte Goldgegenstände enthielt, hatte sich die Expedition gelohnt.
Wie nebenbei wandte er sich an Hemmler, der hinter ihn getreten war. »Schnapp sie dir. Sie darf nicht wieder davonlaufen!«
Blitzschnell warf sich Hemmler auf das Mädchen, doch Mayana war schneller. Sie trat nur einen Schritt beiseite, und Federmanns Kumpan stürzte ins Leere.
»Ich dich warnen!«, sagte sie nur. Dann war sie in der Vegetation verschwunden.
»Verflucht! Sie darf nicht entkommen, ich brauche sie noch«, schimpfte Federmann. Doch er wandte sich sofort wieder seinem eigentlichen Werk zu. »Und du, Georg, brenn das Buschwerk nieder. Ich will wissen, wie viel Gold hier liegt! Doch zuvor bringst du mich zurück.«
Federmann schlurfte mit Georgs Hilfe langsam zu Ulates Hütte. Der Schwindel kam wieder. Doch er musste den Mönch unbedingt fragen, woher die Figuren und Goldbleche, die Schalen und Becher stammten. Und wenn er es aus ihm herausprügeln musste!
Als sie den Raum betraten, empfing sie eine ungewöhnliche Stille, wie sie nur eintrat, wenn eine Seele den Körper verließ. Auf der Schwelle blieb Federmann stehen, damit sich seine Augen an das dämmrige Innere gewöhnen konnten. Tatsächlich war Ulates Atem nicht mehr zu hören. Dafür tappten die bloßen Füße eines Menschen durch das Zimmer und entwischten nach hinten.
»Mayana?«

Waren das ihre Füße gewesen? Als seine Augen sich an das Dämmerlicht gewöhnt hatten, war das Hütteninnere leer. Der Raum besaß doch nur einen Ausgang – wie konnte jemand die Hütte verlassen haben? Oder war er nur einer Täuschung erlegen?
Er humpelte auf die Bettstatt Francisco de Ulates zu, hielt sich an dem Holzstuhl davor fest und packte den Mönch am Kragen seiner Kutte, die er statt eines Hemdes trug. Mit einem Ruck riss er ihn hoch, doch der Kopf des Mönchs pendelte nur leblos hin und her. Wie erstarrt betrachtete Federmann das leere Gesicht mit den gebrochenen, halb offenen Augen und ließ dann los, als habe er sich an ihm verbrannt.

16. KAPITEL

Wie im Fieberwahn wüteten die Männer Federmanns. Mayana beobachtete die Mannschaften aus sicherer Entfernung. Sie brannten das Strauchwerk neben der Hütte nieder und gingen dabei so ungeschickt vor, dass Ulates Hütte in Flammen aufging. Die Regale mit den Salben wurden ebenso ein Opfer des Feuers wie die Apparaturen, die der Mönch in die Wildnis geschleppt hatte. Pater Enrico tobte und schrie und versuchte, aus dem Holzbau zu retten, was zu retten war. Er schleppte die Leiche des Mönchs nach draußen und etwa ein Dutzend der Salbentiegel. Doch das kleine Notizbuch, in dem Francisco de Ulate seine Experimente beschrieben hatte – wie die Salbe herzustellen sei –, hatte Mayana längst geholt. Es würde nicht lange überleben, denn bereits jetzt fraß die Feuchtigkeit die Seiten, und die Tinte begann zu zerlaufen. Doch sie prägte sich den Inhalt ein, und mit etwas Glück würde es ihr gelingen, die Rezeptur aus dem Gedächtnis zu wiederholen.

In der vor Hitze noch dampfenden Erde gruben die Männer wie Maulwürfe und holten an Gold aus dem Boden, was die Einheimischen dort in den letzten zwei Jahren dem Heiler als Dank hinterlegt hatten. Fünf Pferde ließen sich damit beladen – und diese würden mehr schleppen müssen, als ein Reiter mit seiner Rüstung wog.

Das Loch, das sie ausgehoben hatten, diente den Körpern der hier Verstorbenen als Grab: Ulate wurde dort beerdigt und Almaviva sowie drei weitere Männer, die ihrem Fieber und den Verletzungen erlegen waren.

Pater Enrico hockte während der Zeit, in der Hemmler und Georg, Triebl und andere die Stätte plünderten, am Rand der Lichtung und murmelte Verwünschungen. Mayana überlegte, ob sie ihm das Rezeptbuch schenken sollte, entschloss sich dann jedoch dagegen. Besäße er es, würde er weitere Mönche hierher senden. Sie würden die Gegend nach den Pflanzen absuchen, die Tayento

dem Mönch gezeigt hatte, und der Landschaft so ihren Frieden rauben.
Das war auch der Grund dafür, dass sie dem Kaziken der Cuybas verboten hatte, gegen das Niederbrennen der Hütte vorzugehen. Würden die Hellgesichtigen hier Tote beklagen müssen, würden sie wiederkommen, um sich zu rächen.
Drei Wochen nachdem sie hier angekommen waren, zog Blauauge mit seinem Tross wieder ab. Er folgte den Hinweisen der Kaziken, die ihn nach Süden geschickt hatten, die ihm vom Südmeer erzählt und ihn in dem Glauben gelassen hatten, dort auch das Goldland zu finden, das Eldorado. Oh ja, sie waren geschickt darin, Geschichten zu erfinden. Und gab es nicht tatsächlich die alten Kultstätten aus Stein, von denen Tayento ihr erzählt hatte? Die Steinkreise und Monumente, die vor endlos langer Zeit im Süden inmitten der Hochfläche von einem Volk errichtet worden waren, das mit Göttern verwandt war – und damit die Urmutter und der Urvater aller lebenden Menschen war? Deren direkte Nachkommen trafen die Jäger noch immer durch den Wald streifend an, und sie tauschten Nahrung gegen die Sonnensteine, die sich an den alten Stätten noch in Hülle und Fülle fanden.
Zwar hatte auch Tayento zugeben müssen, niemals in seinem Leben diese Monumente und Kreise besucht, geschweige denn gesehen zu haben, doch seit undenklichen Zeiten hatte ein Schamane dem anderen von deren Existenz erzählt – und hin und wieder war einer von ihnen aufgebrochen, getrieben von der Neugier und vom Willen, nicht nur aus Erzählungen zu schöpfen, sondern zu sehen, und hatte nach ihnen gesucht.
Mancher war bei diesem Versuch ums Leben gekommen, andere wieder hatten die Suche abgebrochen, aber dennoch gab es Männer wie Tayentos Vater, Mayanas Großvater, die durch eigene Anschauung die Wahrheit der alten Geschichten bestätigten und ein Leben lang von dieser Reise zu den Göttern zehrten. Als hätten sie damit den Zugang zu einer anderen Welt erhalten, konnten sie von den Strömungen berichten, die diese Monumente umga-

ben, konnten sie vom Pulsieren erzählen, das sie Tag und Nacht wach gehalten hatte. Als atme hier die Erde hinauf in die Sphäre der Götter. Allein dieser Gedanke schickte Mayana einen Schauer über den Rücken. Niemals durften die Weißgesichter diese Stätten betreten. Der Atem der Welt würde durch die Gier der hellhäutigen Ungeheuer verunreinigt werden, die eher ein Auge hergegeben hätten, denn für einen fremden Glauben auf ihren Anteil am Gold zu verzichten.

Mayana beschloss, dem Tross zu folgen und ihn nach Coro zurückzuführen. Sie durften die heiligen Stätten nicht erreichen. Sie durften die Monumente nicht einmal sehen. Sie durften sie nicht beschmutzen.

So saß sie am Abend nach dem Abmarsch Blauauges mit den Cuybas zusammen und beratschlagte, was zu tun sei. Blauauge hatte noch nicht verstanden, dass sie jetzt in ihrer Welt war, wie er jenseits des Wassers in der seinen gewesen war. Sie selbst hatte es auch lange nicht verstanden. Doch das Amulett gab ihr Sicherheit. Sie fühlte, wie Tayentos Kraft durch sie strömte. Ihm hatte sie es zu verdanken, dass die Krieger und ihr Kazike überhaupt auf sie hörten.

Die Krieger wollten die Hellhäutigen töten, doch Mayana warnte vor deren überlegenen Waffen.

»Ihr müsst sie schwächen. Hungert sie aus. Schickt Boten voraus, lasst die Dörfer brennen, schafft die Essensvorräte fort und verdingt euch nicht als Träger. So zwingt ihr sie in die Knie. Sie werden nicht wiederkommen.«

Bedächtig wiegten die Männer die Köpfe, so ganz und gar nicht einverstanden damit, von einer Frau Anweisungen zu bekommen. Doch Mayana trug das Zeichen. Sie war Tayentos erwählte Nachfolgerin. Sie wusste es, und die Männer wussten es ebenfalls.

Doch die Männer waren nicht überzeugt, bis einer der Boten, die den Zug heimlich begleiteten und überwachten, ins Versammlungshaus stürzte und berichtete, wie Federmann ein Dorf hatte umstellen und niederbrennen lassen. Die Männer wurden als

Träger gepresst, Frauen und Kinder niedergemetzelt, soweit sie nicht fliehen konnten.

Sofort schickten sie Boten aus, um die Bewohner der Dörfer zu warnen.

Man musste den Tross lenken, man musste Blauauge das zeigen, was er gern sehen wollte. Vielleicht musste man ihn auch in die Niederungen schicken und dort elend verrotten lassen, obwohl Mayana das nicht wirklich wollte. Aber mit dem Amulett wurde sie jetzt vor größere Aufgaben gestellt. Sie war nicht mehr nur verantwortlich für sich oder für die Rückkehr des Amuletts. Tayento hatte es ihr übergeben und ihr damit das Schicksal der Cuybas, die das Amulett beschützten und von ihm wiederum beschützt wurden, in die Hände gelegt. Davor hatte nicht einmal Blauauge Bestand, sie konnte auf ihn keine Rücksicht nehmen.

Mayana bat den Kaziken um fünf Männer, die sie begleiten sollten. Sie werde den Hellhäutigen aus dem Gebiet der Cuybas führen, weiter bis zu den Kohlschwarzen, zu den Guaycaries, die noch nie solche Göttermenschen gesehen hätten und mit einem unbändigen kriegerischen Willen beseelt seien. Man würde ihnen den Tross einfach zutreiben und dann überlassen.

Sie brachen sofort auf. Die Krieger liefen vor und hinter ihr mit einer Leichtigkeit, die sie an den Jaguar erinnerte, an ihre Katze. Sie berührten kaum den Boden und mussten auch keine Äste oder Zweige beseiteschieben. Wenn sie die Fortbewegung mit der der Hellhäutigen verglich, die sich mit schweren Messern breite Bahnen durch den Wald schlugen und einen Lärm verursachten, der alle Tiere vertrieb, bevor sie auch nur in Sichtweite gekommen waren, dann waren die Krieger der lautlose Jaguar und der Tross der sture Tapir.

Mayana hielt die Geschwindigkeit eine ganze Zeit mit. Es war eine kraftfreie Art zu laufen – sie ließen sich vom weichen Boden federn und schnellen und schöpften aus dem Auf und Ab erneut die ihnen eigene Bewegung und Schnelligkeit. Wie eine Raubkatze auf Beutefang glitten sie durchs Unterholz und folgten der

Spur Blauauges. Sie unterbrachen ihren schnellen Lauf nur für kurze Zeit, in der sie rasteten und die Jäger aus den morschen Rinden fette weiße Maden stocherten, die sie schnell sättigten und ihnen Ausdauer gaben. Für jeden Läufer genügten drei von den Tieren, die in umgestürzten Stämmen zuhauf vorkamen. Sie schmeckten süßlich, vertrieben jedoch Hunger und Durst beinahe sofort. Mayana wusste allerdings, dass man sich nicht zu lange von ihnen ernähren durfte. Zwar gaben sie schnell Kraft, doch auf die Dauer vergifteten sie auch den Körper.Nicht einmal einen Tag Fußmarsch benötigten sie, um den Tross einzuholen. Sie durchquerten das Dorf, das Blauauge hatte anzünden lassen. Die hölzernen Gerippe der Hütten, soweit das Holz verschont worden war, ragten wie lückenhafte Gebisse in die Lichtung hinein, während sich darüber ein unendlicher Himmel spannte, der seine erbarmungslose Sonne auf dieses gerodete Stück Wald schickte, um es auszuleuchten. Auf dem Boden der Hüttenüberreste konnten sie die verbrannten Leichen der Einwohner sehen. Der Schmerz zerriss Mayana beinahe, als in ihrem Geiste wieder die Bilder ihrer eigenen Vergangenheit entstanden. Wie ein Gewitter brachen die Erinnerungen über sie herein und verheerten für Minuten ihre Gedanken. In ihr schrie es nach Rache, obwohl sie mittlerweile gelernt hatte, dass sie nicht in der Lage waren, sich an den Hellhäutigen zu rächen. Die Hellhäutigen würden die Völker dieser Welt überschwemmen, wie der Fluss, der in der Nacht angeschwollen war, und würden sie hinwegtragen und ins Nichts schicken. Es war nur eine Frage der Zeit.

Als sie bemerkten, dass sie dem Tross nahegekommen waren, behielten sie die Nachhut im Blick und zogen sich ins Dickicht zurück. Auf den Trampelpfaden links und rechts des Trosses, der sich wie eine Anakonda durch die Täler schlängelte, überholten sie Blauauges langsame Pferde mit ihrer Goldlast.

Sie beeilten sich, die Kaziken der Dörfer vorzuwarnen, und das Ansehen, das ihnen das Amulett verlieh, tat ein Übriges.

Federmann fand nur mehr verbrannte Erde vor. Die Dörfer waren nur noch Asche und einzig als Richtungsweiser zu gebrauchen. Denn die Rauchsäulen, die überall in den Himmel ragten, wiesen ihnen die Richtung nach Süden. Die Vorratshäuser waren geleert, und wo sie nicht leer waren, hatte man sie verbrannt. Die Hütten, die ihnen Schutz vor dem täglichen Regen hätten gewähren können, waren eingeäschert, die Menschen daraus verschwunden. Selbst das Wasser schien sich gegen sie verschworen zu haben, denn außer dem täglichen Regen fanden sie keine Quelle, keinen Bach oder Fluss, um daraus zu trinken. Das geschmacklose Regenwasser aber, das wenig Mineralien enthielt, schwächte sie.

»Wie weit nach Süden willst du noch, Nicolaus?«, wollte Bertram nach einer Woche von ihm wissen.

Federmann wischte den versteckten Einwand mit einer wegwerfenden Geste beiseite. »Bis ich das Goldland vor Augen habe!«

»Du treibst sie ins Verderben!«, blaffte Bertram. »Schau dir die Elendsgestalten doch an!«

Bertram hatte recht. Von den Männern konnten sich die wenigsten noch aufrecht halten. Viele wurden von je zwei Indios in Hängematten getragen. Selbst Triebl, der bislang so robust und kräftig gewesen war, hatte mit einer Entzündung am Bein zu kämpfen. Federmann verfluchte sich, nicht wenigstens einen der Tiegel mit Salbe mitgenommen zu haben. Auch Pater Enrico musste getragen werden, und er selbst hing elend im Sattel.

Hinzu kam, dass die Träger immer weniger wurden. Beinahe jede Nacht starben oder verschwanden welche, und am nächsten Morgen lag all der Plunder herrenlos am Boden. Er musste zurückgelassen werden, was sie weiter schwächte, da sie so wichtige Ausrüstungsgegenstände wie die Arkebusen verloren. Oftmals mussten sie sogar Nahrungsmittel zurücklassen.

»Wenigstens einen Blick möchte ich auf die Mauern dieser Stadt werfen, Bertram. Deswegen bin ich, deswegen sind wir hierhergekommen. Erinnerst du dich an unsere Abmachung in Augsburg?«

Bertram, dem die Strapazen am wenigsten anzuhaben schienen, nickte mit einem verschleierten Blick. »Augsburg! Das liegt ein Leben zurück, Nicolaus. Keiner von uns wusste, worauf wir uns wirklich einlassen. Weißt du, was ich glaube? Es gibt einen Grund, warum dieses verfluchte Goldland noch von keiner Menschenseele gefunden worden ist: Es existiert nur in unseren Köpfen. Nirgends sonst.«

Federmann zügelte sein Pferd und ließ den Tross an sich vorüberziehen.

Auch Bertram hielt inne und drängte den Gaul an den des Ulmers heran. »Wir laufen einem Hirngespinst nach, so einfach ist das alles zu erklären.«

»Was redest du da, Bertram?« Federmann senkte die Stimme. »Woher kommen dann all die Goldfiguren, die Becher und Scheiben, die Ringe und Reife? Glaubst du, diese primitiven Wilden hier sind in der Lage, das Metall aus den Ufersanden auszuwaschen? Bertram! Sie sind noch nicht einmal in der Lage, sich selbst zu waschen.« Federmann lachte laut und provozierend und zeigte auf die das Gepäck schleppenden Träger, lauter müde und abgekämpfte Gestalten.

»Ich halte sie nicht für ... Wilde, Nicolaus. Sie sind anders. Sie sind ein wenig langsam, aber sie wissen zum Beispiel, wo es in diesen Wäldern etwas zu essen gibt. Ist dir schon aufgefallen, dass nur wir hungern? Wir Hellhäutigen aus dem alten Europa?«

Auch er zeigte auf die Männer und Frauen, die mit dem Plunder an ihnen vorüberzogen und ihnen Blicke voller Hass zuwarfen.

»Sie fressen Maden und Würmer! Bertram, das kannst du doch nicht im Ernst essen nennen?«

»Kann ich das nicht? Womöglich, aber denk daran, wenn deine Männer vor Hunger Magenkrämpfe bekommen und Halluzinationen, wenn sie so schwach werden, dass ihnen selbst das Huhn, das man ihnen vorsetzt, nicht mehr ins Maul fliegen will, dann stehen diese Träger immer noch vor uns und schleppen unseren Plunder weg – ohne uns!«

Federmann hatte nicht mehr die Kraft zu streiten.
»Also gut. Diese Hochfläche muss irgendwann enden. Wenn sie uns den Blick auf die Ebene hinab freigibt und ich das Eldorado nicht sehe, kehren wir um.«
Bertram sagte nichts dazu. Er nahm die Zügel zur Seite und ließ sein Pferd antraben. Federmann sah ihm eine ganze Zeit nach, dann reihte er sich in den Anakondakörper ihres Trosses ein und folgte ihm.

Die Senke würde die Männer Federmanns drei Tage durch Sumpf waten lassen. Der Tapirpfad, den sie nahmen, führte zur tiefsten Stelle. Waren sie erst einmal nahe genug gekommen, würde es kaum eine Rückkehr geben, und die Hellhäutigen müssten sich durch das hüfthoch stehende Wasser kämpfen. Drei Tage keinen Schlaf, drei Tage Furcht vor Schlangen und Kaimanen. Mayana würde mit ihren Männern den Tross in Hörweite begleiten, natürlich auf einem trockenen Felsrückgrat, das sich längs durch das Sumpfgebiet zog und dem Fluss seinen Weg befahl. Man hätte schon die Abzweigung finden müssen, die vom Tapirpfad weg und auf den Felsgrat hinaufführte, um ebenfalls diesen Weg einzuschlagen. Mayana ließ die Abzweigung hinter Gebüsch und Lianenvorhängen verbergen.
Der Sumpf entpuppte sich als überschwemmter Auwald und ging übergangslos in den Fluss über, der schließlich durchquert werden musste. Dann erst konnte der Tross den letzten Anstieg wagen, der den Blick freigab auf den großen Wald und den sich wie eine Schlange windenden Fluss, der sich um diese Jahreszeit weit ins Land hinein erstreckte, alles um sich herum überflutete und regelrecht in den Wald fraß. Wie ein riesiger Spiegel würde das Wasser daliegen und den Himmel einfangen. Keine Windung würde mehr zu sehen sein, sondern nur ein riesiges Meer aus Süßwasser, das sich von einem Horizont zum anderen erstreckte und den Eindruck einer unüberwindbaren Barriere machte.

Die Pferde sanken bis zu den Bäuchen ein, und die Männer standen kniehoch, manchmal sogar hüfthoch im Wasser.
Abertausende von kleinen Insekten fielen über sie her, als sie sich in das Sumpfwasser wagten. Der Voraustrupp hatte keinen anderen Weg gefunden. Sie mussten durch den Auwald und durch den dahinter liegenden Fluss. Das Gelände würde ansteigen und an seinem Scheitelpunkt den Blick freigeben auf das Südmeer und auf die Goldene. So hatten es die Kaziken erzählt. Federmann schloss immer wieder die Augen und holte sich die Gespräche am Hüttenfeuer ins Gedächtnis zurück, als sie noch Menschen gesehen hatten und mit ihnen reden konnten. Es konnte nicht mehr weit sein. Es durfte nicht mehr weit sein, denn selbst die Männer in den Hängematten mussten wieder laufen – die Träger konnten sie nicht weit genug über dem Wasser halten.
Eine ganze Nacht hindurch marschierten sie, ohne anzuhalten, ohne eine Pause einzulegen. Es gab keine Erhebung, auf die sie sich hätten flüchten können, keinen Ort, an dem sie sich hätten niederlegen können. Selbst die Stämme der Bäume waren zu glatt und häufig zu schwach, als dass man sie hätte erklettern können. Wer zu müde war weiterzugehen und niedersank, wurde sofort vom tiefschwarzen Wasser verschluckt und tauchte nicht wieder daraus auf. Die Fackeln brannten nur wenige Stunden, weiteres Licht konnten sie nicht besorgen, sodass der Morgen sie in einem unbeschreiblichen Zustand vorfand. Die Träger waren so erschöpft, dass sie kaum mehr aufrecht stehen konnten. Die Pferde waren von der Farbe des Wassers und weigerten sich, auch nur einen Schritt weiterzugehen, und die Erschöpften, die man nachts über die Rücken der Gäule gelegt hatte, waren zum Gutteil gestorben.
»Das kann so nicht weitergehen«, schimpfte Federmann und verfluchte damit gleichzeitig seine eigene Entscheidung, dem Rat des Voraustrupps gefolgt zu sein und sich in diesen Auwaldsumpf gewagt zu haben.
Er ließ den Kaziken der letzten Siedlung, bevor sie Ulates Domi-

zil erreicht hatten und den er damals hatte in Ketten legen lassen, kommen.

»Was ist das? Ein Sumpf? Wie weit erstreckt er sich?«

Der Kazike sah ihn aus stumpfen Augen an. Ihm war nichts mehr an seinem Leben gelegen. Als er die Dorfältesten weggeschickt hatte, hatte er ihnen sein Leben mitgegeben. Nur eine Marionette schleppten sie mit sich, die ihr leichtes Trossgut trug.

Als der Kazike ihn verständnislos ansah, stieg in Federmann eine Wut empor, die er so noch niemals in sich verspürt hatte. Es war die Wut des Schöpfers, der mit seiner Schöpfung unzufrieden war und deshalb daraus die Konsequenzen zog. Es war die Wut des Rächergottes, der die Sintflut über die Menschen geschickt hatte, um alle zu verderben. Federmann zog seine Pistole aus dem Gürtel, schrie den Kaziken an, er solle ihm endlich sagen, wann diese elende Schufterei ein Ende habe und er das Eldorado sehen könne, oder er würde sein Gehirn über das Wasser verteilen.

Doch der Kazike blickte ihn nur unverwandt an, und der Ulmer begriff, dass dem Mann nichts an seinem eigenen Leben gelegen war, sondern dass er den Tod der Hellhäutigen in Kauf und als Triumph nahm.

Sein Finger zuckte am Abzug, und der Hahn löste aus, doch das Pulver war nass, die Lunte längst erloschen. Es klickte nur, und dieses Klicken brachte Federmann zur Besinnung. Er hörte sich schwer atmen, er horchte auf die Stille ringsum, die ihm zeigte, dass etwas Lautes, Fremdes vorgegangen war, unter dem der Dschungel verstummt war.

»Los! Weiter!«, befahl er und zerrte sein Pferd hinter sich her.

Er ließ den Kaziken stehen, wo er war, und ging an ihm vorbei, ohne ihn weiter zu beachten. Bertram würde ihn wieder einreihen in den Kreis der Träger.

Seine Beine fühlten sich an, als seien sie mit Blei ausgegossen. Jeder Schritt kostete ihn eine schier übermenschliche Überwindung. Zudem durfte er nur mit geschlossenem Mund atmen, da die winzigen Mücken, die sie umschwirrten, sofort in die Mundhöhle flogen und sich auf den Schleimhäuten, auf den Mandeln niederließen und in die Kehle krochen, um dort einen unerträglichen Hustenreiz auszulösen. Über die Nase hatte er sich ein Tuch gebunden, damit die Tiere nicht auch in diese Löcher schlüpften.

Seine Hände begannen anzuschwellen. Die Haut war überzogen von Stichen blutsaugender Insekten. Seine Augen schwollen zu, sodass er sie mit Gewalt öffnen musste, wollte er etwas sehen. Eiter lief ihm aus den Ohren. So stapfte er dem Tross voran, beinahe willenlos und wie eine der Pumpen, mit denen man unterirdische Stollen entwässerte: in einem regelmäßigen Takt und ohne einmal anzuhalten.

Er wusste, dass die anderen ebenso litten, konnte sich aber nicht einmal umwenden, um zu sehen, ob sie ihm folgten, weil er dazu nicht mehr die Kraft aufbrachte.

»Nicolaus!«

Bertrams Stimme sickerte langsam zu ihm durch. Wie lange er so gelaufen war, ohne dass er sich der verstrichenen Zeit bewusst wurde, konnte er nicht sagen. Der Hitze nach, die sich unter dem dichten Blätterdach staute und das Wasser wie eine Suppe brodeln ließ, in der sie garten, musste es um die Mittagszeit sein. »Ja, Bertram?«

»Hemmler! Hemmler ist verschwunden.«

»Die Menschen verschwinden nicht einfach«, murmelte er. »Sie steigen in den Himmel auf. Schau in den Bäumen nach!«

»Nicolaus. Er ist einfach umgefallen und ...«

»... Krokodile«, flüsterte der Ulmer. »Holt die Piken heraus. Die Viecher schnappen sich die fettesten Brocken aus dem Tross.« Er kicherte, ohne es zu wollen. Die Entkräftung ließ ihm keine Wahl. Er konnte sich nicht mehr kontrollieren.

»Es ist die Erschöpfung, Nicolaus. Die Männer können nicht mehr.«

»Was soll ich tun, Bertram? Sollen sie sich niederlegen und schlafen!« Dabei deutete er ringsum. »Und dabei ersaufen.« Seine

Stimme bekam einen höhnischen Unterton. »Zeig mir einen trockenen Flecken, und ich lasse eine Woche lang rasten.«
Bertram schien zu zögern. Dann fasste er sich offenbar ein Herz. »Wirf das Gold in den Sumpf und lass die Männer reiten. Niemand gibt dir ihre Leben zurück, aber Gold, Gold kannst du immer und überall haben.«
Federmann blieb stehen. Der Takt, in dem er seine Beine voransetzte, riss ab, als hätte jemand einen Treibriemen abgezogen. »Bist du verrückt? Wir stapfen hier seit über fünf Monaten durch die Wildnis, und du willst unseren einzigen Grund dafür in den Sumpf werfen? Niemals, Bertram.«
Federmann wollte seine Beine wieder in Bewegung setzen, aber sie gehorchten seinem Willen nicht mehr. Der Tross stapfte wie ein Uhrwerk an ihnen vorbei, doch dem Ulmer gelang es nicht, sich wieder einzureihen. Tränen der Anstrengung und der Wut traten ihm in die Augen. Das Gold in den Sumpf werfen, den Reichtum einfach vergeuden ... Lieber wollte er seine ganze Mannschaft an die Krokodile verfüttern.
»Wir werden den Sumpf bald verlassen. Ich weiß es. Dann reden wir weiter. Es kann nicht mehr weit sein.« Plötzlich löste sich eines seiner Beine vom Boden, und der erste Schritt war getan. »Mir wäre es lieber, ihr würdet Fackelholz sammeln, damit wir die nächste Nacht überstehen.«

Mayana war auf einen der abgestorbenen Bäume geklettert und horchte in den Sumpfwald hinaus. Sie verfolgte den mühseligen Vormarsch des Trosses vom obersten Ast der Baumruine aus, die sich hoch über die Sumpfwelt erhob.
Einerseits musste sie den Kopf schütteln über die Unkenntnis, mit der sich die Hellhäutigen um Blauauge fortschleppten. Hätte er Späher ausgeschickt, hätten sie ihm in weniger als einer Stunde den trockenen Weg gezeigt. Andererseits bewunderte sie die Zähigkeit und Beharrlichkeit, mit der er sein Ziel verfolgte. Als müsse er den Weg nicht wieder zurücklegen, um dorthin zu-

rückzukehren, wo er hergekommen war. Als gebe es immer nur ein Vorwärts.
Doch so waren diese Hellhäutigen. Vorwärtsmenschen in allem. Sie kannten kein Verbleiben, keine Rasten. Sie dachten im Jetzt an die Zukunft und in der Zukunft an die ferneren Ziele am Horizont. Niemand von ihnen richtete sich in der Gegenwart ein.
Der Einzige, den sie anders erlebt hatte, war Bertram. Bertram war keiner dieser ausschließlichen Vorwärtsmenschen, sondern einer, dem man zutrauen konnte, auch im Hier und Jetzt zu bleiben.
Die Nacht brach herein, als blase jemand eine Kerze aus – und der Tross hatte noch immer keinen trockenen Flecken gefunden. Eine weitere Nacht im Sumpf würden viele nicht überleben. Selbst Federmann wusste nicht mehr, ob er der Anstrengung gewachsen war.
Mit dem Einsetzen der nur Minuten dauernden Dämmerung hatte er die Piken herausholen lassen. Die Nacht zeigte jetzt, wie es um sie stand. Das Licht der wenigen Fackeln ließ die Augen der Krokodile grünlich aufleuchten. Es waren Dutzende dieser Tiere, die sich links und rechts ihres Trosses auf die Lauer gelegt hatten. Zwar waren die meisten zu klein, um ihnen gefährlich zu werden, doch gab es auch große Tiere darunter, sehr große.
Der Sumpf verflachte in der Nacht. Die Wassertiefe sank auf Wadenhöhe, was bedeutete, dass auch die Gefahr geringer wurde, durch Krokodile angegriffen zu werden. Dennoch hörte Federmann hinter sich in regelmäßigen Abständen das Aufpeitschen von Wasser, wenn wieder ein Angriff erfolgte, und die Schreie der Opfer, wenn er erfolgreich war.
Sich zu orientieren war unter dem dichten Blätterdach beinahe unmöglich. Die Indios schafften es dennoch. Die beiden Führer, die ihnen vorangingen, tauschten leise Laute aus und schlängelten sich durch die eng stehenden Bäume, erkannten tiefere Wasserlöcher allein am Tanzen der Glühwürmer darüber und umgingen sie vorsichtig.

Federmann spürte bald seine Beine nicht mehr. Die Schultern zogen ihn nach unten – und das ganze Gewicht seines Körpers strebte dem Wasser zu, als wolle es sich mit ihm vereinigen. Gerade das Wasser machte das Laufen zur Qual. Jeder Schritt, den sie sich vorwärtskämpften, kostete das Doppelte der Kraft, die er ihnen auf dem Trockenen abverlangt hätte. Weiter als bis in den Morgen hinein würden es viele nicht schaffen, ihn eingeschlossen.

Erst gegen Ende der Nacht stieg der Wasserspiegel wieder – mit jedem Schritt tauchten sie tiefer in den Sumpf. Zuerst reichte das Wasser nur bis zu den Knien, dann bis an die Oberschenkel. Federmann verwünschte diese Welt und diesen Weg, und auch er hätte sich jetzt am liebsten einfach hingelegt. Lieber wollte er ertrinken, als sich weiter dieser Strapaze auszusetzen.

Plötzlich hielt einer der Indios inne und breitete die Arme aus. Federmann ahnte mehr, als er sah, dass der einheimische Führer die Hand ausstreckte und auf ein Paar leuchtende Augen zeigte, die sich grünlich über die Wasserfläche erhoben. Der Ulmer erkannte trotz seiner den Verstand vernebelnden Müdigkeit, was es damit auf sich hatte. Oftmals saßen die Augen der Krokodile zu Dutzenden eng beieinander, was auf junge Tiere hinwies, die sich in kleinen Ansammlungen bewegten. Selbst größere Krokodile waren von kleineren Exemplaren umringt, weil von ihrer Beute immer etwas abfiel und mehr als ein Maul satt davon wurde.

Das vor ihnen lauernde Augenpaar lag weit auseinander, und ringsum gab es kein weiteres Leuchten oder Glitzern über oder unter Wasser.

»Verflucht«, murmelte Federmann, und ließ seine Pike nach unten sinken. »Das ist ja ein Riese.«

Kaum hatte er das gedacht, verschwanden die Augen. Ein leises Gluckern war zu hören, dann ein Klatschen – das Krokodil war abgetaucht und glitt mit schnellen Schlägen seines Schwanzes auf sie zu. Einer der Führer hatte ihm erzählt, dass die Tiere in der Nacht genauso gut wie am Tage sähen, wenn nicht sogar

besser. Also ging das Tier in diesem Moment wohl zum Angriff über.
Federmann spürte die kleinen Wellen, die leicht an seine Waden schlugen. Er senkte die Pike in die Richtung, aus der er glaubte, dass der Angriff käme, und stemmte sich mit den Beinen in den Boden. Dann gab es einen Ruck und ein Aufwühlen des Wassers – die Pike war durch die Haut des Krokodils gestoßen und steckte in seinem Leib. Der Ulmer legte sein ganzes Gewicht auf den Druckpunkt, wurde aber nur mitgeschleift und dann mit einem gewaltigen Aufbäumen des Tieres ins Wasser geworfen. Er hielt sich an der Pike fest. Wenn er sie losließ, das wusste er, war er verloren. Er traf auf das Wasser auf, tauchte unter, verlor die Orientierung, kam zurück an die Oberfläche und stellte sich wieder auf. Federmann war in der Dunkelheit jetzt nicht mehr sicher, in welcher Richtung er nun stand und wohin das Krokodil geschwommen war. Wo war der Angreifer?
Um sich wieder orientieren zu können, schrie er Georgs Namen in die Dunkelheit. Tatsächlich antwortete der Junge und verriet ihm so die Richtung, in der sich der Tross befand – er hatte ihn offenbar wie zuvor wieder im Rücken. Da das Monster auf ihn zu- und an ihm vorbeigeschossen war, musste es jetzt also in der Richtung sein, aus der er gekommen war.
Blitzschnell drehte sich Federmann um. Offenbar gerade noch rechtzeitig, denn er fühlte den Wasserdruck des anrennenden Tiers. Diesmal senkte er die Pike etwas tiefer ins Wasser, und tatsächlich spürte er kurz darauf einen Widerstand, als sie die Haut des Tieres erneut durchstach. Das Krokodil schob ihn wie eine Lawine vor sich her durchs Wasser. Er prallte mit dem Rücken gegen einen Stamm, und die Pike bohrte sich in den Leib des Ungeheuers. Federmann ließ nicht los, obwohl sich das Tier aufbäumte und ihn mit einer Kraft hin und her schleuderte, die kaum zu bezwingen war.
Ein Fauchen jagte die Pferde aus dem Tross durcheinander, und das Geräusch der zuklappenden gewaltigen Kiefer war so durch-

dringend wie ein Schuss aus der Pistole. Doch Federmann hielt die Pike krampfhaft fest, solange der Schaft nicht brach. Erst als das Krokodil begann, sich wie wild um die eigene Achse zu drehen, ließ der Ulmer los.

Es war ein Höllenschauspiel. Das aufgewühlte Wasser funkelte, ja glühte beinahe, so stark phosphoreszierte es. Es schien, als ob es Feuer gefangen hätte – und mitten drin suhlte sich der Teufel wie wild geworden im Schlamm.

Da brach plötzlich der Morgen an, als habe jemand eine Kerze entzündet, und offenbarte ein schauerliches Bild: Die Pike war im hinteren Teil des Kopfes in den Nacken des Krokodils gefahren und hatte sich dort verkeilt. Der Aufprall gegen den Baumstamm hatte sie offenbar tiefer getrieben und so einen Teil des Rückgrates verletzt. Das Krokodil lag dicht unter der Wasseroberfläche, mit aufgerissenem Maul, und konnte sich nicht mehr bewegen. Es war ein gewaltiges Tier, über siebzehn Fuß lang, das sie dort anstarrte.

Federmann, am Ende seiner Kräfte und völlig durchnässt, ließ das immer noch lebende Tier von dreien der Landsknechte bewachen, während der Tross vorüberzog. Doch es blieb wie erstarrt mit ausgebreiteten Gliedmaßen und aufgesperrtem Maul unter Wasser liegen und funkelte sie nur aus bösen Augen an.

Kurz bevor der Tross das Ufer erreichte, überquerte Mayana den Fluss auf einem Floss. Die Männer, die sie begleiteten, hatten kurze Stämme geschlagen und mit Lianen zusammengebunden. Auf dem dünnen Bündel gelangten sie sicher hinüber und rasteten am Hang oberhalb des Flusses. Blauauge würde ebenso vorgehen. Eine weitere Nacht im Wasser würde keiner seiner Männer überleben.

Gegen Mittag erreichten die ersten Männer des Trosses das offene Wasser und den schmalen Felsgrat, der sich bis ans Ufer schob. Krüppeln gleich stiegen sie aus dem Sumpf und auf den Fels und ließen sich einfach fallen. Doch Blauauge hatte offen-

bar kein Verständnis für ihre Erschöpfung – er trieb sie an, sofort mehrere kleine Flöße zu bauen, mit denen sie über das Wasser gelangen könnten.
Es dauerte bis zum Nachmittag, bis die ersten Kranken den Fluss überquerten. Sie wurden einfach auf die Flöße gebunden und so auf die gegenüberliegende Seite gezogen, nachdem er durchquert war und sie Seile gespannt hatten. Bertram begleitete sie und organisierte das Lager hundert Fuß oberhalb des Flusses. Dann folgten die Einheimischen mit dem Plunder und schließlich die Pferde und die spanischen Landsknechte sowie der Pater mit seinen Dominikanern.
Den Abschluss bildete Blauauge. Sie sah ihn, wie er völlig erschöpft auf dem Floß einschlief. Beinahe hätte er die Landung verpasst und wäre vom Floss geschleudert worden. Doch Bertram, der ihm zurief, riss ihn aus der Lethargie, und Blauauge bot offenbar seine letzten Kräfte auf.
Mayana zog sich lautlos mit ihren Männern zurück. Sie konnte warten, bis die Männer schliefen.

Als das Licht zur Neige ging, setzte Federmann den Fuß auf das gegenüberliegende Ufer und ließ die Flöße vertäuen.
Seine Beine konnten ihn kaum aufrecht halten. Er begann bereits doppelt zu sehen und hörte alles nur noch dumpf und wie aus weiter Ferne. Nachdem er den Lagerplatz erreicht hatte, eine kleine ebene Fläche, die trocken und mit weichem Gras bedeckt war, ließ er sich einfach zu Boden sinken und schlief auf der Stelle ein.

17. KAPITEL

»Nicolaus, Nicolaus!« Federmann wurde durchgerüttelt wie bei einem Erdbeben. Nur langsam gelang es ihm, die bleierne Müdigkeit abzuschütteln, die ihn im Griff hielt und eher einer Lähmung glich als einem Schlaf.
»Wer? Bertram! Was ist so wichtig, dass du mich …« Es juckte ihn am ganzen Körper. Vermutlich wurde er gerade von Ameisen aufgefressen, so wie Almaviva. Aber es war ihm egal, solange er die Augen dabei geschlossen lassen konnte. Doch das Rütteln nahm nicht ab, es verstärkte sich, je weniger er ihm nachgeben wollte. Schließlich erhob er sich.
»Bertram. Ich bin halb tot vor Müdigkeit, und du hast nichts Besseres zu tun, als mich zu wecken?«
»Sie sind weg. Alle sind weg.«
Federmann sprang auf, als habe ihn etwas gestochen. Der Trossplunder lag ringsum verstreut, und seine Männer schliefen noch inmitten der Ausrüstung oder in ihren Hängematten. Doch kein einziger Indio war mehr zu sehen. Einzig der Kazike, der mit einem Eisen an seine Habe geschlossen war, lag am Boden.
»Wo sind sie hin, Bertram?«
»Ich weiß es nicht. Als wir ankamen, sind wir wie du einfach umgefallen. Niemand hat auf die Träger geachtet, Nicolaus.«
Vom anderen Ende des Lagerplatzes her kam Pater Enrico. Aus seinem Gesicht sprach echte Besorgnis. »Kein Mensch mehr da, außer diesen Kaziken. Und dem haben sie den Hals durchgeschnitten, weil sie ihn nicht freibekommen konnten. Sie haben alles gestohlen, was leicht zu tragen ist. Auch die Messer und die meisten Pikenspitzen. Alle schweren Teile hingegen sind hier. Auch das Gold, wenn Ihr es wissen wollt.«
Langsam erhob sich Federmann. Sie lagerten etwa hundert Fuß oberhalb des Flusses auf einer kleinen natürlichen Lichtung, die einen Blick über das Tal und die Flussniederung mit dem Sumpf

gewährte. Unter ihnen glitzerte durch die Lücken der Bäume nichts als dunkles Wasser.

»Sie sind umgekehrt, Herr!«, rief Georg, der gerade den Pfad hochkam, der zu den Flößen hinabführte und den sie mit letzter Kraft heraufgeklettert waren.

»Was heißt umgekehrt?« Federmann hob eine Augenbraue.

»Sie haben die beiden Flöße benutzt, die wir gebaut haben, um ans andere Ufer zu gelangen.«

»Seit wann sind sie weg?«

Bertram zuckte mit den Schultern. »Womöglich seit gestern Abend.«

Federmann konnte sich kaum ruhig halten, so sehr juckte ihn das Getier, das unter seinen Harnisch und die Beinschienen gekrochen war. Tausende kleiner und kleinster Plagegeister mussten es sein.

»Wie lange haben wir geschlafen?«

»Mindestens einen Tag, Nicolaus. Vielleicht zwei.«

»Wie viele der Männer sind transportfähig? Wie viele können selbst laufen, und wie viele müssen auf die Pferde verteilt werden? Wie viele Pferde haben wir noch? Ich muss es wissen.«

Kaum hatte Federmann all die Fragen gestellt, als ihn eine schier unmenschliche Müdigkeit packte und zu Boden zerrte. Er ließ sich zu Boden fallen und schlief sofort wieder ein. Er träumte von einer Reise auf dem Wasser, von einem Boot, das sie über die große Wasserfläche mitten im Wald trug und in dem sie sanft geschaukelt wurden. Keiner seiner Männer hätte mehr zu tun, als die Ruder so ins Wasser zu halten, dass sie in der Strommitte dahintrieben und von den gegenläufigen Strömungen nicht an das oft steile Ufer gedrückt wurden. Sie sangen dabei Lieder, traurige Lieder darüber, wie sie ihre Ehefrauen und Kinder entbehrten, über den Reichtum, dem sie lange vergeblich hinterhergejagt waren – und davon, wie glücklich sie jetzt seien, da sie aus der Hölle wieder zurück ins gelobte Land kämen. Allesamt mit Taschen voller Gold.

Federmann schrak auf, als ihn jemand an der Schulter berührte. Diesmal war er sofort wach.

»Wir sind fertig, Nicolaus. Aber über sechzig Mann sind zu erschöpft, verwundet oder krank, als dass sie noch laufen könnten. Man müsste sie auf die Pferde setzen.«

Der Ulmer stand auf und schüttelte sich das Getier aus der Kleidung. Er würde ein Bad nehmen müssen, um dieses unerträgliche Jucken loszuwerden.

»Wir haben aber nur noch zwölf Pferde. Davon brauchen wir fünf für das Gold. Die Dominikaner haben zwar noch zwei. Doch Pater Enrico hat bereits angekündigt ...«

Der Ulmer schüttelte energisch den Kopf. »Er hat weder etwas zu wollen noch etwas anzukündigen ... Schieß ihn nieder, Bertram, wenn er die Pferde nicht hergibt.«

Betretenes Schweigen breitete sich aus.

»Ihr wollt einen Mord begehen, Federmann? An einem Mann Gottes?« Pater Enrico stand hinter ihm.

»Wenn Ihr ein Mann Gottes wärt, wie Ihr vorgebt, Pater, dann müsste es Euch doch ein Wohlgefallen sein, zu ihm aufzusteigen.« Er drehte sich langsam zu dem Geistlichen um. »Ich bleibe dabei. Schließlich werde auch ich zu Fuß gehen – und Ihr wollt doch nicht im Ernst behaupten, Ihr wolltet dort reiten, wo Euer Gouverneur zu Fuß geht?«

»Natürlich liegt mir das fern, Federmann. Doch ich brauche ein Pferd, um ...«

»... um was zu tun?«, unterbrach ihn der Feldhauptmann und reckte sich. »Eure merkwürdigen Tiegel zu transportieren? Lächerlich. Bertram, lass sie abladen. Und wenn einer der Dominikaner auch nur auf Schwertweite an dich herankommt, stich ihn nieder!«

»Federmann ...!«, zischte der Dominikanerpräses. »Ihr wisst, was die Tiegel enthalten. Wir haben bereits darüber gesprochen. Erinnert Ihr Euch an unser Gespräch auf Lanzarote, als wir von den Ziegenhirten überfallen worden sind? Ihr selbst seid sogar durch die Salbe geheilt worden. Ihr könnt nicht im Ernst daran denken, sie abzuladen. Sie ist mehr wert als Euer …« Er spuckte auf den Boden. »Mehr wert als Euer verfluchtes Gold!«

Wie ein Blitz zischte Federmanns Schwert aus der Scheide und stoppte erst kurz vor der Kehle des Paters. Doch der zeigte kein Zeichen von Furcht oder war gar ausgewichen.

»Stecht zu, aber lasst Euch gesagt sein, die Ihr hierlassen müsst, werden Fragen stellen, Fragen nach der Auslese. Wen nehmt Ihr mit, wen lasst Ihr hier zurück? Denn zurücklassen müsst Ihr jemanden, wenn Ihr das Gold mitnehmen wollt.«

Pater Enricos Augen versprühten eine kalte Wut.

Federmann dachte fieberhaft darüber nach, was zu tun sei. Die Argumente des Paters waren nicht von der Hand zu weisen. Doch wenn er mit leeren Händen nach Neu-Augsburg zurückkehrte, würde man ihm den Prozess machen. Nur Gold konnte ihn vor einer Verurteilung retten.

»Wir graben den Plunder ein, soweit wir ihn nicht dringend brauchen. Das Wichtigste laden wir uns selbst auf.« Er machte eine kurze Pause und wandte sich an den Dominikaner. »Auch Eure Männer werden tragen – oder zurückbleiben.«

In aller Eile ließ Federmann Gruben ausheben und sie mit Knüppelholz verstärken. Selbst die Landsknechte, die noch als gesund galten, waren so schwach, dass sie den gesamten Vormittag dafür brauchten. In den Gruben verstauten sie Decken und Planen, Kochgeschirr und Sättel, Waffen und Helme sowie Gegenstände, die sie gesammelt hatten. Dann ließ Federmann die Gruben verschließen und einen Pfahl als Markierung aufstellen.

Schließlich wurde der Rest des Plunders so verteilt, dass alle Männer mit Tragelasten versorgt waren. Knapp vierzig Stücke Gepäck drückten ihnen in den Rücken.

Am Nachmittag kam die Vorhut zurück, die Federmann wie immer morgens vorausgeschickt hatte. Sie brachte Kunde von einem Pueblo, das etwa zwei Tagesmärsche von hier entfernt lag. Man könne es vom Hang herab sehen. Die Männer hatten auch mehrere Vögel geschossen, sogar einen Hirsch lebend gefangen, der an Ort und Stelle geschlachtet wurde, sowie einen Nistplatz gefunden und dort etwa hundert Eier gesammelt. Zwar fiel es ihnen nicht leicht, auf dem feuchten Boden ein Feuer zu entzünden, doch schließlich gelang es ihnen, und der späte Nachmittag brachte das erste vernünftige Essen seit Tagen.

Sie saßen um das Feuer und nagten an den Knochen, bis selbst Sehnen und Knorpel in ihren Mägen verschwunden waren.

»Das Schlimmste ist«, sagte Federmann, »dass nicht nur die Träger weg sind, sondern auch die Dolmetscher. Wer soll sich mit den Einheimischen verständigen?«

»Es müssen Hände und Füße ausreichen. Und ein Verhalten, das ihnen zeigt, dass wir in Frieden kommen.« Der Pater warf seinen Knochen ins Feuer, und Funken stoben in den Himmel. »Ansonsten wird unser Haufen hier aufgerieben.«

»Der Pater hat recht«, setzte Bertram hinzu. »Wir sollten die Einheimischen auf unsere Seite ziehen. Was heißt, dass wir keine Pueblos überfallen, keine Träger pressen und kein Gold einsammeln.«

Federmann hörte sich das stumm an. »Wir sind auf keiner Kavaliersreise«, sagte er dann. »Die Männer, die uns begleiten, wollen Geld sehen, wenn sie zurück sind. Sie wollen ihre Strapazen mit Gold aufgewogen wissen. Da uns die Einheimischen nichts freiwillig geben, müssen wir es uns holen. Ansonsten werden die Männer sich bei uns holen, was wir ihnen vorenthalten. Also werden wir unser Vorgehen nicht ändern.« Er senkte die Stimme. »Erinnert Euch an Raúl de Almaviva. Sie sind ihm gefolgt, weil er ihnen Gold versprochen hat – und als ihnen bewusst wurde, dass er es ihnen nicht verschaffen kann, haben sie ihn aufgegeben und eher von den Ameisen fressen lassen, als ihm zu helfen.«

Federmann stand auf. Er musste die Wachen kontrollieren und austreten.

Langsam fiel das Zwielicht der Dämmerung in das Tal. Die Sonne würde bald untergehen. Jetzt war die Stunde des Jägers angebro-

chen, wenn das Gehör den Gesichtssinn ersetzte. Federmann lief die vier Männer ab, die auf ihre Piken gestützt die Schar bewachten, sprach mit jedem ein paar Worte und versuchte, ihnen Mut zu machen und sie auf die Ablösung zu vertrösten.
Dann ging er etwas abseits, um sein Wasser im Gebüsch abzuschlagen.
Ein Geräusch ließ ihn aufhorchen. Irgendwo vor ihm hatte sich etwas bewegt. Er stand wie erstarrt da. Auf dem Gelände vor ihm, das steil anstieg, hatten sich nur wenige Bäume verwurzeln können; einige waren bereits niedergebrochen und bildeten Querriegel, die wie Treppen für Riesen den Hang hinaufführten. Er suchte mit den Augen die steile Fläche ab, konnte jedoch nichts entdecken. Federmann schalt sich schon einen Angsthasen, der vor jedem Geräusch in diesen Wäldern zusammenzucke, als er wieder einen Laut vernahm – und diesmal wusste er, was es war: das Einatmen eines Raubtiers. Es witterte und prüfte, ob die Beute vor ihm seinem Geschmack entsprach.
Er griff an seine Seite, doch das Gehänge mit dem Schwert hatte er am Lagerfeuer liegen lassen. Er verfluchte zum wiederholten Male seinen Leichtsinn – jetzt war es zu spät, um zurückzulaufen. Irgendwo dort in der Finsternis des Gebüschs hockte das Tier und beobachtete ihn.
Wieder ließ er den Blick über die Stelle wandern, von der aus er glaubte, das Schnauben vernommen zu haben. Doch das Tier entzog sich seinem Blick.
Mayana hatte ihm erzählt, dass der Dschungel belebt sei von Geistern. Sie würden durch den Wald streifen, bevorzugt nachts, und sich die umherirrenden Seelen holen, die keine Heimat kannten. Daran dachte er, als er zum dritten Mal dieses kurze Einziehen von Luft vernahm.
»Etwas links von Euch!«, flüsterte es da plötzlich an seinem Ohr. »Oberhalb des umgestürzten Baumriesen. Gut fünf Fuß über Eurem Kopf. Pechschwarz – vermutlich …«
»… ein Jaguar?« Federmann schluckte. Der Pater musste wohl

ebenfalls zum Austreten gegangen sein. Allerdings hatte er vorgesorgt und sich eine Pike mitgenommen. Beinahe hätte der Ulmer gelacht. Eine Pike zum Pinkeln! Was für ein Gedanke.

Aufmerksam schaute Federmann in die angegebene Richtung – und tatsächlich schälten sich nach einiger Zeit die Konturen des Tieres aus der Dämmerung heraus. Es handelte sich um kein Jungtier, sondern um eine ausgewachsene Katze. Sie duckte sich bereits, bereit zum Sprung.

Federmann spürte, wie ihm der kalte Schweiß auf die Stirn trat. Das Tier hatte seine Beute gewählt.

Langsam schob sich der Pater an ihm vorüber, die Pike direkt auf die Katze gerichtet. Er murmelte lateinische Gebete, als wolle er das Tier beschwören und auf den rechten Pfad der Tugend führen. Schließlich begann er zu singen, während er furchtlos auf das Raubtier zuschritt. Er appellierte lautstark an den Wilden Teufel des Waldes, seinen Hunger zu zügeln und wahre Christenmenschen zu verschonen.

Wieder hätte Federmann beinahe zu lachen begonnen, wenn ihre Lage nicht so ernst gewesen wäre. Der Priester begab sich in Lebensgefahr. Als Fra Enrico dem Tier das Kreuz entgegenstreckte, beschloss dieses offenbar, dass jetzt mit dem Unsinn genug sein müsse, und sprang.

Federmann sprang dem Pater hinterher und wollte ihn zur Seite reißen, um ihn aus der Gefahr zu bringen, doch der Dominikaner hob seine Pike und stellte sie blitzschnell in den Sprungweg des Jaguars. Sie bohrte sich mit einem hässlichen Geräusch von unten in den Körper der schwarzen Bestie. Erst dann ließ der Pater los, und der Körper des Jaguars wurde über ihre Köpfe hinweg auf die Lichtung geschleudert. Das Tier wehrte sich mit zuckenden Prankenhieben gegen den Spieß in seinem Körper, doch der Widerstand erlahmte rasch. Ein letztes Zucken des Körpers – dann röchelte der König des Waldes sein Leben in blutigen Schleimblasen aus, die ihm aus dem Maul drangen.

Der Ulmer Feldhauptmann starrte auf die brechenden Augen des

Jaguars. Dann half er dem Pater, den es von den Beinen gerissen hatte, aufzustehen. »Ihr … Ihr habt mir das Leben gerettet, Pater!«, stammelte er. Seine Knie waren so weich, dass er sich kaum aufrecht halten konnte. »Dank dafür.«

»Nicht mit Absicht, das kann ich Euch sagen«, erwiderte der Pater nur, dessen Stimme flatterte. »Lasst uns zurückkehren und ans Feuer setzen.«

Die Männer, die um die Flammen saßen, waren aufgesprungen und machten sich daran, den Jaguar auszuweiden und das Fell zu retten. Solche Felle konnte man gegen Gold tauschen, das wusste jeder. Das Fleisch allerdings zerrten sie in den Fluss – es besaß einen unerträglichen Geschmack nach Urin und Bitterstoffen, als sei Galle darübergelaufen.

Federmann setzte sich ans Feuer, dem Pater gegenüber, und überlegte, warum ihm dieser das Leben gerettet haben könnte. Hätte der Pater auch nur einen Augenblick gezögert, wäre Federmann zerfleischt worden.

Während der Dominikaner das Erlebnis mehrmals zum Besten gab, blieb Federmann an diesem Abend stumm. Er zog sich in den Schatten zurück, legte den Kopf auf seinen Sattel und starrte hinauf zu den Sternen, das Schwert griffbereit neben sich.

Wie die Sterne dort oben funkelten. Das hatten sie getan, als sein Vater und Großvater dort hinaufgesehen hatten, und sie würden es tun, wenn Enkel und Urenkel zu ihnen hochblickten. Diese Sterne waren unsterblich. Wie schwach war dagegen ihr eigenes Leben in dieser Welt verankert? Da brauchte es nur einen Regenfall oder ein Raubtier, und schon erlosch das Licht, das in jedem von ihnen mit der Geburt entzündet worden war. Ein Prankenhieb genügte, ein Schluck Wasser war bereits zu viel, eine kleine Schnittwunde reichte aus – und sie waren tot. Was für ein erbärmliches Leben – und das setzten sie mit solch einer Fahrt ohne Not aufs Spiel, wo sie doch zu Hause fünfzig oder gar sechzig Jahre alt werden konnten. Welch ein Irrsinn.

18. KAPITEL

Sie waren blind und taub, diese Hellhäutigen. Man hätte ihnen die Piken unter dem Hintern wegstehlen können, und sie hätten sich am nächsten Morgen nur gewundert. So nahe war sie an der Wache vorübergeschlüpft, dass sie ihr eine Haarlocke hätte abschneiden können. Nichts hatte der Mann bemerkt. Er hätte sich ebenso gut niederlegen und schlafen können.

Die Mitte der Nacht war gerade erreicht, und die Feuer waren auf Glut herabgebrannt. Blauauge lag etwas außerhalb des Scheins. Langsam glitt sie auf ihn zu.

Nichts hatte er mit ihrem Tier, dem Jaguar, gemein; er hatte sich erbärmlich angestellt. Wenn er nur nach ihr gerufen hätte, sie hätte den König des Waldes zu beruhigen gewusst. Warum mussten diese Menschen alles und jeden töten, der ihnen vor Piken und Schwerter lief? Warum konnten sie nicht einfach beobachten und sich ruhig verhalten? Es war solch ein mordlüsternes, lärmendes Volk.

Sie streckte sich neben Blauauge aus und atmete seine Nähe. Erst nach einiger Zeit berührte sie ihn sanft am Ärmel. Eine Stelle am Unterarm war so empfindlich, dass er aufwachen musste, wenn er nicht völlig gefühllos war.

Tatsächlich schlug Blauauge die Augen auf und verhielt sich still, ganz so, wie sie es ihm beigebracht hatte. Wer sich überraschend bewegte, würde sterben, weil die Schlange, der Skorpion, der Hundertfüßler oder das Krokodil sich angegriffen fühlen und zubeißen oder -stechen würden.

»Ich, Mayana«, flüsterte sie. »Leise. Ich dir etwas zeigen.« Mayana nahm Blauauges Hand und zog ihn vom Feuer fort. Jetzt galt es, seine Furcht in Neugier zu verwandeln, damit er nicht glaubte, dies sei eine Falle. »Südmeer, komm, ich zeigen!«

Langsam und vorsichtig entfernte sie sich wieder vom Lager und zog Federmann hinter sich her, der ihr willig folgte. Sie hatte ihn richtig eingeschätzt. Seine Neugier ließ ihn mitgehen. Erst als sie außerhalb der Hörweite waren, blieb er abrupt stehen. Mayana wusste, dass Blauauge mit jedem Annähern an sie mit seinem Leben spielte, denn sie war nicht allein. Ihre Begleiter standen mit gespannten Bogen in unmittelbarer Nähe, bereit, ihn einfach niederzustrecken, wenn er ihr zu nahe kam, wenn er sie bedrohte.

»Was willst du von mir?«, fragte er leise.

»Schauen!«, sagte sie. »Kommen und schauen!«

»Das Südmeer? Du lockst mich vom Feuer weg und willst mir das Südmeer zeigen?« Seine Stimme klang heiser und krächzend.

»Ja«, sagte Mayana nur. »Du bei Tag zurück.«

Sie wollte keine Zeit verlieren. Sie zog Blauauge hinter sich her und den Hügel hinauf. Die Lichtung, auf der der Tross lagerte, trennte seit jeher zwei Wege. Der eine führte an einem Kamm entlang nach Norden und zurück nach Coro, der andere über den Hügel hinüber und hinein in einen schier endlosen Dschungel, der von unzähligen Flüssen durchzogen war. Während der Regenzeit überfluteten sie die Ebene. Das Wasser reichte dann bis an den Hügel heran und bildete ein einziges gewaltiges Meer, das Südmeer.

Sie nahmen den Weg über den Hügel. Er stieg steil an, und Mayana hörte Blauauge schon bald schwer atmen. Die kurze Zeit der Erholung hatte offenbar nicht vermocht, die tiefsitzende Erschöpfung zu beseitigen. Sie stiegen langsamer an, als sie vorgesehen hatte. Blauauge würde also nicht im Morgengrauen zurück sein, er würde vermutlich erst bis Mittag das Lager wieder erreichen. Wenn seine Männer bis dahin noch vor Ort waren.

»Warum bist du weggelaufen?«, fragte er plötzlich.

»Angst, töten Ulate!«, antwortete sie. Sie musste auf ihn warten. Weder kam er mit der Dunkelheit zurecht noch mit dem steilen Anstieg.

»Warum sollte ich einen Mönch töten?«

Mayana ließ eine Pause, weil sie wusste, dass die Wahrheit

schmerzen würde. »Dummheit!«, sagte sie nur und lief wieder voraus. Das Licht des Mondes leuchtete den Pfad gut aus. Sie waren bald über die Kronen der höchsten Wipfel hinausgestiegen, und die Steigung flachte ab. Sie gelangten auf eine schmale Hochebene, die Mayana beinahe im Laufschritt überquerte. Es war nicht ungefährlich, schließlich befanden sie sich im Land der Schwarzhäutigen, und sie wusste nicht, ob sie ihre Magie auch bei ihnen anwenden konnte. Zwar waren alle Schamanen, die oft jahrelang durch die halbe Welt wanderten, heilig, dennoch musste sie vorsichtig sein.

»Mayana! Ich kann kaum Schritt halten. Wo ist jetzt das Südmeer?«

Mayana verhielt kurz den Lauf und blickte in den Himmel. Der Tag würde jeden Augenblick anbrechen, bis dahin sollten sie die Ebene überquert haben.

»Dort. Bald, Blauauge. Geduld!« Sie deutete nach vorn und duckte sich dabei zu Boden. »Vorsicht! Feind überall.«

»Und da führst du mich hierher – ohne meine Männer?« Federmann hatte keine Kraft, richtig wütend zu sein. Er atmete schwer, und in den tief in die Höhlen gesunkenen Augen war die Anstrengung zu sehen, die ihn marterte.

»Dort«, sagte sie in den anbrechenden Morgen hinein und zeigte auf eine Felsspitze knapp eine halbe Stunde Fußmarsch entfernt. »Von dort sehen!«

Federmanns Blick, der sich auf die Felsspitze richtete, wurde trüb. »Ich weiß nicht, ob ich das noch schaffe, Mayana.«

»Du schaffen. Du sehen Goldland.«

Federmann nickte gequält. Sie wollte nicht wissen, was er in diesem Moment dachte, aber vermutlich verfluchte er sich dafür, diesem Hirngespinst nachzujagen. Doch die Verlockung war zu groß; langsam richtete er sich auf.

»Dann weiter. Meine Männer werden sich wundern, wo ihr Feldhauptmann abgeblieben ist.«

Mayana sah sich um und wusste, dass ihre Männer noch immer

um sie herum waren. Sie kauerten im kniehohen Gras der Hochfläche oder verbargen sich hinter Felsen. Mayana hoffte nur, dass die Guaycaries keine Wächter hier oben hatten, die sie beobachteten. Gegen die Kohlschwarzen wären sie machtlos. Nur die Pferde und Blauauges Donnerbüchsen hätten vermutlich geholfen, doch die hatten die Männer, soviel sie beobachtet hatte, bis auf eine alle vergraben.

Sie hatten das lang gestreckte, grasbedeckte Plateau beinahe überquert. Dahinter fiel das Gelände etwas ab, sodass man lange Zeit nichts sah außer dem Himmel und den aufquellenden weißen Wolken. Doch langsam zeichneten sich einzelne Wipfel gewaltiger Baumriesen ab. Als sie endlich an dem einzelnen großen Felsen angekommen waren und den Anstieg zur Spitze bewältigt hatten, traten sie auf einen Überhang hinaus – und unter ihnen breitete sich ein endlos wirkendes Meer aus, das sich von einem Horizont zum anderen erstreckte, weiter, als der Blick reichte. In dem gewaltigen Wasser befanden sich überall kleine grüne Inseln; einzelne Bäume ragten über das Wasser hinaus, als wurzelten sie im Urgrund des Ozeans. Bleiern lag das Meer vor ihm, grau und reglos.

»Ist das Wasser süß oder salzig, Mayana?«, fragte Federmann, ohne den Blick davon zu wenden.

»Ich niemals dort. Nicht wissen«, sagte sie nur. »Du schauen.«

Sie beobachtete ihn, wie er den Horizont absuchte, wie er seine Stadt herbeisehnte, die irgendwo dort draußen im Dunst des aufsteigenden Morgens liegen musste, und wie er langsam begriff, dass er unmöglich in dieser Richtung ohne Wasserfahrzeuge weiterziehen konnte. Seine Schar würde in diese Wasserhölle nicht eintauchen können – und es zeigte sich nirgends ein Bergrücken, an dem man hätte entlangwandern können. Damit gab es keine Insel von Eldorado, keine Goldstadt. Es funkelten ihm keine goldenen Türme entgegen, und auch keine silbernen Stadttore. Der Blick von hier hinab war ernüchternd und zeigte ihm, wie gewaltig seine Aufgabe tatsächlich war.

»Du Eldorado zerstört!«, sagte sie. »Ulate haben gefunden. In Salbe. Gute Salbe«, sagte sie.
Doch Blauauge schien sie nicht zu hören. »Ich brauche Schiffe. Ich brauche Männer. Irgendwo dort draußen muss es diese verfluchte Goldstadt geben!«, sagte er.
Mayana begriff, dass es nicht möglich war, ihn von seiner Überzeugung abzubringen. »Kommen fort von hier!«, sagte sie nur und zog ihn vom Gipfelpunkt weg. »Gefährlich!«
Sie drehte sich um und lief den Felsanstieg hinab. Doch Blauauge rührte sich nicht. Die Sonne hob sich endgültig über den Horizont und beschien die Wasserfläche, die kurz in allen Farben des Regenbogens schillerte, bis das Wasser wieder seine bleierne Tönung annahm.
Mayana kehrte um und packte Federmann am Arm, um ihn von der Stelle wegzuzerren. »Gefährlich!«, betonte sie wieder.
Der Feldhauptmann drehte sich abrupt um, und sie erkannte die Gefahr, die aus seinen Augen sprach – in dieser Gier lag das Böse. Sie löste sich von ihm und sprang zurück. »Weg!«, rief sie. »Nicht anrühren!« Dann rannte sie davon.
»Bleib, Mayana. Du musst mir den Weg zeigen, den Weg nach Eldorado. Ulate hat gesagt, es würde existieren. Tief in diesem Wald, in dieser Wasserhölle. Die Kaziken haben mich nach Süden geschickt, das Amulett hat mich nach Süden gewiesen. Es muss dort im Süden liegen! Es muss!«
Er lief ihr nach, schrie und tobte, als er sie nicht einholen konnte, doch da erhoben sich aus der Grasebene fünf Männer, die etwas kleiner waren als Mayana. Sie alle hatten Pfeil und Bogen in Händen und zielten damit auf Federmann.
Mayana drehte sich um und sah, wie Blauauge plötzlich bewusst wurde, was er tat. Er schüttelte den Kopf – und gleichzeitig das Böse aus seinem Blick. »Es tut … tut mir leid«, war alles, was er ihr zurief.
Mayana interessierte es nicht mehr. Sie eilte davon, ohne ihn auch nur auf Armlänge an sich herankommen zu lassen. Sie hatte ihm

das Hirngespinst austreiben wollen und es nur noch tiefer in seinen Kopf gesenkt.

Kurz bevor sie die Lichtung erreichten, blieb Mayana stehen und zeigte nach vorn.

»Weg gehen nach Coro.« Sie streckte den Arm aus und deutete nach Norden. »Schnell ziehen. Männer nicht freundlich.«

Dann schlug sie sich in die Büsche und verschwand aus seinen Augen. Sie blieb nach wenigen Fuß stehen und blickte zurück. Blauauge sah ihr zwar nach, doch er konnte sie im Dunkel des Buschwerks nicht mehr erkennen. Wie blind diese Hellhäutigen doch waren.

Nach einer nicht enden wollenden Zeit wandte er sich ab und lief auf die Lichtung hinaus.

19. KAPITEL

»Nicolaus! Wir haben uns schon Sorgen gemacht. Wo bist du gewesen?« Bertram lief Federmann aufgeregt entgegen.

»Ich habe das Südmeer gesehen«, sagte Federmann und ließ sich erschöpft auf einen Stein sinken.

Bertram blickte um sich. »Hat Mayana es dir gezeigt?«

Überrascht nickte der Ulmer. »Woher weißt du ...?«

»Sie hat mich zwei Tage zuvor hingeführt. Den Berg hoch und über die Ebene. Da hast du noch geschlafen.« Er scharrte verlegen mit den Schuhen im Erdreich. »Ich hätte dir davon erzählt, wenn du weniger übermüdet gewesen wärst.«

Der Feldhauptmann ließ seinen Blick auf Bertram ruhen – er betrachtete ihn plötzlich mit anderen Augen. Dieser schmächtige Kerl, der eher wie ein Bettler denn wie ein Landsknecht daherkam, hatte die Strapazen und Anstrengungen besser überstanden als manch anderer, ihn eingeschlossen. Es war, als gehöre er hierher. Als brauche er Hitze und Feuchtigkeit zum Leben. Auch hatte Bertram zu den Einheimischen immer ein ganz besonderes Verhältnis gehabt. Wenn er es recht mitbekommen hatte, dann sprach dieser Fischerlümmel sogar mindestens drei der hiesigen Dialekte.

»Sie hat es dir also zuerst gezeigt.« Federmann schüttelte ungläubig den Kopf.

»Ja, Nicolaus. Und ich habe ihr gesagt, dass es sich nicht um ein Meer handelt, sondern um ein Schwemmgebiet. Flüsse treten während der Regenzeiten über ihre Ufer und überschwemmen für Monate das flache Land. Und dieser Fluss ist gewaltig. Dagegen ist unser Rhein zu Hause ein zartes Rinnsal.«

»Aber hast du das Wasser probiert, hast du getestet, ob es salzig schmeckt, Bertram?«

»Nein. So weit bin ich nicht gekommen.«

»Ich auch nicht, mein Freund.« Er fuhr sich mit der Zunge über die trockenen Lippen. »Es könnte also sein, dass du dich geirrt hast, Bertram.«

»Das könnte sein. Ich glaube es aber nicht. Ich habe nämlich genau hingesehen. Hast du die Bäume betrachtet? Sie stehen im Wasser. Aber Bäume wachsen nicht im Wasser. Die Stämme sind allesamt überflutet worden.«

Jetzt fuhr Federmann auf. »Es ist mir egal, was du glaubst. Du weißt es nicht. Niemand außer uns hat also das Südmeer je gesehen. Niemand.« Federmann stapfte zu seinem Pferd. Er fühlte, wie ihm die Beine zitterten. »Es kann ebenso gut Salzwasser sein wie Süßwasser.«

»Es ist mir nicht wichtig, wer von uns recht behält, Nicolaus«, beschwichtigte ihn Bertram. »Wir müssen von hier weg.«

»Wir müssen ...?«

»Der Pater hat ein paar Späher begleitet.« Bertram deutete in die Richtung, aus der Federmann gekommen war. »Mindestens fünfhundert Krieger sammeln sich dort. Offenbar nicht in friedlicher Absicht.«

Federmann verdrehte die Augen. Hörte das denn nie auf? Warum ließen sie seinen Tross nicht einfach durch das Land ziehen? Warum mussten sie ein Gebiet verteidigen, das er nicht besitzen wollte? Oder waren es womöglich die Wächtervölker, die verhinderten, dass Unbefugte bis zur Goldenen Stadt vordrangen? Nur wer an ihnen vorbeigelangte, war vielleicht dazu berechtigt, dieses Eldorado zu betreten.

»Lasst uns aufbrechen!«, befahl Federmann und setzte leise hinzu: »Wir hätten schon im Morgengrauen aufbrechen sollen.«

Bertram wollte an ihm vorbei und den Befehl weitergeben, doch Federmann hielt ihn am Arm zurück. »Warum hat sie dir das Meer zuerst gezeigt?«

Bertram sah ihm lange in die Augen, doch dann zuckte er nur mit den Schultern. »Ich weiß es nicht. Vielleicht, weil du geschlafen hast?«

Bertram riss sich los und sorgte für den Aufbruch. Die Männer erhoben sich. Die meisten wankten wie Betrunkene auf den Weg hinaus. Federmann bildete mit den kräftigsten Landsknechten und einigen Reitern die Nachhut, wozu auch der Dominikaner gehörte.

»Auf ein Wort, Fra Enrico. Den wievielten haben wir?«

Der Pater dachte nach und murmelte ein paar Worte still vor sich hin. »Den neunten Februar, knapp ein Jahr nach unserer Ankunft in Coro.«

»Dann sind wir seit fast fünf Monaten unterwegs. Eine lange Zeit. Brechen wir auf – nach Hause.«

Federmann blickte nach Norden über die Lichtung hinweg in die Richtung, die sie die nächsten Wochen würden einhalten müssen. Dort wartete das Dunkel des Dschungels auf sie. Am Saum des Waldes glaubte er eine Bewegung wahrzunehmen. Er versuchte, den Punkt zu fixieren, und tatsächlich zeichnete sich vor dem Dickicht des Waldes die Silhouette eines Mannes ab. Es war ein Krieger, der unverwandt zu ihm herüberblickte. Ein Teil seiner Haut war blau bemalt, und über die Schulter hatte er sich ein Blasrohr geworfen. In einer Hand hielt er einen Bogen, in der anderen ein halbes Dutzend Pfeile. Auf den Schultern klebten bunte Federn, als sei ihm die Rückverwandlung aus einem Vogelwesen nicht ganz gelungen. Der Krieger stand dort, als erwarte er ihn. Und Federmann wusste, dass er diesen Mann schon einmal gesehen hatte.

»Tayento?«, flüsterte er. »Bist du das?« Der Ulmer zögerte. Dann wandte er sich an Bertram, der etwas abseits stand.

»Siehst du, was ich sehe?«, fragte Federmann und deutete zum Waldsaum hinüber, vor dem der Vogelmann stand wie ein stiller Vorwurf, weil Federmann ihm nicht folgte.

»Der Wald beherbergt viele Geister«, war alles, was Bertram dazu sagte.

20. KAPITEL

Federmann stieg in Neu-Augsburg die Stufen zum Gouverneursschuppen empor, wie er ihn nannte. Palast konnte man diese Hütte nach wie vor kaum nennen. Zwei Wachen standen vor dem Eingang, die Piken gekreuzt. Auf der letzten Stufe musste er innehalten und durchschnaufen. Wie lange würde er brauchen, um diese verdammte Erschöpfung aus seinen Knochen zu bekommen?

Fünf Wochen waren er und seine Männer auf der Flucht gewesen: Sie waren vor feindlichen Indios, vor dem Hunger, vor Krankheiten geflohen und hatten sich, mehr tot als lebendig, durch die Dschungelniederungen des Coaheri geschleppt. Immer wieder war es zu Überfällen gekommen, und selbst einem Heer von über sechshundert Indios hatten sie entgegentreten müssen. Wie sehr hatte er die Arkebusen vermisst, die sie am Moorgebiet vergraben hatten. Dennoch konnten sie die Angreifer zurückschlagen, wurden jedoch zu einem Umweg gezwungen, der sie Wochen durch Sumpfwälder und durch feuchte Niederungen führte. Sie hatten unzählige größere und kleinere Bachläufe überquert, und irgendwann hatte ihn das Gefühl übermannt, sich hinlegen und einfach nur schlafen zu müssen.

Sobald er jedoch die Augen schloss, riefen ihn die Toten, und die Erschöpfung beschwor ein Bild von Anklägern herauf, die hinter ihm herriefen und ihn für diese Konquista zur Rechenschaft ziehen wollten. Er bekam diese Bilder nicht mehr aus dem Kopf.

Mit aller Gewalt holte er sich jetzt vor dem Gouverneursschuppen zurück in die Wirklichkeit. Die Wachen würdigten ihn keines Blickes.

»Hola! Ambrosius Ehinger erwartet mich!«, blaffte er sie an, doch sie rührten sich nicht, als hätten sie ihn nicht gehört.

»Ambrosius! Verdammt, ich bin's, Nicolaus, Eure Wachen wollen mich nicht vorbeilassen«, schrie er in die Hütte hinein. Er musste sich am Geländer festhalten, um nicht umzukippen. Sein Ge-

schrei hatte ihm eine Schwindelattacke und ein Pfeifen im Ohr beschert, das er nicht mehr loswurde.
Dieser Schwindel befiel ihn, seit er brüllend durch den Dschungel geritten war – zuletzt hatten die kräftigsten Reiter die Eingeborenen dadurch eingeschüchtert, dass sie, an den Flanken des Trosses reitend, laute Schreie ausstießen, während ihre erschöpften Gäule wild schnaubten. War keiner der Landsknechte vom Ross gefallen, war es ein guter Tag gewesen.
Erst in einem Pueblo nahe der Küste hatte er seinen Männern und sich eine längere Rast gegönnt, weil er sonst noch mehr wegen Entkräftung verloren hätte. Außerdem hatte er sich dort Träger für die letzten Meilen beschaffen können. Kurz vor Neu-Augsburg noch einmal halten und warten! Es hätte ihn beinahe in den Irrsinn getrieben. Und wie ihn erst dieses Warten jetzt aufregte und in den Zorn trieb.
»Ehinger! Ich weiß, dass Ihr da seid!«
Zu diesem Gouverneur hatte er einen Boten vorausgeschickt und die Kranken per Schiff abholen lassen. Er selbst war zu Fuß weitergezogen, die Küste entlang. Und am Ende hatte ihm Ehinger die Rechnung für die Hilfe präsentiert: Hernando de Naveros, den Schatzmeister im Dienste der spanischen Krone mit seinen Forderungen – diese blutsaugende Zecke von einem kaiserlichen Beamten.
Für Federmann hatte die Reise eine Niederlage bedeutet, denn das Gold, das er mitgebracht hatte, war im Verhältnis zu den Entbehrungen ein bescheidener Gewinn gewesen.
Nach über einem halben Jahr Abwesenheit waren er und die Verbliebenen seines Trosses am siebzehnten März im Jahre des Herrn 1531 wieder in Neu-Augsburg eingetroffen: ein Zug von Bettlern und Zigeunern, kein Kriegsvolk.
Federmann fuhr sich mit der Hand übers Gesicht und versuchte, der Erinnerungen Herr zu werden und sie zurückzudrängen.
Wie lange stand er schon hier? Fünf Minuten, zehn?
Er wollte gerade die Treppe wieder hinabsteigen, als ein kurzer

Befehl die Piken der Wachen auseinanderfahren ließ und der Gouverneur, Ambrosius Ehinger, zwischen ihnen erschien.
»Federmann, wenn ich gewusst hätte, dass Ihr hier wartet, wäre ich sofort gekommen. Herein mit Euch.«
Scheinheiliger Teufel, durchfuhr es Federmann, aber er hatte sich im Griff und lächelte. Dann folgte er Ambrosius Ehinger in den Raum hinein.
Ehinger hätte ihn sehen und hören müssen. Der Gouverneurspalast bestand im vorderen Teil aus einem einzigen Empfangsraum, in dem ein Schreibtisch stand. Zwei weitere Räume zweigten davon nach hinten ab. Es waren die Privaträume des Gouverneurs, der aber außerhalb wohnte, weil ihm die Behausung zu klein erschien für die eigene Bedeutung und Größe. Die Wände waren dünn und hellhörig. »Ihr wolltet mich sprechen, Ehinger«, sagte Federmann kurz angebunden. Seit er zurückgekehrt war, war ihr Verhältnis nicht das beste.
»Ihr werdet nach Europa zurückkehren. Bartholomäus Welser verlangt einen persönlichen Bericht von Euch.«
Federmann nickte. Das hatte er erwartet. »Wann?«
»In ungefähr einer Woche wird ein Schiff eintreffen. Mit dem geht es für Euch zurück nach Hause.«
»Und die Anklage dieser spanischen Zecke?«
Hernando de Naveros, der königliche Schatzmeister, hatte sofort nach seiner Ankunft Klage wegen Unterschlagung von Goldfunden, Grausamkeiten gegenüber Einheimischen als Untertanen des spanischen Königs und der Misshandlungen von spanischen Soldaten sowie der Missachtung von Befehlen spanischer Kommandanten gegen ihn eingereicht.
Ambrosius Ehinger suchte in den Akten, die auf seinem Tisch lagen. »Die Anklage ist abgewiesen. Naveros sitzt selbst wegen Ungehörigkeiten im Kerker. Kann man einem Mann vertrauen, der selbst zu Misstrauen Anlass gibt?«
»Ich kann also als freier Mann nach Spanien einreisen?«
»Als freier Mann, Nicolaus!«

Federmann nickte, dann stand er auf. Bevor er den Raum verließ, drehte er sich noch einmal um. »Hat man etwas von Pater Enrico gehört?«
»Der Dominikaner? Er ist noch Mitte April nach Santo Domingo gereist – und wenn ich es richtig vernommen habe, dann sitzt er bereits wieder in der Nähe von Sanlúcar in seinem Kloster.«
Federmann nickte erneut. Dann biss er sich auf die Lippe. »Diese Tiegel – hat er sie mitgenommen?«
»Er hat sie mitgenommen!« Diesmal lachte Ehinger, als erinnere er sich an eine spaßige Unterredung mit dem Pater. »Er war beinahe so fanatisch wie Ihr, mit seinem Salben-Eldorado.« Dann verstummte er kurz. »Den kleinen Juan, den Sohn von Hernando de Naveros, konnte er nicht retten – er bekam einen Starrkrampf trotz der Salbe. Es war sicher mit einer der Gründe, warum er nicht gut auf Euch und Eure Konquista zu sprechen war. Er hat die Salbe dennoch mitgenommen.« Ehinger schüttelte ungläubig den Kopf. »Eine Salbe!«
Wortlos drehte sich Federmann um und ging hinaus.
Eine Woche hatte er noch Zeit, sich zu verabschieden und seine Angelegenheiten zu regeln. Eine Woche.

Federmann stieg den steilen Strand hinab, bis er auf den schmalen Streifen Sand hinaustrat und das Meer wie ein weites Tuch vor ihm lag. Sein Blick suchte nach irgendeinem Punkt am Horizont, doch je länger er hinsah, desto undeutlicher wurde die Grenze zwischen Himmel und Meer und verschwand schließlich völlig. Es war, als verschmölzen das Oben und das Unten zu einem Ganzen und stülpten sich über die Welt.
Hinter sich hörte er Schritte – Bertram war ihm gefolgt.
»Wirst du mitfahren?«, fragte er den Freund. »Zurück in die Heimat? Nach Ulm?«
Federmann kannte bereits die Antwort.
»Ich habe sie verloren«, sagte Federmann nur, als Bertram nichts sagte. »Irgendwo dort draußen habe ich sie verloren.«

»Nicolaus«, sagte Bertram nur und legte ihm eine Hand auf die Schulter. Sie wog schwer, und der Ulmer hatte das Gefühl, als zwinge sie ihn zu Boden. Nur mühsam konnte er dem Druck standhalten. »Nicolaus. Du hast sie nie besessen. Du *warst* besessen – und Mayana wusste es von Beginn an. Wer besessen ist, der findet in seinem Inneren keinen Platz für anderes. Und Platz hätte sie gebraucht. Obwohl ich mir nicht sicher bin, ob sie diesen Platz hätte einnehmen wollen.«

Die Sonne ging linker Hand hinter der Landzunge unter und ließ riesenhafte Schatten über das Wasser gleiten. Sie sank rasch und mit einer mürrischen Endgültigkeit, als wolle sie das Abenteuer, das sie gemeinsam bestanden hatten, endlich beschließen.

Federmanns Blick glitt hinaus auf diese Fläche aus sich bewegenden Formen, die mit einem dunklen samtenen Tuch überzogen wurde, als decke man sie zu. Wäre er Fra Enrico gewesen, hätte er jetzt versucht, über das Wasser zu laufen, um seinen Glauben nicht zu verlieren. Es war ein Moment des Fallens, des Stürzens – jetzt hätte er den Halt des Paters nötig gehabt wie nie.

»Ist sie da?«, fragte er nur, ohne den Blick von diesem Schlund vor ihm abzuwenden. Es zog ihn hinaus in diese Unendlichkeit, er fühlte es.

»Vermutlich«, sagte Bertram. »Sie beobachtet uns.« Er nahm die Hand von Federmanns Schulter, der sich ein wenig erleichtert fühlte. Lange hätte er dem Gewicht nicht mehr standhalten können. »Irgendwo dort oben steht sie vielleicht. Neben einer der Palmen. Das Amulett ihres Vaters umgehängt. Sie hat es mir gesagt.«

»Sie wird Blauauge nicht verabschieden?«

»Wundert es dich, Nicolaus?«

Mittlerweile war die Sonne ganz hinter den Horizont gesunken, und die Nacht löschte die letzten Lichter. Aus dem Nichts um sie her drang nur das regelmäßige Rauschen der Wellen an sein Ohr, wie der Herzschlag der Welt.

In seinen Ohren dröhnte es – und er wusste dieses Geräusch zu

deuten: Er hatte Eldorado nicht gefunden. Er hatte Ulate verkannt. Er hatte Mayana von sich gestoßen.
Federmann versuchte, auch das regelmäßige Schlagen der Dünung zu deuten. Es klang, als wolle sie ihm ein Geheimnis zuflüstern, doch er verstand es nicht.
Die Wellen hatten vernommen, wo sie sich verbarg: die Goldene Stadt, das Wunder der Welt, das Ulate entdeckt hatte. Sie alle, Bertram, Almaviva, der Pater, Mayana, sie alle hatten den Mönch nicht wirklich verstanden. Keiner von ihnen war in dessen letzter Stunde bei ihm gewesen. Nur er, der Ulmer, der Feldhauptmann. Und er wusste, das Unerhörte lag nicht in einem Tiegel vergraben, dessen weißliche Salbe nach drei Wochen ranzig zu werden begann. Es lag im Süden, tief verborgen in dieser grünen Hölle aus Dschungel und Wasser. Wenn er die Augen schloss, wenn er nach innen blickte, dann konnte er sie schimmern sehen, die Goldene, inmitten des Dschungels, dessen Regenschauer das edle Metall der Mauern und Türme mit einer steten Regelmäßigkeit reinwuschen und polierten.
In seinen Traum fiel ein Sonnenstrahl, der sich von der höchsten Bergkuppe herabstahl, die er auf seiner Reise bestiegen hatte. Gleichzeitig mit diesem Lichtblitz spürte Federmann eine Berührung auf seiner linken Hand, die ihn zurückholte an den Strand von Neu-Augsburg. Er hatte gelernt, solchen Berührungen, die ihm in seiner Heimat nichts gesagt hätten, die er vermutlich nicht einmal gespürt hätte, Bedeutung beizumessen. Er hielt die Hand ruhig und fühlte, wie etwas langsam auf der Außenseite seiner Hand auf und ab strich, ihn streichelte. Er lauschte der Finsternis ihre Heimlichkeit ab und glaubte zu wissen, wer ihn berührte.
»Sie wird sich nicht mehr in deine Nähe wagen, Nicolaus«, sagte Bertram neben ihm, der nichts davon ahnte, dass Mayana da war. »Ihre Angst, du könnest sie mit dir nehmen, ist zu groß. Sie wird hierbleiben, Nicolaus, wie ich. Du musst Bartholomäus Welser berichten. Nimm das Gold mit. Es ist herzlich wenig. Mein Herz beschwert es nicht mehr. Ich habe Abbitte dafür geleistet.«

Federmann ließ ihn reden. Mayana fasste kurz nach seiner Hand und drückte sie sanft. Einen Moment lang war er gewillt, selber zuzugreifen und sie festzuhalten. Eine Gier nach ihr, nach ihrem Körper wallte in ihm auf und beschleunigte seinen Atem. Doch da entzog sie ihm ihre Hand und ließ ihn zurück. Seine Gier war nicht die ihre. Lautlos wie die Nacht entfernte sie sich aus seinem Leben, aus seiner Welt – und Nicolaus Federmann der Jüngere zu Ulm wusste, er würde ihr nie wieder begegnen. Nicht in dieser und nicht in jener anderen Welt.

Ende der
Indianischen Historia

des in den Diensten
der Augsburger Welser stehenden Ulmer Feldhauptmanns
und kurzzeitigen Gouverneurs von Venezuela

Nicolaus Federmann des Jüngeren zu Ulm

DANKSAGUNG

Zuletzt möchte ich noch *Danke* sagen.

Romane beruhen auf der Arbeit einer Vielzahl von Menschen. Ich kann nicht alle aufzählen, das würde ein eigenes Buch füllen. Dennoch möchte ich die für mich wichtigsten Personen erwähnen:

Immer zu tiefstem Dank verpflichtet bin ich meiner Frau *Ingrid*, die mir Kritikerin und Diskussionspartnerin ist und mich mit dem Brot des Schriftstellers versorgt, nämlich der Zeit, um ungestört zu arbeiten.

Der Arbeit meines Agenten *Roman Hocke* schulde ich großen Dank. Er rief wie immer das Projekt ins Leben und bietet mir jederzeit Unterstützung.

Meine Lektorin *Friederike Achilles* redigierte mein Buch mit viel Einfühlungsvermögen für die Geschichte, dem Herz für die verletzliche Seele des Schriftstellers und dem präzisen Verstand dafür, wie Romane funktionieren. Dafür kann ich nicht genug danken.

Dank auch an meinen Bruder *Gerhard*, der die ersten Entwürfe durchgesehen und diese kritisiert hat, der aber auch an der gedanklichen Entwicklung beteiligt war und mir wesentliche Ideen geliefert hat.

Zuletzt vielen Dank allen, die durch ihre Hinweise, Rücksichtnahmen, Geschichten, Recherchen und oft allein durch ihre Anwesenheit wissentlich und unwissentlich an der Entstehung dieses Buches ihren Anteil hatten.

Peter Dempf *im August 2010*